KB096462

Franz Kafka

Das Schloß

•

성

창 비 세 계 문 학

42

•

성

•

프란츠 카프카

권혁준 옮김

창비

차례

•

일러두기

1. 이 책은 Malcolm Pasley가 편집한 원전비평판 Kritische Ausgabe Franz Kafka: *Das Schloß*(S. Fischer Verlag 2002)를 번역저본으로 삼았다.

2. 본문 중의 각주는 옮긴이의 것이다.

3. 외국어는 되도록 현지 발음에 가깝게 표기하되, 우리말 표기가 굳어진 것은 관용을 따랐다.

1장
도착

K가 도착한 때는 늦은 저녁이었다. 마을은 눈 속에 깊이 잠겨 있었다. 성이 있는 산에는 아무것도 보이지 않았다. 안개와 어둠이 산을 둘러싸고 있었고, 그곳에 큰 성이 있음을 암시하는 아주 희미한 불빛조차 눈에 띄지 않았다. K는 국도에서 마을로 이어진 나무다리 위에 서서 아무것도 없어 보이는 허공을 한참이나 쳐다보았다.

그러다가 그는 밤을 보낼 숙소를 찾아 나섰다. 여관에는 사람들이 아직 깨어 있었다. 손님을 받을 빈방이 더는 없었지만, 여관 주인은 밤늦게 찾아온 손님에 적잖이 놀라고 당황한 터라 K에게 식당에 짚을 넣은 매트리스를 놓고 재워주겠다고 했다. K는 주인의 제안을 받아들였다. 식당에는 아직 농부 몇몇이 앉아 맥주를 마시고 있었으나, K는 누구와도 대화를 나눌 기분이 아니었다. 그는 다락방에서 매트리스를 직접 꺼내 와서 난로 가까이에 깔고는 몸을 눕혔다. 식당 안은 훈훈했고, 농부들은 조용했다. 그는 지친 눈길로 그들을 잠시 살펴보다가 이내 잠이 들었다.

하지만 얼마 지나지 않아 그는 잠에서 깨어났다. 도회지풍 옷을 입고 실눈에 눈썹이 짙은 배우 같은 얼굴의 젊은이 하나가 여관 주인과 함께 곁에 서 있었다. 농부들도 아직 그곳에 남아 있었는데, 일부는 그 광경을 더 잘 보고 듣기 위해 의자를 돌려 앉았다. 젊은이는 K를 깨운 것에 대해 매우 정중하게 사과하고는, 자신을 성 관리인의 아들이라고 소개하면서 용건을 말했다. "이 마을은 성의 영지입니다. 따라서 여기 거주하거나 숙박하는 사람은, 말하자면, 성에 살거나 숙박하는 것과 마찬가지입니다. 백작님의 허락 없이는 어느 누구도 그렇게 해서는 안되는 거죠. 그런데 당신은 그런 허가증이 없거나 적어도 그것을 제시하지 않았습니다."

K는 몸을 반쯤 일으키고 머리를 단정하게 매만지고 나서, 두사람을 올려다보며 말했다. "내가 길을 잃은 모양인데 여기가 무슨 마을인가요? 이곳에 성이 있다는 말인가요?"

"그렇습니다." 젊은이는 천천히 말했고, 여기저기서 사람들이 K의 무지에 고개를 가로저었다. "베스트베스트[1] 백작님의 성입니다."

"그리고 이곳에서 숙박하려면 허가를 받아야 한다는 말씀이군요?" K는 조금 전에 들었던 상대방의 말이 행여 꿈속에서 들은 것이 아닌지 확인이라도 하려는 듯 물었다.

"그럼요, 허가가 있어야 합니다." 젊은이가 대답했다. 그러고는 팔을 쭉 뻗으면서 여관 주인과 손님들을 향해 이런 질문을 던졌는

---

[1] 독일어로 '서쪽'을 의미하는 '베스트'(West)가 두번 중복된 이름이다. 일반적으로 서쪽은 '몰락' '쇠락'을 의미하지만, 서구사회에 동화되고자 했던 동구 유대인들의 방향성을 암시하는 것으로 볼 수도 있다. 혹은 이스라엘의 성전에서 신이 임재하는 지성소로 들어가는 방향을 암시하는 단어로 볼 수도 있다.

데, K를 비웃는 기색이 역력했다. "아니면 허가를 받지 않아도 괜찮다는 건가요?"

"그렇다면 나도 가서 허가를 받아와야겠군요." K는 하품을 하면서 이렇게 말하고는 자리에서 일어나려는 듯 이불을 걷어 젖혔다.

"그래, 도대체 누구한테서 받는다는 거죠?" 젊은이가 물었다.

"백작님한테서 받아야겠죠." K가 말했다. "다른 방도가 없는 것 같군요."

"이 한밤중에 백작님의 허가를 받아오겠다고?" 젊은이는 이렇게 소리치며 한걸음 뒤로 물러났다.

"안된다는 거요?" K는 태연하게 물었다. "그렇다면 왜 나를 깨운 거요?"

이에 젊은이는 화가 치밀어 제정신이 아닌 듯했다. "아주 부랑자 짓을 하는군!" 그가 소리쳤다. "백작님의 관청에 존경심을 가질 것을 요구하는 바요! 내가 당신을 깨운 것은 당장 백작님의 영지를 떠나야 함을 통고하기 위해서요."

"정말 웃기는군." K는 유난히 낮은 목소리로 이렇게 말하고, 다시 자리에 누워 이불을 끌어당기며 말을 이었다. "젊은이, 도가 좀 지나치군요. 당신 행동에 대해서는 내일 다시 따질 거요. 혹시 내게 증인이 필요하다면, 주인장과 여기 있는 분들이 증인이 될 거요. 그런데 말이 나온 김에 사실을 말하면, 나는 백작님의 초빙을 받은 토지 측량사[2]요. 내 조수들은 필요한 도구를 마차에 싣고 내일 도

---

2 토지 측량사(독일어로는 'Landvermesser')라는 뜻의 히브리어는 'maschoach'로 'maschiasch'(메시아)와 유사하다. 카프카가 유대교에 대한 이해가 있었음을 감안하면 언어유희도 볼 수 있으므로, K의 태도에서 '메시아적' 의식이 엿보이기도 한다.

착할 거요. 나야 눈 속을 헤치고 걸어오는 것도 마다하지 않았는데, 몇차례 길을 잃고 헤매는 바람에 이렇게 늦은 시각에 도착한 거요. 나의 도착을 성에 알리기에는 너무 늦은 시각이라는 건 당신이 가르쳐주기 전에 나 스스로 잘 알고 있었어요. 그래서 여기 이런 곳에 투숙하는 걸로 만족한 것인데, 당신은—좋게 말해—그마저 방해하는 무례함을 보인 거요. 내 설명은 이게 다요. 안녕히 주무세요, 여러분." K는 이렇게 말하고 난로 쪽으로 몸을 돌렸다.

"토지 측량사라고?" 그의 등 뒤에서 머뭇머뭇하며 묻는 소리가 들리더니 모두 잠잠해졌다. 하지만 젊은이는 이내 정신을 가다듬고는 여관 주인을 향해 K의 잠을 배려하고 있다는 듯 충분히 소리를 낮추면서도 K도 충분히 알아들을 정도의 큰 목소리로 말했다. "내가 전화를 걸어 물어봐야겠어요." 뭐라고, 이런 시골 여관에 전화가 있다는 거야? 시설이 꽤나 잘되어 있었다. 하나하나 따져보면 K에게는 놀랄 일들이었지만, 전반적으로는 그가 기대했던 바였다. 전화기는 바로 그의 머리맡에 설치되어 있었는데, 졸음에 취한 상태여서 미처 보지 못했던 모양이다. 그런데 저 젊은이는 이제 전화를 걸어야 한다면 아무리 선의를 갖고 있다고 해도 K의 잠을 방해할 수밖에 없을 것이다. 따라서 문제는 젊은이가 전화하는 것을 허용하느냐 마느냐로, K는 허용하기로 마음먹었다. 하지만 그렇게 할 경우 자는 척하는 것도 아무 의미가 없었으므로, 그는 바닥에 등을 대고 누운 자세로 되돌아왔다. 농부들이 쭈뼛대며 모여들어 수군거리는 모습이 눈에 들어왔다. 토지 측량사의 출현이 그들에게는 결코 사소한 일이 아니었던 것이다. 그때 주방 문이 열리더니 문이 꽉 찰 정도로 풍채가 당당한 여주인이 모습을 드러냈다. 여관 주인은 사태를 알리고자 뒤꿈치를 들고 살금살금 그녀에게 다가갔다. 그리고 이제 전화로 대화가 시작되었다. 성 관리인은 이미 잠자리에 든 상태였으나, 프리츠라는 하급 관리인 하나가 전화를 받았다. 젊은이는 슈바르처라고 자신을 밝히고, K를 발견한 자초지종을 설명했다. 행색이 몹시 남루한 삼십대 남자 하나가 근처에 옹이가 돋은 지팡이를 하나 두고 자그마한 배낭을 베개 삼아 짚 매트리스에서 태평스럽게 자고 있다. 너무도 수상해 보이는데, 여관 주인이 의무를 소홀히 한 게 뻔해서 슈바르처 자신에게 이 사안을 제대로 알아볼 의무가 있다는 것이다. 그런데 K라고 하는 이 남자는 잠을 깨우고 심문한 것과 으레 백작의 영지에서 추방하겠다고 한 것을 아주 못마땅하게 받아들였고, 어쩌면 그의 말이 정당할 수도 있는데 그가 자신이 백작님의 초빙을 받은 토지 측량사라고 주장하고 있기 때문이다. 당연히 이러한 주장은 최소한 확인해보는 게 정해진 의무이기에 슈바르처 자신은 프리츠에게 중앙사무국에 문의해 이런 토지 측량사가 정말 오기로 되어 있는지 확인한 다음, 즉시 전화로 답변해줄 것을 부탁한다고 했다.

이어 모든 것이 정적에 잠겼다. 저쪽에서는 프리츠가 사안을 알아보고, 이곳 여관에서는 사람들이 대답을 기다렸다. K는 누운 자세 그대로 몸도 뒤척이지 않고 별 관심 없다는 듯 멍하니 앞을 바라보았다. 악의와 신중함이 뒤섞인 슈바르처의 진술을 들으며 K는 성에서는 슈바르처 같은 하찮은 인물들도 어느정도 외교적 소양을 갖추고 있다는 인상을 받았다. 또 성 사람들은 성실한 면모까지 갖추고 있었다. 프리츠가 곧 다시 전화를 걸어온 것을 보면, 중앙사무국은 야간에도 근무를 하고 있었고 질문에 신속하게 답변해준 것이 분명했다. 하지만 프리츠의 보고는 아주 짤막했던 모양이다. 슈바르처는 화를 내며 바로 수화기를 내려놓았다. "이미 내가 말했잖아요." 그가 소리쳤다. "전혀 토지 측량사 같지 않다고요. 거짓말을 일삼는 천박한 부랑자, 아니 더 악질일 거요." 순간 K는 슈바르처, 농부들, 여관집 주인과 여주인 할 것 없이 모두가 그에게 달려들 것만 같아 적어도 첫 습격이라도 피해보려는 심산으로 이불 속으로 쑥 기어들었다. 그때 전화벨 소리가 또 한번, K가 듣기에는 유난히 세차게 울렸다. K는 천천히 고개를 다시 내밀었다. 그에 관한 전화가 다시 걸려올 가능성은 낮았지만 모두가 멈칫했고, 슈바르처가 전화기 쪽으로 되돌아갔다. 그는 수화기에서 들려오는 다소 장황한 설명을 듣더니 나지막하게 말했다. "그러니까 착오가 있었다고요? 이거 정말 난감한 일이군요. 사무국장이 직접 전화를 했다는 거죠? 참 이상한 일이군요. 그렇다면 이제 토지 측량사에게 뭐라고 설명해야 되죠?"

K는 귀를 기울였다. 그러니까 성에서는 그를 토지 측량사로 임명한 것이었다. 그것은 한편으로는 그에게 불리한 일이었다. 왜냐하면 성에서 그에 대해 필요한 사항은 모두 알고 있고, 또 벌써 판세를 저울질한 상태에서 미소를 머금고 그의 도전을 받아들였음을 보여주기 때문이다. 그러나 다른 한편으로 유리한 점도 있었다. 성 사람들이 그를 과소평가했으니 애당초 기대했던 것보다 많은 자유가 허용되리라는 그의 생각을 입증해주는 것이기도 했다. 하지만 만약 그들이 이렇게 심적으로 거만한 태도로 토지 측량사로서의 그의 자질을 인정함으로써 그를 계속 겁먹게 할 수 있다고 여긴다면, 그것은 그들의 착각이었다. K는 살짝 소름이 돋기는 했지만, 그뿐이었다.

K는 쭈뼛거리며 다가오는 슈바르처에게 손짓을 해서 오지 못하게 했다. K는 이제 여관 주인의 방으로 잠자리를 옮길 것을 권유받

앗지만 거절하고는, 다만 여관 주인에게서 잠을 청하기 위한 술을, 여주인에게서 세숫대야와 비누, 수건만을 받았다. 이제는 사람들에게 식당에서 나가줄 것을 요구할 필요도 없었다. 다음 날 아침에 행여 그가 알아보기라도 할까봐 모두들 얼굴을 돌리고 밖으로 몰려나갔기 때문이다. 램프의 불이 꺼졌고, 마침내 그는 조용히 쉴 수 있었다. 쥐들이 지나가는 소리에 한두번 얼핏 잠이 깨기는 했지만, 아침까지 푹 잤다.

다음 날 아침, K는 아침식사를 한 후 즉시 마을에 들어가보려 했다. 여관 주인의 말에 따르면 아침식사를 포함한 숙식비는 모두 성에서 지불하기로 되어 있었다. K는 여관 주인의 어제 행동이 생각나서 그와는 꼭 필요한 말만 했는데, 주인이 말없이 계속 주위를 맴돌며 애원하는 모습을 보이자 안쓰러워 잠시 옆에 앉도록 했다.

"나는 아직 백작님을 알지 못합니다." K가 말했다. "백작님은 훌륭하게 일을 해내면 보수를 후하게 준다고 하던데, 사실인가요? 나처럼 아내와 자식을 두고서 멀리 떠나온 사람이라면 한몫 잡아 돌아가고 싶은 법이죠."

"그 점이라면 선생은 걱정할 필요가 없어요. 보수가 박하다는 불평은 듣질 못했거든요."

"그런데 말이오." K가 말했다. "나는 천성이 소심한 사람이 아니라 백작님이라고 해도 내 의견을 당당히 말씀드릴 수 있어요. 하지만 신사 나리들과 화목하게 지내는 것이 당연히 낫겠지요."

여관 주인은 K의 맞은편에 있는 긴 창턱에 앉아서는, 감히 더 편한 자세를 취하지도 못하고 불안해하며 커다란 갈색 눈으로 K의 얼굴을 내내 응시했다. 주인은 처음에는 K에게 접근하려고 했는데, 지금은 어떻게든 달아나려는 눈치였다. 백작에 대해 캐물을까봐 두려워하는 걸까? 아니면 이제는 '선생'이라고 부르기는 하지만, K를 신뢰할 수 없어 두려워하는 걸까? K는 그의 관심을 다른 곳으로 돌려야 했다. 그래서 시계를 보며 말했다. "이제 곧 내 조수들이 도착할 텐데 그들도 여기 묵게 해줄 수 있죠?"

"물론이죠." 여관 주인이 말했다. "하지만 그들도 선생과 함께 성에 묵지 않나요?"

이 사람은 손님을 받으려는 마음이 없어 특히 K 같은 손님은 무조건 성으로 보내려 하면서 이렇게 쉽사리, 기꺼이 투숙객들을 포기하는 걸까?

"아직 확실하지 않아요." K가 말했다. "우선은 성에서 내게 어떤 일을 맡기려는지 알아야 해요. 예를 들어 성 아래 이곳 마을에서 일하게 된다면, 마을에 머무는 것이 더 적절하겠지요. 그리고 저 위성에서의 생활이 안 맞을지도 모르죠. 언제나 자유롭게 살고 싶은 사람이라서요."

"당신은 성에 대해 잘 모르는군요." 주인이 나지막한 목소리로 말했다.

"그래요." K가 말했다. "섣부른 판단을 해서는 안되겠죠. 성에 대해 내가 잠정적으로 아는 바란 그곳 사람들이 훌륭한 토지 측량사를 찾아낼 줄 안다는 것뿐이에요. 그곳에는 아마 다른 장점들도 있겠죠." 그러면서 K는 불안스레 입술을 깨무는 여관 주인을 놓아줄 셈으로 자리에서 일어났다. 여관 주인의 신뢰를 얻기란 쉽지 않았다.

K가 막 자리를 뜨려는데 벽에 걸린 거무스레한 액자 속 어두운 색조의 초상화 하나가 눈에 들어왔다. 그곳에 초상화가 있다는 것은 어젯밤 누웠던 자리에서도 알아봤지만, 거리가 멀어 자세하게

는 분간해낼 수 없어서 액자 속 그림은 떼어내고 다만 검은 뒤판만 남은 거라고 생각했었다. 그런데 이제 보니 그것은 어엿한 초상화였고, 오십쯤 되어 보이는 남자의 상반신이 그려져 있었다. 그림 속의 남자는 머리를 가슴팍에 잔뜩 숙이고 있어 두 눈이 제대로 보이지 않았는데, 훤하고 육중한 이마와 아래로 굽은 억센 매부리코 때문에 머리를 그렇게 숙인 게 분명했다. 얼굴을 온통 뒤덮은 수염은 머리를 숙인 탓에 턱에 짓눌려 아래쪽으로 퍼져 있었다. 손가락을 편 왼손을 더부룩한 머리카락 속에 놓았으나, 머리를 더 들어 올릴 수 없는 모양이었다. "저 사람은 누구인가요?" K가 물었다. "백작님인가요?" K는 그림 앞에 서서 주인 쪽은 돌아보지 않았다. "아니요." 주인이 말했다. "성의 관리인입니다." "성에는 정말 용모가 수려한 관리인이 있군요." K가 말을 이었다. "그런 관리인이 버릇없는 아들을 두었다니 유감이네요." "그렇지 않아요." 주인은 K를 자기 쪽으로 끌어당기고는 귓속말로 속삭였다. "슈바르처는 어제 좀 지나쳤어요. 그의 아버지는 하급 관리인에 불과해요, 가장 하급에 속하죠." 그 순간 K는 주인이 마치 어린아이처럼 여겨졌다. "고얀 놈!" K가 웃으면서 말했다. 그러나 주인은 따라 웃지 않고 말을 이었다. "하지만 '그 사람' 아버지도 힘 있는 사람인걸요." "계속해보세요!" K가 말했다. "당신은 모든 사람이 힘이 있다고 생각하는군요. 혹시 나도 그렇다고 생각해요?" "아니요." 주인은 수줍어하면서도 진지하게 대답했다. "당신은 힘이 있어 보이지 않아요." "그렇다면 당신은 제법 관찰력이 있군요." K가 말했다. "사실 나는 힘 있는 사람이 아닙니다. 당신에게는 터놓고 말하는데, 정말 그래요. 그래서 힘 있는 사람들에 대해 당신 못지않게 존경심을 갖고 있지만, 당신처럼 솔직하지는 못해 언제나 그런 사실을 시인하려 하지

않는 거요." 그러면서 K는 주인을 위로하고 또 주인의 호감을 사고
자 그의 뺨을 살짝 두드려주었다. 그러자 그가 희미하게 미소를 지
었다. 사실 여관 주인은 수염도 거의 없는, 얼굴이 아주 고운 젊은
이였다. 이런 사람이 어떤 연유로 연상으로 보이는 저 펑퍼짐한 아
내와 함께 살게 된 걸까? 엿보기 창 너머 옆방 주방에서 여주인이
팔꿈치를 휘저으면서 분주하게 움직이는 모습이 눈에 들어왔다.
하지만 K는 더이상 주인을 탐문하거나, 주인의 얼굴에서 갓 피어
난 미소를 쫓아버리고 싶지는 않았다. 그는 다만 문을 좀 열어달라
는 몸짓을 하고는 화창한 겨울 아침 속으로 걸어나갔다.

이제 K는 저기 위쪽으로 맑은 대기 속에서 또렷한 윤곽을 그리
며 서 있는 성을 쳐다보았다. 모든 물체의 형상을 그대로 드러내주
면서 얇은 층을 이루며 두루 쌓인 눈 때문에 성의 윤곽은 한층 더
또렷하게 나타났다. 실제로 성이 있는 산 쪽에는 이곳 마을보다는
눈이 훨씬 적게 내린 듯했는데, 이곳은 어제 국도를 따라 걸어올
때만큼이나 앞으로 나아가기가 힘들었다. 이곳 마을에는 눈이 오
두막집 창문까지 쌓여 나지막한 지붕을 내리누르고 있었으나, 저
기 산 위에는 모든 것이 자유롭고 경쾌하게 위로 솟은 모습이었다.
적어도 여기 아래쪽에서는 그렇게 보였다.

전체적으로 성은 상당히 먼 이곳에서 보면 K의 기대에서 크게
벗어나지 않았다. 유서 깊은 기사의 성이나 새로 지은 화려한 건축
물이 아니라 여러채의 건물이 늘어선 형태로, 이중 몇채는 이층짜
리 건물이나 대부분 보다 나지막한 건물들이 조밀하게 운집해 있
는 형태였다. 성인 줄 몰랐다면 자그마한 도시로 여겼을 법했다. 다
만 탑 하나가 K의 눈에 띄었는데, 주거용 건물에 딸린 것인지 아니
면 교회에 속한 것인지 분간하기 어려웠다. 탑 주위에는 까마귀 떼

가 빙빙 맴돌고 있었다.

K는 눈을 성에 고정한 채로 계속 걸음을 옮겼다. 그밖에 어떤 것도 그의 신경을 끌지 않았다. 그러나 가까이 다가갈수록 성은 그를 실망시켰다. 그것은 가옥들이 즐비한 작고 형편없는 도시에 불과했고, 모두 돌로 지어졌다는 점만은 돋보일지 몰라도 채색한 부분들은 이미 벗겨졌고 돌마저 쇠락의 조짐을 보였다. 문득 K는 조그마한 고향 도시를 떠올렸다. 고향 도시도 성이라고 하는 이것에 비해 뒤질 것이 거의 없었다. 단지 성을 구경하는 일이 중요한 사안이었다면 별 소득 없이 긴 여행을 한 셈이고, 차라리 다녀온 지 벌써 오래된 옛 고향을 다시 가보는 쪽이 더 현명한 처사였으리라. K는 내심 고향의 교회 탑과 저 위의 탑을 비교해보았다. 당당하고도 자신 있게 곧장 하늘로 치솟아 있으며, 널찍한 지붕의 끄트머리는 붉은 기와로 마무리된 고향의 탑은 분명 이 지상의 건축물이었다(우리가 달리 그 어떤 것을 건축할 수 있겠는가?). 하지만 저 나지막한 여러채의 가옥보다도 높은 이상을 품은 채 여기서 만나는 우울한 평일의 표정보다는 더 명랑한 인상을 주었다. 유일하게 눈에 들어오는 저 탑은 성의 본체로 보이는 주거용 건물에 딸려 있었다. 탑은 단조로운 형태의 원형 건축물로 일부는 치렁치렁한 담쟁이덩굴에 덮여 있고 작은 창문들이 나 있어 지금은 햇살을 받아 반짝거렸는데, 뭔가 혼미한 인상을 주었다. 위에는 발코니처럼 생긴 성벽도 있었다. 성벽에 낮게 덧쌓은 성가퀴는 어린아이가 초조했거나 조심성 없이 그린 듯 불안정하고 불규칙했으며, 부서지기 쉬운 톱니 형태로 푸른 하늘을 향해 튀어나와 있었다. 그것은 마치 집의 가장 외딴 방에 갇혀 지내야 할 우울증을 앓는 집주인이 세상에 자신을 보여주기 위해 지붕을 뚫고 나와 우뚝 선 모양 같았다.

K는 마치 가만히 서 있으면 판단력이 더 나아지기라도 한다는 듯 다시 발길을 멈추었다. 그러나 그는 방해를 받았다. 그가 지금 서 있는 마을 교회—사실 예배당 한채에 불과했고 신도들을 수용할 수 있도록 창고처럼 확장된 형태였다—뒤쪽에 학교가 있었다. 나지막하고 길쭉한 건물은 임시로 지어진 것이면서 동시에 아주 오래된 것이라는 독특한 인상을 풍겼고, 격자 울타리로 둘러싸인 교정은 지금 눈에 덮여 있었다. 때마침 아이들이 선생님과 함께 학교를 나서고 있었다. 아이들은 촘촘히 선생을 둘러싸고서 초롱초롱한 눈으로 선생을 쳐다보면서 끊임없이 재잘거렸다. 아이들의 말이 빨라서 K는 하나도 알아들을 수 없었다. 키도 작고 어깨도 좁지만 우스꽝스러워 보이지 않는 젊은 남선생이 아주 꼿꼿한 자세로 벌써 멀리서부터 K를 눈여겨보고 있었다. 사실 선생과 아이들을 제외하고 사방에 인적이라고는 K뿐이었다. 외지인 처지라 K는 지시를 내리는 데 익숙해 보이는 단신의 그 남자에게 먼저 인사를 건넸다. "안녕하세요, 선생님." K가 말했다. 그러자 아이들이 동시에 입을 다물었고, 선생은 이 갑작스러운 정적으로 자신에게 말할 기회가 생겨 달가운 듯했다. "성을 보고 계셨나요?" 선생은 K가 예상했던 것보다는 부드럽게 물었지만, K의 행동이 못마땅하다는 투였다. "그렇습니다." K가 말했다. "저는 이곳이 처음입니다. 어젯밤에 막 도착했거든요." "성이 마음에 안 드시죠?" 선생이 빠르게 물었다. "뭐라고요?" 살짝 당황한 K는 좀더 부드러운 말투로 되물었다. "성이 마음에 안 드느냐고요? 어째서 그렇게 생각하시죠?" "외지인들은 저 성을 좋아하지 않거든요." 선생의 대답이었다. K는 상대방이 싫어하는 말은 피하고자 화제를 돌려 물었다. "혹시 백작님을 아십니까?" "아니요." 선생은 이렇게 말하면서 몸을 돌리려고

했으나, K는 물러서지 않고 재차 물었다. "뭐라고요? 백작님을 모른다고요?" "내가 그분을 알아야 한단 말이오?" 선생은 나지막한 목소리로 대답하더니 프랑스어로 소리 높여 덧붙였다. "여기 순진무구한 아이들이 있다는 점을 유념해주세요." K는 선생의 이 말을 기회로 삼아 얼른 물어보았다. "혹시 선생님을 한번 찾아뵈어도 될까요? 이곳에 꽤 오래 머물 예정인데 벌써 외톨이가 된 기분입니다. 마을 농부들에게 속한 것도 아니고, 그렇다고 성에 속한 것도 아니라서요." "마을 사람들과 성 사이에는 아무런 차이가 없어요." 선생이 말했다. "그럴지도 모르죠." K가 말했다. "그렇다고 제 상황이 달라지는 것은 아닙니다. 한번 찾아뵈어도 될까요?" "제가 사는 곳은 슈바넨 가에 있는 정육점 집입니다." 초대라기보다는 기껏해야 주소를 알려준 것이었지만, K는 이렇게 말했다. "좋습니다, 한번 찾아뵙도록 하죠." 선생은 고개를 끄덕이고는 다시 시끌벅적 떠들어대는 아이들을 이끌고 갔다. 무리는 곧 가파른 비탈의 작은 골목길로 모습을 감추었다.

그러나 K는 선생과의 대화로 마음이 심란해져서 멍하니 서 있었다. 이곳에 도착하고 처음으로 정말 피로감이 들었다. 이곳에 이르기까지의 긴 여정 탓은 아닌 듯했다—그는 여러날을 평온하게, 한걸음 한걸음씩 계속 걸어오지 않았던가!—그런데 엄청난 수고의 여파가 지금, 하필이면 적절하지 못한 시점에 나타났다. 그는 새로운 만남을 고대하며 불가항력적으로 이끌려왔지만, 모든 새로운 만남은 그에게 피로감을 가중시켰다. 지금 상태로는 성의 입구까지만 산보를 강행하기도 무리였다.

그렇게 그는 다시 앞으로 나아가기 시작했다. 길은 길게 뻗어 있었다. 그런데 마을의 대로인 그 길은 성이 위치한 산으로 이어지지 않았고, 그곳으로 가까이 다가가다가도 의도인 양 옆으로 굽어졌다. 성에서 멀어지지는 않았지만, 그렇다고 가까워지지도 않았다. K는 내내 그 길이 이제는 틀림없이 성으로 접어들 거라고 기대를 걸었고, 그 때문에 계속 앞으로 나아갔다. 그는 또한 무척 피로했으므로 그 길에서 감히 벗어날 생각을 할 수도 없었다. 아울러 마을이 한없이 길게 뻗어 있어서 놀랐는데, 작은 가옥들과 얼어붙은 유리창들 그리고 눈만이 이어질 뿐 인적이라고는 찾아볼 수 없었다. 그러다가 마침내 그를 붙들고 놓아주지 않던 큰길에서 과감히 벗어나자, 작은 골목길이 그를 맞이했다. 눈이 더 많이 쌓여 있어서 자꾸만 푹푹 빠지는 발을 빼내기도 쉽지 않았다. 몸에서 땀이 솟았다. 그러다가 그는 갑자기 걸음을 멈추었고, 더이상 나아가지를 못했다.

그렇지만 이제 그는 혼자 버려진 상태는 아니었고, 좌우로 농가들이 늘어서 있었다. 그는 눈을 뭉쳐서 어느 창문을 향해 던졌다. 집의 문이 곧바로 열리더니—그가 마을 길을 걷는 내내 처음 열린 문이었다—갈색 모피 외투를 입은 나이 든 농부 하나가 고개를 옆으로 기울인 채 친절하면서도 유약한 모습을 드러냈다. "댁에 잠시 좀 들어가도 될까요?" K가 말했다. "많이 지쳐서요." 나이 든 농부의 말은 하나도 알아들을 수 없었지만, 눈 위로 판자를 내밀어주는 호의가 고마웠다. 그 판자는 눈 속에 있던 그에게 구원을 선사했고, 몇걸음을 옮기자 바로 집 안에 들어서게 되었다.

널찍한 방은 어스름한 빛에 잠겨 있었다. 밖에서 집 안으로 들어선 그는 처음에는 아무것도 분간할 수 없었다. K는 비척거리다가 빨래통에 부딪쳐 넘어질 뻔했다. 그때 한 여인이 손을 내밀어 그를 붙잡아주었다. 한쪽 구석에서는 아이들 여럿이 마구 소리를 지르고 있었다. 다른 구석에서는 증기가 모락모락 피어올라 어스름을 더욱 어둑어둑하게 만들었다. K는 마치 구름 속에 서 있는 기분이었다. "술에 취한 것 같군." 누군가가 입을 열었다. "당신 도대체 누구요?" 한쪽에서 위압적인 목소리가 들려왔다. 그 목소리가 이번에는 노인을 향한 듯했다. "왜 저자를 집에 들인 거요? 거리에 배회하는 자들을 모두 집 안에 들일 작정이오?" "나는 백작의 토지 측량사입니다." K는 여전히 보이지 않는 사람에게 자신의 존재를 정당화해보려 했다. "아, 토지 측량사군요." 이번에는 여자의 목소리가 들렸고, 이어 완전한 정적이 감돌았다. "나를 아세요?" "그럼요." 같은 목소리가 여전히 짤막하게 대답했다. 그러나 K가 누구인지 안다고 해서 사람들에게 그를 적극 소개할 뜻은 없는 듯했다.

자욱하던 증기가 마침내 다소 사라지자 K는 서서히 집 안의 사정을 파악할 수 있었다. 모두가 함께 빨래를 하는 날인 듯했다. 문 가까운 쪽에서 빨랫감을 빨고 있었다. 오히려 증기는 왼쪽 구석에서 피어올랐는데, K가 지금까지 본 적이 없는 대략 침대 두개만 한 크기의 나무욕조에 담긴 증기가 피어오르는 물속에서 남자 둘이 목욕을 하고 있었다. 하지만 정작 이유는 알 수 없었지만 더욱더 놀라움을 안겨준 곳은 오른쪽 구석이었다. 뒤쪽 벽에 유일하게 난 큰 창을 통해 뜰에서 들어옴직한 하얀 눈에 반사된 창백한 빛이 구석에 놓인 높다란 안락의자에 피곤한 듯 누워 있는 한 여자의 옷에 비단 같은 광채를 드리웠다. 여자는 가슴에 젖먹이 하나를 안고 있었다. 그녀의 주위에는 언뜻 보기에도 마을 농부의 자식들로 보이는 아이 몇이 놀고 있었다. 그러나 그녀 자신은 마을 사람으로는 보이지 않았다. 물론 농부들도 병이 나거나 피곤해지면 섬세한 인상을 주는 법이지만 말이다.

"좀 앉아요!" 남자 하나가 말했다. 얼굴이 온통 털로 뒤덮여 있고 콧수염까지 기른 그 남자는 내내 입을 벌리고 거칠게 숨을 몰아쉬면서, 우스꽝스러운 자세로 손을 들어 목욕통 테두리 너머에 있는 궤짝 하나를 가리켰고, 그 와중에 K의 온 얼굴에 더운 물을 뒤졌다. 궤짝 위에는 조금 전에 K를 집 안에 들어오게 한 노인이 멍하니 생각에 잠긴 채 앉아 있었다. K는 마침내 자리에 앉을 수 있게 되어 반가웠다. 그 누구도 그에게 더이상 신경을 쓰지 않았다. 몸매가 풍만한 금발의 젊은 여인은 빨래통 옆에서 일을 하면서 나지막하게 노래를 흥얼거렸다. 남자들은 목욕통 속에서 발을 구르기도 하고 몸을 뒤틀기도 했는데, 아이들은 그들에게 다가가려다가 거칠게 튀는 물방울 때문에 번번이 뒤로 물러났다. 물방울은 여지없이 K에게도 튀었다. 한편 안락의자의 여인은 죽은 듯이 앉아서 품에 안은 아이는 한번도 내려다보지 않고 우두커니 허공만 쳐다보고 있었다.

K는 아무런 움직임도 보이지 않는 아름답고도 슬픈 그 여인의 모습을 한참 동안 바라보다가 스르르 잠이 들었던 모양이다. 고함소리에 깜짝 놀라 깨보니, 그는 곁에 앉은 노인의 어깨 위에 머리를 기대고 있었다. 남자들은 목욕을 끝내고 옷을 입은 채 K 앞에 서 있었고, 이제 목욕통에는 금발의 여인이 지켜보는 가운데 아이들이 첨벙거리며 물장난을 치고 있었다. 두 남자 중에서는 목소리가 큰 털보가 더 하찮은 사람인 것으로 드러났다. 이 털보보다 키가 크지도 않고 수염도 훨씬 적은 다른 남자는 조용하면서도 심사숙고하는 이였는데, 펑퍼짐한 체격에 얼굴도 넓적했으며 계속 고개를 숙이고 있었다. "측량사 양반." 그가 입을 열었다. "당신은 이곳에 머물 수 없어요. 이렇게 무례하게 구는 걸 용서해주시오." "나도 머물 생각은 없습니다." K가 말했다. "잠시 쉬려고 했을 뿐입니

다. 휴식을 취했으니, 이제 가보겠습니다." "손님을 이렇게나 푸대
접하다니 놀랍겠죠." 남자가 말했다. "그러나 이 마을에는 외지인
을 환대하는 풍습이 없고, 외지 방문객이 필요하지도 않아요." 잠
을 자고 나서 기운이 좀 회복되어 아까보다도 더 주의를 기울여 들
을 수 있게 된 K는 이렇게 솔직한 말을 듣게 되자 반가웠다. 그는
이제 보다 가뿐하게 몸을 움직였고, 지팡이에 의지해 이곳저곳을
더듬으면서 안락의자에 있는 여자에게로 다가갔다. 그러고 보니
집 안에 있는 사람들 중에서는 그의 체격이 가장 컸다.

"그렇겠죠." K가 말했다. "방문객이 왜 필요하겠어요? 하지만 가
끔은 가령 나 같은 사람, 토지 측량사가 필요할 수도 있어요." "나
는 모르겠소." 남자는 천천히 대답했다. "만약 누군가가 당신을 불
렀다면, 아마 당신이 필요해서겠죠. 하지만 그것은 예외적인 경우
입니다. 우리처럼 하찮은 사람들이야 규칙을 고수하는 법이니 나
쁘게 생각하지 마요." "그럼요, 절대 그러지 않아요." K가 말했다.
"나는 감사할 따름입니다. 당신과 여기 있는 모든 분들께." 그런 다
음 K는 그 누구도 예기치 못한 상황에서 순식간에 몸을 획 돌려 여
자 앞에 섰다. 여자는 피곤해 보이는 파란 눈으로 K를 쳐다보았는
데, 투명한 실크 두건이 이마 중간까지 드리워져 있었고 품에 안
은 젖먹이는 잠들어 있었다. "당신은 누구신가요?" K가 물었다. 그
러자 여자는 경멸이 담긴 말투로 대답했는데, 그러한 멸시가 K를
향한 것인지 아니면 자신의 대답에 대한 것인지는 분명치 않았다.
"성에서 온 여자입니다."

이 모든 일이 단지 한순간에 일어났고, K의 좌우 양쪽에는 벌써
두 남자가 다가와 마치 다른 의사소통 수단은 통하지 않는다는 듯
말없이, 하시란 있는 힘을 다해 K를 문 쪽으로 끌고 갔다. 노인은

그 광경을 보면서 뭔가 재미있다는 듯이 기뻐하며 손뼉을 쳤다. 빨래하던 여자도 갑자기 마구 떠들어대는 아이들 곁에서 웃음을 터뜨렸다.

하지만 K는 이내 바깥 골목으로 나오게 되었고, 남자들은 문지방에서 그를 지켜보았다. 밖에는 다시 눈이 내리고 있었지만, 조금 더 환해진 느낌이었다. 털보가 조바심을 내며 외쳤다. "어디로 갈 거요? 이쪽은 성, 저쪽은 마을로 가는 길이오." K는 그 남자에게는 아무 대답도 하지 않았고, 지위는 더 우월하지만 대하기가 보다 쉬워 보이는 다른 남자에게 말했다. "당신은 누구요? 여기 머무는 신세를 졌는데 어느 분께 감사해야 하죠?" "나로 말하자면 무두장이 장인 라제만[3]이오." 그 남자의 대답이었다. "하지만 당신은 누구에게도 감사할 필요가 없소." "좋습니다." K가 말했다. "아마 다시 만나겠죠." "그렇지 않을 거요." 남자가 말했다. 그 순간 털보가 손을 치켜들면서 외쳤다. "안녕, 아르투어. 안녕, 예레미아스!" K는 뒤를 돌아보았다. 이 마을의 골목길에도 어쨌든 사람들이 모습을 드러낸 것이다! 성이 있는 쪽의 길을 따라 중간 키 정도 되는 젊은이 둘이 다가왔다. 둘 다 몹시 호리호리하고 꼭 끼는 옷을 입었고, 짙은 갈색 피부에 뾰족한 수염이 유난히 검어 얼굴빛과 뚜렷한 대조를 이루는 것까지 서로 꼭 빼닮았다. 길의 상태가 이토록 좋지 않은데도 그들은 놀라울 정도로 빠르게 걸어왔고, 날씬한 다리를 보조를 맞춰 내밀었다. "자네들이 무슨 일인가?" 털보가 소리쳤다. 그들이 상당히 빠르게 걸으면서 멈춰 서지 않는 통에 그들과의 대화는 소리를 질러야 겨우 가능했다. "볼일이 있어서요." 그들은 웃으면서

---

3 '라제만'(Lasemann)은 체코어로 '목욕'을 뜻하는 'lazen'에서 비롯된 듯 보인다.

큰 소리로 대꾸했다. "어디서?" "여관에서요." "나도 그곳으로 가는 길이오." K는 느닷없이 다른 어느 누구보다도 크게 소리를 질렀다. 그는 두 사람이 자신을 데려가주기를 간절히 원했다. K는 저들을 알게 된다고 해서 크게 이득이 될 리 없을 듯했지만, 그래도 유쾌함을 선사하는 좋은 동행은 될 것 같았다. 그런데 그들은 K의 말을 듣고도 고개만 끄덕이고는 어느새 그를 지나쳐갔다.

K는 여전히 눈 속에 서 있었는데, 한걸음 옮겨봐도 다시 깊은 눈 속으로 빠져들 뿐이라 이 눈 속에서 발을 빼낼 생각은 그닥 없었다. 무두장이 장인과 그의 동료는 마침내 K를 내칠 수 있게 되어 만족했고 K 쪽을 계속 쳐다보면서 살짝 열린 문 안으로 몸을 밀어넣고는 집 안으로 사라졌다. K는 그를 뒤덮어버릴 것 같은 눈 속에 홀로 남았다. 문득 그는 이런 생각이 떠올랐다. '만약 내가 그저 우연히 아무런 의도도 없이 이곳에 서 있는 것이라면, 다소 절망적인 상황이라 할 수 있겠어.'

그때 왼편 오두막집에 난 작은 창문이 하나 열렸다. 닫혀 있을 때는 눈에 반사된 빛 때문인지 짙은 푸른색으로 보였던 것 같은데, 크기가 너무 작아서 열려 있는데도 밖을 내다보는 사람의 얼굴이 한번에 보이지 않고 단지 눈동자만 보였다. 노인의 갈색 눈동자였다. "그 사람이 저기 서 있어요." 떨리는 음성의 여자 목소리였다. "토지 측량사야." 이번에는 남자 목소리였다. 이어 남자는 창가로 다가와 무뚝뚝하지는 않지만, 자기 집 앞 골목에서는 어떤 불상사도 일어나지 않는 것이 중요하다는 투로 물었다. "누구를 기다리는 거요?" "나를 데려갈 눈썰매를 기다리는 중이오." K가 말했다. "이곳에는 눈썰매가 오지 않아요." 남자가 말했다. "이 길은 통행이 없다고요." "그래도 니기가 성으로 통하는 길이잖소." K가 이의를 제기했다. "그렇지만, 그렇지만 말이오." 그 남자는 좀 냉혹한 어조로 말했다. "여기는 통행이 없어요." 이어 두 사람은 입을 다물었다. 하지만 남자는 나름대로 무슨 생각을 하는지 김이 피어오르는 창문을 계속 열어두었다. "길이 나쁘군요." K가 그의 생각을 도와주려는 듯 말했다. 그러나 남자는 다만 이렇게 말할 뿐이었다. "그렇소." 잠시 후에 남자가 말을 이었다. "당신이 원한다면 내 눈썰매로 데려다주겠소." "부탁합니다." K는 몹시 기뻐서 말했다. "댓가는 얼마요?" "됐소." 남자의 말에 K는 놀랐다. "당신은 토지 측량사지요." 남자가 설명조로 말을 이었다. "당신은 성에 속해 있어요. 그런데 도대체 어디로 가려는 거요?" "성으로요." K가 재빨리 말했다. "그렇다면 나는 가지 않겠소." 남자가 즉각 대답했다. "내가 성에 속해 있다면서요." K는 남자가 한 말을 되풀이하여 말했다. "그럴 수도 있겠죠." 남자가 쌀쌀맞게 말했다. "그렇다면 나를 여관에 좀 데려다주세요." K가 말했다. "좋소." 남자가 말했다. "그럼 바로 눈썰매를 갖고 오겠소." 그 모든 것은 특별히 친절한 인상을 주기보다는 어떻게든 K를 자기 집 앞에서 쫓아버리기 위해 기울이는 무척 이기적이고 소심하며 좀스러운 노력 정도로 보였다.

안뜰로 통하는 문이 열리고, 납작하니 앉을 자리도 제대로 갖추지 못한 가벼운 짐을 나르는 데 쓰는 작은 눈썰매 하나가 쇠락한 조랑말에 끌려 나왔다. 그 뒤로 늙지도 않았는데 허약해 보이고 허리가 굽은 남자가 다리를 절며 모습을 드러냈다. 감기에 걸렸는지 홍조를 띤 얼굴은 질끈 동여맨 털목도리 탓에 유난히 작아 보였다. 병색이 완연한 이 남자는 오로지 K를 그곳에서 쫓아내고자 집 밖으로 나온 것이다. K가 그 점을 언급하자 남자는 일없다는 손짓을 했다. K는 다만 그가 마부 게르스태커[4]이며, 마침 이 썰매가 채

비를 갖추고 있었고 다른 썰매를 준비하려면 시간이 너무 많이 걸릴 것이라 이 불편한 썰매를 끌고 나온 것임을 알게 되었다. "앉아요." 남자는 이렇게 말하면서 채찍으로 눈썰매의 뒤쪽을 가리켰다. "당신 옆에 앉겠소." K가 말했다. "나는 걸어갈 거요." 게르스태커가 말했다. "도대체 왜요?" K가 물었다. "나는 걸어갈 거요." 그는 같은 말을 되풀이했고, 그때 기침이 터져 나와 몸이 마구 흔들리는 바람에 두 다리를 눈 속에 딛고 버티면서 양손으로는 눈썰매의 모서리를 꽉 붙잡아야만 했다. K는 더이상 아무 말도 하지 않고 썰매 뒤쪽에 앉았다. 마부의 기침은 서서히 진정되었고, 두 사람은 출발했다.

저 위의 성, K가 오늘 중에 도착하기를 희망했던 그 성은 벌써 기이할 정도로 어둠에 잠긴 채 다시 멀어져갔다. 그런데 잠시 헤어지는 것에 대한 인사라도 하려는 듯 성에서 경쾌하게 종소리가 울렸다. 마치 그가 막연히 동경하던 바가 이제 곧 실현될 것임을 암시라도 하는 듯한 종소리에 그저 한순간 그의 가슴이 떨렸다. 그것은 고통스럽기도 한 울림이었다. 하지만 그 요란한 종소리도 이내 잠잠해졌고, 대신 약하고 단조로운 종소리가 어쩌면 여전히 위쪽에서, 아니면 어쩌면 이제는 마을에서 울렸다. 물론 느릿느릿한 눈썰매의 움직임과 병약하면서도 쌀쌀맞은 마부에게는 지금 울리는 종소리가 더 잘 어울렸다.

"이봐요." K가 갑자기 소리쳤다. 벌써 교회 가까이 와 있었고 여관까지의 거리도 멀지 않아 K는 무슨 말을 해도 상관없을 것 같았다. "감히 당신 맘대로 나를 이리저리 싣고 다녀도 되는 것이오. 그

4 '게르스태커'(Gerstäcker)는 모험 이야기를 쓴 19세기 작가의 이름이기도 하지만 '묘지'라는 뜻의 독일어 'Gottesacker'를 연상시킨다.

래도 된다는 허락을 받은 게요?" 게르스태커는 그 말에는 아랑곳하지 않고 조랑말 옆에서 조용히 계속 걸었다. "이봐!" K는 이렇게 소리치면서 눈썰매 위의 눈을 조금 뭉쳐서 던졌다. 눈덩이는 게르스태커의 귀에 제대로 명중했다. 그제야 마부는 걸음을 멈추고 뒤를 돌아보았고, 그러는 사이에 눈썰매가 약간 앞으로 미끄러져 나갔다. 이때 K는 이처럼 가까이에서 그의 모습, 다시 말해 다소 학대를 당한 듯 구부정하고, 한쪽은 평평하고 한쪽은 쑥 들어가 양쪽이 고르지 않은 두 뺨, 지치고 비쩍 마른 붉은 얼굴, 이빨이 드문드문 남은 흠칫 놀라서 벌어진 입을 보자, 조금 전에 악의를 갖고 던졌던 질문을 이번에는 동정심을 갖고 다시 물어보지 않을 수 없었다. K를 썰매에 태워준 일로 혹시 처벌을 받지 않을까 하고 말이다. "무슨 말을 하려는 게요?" 게르스태커는 이해할 수 없다는 듯 이렇게 물었지만, 더이상의 설명을 기대한 것도 아니었다. 그가 조랑말을 향해 소리치자, 두사람은 다시 앞으로 나아갔다.

그들이 여관 근처에 이르렀을 때—K는 길이 굽어진 곳에서 이를 알아챘다—날이 완전히 저물어버린 데 K는 깜짝 놀랐다. 그렇게 오랫동안 바깥을 돌아다녔단 말인가? 그의 계산으로는 기껏해야 두어시간밖에 되지 않은 것 같았다. 그리고 그가 여관에서 나온 것은 아침때였다. 그사이에 허기도 느끼지 못했다. 조금 전까지만 해도 환한 대낮이었는데, 지금은 벌써 이렇게 어두워져 있었다. "해가 짧구나, 짧아." 그는 혼잣말을 중얼거리면서 눈썰매에서 내려 여관을 향해 걸어갔다.

여관 건물 밖 작은 계단에서 그를 무척 환영하는 얼굴이 있었다. 여관 주인이 그곳에 서서 등불을 높이 들고 K 쪽을 비추고 있었다. K는 문득 마부 생각이 나서 잠시 걸음을 멈추었다. 어두컴컴한

곳 어딘가에서 기침 소리가 들려왔다. 마부였다. 아마 가까운 장래에 마부를 다시 만날 것이다. 그는 계단을 올라가 공손하게 인사하는 주인 옆에 섰고, 그때 비로소 문 양쪽에 남자들이 하나씩 서 있는 것을 알아차렸다. 그는 여관 주인의 손에서 등불을 넘겨받아 두 남자를 비추어보았다. 그가 이미 만났던 아르투어와 예레미아스라는 자들이었다. 두 남자는 그에게 거수경례를 했다. K는 행복했던 군복무 시절을 떠올리며 웃음을 터뜨렸다. "그런데 자네들은 누구지?" 이렇게 물으면서 그는 두사람을 번갈아 쳐다보았다. "당신 조수입니다." 그들이 대답했다. "맞아요, 두사람은 조수죠." 여관 주인이 나지막한 목소리로 확인해주었다. "뭐라고?" K가 물었다. "너희가 내가 뒤따라오게 했고 또 기다리던 나의 옛 조수들이라고?" 두사람은 그렇다고 대답했다. "그렇다면 좋아." K가 잠시 후에 말했다. "너희가 왔다니 다행이야." "그런데 말이야." K가 잠시 뜸을 들였다가 말을 이었다. "너희는 너무 늦게 왔어, 참으로 태만해." "아주 먼 길이었어요." 한사람이 말했다. "아주 먼 길?" K가 그의 말을 반복했다. "그런데 성에서 내려오던 너희를 내가 만났었지." "맞아요." 그들은 이렇게 대답하면서 더이상 해명은 하지 않았다. "너희 도구는 어디에 있지?" K가 물었다. "아무 도구도 없는데요." 그들이 대답했다. "내가 너희에게 맡겨둔 측량 도구 말이야." K가 말했다. "저희는 어떤 도구도 갖고 있지 않아요." 그들이 되풀이해서 말했다. "아, 무슨 사람들이 이 모양인지!" K가 말했다. "토지 측량은 좀 아나?" "아뇨." 그들이 대답했다. "하지만 너희가 나의 옛 조수라고 한다면, 토지 측량에 대해서는 알고 있어야 하지." K가 말했다. 그들은 아무 말이 없었다. "자, 들어가도록 하자." K는 이렇게 말하며 그들을 여관 안으로 밀어넣었다.

2장
바르나바스

이어 세사람은 여관 식당의 작은 탁자 하나에 자리를 잡고서 말없이 맥주를 마셨다. K는 탁자 중간에 앉았고, 조수들은 그의 양옆에 자리를 잡았다. 그들 외에는 어제저녁과 마찬가지로 농부 몇몇이 식탁 하나를 차지하고 있을 뿐이었다. "너희하고는 힘든 시간을 보낼 것 같군." K는 이렇게 말하면서 또다시 두사람의 얼굴을 비교해보았다. "도대체 너희 둘을 어떻게 구별하지? 너희는 이름만 구별되지, 그것 말고는"—그는 잠시 주저하다가 이렇게 말을 이었다—"뱀처럼 서로 닮았어." 그들은 미소를 지었다. "그래도 다른 사람들은 우리를 잘 구별하는걸요." 그들이 변명의 말을 했다. "너희 말을 믿도록 하지." K가 말했다. "내가 직접 목격했으니. 하지만 나는 다만 나의 두 눈으로 볼 뿐이고, 내 두 눈에는 너희가 구별되지 않아. 그러니까 나는 너희 둘을 한사람처럼 취급하고, 둘 다 아르투어라고 부르겠어. 실제로 너희 중 하나는 그렇게 불리니까 말이야, 혹시 자네인가?" K가 한 남자에게 물어보았다. "아뇨." 그 남자가 말했다. "내 이름은 예레미아스인걸요." "좋아, 그런 건 상관없어." K가 말했다. "나는 너희 둘을 모두 아르투어라고 부를 거야. 내가 아르투어를 어디로 보내겠다고 하면 너희 둘 다 가야 하고, 내가 아르투어에게 어떤 일을 맡기면 너희 둘 다 해야 해. 너희 둘을 따로 임무에 투입할 수 없으니 나로서는 불리한 노릇이지만, 대신 내가 지시한 모든 일의 책임을 나누지 않고 함께 지는 건 장점이겠지. 둘이 일을 어떻게 분담하든 상관하지 않겠어, 다만 책임을 서로 전가해서는 곤란해. 내게는 너희 둘이 한사람이나 마찬가지니까." 두사람은 곰곰이 생각하더니 이렇게 말했다. "우리에게 별로 유쾌한 일이 아닌데요." "물론 유쾌할 리 없겠지." K가 말했다. "당연히 불쾌하겠지만, 이 문제는 그렇게 정리된 거야." 벌써 조금 전부터 농부 하나가 살금살금 탁자 주변을 돌아다니는 게 K의 눈에 띄었다. 농부는 마침내 결심을 내리고는 조수 하나에게 다가가 귓속말로 뭔가를 속삭이려고 했다. "실례지만," K가 손으로 탁자를 치고 일어나면서 말했다. "이들은 내 조수들이고, 우리는 지금 의논 중이오. 그 누구도 우리를 방해할 권리가 없어요." "아, 그래요, 그렇군요." 농부는 겁먹은 표정으로 이렇게 말하더니 뒷걸음치며 동료들이 있는 자리로 물러났다. "너희가 특히 유념해야 할 점은 이거야." K가 다시 자리에 앉으며 말했다. "내 허락 없이 너희는 그 누구하고도 이야기해서는 안돼. 나는 이곳에서 낯선 타지인이고, 너희가 내 옛날 조수라면 너희도 타지인인 셈이야. 그러니까 타지인인 우리 셋은 단단히 뭉쳐야 하는 거야. 그런 의미에서 너희 손을 내밀어봐." 그들은 K에게 손을 기꺼이 내밀었다. "너희의 큼지막한 손은 내려놓도록 해." K가 말했다. "하지만 내 명령은 유효

한 거야. 나는 이제 잠을 좀 자러 갈 것이고, 너희도 그렇게 하는 게 좋을 거야. 오늘 하루는 일을 못했으니, 내일은 이른 아침에 일을 시작해야겠어. 너희는 성으로 타고 갈 눈썰매를 마련해서 아침 여섯시에 여관 앞에 대기하도록 해." "좋아요." 조수 하나가 이렇게 대답했다. 그러나 다른 조수는 이의를 제기했다. "'좋아요'라니, 불가능한 일인 걸 알고 있잖아." "조용히 해." K가 말했다. "너희는 벌써 서로를 구별하려는 모양이군." 하지만 그 말이 떨어지기가 무섭게 첫번째 조수가 다시 입을 열었다. "저 친구 말이 맞아요. 그건 불가능해요. 허가를 받지 않고서는 어떤 외지인도 성에 들어갈 수 없어요." "어디에 허가를 신청해야 하지?" "잘 모르겠어요. 아마 성의 관리인에게 해야 할 거예요." "그럼 그곳에 전화로 신청해보자고. 너희 둘, 당장 관리인에게 전화를 걸어봐." 두사람은 전화기로 달려가 연락을 취했는데, 서로 밀치며 티격태격해도 겉으로는 우스꽝스러울 정도로 순종적이었다. 그들은 내일 K가 자신들과 함께 성에 들어가도 되느냐고 물었다. "안돼!"라는 대답이 K가 앉은 탁자에까지 들려왔다. 그 대답은 보다 자세했으며 이러했다. "내일도 안되고, 다음번에도 안돼!" "내가 직접 전화해보겠어." K는 이렇게 말하면서 자리에서 일어났다. 지금까지는 조금 전에 농부 하나가 우발적인 사건을 일으킨 것 말고는 K와 조수들에게 주의를 기울인 이가 거의 없었으나, K가 내뱉은 마지막 말은 사람들의 주목을 끌었다. 모두들 K와 함께 일어나더니 주인의 만류에도 아랑곳하지 않고 전화기 가까이에서 K를 중심으로 반원을 그리며 둘러쌌다. 그들 사이에서는 K가 어떤 답변도 얻지 못할 것이라는 의견이 우세했다. K는 그들의 의견을 듣고 싶은 것이 아니니 좀 조용히 해달라고 부탁하지 않을 수 없었다.

수화기에서는 보통 전화를 걸 때 들어본 적이 없는 윙윙거리는 소리가 들려왔다. 마치 수많은 아이들의 목소리가 윙윙거리는 것 같았다. 하지만 그냥 윙윙거리는 소리가 아니라 먼 곳, 아주 먼 곳에서 들려오는 노랫소리 같았다. 그렇게 윙윙거리는 소리에서 도저히 가능할 법하지 않은 방식으로 어떤 높고도 강한 목소리가 형성되는 듯했는데, 그 목소리는 마치 그저 빈약한 청각에 도달하는 것 이상으로 깊게 파고들려는 듯 귓전에 울렸다. K는 수화기에 귀를 기울이면서 아무 말도 하지 않았고, 왼팔을 전화기 받침대에 괸 자세로 그 소리에 귀를 기울였다.

시간의 흐름을 깨닫지 못하고 한참을 서 있는데, 이윽고 여관 주인이 그의 외투를 잡아당기면서 심부름꾼 하나가 그를 찾아왔다고 알려주었다. "저리 가요!" K는 버럭 소리를 질렀는데, 수화기에 대고 외친 듯했다. 방금 저쪽에서 누군가가 응답을 해왔던 것이다. 이어 다음의 대화가 이어졌다. "난 오스발트인데, 거기는 누구요?" 상대방은 엄숙하고 거만한 목소리로 외쳤다. K가 듣기에 상대방은 다소 언어장애가 있는 듯했고, 자신의 목소리에 지나칠 정도로 엄숙함을 더해 그러한 장애를 만회하려는 모양이었다. K는 자기 신분을 밝히기를 주저했다. 전화에 대해서 그는 무방비 상태였다. 자칫하면 상대방이 그에게 호통을 치고 멋대로 전화를 끊어버릴 수도 있었다. 그렇게 되면 K를 이끌어줄 소중한 길이 막혀버릴지도 몰랐다. K의 머뭇거리는 태도가 상대 남자를 초조하게 만들었다. "거기 누구요?" 상대방은 질문을 되풀이하더니 이렇게 덧붙였다. "나로서는 그쪽에서 자꾸 전화하지 말았으면 하오. 방금 전에도 전화를 받았거든." K는 상대방의 이러한 지적에는 개의치 않고, 갑작스럽게 마음을 정하면서 대답했다. "저는 토지 측량사의 조수입니다.""무슨 조수라고? 어떤 분? 어떤 토지 측량사?" K는 문득 어제의 전화 통화가 생각나서 짧게 말했다. "프리츠에게 물어보세요." 놀랍게도 효과가 있었다. 그런데 그 말이 효과가 있다는 사실보다 더 놀라운 점은, 성의 업무가 일사불란하게 수행되고 있다는 것이었다. 수화기에서는 다음의 답변이 들려왔다. "그래, 알고 있어. 그 영원한 토지 측량사[5]. 그래, 그래. 또 뭐라고? 어떤 조수라고?" "요제프입니다." K가 말했다. 그런데 농부들이 그의 뒤에서 뭐라고 웅얼거려 그에게 다소 방해가 되었다. 농부들은 자신을 제대로 밝히지 않는 K가 마음에 안 드는 모양이었다. 하지만 K는 그들에게 신경 쓸 여유가 없었다. 전화 통화에 온 신경을 집중해야 했기 때문이다. "요제프라고?" 상대방이 되물어왔다. "아니, 조수들의 이름을 보면." ──잠시 통화가 중단되었고, 다른 누구에게 이름을 묻는 것 같았다──"아르투어와 예레미아스야." "그들은 새 조수들이죠." K가 말했다. "아니야, 옛날 조수들이야." "그들은 새 조수들이라고요. 하지만 나는 옛날 조수고, 측량사님보다 늦게 오늘 도착했다고요." "그렇지 않아." 이제 상대방은 소리를 질렀다. "그렇다면 나는 누구죠?" K는 여전히 차분한 목소리로 물었다. 잠시 후에 똑같은 언어장애를 가진 똑같은 목소리가 들려왔는데, 더 저음이고 더 존경을 자아내는 다른 목소리인 것처럼 들렸다. "당신은 옛날 조수로군."

K는 목소리의 음색에 귀를 기울이다 하마터면 다음 질문을 못 들을 뻔했다. "당신 용건이 뭐야?" K는 차라리 수화기를 내던지고

---

5 '영원한 토지 측량사'(der ewige Landvermesser)라는 표현은 최후의 심판 전까지 유랑을 계속해야 할 운명을 지닌 유대인을 뜻하는 '영원한 유대인'(der ewige Jude)을 빗댄 표현이다.

싫었다. 이런 식의 대화에서는 더이상 기대할 것이 없었다. 그는 마지못해 서둘러 물었다. "제 주인이 언제 성에 들어갈 수 있을까요?" "언제라도 절대 들어올 수 없어." 수화기에서 들려온 대답이었다. "좋습니다." K는 이렇게 말하고는 수화기를 내려놓았다.

그의 뒤에 있던 농부들은 어느새 가까이 다가와 있었다. 조수들은 K 쪽을 힐끔힐끔 곁눈질하면서 농부들이 더이상 접근하지 못하도록 애쓰고 있었다. 하지만 그저 한편의 코미디처럼 보였다. 농부들도 통화 결과에 만족하고 서서히 물러났다. 그때 저 뒤쪽에서 농부들의 무리를 양편으로 가르면서 한 남자가 다가와 K에게 고개를 숙여 인사를 한 다음, 편지 한통을 건네주었다. K는 편지를 손에 든 채 지금 순간에서는 편지보다 더 중요하게 여겨지는 그 남자를 쳐다보았다. 조수들과 많이 닮은 남자였다. 조수들처럼 몸매가 호리호리했고, 몸에 꼭 맞는 옷을 입었으며, 또 조수들처럼 유연하고 민첩했다. 하지만 상당히 다른 구석도 있었다. K는 차라리 이 사람이 조수이길 바랐다. 어쩐지 저번에 무두장이 장인 집에서 본 아이안은 여자를 연상케 하는 구석이 있었다. 이 사람은 흰색에 가까운 옷을 입고 있었는데, 비단옷은 아니고 흔히들 입는 평범한 겨울옷이 분명했지만 특별한 때 입는 비단옷의 부드러움과 화려함을 갖추고 있었다. 밝고 서글서글한 인상에 두 눈이 매우 컸다. 미소 또한 매우 유쾌했다. 그는 손으로 얼굴을 쓰다듬으면서 그 미소를 지워보려 했으나 뜻대로 되지 않았다. "자네는 누군가?" K가 물었다. "바르나바스⁶라고 합니다." 그가 말했다. "심부름꾼입니다." 말을 할 때 그의 입술이 열리고 닫히는 모습은 남성다우면서도 온화해

---

6 '바르나바스'(Barnabas)는 「사도행전」 4장 36절에 등장하는 사도의 이름으로 '위로의 아들'이라는 뜻을 갖고 있다.

보였다. "이곳이 괜찮겠는가?" K는 이렇게 물으면서, 여전히 자신에 대해 관심을 보이는 농부들을 가리켰다. K를 지켜보는 농부들은 그야말로 고통에 시달린 얼굴들을 하고 있었다. 그들의 머리통은 마치 얻어맞은 듯 정수리 쪽이 납작하게 찌부러져 보였고, 이목구비는 얻어맞는 고통을 겪으면서 뒤틀린 것 같았다. 또 툭 튀어나온 입술에 입을 헤벌리고서 K를 바라보았다. 그러나 간혹 그들의 시선이 길을 잃고 아무 상관없는 대상에 오랫동안 머물다가 그에게 되돌아오는 것으로 미루어보아 K를 주목하지 않는 것이기도 했다. K는 이어 조수들 쪽도 가리켰다. 그들은 서로 껴안은 자세로 뺨을 맞대고서 미소를 띠고 있었는데, 공손함인지 조롱인지 분간하기 어려웠다. K는 무슨 특별한 사정이 있어 떠맡게 된 수행원 일행을 소개하듯이 조수들을 소개하면서, 바르나바스가 K 자신과 그들의 차이를 구별하기를 기대했다. 여기에는 친근함이 담겨 있었고, K로서는 지금 이런 태도가 중요했다. 하지만 바르나바스는 K의 질문에 제대로 대답하지 않았다. 물론 너무 순진무구해서 그렇겠지만, 마치 교육을 잘 받은 하인이 명백히 자신에게 한 말이 아닌 주인의 말을 잠자코 듣듯 K의 질문을 듣기만 했다. 그는 다만 질문의 의미에 부합되게 주위를 둘러보면서 농부들 중 아는 이들에게 손짓으로 인사를 하고 또 조수들과 몇 마디 말을 주고받았는데, 실제 그들 사이에 끼지 않고도 이 모든 일이 수월하고도 자연스럽게 이루어졌다. K는 퇴짜를 맞은 셈이지만 개의치 않고 다시 손에 든 편지로 관심을 돌려 열어보았다. 편지의 내용은 다음과 같았다. "존경하는 귀하에게! 잘 아시는 바와 같이 귀하는 성주님께 봉사하는 일에 고용되었습니다. 귀하의 직속상관은 마을의 촌장이고, 촌장은 귀하에게 업무와 보수 조건에 관한 모든 자세한 내용을 알려줄 것이며, 귀하는 그에게 업무에 대해 보고할 의무가 있습니다. 그렇지만 나도 당신을 늘 지켜볼 것입니다. 이 편지를 전달하는 심부름꾼 바르나바스는 귀하가 원하는 바를 듣고 내게 전달하기 위해 때때로 귀하에게 문의를 할 것입니다. 나는 가능한 한 귀하에게 호의를 베풀 수 있도록 늘 준비하고 있을 것입니다. 내게는 만족하며 일하는 노동자가 중요하기 때문입니다." 서명은 판독이 어려웠으나, 서명 옆에는 다음 글귀가 인쇄되어 있었다. 'X 사무국 국장.'

"잠시 기다리게!" K는 고개를 숙여 인사를 하고 나가려는 바르나바스에게 이렇게 말하고, 여관 주인을 향해 방을 하나 보여달라고 소리쳤다. 그는 혼자서 잠시 편지의 내용을 더 뜯어보고 싶었다. 더불어 K는 바르나바스가 개인적으로 아주 호감이 가는 인물이기는 해도 심부름꾼에 불과하다는 점을 기억하고는, 그에게 맥주 한잔을 시켜주었다. 그러면서 K는 바르나바스가 그것을 어떻게 받아들이는지 주목했는데, 그는 확실히 만족스러워하며 맥주를 받아 바로 들이켰다. 그러고 나서 K는 주인과 함께 자리를 떴다. 이 작은 여관에는 K에게 내줄 수 있는 방이라고는 조그만 다락방밖에 없었고, 그것마저도 여의치 않았다. 지금까지 그곳에서 자던 두 하녀는 다른 데서 자야 했다. 사실상 하녀들을 내쫓는 일 외에 다른 조치는 없었다. 방은 달라진 점이 거의 없었다. 하나뿐인 침대에는 시트가 없었고, 베개 몇개와 형편없는 담요가 하나 있을 뿐 모든 것이 지난밤 상태 그대로였다. 벽에는 성자들을 그린 그림 몇점과 군인들 사진이 걸려 있었다. 방은 제대로 환기조차 하지 않은 것 같았다. 여관 측은 새로운 투숙객이 장기 투숙하는 것을 원치 않고, 또 손님을 붙들어두려는 어떤 조치도 취하지 않는 것이 분명했다. 하지만 K는 이 모든 사실에 개의치 않았다. 그는 담요로 몸을 감싸고 탁자에 앉아 촛불 빛에 의지해 편지를 다시 읽기 시작했다.

편지의 내용은 일관성이 없었다. 독자적인 의지를 지닌 자유인으로 K를 대하는 구절들이 있었는데, 예를 들면 편지의 첫머리와 그가 원하는 바를 언급한 구절들이 그랬다. 하지만 노골적으로 또는 은연중에 K를 국장의 자리에서는 거의 눈에 들어오지도 않는 하찮은 일꾼으로 취급하는 구절들도 있었다. 국장은 그를 "늘 지켜보는" 노력을 기울일 수밖에 없는 상황이고, 그의 상관은 단지 마을의 촌장인데 그는 촌장에게 업무를 보고할 의무가 있으며, 그의 유일한 동료는 아마 마을 경찰 정도일 것이다. 이것은 의심의 여지가 없는 모순, 너무도 확연히 드러나는 모순으로서 의도적인 것이 분명했다. 성과 같은 관청에서 보낸 편지임을 감안한다면 K로서는 이런 모순이 어떤 우유부단함 때문에 생겨났을 거라는 얼토당토않은 생각을 하기는 어려웠다. 오히려 그는 자신에게 선택의 자유가 주어졌다고 보았는데, 편지에 제시된 바를 어떻게 활용하는가는 그에게 달려 있었다. 즉 그는 성과의 관계가 좀 두드러져 보이기는 하지만 겉으로만 그럴 뿐인 마을의 노동자로 살 것인지, 아니면 겉으로만 마을의 노동자로 살면서 실제로는 자신의 모든 고용 관계를 바르나바스가 전하는 통지에 따라 결정할지를 선택할 수 있었다. K는 망설임이 없었고, 지금까지의 경험이 없었다고 해도 마찬가지였을 것이다. 가능하면 성의 신사 나리들로부터 멀리 벗어나 마을의 노동자로 있어야만 성에서 뭔가를 달성할 수 있었다. 마을 사람들, 아직은 그에 대해 불신이 깊은 이 사람들도 그가 그들의 친구는 아닐지라도 같은 주민이 되면, 말하자면 언젠가 게르스태커나 라제만 같은 사람과 구별이 안되는 사람이 되면, 그에게 말을 걸어올 것이다. 빨리 그렇게 되어야 했고, 모든 것이 거기에 달려 있었다. 그렇게 되면 모든 길, 다시 말해 성의 신사분들과 그들의 은총에만 의존할 경우 그에게 영원히 막혀 있을 뿐 아니라 눈에 보이지도 않을 모든 길이 단번에 열릴 것이다. 물론 위험이 없지 않았고, 그 점은 편지에 충분히 강조되었으며 마치 불가피한 것인 양 기쁜 어투로 표현되어 있었다. 그의 신분이 노동자 신분이라는 뜻이었다. 편지는 봉사, 상관, 업무, 보수 조건, 보고 의무, 노동자 같은 말로 가득했고, 보다 개인적인 다른 일을 언급하는 경우에도 그런 관점을 고수했다. K가 여기에서 노동자가 되고 싶다면 그럴 수 있을 것이다. 하지만 그런 것은 다른 전망이 없는 지극히 심각한 상황에서나 받아들일 수 있는 것이었다. K는 자신을 위협하는 실제적인 억압은 없다는 걸 알고 있었고, 설령 그렇다 해도 그는 두려워하지 않았을 것이며 이 경우에는 더욱 그랬다. 하지만 자신을 둘러싼 비관적인 상황의 힘은 두려웠다. 그는 실망에 익숙해질까봐 겁이 났고, 매순간의 감지할 수 없는 영향력이 무서웠다. 그렇지만 그가 감행하려는 싸움은 그 정도의 위험은 수반하는 싸움이었다. 편지는 혹시 싸움이 일어난다면 무모한 도전을 시작한 쪽은 K라는 점에 대해서도 침묵하지 않았다. 그것은 교묘하게 표현되어 있고 다만 불안해하는 양심만이 ─ 가책을 느끼는 양심이 아니라 불안해하는 양심이 ─ 알아차릴 수 있었는데, 그의 고용을 언급하며 "잘 아시는 바와 같이"라고 말한 대목이 그런 것이었다. K는 자신의 도착을 알렸고, 편지에서 표현된 대로 이제 자신이 받아들여졌음을 알았다.

K는 벽에 걸린 그림 하나를 떼고 편지를 그 못에 걸었다. 그는 이 방에 머물 것이고, 따라서 편지는 이곳에 걸려 있어야 했다.

그러고 나서 그는 여관 식당으로 내려갔다. 바르나바스는 조수들과 함께 작은 식탁에 자리를 잡고 있었다. "아, 자네 거기 있었군." K는 바르나바스를 보자 특별한 까닭도 없이 단지 반가워서 이렇게 말했다. 바르나바스는 앉은 자리에서 벌떡 일어났다. K가 식당 안에 들어서자마자 농부들이 그에게 다가오려고 자리에서 일어났다. 농부들은 K의 꽁무니를 따라다니는 것이 어느덧 습관이 되어 있었다. "당신들은 나한테서 또 뭘 더 바라는 거야?" K가 소리쳤다. 농부들은 이 말을 언짢게 여기지 않고 천천히 자기 자리로 돌아갔다. 물러나던 농부 하나가 아리송한 미소를 지으면서 해명하는 투로 말했다. "우리는 늘 뭔가 새로운 것을 듣는군." 그러면서 농부는 마치 그 '새로운 것'이 맛있는 요리이기라도 한 듯 입맛을 다셨다. 그러자 몇몇 이들이 농부의 미소에 화답했다. K는 그들에게 부드러운 화해의 말은 한마디도 건네지 않았다. 저들이 K에게 존경심을 다소 갖는 편이 좋았다. 하지만 K는 바르나바스 옆자리에 앉으면서 벌써 목덜미에서 한 농부의 숨결을 느꼈다. 농부는 소금통을 가지러 왔다고 했으나, K가 화를 내며 발을 탕탕 구르자 소금통은 챙기지 않고 그대로 달아났다. K를 화나게 만드는 것은 정말 쉬운 일이었다. 이를테면 농부들을 부추겨서 그에게 달려들도록 하면 되었다. K에게는 다른 사람들의 폐쇄적인 태도보다는 농부들의 집요한 관심이 더 고약한 듯했다. 게다가 그러한 관심 또한 폐쇄적인 것이라고 할 수 있었다. 왜냐하면 만약 K가 그들의 식탁에 가서 앉았더라면 그들은 분명 그 자리를 떠났을 것이기 때문이다. 다만 바르나바스의 존재가 K로 하여금 소란을 피우지 않도록 막아주었다. 하지만 그는 여전히 위협적인 태도로 그들 쪽을 돌아보았고, 그들도 K 쪽을 바라보았다. 하지만 K는 그들이 각자 제자리에 앉아 서로 이야기도 하지 않고, 서로 간에 어떤 분명한 연결

없이 다만 K를 응시하는 것만으로 연결되어 있는 상황을 보면서, 그들이 K를 쫓아다니는 것이 악의에서 비롯된 행동은 결코 아닐 거라는 생각이 들었다. 어쩌면 그들은 K에게서 정말 뭔가를 바라면서도 말 못하는 것일 수도 있고, 그게 아니라면 아마도 어린아이 같은 순진함 때문일 듯했다. 순진함은 이곳 사람들의 고유한 특성으로 보였다. 어떤 손님에게 가져다줄 맥주 한잔을 양손으로 든 채 가만히 서 있는 여관 주인도 순진한 것이 아니었을까? 여관 주인은 서서 K 쪽을 바라보면서 주방 창에서 몸을 내밀어 자기를 부르는 안주인의 말을 흘려듣고 있었다.

차분해진 K는 바르나바스 쪽으로 몸을 돌렸다. 그는 두 조수를 멀리 떼어놓고 싶었으나 어떤 구실도 찾을 수 없었고, 조수들 또한 잠자코 자신들의 맥주를 바라보고 있었다. "편지 말이야." K가 입을 열었다. "편지를 읽어보았어. 자네는 편지의 내용을 알고 있어?" "아뇨." 바르나바스가 말했다. 그의 눈빛은 그의 말보다 더 많은 것을 말해주는 듯했다. 어쩌면 K는 농부들이 악의를 품고 있다고 오해한 것처럼 바르나바스가 호의를 갖고 있다고 착각했을지도 모르지만, 이 사람의 존재는 여전히 기분을 좋게 해주었다. "편지에는 자네에 관한 언급도 있어. 다시 말해 자네는 가끔씩 나와 국장 사이에 소식을 전달하는 임무를 맡았어. 그래서 나는 자네가 편지의 내용을 알고 있을 거라고 생각했던 거야." "나는 다만." 바르나바스가 말했다. "편지를 전하고, 읽을 때까지 기다리고, 그리고 당신이 필요로 하는 경우 구두나 서면으로 답신을 받아오라는 지시를 받았습니다." "좋아." K가 말했다. "내가 편지를 쓸 필요는 없고, 국장에게 전하게—그런데 그분 성함이 어떻게 되지? 나로서는 서명을 해독할 수가 없었어." "클람'입니다." 바르나바스가 말했다. "그러면 클람 국장에게 나를 받아들여준 것, 그리고 또한 베풀어준 각별한 친절에 대해 감사한다고 전해주게. 이곳에서 자신의 진가를 아직 입증해보이지 못한 나로서는 그러한 친절이 얼마나 고마운지 알지. 나는 완전히 그 사람이 계획한 대로 행동할 거야. 오늘은 내가 특별히 요청할 것이 없어." 주의 깊게 귀를 기울이던 바르나바스는 K 앞에서 전언을 다시 반복해봐도 괜찮을지를 물었다. K는 그렇게 하라고 했고, 바르나바스는 한마디씩 그대로 반복했다. 그러고는 작별을 고하고자 자리에서 일어났다.

그사이 K는 내내 바르나바스의 얼굴을 유심히 살펴보았고, 마지막으로 한번 더 그의 얼굴을 살폈다. 바르나바스의 키는 K 정도였지만, 그의 시선은 K 쪽을 내려다보는 것 같았다. 하지만 그 태도는 매우 겸손해 보여 누군가를 민망하게 만들지는 않을 것 같았다. 물론 그는 심부름꾼에 불과해 자신이 전달한 편지의 내용을 알지 못했다. 하지만 설령 그 자신은 전언에 대해 아무것도 알지 못한다고 해도 그의 시선, 미소, 걸음걸이조차 하나의 전언처럼 보였다. K는 그에게 악수를 청했는데, 이러한 행동이 그저 고개만 숙여 인사하려 한 바르나바스를 깜짝 놀라게 한 것이 분명했다.

바르나바스가 막 자리를 떠났을 때—문을 열고 나서기 전에 그는 잠시 문에 기대고 서서 딱히 어느 한사람을 향한 것이 아닌 시선으로 식당 안을 훑어보았다—K가 조수들에게 말했다. "방에서 내 도면들을 가져올 테니, 그러고 나서 다음 일에 대해 상의하도록 하지." 그들은 K를 따라나서려 했다. "너희는 여기 그대로 있어!" K가 말했다. 그래도 그들은 자꾸 따라나서려 했다. K는 더욱 엄하

---

7 성의 대표 관리 중 하나인 '클람'(Klamm)은 '망상'이라는 뜻의 체코어 'klam'에서 온 것으로 보인다.

게 명령을 되풀이해야 했다. 막 나갔을 뿐인데 바르나바스의 모습은 이미 복도에서 보이지 않았다. 건물 앞에서도 그의 모습을 찾을 수가 없었다. 바깥에는 다시 눈이 내리고 있었다. K는 소리쳐 불러보았다. "바르나바스!" 아무 대답이 없었다. 아직 여관 안에 있는 걸까? 다른 가능성이 없어 보였다. 그럼에도 K는 목청을 높여 그의 이름을 외쳤고, 그 소리는 밤의 어둠 속에서 크게 메아리치며 울렸다. 마침내 저 멀리서 희미한 대답이 들려왔다. 바르나바스는 벌써 그렇게 멀리 가 있었던 것이다. K는 큰 소리로 그에게 돌아오라고 외치면서 그를 향해 나아갔다. 두 사람은 여관에서는 더 이상 보이지 않는 지점에서 만났다.

"바르나바스." K는 떨리는 목소리를 가다듬지 못하고 입을 열었다. "자네에게 할 말이 더 있어. 내가 성에 뭔가를 요청해야 할 때, 자네가 우연히 찾아오는 것에만 기대는 건 형편없는 연락 방식인 것 같아. 지금은 다행스럽게도 자네를 따라잡았지만 말이야──자네는 얼마나 빠른지 모르겠어, 난 자네가 아직도 여관에 있을 거라고 생각했거든──자네가 다시 올 때까지 얼마나 기다려야 할지 누가 알겠어." "당신은 언제나 당신이 정해놓은 시간에 내가 찾아올 수 있도록 국장님께 요청할 수 있어요." 바르나바스가 말했다. "그 것만으로는 충분하지 못할 거야." K가 말했다. "어쩌면 내가 일 년 동안 아무 전갈도 하지 않을 수도 있지만, 자네가 떠난 지 십오 분 만에 어떤 긴급한 일이 생길 수도 있는 거야." "그런 경우라면." 바르나바스가 말했다. "국장님과 당신 사이에 나를 통한 연락 말고도 다른 연락이 필요하다고 국장님께 알려야 할까요?" "아니야, 그게 아니야." K가 말했다. "절대 그러지 마, 겸사겸사 이야기를 한 것뿐이야. 하여튼 이번에는 다행히도 자네를 따라잡을 수 있었어." "그렇다면 말입니다." 바르나바스가 말했다. "당신의 새 전갈을 받으러 여관으로 되돌아갈까요?" 그러면서 바르나바스는 벌써 여관 쪽으로 한걸음을 내디뎠다. "바르나바스." K가 말했다. "그럴 필요는 없어. 내가 잠시 자네와 함께 길을 걷겠네." "왜 여관으로 가지 않는 거죠?" 바르나바스가 물었다. "거기 사람들이 내게 방해가 되거든." K가 말했다. "농부들이 얼마나 들이대는지는 자네도 봤지." "당신 방으로 갈 수도 있어요." 바르나바스가 말했다. "그곳은 하녀들 방이야." K가 말했다. "더럽고 음침하다고. 그곳에 있지 않으려고 자네와 잠시 걸으려는 거야. 자네는 다만." K는 주저하던 마음을 마침내 물리치고 이렇게 덧붙였다. "내가 자네의 팔짱을 끼도록 해주면 되네. 자네의 걸음걸이가 더 안정적이니까." 그러면서 K는 바르나바스의 팔에 매달렸다. 바깥은 상당히 어두워서 K는 그의 얼굴을 볼 수가 없었고, 그의 형체도 알아보기 어려울 정도로 흐릿했지만 K는 조금 전에 벌써 손으로 더듬으면서 그의 팔을 찾아냈다.

바르나바스는 K가 원하는 대로 했고, 두사람은 여관에서 멀어져 갔다. 물론 K는 자신이 아무리 애를 써도 바르나바스와 보조를 맞출 수 없고, 자신이 그의 자유로운 움직임을 방해하고 있음을 알았다. 평소라면 이런 부수적인 일로 인해서, 특히 이날 오전에 자신이 눈 속에 빠졌던 이런 골목들, 지금은 바르나바스의 부축을 받고서야 벗어날 수 있는 이런 골목들에서는 애초에 글렀다고 느꼈을 것이다. 하지만 지금은 그런 걱정은 떨쳐버렸고, 바르나바스가 말없이 걷는 것이 그에게는 위안이 되었다. 두사람이 말없이 걷기만 한다면, 바르나바스로서도 어쩌면 그저 계속 걸어가는 것 자체가 두사람이 동행하는 목적이 될 수 있었다.

두사람은 계속 걸어갔으나, K는 어디로 가고 있는지 알 수 없었다. 아무것도 분간할 수가 없었고, 이미 교회를 지나쳤는지조차 알 수 없었다. 그는 그저 걷기만 해도 힘이 부쳐 자신의 생각을 제대로 제어할 수가 없었다. 그들은 목적지를 향해 똑바로 걸어가지 못하고 헤맸다. 그는 고향이 자꾸 눈앞에 어른거렸고, 고향에 대한 추억이 마구 밀려들었다. 고향에도 중앙 광장에 교회가 하나 서 있었다. 교회의 일부는 오래된 공동묘지에 둘러싸여 있었고, 공동묘지 또한 높은 담장으로 둘러싸여 있었다. 그 담장을 기어오를 수 있는 아이는 몇 없었고, K도 오랫동안 담장에 오르는 데 성공하지 못했다. 아이들이 담장을 기어오르는 것은 호기심 때문이 아니었다. 공동묘지는 그들에게 더이상 비밀스러운 장소도 아니었고, 이미 그들은 쇠창살이 달린 작은 문을 통해 여러번 묘지 안에 들어가본 적이 있었다. 그들은 다만 미끄럽고 높은 담장을 정복해보고 싶었던 것이다. 그러던 어느날 오전에—고요하고 텅 빈 광장에는 햇살이 가득했는데, 그 이전이나 이후 K가 언제 그런 광경을 본 적이 있었던가?—K는 놀랍게도 담장에 오르는 데 가뿐히 성공했다. 번번이 실패했던 한 지점에서 그는 자그마한 깃발을 이빨 사이에 문 채 첫 도약으로 담장에 기어오를 수 있었다. 아래쪽에서 아직 돌 부스러기가 떨어지는 소리가 들리는데, 그는 이미 담장 위에 올라 있었다. 그가 담장에 깃발을 꽂자, 깃발의 천은 바람을 맞아 팽팽하게 펴졌다. 그는 아래를 내려다보며 사방을 둘러보고, 또 땅에 박힌 십자가들을 자신의 어깨 너머로 바라보았다. 그 순간 그곳에 그보다 더 위대한 사람은 없었다. 그때 우연히 선생이 그곳을 지나가다가 화난 눈초리로 K에게 담장에서 내려오라고 했다. K는 담장에서 뛰어내리다 무릎을 다쳤고, 상당히 애를 먹으면서 집으로 갔다. 하지만 그는 담장 위에 올라갔었고, 그때의 승리감은 긴 세월 그에게 버팀목이 되어주었을 것이다. 전혀 터무니없는 생각은 아니었다. 여러 해가 지난 지금도 그때의 승리감은 바르나바스의 팔짱을 끼고 눈 내리는 밤을 걸어가는 그에게 도움이 되었던 것이다.

그는 더욱 단단하게 매달렸다. 바르나바스는 그를 거의 끌고 가다시피 했고, 두사람은 여전히 침묵을 지켰다. 그들이 걷는 길에 대해 K가 아는 것이라고는 거리의 상태로 짐작하건대 아직은 다른 골목길로 접어들지는 않았다는 점뿐이었다. 그는 길이 험난하다고 해서, 또는 돌아갈 길이 아무리 염려된다고 해서 걸음을 멈추지는 않으리라고 결심했다. 결국 매달려 질질 끌려갈 수밖에 없는데, 그 정도의 기력은 아직 남아 있었다. 그런데 길이 이처럼 끝없이 계속될 수 있을까? 낮에 보았을 때 성은 도달하기 쉬운 목적지처럼 보였고, 성의 심부름꾼이라면 분명 가장 가까운 길을 알고 있을 터였다.

그때 바르나바스가 걸음을 멈추었다. 그들은 어디에 와 있는 것일까? 더는 길이 이어지지 않는 걸까? 바르나바스는 이제 K와 작별하려나? 그렇게는 되지 않을 것이다. K는 손이 아플 정도로 바르나바스의 팔을 꽉 붙잡고 있었다. 아니면 놀라운 일이 일어나 벌써 성에 또는 성문 앞에 도착하기라도 한 걸까? 하지만 K가 알기로는 그들은 언덕길을 오른 적이 없었다. 아니면 바르나바스는 눈치채지 못할 만큼 경사가 완만한 길로 그를 이끌어왔던 것일까? "여기가 어딘가?" K는 동행에게라기보다 스스로에게 말하듯 나지막하게 물었다. "집에 도착했어요." 바르나바스도 나지막하게 대답했다. "집이라고?" "이제 미끄러지지 않도록 조심하세요, 측량사님. 내리막길이거든요." 내리막길이라고? "몇걸음만 가면 돼요." 바르나바스는 이렇게 덧붙이면서 벌써 문을 두드리고 있었다.

처녀 하나가 문을 열어주었다. 두사람은 커다란 방의 문지방에 서 있었는데, 방은 거의 어둠에 잠겨 있었다. 방에는 저 안쪽 왼편 식탁 위에 작은 석유램프 하나가 달려 있을 뿐이었다. "함께 온 분은 누구야, 바르나바스?" 처녀가 물었다. "토지 측량사야." 그가 말했다. "토지 측량사라네요." 처녀는 이제 식탁 쪽을 향해 더 큰 소리로 그의 말을 되풀이해 말했다. 그 소리에 식탁 쪽에서 노부부와 또다른 처녀 하나가 자리에서 일어났다. 그들은 K에게 인사를 건넸다. 바르나바스는 K에게 모두를 소개했다. 바르나바스의 부모, 그리고 그의 누이 올가와 아말리아였다. K는 그들을 그리 눈여겨보지 않았다. 누군가 그의 젖은 외투를 난로에 말리려고 벗기자, K는 그렇게 하도록 내버려두었다.

그러니까 그들 두사람이 모두 자신의 집에 도착한 것이 아니라, 바르나바스만 집에 온 셈이었다. 그런데 왜 이곳에 온 것일까? K는 바르나바스를 옆으로 불러 물어보았다. "어째서 우리가 자네 집으로 온 거야? 아니면 자네 가족은 이미 성의 구역에 살고 있는 거야?" "성의 구역이라고요?" 바르나바스는 K의 말을 이해하지 못하겠다는 듯 되물었다. "바르나바스." K가 말했다. "자네는 여관에서 나와 성으로 가려고 했었잖아." "아니에요, 측량사님." 바르나바스가 말했다. "집으로 갈 생각이었어요, 성에는 이른 아침에나 가는 걸요. 거기서 잠을 자는 일은 결코 없어요." "그렇군." K가 말했다. "자네는 성에 가려고 한 것이 아니라, 다만 여기로 오려 했군." K는 바르나바스의 미소가 생기를 잃고 있다고 느꼈고, 그 자신의 존재가 점점 보잘것없이 느껴졌다. "자네는 왜 그 말을 하지 않았지?" "묻지 않으셨잖아요." 바르나바스가 말했다. "다만 나한테 다른 임무를 하나 주려고 했는데 여관 식당에서나 당신 방에서는 말씀하지 않으시려 했고요. 나는 내 부모가 있는 이곳이라면 당신이 아무 방해도 받지 않고 임무를 주실 거라고 생각했어요. 당신이 지시만 하면 가족들은 모두 물러갈 수 있거든요. 그리고 우리 집이 마음에 드신다면 이곳에 묵을 수도 있고요. 내가 잘한 것 아닌가요?" K는 아무 대답도 할 수 없었다. 그러니까 무슨 오해, 시시하고 흔한 오해가 있었던 것이고, K는 그 오해에 자신을 내어주었던 것이다. 그는 바르나바스가 입은 몸에 꼭 맞고 비단결 광채를 지닌 겉옷에 현혹되었다. 바르나바스가 이제 겉옷 단추를 풀자, 누덕누덕 기운 거칠고 더러운 셔츠가 노동자답게 우람하게 각진 가슴 위로 드러났다. 그를 둘러싼 모든 것이 이 모습에 걸맞을 뿐 아니라 오히려 더 심각했다. 통풍을 앓는 늙은 아버지는 뻣뻣한 다리를 천천히 끌면서 움직인다기보다는 손으로 더듬으며 앞으로 나아갔고, 두 손을 가슴에 모은 어머니도 비대한 몸집으로 아주 작은 걸음을 겨우 몇발자국 떼어놓을 뿐이었다. 아버지와 어머니 두사람 모두 K가 방에 들어섰을 때 구석에서부터 그를 향해 움직여왔지만, 아직도 K에게 가까이 오지 못했다. 금발의 두 자매는 서로 닮았고 또 바르나바스와도 닮았지만, 키가 크고 튼튼해 바르나바스보다 억세 보였다. 두 처녀는 집에 막 들이닥친 두사람을 둘러싸고 K가 무슨 인사라도 할 것을 기대했지만, K는 아무 말도 할 수 없었다. 그는 이곳 마을 사람이면 누구나 그에게 의미가 있을 것이라고 생각했고 또 의심할 여지없이 실제로 그러했지만, 이 특이한 사람들은 그의 관심을 전혀 끌지 못했다. 그는 만약 혼자 힘으로 여관으로 되돌아갈 수만 있다면 당장 그곳을 떠났을 것이다. 바르나바스와 함께 아침 일찍 성에 갈 수 있는 가능성조차 끌리지 않았다. 그는 이 한밤중에 사람들 몰래 바르나바스의 안내를 받아 성에 들어가고자 했다. 마을에서 본 어느 누구보다 자신과 가까운 사람이자 겉으로 드러난 지위를 뛰어넘어 성과 긴밀하게 연결되어 있다고 지금까지 믿어온 바대로, 그런 바르나바스의 안내를 받고 싶었던 것이다. 하지만 지금 바르나바스는 저 가족을 완전하게 하는 일원으로 식탁에 함께 앉아 있으니, 이러한 가족의 아들이자 영문은 알 수 없지만 성에서 하룻밤 자는 것도 허용되지 않는 그런 인물의 팔에 매달려 환한 대낮에 성에 들어가려는 시도란 불가능한 일, 우스꽝스러울 정도로 가망 없는 일이었다.

K는 창턱에 걸터앉았다. 이곳에서 밤을 보내되 가족들에게 그 이상의 봉사는 요구하지 않기로 했다. 그가 보기에는 그를 내쫓거나 무서워하던 마을 사람들이 오히려 덜 위험할 듯했다. 근본적으로 마을 사람들은 그에 대해 다만 거부반응을 보였을 뿐, 그가 힘을 집중하도록 도와주었다. 그러나 이처럼 겉보기에만 조력자인 사람들은 살짝 위장을 하고는 그를 성에 데려가는 대신 자기 가족에게 인도함으로써 원했든 원치 않았든 간에 그의 관심을 다른 곳으로 돌렸고 그의 힘을 파괴하는 데 일조했다. K는 가족의 식탁으로 그를 부르는 소리마저 무시하고, 고개를 숙인 채 창턱에 그대로 앉아 있었다.

그때 두 자매 중 더 온순해 보이는 올가가 자리에서 일어나 처녀 특유의 당혹해하는 기색도 다소 보이면서 K에게 다가와 식사에 합류할 것을 간청했다. 그녀는 식탁에 빵과 베이컨이 준비되어 있으며, 맥주도 가져오겠다고 했다. "어디서 가져온다는 거요?" K가 물었다. "여관에서요." 그녀가 대답했다. K로서는 듣던 중 반가운 말이었다. 그는 올가에게 맥주를 가져오는 것은 그만두고, 여관에서 처리해야 할 중요한 일이 있으니 자신을 좀 데려다달라고 부탁했다. 그러나 알고 보니 그녀가 가려는 여관은 그가 머물고 있는, 그 먼 곳의 여관이 아니라 훨씬 가까운 곳에 있는 '헤렌호프'[8]라는 이름의 다른 여관이었다. 그럼에도 K는 그녀에게 따라가게 해달라고 부탁했다. 그곳에 자신이 잘 수 있을 만한 방이 있을지 몰랐다. 그곳 잠자리가 어떠할지라도 이 집의 제일 좋은 침대보다는 낫겠다는 생각이 들었다. 올가는 바로 대답하지 않고 식탁 쪽을 돌아보았다. 남동생 바르나바스는 자리에서 일어나서 동의의 표시로 고개를 끄덕이며 말했다. "그렇게 해, 저분이 원한다면야—" 바르나바스가 그렇게 동의를 보이자, K는 하마터면 부탁을 취소할 뻔했다. 저 녀석이 동의할 수 있는 것이라면 가치 없는 구상임이 분명했다. 하지만 K가 과연 그 여관에 들어가는 게 허락될 것인가 하는 문제가 논의되고 가족들이 모두 미심쩍어하는 태도를 보이자, K는 자신이 왜 그런 부탁을 하는지 납득할 만한 이유를 꾸며내는 노력은 보이지 않고 올가와 함께 가게 해달라고만 성급하게 고집을 피웠다. 이 가족은 그를 있는 그대로 받아들여야 할 것이다. 사실 그는 이 가족 앞에서는 수치심이 전혀 들지 않았다. 다만 아말리아만이 진지하고도 직설적인 눈길, 확고하면서도 어쩌면 다소 우둔한 느낌도 주는 그런 시선으로 그의 마음을 살짝 심란하게 했다.

여관까지 짧은 길을 걸어가는 동안—K는 올가의 팔짱을 끼고, 아까 그녀의 남동생에게도 그랬듯 하릴없이 이끌리다시피 갔다—K는 그 여관이 원래 성에서 온 신사 나리들만 이용할 수 있

---

8 '헤렌호프'(Herrenhof)는 K가 도착해 첫날 밤을 보낸 '다리목 여관'과는 달리 성에서 내려온 신사 나리들이 머무는 곳으로서 '신사관' 내지 '귀빈장'으로 번역될 수도 있지만, 여기서는 고유명사처럼 옮겼다.

는 곳이며, 그들이 마을에 용무가 있을 경우 그곳에서 식사를 하고 가끔은 숙박까지 한다는 것을 알게 되었다. 올가는 K와 나지막한 목소리로, 또 그를 잘 안다는 듯 이야기를 나누었다. K는 그녀와 함께 걷는 길이 바르나바스와 함께 걸을 때만큼이나 편안했다. K는 그런 편안한 감정에 저항하고자 했으나, 그런 느낌은 계속되었다.

겉보기에 그 여관은 K가 머물고 있는 여관과 아주 비슷했다. 혹은 마을 전체가 겉으로는 별 차이 없어 보였다. 그래도 그는 금방 작은 차이들을 알아차릴 수 있었다. 여관의 바깥 계단에는 난간이 있고, 문 위에는 멋진 등불을 켜두었다. 두 사람이 안으로 들어설 때 머리 위에서 천이 하나 펄럭거렸는데, 백작의 영지를 뜻하는 색상의 깃발이었다. 그들은 곧 안쪽 복도에서 이곳저곳을 순찰하던 여관 주인과 마주쳤다. 주인은 지나가면서 살피는 듯 졸린 듯 실눈을 하고서는 K를 보며 말했다. "토지 측량사는 주점까지만 들어갈 수 있어요." "그럼요." 올가가 K를 감쌌다. "이 사람은 나를 동행했을 뿐이에요." 그러나 K는 감사할 줄도 모르고 올가에게서 벗어나 주인을 한쪽으로 데려갔고, 그동안 올가는 복도 끝에서 참을성 있게 기다렸다. "이 여관에 좀 묵고 싶습니다." K가 말했다. "유감스럽지만 불가능해요." 주인이 말했다. "아직 잘 모르는 모양인데, 이 여관은 전적으로 성에서 온 신사 나리들을 위한 곳이죠." "규정이야 그럴 수 있죠." K가 말했다. "하지만 주인께서 나를 어느 구석진 곳에 재워주는 정도야 분명 가능하겠죠." "나야 당신의 요청에 흔쾌히 응하고 싶죠." 주인이 말했다. "하지만 당신이 외지인 말투로 언급한 그 규정의 엄격함은 차치하더라도 성에서 온 신사분들이 극도로 예민하기 때문에 안돼요. 내가 확신하건대 그분들은 예기치 않은 상황에서 외지인의 모습을 보는 걸 못 견디죠. 그러니 당신을 여기에 묵게 했다가 우연이라도 ─ 그리고 이 우연이라는 것은 언제나 신사 나리들 편이죠 ─ 발각되는 날에는 나뿐만 아니라 당신도 끝장이죠. 우스꽝스럽게 들릴지 모르지만 이 말은 사실이에요." 외투의 단추를 단단히 채운 장신의 이 남자, 한 손은 벽을 짚고 다른 손은 허리에 대고 두 다리를 꼰 자세로 K 쪽으로 몸을 살짝 굽히고 친밀하게 말하는 이 주인장은 농부들이 축제 때 입는 옷보다 나아 보이지 않는 어두운 색조의 옷을 입고 있기는 했지만 더이상 마을에 속하지는 않는 듯 보였다. "당신 말을 모두 믿습니다." K가 말했다. "그리고 좀 서투르게 표현하기는 했지만, 그 규정의 중요성을 과소평가하는 것도 절대 아닙니다. 단지 한가지만 지적하고자 합니다. 나는 이미 성에 소중한 연줄이 있고 또 더욱 소중한 연줄을 갖게 될 텐데, 그 연줄이 내가 이곳에 묵게 되어 발생할지도 모르는 모든 위험에서 당신을 보호해줄 겁니다. 그 연줄은 또 내가 작은 호의도 충분히 사례를 해줄 수 있는 위치에 있다는 점을 당신에게 보증해줄 겁니다." "알고 있습니다." 주인은 이렇게 말하더니 다시 한번 되풀이했다. "그래요, 그 점은 알고 있어요." 그러자 K는 자신의 요구를 더욱 강하게 내세울 수도 있었지만, 주인의 대답을 들으면서 정신이 산만해져서 다만 이렇게 물었다. "오늘 성에서 온 신사분들이 많이 묵고 있나요?" "그 점에서는 오늘이 다행스러운 편이죠." 주인이 다소 유혹하듯이 말했다. "오늘은 한분만 묵고 계세요." K는 아직까지는 주인을 압박할 수 없다고 느꼈지만 이제 자신이 거의 받아들여졌을 거라고 기대하며 성에서 온 신사의 이름을 물어보았다. "클람입니다." 주인은 대수롭지 않은 투로 말하면서 아내 쪽을 돌아보았다. 그의 아내는 유난히 낡고 오래되고 지나칠 정도로 주름장식이 많지만 세련된 도회지풍의 옷을 입고 사각사각 소리를 내며 걸어왔다. 그녀는 국장님의 요청이 있다며 남편을 부르러 왔다. 그런데 주인은 자리를 뜨기 전에 K 쪽으로 몸을 한번 더 돌렸다. 마치 이곳에 숙박하는 문제는 더이상 자신의 결정이 아니라 K의 결정에 달렸다는 투였다. 그러나 K는 어떤 말도 할 수가 없었다. 공교롭게도 자신의 상관이 바로 여기 와 있다는 상황이 그를 당혹스럽게 했다. 그는 스스로도 납득이 잘 되지 않았지만, 클람에 대해서는 성에 대한 전반적인 느낌과 달리 서슴없이 굴 수가 없었다. 이곳에 있다가 혹시 클람에게 발각되기라도 한다면, 주인이 말한 정도로 경악스러운 일은 아니더라도 감사해야 할 사람에게 경솔하게 상심을 안기는 것처럼 매우 곤혹스러운 일이 될 것이다. 다른 한편으로 하층 신분, 흔한 노동자 신분에서 오는 우려스러운 결과들이 벌써 이토록 명확하게 드러나고 또 그런 결과들이 나타난 이곳에서조차 자신이 그것을 극복할 수 없음을 알고 K는 마음이 몹시 무거웠다. 그래서 우두커니 서서 입술을 깨물며 아무 말도 하지 않았다. 주인은 문 안으로 사라지기 전에 다시 한번 K 쪽을 돌아보았고, K는 올가가 다가와 잡아당길 때까지 주인의 뒷모습을 보며 그 자리에서 꼼짝하지 않았다. "주인한테 무슨 요청을 한 거죠?" 올가가 물었다. "이곳에서 묵고 싶다고 했어." K가 말했다. "우리 집에 묵을 수 있잖아요." 올가가 의아한 표정으로 말했다. "그래, 분명히 그래." K는 이렇게 말하면서 그 말의 해석은 그녀에게 맡겼다.

3장
프리다

여관 주점은 가운데가 완전히 빈 커다란 방 형태였는데, 벽을 따라 늘어선 술통들 근처와 그 위에 농부들이 몇몇 앉아 있었다. 이곳의 농부들은 K가 묵고 있는 여관에서 본 농부들과는 다른 모습이었다. 여기 있는 사람들은 옷차림이 보다 깔끔했다. 하나같이 회색이 섞인 누르스름한 거친 천의 옷을 입었는데, 상의는 헐렁했고 바지는 몸에 꼭 맞았다. 언뜻 봐서는 서로 비슷하게 생긴 키가 작은 남자들로, 모두 납작한 얼굴에 광대뼈는 불거졌지만 양 볼은 볼록한 편이었다. 모두 조용했고 움직임 없이 다만 주점에 들어오는 이들에게 느릿느릿하고 무표정한 시선을 보냈다. 그럼에도 불구하고 인원수가 많고 또 너무 조용했던 까닭에 K는 은근히 신경이 쓰였다. 그는 그들에게 자신이 이곳에 와 있는 이유를 설명하고자 다시 한번 올가의 팔을 잡았다. 올가와 아는 사이로 보이는 남자 하나가 구석에서 일어나 그녀에게 다가오려 하자 K는 팔짱을 낀 채 올가를 다른 방향으로 돌렸다. 올가 외에는 아무도 이를 눈치채지 못했고, 그녀는 곁눈질로 미소를 띠면서 잠자코 따라왔다.

프리다[9]라는 이름의 젊은 아가씨가 맥주를 따라주었다. 아주 자그마한 몸집에 슬픈 표정과 야윈 뺨을 가진 금발의 평범한 아가씨였으나, 특별히 우월감이 담긴 시선으로 사람을 놀라게 했다. 그 시선이 K를 향했을 때, K는 그녀의 시선이 일찌감치 자신에 관한 점들을 포착해냈다는 생각이 들었다. K 자신은 그런 것들이 존재하는지 알지 못했지만, 그녀의 시선은 그 점에 대해 확신을 심어주었다. K는 프리다가 올가와 대화를 나누는 동안 옆에서 계속 그녀의 얼굴을 쳐다보았다. 올가와 프리다는 절친한 사이는 아닌 듯 냉랭한 말을 몇 마디 나눌 뿐이었다. K는 대화를 거들 셈으로 불쑥 질문을 던졌다. "혹시 클람을 알아요?" 그러자 올가가 웃음을 터뜨렸다. "왜 웃는 거야?" K가 화를 내며 물었다. "웃는 게 아니에요." 올가는 이렇게 말하면서도 계속 웃었다. "올가는 정말 유치한 처녀야." K는 이렇게 말하고는 프리다의 시선을 다시 한번 확실히 끌기 위해 카운터 위로 몸을 쭉 내밀었다. 하지만 그녀는 여전히 시선을 내리깐 채 나지막하게 말했다. "클람을 보고 싶나요?" K는 그렇다고 했다. 그러자 그녀는 바로 왼쪽에 있는 문을 하나 가리켰다. "저기 작은 엿보기 구멍이 있어요. 그 구멍으로 들여다볼 수 있어요." "그런데 여기 있는 사람들은?" K가 물었다. 프리다는 아랫입술을 삐죽이 내밀더니 아주 부드러운 손으로 K를 문으로 끌고 갔다. K는 방 안을 관찰하기 위해 뚫어놓은 것이 분명한 작은 구멍을 통해 옆방 전체를 어느정도 자세히 들여다볼 수 있었다. 클람은 앞

---

9 '프리다'(Frieda)는 '평화'를 의미하는 독일어 'Friede'를 연상시킨다.

쪽에 낮게 매달린 백열등의 환한 불빛을 받으며 방 한가운데에 있는 책상의 편안해 보이는 둥근 팔걸이의자에 앉아 있었다. 중간 키에 다부지고 육중한 몸집의 신사였다. 얼굴은 아직 매끈한 편이었으나, 두 뺨은 벌써 나이의 무게로 약간 처져 있었다. 검은 콧수염이 길게 늘어졌고, 코 위로 비스듬히 걸친 코안경이 빛을 반사하면서 두 눈을 가렸다. 만약 클람이 책상에 똑바로 앉아 있었다면 옆모습만 보였을 테지만 K를 향해 몸을 크게 돌리고 있어 K는 그의 얼굴을 정면으로 볼 수 있었다. 클람의 왼쪽 팔꿈치는 책상에 올라 있었고, 버지니아 담배를 든 오른손은 무릎에 올라 있었다. 책상에는 맥주잔이 하나 놓여 있었다. 테두리 장식이 높은 책상이라 어떤 서류가 놓여 있는지 정확히 볼 수 없었지만, 아무것도 없을 것 같았다. 그 점을 확인하고자 K는 프리다에게 구멍으로 좀 살펴봐달라고 했다. 그러자 그녀는 조금 전에 그 방에 들어갔다 나온 터라 책상에 어떤 서류도 없다는 사실을 바로 확인해줄 수 있었다. K가 이제 엿보기 구멍을 그만 봐야 하는지를 묻자 프리다는 보고 싶다면 계속 들여다봐도 된다고 했다. K는 이제 그곳에 프리다와 단둘이 남았다. 그가 얼핏 파악하기로 올가는 아는 남자한테 가서 술통 위에 걸터앉아 두 다리를 흔들고 있었다. "프리다, 클람을 잘 알아요?" K가 속삭이는 목소리로 물었다. "아, 그럼요." 그녀가 말했다. "아주 잘 알죠." 그녀는 K의 옆에 기대서서, 지금에야 K의 눈에 띄었지만, 가슴이 다소 파인 얇은 크림색 블라우스를 장난스럽게 매만지고 있었다. 블라우스는 그녀의 빈약한 몸에 어색하게 얹혀 있었다. 그녀가 물었다. "올가가 웃는 거 보셨죠?" "그럼요, 예의 없더군요." K가 말했다. "그런데 말이죠." 그녀가 달래듯 말을 이었다. "정말 웃을 만한 이유가 있었거든요. 당신은 나한테 클람을 아느냐고 물었는데, 나로 말하자면."──이 대목에서 그녀는 절로 몸을 약간 일으켜 세우고는 대화의 맥락과 상관없이 의기양양한 눈길로 K를 다시 바라보았다──"그 사람 애인이거든요.""클람의 애인이라." K가 말했다. 그녀는 고개를 끄덕였다. "그렇다면 말이죠." K는 두 사람 사이의 분위기가 너무 심각해지지 않도록 미소를 띠면서 말했다. "당신은 내가 존경할 만한 분이군요.""당신에게만이 아니죠." 프리다는 다정하게 말했지만, 그의 미소에 화답한 것은 아니었다. 그러나 K는 그녀의 거만한 태도를 꺾을 무기가 있었으므로 한번 시험해보려고 이렇게 물었다. "당신은 그럼 성에 가본 적이 있어요?" 하지만 그 질문은 별 효과가 없었다. 그녀는 이렇게 대답했다. "아뇨, 하지만 내가 이곳 주점에 있는 걸로 충분하지 않을까요?" 그녀는 아주 야심만만했고, K를 상대로 그 야심을 채워보려는 듯했다. "물론 충분하죠." K가 말했다. "이곳 주점에서 당신은 그 사람을 위해 여관 주인의 일을 수행하고 있으니까.""그렇답니다." 그녀가 말했다. "나는 다리목 여관에서 외양간 하녀로 일을 시작했어요.""이 부드러운 손으로." K는 반쯤 묻는 투로 말했는데, 스스로도 단순히 그녀에게 아부하려고 한 말인지 아니면 그녀에게 압도당해서 그런 것인지 알 수 없었다. 그녀의 두 손은 물론 작고 부드러웠지만, 여리고 대수롭지 않은 손이라고도 볼 수 있었다. "당시에는 아무도 그 점에 주목하지 않았어요." 그녀가 말했다. "지금도 그렇고요." K는 의아해하면서 그녀를 쳐다보았으나, 그녀는 고개를 가로저으면서 더 이상 말하려 들지 않았다. "물론 당신만의 비밀이 있겠죠." K가 말했다. "그리고 겨우 반시간 전에 알게 되었고 아직 자기소개조차 하지 않은 사람에게 당신의 비밀을 말할 리도 없고요." 하지만 이 논평은 결과적으로 부적절했는데, 이로 인해 K에게 우호적으로 선잠 상태에 있던 프리다를 깨우고 만 듯했다. 그녀는 허리띠에 찬 가죽가방에서 조그만 나무토막을 꺼내 엿보기 구멍을 막고는 자신의 기분이 변했음을 K가 눈치 못 채도록 감정을 확연히 억누르며 말했다. "하지만 난 당신에 관해 다 알고 있어요. 당신은 토지 측량사죠." 그러면서 이렇게 덧붙였다. "이제 나는 내 일을 하러 가야겠어요." 그녀가 카운터 뒤 자기 자리로 돌아가는 동안, 여기저기에서 사람들이 빈 잔을 채워달라며 자리에서 일어났다. K는 사람들의 눈에 띄지 않는 상황에서 그녀와 다시 이야기를 나누고 싶었다. 그래서 선반에 있는 빈 잔을 하나 집어들고 그녀에게 다가갔다. "한가지만 더요, 프리다 양." 그가 말했다. "외양간 하녀에서 주점 여급으로까지 올라선 것은 참으로 이례적인 일이고 특출한 능력이 필요한 일이죠. 하지만 그것으로 당신 같은 사람의 최종 목표가 성취된 걸까요? 참 어리석은 질문을 했군요. 날 비웃지 마세요, 프리다 양. 당신의 눈은 지난 과거의 싸움보다 오히려 미래의 싸움을 말해주고 있거든요. 그런데 세상의 장애물들은 크고 더욱이 목표가 클수록 장애물 또한 커지기 마련이니 하찮고 영향력은 없더라도 당신 못지않은 전의를 갖춘 남자의 도움을 확보해둔다고 해서 수치스러워할 일은 절대 아닐 겁니다. 우리 언제 이렇게 지켜보는 눈들이 많지 않을 때 차분히 대화를 나누었으면 해요." "원하는 게 뭔지 모르겠군요." 그런데 그녀의 의지와는 달리 이 말에는 삶의 승리가 아니라 한없는 실망이 배어 있는 듯했다. "혹시 나를 클람에게서 떼어놓으려는 건가요? 하느님 맙소사!" 그러면서 그녀는 두 손으로 손바닥을 마주쳤다. "내 마음을 꿰뚫어보았군요." K는 그렇게 못 미더워하는 데 지친 듯 말했다. "내 마음속 은밀한 의도가 바로 그거요. 클람을 떠나 나의 애인이 되어달라는 거요. 자, 이제는 가볼 수 있겠어요. 올가!" K가 외쳤다. "자, 집으로 가요." 올가는 순순히 통에서 내려왔지만, 그녀를 둘러싼 남자들에게서 곧장 빠져나올 수는 없었다. 그때 프리다가 언짢은 표정으로 K를 쳐다보며 낮게 속삭였다. "언제 당신과 이야기를 나눌 수 있을까요?" "내가 여기 묵을 수 있을까요?" K가 물었다. "네." "지금 여기 머물 수 있다고?" "일단 올가와 함께 여기서 나가세요. 내가 여기 있는 사람들을 내보낼 수 있도록 말이죠. 그러고 나서 당신은 잠시 후에 다시 오는 거죠." "좋아요." K는 이렇게 말하고 초조하게 올가를 기다렸다. 그런데 농부들은 그녀를 놓아줄 생각이 없었고, 올가를 중심에 세우고 함께 출 춤을 생각해냈다. 둥근 원을 그리는 일종의 윤무였는데, 모두가 한목소리로 외치면 한 사람이 그녀에게 다가가 한 손으로 그녀의 허리를 꼭 붙잡고 몇번 빙빙 돌렸다. 윤무는 점점 더 빨라졌고, 목이 쉰 채 열정적으로 내뱉는 소리는 점차 거의 하나의 외침이 되었다. 올가는 조금 전까지만 해도 미소를 띠면서 윤무의 원을 뚫고 나오려 했으나, 이제는 머리가 산발이 된 채 이 사람 저 사람에게로 옮겨지면서 비틀거렸다. "저런 인간들을 나한테 보낸다니까요." 프리다는 이렇게 말하면서 화가 나 얇은 입술을 깨물었다. "저 사람들은 누구죠?" K가 물었다. "클람의 하인들이에요." 프리다가 대답했다. "그 사람은 자꾸 저런 사람들을 데려오는데, 저들이 와 있으면 정신이 산란해져요. 지금도 측량사님과 무슨 이야기를 나누었는지 통 모르겠어요. 혹시 뭔가 고약한 말을 했다면 용서하세요. 저 사람들 탓이니까요. 저들은 내가 아는 사람들 중 가장 한심하고 역겨운 인간들인데, 난 저 인간들 잔에 맥주를 채워줘야 해요. 저들을 떼어놓고 오라고 클람에게 몇번이나 간청했는지 몰라요. 나는 다른 신사분들의 하인들까지 참고 견뎌야 하는 상황이니 그 사람은 저를 배려해줄 수도 있잖아요. 하지만 그 모든 부탁도 소용없어요. 그 사람이 도착하기 한 시간 전에 언제나 저들은 우리로 들어서는 가축 떼처럼 우르르 몰려들어요. 정작 저들은 이제 자기들이 있어야 할 우리로 돌아가야 해요. 당신이 여기 없었다면, 나는 여기 이 문을 확 열어젖혔을 거예요. 그러면 클람이 직접 저들을 내쫓아야 하겠죠.""그렇다면 클람은 저들의 소란을 듣지 못하는 건가요?" K가 물었다. "듣지 못해요." 프리다가 말했다. "잠들었거든요.""뭐라고!" K가 소리쳤다. "그가 잔다고? 하지만 내가 방 안을 들여다봤을 때는 자지 않고 책상에 앉아 있었는데.""그 사람은 언제나 그런 자세로 앉아 있죠." 프리다가 말했다. "그때도 그는 벌써 잠들어 있었어요. 그렇지 않다면 방 안을 들여다보는 걸 허용했겠어요? 그 사람이 자는 자세가 그래요. 성에서 온 신사분들은 잠을 아주 많이 자는데, 이해가 잘 안돼요. 하기야 그렇게 많이 자지 않는다면, 어떻게 저런 사람들을 참아낼 수 있겠어요? 자, 이제 내가 직접 저들을 몰아내야겠어요." 그러면서 그녀는 한쪽 구석에 있는 채찍을 집어들고서 마치 어린 양이 뛰어오르듯 다소 높이 불안스럽게 폴짝 뛰어오르더니 춤추는 패거리에게로 다가갔다. 처음에 그들은 그들과 어울려 춤출 사람이 새로 왔다고 생각하고는 그녀 쪽으로 몸을 돌렸다. 프리다는 실제로 한순간 채찍을 내려놓을 것처럼 굴더니, 다시 채찍을 쳐들었다. "클람의 이름으로 명령하는 거야." 그녀가 소리쳤다. "마구간으로 들어가, 모두 마구간으로 들어가라고!" 이제 그들은 사태가 심상치 않음을 눈치채고는 K로서는 이해하기 힘든 공포에 사로잡혀서 뒤로 물러나기 시작했다. 먼저 몰려간 자들에게 밀려 문이 열리자 밤공기가 주점 안으로 들이닥쳤고, 남자들은 모두 프리다와 함께 모습을 감추었다. 프리다는 안뜰 너머 마구간까지 그들을 몰고 간 것이 분명했다. 그런데 갑자기 정적이 찾아든 가운데 K는 복도에서 발소리가 나는 것을 들었다. 그는 어떻게든 안전을 기하고자 주점 카운터 뒤로 뛰어들었다. 몸을 숨길 곳이 달리 없었다. 사실 그가 주점에 머무는 것이 금지된 일은 아니지만, 이곳에서 밤을 보낼 생각이라 지금은 사람들 눈에 띄는 일을 피해야 했다. 그래서 정말로 문에 열렸을 때, 그는 탁자 아래로 미끄러져 들어가 있었다. 그곳이라고 해서 발각될 위험이 없지는 않았지만, 혹시 들키더라도 아주 거칠어진 농부들을 피해 몸을 숨겼다고 적당히 변명할 수 있을 것 같았다. 주점에 들어선 사람은 여관 주인이었다. "프리다!" 주인은 이렇게 외치면서 실내를 몇번 왔다 갔다 했다. 프리다는 다행히도 금방 돌아와 K에 대해서는 언급하지 않고 다만 농부들에 대해 불평을 늘어놓았다. 그러면서 그녀는 K를 찾으러 카운터 안쪽으로 왔고, 거기 숨어 있던 K는 겨우 그녀의 발을 만질 수 있었다. 비로소 그는 안도감을 느꼈다. 프리다가 K에 대해 전혀 언급하지 않자, 결국 주인이 말을 꺼내야 했다. "그런데 토지 측량사는 어디 있나요?" 주인이 물었다. 그는 사실 자신보다 훨씬 신분이 높은 사람들과 계속해서 비교적 자유롭게 교제를 한 덕분에 교양을 갖춘 예의 바른 남자였다. 그럼에도 프리다와 대화할 때 깍듯한 자세를 보였다. 주인이 보통은 여종업원, 더군다나 아주 뻔뻔한 여종업원과 대화할 때는 고용주의 자세를 고수한다는 점을 감안한다면 이러한 태도는 유독 눈에 띄었다. "토지 측량사를 깜빡 잊고 있었네요." 프리다는 이렇게 말하면서 작은 발을 K의 가슴에 올려놓았다. "그는 벌써 가버렸나봐요." "나는 그가 나가는 것을 보지 못했어요." 주인이 말했다. "거의 내내 복도에 있었는데 말이오." "하지만 이곳에는 없는걸요." 프리다가 쌀쌀맞게 대꾸했다. "어디 숨은 모양이군." 주인이 말했다. "내가 받은 인상으로는 무슨 사고를 칠 수 있는 인물로 보였어요." "그 정도로 대담해 보이지 않던걸요." 프리다는 이렇게 말하면서 K의 가슴에 올려놓은 발에 더욱 힘을 주었다. 그녀의 본성에는 K가 여태까지 깨닫지 못한 뭔가 유쾌하고 느긋한 면이 있었다. 그녀가 느닷없이 웃음을 터뜨리며 이렇게 말할 때는 그러한 면모가 믿기 어려울 정도로 확 드러났다. "혹시 이 아래쪽에 숨어 있을지도 몰라요." 그러면서 그녀는 K 쪽으로 몸을 굽혀 살짝 키스를 하고는, 다시 벌떡 일어나 자못 상심한 듯 덧붙였다. "아니, 여기는 없네요." 주인의 대답 역시 놀라웠다. "나로서는 그 사람이 여관을 떠났는지 확실하게 알 수 없어 영 꺼림칙해요. 클람 때문만이 아니라 규정 때문에 그래요. 그런데 그 규정은 나한테도 적용되지만, 프리다 양, 당신한테도 적용되지요. 이곳 주점은 당신이 책임지세요. 나는 건물 안 다른 곳을 찾아보겠소. 그럼 잘 자고, 편히 쉬어요!" 주인이 주점에서 나가기가 무섭게 프리다는 후다닥 전등을 끄고 카운터 아래의 K에게로 왔다. "내 사랑! 나의 달콤한 사랑!" 그녀는 이렇게 속삭였지만 K의 몸을 만지지는 않았다. 그녀는 사랑에 마음이 들뜬 듯 바닥에 등을 대고 드러누워 두 팔을 펼쳤다. 사랑의 행복에 겨운 그녀에게 시간은 무한히 늘어난 듯했고, 그녀는 어떤 짧은 노래를 제대로 부른다기보다는 탄식하는 소리를 냈다.[10] 그러다가 그녀는 K가 조용히 생각에 잠겨 있는

---

10 원래의 원고에서 카프카는 이후 다음의 문장을 지웠는데, K의 동기가 보다 직접적으로 드러나는 부분이었다. "K는 그녀보다는 클람에 대해 더 많이 생각했다. 프리다를 정복한 일은 그의 계획을 바꿔놓았다. 이곳에서 그는 마을에서 일하며 시간을 보낼 필요가 전혀 없게끔 해줄 강력한 도구를 손에 넣게 된 것이다."

모습을 보고는 깜짝 놀라더니 마치 어린애처럼 그를 잡아당기기 시작했다. "이리 나와요, 여기 있다가는 숨 막혀 죽겠어요." 두사람은 서로를 껴안았다. K의 손에서 그녀의 작은 몸은 불타올랐고, 두사람은 정신이 아득해져 몇걸음 정도 굴렀다. K는 정신을 차리고 그 상태에서 계속 빠져나오려 했으나 소용이 없었다. 그러다가 둘은 클람이 있는 방의 문에 쿵 하고 부딪힌 다음 맥주와 여러 오물이 군데군데 고인 바닥에 누웠다. 두사람의 호흡이, 또 심장의 박동이 하나가 된 가운데 몇시간이 흘러갔다. 그동안 K는 방황하며 헤매고 있거나, 아니면 그보다 앞서 아무도 가본 적이 없는 머나먼 낯선 타향에 와 있는 기분이 줄곧 들었다. 다시 말해 공기의 성분조차 고향의 것과는 아주 다른 그런 타향, 너무 낯설어 숨 막혀 죽을 지경이면서 그곳의 어처구니없는 유혹에 빠져서 계속 가다가 계속 길을 잃고 헤맬 수밖에 없는 타향에 온 기분이었다. 그래서 클람의 방에서 무심하지만 명령하듯 저음의 목소리로 프리다를 부르는 소리가 들렸을 때, K에게는 적어도 처음에는 어떤 충격이 아니라 위안을 주며 깨어나게 하는 소리로 들렸다. "프리다." K는 프리다의 귀에 대고 이렇게 말하면서 클람이 그녀를 부르는 것을 알려주었다. 프리다는 본능적인 복종심에서 벌떡 일어나려다가, 자신이 어디 있는지를 생각해내고는 기지개를 켜더니 빙그레 웃으며 말했다. "가지 않을래요. 절대로 그에게 돌아가지 않겠어요." K는 이의를 제기하며 클람에게 가도록 다그치고 또 그녀의 블라우스 매무시를 고쳐주고자 했지만, 실제로는 아무 말도 할 수 없었다. 그로서는 프리다를 손 안에 두는 것이 너무 행복했기 때문이다. 프리다가 떠나면 그가 가진 전부를 잃는 듯 몹시 불안할 만큼 행복했다. 프리다는 마치 K의 암묵적인 동의에 힘을 얻은 양 주먹을 불끈

쥐고 방문을 두드리면서 외쳤다. "저는 토지 측량사하고 같이 있어요! 토지 측량사하고 같이 있다고요!" 그러자 클람은 잠잠해졌다. 하지만 K는 몸을 일으키고, 프리다 옆에 무릎을 꿇은 자세로 어렴풋이 밝아오는 여명 속에서 주위를 둘러보았다. 무슨 일이 일어난 걸까? 그의 희망은 어디 있는가? 이제 모든 것이 폭로된 상황에서 그는 프리다에게서 무엇을 기대할 수 있을까? 그는 적의 위상, 목표물의 위상에 걸맞게 아주 신중하게 전진하는 대신에 하룻밤을 맥주가 흥건한 이곳에서 뒹굴며 보내고 말았다. 이곳은 이제 머리가 멍해질 정도로 맥주 냄새가 강하게 풍겼다. "도대체 무슨 짓을 한 거야?" K가 조용히 물었다. "우리 둘 다 끝장났어." "그렇지 않아." 프리다가 말했다. "끝장난 사람은 나야. 그래도 난 당신을 얻었어. 진정해. 그런데 저 두사람이 웃는 것 좀 봐." "누구 말이야?" K는 이렇게 물으면서 몸을 돌렸다. 조수 둘이 카운터 위에 앉아 잠은 제대로 못 잤지만 여전히 유쾌하다는 표정을 지으며 웃고 있었다. 그것은 자기 의무를 충실히 다할 때 오는 유쾌함이었다. "너희가 여기에 무슨 일이야?" K는 모든 것이 그들의 잘못인 양 소리를 질렀고, 어제저녁에 프리다가 사용한 채찍을 찾으려고 주위를 두리번거렸다. "우리는 당신을 찾아나서야 했어요." 조수들이 말했다. "당신이 우리가 있던 여관 식당으로 돌아오지 않아 당신을 찾으러 바르나바스 집에 갔었고, 마침내 여기서 당신을 찾아낸 거죠. 우리는 밤새 이곳에 앉아 있었어요. 조수 업무가 쉽지 않네요." "내가 너희를 필요로 하는 때는 낮이야, 밤이 아니라고." K가 말했다. "어서 꺼져!" "지금은 낮인데요." 그들은 이렇게 말하며 눌러앉아 있었다. 때는 정말 낮이었다. 뜰로 이어진 문이 열렸고, K가 까맣게 잊고 있었던 올가와 농부들이 함께 안으로 몰려들어왔다. 옷과 머리가 흐트러져 있었지만 올가는 어제저녁과 마찬가지로 생기발랄했고, 그녀의 눈은 문에서부터 K를 찾고 있었다. "왜 어제 나와 함께 집으로 가지 않았어요?" 그녀는 눈물을 글썽이며 말했다. "저런 여자 때문에!" 그녀는 스스로 대답하면서, 몇번이나 같은 말을 되풀이했다. 잠시 자리에서 사라졌던 프리다는 작은 옷 보따리를 들고 돌아왔고, 올가는 슬픈 표정으로 옆으로 비켜섰다. "이제 가요." 프리다가 말했다. 그들이 함께 가야 할 곳이 다리목 여관임에는 의심의 여지가 없었다. K와 프리다가 앞장섰고, 이어 조수들이 뒤따르면서 하나의 행렬이 갖추어졌다. 한편 농부들은 프리다에 대해 아주 경멸하는 태도를 보였다. 그녀가 여태껏 그들을 아주 엄하게 지배해왔으니 납득이 가는 일이었다. 어떤 사람은 심지어 지팡이를 손에 들고서 그녀가 지팡이를 뛰어넘기 전에는 보내주지 않을 듯 굴었다. 그러나 그녀의 시선은 그를 쫓아버리기에 충분했다. 눈이 내리는 바깥으로 나서자 K는 다소 안도의 한숨을 내쉬었다. 바깥에서 자유로운 상태로 있는 것이 너무 행복해서 이번에는 험난한 길이라도 견딜 수 있었다. 물론 K 혼자였더라면 더 나았을 것이다. 다리목 여관에 이르자 K는 곧장 자기 방으로 가서 침대에 드러누웠고, 프리다는 침대 옆 바닥에 누울 자리를 마련했다. 조수들은 그들과 함께 안으로 밀치고 들어오려다 쫓겨났지만, 창문으로 다시 들어왔다. K는 그들을 다시 내쫓기에는 너무 피곤했다. 그때 여주인이 프리다에게 환영의 인사를 하러 몸소 방으로 올라왔고, 프리다는 그녀를 '엄마'라고 불렀다. 두사람은 입맞춤을 하고 오래 껴안기도 하며 이해하기 어려울 정도로 서로를 진심으로 반겼다. 그 작은 방에는 평온할 틈이 별로 없었다. 남자 부츠를 신은 하녀들까지 가끔 뭔가를 가져오거나 가져가기 위해 소란스럽게 들락거렸다. 하녀들은 온갖 잡동사니가 그득한 침대에서 뭔가 필요한 것이 있으면 K의 아래쪽으로 와서 조심성 없이 마구 꺼내갔다. 그들은 프리다를 동료인 양 환영했다. 이토록 어수선한 가운데 K는 그날 낮과 밤 시간 내내 침대에 누워 있었다. 여러 사소한 일은 프리다가 처리해주었다. 다음 날 아침, K가 마침내 아주 상쾌한 기분으로 자리에서 일어났을 때는 그가 마을에 체류한 지 벌써 나흘째가 되었다.

4장
여주인과의 첫 대화

　그는 프리다와 좀 은밀한 대화를 나누고 싶었다. 그러나 조수들
이 성가시게 죽치고 있는 것만으로도 방해가 되었다. 게다가 프리
다는 조수들과 때로 농담도 주고받고 웃기까지 했다. 물론 조수들
은 딱히 까다롭게 굴지도 않았고, 바닥 한구석에 낡은 치마 두벌
을 깔고 자리를 마련했을 뿐이다. 조수들이 가끔 프리다와 나누는
대화를 들어보면, 그들은 주인인 토지 측량사를 방해하지 않고 가
능한 한 조그만 공간을 차지하는 것을 영예롭게 여겼다. 이를 위해
조수들은, 물론 많이 속닥거리기도 하고 킥킥거리기도 했지만, 팔
과 다리를 포개고 웅크리는 등 이런저런 시도를 했다. 그래서 어슴
푸레한 빛에서 보면 조수들이 있는 구석에는 다만 커다란 실몽당
이 하나가 있는 것처럼 보였다. 그렇지만 K가 낮의 밝은 빛에서 본
바로는, 그들은 K를 아주 주의 깊게 관찰하고 또 지속적으로 응시
하고 있었다. 이를테면 겉으로 보기에 어린애들처럼 장난을 치면

서 두 손으로 망원경을 만들어보는 흉내를 내기도 하고 또 이와 비슷한 쓸데없는 수작을 부리거나, 이쪽을 향해 눈을 껌벅이면서 특히 자신들이 애지중지하는 수염을 매만지는 일에 열중하는 듯하는 때에도 주의 깊은 관찰자 역할을 하고 있었다. 수염을 매만질 때에는 수차례 수염의 길이와 숱을 비교하며 프리다에게 평가를 부탁하기도 했다. K는 종종 세사람이 하는 짓을 자기 침대에서 아주 무덤덤하게 바라보았다.

그가 이제 침대를 떠나도 좋을 만큼 기력을 충분히 회복했다고 느끼자, 세사람 모두 그의 시중을 들려고 달려왔다. 그는 아직 저들의 시중을 완전히 거부할 수 있을 정도로 기력을 회복한 것은 아니었다. 어느정도 그들에게 의존할 수밖에 없고 그것이 나쁜 결과를 가져오리라는 걸 알았지만, 어쩔 수 없이 그들이 하는 대로 내버려둬야 했다. 식탁에 앉아 프리다가 가져온 맛 좋은 커피를 마시고 프리다가 피운 난롯불에 몸을 덥히고, 또 열심이지만 재빠르지 못한 조수들을 시켜 계단을 열번이나 오르락내리락하게 하면서 세숫물, 비누, 빗, 거울을 가져오게 하고, 또 그가 마지막으로 나지막한 소리로 자신의 작은 소망을 넌지시 일러 럼주를 한잔 가져오게 하는 것도 그리 불쾌한 일은 아니었다.

이렇게 지시를 내리고 시중을 받는 가운데 K는 정말 어떤 성공을 기대해서가 아니라 기분이 좋아진 나머지 이렇게 말했다. "이제 너희 둘은 나가보도록 해. 당분간은 너희가 필요하지 않아. 내가 프리다 양과 단둘이 하고 싶은 이야기가 있거든." 조수들의 얼굴에서 저항의 낌새가 보이지 않자, 그는 보상의 의미에서 이렇게 덧붙였다. "그리고 나서 우리 세사람은 촌장을 만나러 갈 거야. 아래층 식당에서 나를 기다리도록 해." 조수들은 이상하게도 순순히 따르면서 다만 방에서 나가기 전에 이렇게 말했다. "여기서 기다릴 수도 있어요." 그러자 K가 대답했다. "나도 알아. 하지만 내가 원치 않아."

그런데 조수들이 방을 나가자마자 프리다가 그의 무릎 위에 올라앉아 한마디를 했는데 K는 화가 나기도 했지만 어떤 면에서는 반가운 마음도 있었다. 프리다가 말했다. "왜 그렇게 저들을 싫어해요, 내 사랑? 우리가 그들 모르게 무슨 비밀을 간직할 필요는 없다고. 저들은 충직해." "뭐, 충직하다고?" K가 말했다. "그들은 항상 나를 지켜보고 있어. 그것은 무의미한 짓이기도 하지만, 역겨운 일이야." "무슨 말인지 알 것 같아." 그녀는 이렇게 말하면서 그의 목에 매달렸고, 또 무슨 말을 하려고 했으나 더이상 할 수 없었다. 두사람은 침대 바로 옆 안락의자에 앉아 있었는데, 기우뚱하면서 침대 쪽으로 넘어졌기 때문이다. 그들은 침대에 함께 누웠지만, 첫날밤만큼 서로에게 몰입되지는 않았다. 그녀는 뭔가를 찾으려 했고 그 역시 그러했기에, 두사람은 거의 성난 상태가 되어 얼굴을 찡그린 채로 서로의 가슴에 머리를 부딪히면서 그것에 닿으려 애썼다. 서로 껴안고 몸부림을 쳐도 그것이 망각 상태로 이끌지는 못하고, 계속 찾아야 한다는 의무만 기억나게 했다. 마치 개들이 필사적으로 땅바닥을 파헤치듯 두사람은 서로의 몸에 몰입했지만 별도리 없이 실망한 채 마지막 행복이라도 맛보고자 가끔 혀로 서로의 얼굴을 핥기도 했다. 그러다가 피로가 몰려오자 비로소 그들은 진정했고 서로에게 감사하는 마음이 들었다. 그때 하녀들이 방으로 올라왔다. "저것 봐, 저기 저들이 누워 있는 꼴 좀 보라고." 하녀 하나가 이렇게 말하면서 인정을 베풀어 그들 위에 천을 던져 덮어주었다.

나중에 K가 천을 들추고 나와 주위를 둘러보니, 조수들이 다시 구석에 앉아 있었다. K로서는 전혀 놀랍지 않았다. 조수들은 손가락으로 K를 가리키더니 서로에게 점잖게 굴라고 주의를 주고 경례를 했다. 그뿐만 아니라 침대 옆에는 여주인이 자리를 잡고 앉아 양말을 뜨고 있었다. 방 안을 어두컴컴하게 만들 만큼 커다란 그 체구에는 별로 어울리지 않는 소일거리였다. "한참을 기다렸네요." 여주인은 이렇게 말하면서, 지금은 세월의 주름이 많이 생겨났지만 전체적으로 여전히 미끈하고 한때는 아름다웠을 후덕한 얼굴을 쳐들었다. 그녀의 말은 비난처럼 들렸는데 부당한 일이었다. K는 그녀에게 와달라고 요구한 적이 없었기 때문이다. 그래서 그는 다만 고개를 끄덕여 그녀의 말에 화답하고는 자리에서 일어나 똑바로 앉았다. 프리다도 일어났지만, K에게서 벗어나 여주인이 앉은 안락의자로 가서 몸을 기댔다. "여주인께서는 이렇게 하시면 어떨까요." K는 약간 멍한 상태에서 말했다. "하실 말씀을 제가 촌장님께 다녀온 후로 미루면 어떨까요? 촌장님과 긴히 상의할 일이 있거든요." "측량사 양반, 여기 일이 더 중요해요. 내 말을 믿으세요." 여주인이 말했다. "거기서는 고작해야 어떤 사안이 문제가 되겠지만, 여기서는 사람, 내가 애지중지하는 아이 프리다가 걸린 문제라고요." "아, 그렇군요." K가 말했다. "그렇다면 물론 그래야죠. 그런데 그 문제를 왜 우리 두사람에게 맡기지 않는지 모르겠군요." "사랑하기 때문에, 염려하기 때문에요." 여주인은 이렇게 말하면서 프리다의 머리를 자기 쪽으로 끌어당겼다. 프리다는 서 있어도 겨우 여주인의 어깨에 닿을 정도였다. "프리다는 당신을 정말 신뢰하나봅니다." K가 말했다. "나로서는 별수 없네요. 프리다가 아까 내 조수들을 충직하다고 했으니, 우리 모두는 서로 친구인 셈이군요. 그러므로 당신께는 내가 프리다와 결혼하는 것을―그것도 최대한 빨리 말이죠―최선으로 생각하고 있음을 말씀드리지요. 하지만 정말 유감스럽게도 나로서는 프리다가 나와 결혼함으로써 잃게 되는 것, 헤렌호프에서의 지위와 클람과의 친분은 보상해줄 수 없군요." 그때 프리다가 얼굴을 들었다. 그녀의 눈에는 눈물이 가득했고 우쭐해하는 티는 전혀 엿보이지 않았다. "어째서 나죠? 어째서 내가 선택받은 거죠?" "뭐라고?" K와 여주인이 동시에 물었다. "정신이 혼란한 모양이에요, 불쌍한 것." 여주인이 말했다. "엄청난 행복과 불행이 함께 들이닥쳐 정신이 혼미한 거예요." 프리다는 여주인의 말을 확인이라도 하듯이 K에게로 달려가더니 마치 방에 두 사람밖에 없다는 듯 마구 키스를 퍼부었다. 그러고는 K를 껴안은 채 울며 그 앞에 무릎을 꿇었다. K는 두 손으로 프리다의 머리카락을 쓰다듬으며 여주인을 향해 물었다. "내 말에 동의하시는 것 같군요?" "당신은 신의를 소중하게 여기는 사람이죠." 여주인도 이 말을 하면서 울먹였다. 그녀는 다소 초췌해 보이고 가쁜 숨을 몰아쉬기는 했지만, 그래도 말할 기운은 남아 있었다. "이제는 당신이 프리다에게 어떤 보증을 제공해줄지 생각해야 할 거예요. 내가 아무리 당신을 존경한다고 해도, 낯선 타지 사람인 당신을 보증해줄 사람도 없고 당신 집안 사정에 대해서도 알려진 바가 전혀 없으니까요. 그러니까 측량사 양반, 보증이 필요하지요. 아시겠죠? 프리다가 당신과 얽혀서 얼마나 많은 것을 잃게 되는지는 당신 스스로도 강조했잖아요." "그럼요, 해줘야죠, 물론이오." K가 말했다. "공증인 앞에서 하는 것이 가장 좋겠지요. 하지만 백작의 다른 관청에서도 아마 간섭하려 할 거요. 그밖에 결혼식 전에 반드시 처리해야 할 일도 있고요. 클람과 이야기를 해야겠어요." "말도 안돼." 프리다는 이렇게 말하며 몸을 약간 일으켜 K에게 기댔다. "그 무슨 어처구니없는 생각이야!" "반드시 해야 하는 일이야." K가 말했다. "내가 못한다면, 당신이 해야 해." "나는 못해, K. 나는 할 수 없어." 프리다가 말했다. "클람은 당신과 결코 이야기하지 않을 거야. 어떻게 클람이 당신과 이야기할 거라고 생각할 수 있지?" "당신과는 이야기하지 않을까?" K가 물었다. "나하고도 이야기하지 않을 거야." 프리다가 말했다. "당신과도 하지 않고, 나하고도 하지 않을 거야. 그건 절대 불가능한 일이야." 그러면서 프리다는 두 팔을 벌리더니 여주인 쪽을 향했다. "엄마, 이 사람이 뭘 요구하는지 좀 보세요." "측량사 양반, 당신은 참 독특한 분이군요." 여주인이 이렇게 말했다. 그러면서 그녀는 이제 몸을 곧추세우고 앉아 두 다리를 벌려 얇은 치마 사이로 억센 무릎을 드러냈는데 그 모습이 심상치 않았다. "당신은 불가능한 것을 요구하고 있어요." "왜 불가능하다는 거죠?" K가 물었다. "설명해드리죠." 여주인은 마치 자신의 설명이 마지막 호의를 베푸는 것이 아니라 그에게 내리는 첫 형벌이기라도 하는 듯한 투로 말했다. "기꺼이 설명해드리겠어요. 나는 물론 성에 속한 사람은 아니고 한낱 여자, 이곳 최하급 여관의 여주인에 불과해요. 꼭 최하급 여관은 아니지만 크게 다를 바 없죠. 그래서 당신은 내 설명을 대수롭지 않게 여길 수도 있어요. 하지만 나는 평생 두 눈을 부릅뜨고 살아왔고 정말 많은 사람들을 만났으며 여관 운영의 모든 짐을 혼자서 감당했어요. 왜냐하면 내 남편은 훌륭한 젊은이기는 하지만 여관 주인의 자질을 갖추지는 못했고, 또 책임 따위는 전혀 모르는 사람이거든요. 예를 들어 당신이 이곳 마을에 머무는 것이나 이 침대에서 평화롭고 안락하게 앉아 있는 것은 오로지 그 사람의 나태함 덕분이거든요. 그날 저녁 나는 이미 지쳐서 쓰러질 지경이었어요." "뭐라고요?" K는 정신이 딴 데 팔려 있다가 정신을 차리며, 화가 나서라기보다는 오히려 궁금해서 물었다. "오로지 그 사람의 나태함 덕분이라고요!" 여주인은 집게손 가락으로 K를 가리키면서 같은 말을 다시 한번 외쳤다. 프리다가 여주인을 진정시키려고 했다. "너는 도대체 뭘 원하는 거야?" 여주인은 몸 전체를 획 돌리면서 말했다. "여기 측량사님이 내게 질문을 했으니 대답을 해야지. 클람 씨가 이분과 결코 이야기하지 않을 것이라는 점이 우리에게는 자명하지만, 이분이 어떻게 이해할 수 있겠어? 나는 '않을 것'이라는 표현을 사용했지만, 사실은 그럴 수 없는 것이지. 측량사님은 내 말을 좀 들어보세요. 클람 씨는 성에서 온 분으로, 그 사실 자체만으로도 대단히 높은 신분을 의미해요. 그분의 높은 지위는 차치하고요. 그런데 우리가 여기서 이처럼 굽실거리며 결혼 승낙을 얻으려는 상대인 당신은 도대체 어떤 분일까요? 성에서 온 사람도 아니고, 이곳 마을 사람도 아닌 아무것도 아닌 존재라고요. 하지만 유감스럽게도 그 무엇이기는 하죠. 이방인, 즉 깍두기 신세로 어딜 가나 문제를 일으키는 사람, 다른 사람들에게 늘 신세를 끼치는 사람─왜, 하녀들이 숙소를 다른 곳으로 옮겨야만 했잖아요─속내를 알 수 없는 사람, 게다가 우리의 가장 사랑스러운 귀염둥이 프리다를 꾀어내는 바람에 속절없이 이 아이를 당신 아내로 내줘야만 하게 만든 사람이죠. 기본적으로 이런 이유들로 당신을 비난하지는 않아요. 당신은 당신 나름대로 한 인간이니까요. 나야 살아오면서 너무 많은 일을 봐와서 이런 광경을 참지 못할 것도 없어요. 하지만 지금 당신이 요구하는 걸 한번 생각해봐요. 클람 같은 분과 면담을 하고 싶다니. 나는 프리다가 당신에게 엿보기 구멍을 들여다보게 해줬다는 말을 듣고 마음이 아팠어요. 그때 벌써 저 아이는 당신에게 넘어간 거죠. 클람의 모습을 보고도 어떻게 견뎌냈는지 좀 말씀해보세요? 대답하지 않으셔도 돼요. 나도 알아요. 당신은 잘 견뎌냈어요. 하지만 클람을 실제로 보는 일은 절대 불가능해요. 내가 오만해서 하는 말이 아니에요. 나 자신도 그럴 수가 없거든요. 당신은 클람이 당신과 대화해야 한다고 하지만, 그분은 마을 사람들과도 결코 대화하지 않아요. 그분은 여태껏 마을 사람들과 직접 대화한 적이 한번도 없다고요. 하지만 그분은 적어도 프리다의 이름은 부르게 되었고, 프리다는 원한다면 그에게 이야기를 할 수 있으며 심지어 엿보기 구멍으로 들여다보는 일도 허락받았어요. 그것은 프리다에게 엄청나게 영예로운 일이고, 나로서도 죽을 때까지 자부심을 가질 만한 일이죠. 하지만 그분은 프리다와도 정말로 이야기를 나눈 적은 없어요. 그리고 그분이 프리다를 가끔씩 불렀다고 해서, 사람들이 부여하고 싶어하는 그런 의미가 있다고는 할 수 없어요. 그분은 그냥 프리다라는 이름을 불렀던 것이고—그의 의도를 누가 알겠어요?—프리다는 스스로 알아서 부랴부랴 달려갔던 거죠. 그런데 그녀가 별다른 제지를 받지 않고 클람에게 갈 수 있었던 것은 클람의 호의였지, 그분이 정말 그녀를 불렀다고 우길 수는 없어요. 물론 지금은 그마저도 영원히 지나간 과거사가 되었지만요. 아마도 클람은 여전히 프리다라는 이름을 부를 거예요. 그래요, 그럴 법하죠. 하지만 당신과 관계를 맺고 시간을 보냈으므로 이제 이 아이는 그분께 접근하는 것이 허용되지 않을 거예요. 그런데 한가지, 내 모자란 머리로는 도저히 이해할 수 없는 사실이 하나 있는데, 클람의 애인이라고—물론 너무 과장된 표현이라고 생각하지만요—불리던 그런 아이가 당신이 건드리는 걸 허용했다는 거요."

"그러게요, 정말 이상하군요." K는 이렇게 말하면서 프리다를 무릎에 앉히고자 끌어당겼다. 프리다는 고개를 숙이고는 있었지만 바로 순순히 몸을 맡겼다. "하지만 그밖의 일도 모두 당신이 생각하는 대로 일어나지 않는다는 점을 입증해주는 것 같군요. 예를 들어 내가 클람 앞에서는 아무것도 아닌 존재라는 그 말은 분명히 맞아요. 또 내가 지금 당신의 설명을 듣고서도 물러서지 않고 클람과의 면담을 끝까지 요구한다고 해서, 그것이 내가 문을 사이에 두지 않고도 클람의 모습을 견딜 수 있다는 말은 아니에요. 그가 모습을 드러내자마자 내빼지 않으리라고는 저도 장담할 수 없어요. 하지만 그러한 우려에 정당한 근거가 있다고 해서 나를 막을 수는 없어요. 내가 그와 맞설 수 있다면, 그가 면담에 나설 필요도 없어요. 내 말이 그에게 깊은 인상을 주는 걸 보는 것만으로 내겐 충분하거든요. 설령 내 말이 아무런 인상도 못 주거나 그 사람이 내 말을 전혀 듣지 않는다 해도 나로서는 한 막강한 인물 앞에서 자유롭게 할 말을 했다는 소득이 있는 거죠. 그런데 여주인 당신은 인생과 사람의 본성에 대해 잘 알고, 또 프리다는 어제까지만 해도 클람의 애인이었으니—내가 이 말을 꺼릴 이유는 없죠—당신네 둘이 내게 클람과 면담할 기회를 틀림없이 쉽게 만들어줄 수 있을 거요. 만약 다른 방법이 없다면, 헤렌호프에서 면담하는 것도 괜찮아요. 어쩌면 그 사람은 오늘도 거기에 있을 거요."

"가능하지 않아요." 여주인이 말했다. "내가 보기에 당신은 사태를 제대로 파악하지 못하고 있어요. 어디 말을 좀 해봐요, 도대체 클람과 무엇에 대해 의논하겠다는 거죠?"

"당연히 프리다에 대해서죠." K가 말했다.

"프리다에 대해서?" 여주인은 이해할 수 없다는 표정으로 반문

하더니 프리다 쪽으로 몸을 돌렸다. "저 말 들었어, 프리다? 이 사람, 이 사람이 말이야 바로 너에 대해 클람, 다른 사람도 아닌 클람과 이야기를 하겠다는구나."

"아, 여주인 양반." K가 말했다. "정말 지혜롭고 또 존경할 만한 여성께서 사소한 일에 깜짝 놀라시는군요. 프리다에 대해 그와 면담을 하려는 건, 황당무계한 생각이 아니라 당연한 거요. 혹 내가 나타난 순간부터 프리다가 클람에게 중요하지 않은 존재가 되었다고 여긴다면, 잘못 생각한 겁니다. 그렇다면 당신은 그 사람을 과소평가한 거예요. 이 문제에 대해 내가 당신을 가르치려는 것은 주제넘은 일임을 잘 알지만, 그렇게 하지 않을 수 없군요. 나로 인해 클람과 프리다의 관계에서 변한 것은 아무것도 없다고 해야 할 거요. 우선 두사람 사이에 어떤 실질적인 관계가 없는 경우라면—사실 프리다에게서 그의 애인이라는 명예로운 이름을 앗아가려는 사람들은 이런 식으로 말하겠죠—지금도 그런 관계가 없다고 해야겠죠. 반대로 어떤 실질적인 관계가 있다면, 당신이 올바로 지적했듯 그런 관계가 어떻게 나로 인해, 클람의 눈으로 보면 아무것도 아닌 존재로 인해 방해받을 수 있겠어요? 처음 충격을 받는 순간에야 그렇게 믿을지는 몰라도 조금만 숙고해봐도 그러한 생각은 수정될 수밖에 없어요. 어쨌거나 이 문제에 대한 프리다의 의견을 들어보죠."

프리다는 시선을 먼 곳에 두고 뺨을 K의 가슴에 기댄 채 말했다. "방금 엄마가 말한 대로, 클람은 나에 대해 더이상 아무것도 알려고 하지 않아요. 하지만 물론 내 사랑, 당신이 나타났다고 해서 그런 거라고는 할 수 없어요. 그 사람은 그런 일로 충격을 받을 분이 아니죠. 그런데 어쩌면 우리가 거기 카운터 아래서 함께 있게 된 것도 그가 한 일이라는 생각이 들어요. 그 시간이 저주의 시간이 아니라 축복의 시간이기를 바라요!"

"상황이 그렇다면." K가 천천히 입을 열었다. 프리다의 말은 그렇게나 달콤한 것이었고, 그는 그녀의 말이 가슴에 스며들도록 몇초간 두 눈을 감고 기다렸다. "상황이 그렇다면, 클람과의 면담을 두려워할 이유가 더욱 없군요."

"정말이지." 여주인이 K를 위에서 내려다보며 말했다. "당신은 문득 내 남편을 생각나게 하는군요. 그 사람만큼이나 고집 세고 어린애같이 구네요. 당신은 이곳에 온 지 며칠밖에 되지 않았는데 무엇이든지 이곳 토박이들보다 더 잘 안다고 우기고 있어요. 늙은이인 나보다도 잘 알고, 헤렌호프에서 많은 것을 보고 들은 프리다보다도 더 잘 아는 듯 구네요. 규정을 위반하고 또 예로부터 내려오는 관습을 어기며 뭔가를 달성하는 일이 한번쯤은 일어날 수 있다는 점은 나도 부인하지 않겠어요. 아직까지 내가 직접 겪어보지는 않았지만, 그 같은 사례들이 있다고도 하고 또 그럴 수 있어요. 하지만 그렇다고 해도 지금 당신처럼, 다시 말해 줄곧 '아니요, 아니요'라고 하면서 자신의 머리만 믿고 가장 호의적인 충고도 귀담아듣지 않는 식으로는 불가능할 것이 분명해요. 당신은 내가 당신을 염려한다고 생각해요? 당신이 혼자였을 때 내가 당신한테 신경이라도 쓰던가요? 차라리 그랬더라면 나았을 것이고, 몇가지 일은 피할 수 있었을 텐데 말이죠. 그때 내가 당신에 대해 남편에게 했던 한마디는 '저 사람을 멀리해요'라는 말이었어요. 그리고 프리다가 당신의 운명에 얽히지만 않았어도 그 말은 지금 내게도 유효했을 거요. 내가 세심하게 배려를 하고 심지어 주의를 기울이기까지 하는 이유는 당신 마음에 들건 안 들건 다 이 아이 덕분인 줄 아세요.

그리고 나는 이 귀여운 프리다를 어머니처럼 걱정하고 보살펴주는 유일한 사람이고, 당신은 나에게 엄중한 책임을 져야 하므로 나를 간단히 거부할 수는 없는 거요. 프리다의 말이 맞고 또 모든 것이 클람의 뜻대로 일어난 것일 수 있어요. 하지만 나는 클람에 대해 아는 바가 아무것도 없고, 또 그 사람과 이야기하는 일은 결코 없어요. 그 사람은 나로서는 절대 다가갈 수 없는 분이거든요. 하지만 당신은 여기 앉아 나의 프리다를 붙잡고 있고, 또─내가 굳이 숨길 이유가 뭐가 있겠어요?─나한테 붙잡혀 있는 거요. 그래요, 나한테 붙잡혀 있다고요. 이봐요, 젊은 양반. 내가 당신을 이 집에서 쫓아낸다면, 개집이든 어디든 마을에 어디 숙소를 정할 곳이 있는지 찾아보세요.”

“이거 정말 고맙군요.” K가 말했다. “아주 솔직한 말씀이고, 나는 당신의 말을 전적으로 믿습니다. 그러니까 나의 처지는 아주 불안정하고, 따라서 프리다의 처지 또한 그렇군요.”

“그렇지는 않아요.” 여주인이 화난 목소리로 끼어들며 소리쳤다. “그 점에 있어 프리다의 처지는 당신 처지하고는 아무 상관이 없어요. 프리다는 내 집에 속해 있고, 이곳에서 그녀의 지위가 불안정하다고 말할 권리가 있는 사람은 아무도 없어요.”

“좋습니다, 좋아요.” K가 말했다. “그 점에서도 당신 말이 옳다고 하죠. 특히 프리다는, 나로서는 그 이유를 알 수 없지만, 당신을 너무 무서워해서 우리 대화에 끼지 못하는 것으로 보이니까요. 그러니까 우선은 내 문제만 놓고 보죠. 내 처지가 극히 불안정하다는 점, 당신은 이를 부정하기는커녕 증명해내려고 애를 쓰고 있죠. 하지만 당신이 하는 말이 다 그렇듯이 그 말도 대체로 옳을 뿐이지 전적으로 옳다고는 할 수 없어요. 예를 들어 나는 자유롭게 이용할

78

수 있는 꽤 괜찮은 숙소를 하나 알고 있어요."

"어디, 어디?" 프리다와 여주인은 마치 똑같은 이유에서 질문을 던지는 듯 동시에, 그리고 몹시 궁금하다는 듯이 소리쳤다.

"바르나바스네 집이요." K가 말했다.

"그 천한 것들!" 여주인이 소리쳤다. "그 교활하고 천한 것들! 바르나바스네 집에서 지낸다고! 너희도 좀 들어보렴—" 이렇게 말하면서 여주인은 조수들이 있던 구석 쪽을 돌아다보았으나, 조수들은 이미 한참 전에 그 자리를 떠서는 서로 팔짱을 끼고 여주인 뒤에 서 있었다. 여주인은 이제 기댈 버팀목이 필요하다는 듯이 한 조수의 손을 붙잡고 말을 이었다. "이 양반이 어디를 돌아다니고 있는지 너희도 들었지? 바르나바스네 집에 간다는 거야! 물론 거기서 잠자리를 얻을 수 있겠지. 아, 이 사람이 헤렌호프에 가지 말고 차라리 거기 묵었더라면 좋았을 것을. 그런데 너희는 도대체 어디에 있었지?"

"이봐요, 여주인 양반." 조수들이 미처 대답하기 전에 K가 말했다. "저들은 내 조수들이오. 당신은 저들이 마치 당신의 조수인 양, 나를 감시하는 자들인 양 다루고 있어요. 다른 모든 일이라면 내가 적어도 당신의 의견에 대해 아주 공손하게 논의할 용의가 있지만, 내 조수들 문제에서는 그렇게 하지 않을 거요. 너무도 명백한 사안이니까요. 그러니 부탁하건대 내 조수들과는 이야기하지 마세요. 부탁으로 충분하지 않다면, 내 조수들이 당신에게 대답하지 못하게 할 거요."

"그러니까 나는 너희하고 이야기해서는 안된다는구나." 여주인은 조수들에게 이렇게 말했고, 세사람은 웃음을 터뜨렸다. 하지만 여주인의 웃음은 조소가 담기기는 했지만 K가 예상했던 것보다는 훨씬 부드러웠고, 조수들의 웃음은 지금까지 그러했듯 많은 것을 의미하는 듯하면서도 아무 의미도 없고 어떤 책임도 거부하는 그런 웃음이었다.

"화내지 마요." 프리다가 말했다. "당신은 우리가 흥분하는 이유를 제대로 이해해야 해. 굳이 따진다면 당신과 내가 지금 서로 하나가 된 것은 전적으로 바르나바스 덕분이야. 당신을 주점에서 처음 보았을 때—그때 당신은 올가의 팔짱을 끼고 들어왔지—나는 당신에 대해 조금은 알고 있었지만 전반적으로 별 관심 없었어. 당신뿐만 아니라, 거의 모든 것, 거의 모든 것이 나의 관심 밖이었어. 그때 나는 많은 일에 불만이 있었고, 또 몇가지 일로 화가 나 있었거든. 하지만 그것이 어떤 종류의 불만이고, 또 내가 얼마나 화가 났었는지는 모르겠어. 주점에 있던 손님 중 하나가 나를 모욕했을 수도 있어. 손님들은 늘 내 꽁무니를 따라다니지. 당신도 거기 있던 녀석들을 봤을 거야. 클람의 하인들이 가장 고약한 부류는 아니니 훨씬 더 고약한 녀석들이 왔던 거야. 그렇지만 손님 중 하나가 나를 모욕한 게 나한테 무슨 의미가 있겠어? 그런 일은 내게 몇해 전에 일어났거나, 또는 전혀 일어나지 않았거나, 또는 단지 그런 이야기를 들은 것이거나, 또는 그 이야기조차 벌써 잊어버린 것 같거든. 이제는 묘사할 수도 없고, 상상할 수조차 없어. 클람이 나를 떠난 후부터는 모든 것이 달라졌거든—"

이어 프리다는 이야기를 중단하고는 슬픈 표정으로 고개를 숙였고 두 손을 모아 가지런히 무릎에 올려놓았다.

"좀 보라고요." 여주인이 이렇게 외쳤는데, 마치 자신이 말하는 것이 아니라 프리다에게 목소리를 빌려주는 듯 행동했다. 그녀는 더 가까이 다가와 지금은 프리다의 바로 옆에 앉았다. "측량사 양반, 이제 당신의 행동이 낳은 결과들을 좀 보세요. 그리고 내가 이 야기를 나누어서는 안되는 당신의 조수들도 잘 지켜보고 교훈을 얻는 것이 좋겠어요. 당신은 프리다가 그 어느 때보다도 가장 행복한 상태에서 그녀를 낚아챘어요. 그리고 당신이 성공을 거둔 것은, 무엇보다 당신이 올가의 팔에 매달려 바르나바스네 가족에게 넘어갈 것처럼 보여 프리다가 순진한 동정심에 사로잡혀 그 상황을 두고볼 수 없었기 때문인 거고요. 이 아이는 당신을 구했고, 그러면서 자신을 희생했어요. 그리고 일이 이제 그렇게 흘러가서 프리다가 자신이 가진 모든 것을 당신의 무릎 위에 앉는 행복과 바꿔버린 이 상황에서, 당신은 바르나바스네 집에서 묵을 수도 있었다는 말을 비장의 카드처럼 던지는군요. 당신은 그렇게 해서 나한테 의존해 있지 않다는 점을 증명해 보이고 싶은 모양이죠. 그래요, 만약 당신이 정말 그 집에 묵었더라면, 당신은 나와 아무런 상관이 없을 테니 지금이라도 당장 서둘러 내 집을 떠나야만 할 거요."

"나는 바르나바스 가족의 죄과에 대해 아는 바가 없어요." K는 생기가 없는 프리다를 조심스럽게 들어 천천히 침대에 내려놓고는 자리에서 일어나면서 말했다. "그 점에 대해서는 아마 당신 말이 옳겠지요. 하지만 내가 프리다와 나, 우리 두사람의 일은 우리 둘에게 맡겨달라고 부탁한 것은 확실히 옳은 거죠. 조금 전에 당신은 사랑과 염려에 대해 뭔가 언급했지만, 나로서는 그런 마음이 별로 느껴지지 않는군요. 그보다는 증오와 모멸감 그리고 이 집에서 추방할 거라는 위협이 더 크게 느껴지네요. 당신이 프리다를 나한테서, 또는 나를 프리다한테서 떼어놓을 심산이라면, 상당히 영리한 행동이었다고 할 수 있어요. 하지만 내 생각에 당신은 성공하지 못할 것이고, 만약 성공한다 하더라도—나도 한번쯤 이런 은

근한 위협을 가하는 걸 봐주시길—쓰라린 후회를 경험하게 될 거요. 내게 제공한다는 숙소에 관해 한마디 한다면—숙소라고 해봐야 이 구역질 나는 소굴을 말하겠지만—당신이 자발적으로 제공하는 것인지 알 수 없군요. 내가 보기에는 오히려 백작의 관청에서 이와 관련해 어떤 지시가 있지 않았나 싶어요. 나는 이제 내가 이곳에서 쫓겨났다는 사실을 백작의 관청에 알릴 거요. 만약 내가 다른 숙소를 배정받게 되면 당신은 안도의 한숨을 쉴 것이고, 나는 더 큰 안도의 한숨을 내쉴 거요. 그리고 이제 나는 이 사안과 다른 여러 사안을 갖고 촌장님을 만나러 갈 거요. 그러니 당신은 적어도 프리다, 즉 당신이 어머니를 자처하면서 구구절절한 충고로 충분히 혼내준 프리다만큼은 따스하게 돌봐주기를 부탁드리겠소."

이어 그는 조수들 쪽으로 몸을 돌렸다. "따라들 와!" 그는 이렇게 말하고는 못에 걸린 클람의 편지를 집어들고 방에서 나가려 했다. 여주인은 말없이 그를 지켜보다가, 그가 문고리에 손을 대자 비로소 입을 열었다. "측량사 양반, 당신이 가는 길에 한마디 더 드릴 말씀이 있어요. 당신이 어떤 말을 늘어놓고 또 나 같은 늙은 여자를 아무리 모욕하더라도, 당신은 프리다의 장래 남편이니 말이오. 단지 그 때문에 말하는데, 당신은 이곳 사정에 대해 경악스러울 정도로 무지해요. 누군가가 당신의 말에 귀를 기울이고 또 당신이 하는 말과 생각을 실제 상황과 비교해본다면 머리가 핑핑 돌 거요. 그러한 무지는 단번에 개선될 수도 없고 어쩌면 영영 개선되지 않겠지만, 만약 당신이 조금이라도 내 말을 믿어주고 자신이 무지하다는 점을 늘 염두에 둔다면 많은 것이 나아질 수 있어요. 그러면 당신은 예컨대 당장이라도 나에 대해 더 공정한 태도를 취할 것이고, 또 내가 아끼는 이 아이가 발 없는 도마뱀과 인연을 맺기 위해 말하자면 독수리를 버렸음을 깨달았을 때 내가 얼마나 충격을 받았는지를—그때 놀란 후유증이 여전하다니까요—어렴풋하게나마 눈치채게 될 거요. 하지만 실제 상황은 점점 나빠만지고 있어 잊으려고 애를 쓰지 않으면 당신과 차분히 이야기를 나눌 수도 없을 테니까요. 아, 그런데 당신은 다시 화를 내는군요. 아니, 아직 가지 말고, 이 부탁만은 꼭 들으세요. 당신은 어디로 가든지 이곳에서는 가장 무지한 사람임을 잊지 말고 조심하세요. 여기 우리 집에서는 프리다가 있어서 해를 입지 않고 보호받고, 가슴을 활짝 열고 지껄일 수도 있을 거요. 이곳에서 당신은 이를테면 클람과 면담하겠다는 의중을 우리에게 털어놓을 수 있어요. 하지만 실제 행동으로 옮기지 않기를 제발, 제발 부탁드려요."

그녀는 자리에서 일어나 흥분한 탓인지 약간 비틀거리며 K에게 다가가 그의 손을 잡고는 애원하는 표정으로 그를 쳐다보았다. "여주인 양반." K가 말했다. "당신이 왜 나한테 그런 일을 굽실거리며 부탁하는지 이해할 수 없군요. 당신의 말처럼 내가 클람과 면담을 할 수 없다면, 누가 내게 부탁하든 하지 않든 간에 나는 해낼 수 없을 거요. 하지만 행여 그 일이 가능하다면, 당신이 제기하는 중요한 이의가 사라지는 셈이고, 당신의 여러 우려 또한 불확실한 것이 될 테니 나로서는 그렇게 하지 않을 이유가 없겠죠? 나는 물론 무지한 상태고, 그 사실은 어쩔 수 없으며 나로서는 무척 슬픈 일이기도 하지만, 어쩌면 장점이 될지도 모르죠. 무지한 사람은 대담해서 더욱 많은 것을 감행한다는 장점도 있으니까요. 그래서 나는 무지함과 또 그로 인해 빚어지는 불행한 결과들을 아직 힘이 남아 있는 한은 참고 견딜 생각이오. 하지만 그런 결과들은 본질적으로 나에게나 영향을 끼치는 것이죠. 따라서 나로서는 왜 당신이 그런 식으로 부탁하는지 정말 이해할 수 없어요. 프리다야 당신이 언제나 보살펴줄 테고, 내가 프리다의 시야에서 완전히 사라지게 되면, 당신에게는 참 다행이겠죠. 도대체 뭘 두려워하는 거요? 당신이 두려워하는 것이 혹시—무지한 자에게는 모든 것이 가능해 보이는 법이거든요—" K는 문을 열면서 말을 이었다. "당신이 두려워하는 것이 혹 클람을 배려해서 그러는 건가요?" 여주인은 재빠르게 계단을 내려가는 K와 그를 뒤따르는 조수들의 모습을 말없이 지켜보았다.

5장
촌장의 집에서

촌장과의 면담은 K 스스로 생각하기에도 놀라울 정도로 거의 염려가 되지 않았다. 그로서는 그동안의 경험상 백작의 관청과 공식적인 접촉이 무척 수월하게 이루어진 터라 이 또한 그런 것이라고 이해했다. 그런 느낌을 받은 것은, 한편으로는 K의 사안을 처리하는 데 있어 일견 그에게 아주 유리한 어떤 특정한 원칙이 단번에 주어져 있었고, 다른 한편으로는 관청의 업무가 놀라울 정도의 통일성을 유지하고 있기 때문이었다. 그래서 특히 겉보기에는 통일성이 없어 보이는 곳에서도 아주 완전한 통일성을 감지할 수 있었다. K는 가끔씩 이런 일들을 헤아려 볼 때면 자신의 상황이 불만족스러운 것만은 아니라는 생각이 들었다. 그럼에도 그는 이런 고무적인 순간에 이르면, 바로 거기에 언제나 위험이 도사리고 있는 법이라고 얼른 스스로를 타일렀다. 하여튼 관청과 직접 접촉하는 일은 그리 힘들지 않았다. 왜냐하면 관청은 아무리 훌륭하게 조직되어 있다고 해도 늘 멀리 떨어져 있고 보이지 않는 분들의 이름으로, 보이지 않는 사안을 변호해야 하는 반면, K는 아주 가까이에 있는 그 무엇을 위해, 자기 자신을 위해 싸움을 벌였고, 적어도 가장 처음에는 자신의 의지로 싸움을 벌인 공격자의 입장에 있었기 때문이다. 또한 자기 자신을 위해 싸우는 이가 그 혼자만이 아니라는 점은 분명했는데, 관청이 취하는 조치를 미루어보면 확실히 K는 모르는 다른 세력들이 존재하는 듯했다. 그런데 관청은 애당초 별로 중요하지 않은 사안에서—지금까지는 그만그만한 문제들뿐이다—K의 요구에 대거 부응함으로써 사소하고 수월한 승리를 거둘 수 있는 기회를 K에게서 박탈했고, 아울러 그러한 승리에 부수적으로 따라오는 만족감과 그러한 승리를 통해 더 큰 싸움에 나설 만한 충분한 근거가 되는 자신감을 박탈했다. 그 대신 관청은 비록 마을 내이나 K가 가고 싶은 곳이면 어디든지 가도록 내버려두었다. 이렇게 함으로써 관청은 그를 응석받이처럼 만들어 유약해지도록 했고, 또 이곳에서 어떤 투쟁도 벌이지 못하게 만들었으며, 대신 관청과는 무관한, 통 종잡을 수 없이 어수선하고 낯선 삶으로 그를 유인했다. 따라서 관청이 아주 호의적인 태도를 취하고 또 그의 편에서 아주 경미한 직무상의 책임을 온전히 이행한다고 해도, 그가 늘 정신을 바짝 차리지 않으면 결국 자신에게 베푸는 그럴듯한 호의에 속아 언젠가는 여타의 삶을 아주 경솔하게 살게 될 것이고, 그러다가는 이곳에서 무너져버리게 될 수도 있었다. 그렇게 되면 관청은 여전히 부드럽고 우호적인 태도를 보이며 마치 관청의 뜻은 아니지만 그가 알지 못하는 어떤 공공질서의 명분으로 그를 제거하려 나설 것이다. 그리고 사실 이곳에서 직무 이외의 여타의 삶이란 것이 도대체 무엇인가? K는 그 어디에서도 공적인 업무와 삶이 여기에서처럼 서로 뒤엉켜 있는 것을 보지 못했다. 너무 뒤엉켜 있어 가끔은 공적인 업무와 삶이 서로 자리를 바꾼 것이 아닌가 하고 여겨질 정도였다. 예를 들어 K의 업무에 대해 클람이 이제까지 행사한 아주 공식적인 권력은 K의 침실에서 클람이 실질적으로 가졌던 권력과 비교할 때 어떤 의미를 갖는 것일까? 따라서 이곳에서는 단지 관청과 직접 맞서는 경우에는 다소 경솔한 태도 내지 어느정도 긴장을 푼 태도가 제격이지만, 그외에는 늘 최대한 신중을 기하고 한발짝 내딛기 전에 사방을 둘러보아야 했다.

K는 이곳 관청에 대한 자신의 생각이 옳았음을 우선 촌장의 집에서 제대로 확인할 수 있었다. 촌장은 친절하고, 뚱뚱한 몸집에 면도를 매끈하게 한 남자였는데, 병중이고 심한 통풍 발작이 있어 침대에서 K를 맞았다. "그러니까 우리의 토지 측량사께서 오셨군요." 그는 방문객에게 인사를 하려고 일어나 앉으려 했으나 뜻대로 되지 않았고, 변명조로 두 다리를 가리키며 다시 베개에 몸을 기댔다. 작은 창문에 커튼까지 달려 있어 어두침침한 방 안의 희미한 빛 속에서 거의 그림자처럼 조용히 앉아 있던 여인이 K를 위해 의자를 하나 가져와 침대 옆에 놓았다. "앉으세요, 어서 앉으세요, 측량사님." 촌장이 말했다. "그리고 원하는 바를 말씀해보세요." K는 클람의 편지를 소리 내어 읽고는 거기에 몇 마디 논평을 덧붙였다. 그는 관청과 소통하는 일이 정말로 수월하다는 느낌을 재차 받았다. 관청은 공식적으로 모든 부담을 지고 있었고, 관청을 상대하는 사람은 모든 것을 관청에 떠넘기고 정작 자신은 이와 상관없이 자유로울 수 있었다. 촌장 쪽에서 이를 눈치챘는지 거북해하면서 침대에서 돌아누웠다. 촌장이 마침내 다시 입을 열었다. "측량사님, 당신도 벌써 알아차렸겠지만 나는 모든 일을 알고 있었습니다. 내가

아직 아무 조치도 취하지 않은 것은, 첫째로 내가 아픈 까닭이고, 그다음으로는 오랫동안 찾아오지 않는 걸 보니 당신이 그 모든 일을 포기한 거라고 생각했기 때문입니다. 하지만 이렇게 친절하게도 나를 찾아왔으니, 나는 당신에게 불편한 내용일지라도 모든 진실을 말해야겠습니다. 당신 말대로라면 당신은 토지 측량사로 채용된 모양입니다만, 우리는 유감스럽게도 토지 측량사가 필요 없답니다. 측량사가 할 만한 일이 전혀 없어요. 이곳의 작은 경작지들은 말뚝으로 경계 표시가 되어 있고, 모두 제대로 등기가 되어 있어요. 소유권이 이전되는 경우는 거의 없고, 경계를 둘러싼 사소한 분쟁은 우리 스스로 조정하고 있어요. 그러니까 우리에게 측량사가 무슨 의미가 있겠어요?" K는 물론 전에는 한번도 그런 생각을 해본 적이 없었지만 마음 깊은 곳에서는 이와 유사한 통고를 기대했다는 확신이 들었다. 그렇기 때문에 그는 바로 이렇게 말할 수 있었다. "정말 뜻밖의 말씀이군요. 내 모든 예상을 뒤엎는 것입니다. 다만 무슨 오해가 있기를 바랄 뿐입니다." "유감스럽지만 그렇지 않습니다." 촌장이 말했다. "내가 말한 그대로입니다." "하지만 어떻게 그럴 수 있나요?" K가 소리쳤다. "이제 와 다시 되돌아가려고 그렇게 멀고 먼 여행을 한 게 아닙니다." "그것은 별개의 문제입니다." 촌장이 말했다. "그 문제는 내가 결정할 사안이 아닙니다. 하지만 어떻게 그런 오해가 생겨날 수 있었는지는 설명해줄 수 있어요. 백작의 관청처럼 규모가 큰 관청이라면 한 부서에서는 이것을 지시하고 다른 부서에서는 저것을 지시하면서 부서 사이에 서로의 일을 모를 수 있어요. 또 상부에서는 모든 것을 아주 정확하게 점검하기는 하지만, 그런 감독 활동은 그 본성상 너무 늦게 이루어져서 하여간 사소한 혼란이 생겨날 수 있습니다. 물론 그것은 당신의 경우처럼 아주 미미한 사안에서나 일어나고, 내가 알기로 정말 중대한 사안의 경우에는 어떤 실책도 없었어요. 물론 그런 사소한 일들이 곤혹스러운 때도 종종 있죠. 이제 당신의 일과 관련해서는 내가 어떤 직무상의 비밀을 누설하는 것은 아니지만—나는 그런 권한을 가진 관리가 아니고 어디까지나 농부이며, 계속 농부로 남을 것입니다—사건의 전말을 솔직하게 말씀드리겠소. 오래전에, 그러니까 내가 촌장이 되고 겨우 몇달밖에 되지 않았을 때, 공문이 하나 내려왔어요. 어느 부서에서 온 것인지는 잊었지만, 공문에는 관리들 특유의 단호한 어조로 토지 측량사 하나가 임용될 것이니 마을 공동체는 그가 업무를 수행하는 데 필요한 모든 도면과 기록을 준비하라고 써 있었어요. 그 공문은 사실 당신에 관한 것은 아닐 거예요. 왜냐하면 여러해 전의 일로, 만약 내가 지금처럼 침대에 몸져누워 그런 우스꽝스러운 일들을 생각해볼 시간이 없었더라면 기억도 못했을 겁니다." "미치." 촌장은 갑자기 이야기를 멈추고, K로서는 알 수 없는 어떤 일로 방 안을 계속 분주하게 돌아다니던 아내를 향해 말했다. "저기 장롱 안을 좀 살펴봐줘요. 그 공문을 찾을 수 있을 거야." "그러니까 그 공문은 말이오." 촌장이 K를 향해 설명조로 말을 이었다. "내가 처음 부임했을 때 온 것이고, 그때는 내가 모든 걸 보관하는 버릇이 있었어요." 촌장의 아내가 장롱을 열었고, K와 촌장은 그 모습을 지켜보았다. 장롱은 서류로 가득 차 있었고, 문짝을 열자 마치 장작을 묶듯이 둥그렇게 말아놓은 커다란 서류 뭉치 두덩이가 굴러떨어졌다. 촌장의 아내는 화들짝 놀라며 얼른 옆으로 비켜섰다. "아마 아래쪽에 있을 거야, 아래쪽에." 촌장이 침대에서 무슨 작전을 지휘하듯 말했다. 아내는 남편의 말에 따라 아래쪽 서류를 꺼내려고 양팔로 장롱 안의 모든 서류를 안아 장롱 밖으로 내던졌다. 어느새 방 절반이 서류 뭉치로 뒤덮였다. "그동안 많은 일을 했어요." 촌장이 고개를 끄덕이며 말을 이었다. "하지만 이것은 일부에 불과합니다. 대부분의 서류는 바깥 창고에 보관하는데, 상당수가 분실되었어요. 누가 그것을 다 간수할 수 있겠어요! 그래도 창고에는 아직 많은 서류가 남아 있답니다." "그 공문을 찾을 수 있겠어?" 촌장이 다시 아내 쪽으로 몸을 돌리며 말했다. "'토지 측량사'라는 단어에 푸른색 밑줄이 그어진 서류를 찾아야 해." "방 안이 너무 어두워요." 그의 아내가 말했다. "촛불을 가져와야겠어요." 그러고는 그녀는 서류 더미를 넘어 방에서 나갔다. "아내는 내게 큰 버팀목입니다." 촌장이 말했다. "이토록 많은 공적 업무를 부수적으로 처리해야 하는 상황에서는 더욱 그렇죠. 사실 내게는 사무 업무를 처리해줄 보조 인력이 하나 있는데, 학교 선생이 그 일을 하고 있어요. 그럼에도 다 처리할 수가 없어 늘 잔무를 저기 장롱에 수북이 쌓아놓게 되죠." 그러면서 촌장은 다른 장롱을 가리켰다. "더군다나 내가 이렇게 아파 누워 있으면 일거리가 더욱 우세해지지요." 그러면서 촌장은 좀 피곤한 기색이었지만 그래도 자랑스러운 듯이 몸을 뒤로 젖혔다. "혹시 괜찮으시다면 말입니다." 촌장의 아내가 촛불을 들고 들어와 장롱 앞에서 무릎을 꿇고 다시 공문을 찾기 시작했을 때, K가 입을 열었다. "부인의 서류 찾는 일을 내가 도와드려도 될까요?" 촌장은 미소를 지으면서 고개를 가로저었다. "이미 말했듯이 당신 앞에 숨길 직무상의 비밀 같은 것은 없지만, 그래도 당신더러 직접 서류를 뒤져 찾으라고는 할 수 없군요." 방 안은 이제 조용해졌고 서류가 바스락거리는 소리만 났다. 촌장은 설핏 잠이 든 것 같았다. 그때 나지막하게 문을 두드리는 소리가 나서 K는 몸을 돌렸다. 당연히 그의 조수들이었다. 그래도 그들은 제법 교육을 받은 모양인지 바로 방 안으로 들이닥치지는 않고 우선은 약간 열린 문틈으로 속삭이듯이 말했다. "여기 바깥이 너무 추워요." "누군가요?" 촌장이 화들짝 깨어나면서 물었다. "내 조수들입니다." K가 말했다. "저들을 어디서 기다리게 해야 할지 모르겠군요. 바깥은 몹시 춥고, 이곳에 들어오게 하면 방해가 될 테니까요." "방해라뇨." 촌장이 다정하게 말했다. "안으로 들어오게 하세요. 게다가 내가 아는 사람들이군요. 오래전부터 아는 사람들이에요." "하지만 나한테는 성가신 존재입니다." K는 솔직하게 말하면서 시선을 조수들에게서 촌장에게로 옮겼다가 다시 조수들에게로 돌렸는데, 세 사람의 미소 짓는 모습이 똑같아 잘 구별이 되지 않았다. "너희가 기왕 이곳에 왔으니 말이야." K는 혹시나 하는 마음에서 이렇게 말했다. "여기 있으면서 촌장님 부인이 서류 찾는 일을 도와드리도록 해. '토지 측량사'라고 쓴 글씨에 푸른색 밑줄이 그어진 서류야." 촌장은 어떤 이의도 제기하지 않았다. K에게는 허락되지 않았던 서류 찾는 일이 조수들에게는 허용되었다. 그들은 곧바로 서류 더미에 달려들었으나 무엇을 찾는다기보다는 서류들을 마구 파헤쳤고, 한 녀석이 서류에 있는 글자를 한 자 한 자 읽으면 다른 녀석이 그것을 손에서 빼앗곤 했다. 반면에 촌장의 아내는 빈 장롱 앞에 무릎을 꿇고 앉아 있었는데, 더이상 무엇을 찾는 것 같아 보이지는 않았다. 하여튼 촛불은 그녀에게서 멀리 떨어진 곳에 있었다.

"조수들 말이오." 촌장은 마치 이 모든 일이 자신의 지시로 이루어지고 있는데 아무도 그것을 눈치채지 못하고 있다는 듯 만족스러운 미소를 띠며 말했다. "저 조수들이 당신에게는 성가시다는 거군요. 그래도 당신 조수들이잖아요." "아닙니다." K가 쌀쌀맞게 대답했다. "저들은 내가 이곳에 오고 나서야 내게 달라붙었어요." "달라붙었다고요?" 촌장이 말했다. "아마 배정되었다는 말이겠지요." "그렇다면 배정된 것이라고 하죠." K가 말했다. "그런데 그 배정은 그저 하늘에서 대충 떨어진 것이나 다름없어요, 아무런 고려 없이 말입니다." "이곳에서는 어떤 일도 아무런 고려 없이 일어나지 않아요." 촌장은 이렇게 대꾸하면서 발이 아픈 것도 잊고 몸을 일으켜 침대에 똑바로 앉았다. "그런 일은 없다고요?" K가 말했다. "그렇다면 나를 초빙한 건 어떻게 된 거죠?" "당신을 초빙한 것도 심사숙고해서 이루어진 거요." 촌장이 말했다. "다만 부수적인 상황이 끼어들어 혼란이 초래된 거죠. 서류를 근거로 일이 어떻게 된 것인지 당신에게 입증하도록 하겠소." "그런데 서류를 찾지 못하는 것 같군요." K가 말했다. "찾지 못한다고?" 촌장이 소리쳤다. "미치, 좀더 빨리 찾아봐! 하지만 서류가 없어도 우선 당신께 해드릴 수 있는 이야기가 있어요. 조금 전에 내가 말한 그 공문에 대해 우리는 뜻은 고맙지만 토지 측량사가 필요 없다고 대답했어요. 그런데 그 회신이 원래의 부서, 그것을 A라고 합시다, 그 부서로 돌아가지 않고 착오가 있어 B라는 다른 부서로 들어갔어요. 그러니까 A부서는 회신을 받지 못했고, B부서 역시 유감스럽게도 우리의 온전한 회신을 받은 것은 아니었던 거죠. 서류의 내용물이 이곳에 남은 것인지 아니면 가는 도중에 분실되었는지—부서에서 잃어버린 것이 아니라는 점은 내가 보증해요—하여튼 B부서에는 봉투만 달랑 전달되었고, 겉봉투에는 원래 속에 있어야 하지만 실제로는 동봉되지 않은 그 서류의 내용물이 토지 측량사 초빙에 관한 사안이라는 점만 기재되어 있었지요. 그사이에 A부서에서는 우리의 답신을 기다리고 있었어요. 그 안건의 답신을 기다린다는 내용의 메모까지 해두었던 거죠. 하지만 담당관은 우선은 우리가 답변을 할 것으로 확신하고, 그러한 답변을 받고 나서 토지 측량사를 고용하거나 아니면 필요에 따라 우리와 다시 연락을 취할 생각이 었어요. 그런 일은 당연히 종종 일어날 수 있고 또 아무리 일처리를 꼼꼼하게 해도 발생할 수밖에 없어요. 그러다가 담당관은 답신과 관련해 기록한 메모를 소홀히 여기고, 사안 전체를 까맣게 잊었어요. 그런데 B부서에서는 문제의 서류 봉투가 성실하기로 유명한 이딸리아 출신의 소르디니[11]라는 담당관에게 전달되었어요. 내부 사정에 정통한 내가 보기에는 왜 그렇게 유능한 관리를 서열이 가장 낮다고 볼 수 있는 그런 자리에 두는지 알 수 없어요. 이 소르디니라는 관리는 빈 서류 봉투를 우리에게 반송하면서 당연히 내용물을 보충할 것을 요구했지요. 하지만 그때는 A부서에서 첫 공문을 보낸 지 몇년은 아니더라도 벌써 몇달은 지난 시점이었어요. 으레 서류라는 것이 올바른 경로로 전달되면 대개가 늦어도 하루 뒤에는 해당 부서에 도착해 그날 처리가 되는 법이지만, 혹시라도 분실되는 경우 시간이 무척 오래 걸리게 되지요. 물론 이 조직의 우수성을 놓고 볼 때 분실되는 일은 엔간해서는 일어나지도 않지만요. 그래서 소르디니의 메모를 받았을 때 우리는 그 일에 대한 기억이 희미했어요. 당시 그 일에 관여한 사람은 미치와 나 둘뿐이었고, 학교 선생은 아직 보조 인력으로 배정되지 않았던 때거든요. 그리고 서류의 사본은 아주 중요한 사안에 한해서만 보관해두고요. 요점을 말하자면, 우리가 아주 애매하게나마 할 수 있는 대답은 그런 초빙에 대해 아는 바가 없고 또 토지 측량사가 필요하지 않다는

---

11 '소르디니'(Sordini)는 '귀가 먹은'을 뜻하는 이딸리아어 'sordo'에서 나온 듯하다.

것이었어요."

"그런데 말입니다." 촌장은 이야기에 열중하다가 너무 정도가 지나쳤다는 듯, 아니면 적어도 너무 지나쳤을 수도 있다고 여겼는지 잠시 말을 중단했다. "이런 이야기가 지루한 것은 아닌가요?"

"아닙니다." K가 말했다. "재미있군요."

이에 촌장이 말했다. "재미있으라고 들려주는 얘기는 아니오."

"내가 재미있다고 한 것은 다만." K가 말했다. "하찮은 혼란이 상황에 따라서는 한사람의 실존을 결정한다는 점을 통찰했기 때문입니다."

"당신은 아직 제대로 통찰하지 못한 거요." 촌장이 진지한 목소리로 말했다. "이야기를 계속하겠소. 소르디니 같은 사람은 당연히 우리의 답변에 만족하지 않았어요. 그 사람은 내게 고통을 주는 존재지만, 나는 그에게 감탄하지 않을 수 없어요. 그는 다시 말해 모든 사람에 대해 불신을 갖고 있어요. 예를 들어 어떤 사람을 수많은 기회를 거쳐 가장 신뢰할 만한 사람으로 알게 되었다 해도 다음번에는 마치 전혀 모르는 사람인 듯, 보다 적절히 말하자면 마치 부랑자를 대하듯 전혀 신뢰하지 않거든요. 나는 그렇게 하는 것이 옳다고 생각해요, 관리라면 당연히 그래야죠. 유감스럽게도 나는 그런 원칙을 지키지 못하고 있는데, 내 천성이 그래요. 보다시피 나는 당신 같은 외지인에게 모든 것을 솔직하게 이야기하고 있는데, 어쩔 수 없어요. 하지만 소르디니는 우리의 답신에 대해 바로 의구심을 품었어요. 그래서 서신이 수차례 오갔어요. 소르디니는 내게 어째서 토지 측량사를 초빙하지 않았으면 하는 생각이 갑자기 떠올랐는지 캐물었고, 나는 미치의 뛰어난 기억력의 도움을 받아 그 생각을 처음 해낸 곳은 관청이었다고 대답했어요(물론 우리는 그것이 관청의 다른 부서에서 온 것이었다는 사실을 벌써 까맣게 잊고 있었던 거죠). 그러자 소르디니는 관청에서 공문을 보낸 사실을 왜 이제야 언급하는지 물었고, 나는 이제야 그 공문이 생각났기 때문이라고 다시 대답했어요. 그러자 소르디니는 참 이상한 일이라고 했고, 나는 그렇게 질질 끌고 있던 사안이어서 이상할 것은 없다고 했죠. 소르디니는 그렇지 않다며, 내가 언급한 그 공문이 없으니 정말 이상한 일이라고 거듭 말했죠. 나는 서류가 모조리 분실되어 그 공문 역시 없는 것이라고 대답했어요. 그러자 소르디니는 그래도 첫 공문을 보냈을 때의 기록이 남아 있어야 하는데 그렇지 않다는 거예요. 그때 나는 말문이 막혀버렸는데, 나로서는 소르디니의 부서가 어떤 실수를 저질렀다고는 감히 주장할 수도 또 상상할 수도 없었기 때문이죠. 측량사 양반, 당신은 아마도 속으로 소르디니를 비난할 수도 있을 거요. 소르디니가 나의 주장을 감안한다면 다른 부서에 문의해볼 수도 있었다고 생각해서 말이오. 그런데 바로 그런 생각이 옳지 않다는 거요. 나는 당신이 행여 속으로라도 그 사람에게 흠이 있다고 여기지는 않았으면 해요. 실수란 그 가능성조차 고려하지 않는 것이 바로 우리 관청의 업무 원칙이죠. 이 원칙은 조직 전체의 탁월함에 의해 정당화되며, 또 매우 신속한 업무 처리를 위해서도 필요합니다. 그러니 소르디니는 타 부서에 문의할 수 없었고, 더욱이 문의했다 하더라도 타 부서에서는 대답하지 않았을 겁니다. 그러한 문의가 어떤 실수의 가능성을 알아보기 위한 것이라는 점은 그들도 금방 눈치챌 것이기 때문이죠."

"촌장님, 말씀 도중에 실례지만 한가지 여쭙고 싶군요." K가 말했다. "조금 전에 모든 것을 감독하는 상급 관청에 대해 말씀하지 않으셨나요? 그런데 촌장님의 설명대로라면, 상급 관청의 감독이 허술할 수 있다는 생각만으로도 꽤나 속이 울렁거릴 정도인데요."

"당신은 매우 엄격하군요." 촌장이 말했다. "그러나 당신의 엄격함에 천배를 곱한다 해도 관청이 스스로에게 적용하는 엄격함에 비하면 아무것도 아닐 거요. 이곳 사정을 전혀 모르는 외지인만이 그런 질문을 던지죠. 성에 감독관청이 있느냐고요? 거기에는 단지 감독관청들밖에 없어요. 물론 그 관청들은 통상적인 의미에서의 실수를 잡아내기 위해 존재하는 건 아니오. 왜냐하면 실수란 일어나지 않으며, 설령 당신의 경우처럼 실수가 있다고 해도 그것이 정말 실수였다고 누가 최종적으로 단언할 수 있을까요?"

"전혀 새로운 말씀이시네요." K가 소리쳤다.

"내겐 무척 오래된 얘기요." 촌장이 말했다. "하나의 실수가 있었다는 점은 나도 당신 못지않게 확신해요. 소르디니는 그 일로 상심한 나머지 심하게 앓기까지 했어요. 그리고 첫번째 감독관청 덕분에 우리는 어디서 실수가 시작되었는지 밝혀낼 수 있었고, 그런 실수가 있었음을 첫번째 감독관청도 인정한 거죠. 하지만 두번째 감독관청들도 동일한 결론을 내리고 또 세번째 감독관청들, 그다음의 감독관청들도 그렇게 할 것이라고 과연 누가 장담할 수 있겠어요?"

"그럴 수도 있겠군요." K가 말했다. "그렇지만 전 그런 복잡한 고려들에 관여하고 싶지 않습니다. 하여튼 그런 감독관청들에 관한 이야기는 처음 듣는 것이고, 나로서는 아직은 그 관청들을 잘 이해할 수 없군요. 다만 두가지 사실은 구분되어야 한다고 봅니다. 첫째는 관청 내부에서 일어나는, 관청의 입장에서 이런저런 식으로 해석될 수 있는 일이 있고, 둘째로는 관청의 외부에 있고 관청에 의해 정말 어처구니없이, 그래서 그 위험의 심각성을 온전히 알지 못한 채 권리를 침해받을 우려가 있는 나라는 실제 인물이 있다는 사실입니다. 촌장님이 그토록 경탄할 만큼 비상한 지식을 갖고 설명해준 내용은 전자에 해당하지요. 그런데 저로서는 나에 관해서도 한마디쯤은 듣고 싶습니다."

"그 이야기도 하지요." 촌장이 말했다. "하지만 내가 미리 몇가지를 말해두지 않으면, 당신은 이해하지 못할 거요. 내가 앞서 감독 관청에 관한 이야기를 꺼낸 것은 좀 성급했어요. 그러니까 다시 소르디니와의 언쟁 부분으로 돌아가겠소. 이미 말했듯이 나의 방어 논리는 점점 약해졌어요. 그리고 소르디니는 상대에 대해 조금이라도 유리한 부분이 있으면 이미 승리를 거둔 것이나 다름없는 인물이었죠. 그럴 때는 그의 깊은 주의력, 정력, 침착함이 더욱 고조되기 때문이죠. 그래서 그는 공격 대상이 되는 상대에게는 무서운 존재지만, 그 반대 입장에 있는 사람이 보면 참으로 대단한 존재인 거죠. 다른 사안으로 후자의 경우도 경험해봤기 때문에 내가 이런 말을 할 수 있지요. 하지만 그를 직접 대면해본 적은 없어요. 그는 이곳에 내려올 수 없이 언제나 일에 파묻혀 지내거든요. 내가 들은 바로는 그의 사무실에는 차곡차곡 쌓인 서류 뭉치 기둥들이 사방 벽을 가리며 가득 차 있는데, 그것들 모두 소르디니가 당장 처리 중인 서류들이라는 거예요. 그 뭉치에서 서류들을 빼기도 하고 끼워넣기도 하는데 모든 일이 몹시 다급하게 이루어져 서류 뭉치 기둥들이 줄곧 무너진다고 해요. 기둥이 바닥으로 무너지는 소리가 연달아 들리는 것은 소르디니 사무실의 특징이 되었어요. 그런 점에서 소르디니는 진정한 일꾼이고, 하찮은 일에도 중요한 일을 대할 때와 똑같은 세심함을 기울이는 사람입니다."

"그런데 말입니다." K가 말했다. "촌장님은 자꾸 내 사건을 아주 하찮은 경우로 치부하시는데, 이 일에는 많은 관리들이 매달려왔고 또 처음에는 아주 사소했을지 모르지만 소르디니 같은 관리들이 열성을 보였으니 결과적으로 중대한 사안이 되었습니다. 유감스러운 일이고 내 뜻에 반하는 것이지만요. 왜냐하면 나로서는 나에 관한 서류들이 기둥처럼 쌓였다가 쿵 하고 무너지는 것을 보고 싶은 야심은 없고, 다만 평범한 토지 측량사로서 작은 제도용 책상에 앉아 조용히 일하고 싶을 뿐이거든요."

"그렇지 않아요." 촌장이 말했다. "당신 문제는 결코 중대한 사안이 아니고, 그렇다고 당신이 한탄할 이유도 없어요. 그것은 사소한 일 중에서도 가장 사소한 일이라고 할 수 있어요. 작업 분량에 따라 사안의 중요도가 결정되는 것이 아니기 때문에 만약 당신이 그렇게 생각한다면 관청을 이해하기까지 아직 한참 멀었네요. 그리고 일의 규모를 따진다고 해도 당신의 사안은 아주 하찮은 거요. 가장 평범한 사건들, 다시 말해 그런 실수가 없는 사건들이 훨씬 작업 규모도 크고 또 보람도 큰 경우가 있어요. 그건 그렇고 당신은 당신의 사안이 초래한 보다 본질적인 일에 대해서는 아직 모르고 있는데, 이제 그 이야기를 해드리겠소. 처음에 소르디니는 나를 그 일에서 제외시켰어요. 하지만 그의 관리들이 찾아와 매일 헤렌호프에서 마을의 명망 있는 사람들을 상대로 심문하고 조서를 작성했어요. 마을 사람들 대부분은 변함없이 나를 지지하는 입장이었고, 다만 몇사람만 미심쩍어하는 분위기였어요. 이들은 토지 측량은 농부에게 민감한 문제라면서 어떤 비밀협정이나 부정 따위가 없을지 냄새를 맡고 다녔던 거죠. 그리고 그들은 마침내 자기들 입장을 대변할 자를 하나 찾아냈어요. 소르디니는 그들의 진술을 듣고는, 내가 마을대표자회의에서 그 문제를 제기했더라면 토지 측량사를 초빙하는 문제에서 모든 구성원이 반대하지는 않았을 거라는 확신을 갖게 된 거죠. 이로써 명백한 일, 다시 말해 토지 측량사가 필요하지 않다는 사실이 적어도 의문의 여지가 있는 것이 되어버렸어요. 그때 브룬스비크라는 자가 특히 적극적이었는데, 당신은 아마 모르는 자일 거요. 그는 성품이 나쁜 사람은 아닌 것 같지만, 미련하고 공상이나 하는 자로 라제만과는 처남과 매부 사이죠."

"무두장이 장인 라제만 말인가요?" K는 이렇게 물으면서 라제만의 집에서 본 털보의 생김새를 묘사해주었다.

"맞아요, 그 사람이오." 촌장이 말했다.

"나는 그 사람 부인도 알아요." K가 어림짐작으로 말을 건넸다.

"그럴 수도 있어요." 촌장은 이렇게 말하고는 입을 다물었다.

"아름다운 여자였어요." K가 말했다. "다만 약간 창백하고 병약해 보였어. 성에서 온 여자가 맞죠?" 그것은 반쯤 질문을 담은 말이었다.

촌장은 시계를 쳐다보더니 조그마한 숟가락에 약을 따라서 재빨리 삼켰다.

"당신이 성에 대해 아는 것이라고는 관청 조직뿐인 것 같군요?" K가 당돌하게 물었다.

"그래요." 촌장은 좀 냉소적이면서도 고마워하는 듯 미소를 지으며 그의 말에 동의했다. "그것이 가장 중요하죠. 그리고 브룬스비크로 말하자면, 그를 마을 공동체에서 쫓아낼 수만 있다면 거의 모든 사람이 기뻐할 것이고, 라제만도 분명히 그럴 거요. 하지만 당시에 브룬스비크는 제법 영향력을 얻고 있었어요. 그는 달변은 아니지만 소리를 질러댔고, 어떤 사람들에게는 그것만으로 충분하니까요. 그래서 나는 어쩔 수 없이 그 문제를 마을대표자회의에 상정해야 했고, 이는 브룬스비크가 선취한 유일한 성공이었어요. 왜냐하면 마을대표자회의의 절대다수가 토지 측량사에 대해 거부하는 입장이었으니까요. 그것도 벌써 여러해 전의 일이지만, 그후에도 사안은 결코 잠잠해지지 않았어요. 한편으로는 다수파뿐 아니라 반대파의 의견도 아주 세심하게 조사해서 밝혀보려던 소르디니의 성실성 때문이고, 다른 한편으로는 관청과 개인적으로 여러 연줄이 있는 브룬스비크의 우둔함과 공명심 때문이었어요. 그 사람은 늘 상상력을 동원해 새로운 일을 꾸며내 관청을 움직였지요. 소르디니는 물론 브룬스비크에게 속아 넘어가지는 않았어요. 브룬스비크 같은 자가 어떻게 소르디니를 속일 수 있겠어요? 그러나 속지 않으려면 조사를 새로 해야 했고, 브룬스비크는 그 조사가 채 끝나기도 전에 또 새로운 것을 생각해냈어요. 그는 무척 민첩한 면도 있었지만, 이 역시 그의 우둔함의 일부였어요. 그러면 이제 우리 관청 조직의 특이점을 이야기해드리죠. 우리 관청 조직은 그 정교함만큼이나 아주 민감한 조직입니다. 하나의 사안이 아주 오랫동안 검토되는 경우, 검토가 채 끝나기도 전에 미처 예상하지 못했던 지점, 또 나중에도 꼭 집어내기 어려운 지점에서 섬광처럼 해결책이 생겨나는 경우가 있어요. 대체로는 꽤나 적절하지만, 하여튼 임의로 사안을 종결시키는 거죠. 마치 관청 조직이 긴장 상태, 즉 그 자체로 보면 사소해 보이는 그런 사안을 갖고서 여러해 흥분 상태로 보내는 것을 견디지 못해 결국 관리들의 도움을 받지 않고 직접 결정을 내리는 것이라 할 수 있죠. 물론 어떤 기적이 일어난 것은 아니고, 어떤 관리가 사건 종결을 결재했거나, 또는 문서화하지 않고 그런 결정을 내린 것은 분명해요. 하지만 하여튼 그런 경우 어떤 관리가, 또 무슨 근거로 그런 결정을 내렸는지, 적어도 여기 있는 우리로서는 확인할 수 없고, 또 관청에서조차 확인이 불가능해요. 감독관청에서 훨씬 나중에 그것을 확인하기는 해요. 하지만 우리로서는 더이상 알 도리가 없고 게다가 그때쯤에는 그 일에 관심을 갖는 사람도 거의 없죠. 그리고 이미 말했듯이 그런 결정들은 일반적으로 탁월한 결정들이고, 그 같은 결정에서 다만 아쉬운 점이 있다면 대개 그렇듯이 사람들은 그런 결정을 너무 늦게 알게 되어 이미 결정이 내려진 사안에 대해 계속 열정적으로 논의한다는 거죠. 당신 문제에서도 비슷한 결정이 내려졌는지는 나로서는 알 수 없어요. 그렇다고 말해주는 정황도 많고, 그렇지 않다고 말해주는 정황도 많아요. 하지만 만약 결정이 내려진 경우라면 당신에게 초빙 통지서가 발송되어 당신이 이곳까지 오는 먼 여행에 나서게 되었을 겁니다. 당신이 도착하기까지 많은 시간이 흘러갔을 텐데, 그사이에 이곳에서는 소르디니는 지칠 때까지 계속 같은 사안에 몰두했던 것이고, 브룬스비크는 간계를 부렸던 것이며, 나는 그 두사람한테 몹시 시달렸던 거죠. 그랬을 가능성에 대해서는 단지 추정해볼 뿐이지만 다음의 사실은 내가 분명히 알아요. 그사이에 한 감독관청이 A부서에서 여러해 전에 토지 측량사 건에 대해 마을 공동체에 문의했으나 아직 아무런 답장도 받지 못했음을 알아냈다는 것입니다. 최근에 나는 그에 대한 문의를 받았고, 이제는 물론 사건 전체가 해명되었지요. A부서에서는 토지 측량사가 필요 없다는 나의 답신에 만족했고, 소르디니는 그 사안은 자신의 담당이 아닌데 그야말로 공연히 신경에 거슬리는 많은 일을 했다는 걸 알게 되었죠. 만일 여느 때처럼 새로운 일이 사방에서 들이닥치지 않았더라면, 또 만일 당신 문제가 아주 사소한 문제가 아니었다면——그것은 사소한 문제 중에서 가장 사소한 문제라고 할 수 있어요―우리는 모두 안도의 한숨을 내쉬었을 거요. 내 생각에는 소르디니마저도 그랬을 것 같아요. 다만 브룬스비크만은 화를 냈겠지만, 우스운 꼴이었을 거요. 그런데 사안 전체가 다행스럽게 해결된 지금 시점에, 그때 이후 벌써 오랜 세월이 흐른 시점에 당신이 갑자기 나타난 것이고, 또 사안 전체를 다시 시작해야 할 것 같은 조짐이 보이고 있어요. 그러니 내 실망감이 어떨지 토지 측량사께서 한번 생각해보시오. 나는 내가 맡은 한은 이 일을 단호하게 용납하지 않을 작정이오. 당신도 이해하리라 믿소만.”

“물론입니다.” K가 말했다. “하지만 이곳에서는 나는 물론이고 어쩌면 법률마저도 끔찍이 악용되고 있다는 점을 더 잘 이해하게 되었습니다. 개인적으로 나는 어떻게든 나 자신을 보호할 겁니다.”

“어떻게 하겠다는 거요?” 촌장이 물었다.

“말씀드릴 수는 없죠.” K가 말했다.

“나도 억지로 알아내고 싶은 생각은 없소.” 촌장이 말했다. “다만 내가 당신에게는―생판 초면인 사이에 친구라고 하지는 않겠소―어느정도 업무상 동료라는 점을 상기시켜주고 싶군요. 당신이 토지 측량사로서 받아들여지는 것, 그것만은 내가 허락할 수 없어요. 하지만 그밖에 당신은 언제든지 나를 믿고 찾아올 수 있어요. 큰 힘은 못되겠지만, 내 힘닿는 데까지는 도울 거요.”

“촌장님은 자꾸 내가 토지 측량사로 받아들여질 가능성에 대해 말하고 있군요.” K가 말했다. “하지만 나는 벌써 받아들여졌어요. 여기 클람의 편지가 있어요.”

“클람의 편지라.” 촌장이 말했다. “그 편지는 진짜로 보이는 클람의 서명이 있으니 가치 있고 영예로운 것이라 할 수 있겠죠. 하지만 그밖에는──아니, 그 점에 대해서는 감히 나 혼자서 뭐라 할 수 없군요. 미치!" 촌장은 아내를 부르면서 소리쳤다. "도대체 뭐하고들 있는 거야?"

상당히 오랫동안 관심 밖에 있던 두 조수와 미치는 찾으려던 서류를 발견하지 못한 것이 분명했고, 그래서 모든 서류를 다시 장롱에 집어넣으려고 했지만 서류들이 마구 넘쳐나서 제대로 되지 않은 모양이었다. 그러자 두 조수는 꾀를 냈고, 마침 그것을 실행에 옮기던 참이었다. 그들은 장롱을 바닥에 눕히고 모든 서류를 쑤셔 넣은 다음, 미치와 함께 장롱 문 위에 앉아 천천히 문을 내리누르려 했다.

"그러니까 서류를 찾지 못한 것이군." 촌장이 말했다. "유감이군요. 하지만 당신도 이제 사건의 전말을 알게 되었고, 사실 이제는 더이상 어떤 서류도 필요 없게 되었어요. 그래도 그 서류는 언젠가 분명히 찾을 거요. 어쩌면 선생한테 가 있을 수도 있어요. 선생은 아직 아주 많은 분량의 서류를 갖고 있거든요. 그건 그렇고, 미치, 촛불을 이리 가져와 이 편지를 함께 좀 읽어요."

미치는 다가와 침대 가장자리에 앉았고, 여전히 건장하고 활기가 넘쳐 보이는 남편에게 몸을 기대자, 남편은 그녀를 꼭 껴안아주었다. 그 순간 그녀는 한결 해쓱하고 초라해 보였다. 그녀의 조그만 얼굴만 촛불에 비쳐 눈에 띄었는데, 또렷하고 단호해 보이는 얼굴의 윤곽선은 단지 나이를 먹어 쇠약해진 탓인지 부드러워 보였다. 그녀는 편지를 보자마자 양손을 모아 손바닥을 붙이고는 말했다. "클람에게서 온 거예요." 이어 그들은 함께 편지를 읽었고, 서로 몇 마디를 속삭였다. 그사이 조수들은 마침내 누르고 있던 장롱 문을 닫는 데 성공하고는 환호했다. 미치는 고마운 표정을 지으며 말없이 그들을 쳐다보았는데, 촌장이 다시 입을 열었다.

"미치도 나와 같은 생각이니 이제 당신한테 감히 내 생각을 알려드리겠소. 이 편지는 관청의 공문서가 아니고, 개인적인 서신입니다. 그것은 편지 서두에 '존경하는 귀하에게!'라는 문구에서도 분명히 알 수 있어요. 아울러 편지에는 당신이 토지 측량사로 받아들여졌다는 내용은 한마디도 없고, 오히려 일반적인 말로 성주님께 봉사하는 일에 관해서만 언급되어 있을 뿐이오. 그것도 구속력 있는 표현이 아니라, '잘 아시는 바와 같이' 받아들여졌다고만 되어 있어요. 그 말은 고용에 대한 입증 책임은 당신에게 있다는 거죠. 마지막으로 당신은 직무상 직속상관인 촌장, 즉 내게 찾아와 의논을 하게 되어 있고, 나는 모든 자세한 사항을 알려줘야 하는데, 그 일은 대부분 벌써 이루어진 셈이지요. 관청의 공문을 읽을 줄 아는 사람, 따라서 관청에서 보내지 않은 편지들을 더 잘 읽을 줄 아는 사람이 보면, 이 모든 것은 너무나 분명한 거요. 외지인인 당신이 제대로 이해하지 못한다고 해서 그다지 놀랄 일도 아니죠. 전체적으로 이 편지는 당신이 성주를 위해 봉사하는 일에 고용된 경우, 클람이 당신에게 개인적으로 신경을 쓸 의향이 있다는 것 외에 다른 의미는 없어요."

"이 편지를 잘도 해석하시는군요, 촌장님." K가 말했다. "결국은 백지에 서명 하나만 있다는 식으로 말입니다. 그런 촌장님의 태도가 스스로 존경한다고 하는 클람의 이름을 실은 업신여기고 있다는 걸 모르시나요?"

"그것은 오해요." 촌장이 말했다. "나는 편지의 의미를 오해하지도 않았고, 나의 해석을 통해 편지의 가치를 깎아내리지도 않았어요. 오히려 그 반대죠. 클람의 사신私信은 당연히 관청의 공문보다 훨씬 의미가 크다고 할 수 있어요. 다만 당신이 부여하는 그런 의미는 없다는 거요."

"혹시 슈바르처를 아세요?" K가 물었다.

"모르오." 촌장이 말했다. "미치, 당신은 혹시 알아? 역시 모르는 군. 아니, 우리는 그 사람을 모릅니다."

"그것 참 이상하군요." K가 말했다. "그는 성의 하급 관리인 아들이오."

"이봐요, 측량사 양반." 촌장이 말했다. "내가 모든 하급 관리인의 아들을 다 알고 있어야 한다는 거요?"

"좋습니다." K가 말했다. "그렇다면 촌장님은 그 사람이 하급 관리인의 아들이라는 내 말을 믿어야 합니다. 나는 이곳에 도착하던 날에 그 슈바르처라는 자와 의견 차이로 부딪힌 적이 있거든요. 그때 그 사람은 프리츠라는 하급 관리인에게 전화를 걸어 조회를 했고, 내가 토지 측량사로 받아들여졌다는 전갈을 받았어요. 그것은 어떻게 설명하시겠어요, 촌장님?"

"아주 간단하죠." 촌장이 말했다. "당신이 아직까지 우리의 관청과 실질적인 접촉은 한번도 갖지 못했다는 거지요. 당신이 겪은 모든 접촉은 다만 겉보기만 그럴 뿐인데, 사정에 무지한 탓에 실제로 관청과 접촉했다고 여기고 있잖소. 그리고 전화에 관해 말하자면, 관청과 관련된 일이 아주 많은 나인데도 보다시피 전화가 없어요. 여관의 식당 같은 곳에서는 전화가 자동 전축과 마찬가지로 유용할지는 몰라도 단지 그뿐일 거요. 당신은 이곳에서 전화를 걸어본 적이 있소? 뭐, 그렇다면 아마 내 말의 의미를 이해할 거요. 성에서는 전화가 훌륭하게 작동하는 것이 분명해요. 내가 듣기로 성에서는 쉴 새 없이 전화 통화가 이루어지고, 그것은 당연히 업무 처리를 상당히 신속하게 해주죠. 그런데 그 중단 없는 전화 통화도 이곳의 수화기로 들어보면 끊임없는 소음과 노랫소리처럼 들려요. 당신도 분명 들어봤을 거요. 하지만 이곳의 전화를 통해 우리에게 전달되는 단 하나의 실질적이고 신뢰할 만한 정보는 그 끊임없는 소음과 노랫소리뿐이고, 다른 모든 것은 단지 착각에 불과하죠. 마을에서 성으로 전화가 제대로 연결되는 경우는 없고, 우리의 전화를 연결해줄 교환대 같은 것도 없어요. 이곳에서 누군가가 성으로 전화를 걸면, 저쪽에서는 가장 하급 부서의 모든 전화기가 울리게 되는데, 내가 분명히 알기로는 거의 모든 전화기에 알림장치가 꺼져 있지 않는 한 모든 전화기가 한꺼번에 울릴 거요. 그런데 가끔은 지친 관리가 머리를 좀 식히려고—특히 저녁이나 밤에—알림장치를 켤 때가 있고, 그런 경우 우리는 대답을 듣기도 하는데 물론 그것은 장난일 뿐이죠. 그거야 뭐, 충분히 이해할 수 있지요. 아주 중요하고 늘 시급하게 처리해야 할 일들이 있는 그곳에 누가 감히 사소한 개인적 용무로 전화를 걸어 방해를 하겠어요? 한편 이해할 수 없는 것은, 외지인이 예를 들어 소르디니에게 전화를 걸었을 때 대답하는 상대방이 정말 소르디니인지 어떻게 믿을 수 있느냐는 거죠. 어쩌면 전혀 다른 부서에 속한 하찮은 기록계원일 수도 있는데요. 물론 다른 한편으로, 시간 선택이 절묘한 경우 그 하찮은 기록계원에게 전화를 걸었는데 소르디니가 직접 대답해주는 일도 일어날 수 있겠죠. 그럴 때는 물론 첫마디를 듣기 전에 얼른 전화기에서 달아나는 것이 좋을 거고요."

"제가 파악한 바와 다르네요." K가 말했다. "그런 자세한 사항은 알 수 없었지만, 사실 전화 통화를 그렇게 신뢰한 것도 아닙니다. 나는 성에서 직접 경험하거나 성취하는 것만이 실질적인 의미를 갖고 있다는 점을 늘 의식하고 있죠."

"그렇지는 않아요." 촌장이 말꼬리를 잡고 늘어졌다. "그런 전화 응답은 당연히 실질적인 의미를 갖고 있어요, 왜 안 그러겠소? 성의 관리가 주는 전언이 어떻게 무의미할 수 있겠어요? 이 점은 내가 방금 전에 클람의 편지를 언급할 때 이미 말했던 바요. 그런데 그 모든 진술들은 어떤 공적인 의미도 갖고 있지 않아요. 만일 그런 진술들에 공적인 의미를 부여한다면, 당신은 잘못 생각하는 거요. 다른 한편으로 호의적이든 적대적이든 간에 그런 진술들이 갖는 사적인 의미는 무척 크다고 할 수 있어요, 대부분은 지금까지의 그 어떤 공적인 의미보다 크다고 할 수 있죠."

"좋습니다." K가 말했다. "모든 것이 당신이 말한 대로라면, 나는 성에 좋은 친구를 많이 갖고 있는 셈이군요. 정확하게 되짚어보면, 여러해 전에 그 부서에서 토지 측량사를 한번 초빙해야겠다는 계획을 세울 때, 이미 그것은 나에 대한 일종의 우호적인 행위였고 그후로도 계속 우호적으로 대하는 바람에 종국에는 고약한 종말로 이끌려 이제는 추방 위협까지 받고 있는 노릇이군요."

"당신의 견해에는 일말의 진실이 있어요." 촌장이 말했다. "그러니까 성에서 하는 진술을 문자 그대로 받아들여서는 안된다는 점에서는 당신 말이 옳아요. 하지만 신중을 기하는 태도는 여기에서뿐만 아니라 늘 필요한 법이고, 문제가 되는 진술이 중요할수록 더욱 조심할 필요가 있죠. 하지만 당신이 이끌려왔다는 말은 나로서는 납득이 가지 않아요. 나의 설명을 제대로 경청했다면, 당신을 이곳으로 초빙한 문제는 우리의 이 짧은 대화로는 답변할 수 없을 정도로 정말 어려운 문제라는 점을 알았을 거요."

"그렇다면 결론은," K가 말했다. "나를 내쫓는 것 말고는 모든 것이 너무 불분명하고 해결될 수 없다는 것이군요."

"누가 감히 당신을 내쫓는다는 거요, 토지 측량사 양반?" 촌장이 말했다. "사실 앞서 해결되어야 할 문제들이 불투명한 덕분에 당신은 아주 정중한 대접을 받고 있는 겁니다. 그런데 당신은 너무 예민하게 구는군요. 당신을 이곳에 붙잡아두려는 이가 아무도 없다고 해서 그것이 추방이라고는 할 수 없어요."

"아, 촌장님." K가 말했다. "이제는 촌장님도 몇가지를 다시 아주 명료하게 보기 시작하는군요. 나를 이곳에 붙잡아두는 것 몇가지를 말해볼까요. 집을 떠나며 치른 희생, 장기간에 걸친 힘든 여정, 이곳에서의 고용을 전제로 한 근거 있는 희망들, 수입은 한푼도 없고 이제 고향에서 적절한 일을 구할 가능성마저 없으며 마지막으로 가장 중차대한 문제로 이곳 출신의 신부가 있다는 거죠."

"아, 프리다!" 촌장은 별로 놀란 기색 없이 말했다. "알고 있어요. 하지만 프리다는 당신이 어디로 가든지 따라갈 거요. 물론 그밖의 다른 사안은 검토가 더 필요하고, 그 점에 대해서는 내가 성에 보고하겠소. 어떤 결정이 내려지거나 또는 그보다 앞서 당신을 한번 더 심문해야 한다면 내가 당신을 부르도록 하죠. 괜찮죠?"

"아니, 괜찮지 않아요." K가 말했다. "내가 원하는 것은 성에서 베푸는 은총의 선물이 아니라 내 권리요."

"미치." 촌장이 아내를 향해 말했는데, 아내는 아직도 남편의 품에 기댄 채 꿈꾸듯 클람의 편지로 조그만 배를 접어 만지작거리고 있었다. K는 깜짝 놀라 그녀의 손에서 얼른 편지를 낚아챘다. "미치, 다리가 다시 아파와. 습포를 새것으로 갈아야겠어."

K가 몸을 일으키면서 말했다. "그럼 나는 이제 가보겠습니다."

"그렇게 하세요." 미치는 어느새 연고를 준비하면서 말을 이었다.

"이곳은 외풍이 지독해요." K는 이제 몸을 돌렸다. K의 말이 떨어지자마자 조수들은 평소처럼 부적절한 근무 열의를 보이면서 문을 양쪽으로 열어젖혔다. K는 세차게 밀려드는 냉기가 아픈 사람이 있는 방에 들어오는 걸 막기 위해 촌장 앞에서 다만 얼른 고개를 숙여 작별인사를 해야 했다. 이어 그는 조수들을 잡아당기듯 낚아채면서 방에서 나와 재빨리 방문을 닫았다.

6장
여주인과의 두번째 대화

여관 앞에서는 여관 주인이 그를 기다리고 있었다. 주인은 먼저 묻지 않는 한 말하지 않을 듯해서 K는 그에게 무슨 일이냐고 물었다. "새 숙소를 벌써 구했나요?" 주인은 땅바닥을 내려다보면서 말했다. "당신 아내가 시켰군요." K가 말했다. "당신은 아내에게 많이 종속돼 있는 모양이죠?" "그렇지 않아요." 주인이 말했다. "집사람이 시켜서 묻는 건 아니에요. 하지만 집사람은 당신 때문에 화가 나고 기분이 나빠서 일도 못하고 침대에 드러누워 한숨을 쉬며 계속 한탄만 하고 있어요." "내가 당신 아내한테 가볼까요?" K가 물었다. "제발 그렇게 해줘요." 주인이 대답했다. "당신을 촌장 댁에서 데려오려고 문가에서 귀를 기울였는데, 이야기를 나누고 있어 방해하고 싶지 않았어요. 또 집사람이 걱정되기도 해서 다시 이곳으로 달려왔는데 집사람은 곁에 오지도 못하게 했어요. 나로서는 당신을 기다릴 수밖에 없었던 거죠." "그럼 빨리 가봅시다." K가 말했다. "내가 당신 아내의 마음을 금방 진정시키도록 하죠." "그렇게만 된다면야 정말 좋겠어요." 주인이 말했다.

두사람은 불이 환하게 켜진 주방을 지나갔다. 하녀 서너명이 서로 좀 떨어져 이런저런 일을 하다가 K를 보고는 놀라 멈칫했다. 여주인의 한숨 소리는 주방에서도 들을 수 있었다. 여주인은 얇은 판자벽으로 주방과 분리된 창이 없는 작은 방에 누워 있었다. 커다란 부부용 침대와 장롱 하나가 겨우 들어가는 공간이었다. 침대는 주방 전체를 내다보며 주방일을 감독할 수 있는 곳에 놓여 있었다. 반면에 주방에서는 방 안이 거의 보이지 않았다. 방 안은 아주 컴컴했고, 흰색과 붉은색의 침구만 어렴풋이 보일 뿐이었다. 밖에서 들어서는 사람은 눈이 어두운 불빛에 적응하고 나서야 사물을 자세히 분간할 수 있었다.

"마침내 왔군요." 여주인은 힘없이 말했다. 그녀는 천장을 보고 몸을 쭉 뻗은 자세로 누워 있었는데, 숨 쉬기도 힘겨운지 깃털이불은 걷어 젖힌 상태였다. 침대에 누운 모습이 옷을 다 갖춰 입고 있을 때보다 훨씬 젊어 보였지만, 레이스로 된 나이트캡이 너무 작은 탓에 머리에 간신히 매달려 있어 초췌한 얼굴은 더욱 동정심을 불러일으켰다. "내가 어떻게 올 수 있었겠어요?" K가 부드러운 음성으로 말했다. "나를 부르러 사람을 보낸 것도 아니잖아요." "당신은 나를 이렇게 오래 기다리게 해서는 안되죠." 여주인은 환자답게 고집을 부리며 말했다. "좀 앉아요." 그녀는 이렇게 말하면서 침대 가장자리를 가리켰다. "다른 사람들은 밖으로 나가요." 방 안에는 어느 틈에 조수들 외에도 하녀들까지 들어와 있었다. "나도 나가야 할까, 가르데나?" 여관 주인이 물었고, K는 처음으로 여주인의 이름을 들었다. "그럼요." 그녀는 천천히 말하고는 다른 생각에 잠긴 듯 멍하니 덧붙였다. "특히나 당신이 여기에 남아 있을 이유가 있겠어요?" 그러자 모두들 주방으로 물러갔고, 이번에는 조수들도 즉각 한 하녀의 꽁무니를 따라 나갔다. 하지만 가르데나는 이 작은 방에 따로 문이 달려 있지 않아 이곳에서 하는 이야기를 저기 주방에서도 모두 들을 수 있다는 것을 알 정도의 주의력이 있었다. 그래서 그녀는 주방에 있는 사람들도 모두 나가라고 명령했다. 모두가 즉시 그녀의 말을 따랐다.

"부탁이 있어요, 측량사님." 가르데나가 말을 이었다. "저기 옷장을 열면 앞쪽에 숄이 걸려 있어요. 내게 그것을 좀 건네줘요. 그걸로 몸을 덮어야겠어요. 깃털이불은 견딜 수 없어요. 숨 쉬기가 너무 힘들어요." K가 숄을 가져다주자, 그녀가 말했다. "보세요, 참 아름다운 천이죠, 안 그래요?" K가 보기에는 평범한 모직물이었다. 그는 다만 여주인의 호감을 사려고 다시 한번 천을 만져보았지만, 별다른 말은 하지 않았다. "그래요, 아주 멋진 천이죠." 가르데나는 이렇게 말하면서 그 숄을 몸에 둘렀다. 이제 그녀는 평온하게 누워 있었고, 모든 고통은 사라진 듯 보였다. 그녀는 누워 있던 탓에 머리가 흐트러졌을 거라는 생각까지 해내고 잠시 몸을 일으켜 나이트캡 주위의 머리카락을 살짝 매만졌다. 머리칼이 풍성했다.

K는 조바심이 나서 말했다. "여주인 양반, 당신은 내가 다른 숙소를 구했는지 물어보도록 했어요." "내가요?" 여주인이 말했다. "아니, 잘못 알고 있는 거예요." "그런데 당신 남편이 조금 전 내게 물었어요." "그럴 것 같았어요." 여주인이 말했다. "나와 그 사람은 서로 못 잡아먹어 안달이죠. 당신이 이곳에 머무는 것을 내가 원치 않을 때는 그 사람이 당신을 여기 잡아두더니 이제 당신이 이곳에 머물러서 내가 행복해하니까 당신을 내쫓으려고 하는 거예요. 그

사람은 늘 그런 식이죠." "그렇다면 당신은," K가 말했다. "나에 대한 생각이 바뀐 거요? 그것도 한두시간 만에?" "내 생각이 바뀌지는 않았어요." 여주인이 다시 더 힘없이 말했다. "손을 좀 내밀어봐요. 이렇게요. 그리고 이제 내게 아무것도 숨기지 않겠다고 약속해 줘요. 나도 그럴게요." "좋습니다." K가 말했다. "그런데 누가 먼저 시작할까요?" "내가 먼저 하겠어요." 여주인은 이렇게 말했다. K의 호의에 대한 보답이라기보다는 오히려 먼저 말하고 싶은 것이 있는 듯했다.

여주인은 베개 밑에서 사진 한장을 꺼내 K에게 건넸다. "이 사진을 좀 보세요." 그녀는 진지하게 요청했다. K는 사진을 좀더 자세히 보려고 주방 쪽으로 한걸음 옮겼으나, 사진에서 무엇을 알아보기가 여전히 쉽지 않았다. 오래된 통에 색이 바랬고, 여기저기 갈라지고 구겨진 데다 얼룩까지 번져 있었다. "사진의 상태가 그다지 좋지 않군요." K가 말했다. "유감이죠, 정말 유감이에요." 여주인이 말했다. "여러해 동안 늘 몸에 지니고 다니다보면 그렇게 되죠. 하지만 자세히 들여다보면 당신은 틀림없이 모두 알아볼 수 있을 거예요. 게다가 내가 도와줄 수도 있으니 보이는 걸 말해보세요. 나는 이 사진 이야기를 듣는 걸 무척 좋아하거든요. 무엇이 보이나요?" "젊은 남자가 하나 있군요." K가 말했다. "맞아요." 여주인이 말했다. "그 사람이 뭘 하고 있죠?" "널빤지에 드러누워 기지개를 켜며 하품을 하는 것 같아요." 여주인은 웃었다. "완전히 틀렸어요." 그녀가 말했다. "하지만 여기 널빤지가 있고, 그가 여기 누워 있는걸요." K는 자신의 입장을 굽히지 않았다. "좀더 자세히 들여다봐요." 여주인은 화난 목소리로 말했다. "그가 정말로 누워 있나요?" "그게 아니군요." K가 말했다. "누워 있는 게 아니라 공중에 떠 있네요. 이제 보니 널빤지가 아니라 밧줄 같은 것이고, 이 젊은 남자는 높이뛰기를 하고 있군요.""맞았어요." 여주인은 기쁨에 겨워 말했다. "그는 높이뛰기를 하고 있어요. 관청의 심부름꾼들이 하는 연습이죠. 나는 당신이 알아볼 줄 알았어요. 얼굴도 볼 수 있나요?" "얼굴은 잘 알아볼 수 없군요." K가 말했다. "이 사람은 무척 애를 쓰고 있군요. 입을 벌리고 두 눈을 질끈 감고 머리카락이 공중에 나부끼고 있어요.""아주 좋아요." 여주인은 인정하는 어투로 말했다. "그를 직접 만나본 적이 없으면 알아보기 어렵죠. 아주 잘생긴 소년이었어요. 나는 그를 한번 슬쩍 봤을 뿐이지만 결코 잊지 못할 거예요.""도대체 누구죠?" K가 물었다. "그 사람은," 여주인이 말했다. "클람이 나를 처음 불렀을 때 심부름꾼으로 보낸 소년이었어요."

K는 여주인의 말을 제대로 들을 수 없었다. 유리창이 달그락거리는 소리에 그의 주의가 흐트러졌다. 그는 곧바로 방해의 원인을 찾아냈다. 조수들이 바깥뜰에 서서 눈 속을 여기저기로 뛰어다니고 있었다. 그들은 K가 다시 보이는 게 기쁜지 신나서 서로 K를 가리키며 손가락 끝으로 계속 주방 창문을 두드렸다. K가 위협적인 몸짓을 보이자, 그들은 하던 행동을 즉각 멈추고 상대를 밀면서 물러가는 시늉을 했지만, 서로 몸을 빼내더니 어느새 다시 창가에 와 있었다. K는 조수들이 바깥에서는 볼 수 없고 그 자신도 그들이 안 보이는 작은 방으로 서둘러 들어갔다. 하지만 애원하듯 나지막하게 유리창을 두드리는 소리는 그곳에서도 여전히 그를 따라왔다.

"또 조수들이군요." K는 여주인에게 변명 삼아 이렇게 말하면서 바깥을 가리켰다. 그러나 그녀는 그에게 신경 쓰지 않았고, 그에게서 사진을 가져가 바라보다가 구겨진 곳을 펴고는 다시 베개 밑에 집어넣었다. 그녀의 동작이 더욱 느려졌는데, 피곤 탓이 아니라 추억의 무게에 눌리는 모양이었다. 그녀는 K에게 이야기를 들려줄 셈이었는데, 이야기에 몰두해서는 K의 존재를 잊었다. 그녀는 숄의 레이스를 만지작거렸다. 잠시 시간이 흐르고, 그녀는 눈을 들고는 손으로 눈꺼풀을 문지르며 말했다. "이 숄도 클람한테서 받은 거예요. 이 나이트캡도 그렇고요. 사진, 숄 그리고 나이트캡, 이 셋은 내가 그를 추억하며 간직하고 있는 기념품인 거죠. 나는 프리다와 달리 젊지도 않고, 야심도 없으며 또 그렇게 여리지도 않아요. 프리다는 참으로 여리죠. 간단히 말해 나는 삶에 순응할 줄 알아요. 그래도 고백하지 않을 수 없는 사실이 있어요. 이 세가지 물건이 없었더라면 나는 이곳에서의 삶을 그토록 오래 견뎌내지 못했을 거예요. 어쩌면 하루도 못 견뎠을 거예요. 이 세가지 기념품이 당신 눈에는 하찮게 보일지 모르겠지만, 좀 보세요. 프리다는 그렇게 오랫동안 클람과 교제했는데도 기념품 하나 얻지 못했어요. 내가 그 아이에게 물어봤죠. 그 아이는 그렇게 들떠 있고 또 만족할 줄 몰라요. 반면에 나는 클람한테 세번밖에 가지 않았지만—그가 나중에는 나를 부르지 않았는데 그 이유를 모르겠어요—마치 만남의 시간이 짧으리라는 걸 예감이라도 한듯 이런 기념품을 받아왔어요. 물론 스스로 잘 챙겨야 해요. 클람이 자발적으로 선물하지는 않으니까요. 그러나 적당한 것이 보이면, 달라고 요청해볼 수는 있어요."

K는 이 모든 이야기가 설령 자신과 아주 긴밀한 관계가 있다손 해도 듣기가 거북했다. "그 모든 일이 언제 있었던 건가요?" 그가 한숨을 내쉬며 물었다.

"이십년이 넘었어요." 여주인이 말했다. "이십년도 더 됐군요."

"그러니까 당신은 그렇게 오랫동안 클람에게 정절을 지키고 있 군요." K가 말했다. "하지만 여주인 양반, 당신은 그런 고백을 함으로써 결혼을 염두에 두고 있는 내게 큰 걱정을 안겨주고 있다는 생각은 들지 않던가요?"

여주인은 이 대목에서 K가 자기 일을 가지고 끼어드는 것이 못마땅한지 화를 내면서 곁눈으로 그를 흘겨보았다.

"그렇게 화내지 마요, 여주인 양반." K가 말했다. "클람에 대해 험담할 생각은 없어요. 하지만 여러 사건들의 힘에 의해 어쩔 수 없이 클람과 일종의 관계를 맺게 되었어요. 클람을 가장 경모하는 사람이라도 부인할 수 없는 사실이죠. 그렇다니까요. 그 때문에 클람의 이름이 언급될 때마다 늘 나 자신도 생각하지 않을 수 없어요. 어쩔 도리가 없어요. 그리고 여주인 양반." K는 머뭇거리는 그녀의 손을 잡으면서 말을 이었다. "지난번 우리의 대화가 얼마나 좋지 않게 끝났는지 한번 생각해보세요. 이번에는 평화롭게 헤어지도록 합시다."

"당신 말이 맞아요." 여주인이 머리를 숙이며 이렇게 말했다. "하지만 나를 좀 배려해주세요. 나는 다른 사람들보다 민감한 편은 아니에요. 오히려 그 반대죠. 하지만 누구에게나 민감한 부분이 있는 법인데, 내게는 다만 이 문제가 그래요."

"유감스럽게도 그 문제는 내게도 민감해요." K가 말했다. "하지만 어떻게든 자제력을 발휘해보도록 하죠. 그럼 이제 설명을 좀 해보세요, 여주인 양반. 만약 프리다가 이 점에서 당신과 비슷해서 결혼을 하고도 클람에게 그토록 끔찍한 정절을 바친다면 제가 어떻게 감당할 수 있을까요?"

"끔찍한 정절이라고." 여주인은 기분이 상한 목소리로 K의 말을 되풀이했다. "그것이 정절일까요? 나는 내 남편에게 충실해요. 하지만 클람에게는요? 클람이 한때 나를 애인으로 삼았는데, 내가 그 신분을 잃어버릴 수 있을까요? 그리고 당신은 프리다의 그런 점을 어떻게 감당할 수 있느냐고 질문했나요? 아, 토지 측량사 양반, 당신은 도대체 어떤 사람이기에 감히 그런 질문을 던지는 거요?"

"이봐요!" K가 경고조로 말했다.

"알겠어요." 여주인의 목소리가 다소 누그러졌다. "하지만 내 남편은 한번도 내게 그런 질문을 하지 않았어요. 나는 당시의 나 그리고 지금의 프리다 중에서 누가 더 불행한지 모르겠군요. 자기 마음대로 클람을 떠난 프리다인지, 더이상 부름을 받지 못한 나인지 말이오. 프리다는 아직 사태를 전체적으로 파악하지 못한 듯한데, 아마 그녀가 더 불행한 쪽일 거요. 하지만 그때만 해도 나는 내가 참 불행하다는 생각에 사로잡혀 있었어요. 왜냐하면 나는 계속 스스로에게 물을 수밖에 없었고, 사실 아직까지도 이런 물음을 던지고 있거든요. 왜 그런 일이 일어났을까? 클람은 나를 세번 불렀어, 하지만 네번은 부르지 않았지, 네번째란 결코 없었어! 당시의 내가 이보다 더 마음 쓸 일이 뭐가 있었겠어요? 그 일이 있은 직후에 나와 결혼한 내 남편에게 달리 무슨 할 말이 있었겠어요? 낮에는 시간이 없었어요. 이 여관이 아주 엉망진창일 때 인수했기 때문에 다시 일으켜 세우려면 공을 들여야 했거든요. 그렇다면 밤에는? 몇해 동안 밤마다 우리가 나눈 대화는 오로지 클람과 그의 마음이 왜 변했을까 하는 것이었죠. 그리고 중간에 남편이 잠들어버리면, 나는 남편을 깨워 다시 이야기를 계속했어요."

"그렇다면 이제 당신만 괜찮다면, 직설적으로 묻고 싶은 게 하나 있어요."

여주인은 아무 말이 없었다.

"그런 질문은 해서는 안되는군요." K가 말했다. "그래도 상관없어요."

"물론 그렇겠죠." 여주인이 말했다. "당신은 특히 그런 것쯤이야 상관하지 않겠죠. 당신은 모든 것, 나의 침묵까지 잘못 이해하고 있어요. 사실 그렇게 하는 것 말고는 달리 어쩔 수도 없겠지요. 물어볼 것이 있으면 물어보세요."

"만일 내가 모든 걸 잘못 이해하고 있다면," K가 말했다. "이 질문 또한 잘못된 해석일 수도 있겠군요. 그리고 그다지 조야한 질문은 전혀 아닐 수도 있어요. 나는 다만 당신이 지금의 남편을 어떻게 알게 되었는지, 그리고 이 여관을 어떻게 소유하게 된 것인지 궁금했어요."

여주인은 이마를 찌푸리기는 했으나 별다른 감정의 동요 없이 말했다. "그 이야기는 별것 아니에요. 내 아버지는 대장장이였고, 어느 부농의 마부였던 지금의 내 남편 한스는 종종 아버지를 찾아왔어요. 그때는 클람을 마지막으로 만난 후로 나는 아주 불행했는데, 사실 그럴 필요도 없는 일이었죠. 모든 일이 순리에 맞았고, 내가 클람에게 더이상 가지 말아야 한다는 것도 클람의 결정이었으니 순리에 맞는 결정이었던 거죠. 다만 그 이유가 애매하니 의아해할 수는 있어도 불행해서는 안되었던 거죠. 하지만 나는 불행했고, 일도 손에 잡히지 않아 온종일 앞뜰에 앉아 있었어요. 한스는 그곳에 있는 나를 발견하고는 가끔 내 곁에 와서 앉았어요. 내가 그에게 신세 한탄을 한 것은 아니었으나, 그는 내게 무슨 일이 일어났는지를 알았고, 또 착한 청년이어서 때로는 나를 동정하며 함께 울기도 했어요. 당시 이 여관집 주인은 아내가 죽고 자신도 나이가 많아서 여관 운영을 그만둘 수밖에 없는 형편이었어요. 그가 한번은 우리 집 정원 앞을 지나다가 우리가 앉아 있는 모습을 보고는 걸음을 멈추더니 곧장 여관을 맡기고 싶다고 제안했어요. 그는 우리를 신뢰해서 선금도 요구하지 않았고, 임대료도 아주 싸게 해주었어요. 나는 다만 아버지께 어떤 부담도 끼치고 싶지 않았고 다른 모든 일은 어찌되든 상관없었던 때라 여관과 또 아픔을 다소나마 잊게 해줄 새로운 일거리를 생각하고는 한스의 청혼을 받아들였어요. 내 사연은 그래요."

두 사람 사이에 잠시 침묵이 흘렀고, 마침내 K가 입을 열었다. "그 여관 주인은 훌륭하게 행동했지만 조금 경솔했군요. 아니면 그가 당신 둘을 신뢰할 만한 특별한 이유라도 있었던 건가요?"

"그는 한스를 잘 알았죠." 여주인이 말했다. "한스의 삼촌이었거든요."

"그렇다면 당연하군요." K가 말했다. "그렇다면 한스네 가족은 당신과 인연을 맺는 걸 분명히 매우 소중하게 생각했겠어요?"

"그럴지도요." 여주인이 말했다. "모르겠어요. 나는 그런 것에는 신경 쓰지 않았거든요."

"그랬던 게 분명해요." K가 말했다. "그의 가족이 그런 희생을 감수하고 또 아무 담보도 없이 여관을 당신 손에 넘긴 걸 보면요."

"나중에 드러난 결과를 보면, 경솔한 짓은 아니었죠." 여주인이 말했다. "나는 일에만 매달렸어요. 대장장이의 딸이라서 몸도 튼실했고, 하녀나 하인도 필요 없었고, 여관 주점, 주방, 외양간, 뜰 어디든 제가 했어요. 요리도 잘해서 심지어 헤렌호프의 손님들까지 빼앗아올 정도였어요. 당신은 아직 낮에 우리 식당에서 점심을 든 적이 없어 점심식사에 오는 손님들을 모르지만, 그때만 해도 손님이 훨씬 더 많았어요. 이후 손님들이 제법 떨어져나가기는 했지만요. 그 결과 우리는 임차료를 제때 냈고 게다가 몇년 후에는 여관 전체를 살 수 있게 되었고, 지금은 빚이 거의 없는 상태거든요. 물론 또다른 결과는 내가 몸이 부서지도록 일을 하다가 심장병을 얻게 되었고, 이제 이렇게 늙수그레한 여자가 되었다는 거죠. 당신은 내가 한스보다 훨씬 연상이라고 생각할 수도 있는데, 실은 그는 나보다 겨우 두세살쯤 어려요. 게다가 그 사람은 절대 늙지도 않을 거예요. 하는 일이라는 게 고작 파이프 담배를 피우고 손님들 이야기나 들어주며 담뱃대를 털거나 가끔 맥주를 나르는 일뿐이니 그런 일만 한다면 늙지 않는 법이니까요."

"당신은 정말 경탄할 만한 성과를 거두었군요." K가 말했다. "그 점은 의심할 여지가 없어요. 하지만 우리는 조금 전에 당신의 결혼 전 시기에 대해 이야기했는데, 그때 한스네 가족이 금전적인 희생을 치르면서나 그게 아니더라도 여관을 넘겨주는 커다란 위험을 짊어지면서까지 결혼을 재촉했던 게 좀 이상했을 것 같군요. 당시에 그들이 기대할 것이라고는 아직은 제대로 평가할 수 없었던 당신의 노동력과 한스의 노동력뿐이었을 테고, 한스에게 노동력이 없다는 건 그들도 이미 잘 알고 있었을 테니까요."

"그래요." 여주인은 지친 목소리로 말했다. "나는 당신이 무슨 말을 하려는지 알지만, 얼토당토않아요. 이 모든 일에 클람의 영향은 전혀 없어요. 그가 무엇 때문에 나를 돌봐줘야 한다고 생각했겠어요. 아니, 보다 정확히 말하자면 그가 어떻게 나를 돌봐줄 수 있었겠어요? 그는 나에 관해서 더는 아는 게 없었어요. 그가 나를 다시 부르지 않은 것은 나를 잊어버렸다는 표시였어요. 더이상 부르지 않는다면 완전히 잊은 거죠. 프리다 앞에서는 이런 말을 하고 싶지 않았어요. 하지만 그것은 단지 잊은 것이 아니라 그 이상의 의미가 있어요. 보통은 어떤 사람을 잊어버리는 경우 그 사람을 다시 사귈 수는 있지요. 그런데 클람의 경우에는 불가능해요. 클람은 누군가를 더이상 부르지 않는 경우 그 사람을 잊어버리는데, 과거에서뿐만 아니라 미래에서도 완전히 잊어버려요. 내가 정말 애를 많이 쓴다면 당신의 입장에 서서 생각해볼 수도 있겠어요. 하지만 당신의 그런 생각은 당신이 온 그 지방에서는 통할지 몰라도 여기서는 무의미해요. 당신은 어쩌면 클람이 나중에 언젠가 나를 부를 때에 내가 어려움 없이 그에게 갈 수 있도록 그가 한스 같은 사람을 내게 주었다고 생각할지도 모르지만, 그것은 정말 어리석은 상상에 불과해요. 그런 상상보다 더 어리석은 생각도 없을 거예요. 클람이 내게 신호를 보낼 때, 내가 그에게 달려가는 것을 과연 어느 누가 막을 수 있겠어요? 말도 안되는, 정말 말도 안되는 소리라 사람이 그런 무의미한 생각을 하다가는 절로 혼란에 빠지고 말 거요."

"아니요." K가 말했다. "우리를 혼란스럽게 만들지는 않기로 하죠. 그런 쪽으로 생각을 해보기는 했으나, 솔직히 당신이 생각하는 그 정도까지는 미치지 못했어요. 하지만 나로서는 일단 한스의 친척들이 이 결혼에 많은 기대를 했고, 또 그 기대가 물론 당신의 심장과 건강을 희생한 댓가이기는 하지만 실제로 충족되었다는 점이 놀라울 따름입니다. 이러한 까닭에 클람과 연관되어 있을 거라는 생각이 자꾸 들 수밖에 없는데, 당신이 묘사하듯이 그렇게 조야하게 떠오른 것은 아니었어요. 아직까지는 말이죠. 당신은 분명 나를 혼내려고 그런 말을 하셨고, 또 나를 혼내는 것이 재미있겠지요. 그러셨다면 즐거웠기를 바랍니다! 하지만 내가 생각했던 바는 이래요. 우선은 클람이 분명 두사람의 결혼에 계기가 되었다는 거죠. 클람이 없었다면 당신은 불행하지 않았을 테고, 집 앞뜰에 하릴없이 앉아 있지도 않았겠죠. 또 클람이 없었다면 한스는 거기 있는 당신을 보지 못했을 것이고, 또 당신이 슬픔에 잠겨 있지 않았더라면 소심한 한스는 당신에게 감히 말을 걸지 못했을 거요. 클람이 없었다면 당신이 한스와 함께 눈물을 흘리는 일도 없었겠죠. 클람이 없었다면 선량하고 나이 든 삼촌인 여관 주인은 당신과 한스가 그곳에 화목하게 앉아 있는 모습을 못 봤을 거고요. 또 클람이 없었다면 당신은 인생에 대해 아무래도 좋다는 식으로 생각하지 않았을 거고, 한스와 결혼하는 일도 없었겠죠. 자, 내가 말하려는 바는 이 모든 일에 벌써 클람이 충분히 관여되어 있다는 겁니다. 하지만 거기서 끝나지 않아요. 당신이 과거를 잊으려 하지 않았더라면 그렇게 몸도 돌보지 않으면서 무리하게 일하지 않았을 것이고, 그러면 여관도 이토록 번창하지 못했을 거요. 그러니까 클람은 여기에도 관여되어 있어요. 그것 말고도 클람은 당신이 병들게 된 이유로 당신의 심장은 결혼 전에 이미 불행한 정열로 인해 지쳐 있었던 거요. 다만 한가지 풀리지 않은 의문은, 한스의 친척들은 왜 두사람의 결혼에 그렇게 마음이 끌렸을까 하는 거죠. 당신은 클람의 애인이 된다는 것은 여자에게는 절대 잃어버릴 수 없는 확고한 신분 상승을 의미한다고 했는데, 그들은 아마 그런 점에 끌렸겠지요. 그런데 그외에도 당신을 클람에게로 인도한 행운의 별은—당신 주장대로 그것이 행운의 별이라고 할 경우—당신에게 속한 것이니 계속 당신 곁에 머물 수밖에 없고, 또 그 별은 클람처럼 그렇게 느닷없이 당신을 저버리는 일은 없으리라는 희망에 그들의 마음이 끌렸을 것 같군요.”

“진짜 그렇게 생각해요?” 여주인이 물었다.

"진심입니다." K가 재빨리 말했다. "다만 나는 한스 친척들의 소망이 전적으로 옳지도 전적으로 틀리지도 않다고 생각해요. 그리고 당신이 저지른 실수도 있다고 봐요. 겉으로 보면 모든 것이 성공한 것처럼 보이죠. 한스는 잘 지내죠. 튼실하고 유능한 아내를 얻었고, 사람들의 존경을 누리며, 여관을 운영하는 데 더이상 빚도 없으니까요. 그러나 사실은 모든 것이 성공했다고는 할 수 없어요. 한스는 만약 자신의 위대한 첫사랑이었던 순박한 처녀와 결혼했더라면 분명 훨씬 더 행복했을 테니까요. 당신이 책망하듯이 그는 때때로 식당에 넋이 나간 양 서 있는데, 실제로 넋이 나가 그럴 수 있어요. 그렇다고 그가 불행한 것은 분명 아니에요. 그 정도는 나도 알고 있어요. 하지만 마찬가지로 확실한 것은, 그 사랑스럽고 똘똘한 젊은이는 만약 다른 여자와 결혼했더라면 더 행복하지 않았을까, 내 생각을 말한다면 더 자립적이고, 더 열성적으로 일하며, 더 남자답지 않았을까, 하는 점이죠. 그런데 지금은 당신 본인도 행복하지 않은 게 분명해요. 또 당신 스스로 실토했듯이 세가지 기념품이 없었다면 당신은 더 살고자 하는 의욕도 없었을 테고, 심장병까지 걸린 상태죠. 그렇다면 한스의 친척들이 헛된 희망을 품었던 걸까요? 아니, 내 생각은 그렇지 않아요. 행운의 별이 가져온 축복은 당신 위에 머물고 있었는데, 그들은 그것을 최대한 활용하는 법을 몰랐던 거죠."

"그렇다면 그들이 도대체 무엇을 소홀히 했다는 거죠?" 여주인이 물었다. 그녀는 이제 등을 대고 누워 몸을 쭉 뻗은 채 천장을 쳐다보았다.

"그들은 클람에게 묻지 않았죠." K가 말했다.

"그렇다면 우리는 다시 당신 이야기로 되돌아온 거군요." 여주인이 말했다.

"또는 당신 이야기일 수도 있어요." K가 말했다. "우리의 문제는 서로 맞닿아 있어요."

"그렇다면 당신은 클람에게 무엇을 바라는 건가요?" 여주인은 이렇게 물으며 앉은 자세로 기댈 수 있도록 베개를 잘 흔들어 펴고 는 허리를 세우고 앉아 K를 똑바로 쳐다보았다. "나는 당신에게 뭔가 교훈이 될 수도 있는 나의 일을 솔직하게 이야기했어요. 그러니까 이제 당신도 클람에게 뭘 물을 셈인지 솔직하게 말해봐요. 나는 프리다를 어렵사리 설득해 방에 올라가 있으라고 했어요. 당신은 그 아이 앞에서는 솔직하게 말 못할 테니까요."

"나는 숨길 것이 없어요." K가 말했다. "그러나 먼저 당신이 무엇을 주목해야 할지를 말씀드리고 싶군요. 당신은 클람이 금방 잊어버리는 사람이라고 말했죠. 내가 보기에 첫째로 그 이야기는 아주 개연성이 없고, 둘째로 입증할 수도 없는 것으로, 클람의 호의를 샀던 처녀들의 머리에서 만들어진 전설에 다름없다는 거요. 당신이 그런 허황된 가공의 이야기를 믿다니 놀라울 따름입니다."

"그것은 전설이 아니에요." 여주인이 말했다. "오히려 일반적인 경험에서 나온 거라고요."

"그렇다면 새로운 경험에 의해 반박될 수도 있는 거죠." K가 말했다. "그런데 당신의 경우와 프리다의 경우에는 한가지 차이점이 더 있어요. 클람이 프리다를 더이상 부르지 않을 거라는 사실은 있지도 않은 일이고, 오히려 그가 그녀를 불렀으나 그녀 쪽에서 따르지 않았다고 할 수 있어요. 클람은 여전히 프리다를 기다리고 있을지도 몰라요."

여주인은 잠시 입을 다물고 다만 K를 이리저리 훑어보고는 다시 입을 열었다. "나는 잠자코 당신이 하려는 모든 말을 들어볼 거예요. 나를 신경 쓰지 말고 허심탄회하게 말해봐요. 단, 한가지 부탁이 있어요. 클람의 이름은 언급하지 마요. '그 사람'이라고 하거나 다른 식으로 불러요. 이름은 제발 부르지 마요."

"그러죠." K가 말했다. "하지만 내가 그 사람에게 뭘 바라는지를 말하는 게 쉽지 않군요. 우선은 그를 가까이서 보고 싶고, 그다음에는 그의 목소리를 듣고 싶고, 그다음에는 그가 우리 결혼에 어떤 태도를 보일지 알고 싶어요. 그밖에 내가 그에게 뭘 요청할지는 대화가 어떻게 흘러가느냐에 달린 거죠. 여러 문제를 두고 의논할 수 있겠지만, 내게 가장 중요한 것은 내가 그 사람을 직접 대면한다는 거요. 나는 사실 아직은 이곳에서 진짜 관리와 직접 이야기를 해본 적이 없어요. 내 예상보다는 달성하기 어려운 일 같아요. 하지만 이제 나는 사적인 신분의 그 사람과 이야기를 나눌 의무가 있고, 내가 생각하기에 그 편이 훨씬 더 관철하기 쉬울 것 같아요. 관리의 신분인 그 사람과 만나 대화를 하려면 성에 있는, 혹은 가능성이 희박해 보이지만 헤렌호프에 있는, 어쩌면 접근할 수 없는 그의 집무실로 찾아가야 하겠죠. 하지만 사적인 신분의 그 사람과는 집에서든 길에서든 그를 만날 수 있는 곳이라면 어디서나 가능하죠. 그러다가 내가 관리 신분의 그 사람을 대면하게 되더라도 나는 그 상황을 기꺼이 감수할 생각이지만, 그것이 나의 일차적인 목적은 아닙니다."

"좋아요." 여주인은 이렇게 말하면서 마치 무슨 망측한 말이라도 꺼낸 듯 얼굴을 베개에 파묻었다. "만일 내가 나의 연줄을 동원해 당신의 요청인 클람과의 면담을 성사시킨다면, 성에서 회답이 내려올 때까지는 당신 마음대로 독자적인 행동에 나서지 않겠다고 약속해줘요."

"그것은 약속할 수 없어요." K가 말했다. "당신의 부탁이나 기분을 맞춰주고 싶은 생각은 간절하지만요. 지금은, 특히 촌장과 면담한 결과가 불리하게 나와 사안이 좀 급하게 되었거든요."

"그런 이의 제기는 통하지 않아요." 여주인이 말했다. "촌장은 대단찮은 사람이거든요. 그걸 아직까지 몰랐나요? 그는 아내가 모든 일을 처리해주지 않는다면, 단 하루도 촌장 자리에 못 있을 거예요."

"미치 말인가요?" K가 물었다. 여주인은 고개를 끄덕였다. "내가 방문했을 때도 그녀가 있었어요." K가 말했다.

"그녀가 자기 견해를 피력하던가요?" 여주인이 물었다.

"아니요." K가 말했다. "하지만 나는 그녀가 그럴 수 있다는 인상도 받지 못했어요."

"하기야." 여주인이 말했다. "당신은 이곳의 모든 걸 그런 식으로 잘못 보고 있어요. 하여튼 촌장이 당신에 대해 행사한 권한은 별 볼 일 없어요. 촌장 아내와는 내가 기회를 잡아 이야기를 해보죠. 그리고 늦어도 일주일 안에 클람의 회답이 있을 것이라 약속한다면, 당신은 내 말을 따르지 않을 이유가 없겠죠."

"그 모든 것이 결정적인 요소는 아닙니다." K가 말했다. "내 결심은 확고하고, 혹시 거절의 회답이 온다고 해도 나는 내 결심을 실행해볼 겁니다. 그러니까 애초 그런 의도를 갖고 있으니 먼저 면담을 부탁할 수는 없는 노릇이죠. 그런 부탁을 하지 않는다면 그것은 대담하면서도 선의의 시도로 남을 수 있겠지만, 혹시 거절의 답변을 받게 되면 공공연한 불복종이 될 테니까요. 분명 더 안 좋은 상황이 되는 거죠."

"더 안 좋다고요?" 여주인이 말했다. "어떤 경우든 불복종이죠. 그렇다면 이제 당신 뜻대로 하세요. 내게 치마나 건네줘요."

여주인은 K를 더이상 신경 쓰지 않고 치마를 입더니 서둘러 주방으로 나갔다. 식당 쪽에서 벌써 상당히 오래전부터 소란스러운 소리가 들려왔다. 누군가가 엿보기 창을 두드리고 있었다. 조수들이 그 창을 열어젖히고 배가 고프다고 안쪽을 향해 소리쳤다. 이어 다른 사람들의 얼굴도 모습을 드러냈다. 심지어 여러 성부로 이루어진 나지막한 합창 소리까지 들려왔다.

사실 여주인이 K와 대화를 나누느라 점심 준비가 상당히 지연되었다. 점심이 미처 준비되지 않은 상황에서 손님들이 모여든 것이다. 하지만 그 누구도 여주인의 금지령을 어기고 감히 주방에 발을 들여놓지 못했다. 그런데 이제 엿보기 창에서 관찰하던 사람들이 여주인이 온다고 알리자, 하녀들은 즉시 주방으로 뛰어들었다. K가 식당에 들어섰을 때는 상당히 많은 사람들, 스무명이 넘는 남녀가 아주 시골풍이기는 하지만 농부의 옷차림과는 다른 옷차림을 하고서 엿보기 창에 모여 있다가 자리를 차지하려고 식탁으로 몰려들었다. 작은 구석자리의 식탁에는 벌써 한 부부가 아이들 몇 명을 데리고 앉아 있었다. 남편 쪽은 헝클어진 잿빛 머리에 수염을 기른 눈이 푸른 신사로, 친절해 보였고, 아이들 쪽으로 머리를 살짝 숙인 채 나이프 하나를 들고는 아이들의 노랫소리를 낮추려고 애를 쓰면서 박자를 맞춰주고 있었다. 아마도 그는 아이들에게 노래를 부르게 해 배고픔을 잊게 하려는 모양이었다. 여주인은 사람들 앞에서 몇 마디 가벼운 사과의 말을 했는데, 그녀를 비난하는 사람은 아무도 없었다. 그녀는 남편이 어디 있나 하고 둘러보았으나, 그는 이 난처한 상황에 벌써 도망을 친 모양이었다. 그녀는 이제

천천히 주방으로 향했고, 프리다를 보러 자기 방으로 서둘러 가는
K에게는 더이상 눈길을 주지 않았다.

7장
학교 선생

위층에서 K는 학교 선생을 만났다. 방은 거의 딴 곳처럼 보일 만큼 기분 좋게 달라져 있었는데, 프리다가 무척이나 부지런을 떤 모양이었다. 방은 환기가 아주 잘 되어 있었고, 난로는 충분할 정도로 데워져 있었으며, 바닥도 깔끔하게 걸레질이 된 상태였다. 또 침대도 말끔히 정돈되어 있었고, 하나같이 형편없고 싸구려 티가 나는 하녀들의 물건과 사진 등은 다 치워져 있었다. 전에는 어디를 보든지 덕지덕지 때가 낀 상판 부분이 첫눈에 들어왔던 식탁에는 이제 뜨개질한 하얀 식탁보가 깔려 있었다. 지금 이곳은 손님을 맞이해도 좋을 정도였고, 프리다가 아침 일찍 세탁을 해서 말리려고 난롯가에 널어놓은 것이 분명한 K의 내의 몇개도 거슬리지 않았다. 학교 선생과 프리다는 식탁에 앉아 있다가 K가 방에 들어서자 자리에서 일어났다. 프리다는 입맞춤으로 K를 맞이했고, 선생은 살짝 고개를 숙여 인사했다. K는 마음이 어수선하고 여주인과의 대화로 여전히 흥분된 상태에서 이제껏 선생을 찾아뵙지 못한 것에 대해 사과하기 시작했다. K는 자신이 선생을 찾아가지 않아서 선생이 더이상 참지 못해 직접 방문한 것이라고 여기는 듯했다. 하지만 선생은 신중한 모습을 보이면서 그제야 K가 자신을 방문하기로 약속한 적이 있다는 사실이 떠오른 듯했다. "측량사 양반." 선생이 천천히 입을 열었다. "그러니까 당신은 며칠 전 교회 앞마당에서 나와 이야기를 나눈 외지인이군요." "그렇습니다." K는 짧게 대답했다. 그때 그가 혼자 내버려진 상태에서 참고 겪었던 바를 지금 이곳, 자신의 방에서 당할 필요는 없었다. 그는 프리다에게 몸을 돌리고는 곧 중요한 방문을 가야 한다고 전하며 되도록 옷을 잘 입어야 한다고 했다. 프리다는 K에게 더이상 묻지 않고 새 식탁보를 살펴보느라 여념이 없는 조수들을 즉시 불러, K가 막 벗어놓은 옷가지와 부츠를 아래 뜰로 가져가 정성껏 깨끗하게 만들어놓으라고 지시했다. 자신은 빨랫줄에 널었던 셔츠를 하나 집어들고 다림질을 하러 주방으로 내려갔다.

이제 K는 다시 학교 선생과 단둘이 남게 되었다. 선생은 잠자코 식탁에 앉아 있었고, K는 선생을 잠시 더 기다리게 하면서 입고 있던 셔츠를 벗고 세면대에서 얼굴을 씻기 시작했다. 그제야 K는 여전히 등을 돌린 상태에서 선생에게 찾아온 이유를 물었다. "촌장님의 전갈을 갖고 왔소." 선생이 말했다. K는 촌장의 용건을 들어볼 참이었으나 물소리 때문에 K의 말을 제대로 알아들을 수 없게 된 선생은 어쩔 수 없이 가까이 다가가 K 쪽 벽에 몸을 기댔다. K는 이렇게 세수를 하고 분주한 것은 급한 방문을 앞두고 있어서라고 변명했다. 선생은 그 말을 흘려듣고는 이렇게 말했다. "당신은 촌장님께 무례하게 굴었더군요. 공적이 많고 경험도 풍부하며 존경받아 마땅한 어르신께요.”“내가 무례하게 굴었는지는 모르겠소.”K가 얼굴을 닦으며 대꾸했다. “그러나 내가 고상한 행동을 하는 데 궁리하기보다는 다른 문제에 골똘했던 것은 맞아요. 나의 생존 문제에 신경을 써야 했으니. 선생도 이 관청을 위해 일하고 있으니 세세하게 이야기할 필요는 없겠지만, 형편없는 관청의 업무 능력으로 인해 내 생존이 위협받고 있어요. 촌장님이 나에 대해 무슨 불평이라도 하셨나요?”“촌장님이 그 누구에게 불평을 한단 말이오?”선생이 말했다. “설령 흠잡을 사람이 있다고 해도 그러실 분이 아닙니다. 나는 촌장님이 당신과 면담한 내용을 구술해주는 대로 간단한 조서를 작성했는데, 조서를 통해 촌장님의 선의와 당신이 어떤 답변을 했는지를 알게 된 거요.”K는 프리다가 어딘가에 치워둔 것이 분명한 자신의 빗을 찾으면서 말했다. “뭐라고요? 조서라고요? 면담이 끝난 후에, 나도 없는 자리에서, 면담에 전혀 동석하지 않은 사람에 의해 조서가 작성되었다는 거요? 그거 나쁘지 않군요. 그런데 조서는 왜 작성하는 거죠? 공적인 일인가요?”“아닙니다.”선생이 말했다. “반쯤 공적인 일이고, 조서 역시 반쯤 공적인 것이오. 다만 이곳에서는 모든 일에 엄격한 질서가 있어야 하기에 작성한 것이오. 하여튼 이제 조서가 하나 작성되었고, 이는 당신에게 영예로운 일은 아닌 거요.”K는 마침내 침대 속으로 굴러들어간 빗을 찾아내고서는 보다 차분한 목소리로 말했다. “그러니까 조서는 이미 작성되었군요. 그러면 당신은 그 사실을 알려주려고 나를 찾아온 거요?”“아니오.”선생이 말했다. “하지만 내가 기계 장치는 아니니 당신한테 내 의견을 말하지 않을 수 없군요. 반면에 내가 가져온 전갈은 촌장님의 선의를 다시 한번 증명해주는 것으로, 나로서는 촌장님의 그런 선의가 이해가 안되나 직책상 어쩔 수 없이, 또 촌장님을 존경하는 마음에서 이런 전갈을 하고 있음을 강조하고 싶군요." K는 이제 세수를 마치고 머리까지 빗고는 식탁에 앉아 셔츠와 옷가지들이 오기를 기다렸다. 그러면서 선생이 전해주는 말에 큰 관심을 보이지 않았는데, 여주인이 촌장을 얕보는 태도에도 영향을 받고 있었다. "벌써 점심때가 지났겠죠?" K는 속으로 가는 길을 그려본 다음 태도를 바꿔 말했다. "참, 촌장의 전갈을 가져왔다고 하셨죠." "글쎄요." 선생은 어떤 책임도 떨쳐버리려는 듯이 어깨를 으쓱하면서 말했다. "촌장님은 당신 사안에 대한 결정이 지연되어 당신이 독자적으로 어떤 사려 깊지 못한 행동을 할지 몰라 우려하고 있어요. 나야 촌장님이 왜 그런 걱정을 하는지 모르겠고, 당신이 하고 싶은 대로 하도록 내버려두는 것이 가장 좋다고 생각하지만요. 우리는 당신의 수호천사도 아니고, 또 당신이 가는 길마다 따라다닐 의무는 없거든요. 하지만 촌장님의 의견은 달라요. 물론 촌장님은 결정 자체를 재촉할 수는 없어요. 그것은 백작의 관청이 관할하는 사안이니까요. 다만 촌장님은 자신의 권한 내에서 잠정적으로 정말 관대한 결정을 내리려 하시죠. 그것을 받아들이는 문제는 오로지 당신한테 달려 있어요. 촌장님은 당신에게 임시지만 학교 관리인 자리를 제안했어요." 처음에 K는 자신에게 제공된 자리에 대해서 주의조차 기울이지 않았다. 하지만 그에게 뭔가가 제공되었다는 사실 자체는 다소 의미심장했다. 즉 촌장이 보기에는 K가 저항하면서 뭔가 일들을 벌일 수 있으니 이를 막기 위해서는 마을 공동체가 어느정도 손해를 감당하는 것이 마땅함을 암시했다. 또한 이 문제가 아주 중요하게 받아들여졌음을 암시했다. 여기서 한참을 기다렸고 또 이에 앞서 조서까지 작성했던 선생은 촌장에게 떠밀리다시피 이곳으로 온 것이 분명했다.

이제 생각에 잠긴 K를 보며 선생은 말을 이었다. "나는 이의를 제기했어요. 지금껏 학교는 관리인이 필요 없었고 교회지기의 아내가 가끔씩 청소를 하고 여선생 기자가 이를 감독해왔으며, 아이들만으로도 골치가 너무 아파서 학교 관리인 문제로까지 속 썩고 싶지 않다고요. 촌장님은 그렇지만 학교가 너무 더럽다고 반박하더군요. 나는 그리 심한 정도는 아니라고 사실대로 대꾸했죠. 그러고는 그 사람을 관리인으로 쓰면 과연 더 나아질까요, 하고 덧붙였어요. 그렇지 않을 게 뻔하죠. 그 사람이 그런 일을 할 줄도 모른다는 점은 차치하고, 학교 건물은 별도의 부속공간 없이 큰 교실 두 개뿐이라 관리인과 그의 가족은 교실 중 한칸에서 지내고 잠도 자며 어쩌면 요리까지 할 테니 되레 청결을 기대하기 어렵다고요. 그러나 촌장님은 그 자리가 곤경에 처한 당신에게 구원이 될 것이고 따라서 당신은 모든 힘을 다해 그 직책을 수행할 것임은 물론이고, 당신과 더불어 당신 아내와 두 조수의 노동력까지 얻게 되니 학교 건물뿐만 아니라 교정까지 말끔하게 정리될 거라는 의견을 개진하셨어요. 나는 그 모든 주장을 가볍게 반박할 수 있었죠. 결국 촌장님은 당신에게 더이상 유리한 점을 제시할 수 없게 되자, 웃으며 그래도 당신이 토지 측량사니까 교정의 화단을 특별히 아름답게 가꿀 수는 있을 거라고 하더군요. 그런 농담에 대해서는 반박이 통하지 않는 법이므로 나는 이렇게 이 제안을 갖고 당신에게 온 거요." "쓸데없는 걱정을 하고 있어요, 선생." K가 말했다. "나는 그 자리를 받아들일 생각이 없거든요." "대단하군요." 선생이 말했다. "정말 대단해요. 단박에 거절하는군요." 그러면서 선생은 모자를 집어들고 머리를 숙여 인사를 하고는 밖으로 나갔다.

잠시 후에 프리다가 당혹해하는 얼굴을 하고서 위로 올라왔다.

셔츠는 다리지 않은 채로 가져왔고, 어떤 질문에도 대답하지 않았다. K는 그녀의 관심을 딴 데로 돌리려고 학교 선생과 촌장의 제안에 대해 말해주었다. 그 이야기를 듣자마자 프리다는 셔츠를 침대에 내던지고는 다시 황급히 밖으로 달려 나갔다. 그녀는 금방 되돌아왔는데, 선생과 함께였다. 선생은 기분 나쁜 얼굴을 하고 인사도 건네지 않았다. 프리다는 선생에게 조금만 참아줄 것을 부탁했다. 이곳으로 오는 길에도 그녀는 벌써 이런 부탁의 말을 여러차례 한 것이 분명했다. 이어 그녀는 전혀 예상하지 못한 곳에 있는 옆문을 통해 K를 다락방으로 끌고 가더니, 거기서 숨을 헐떡이며 몹시 흥분한 상태로 무슨 일이 있었는지 마침내 입을 열었다. 다리목 여관 여주인은 자신을 낮추면서까지 K에게 고백을 했던 것이고, 더욱이 체면을 따지지 않고 K가 클람과 면담하는 문제에서 양보하는 태도를 보였음에도 얻은 것이라고는 냉랭하고 솔직하지 못한 K의 거절밖에 없어 몹시 화가 나 있다고 했다. 그래서 여주인은 K가 더이상 여관에 머무는 것을 허용하지 않기로 마음먹었고 혹시라도 K가 성에 연줄이 있다면 어서 그런 연줄을 이용하기를 바란다고 했다는 것이다. 이제 K는 당장에 여관을 떠나야 할 판인데, 여주인은 관청의 직접적인 명령이나 압력이 있다면 몰라도 그를 다시 받아들이지 않을 작정이었다. 그러면서 자신도 성에 연줄이 있어 그 연줄을 이용할 것이니 관청에서 그렇게 하는 일도 없을 거라고 했단다. 더욱이 그가 여주인의 여관에 머물게 된 것도 단지 그녀 남편이 태만한 덕분이고, 또 오늘 아침까지만 해도 그가 언제라도 이곳을 떠나 머물 수 있는 다른 숙소가 있다고 자랑했으니 곤경에 처할 리도 없지 않느냐는 것이다. 프리다는 물론 이곳 여관에 남아야 하는데, 그녀가 K와 함께 나간다면 여주인은 아주 불행해질 것이고, 아까도 여주인은 아래 주방에서 프라다가 떠날까봐 화덕 옆으로 울면서 쓰러졌다는 것이다. 하지만 심장이 아픈 불쌍한 여주인은 클람에게서 받은 정표의 명예가 걸린 문제라고 여겨서 어떻게 달리 처신할 수도 없단다. 여주인이 지금 그런 입장을 취하고 있다는 이야기였다. 프리다 자신은 물론 눈 속이든 얼음 속이든 어디라도 K를 따를 것이므로 그 문제는 더 말할 필요가 없지만, 두사람의 상황이 하여튼 썩 좋지 않다고 했다. 그래서 그녀 자신은 촌장님이 제안한 일자리가 K에게 적절한 자리는 아닐지라도 무척이나 반갑게 받아들이고자 하며, 또 강조해서 언급된 것처럼 그 자리가 단지 임시직이며, 최종적인 결정이 불리하게 내려져도 우선은 시간을 벌게 되어 쉽게 다른 가능성을 찾을 수 있을 것이라고 했다. "정말 부득이한 사정이 닥치면 말이야." 프리다는 마지막으로 K의 목에 매달리며 소리쳤다. "그러면 우리는 여기를 떠날 수 있어. 우리를 이곳 마을에 붙잡아두는 게 뭐가 있겠어? 하지만, 사랑하는 자기야, 일단은 그 제안을 받아들이는 것이 어때? 내가 선생을 다시 모시고 왔어. 당신은 다만 '받아들이겠다'라는 말만 하면 돼. 그러고 나서 우리는 학교로 이사하는 거야."

"이거 고약한 상황이군." K는 이렇게 말했으나 아주 진심에서 한 말은 아니었다. 그로서는 어디서 머무르느냐가 그리 중요한 문제는 아니었고, 이곳 다락방은 양쪽으로 벽과 창이 없어 차가운 바람이 매섭게 통하는 터라 속옷 차림으로 있기에는 너무 추웠다. "당신이 이렇게 방을 말끔하게 정돈해놓았는데, 이 방에서 이제 나가야 하는 상황이군. 나는 그 자리를 받아들이는 게 정말 내키지 않아. 저 하찮은 선생 앞에 당장 자신을 낮추는 것도 난처한 일인데, 이제 저 사람이 내 상관이 되는 거잖아. 우리가 이곳에 조금만 더 머물 수 있다면 좋겠어. 어쩌면 오늘 오후에 나의 상황이 바뀔 수도 있어. 적어도 당신이라도 여기에 머문다면, 우리는 일단 기다리면서 선생에게는 대충 얼버무릴 수 있을 거야. 나야 숙소 하나쯤 어떻게든 찾을 수 있을 거야. 정 여의치 않으면 바르—"그 순간 프리다가 손으로 그의 입을 막았다. "안돼." 그녀는 불안한 목소리로 말했다. "다시는 그런 말 하지 마. 그것 말고는 당신 말을 모두 따를게. 당신이 원한다면 아무리 슬프더라도 혼자 여기에 남겠어. 당신이 원한다면, 물론 내 생각에는 그게 옳은 결정은 아닌 것 같지만, 우리가 그 제안을 거절하도록 해. 들어봐, 당신이 오늘 오후에라도 다른 가능성을 찾는다면 당연히 우리는 학교 일자리를 당장 그만둘 수 있고, 아무도 우리를 막지 못할 거야. 그리고 선생 앞에서 굴욕을 겪는 문제는 내게 맡겨, 그런 일이 없도록 하겠어. 내가 직접 선생과 이야기를 할 테니 당신은 그냥 있어도 돼. 나중에도 달라지지 않을 거야. 당신이 싫다면 그 사람과 이야기할 필요가 전혀 없어. 실제로는 나만 그의 하급자 노릇을 하는 셈이고, 내가 그의 약점을 알고 있으니 결코 그렇게 되지도 않을 거야. 그러니까 우리가 그 자리를 받아들인다고 해서 잃을 것은 아무것도 없어. 하지만 거절하면 잃는 게 많아. 무엇보다 오늘 중으로 성에서 뭐라도 얻어내지 못하면 당신은 어디에서도, 이 마을 어디에서도 당신의 장래 아내인 내가 부끄럽게 여기지 않을 그런 숙소를 얻지 못할 거야. 그리고 당신은 숙소를 얻지 못하고도 나더러는 이 어둡고 추운 밤에 당신이 밖에서 헤맬 것을 뻔히 알면서도 혼자서 여기 따스한 방에서 자라고 하겠지." 프리다의 말을 듣는 동안 K는 몸을 좀 따뜻하게 하려고 가슴을 끌어안듯 양팔을 교차시키고 손으로 등을 두드리다가 입을 열었다. "그렇다면 제안을 받아들이는 수밖에 없겠군. 가자고!"

다시 방으로 들어서자마자 그는 곧장 난롯가로 달려갔다. 선생은 안중에도 없었다. 선생은 식탁에 앉아 있다가 시계를 꺼내 보면서 말했다. "시간이 많이 늦었군요." "그 대신 우리는 의견 일치를 보았어요, 선생님." 프리다가 말했다. "우리는 그 자리를 받아들이기로 했어요." "잘됐군요." 선생이 말했다. "하지만 그 자리는 토지 측량사에게 제안된 것이니 본인이 직접 의사 표명을 해야 합니다." 프리다가 K를 거들었다. "물론이죠." 그녀가 말했다. "이 사람은 그 자리를 받아들일 거예요. 그렇지, K?" 그 덕분에 K는 간단히 '그렇다' 한마디로 자신의 의사를 표시할 수 있었고, 그마저도 선생에게 한 것이 아니라 프리다에게 했다. "그렇다면 말이오." 선생이 말했다. "이제 당신에게 직무를 설명하는 일만 남았으니 그 점에서는 단번에 의견이 일치했으면 합니다. 측량사 양반, 당신은 매일 두 교실의 청소와 난방을 담당해야 하고, 학교 건물의 간단한 보수는 물론 학교 시설과 체조 기구 등의 간단한 보수를 맡고, 교정에 난 길 위의 눈을 치우고, 나와 여선생의 심부름을 하고, 날이 따뜻해지면 정원 일을 모두 해야 합니다. 그 댓가로 당신은 두 교실 중 하나를 선택해 거주할 권리가 있어요. 단, 교실 양쪽에서 동시에 수업을 하지는 않지만 바로 당신이 지내는 그 교실에서 수업이 있을 때는 당연히 다른 교실로 옮겨가야 합니다. 학교 건물에서는 취사를 해서는 안되고, 대신 당신과 딸린 식구들의 식사는 마을 공동체의 비용으로 이곳 여관에서 제공할 거요. 교양 있는 성인으로서 잘 알고 있을 테니 다만 부수적으로 언급하면, 학교에서는 품위에 맞게 처신해야 하고, 특히 아이들이 수업을 받는 중에 당신 가정생활의 망측한 장면을 보는 일 따위는 절대 없도록 해야 합니다. 더불어 우리는 당신과 프리다 양의 관계 또한 가능한 조속한 시일 내에 합법적인 관계가 될 것을 요구하는 바입니다. 이 모든 내용과 그밖의 세부 사항에 대해 고용 계약서가 작성될 것이고, 당신은 학교로 이사하는 즉시 계약서에 서명을 해야 합니다." K에게는 그 모든 일이 마치 자신과 상관없는 일, 또는 어떤 구속력도 갖지 못하는 일처럼 대수롭지 않게 여겨졌다. 다만 그는 선생의 거들먹거리는 태도가 거슬려 심드렁한 말투로 이렇게 말했다. "뭐, 모두 통상적인 의무들이군요." 이 발언을 다소 누그러뜨리고자 프리다가 봉급에 대해 물었다. "봉급의 지불 여부는 한달 동안의 수습 기간이 끝난 후에야 고려될 것입니다." "너무 가혹한 처사군요." 프리다가 말했다. "우리는 거의 땡전 한푼 없이 결혼을 하고, 밑천도 없이 살림을 꾸려가야 해요. 선생님, 우리가 마을 공동체에 청원을 넣어 당장 적은 액수의 봉급이라도 요청할 수 없을까요? 선생님이 그렇게 말씀 좀 해주시겠어요?" "그러지 않을 거요." 선생이 여전히 K를 향해 말했다. "그런 청원은 내가 추천을 해야만 받아주겠지만, 나는 하지 않을 거요. 그 일자리를 주는 것만 해도 당신에게 호의를 베푸는 일인데, 공적인 책임을 의식하는 사람이라면 아무리 호의를 베푸는 일이더라도 적당히 해야 하죠." 그러자 이번에는 K가 본의 아니게 끼어들었다. "호의와 관련해 한 말씀드리죠, 선생. 그 문제는 당신이 착각하고 있는 것 같군요. 호의를 베푸는 것은 오히려 내 쪽일걸요." "아니요." 선생은 이렇게 말하면서 입가에 미소를 머금었다. 마침내 K의 입을 여는 데 성공했기 때문이다. "그 점에 관해서는 내가 사태를 정확히 파악하고 있어요. 우리에게 학교 관리인이란 토지 측량사만큼이나 필요치 않아요. 측량사든 관리인이든 우리에게는 성가신 짐에 불과하다고요. 마을 공동체에 이 지출을 해명하려면 나는 머리깨나 써야 할 거요. 이런 요청은 그저 책상에 내던지고 어떤 해명도 하지 않는 것이 가장 좋은 방법이자 진실에 부합하는 일일 거요." "내 생각도 그래요." K가 말했다. "당신은 당신 의사에 반해 나를 채용해야 하고, 또 골치가 아프겠지만 나를 채용해야 하는 거요. 그리고 만약 어떤 사람이 누군가를 채용해야만 하는 상황에서 그 누군가가 채용을 승낙한다면, 승낙한 사람이 호의를 베푸는 거요." "궤변이군요." 선생이 말했다. "우리가 당신을 채용해야만 하는 이유가 뭐가 있겠어요. 다만 촌장님의 선하고 너무도 관대한 마음일 뿐. 측량사 양반, 내가 보기에 당신이 쓸 만한 관리인이 되려면 여러 허황된 생각을 버려야 할 거요. 당신의 그런 발언은 봉급을 보장받는 문제에서도 도움이 안될 거요. 또한 유감스럽게도 내가 깨닫는 것은, 당신의 행동이 앞으로도 내게 여러모로 골칫거리가 될 것 같다는 거요. 또한 내가 쭉 두 눈으로 지켜보면서도 믿을 수 없는 것은, 당신이 나와 협의하는 내내 셔츠와 속바지 차림이었다는 거요." "그렇군요." K는 손뼉을 치며 웃다가 외쳤다. "몹쓸 조수들, 이 녀석들은 도대체 어디 있는 거야?" 프리다가 재빨리 문 쪽으로 갔다. 선생은 이제 K가 자신과는 더이상 이야기하지 않을 것임을 알아차리고는 프리다에게 언제 학교로 이사할 것인지 물었다. "오늘요." 프리다가 말했다. "그렇다면 나는 내일 아침 일찍 확인하러 가죠." 선생은 이렇게 말하면서 손짓으로 인사를 했다. 그는 프리다가 나가려고 열어놓은 문을 통해 밖으로 나가던 참에 이 방으로 다시 옮겨와 살려고 벌써 옷가지들을 챙겨 들어오던 하녀들과 부딪혔다. 하지만 하녀들이 길을 비키지 않아, 그는 그들 사이를 헤집고 나가야 했다. 프리다가 그의 뒤를 따랐다. "너희들은 조급하기 짝이 없구나." K는 이번에는 하녀들에게 아주 만족해하면서 말했다. "우리가 아직 이 방에 머물고 있는데, 벌써 들이닥치나?" 그들은 아무 대답도 하지 않았고 다만 당황하여 들고 있던 보따리를 만지작거렸는데, 낯익은 누더기들이 삐져나와 있는 것이 K의 눈에 들어왔다. "너희는 그 옷가지들을 한번도 안 빤 모양이야." K가 말했다. 그러나 악의 없이 어느정도 애정이 담긴 말이었다. 그들도 그렇게 느꼈는지 다물었던 입을 동시에 벌려 동물의 이빨처럼 아름답고 튼튼한 치아를 드러내 보이며 소리 없이 웃었다. "어서 들어오도록 해." K가 말했다. "방을 정리해야지. 여긴 너희들 방이니까." 하지만 그들이 계속 머뭇거리자—그들 눈에도 자신들의 방이 너무 변해버린 모양이었다—K는 그들을 방 안으로 들어오게 하려고 한 하녀의 팔을 잡아끌었다. 하지만 무척 놀란 눈빛이어서 그는 얼른 잡은 손을 다시 놓았다. 두 하녀는 서로 잠깐 눈짓을 교환하더니 K에게서 더이상 눈을 떼지 않았다. "너희는 이제 나를 충분히 감상한 거야." K는 어떤 불편한 감정을 억누르며 이렇게 말했다. 그는 마침 프리다가 가져온 옷가지들과 부츠를 받아 입고 신었다. 조수들이 수줍어하면서 그녀를 뒤따라 들어왔다. K로서는 프리다가 조수들에 대해 언제나, 그리고 지금도 저렇게 인내심을 보이는 것이 잘 이해되지 않았다. 조수들은 뜰에서 옷가지들을 솔질하라는 지시를 받았었다. 프리다는 한참을 찾아다니다가 태평스럽게 점심식사를 하고 있는 조수들의 모습을 발견했는데, 옷가지들은 둘둘 말린 채로 그들의 무릎 위에 놓여 있었다. 프리다는 결국 모든 솔질을 직접 해야 했다. 하지만 그녀는 신분이 낮은 사람을 제대로 다룰 줄 알면서도 조수들을 전혀 꾸짖지 않았고, 오히려 조수들 앞에서 K에게 그들의 지독한 태만함을 사소한 우스개인 양 이야기했고, 심지어 조수 하나의 뺨을 비위를 맞추듯 가볍게 토닥이기까지 했다. K는 조만간 기회가 되면 그 문제에 대해 지적해야겠다고 생각했다. 하지만 지금은 출발해야 할 시간이었다. "조수들은 이곳에 남아 당신이 이사하는 걸 도와줄 수 있을 거야." K가 말했다. 조수들은 물론 그의 말에 동의하지 않았다. 그들은 배가 부르고 기분도 좋아져서 좀 움직이고 싶었던 것이다. "그래, 너희들은 여기 남아 있어." 프리다가 이렇게 말했을 때에야 비로소 순순히 응했다. "당신은 지금 내가 어디 가는지 알고 있어?" K가 물었다. "그럼." 프리다가 대답했다. "그런데도 말리지 않는 거야?" K가 물었다. "당신은 수많은 장애물을 만날 거야." 그녀가 말했다. "내가 하는 말이 무슨 의미가 있겠어!" 그녀는 K에게 작별의 키스를 하고는 점심식사를 못한 그를 위해 아래에서 가져온 빵과 쏘시지가 든 조그만 봉지를 건네주었다. 그녀는 K에게 나중에 이곳으로 오지 말고 바로 학교로 와야 한다는 점을 상기시키고는 그의 어깨에 손을 얹고 문 앞까지 따라나가 그를 배웅했다.

8장
클람을 기다리다

우선 K는 하녀와 조수 들이 북적이는 더운 방에서 벗어난 것이 기뻤다. 밖은 날씨가 좀 추웠고, 눈도 더 단단하게 굳어 걷기가 수월했다. 그러나 이미 어둠이 내리기 시작해 그는 걸음을 서둘렀다.

벌써 윤곽이 흐릿해지기 시작한 성은 평소와 마찬가지로 그 자리에 고즈넉하게 서 있었다. K는 아직 한번도 그곳에 뭔가 살아 있다는 징후를 보지 못했다. 이토록 떨어진 거리라면 그 무엇도 제대로 알아보기 어려울 텐데도, 두 눈은 뭔가를 알아내려 했고 성의 정적을 받아들이기 어려워했다. 성을 바라보고 있노라니 K는 마치 조용히 앉아 물끄러미 앞을 응시하는 어떤 사람, 그렇다고 사색에 깊이 잠겨 모든 것에서 단절된 게 아니라 자유롭고 거칠 것 없는 사람, 마치 혼자 있고 아무도 자신을 지켜보지 않을 거라고 여기는 그런 사람을 보고 있다는 생각이 때때로 들었다. 그 사람은 누군가가 자신을 관찰하고 있음을 깨달았지만, 그렇다고 해서 마음의 평정이 흐트러지지는 않았다. 실제로—이것이 원인인지 아니면 결과인지는 말하기 어렵지만—관찰하는 자의 시선은 대상의 어느 한곳도 확실히 포착하지 못하고 미끄러졌다. 오늘은 날이 일찍 어두워진 탓에 이런 인상이 더욱 두드러졌다. 오래 쳐다볼수록 더 알아보기 어려웠고, 모든 것은 황혼에 더욱 깊이 잠겨들었다.

K가 아직 불을 밝히지 않은 헤렌호프에 막 도착했을 때, 이층에서 창문 하나가 열리더니 수염을 말끔하게 깎고 모피 상의를 걸친, 몸집이 뚱뚱한 젊은이 하나가 상체를 창밖으로 내밀고는 창가에 그대로 머물러 있었다. K가 인사를 했지만, 젊은이는 고개 한번 끄덕여주는 답례조차 없었다. 복도나 주점에서는 어느 누구와도 마주치지 않았다. 주점에서 나는 김빠진 맥주 냄새가 전보다 너 심했다. 다리목 여관에서는 나지 않던 냄새였다. K는 곧바로 일전에 클람을 들여다보았던 그 문으로 가서 조심스럽게 손잡이를 돌려보았으나 문은 잠겨 있었다. 이어 엿보기 구멍이 있던 자리를 더듬어 찾았지만, 구멍을 막는 마개가 정교하게 끼워져 있어서인지 그런 식으로는 구멍 자리를 찾을 수 없었다. 그래서 그는 성냥불을 켜보았다. 그러다가 비명 소리를 듣고는 깜짝 놀랐다. 난로 가까운 곳의 문과 조리대 사이에 한 처녀가 웅크리고 앉아 있다가 성냥불이 비치자 졸린 눈을 간신히 뜨고 그를 쳐다보았다. 프리다의 후임으로 온 아가씨가 분명했다. 그녀는 곧 정신을 차리고 전등을 켰는데, 여전히 언짢은 표정이 남는 얼굴로 K를 단박에 알아보았다. "아, 토지 측량사님이군요." 그녀는 미소를 지으며 말했고, 또 손을 내밀면서 자신을 소개했다. "나는 페피라고 해요." 작은 몸집에 얼굴에는 홍조를 띤 건강한 아가씨였다. 숱 많은 불그스름한 금발 머리를 한가닥으로 땋아 내렸는데, 곱슬곱슬한 머리가 얼굴 언저리에서

물결치고 있었다. 그녀는 다소 번쩍거리는 회색 천 재질로 된 아래로 늘어지는 드레스를 입고 있었는데, 별로 어울리지 않았고, 비단 리본으로 아랫부분을 유치할 정도로 어설프게 졸라매 움직임이 불편해 보였다. 그녀는 프리다의 안부와 프리다가 이곳에 곧 돌아오는지를 물었다. 상당히 악의에 가까운 질문이었다. "나는요," 그녀가 말을 이었다. "프리다가 여기서 나가고 나서 급하게 불려왔어요. 이곳에서는 아무나 데려와 쓸 수가 없거든요. 지금까지 나는 객실 담당 하녀였는데, 여기로 옮겼다고 해서 자리가 좋아졌다라고는 할 수 없어요. 여기는 저녁일과 밤일이 많아 사람을 아주 녹초로 만드니 나도 버티기는 힘들 거예요. 프리다가 이곳 일을 그만둔 게 놀랄 일이 아니죠." "프리다는 여기 일에 아주 만족했는걸." K는 페피와 프리다의 차이점, 페피가 가볍게 여기는 그 차이점에 대해 일깨워주려고 이렇게 말했다. "그녀의 말을 믿지 마세요." 페피가 말했다. "프리다는 그 누구보다도 자기단속을 잘해요. 자신이 고백하지 않겠다고 생각한 이야기는 털어놓지 않아요. 그래서 사람들은 그녀가 무슨 고백할 거리가 있는지도 알지 못해요. 나는 이곳에서 그녀와 일한 지 벌써 몇년이 되었고, 우리는 또 늘 한 침대에서 잠을 잤지만 친하다고는 할 수 없어요. 이제 내 생각은 전혀 하지 않을걸요. 프리다의 유일한 친구는 아마도 다리목 여관의 나이든 여주인일 텐데, 그것도 그녀다운 일이죠." "프리다는 나의 약혼녀야." K는 이렇게 말하면서 문에서 엿보기 구멍을 찾아보았다. "알고 있어요." 페피가 말했다. "그러니 내가 이런 이야기를 하는 거죠. 그녀가 당신 약혼녀가 아니라면 당신에게는 아무 의미가 없을 이야기니까요." "알겠군." K가 말했다. "당신의 말은 내가 그렇게 폐쇄적인 아가씨의 마음을 얻은 것에 대해 자부심을 가져도 좋다는 뜻이군." "그럼요." 그녀는 이렇게 말하고는 프리다와 관련해 K의 비밀스러운 동의를 얻은 양 흡족하게 웃었다.

그런데 K가 엿보기 구멍을 찾는 일에서 관심을 살짝 돌리게 된 것은 그녀가 한 말이 아니라 그녀의 외모, 그리고 그녀가 이 자리에 있다는 사실 때문이었다. 물론 그녀는 프리다보다 훨씬 젊고, 아직 어린 티가 역력했다. 옷차림도 우스꽝스러웠는데, 주점 여급의 중요성을 나름대로 과도하게 평가하여 갖춘 옷차림이 분명했다. 그런 생각이 잘못이라고는 할 수 없었다. 왜냐하면 그녀에게 전혀 어울리지 않는 그 자리는 뜻밖에, 자격도 갖추지 않은 상태에서, 그리고 단지 임시로 주어진 것이기 때문이다. 사람들은 프리다가 늘 허리띠에 차고 다니던 작은 가죽가방조차 그녀에게 내주지 않았다. 따라서 그 자리가 불만스럽다는 그녀의 말은 오만함에 다름 아니었다. 그렇지만 유치한 면모에도 불구하고 그녀 또한 성과 연이 있을 터였다. 거짓말을 하는 것이 아니라면, 그녀는 객실 담당 하녀로 일해왔고, 지금은 자신이 가진 것의 가치도 모른 채 이곳 주점에서 여러날을 잠으로 보내고 있었다. 그러나 이 오동통하고 등이 약간 굽은 조그만 몸을 껴안는다고 해서 그녀가 가진 것을 빼앗을 수는 없겠지만 어쩌면 그의 마음을 설레게 해 힘겨운 길을 가도록 용기를 북돋을지도 모를 일이었다. 그렇다면 그녀는 결국 프리다와 별 다를 바가 없지 않은가? 아니, 달랐다. 그것은 프리다의 눈길만 떠올려봐도 알 수 있었다. 아니, K는 페피를 절대로 건드리지 않을 것이었다. 그러려면 지금은 아주 탐욕스러운 눈길로 그녀를 바라보는 자신의 눈을 잠시 가리고 있어야 했다.

"불을 켤 필요는 없어요." 페피는 이렇게 말하면서 전등을 껐다, "내가 불을 켰던 건 당신 때문에 너무 놀라서예요. 도대체 이곳에는 뭣 때문에 온 거죠? 프리다가 뭔가를 두고 가기라도 했나요?"

"그래." K는 이렇게 말하면서 문을 가리켰다. "여기 옆방에 둔 식탁보를 잊었어, 수를 놓은 하얀 식탁보야." "아, 그녀의 식탁보 말이군요." 페피가 말했다. "기억나요. 아주 멋진 수공품이죠. 만들 때 나도 도와주었거든요. 그런데 그 방에는 없는 것 같아요." "프리다는 여기 있을 거라고 하던데. 누가 저 방에서 지내지?" "아무도 없어요." 페피가 말했다. "그곳은 신사 나리들의 객실이죠. 나리들이 먹고 마시는 방, 다시 말해 그런 용도로 지정된 방이죠. 하지만 대부분의 나리들은 위층의 자기 방에서 머물러요." "내가 확인할 수 있다면 좋겠군." K가 말했다. "지금 옆방에 아무도 없다는 것만 확인된다면, 방에 들어가 식탁보를 찾아보고 싶어. 그런데 그게 확실하지가 않아. 예컨대 저 방에는 클람이 자주 앉아 있었거든." "지금 클람이 저기 없는 건 확실해요." 페피가 말했다. "그 사람은 막 떠나려는 참이죠. 썰매가 벌써 뜰에서 기다리고 있어요."

K는 한마디 설명도 없이 재빨리 주점에서 나와 복도에 이르러 출구로 향하지 않고 건물 안쪽으로 발걸음을 옮겼고 이내 안뜰이 나타났다. 이곳 안뜰은 얼마나 조용하고 아름다운가! 네모꼴의 뜰은 삼면이 건물에 접해 있고, K가 알지 못하는 옆골목으로 통하는 다른 쪽은 높은 하얀 담장으로 경계가 지어 있었다. 담장에 달린 크고 육중한 문이 지금은 열려 있었다. 건물은 여기 안뜰 쪽이 정문 쪽보다 높아 보였고 적어도 이층은 완전히 개축을 한 상태였는데, 눈높이 부근의 작은 틈새가 있는 곳을 제외하고는 목재로 된 회랑이 빙 둘러져 있어 더 크게 보였다. K의 맞은편에서 비스듬히, 건물 중앙의 날개 부분에 속하지만 옆의 부속 건물과 연결되는 모퉁이 쪽에는 건물 안으로 들어가는 입구가 하나 나 있었는데, 문은

달리 없었다. 그 앞에 말 두마리가 끄는 어두운 색의 상자형 썰매가 서 있었다. 마부 외에는 인적이 없어 보였고, 마부의 존재도 이 어둑어둑한 상황에서 멀리 있는 통에 K는 실제로 그를 보았다기보다는 그렇게 짐작할 뿐이었다.

K는 두 손을 주머니에 넣고 조심스레 주위를 살피면서 벽 가까이를 따라서 안뜰의 두 옆면을 돌아가 썰매가 있는 곳까지 다가갔다. 마부는 전에 주점에서 본 농부들 중 하나였는데, 모피 외투로 몸을 감싸고 앉아 K가 접근하는 것을 마치 어슬렁거리는 고양이를 추적하듯이 무덤덤한 눈초리로 바라보았다. 어느새 마부의 옆에 서게 된 K가 인사를 건네고, 또 어둠 속에서 사람이 나타나자 말들도 약간 동요했지만, 마부는 계속 무관심한 태도를 보였다. K로서는 아주 반가운 일이었다. 그는 몸을 담장에 기댄 채 음식을 꺼냈고, 이렇게 자신을 잘 챙겨준 프리다를 고맙게 생각하면서 건물의 내부를 엿보았다. 직각으로 꺾인 계단 하나가 밑으로 나 있어 아래쪽에 낮지만 깊숙해 보이는 복도와 교차하고 있었다. 안쪽은 온통 깨끗한 흰색으로 칠해져 있어 선명하게 구분이 되었다.

K의 예상보다 기다리는 시간이 길어졌다. 그가 도시락으로 식사를 마친 지도 오래되었다. 추위는 살을 에는 듯했고, 어둑어둑한 황혼은 벌써 완전한 어둠으로 변해 있었다. 하지만 클람은 여전히 모습을 드러내지 않았다. "아직 한참 더 걸릴 수도 있겠어." K는 바로 옆에서 갑자기 들려온 거친 목소리에 소스라치게 놀랐다. 마부였다. 그는 방금 잠에서 깨어난 듯 기지개를 켜며 요란하게 하품을 했다. "대체 무엇이 한참 더 걸릴 수 있다는 거요?" K는 계속되는 정적과 긴장감에 너무 오래 시달린 탓에 방해받은 것이 오히려 고마운 듯 물었다. "당신이 물러갈 때까지 오래 걸릴 수 있다는 거

요."마부가 말했다. K는 그의 말을 이해하지 못했으나 더이상 캐묻지 않았다. 이런 거만한 사람에게는 그렇게 하는 것이 입을 열도록 하는 최상의 방법이었다. 여기 이렇게 어둠 속에서 아무 대답도 하지 않는 것은 상대방을 자극하는 것이나 진배없었다. 실제로 마부는 잠시 후 이렇게 물었다. "혹시 꼬냑 좀 마시겠소?" "네." K는 한기로 몸이 으슬으슬 떨렸기 때문에, 마부의 제안에 너무 혹해서 별생각 없이 말했다. "그렇다면 썰매 마차의 문을 열어보시오." 마부가 말했다. "옆주머니에 몇병 있어요. 한병 꺼내서 마신 다음, 내게도 건네줘요. 나는 모피 옷을 입고 있어 내려가기가 너무 번거롭군요." K는 그런 도움을 주는 것이 내키지 않았지만, 이제 어차피 마부와 대화를 튼 상태였기 때문에 행여 마차에서 클람에게 들킬 위험을 감수하더라도 마부의 말에 따르기로 했다. 그는 널찍한 문을 열었고, 문 안쪽에 부착된 주머니에서 바로 술병을 끄집어낼 수도 있었다. 하지만 막상 썰매 문을 열고 나니 썰매 안으로 들어가고 싶은 충동을 이기지 못했고, 잠시나마 안에 들어가 앉고 싶었다. 그는 얼른 안으로 들어갔다. 썰매 안은 무척이나 따뜻했고, K가 감히 문을 닫지 못해 활짝 열어두었는데도 따뜻한 기운이 유지되었다. 또 담요와 쿠션, 모피가 아주 푹신하여 썰매 의자에 앉아 있다는 게 믿기지 않을 정도였다. 사방으로 몸을 돌리거나 뻗을 수 있었고, 어디에서나 포근하게 몸이 묻혔다. K는 양팔을 쭉 뻗고 머리를 널찍한 쿠션에 기대고는 썰매 밖의 컴컴한 건물을 바라보았다. 그런데 클람은 내려오는데 왜 이렇게 오래 걸리는 걸까? K는 눈 속에 오래 서 있다가 따뜻한 곳에 들어오니 정신이 몽롱해져서 이제는 클람이 나타나주었으면 했다. 지금 상태에서는 클람의 눈에 띄지 않는 편이 낫겠다는 생각도 들었지만, 명료한 판단이라기보다 단지 희미한 걱정 정도였다. 그런데 그가 이렇게 몽롱한 상태에 빠진 데는 마부의 태도도 한몫했다. 마부는 그가 마차 안에 있는 것을 분명히 알면서도 내버려두었고, 또 꼬냑을 달라고도 하지 않았다. K를 배려해서 그랬겠지만, K는 그에게 작은 봉사를 하고 싶었다. 그래서 자세를 바꾸지 않은 채 천천히 몸을 움직이면서, 너무 멀리 떨어져 있는 열린 문이 아니라 자기 뒤쪽에 닫혀 있는 문의 안쪽 주머니를 향해 손을 뻗었다. 그곳 주머니에도 술병이 들어 있어 아무래도 상관이 없었다. 그는 병 하나를 꺼내 뚜껑을 열고 냄새를 맡아보았다. 절로 미소가 지어졌다. 술병에서는 참으로 감미롭고, 참으로 달콤한 향기가 났다. 마치 아주 사랑하는 사람에게서 칭찬과 다정한 말을 들을 때, 그러나 무엇 때문인지는 모르고 또 영문도 알고 싶지 않지만 다만 그렇게 말하는 사람이 바로 그 사람이라는 생각만으로 행복에 겨운 때와 같았다. '이것이 정말 꼬냑이란 말인가?' K는 스스로 믿을 수 없어하면서 호기심에서 맛을 보았다. 놀랍게도 꼬냑이 맞았고, 속이 화끈거리고 몸이 따스해졌다. 달콤한 향기를 지닌 음료일 뿐인데, 일단 들이켜보면 마부에게 더욱 적합한 것으로 변했다. '어떻게 이럴 수가 있지?' K는 다시 스스로를 힐난하는 어조로 자문하면서 한모금을 더 마셨다.

그때, K가 천천히 꼬냑을 들이켜고 있는데, 갑자기 주위가 밝아졌다. 안쪽에 있는 계단과 복도, 현관에서, 그리고 바깥 현관 위에서 전등이 켜졌다. 이어 계단을 내려오는 발소리가 들렸다. K의 손에서 술병이 미끄러졌고, 그 바람에 모피에 꼬냑이 흘렀다. K는 썰매 마차에서 얼른 뛰쳐나왔다. 그는 간신히 문을 닫을 수 있었는데, 문이 요란한 소리를 내면서 닫히는 순간에 건물에서 한 신사가 천천히 걸어나왔다. 유일한 위안이라면 ─ 어쩌면 실제로는 섭섭한 일이려나?─그 신사가 클람은 아니라는 점이었다. K가 이미 이층 창문에서 보았던 사람이었다. 희멀겋고 홍조가 뒤섞인 매우 수려한 용모의 젊은 신사로 표정이 엄숙했다. K도 우울한 시선으로 그를 바라보았는데, 그러한 시선은 사실 자신의 처지 때문이었다. 만약 그가 조수들을 대신 이곳으로 보냈다면, 그들 역시 그처럼 행동했을 것이다. 맞은편의 젊은이는 K와 마주치자 그렇게 넓은 가슴을 가졌는데도 무슨 말을 내뱉기에는 숨이 모자랐는지 우선은 말이 없었다. "이거 정말 끔찍하군." 젊은 신사는 마침내 입을 열면서 이마에서 모자를 살짝 들었다. 뭐라고? 저 사람은 K가 썰매 안에 있었던 것을 알 리 없는데, 무엇이 벌써 그렇게 끔찍하다는 걸까? 혹시 K가 안뜰까지 진입해서 그런가? "당신은 도대체 어떻게 여기에 들어온 거요?" 젊은이는 조용하게, 한숨을 내쉬면서, 어쩔 수 없다는 듯이 체념하는 목소리로 물었다. 무슨 질문이 저래! 무슨 대답을 원하는 거야! K가 그렇게 많은 희망을 품고 나선 길이 허탕이 되었음을 젊은 신사에게 특별히 말해주기라도 해야 한다는 것일까? K는 대답 대신에 썰매로 가 문을 열고 깜빡하고 거기에 두고 나온 모자를 끄집어냈다. 그러면서 썰매 발판에 꼬냑이 방울방울 떨어지는 것을 알아차리고 기분이 언짢아졌다.

이어 K는 다시 젊은이 쪽으로 몸을 돌렸다. 그는 젊은이에게 자신이 썰매 안에 있었음을 보여주는 것에 대해 더이상 주눅이 들지 않았다. 그것은 세상에서 가장 고약한 일도 아니었다. 그는 만약 질문을 받는다면, 물론 질문을 받았을 때만, 마부가 썰매 문을 열도록 부추긴 점만은 최소한 밝힐 작정이었다. 사실 가장 고약한 일은, 젊은이가 불시에 나타나는 바람에 그가 자신의 몸을 숨기고 또 방해받지 않고 클람을 기다릴 수 있는 충분한 시간이 더이상 없었다는 것, 그게 아니면 계속 썰매 안에 있으면서 문을 닫고 모피에 앉아 클람을 기다리거나, 적어도 이 젊은이가 가까이 있는 동안은 썰매 안에 그대로 버틸 수 있을 정도로 각성 상태를 유지할 수 없었다는 것이다. 물론 지금 클람이 나타날지 여부는 알 수 없었다. 그런 경우라면 당연히 썰매 밖에서 그와 마주치는 편이 훨씬 바람직할 것이다. 그렇다. 이 모든 것에 대해 꽤나 더 궁리해봐야 했지만, 지금은 상황이 종료되었으므로 더이상 그럴 필요가 없었다.

"나와 같이 가시죠." 젊은 신사가 말했다. 명령조의 말투는 아니었다. 그러나 말 속에서는 아니더라도 말을 하면서 보여준 짧게, 의도적으로 냉담하게 흔든 손짓에는 명령의 인상이 배어 있었다. "나는 여기에서 누구를 기다리는 중이오." K는 이제 어떤 성공을 기대해서가 아니라 다만 원칙에 준해 대답했다. "함께 가요." 젊은이는 마치 K가 누군가를 기다리고 있다는 것을 조금도 의심하지 않았음을 각인시키려는 듯 아주 단호한 어투였다. "그러다가는 기다리는 사람을 놓칠 거요." K가 몸을 한번 움찔하면서 말했다. 지금까지 일어난 모든 일에도 불구하고, 그는 자신이 그동안 달성한 것을 일종의 소유물로 느꼈다. 물론 그 소유물이 아직은 그저 보유하고 있는 듯 보일 뿐이라 해도 아무나 요청한다고 내어줄 필요는 없었다. "여기서 기다리든 나와 함께 가든 당신은 그 사람을 못 만날 거요." 젊은이는 무뚝뚝하게 자신의 의견을 밝혔지만, K의 추론에 대해서는 눈에 띄게 유순한 태도를 보였다. "그렇다면 나는 그를 놓치더라도 여기서 기다리겠소." K는 맞대꾸했다. 그는 이 젊은이의 몇 마디 말만 듣고 이대로 물러가지는 않을 심산이었다. 그러자 젊은이는 마치 K의 분별력 없는 태도로부터 다시 자신의 훌륭한 이해력으로 돌아오려는 듯 거만한 표정의 얼굴을 뒤로 젖히면서 잠시 두 눈을 감았고, 조금 벌어진 입의 입술을 혀끝으로 핥으면서 마부를 향해 말했다. "마구를 풀도록 해!"

젊은이의 말에 따라 무거운 모피 외투를 입은 채 아래로 내려올 수밖에 없게 된 마부는 고약한 표정으로 K를 곁눈질했다. 마부는 젊은이가 다시 명령을 바꾸는 것은 기대하지 않지만 K가 생각을 바꾸기를 바라는 듯 한참이나 주저하면서 말들을 썰매와 함께 뒷걸음질시켜 건물의 곁채로 끌고 가기 시작했다. 커다란 문 안쪽에는 마구간과 차고가 있는 것이 분명했다. K는 자신이 혼자 남게 되었음을 보았다. 한쪽으로는 썰매가 물러갔고, 다른 쪽으로는 젊은이가 K가 왔던 길로 멀어져갔다. 물론 썰매와 젊은이는 마치 아직은 K의 힘으로 그들을 도로 불러올 수 있음을 보여주려는 듯 모두 아주 느릿느릿하게 걸음을 옮겼다.

어쩌면 그가 그런 힘을 가졌을 수도 있지만, 그에게는 별 도움이 되지 않는 힘이었을 것이다. 썰매를 다시 불러오는 것은 자신을 내쫓는 것을 의미했다. 그래서 그는 혼자서 그 자리를 차지한 인물로 조용히 남게 되었지만, 그것은 어떤 기쁨도 가져다주지 못하는 승리였다. 그는 젊은이와 마부가 간 쪽을 번갈아 바라보았다. 젊은이는 벌써 K가 처음 안뜰에 들어설 때 지나온 문에 이르렀고, 다시 한번 뒤를 돌아보았다. K는 자신이 너무 고집을 피운 탓에 젊은이가 고개를 흔들고 있다는 생각이 들었다. 젊은이는 이제 결심을 내린 듯 단호하게 몸을 돌려 복도로 들어서더니 이내 모습을 감추었다. 마부는 좀더 오래 안뜰에 머물러 있었다. 썰매 탓에 할 일이 많았는데, 마구간으로 들어가는 육중한 문을 열고, 썰매를 후진시켜 제자리에 세우고는, 말을 썰매에서 풀어 여물통 있는 곳으로 끌고 가야 했다. 마부는 조만간 출발하리라는 희망을 접고 그 모든 일을 생각에 깊이 잠긴 채 진지하게 처리했다. K로서는 자기 쪽은 곁눈질도 하지 않고 잠자코 일만 하는 마부의 행동이 젊은이의 행동보다 더 심한 책망으로 느껴졌다. 마구간 일이 끝나자, 마부는 느릿느릿 좌우로 몸을 흔드는 걸음새로 안뜰을 비스듬히 가로질러 가서 대문을 닫았고, 눈 속에 남은 자신의 발자국만 바라보며 모든 행동을 천천히 제대로 하고는 돌아와서 마구간으로 들어가버리더니 전등도 모조리 꺼버렸다(이제 누구를 위해 전등을 켜두겠는가?). 그곳에는 다만 위에 있는 목조 회랑 틈으로 유일하게 남아 있는 빛이 흘러나와 두리번거리는 시선을 잠시 붙들어 매고 있었다. 그 순간 K는 자신과 다른 사람들의 연결이 모두 끊어진 것 같았고, 과거 어느 때보다도 자유로움을 느꼈으며, 평상시에는 그의 출입이 허용되지 않는 그곳에서 얼마든지 기다릴 수 있을 것 같았다. 그는 다른 어떤 사람도 해낼 수 없는 이러한 자유를 쟁취했다는 기분이 들었다. 그 누구도 그에게 손을 대거나 쫓아낼 수 없음은 물론, 차마 그에게 말도 걸지 못하리라. 그러나 동시에—이 생각 또한 못지않게 강력했는데—이러한 자유, 이러한 기다림, 이러한 난공불락의 상태보다 더 무의미한 것, 더 절망적인 것도 없을 거라는 생각도 들었다.

9장
심문에 대한 저항

그는 그곳을 벗어나 여관 안으로 되돌아갔다. 이번에는 담장을 따라가지 않고 눈 덮인 뜰의 한가운데를 질러 안으로 들어섰다. 복도에서 여관 주인을 만났는데, 주인은 말없이 그에게 인사를 건네며 주점 문 쪽을 가리켰다. K는 밖에 있었던 터라 몹시 추웠고 또 사람들의 모습이 보고 싶어 주인이 가리키는 방향을 따라갔다. 그러나 주점에 들어선 K는, 조금 전에 만났던 젊은 신사가 특별히 마련된 것으로 보이는—보통 주점의 손님들은 술통 위에 앉는 것으로 만족했다—조그만 탁자에 앉아 있는 모습에 몹시 실망했다. 젊은이 앞에는 다리목 여관 여주인이 서 있었다. K에게는 암울한 광경이었다. 페피는 자부심이 넘치는 태도로 고개를 뒤로 젖히고 마냥 똑같은 미소를 지으면서 자신의 지위가 확고해진 것을 의식하고 있었고, 또 몸을 움직일 때마다 땋아 내린 머리채를 달랑거리며 이리저리 분주하게 돌아다녔다. 그녀는 우선 맥주를 가져다놓고는 이어 잉크와 펜을 가져왔다. 젊은 신사분이 서류를 앞에 펼쳐 놓고 그 서류의 자료와 탁자의 다른 끝에 있는 서류의 자료를 비교한 다음, 이제 막 필기를 하려고 했기 때문이었다. 다리목 여관 여주인은 여전히 선 자세로 휴식을 취하는 듯 말없이 입술을 약간 뾰로통하게 하고 젊은이와 서류들을 내려다보고 있었다. 여주인은 필요한 말은 이미 다했고, 그것이 잘 받아들여진 모양이었다. "토지 측량사께서 드디어 오셨군." 젊은 신사는 K가 들어오는 것을 힐끗 쳐다보면서 이렇게 말하고는 다시 자기 서류에 몰두했다. 다리목 여관 여주인도 전혀 놀라지 않고 무관심한 시선으로 K를 슬쩍 쳐다볼 뿐이었다. 그런데 페피는 K가 카운터로 다가가 꼬냑을 한 잔 주문하고 나서야 비로소 그를 알아차린 모양이었다.

K는 카운터에 몸을 기대고 손으로 눈가를 누르면서 그 어떤 것에도 신경을 쓰지 않았다. 이어 그는 꼬냑을 한모금 맛보았으나 즐기기 힘든 맛이었으므로 다시 내려놓았다. "모든 신사분이 그 꼬냑을 드시죠." 페피는 무뚝뚝하게 말하고는 남은 술을 비우고 술잔을 씻어 선반에 올려놓았다. "신사 나리들은 더 좋은 것도 갖고 있어." K가 말했다. "그럴 수도 있겠죠." 페피가 말을 이었다. "하지만 저흰 없네요." 이렇게 말하면서 그녀는 더는 K를 상대하지 않고 다시 젊은 신사의 시중을 들러 갔으나, 젊은이는 더이상 필요한 것이 없었다. 그녀는 다만 젊은 신사 뒤에서 반원을 그리며 계속 왔다 갔다 했고, 또 존경하는 눈빛으로 그의 어깨 너머로 서류를 흘낏 쳐다보려고 했다. 하지만 그것은 아무 의미가 없는 호기심과 자기과시에 불과해서 다리목 여관 여주인조차도 눈살을 찌푸리며 못마땅해했다.

그러다가 여주인은 느닷없이 귀를 쫑긋거리며 뭔가 들으려고 온 신경을 집중하면서 허공을 응시했다. K는 고개를 돌려보았다. 무슨 특별한 소리가 나는 것은 아니었고, 다른 사람들 역시 아무 소리도 듣지 못한 것 같았다. 그러나 여주인은 발꿈치를 들고 큰 걸음으로 뜰로 난 뒷문 쪽으로 걸어가 열쇳구멍으로 바깥을 내다본 다음, 눈을 크게 뜨고 상기된 얼굴로 다른 사람들을 향해 손짓을 하면서 자기에게 와보라고 불렀다. 이제 모두가 번갈아가면서 열쇳구멍을 들여다보았다. 가장 호기심을 보이며 오래 자리를 차지한 사람은 물론 여전히 여주인이었다. 한편 페피도 점차 신경을 쓰기 시작했다. 젊은이는 비교적 가장 무관심한 태도를 취했다. 페피와 젊은이는 곧 자리로 되돌아갔고, 여주인만 몸을 잔뜩 구부리고 거의 무릎을 꿇은 자세로 여전히 기를 쓰고 구멍을 들여다보았다. 하지만 이제는 더이상 볼 것이 아무것도 없는 상황이어서, 여주인의 모습은 마치 열쇳구멍에게 자기 몸을 통과시켜달라고 애원하는 인상을 주었다. 그러다가 여주인은 마침내 몸을 일으켜 세우더니 두 손으로 얼굴을 비비고 머리를 매만지며 심호흡을 했고, 두 눈이 다시 이곳의 방과 사람들에게 익숙해져야 한다는 듯, 또 그러는 것이 못마땅한 듯 굴었다. 그때 K가 말했다. "그러니까 클람은 벌써 떠난 건가요?" 그가 이렇게 말한 까닭은, 자신이 알고 있는 것을 확인받기 위해서가 아니라 혹시 있을 공격에 대비해 선수를 치고 싶어서였다. 그 정도로 그는 취약한 상태에 있었다. 여주인은 말없이 그의 곁을 지나갔다. 그러나 젊은이는 조그만 탁자에 앉은 채 말했다. "그래요. 당신이 망을 보던 위치를 포기했으므로 클람은 떠날 수 있었던 거요. 그런데 그분이 얼마나 예민한지, 정말 놀라울 따름이오. 여주인 양반, 당신은 클람이 얼마나 불안해하면서 주위를 두리번거렸는지 알아차렸나요?" 여주인은 알아차리지 못한 모양이지만, 젊은이는 말을 이었다. "그렇다면 다행히 아무것도 못 본 모양이군. 마부가 눈 위에 남은 자국들까지 말끔히 지웠으니까." "여주인은 아무것도 알아차리지 못했나보군요." K는 이렇게 말했는데, 무슨 기대가 있어서라기보다는 아주 단정적이고 고압적인 인상을 풍기는 젊은이의 주장에 자극받았기 때문이다. "내가 열쇳구멍에서 떨어져 있던 바로 그 순간이었나보네요." 여주인은 우선은 젊은이를 편들면서도 클람의 행동 역시 정당했음을 인정하고자 덧붙였다. "물론 나는 클람이 그 정도로 예민하다고는 생각하지 않아요. 우리는 당연하게도 클람에 대해 염려하고 또 감싸려 하면서, 그가 극도로 예민하다고 가정하고 있어요. 바람직한 태도고, 또 분명히 클람이 원하는 바일 거예요. 하지만 정말 실상이 어떤지는 알 수 없죠. 클람은 이야기하고 싶지 않은 사람과는, 그 사람이 아무리 애를 쓰고 감당할 수 없을 정도의 억지를 부린다고 해도 절대 이야기하지 않을 테니까요. 하지만 클람이 절대 그 사람과 이야기할 리 없고, 면담도 허용할 리 없다는 사실만으로도 충분하죠. 그가 정말 어떤 이의 시선을 견디지 못할 이유가 어디 있겠어요? 이런 문제는 하기야 결코 시험해볼 방도가 없으니 증명할 수는 없지요." 젊은이는 열심히 고개를 끄덕였다. "그것은 사실 근본적으로 내 의견이기도 합니다." 젊은이가 말했다. "내가 좀 다르게 표현한 것은 여기 측량사님의 이해를 돕기 위해서였어요. 하지만 클람이 아까 바깥에 나섰을 때 몇번이나 주위를 둘러보았던 것은 사실이오." "아마 나를 찾고 있었을 거요." K가 말했다. "그럴 수도 있겠어요." 젊은이가 말했다. "내가 미처 그 생각은 못했군요." 모두가 웃음을 터뜨렸고, 페피는 사태를 거의 이해하지 못하면서 가장 큰 소리로 웃었다.

"우리가 지금 이렇게 모두 유쾌하게 모였으니 말이오." 젊은이가 말했다. "측량사께서는 내가 서류를 보완할 수 있도록 몇가지 진술을 해주셨으면 합니다." "이곳에서는 기록이 많이도 이루어지는군요." K는 이렇게 말하면서 멀찍이서 서류를 바라보았다. "그래요, 좋지 않은 관습입니다." 젊은이는 이렇게 말하고는 다시 웃었다. "그런데 당신은 내가 누구인지 아직 모를 거요. 나는 클람의 마을 비서 모무스[12]입니다." 젊은이의 말에 실내 분위기가 온통 엄숙해졌다. 여주인과 페피는 물론 그 젊은 신사를 알고 있었지만, 젊은 신사의 이름과 당당한 직위를 듣고 당혹해하는 모습이었다. 게다가 젊은 신사는 자신이 소화하기에도 너무 많은 말을 했다는 듯, 또 자신의 말에 담긴 엄숙함을 가중시키지 않으려는 듯 서류에 얼굴을 처박고 뭔가를 쓰기 시작했다. 그래서 주점 안에는 이제 펜이 긁적이는 소리만 들릴 뿐이었다. "도대체 마을 비서가 뭔가요?" 시간이 다소 흐른 후에 K가 물었다. 모무스는 자기소개에 이어 직접 그런 설명을 하는 것이 적절치 않다고 여겨 여주인이 대신 대답했다. "모무스 씨는 클람의 여느 비서들과 같은 비서예요. 하지만 저분의 사무실, 그리고 내가 잘못 아는 게 아니라면 저분의 관할 범위는—" 그때 모무스는 쓰던 일을 멈추고 머리를 힘차게 저었고, 여주인은 자신의 말을 수정했다. "그러니까 저분의 관할 범위가 아니라 다만 저분의 사무실만 이 마을에 한정되어 있어요. 모무스 씨는 이 마을에서 필요한 클람의 서류 업무를 처리하고, 또 마을에서 클람에게 보내는 모든 청원서를 제일 먼저 접수해요." 이런 설명을 듣고도 K가 별다른 인상을 받지 못한 듯 공허한 눈빛으로 바라보

12 '모무스'(Momus)는 그리스 신화에서 밤의 신 닉스의 아들로 '비난' '폄훼'의 신이다.

자, 여주인은 상당히 당황한 기색을 보이며 덧붙였다. "조직이 그렇게 구성되어 있어요. 성에서 온 신사 나리들은 모두 마을 비서를 두고 있죠." 모무스는 K보다 훨씬 주의 깊게 듣고 있다가 여주인의 말을 보충했다. "대부분의 마을 비서는 한분만 섬기지만, 나는 클람과 발라베네, 두분의 일을 맡고 있어요." "그래요." 여주인도 이제 기억을 되살리면서 K 쪽을 향해 말했다. "모무스 씨는 클람과 발라베네 두분의 일을 맡아보고 있어요. 따라서 이중의 마을 비서라고 할 수 있어요." "이중의 비서!" K는 이렇게 말하면서, 그를 올려다보는 모무스에게로 몸을 살짝 굽히고 방금 칭찬을 들은 어린 아이에게 해주듯 고개를 끄덕여주었다. K의 이런 행동에 어떤 경멸감이 깃들어 있다면, 그것은 눈치채지 못할 만큼이거나 받아 마땅한 것이었다. 클람이 우연하게라도 한번 눈길을 줄 만한 가치도 없는 K라는 인물 앞에서 클람의 측근에 속하는 한 남자의 공적을 자세히 열거했고, 그러면서 K의 인정과 칭찬을 받으려는 노골적인 의도까지 보였으니 말이다. 하지만 K는 그런 것을 제대로 알아줄 기분이 아니었다. 온 힘을 다해 클람의 주목을 끌고자 하는 K로서는 클람을 늘 올려다보면서 살아야 하는 모무스 같은 사람의 지위를 특별히 높게 평가하지 않았으니 감탄한다거나 부러워할 이유는 더더욱 없었다. 클람의 지근거리에 있는 것, 그 자체는 K에게 그렇게 추구할 만한 가치가 있는 일이 아니었다. K 자신이 다른 사람의 요구가 아니라 자신의 요구 사항들을 갖고 클람에게 접근하되, 클람에게 머물기 위해서가 아니라 클람을 거쳐 성에 들어가기 위해 그렇게 하는 것이 그에게는 중요했다.

그래서 그는 자기 시계를 들여다보며 말했다. "그럼 이제 집에 가봐야겠어요." 그러자 상황이 갑자기 모무스에게 유리하게 변했다. "물론 그렇게 해야죠." 모무스가 말했다. "학교 관리인이라는 해야 할 일이 있으니까요. 하지만 나한테 잠시만 시간을 내줘야겠어요. 몇가지 간단한 질문이 있어요." "싫소." K는 이렇게 말하면서 문 쪽으로 움직였다. 모무스는 서류로 탁자를 내리치면서 말했다. "클람의 이름으로 내 질문에 대답할 것을 요구하는 바요!" "클람의 이름으로?" K가 그의 말을 따라 말했다. "그 사람이 내 일에 관심이나 있소?" "그 문제에 관해서는," 모무스가 말했다. "내가 뭐라고 판단할 입장에 있지 않고, 당신은 더욱 그렇소. 그 문제는 우리 두사람 모두 그에게 맡겨두도록 하죠. 나는 클람에게서 위임받은 직책을 근거로 당신에게 이곳에 남아 대답할 것을 요구하는 바요." "측량사님." 여주인이 끼어들었다. "나는 당신에게 더이상 충고하지 않겠어요. 지금까지 더없이 호의적인 충고를 했는데, 당신은 아주 모욕적으로 나의 충고를 거절했어요. 그리고 내가 여기 비서님을 찾아온 것도—나야 숨길 게 뭐가 있겠어요—단지 관청에 당신의 행동과 의도를 그대로 알려 앞으로 당신이 우리 집에 다시 묵는 일이 없도록 하기 위해서죠. 우리는 서로 이런 관계에 있고, 앞으로도 이 관계는 바뀌지 않을 거예요. 따라서 내가 지금 내 의견을 밝히는 것도, 당신에게 도움을 주려는 게 아니라 당신 같은 사람을 상대하는 비서님의 힘든 직무를 조금이나마 덜어주려는 거예요. 그렇지만 나는 이렇게 아주 솔직하게 말하는 사람이니—내 의지에 반하는 일이지만, 당신과 솔직하게 말할 수밖에 없군요— 당신은 의지만 있다면 내가 했던 말에서 뭔가를 얻어낼 수도 있어요. 지금은 그러니까 당신이 클람에게 이를 수 있는 유일한 길은 바로 여기 모무스 비서님의 조서를 통해서라는 점을 알려주고 싶어요. 하지만 과장하고 싶지도 않아요. 어쩌면 그 길은 클람에게 이르지 않을 수도 있고, 미처 닿기도 전에 끝나버릴 수도 있어요. 모든 것은 바로 모무스 비서님의 선의에 달려 있어요. 하여튼 적어도 당신에게는 그것이 클람에게로 나아가는 유일한 길이라는 거요. 그런데 당신은 그저 반발심 때문에 하나밖에 없는 이 유일한 길을 포기하겠다는 건가요?" "아, 여주인 양반." K가 말했다. "그것은 클람에게 이르는 유일한 길도 아니고, 다른 길보다 더 가치 있는 길도 아닙니다. 그리고 비서 양반, 내가 여기서 한 말이 클람의 귀에 들어가게 할지 말지를 당신이 결정한다는 거요?" "물론이오." 모무스는 이렇게 대답하면서 거만하게 눈을 내리깔고는 좌우로 눈길을 돌리면서 볼 것이 아무것도 없는 주위를 두리번거렸다. "그렇지 않다면 무엇 때문에 내가 그의 비서겠소?" "그러니까 여주인 양반, 나로서는 클람에게 이르는 길이 필요한 게 아니라 우선은 비서님께 이르는 길이 필요하군요." "나는 당신에게 그 길을 열어줄 생각이었어요." 여주인이 말했다. "내가 오전에 당신의 요청을 클람에게 전해보겠다고 제안하지 않았나요? 모무스 비서님을 통해 이루어졌을 일이죠. 그런데 당신은 나의 제안을 거절했어요. 하지만 지금도 당신에게는 그 길밖에 없어요. 물론 오늘 당신이 저지른 행동, 클람을 급습하려고 한 탓에 성공할 가능성은 더욱 희박해졌지만요. 그러나 사라져가는 이 실낱같은 희망, 실은 거의 존재하지도 않는 희망이 그래도 당신의 유일한 희망인걸요." "도대체 어떻게 된 건가요, 여주인 양반." K가 말했다. "처음에는 내가 클람에게 나아가려는 것을 완강히 말리더니, 이제는 내 요청을 아주 진지하게 생각하고 또 내 계획이 실패할 경우, 이른바 내가 패자가 되는 듯 여기고 있으니 말이오. 당신은 우선은 클람에게 가지 말라고, 그것도 솔직한 마음으로 충고했어요. 그러고는 이제 클람에게 이르는 길로, 그 길이 클람에게 이르지 못할 수도 있음을 인정하면서도, 똑바로 전진하라고 겉으로는 여전히 솔직하게 강권하고 있으니, 어떻게 그럴 수 있는 거요?" "내가 강권한다고?" 여주인이 말했다. "당신의 시도가 가망 없다고 말하는 것이 강권이란 말이오? 그런 식으로 나한테 책임을 떠넘기려 한다면, 정말 파렴치한 거죠. 당신은 비서님이 이곳에 계셔서 그렇게 하고 싶은 건가요? 아니, 측량사 양반, 나는 당신에게 어떤 것도 강권하지 않아요. 한가지는 고백할 수 있는데, 그것은 내가 당신을 처음 보았을 때 아마 당신을 조금 높이 평가하지 않았는가, 하는 거요. 당신이 프리다를 단숨에 정복해버려서 깜짝 놀랐고, 당신에게 또 어떤 능력이 있는지도 알 수 없었죠. 또다른 재앙이 일어나는 걸 원치 않는 나로서는 간청도 하고 협박도 해서 단념하게 하는 수밖에 없었어요. 하지만 이제는 보다 차분하게 생각하게 되었어요. 당신 맘대로 하세요. 당신이 하는 일들이 뜰에 쌓인 눈 위에 깊은 발자국 정도는 남길지 몰라도, 단지 그뿐일 거요." "내가 보기에는 모순이 완전히 해명되지 않은 것 같군요." K가 말했다. "하지만 그런 모순을 지적하게 된 것에 만족하지요. 그런데 비서님, 저 여주인 양반의 말, 즉 당신이 작성하는 조서가 결과적으로 클람과의 면담이라는 성과로 이어질 수도 있다는 말이 맞는지, 대답을 좀 해주세요. 만약 그렇다면 당신의 어떤 질문에 대해서라도 당장 대답할 용의가 있어요. 그런 결과를 얻을 수 있다면, 나는 모든 것을 할 준비가 되어 있어요." "아니." 모무스가 말했다. "그런 연관성은 없어요. 내게 다만 중요한 것은, 클람의 마을 기록부에 오늘 오후에 일어난 사건을 정확히 기록하는 거요. 기록이 다 끝났으니, 당신은 형식상 두세군데의 빈칸만 채워주면 되는 거요. 다른 목적은 없고, 또 어떤 다른 목적도 달성될 수 없어요." K는 말없이 여주인을 쳐다보았다. "왜 나를 쳐다보는 거죠?" 여주인이 물었다. "혹시 내가 무슨 다른 말이라도 했어요? 이 사람은 늘 이래요, 비서님. 늘 이렇다고요. 자신에게 제공되는 정보를 왜곡하고서는 잘못된 정보를 얻었다고 주장하는 거죠. 나는 그에게 지금까지 줄곧 말해왔고, 오늘도 말하고 있으며, 또 언제나 이렇게 말할 거예요. 클람은 이 사람과 면담할 가능성이 전혀 없다고 말이죠. 그리고 그것이 가망 없는 일이라면 이 조서를 작성한다고 해도 마찬가지겠죠. 이보다 더 분명한 것이 있을까요? 부연하자면, 그래도 이 조서가 그로서는 클람과 실제로 공적으로 접촉할 수 있는 유일한 길이라는 거죠. 명백히 의심의 여지가 없지요. 그래도 이 사람이 내 말을 믿지 않고 또—나로서는 도대체 왜, 무엇 때문에 그러는지는 알 수 없지만—클람을 면담할 수 있다고 계속 기대한다면, 그의 생각을 따라가볼 경우 그가 클람과 실제로 공적으로 접촉하는 유일한 길인 이 조서만이 도움이 되겠죠. 내가 한 말은 그것밖에 없어요. 누군가 다른 주장을 한다면, 내 말을 악의적으로 곡해하는 것입니다." "사정이 그렇다면, 여주인 양반." K가 말했다. "당신에게 용서를 구해야겠군요. 내가 당신을 오해한 것이니까요. 지금은 잘못된 것으로 드러났지만, 나는 당신이 전에 한 말을 듣고 그래도 아주 적은 희망이기는 해도 한가닥 희망이 있다고 여겼거든요." "바로 그거예요." 여주인이 말했다. "물론 나의 견해지만요. 당신은 내 말을 다시 왜곡하고 있어요. 이번에는 반대로 말입니다. 내 생각에 당신에게는 그런 희망이 있는데, 물론 이 조서에만 근거해서 그렇다는 거요. 그러나 그것은 당신이 '내가 당신 질문에 대답하면 클람에게 나아가는 허락을 받나요?'라고 질문하며 모무스 비서님에게 공격적인 태도를 보이는 것과는 경우가 다르죠. 만일 어린아이가 그렇게 질문하면 웃어버릴 수 있지만, 어른이 그렇게 질문하면 관청을 모욕하는 게 되니까요. 비서님은 기품 있게 대답해서 당신의 모욕적 행동을 관대하게 덮어주신 거죠. 그리고 내가 말한 희망이란 당신이 조서를 통해 클람과 일종의 연줄이 생길지도 모른다는 거예요. 충분히 희망적인 것 아닌가요? 당신이 그런 희망이라는 선물을 받을 만한 어떤 공적이 있는지 질문을 받는다면, 아주 하찮은 것이라 할지라도 제시할 게 있나요? 물론 그런 희망에 대해서는 보다 자세한 것은 말해줄 수 없고, 특히 모무스 비서님은 직무의 특성상 조그마한 암시도 해줄 수 없을 거예요. 비서님의 경우는 이미 말씀하신 것처럼 오늘 오후에 일어난 일을 질서를 위해 기록하는 게 중요할 뿐이고, 당신이 지금 내가 한 말과 관련해 비서님께 당장 물어도 더이상 언급하지 않을 거예요." "그런데 비서님," K가 물었다. "클람은 도대체 이 조서를 읽게 되나요?" "아니요." 모무스가 말했다. "그가 조서를 왜 읽겠어요? 클람은 모든 조서를 다 읽을 수도 없고, 사실 어떤 조서도 읽지 않아요. '조서로 나를 괴롭히는 일은 그만해!'라고 자주 말씀하시거든요." "측량사님." 여주인이 한탄조로 말했다. "당신은 정말 그런 질문들로 나를 지치게 하는군요. 클람이 이 조서를 읽어 하찮은 당신의 삶을 시시콜콜 알 필요가 있을까요? 또는 그것이 바람직한 일일까요? 차라리 조서를 클람에게서 숨겨달라고 겸손하게 부탁해야 하지 않을까요? 물론 앞서의 부탁과 마찬가지로 현명하지 못한 부탁이기는 해요. 어느 누가 클람 앞에서 감출 수가 있겠느냐마는 그런 부탁을 하는 쪽이 그나마 호감이 갈 테니까요. 그리고 당신이 희망이라고 부르는 것을 위해 이렇게 하는 것이 과연 필요할까요? 당신은 클람 앞에서 말할 기회만 얻는다면 그분이 당신을 쳐다보지도 않고 당신 말에 귀를 기울이지 않더라도 만족한다고 스스로 말하지 않았나요? 그렇다면 이 조서를 통해 적어도 그 정도, 어쩌면 훨씬 그 이상의 것을 달성할 수 있지 않을까요?" "훨씬 그 이상의 것이라고?" K가 물었다. "어떻게요?" "당신은 말입니다." 여주인이 소리쳤다. "언제나 어린아이처럼 모든 것을 즉시 먹을 수 있게 내놓으라고만 하지 않으면 좋겠어요. 도대체 누가 그런 질문에 대답할 수 있겠어요? 당신도 들었듯이 이 조서는 클람의 마을 기록부에 포함될 뿐이라 그 문제에 대해서는 더이상은 확실히 말해줄 수가 없어요. 그렇다고 해서 당신이 조서의 중요성, 모무스 비서 그리고 마을 기록부의 중요성을 알기나 하겠어요? 비서님이 당신을 심문한다는 게 무슨 의미가 있는지 알겠어요? 비서님 자신도 어쩌면, 아니 아마 모르실 거예요. 비서님은 여기에 조용히 앉아 그분이 말한 것처럼 모든 것이 질서정연하도록 임무를 수행하고 있거든요. 하지만 클람이 비서님을 임명했다는 점, 비서님은 클람을 위해 일하고, 비서님이 무엇을 하든지 클람의 이름으로 일하고 있다는 것, 따라서 비서님이 하는 일이 클람에게 결코 도달하지 않는다고 해도 애초부터 클람의 승인을 받은 것이라는 점을 당신은 기억해야 할 거예요. 어떤 일이 애초부터 클람의 정신으로 채워져 있지 않다면 어떻게 그의 동의를 받겠어요? 뻔뻔하게 모무스 비서님한테 알랑거리려고 하는 말이 아니에요. 비서님도 그런 아첨은 사양할 거고요. 나는 그의 개인적인 인격에 대해서가 아니라 지금처럼 비서님이 클람의 승인을 받고 행동하실 때 어떤 분이신지에 대해 말하고 있는 거예요. 그런 경우 비서님은 클람이 손에 든 도구 같은 존재이므로 그에게 순응하지 않는 사람에게는 재앙이 있다는 거요."

K는 여주인이 가하는 위협이 두렵지 않았다. 또한 여주인이 그

를 얽매기 위해 던지는 희망이라는 것에도 진절머리가 났다. 클람은 멀리 떨어져 있었다. 여주인은 얼마 전에 클람을 독수리에 비유한 적이 있는데, 그때는 그런 비유가 우스꽝스럽게 여겨졌으나 지금은 더이상 그렇지 않았다. K는 클람이 있는 먼 곳, 그의 난공불락의 거처, 아직 K가 들어본 적이 없는 그런 외침에 의해서나 중단될 수 있는 그의 침묵에 대해 생각해보았다. 또 반박할 수도 입증할 수도 없는 위에서부터 내려다보는 그의 날카로운 시선, 저 위에서 알 수 없는 법칙에 따라 그어놓아 순간적으로만 눈에 보일 뿐 K가 있는 낮은 곳에서는 깨트릴 수 없는 그의 세력권에 대해 생각해보았다. 이 모두가 클람과 독수리의 공통점이었다. 하지만 모무스가 지금 소금을 친 브레첼 빵을 부수고 있는 탁자 위의 조서는 분명히 그런 것과는 아무런 관계가 없었다. 모무스는 브레첼 빵을 맥주 안주로 삼고 있었는데, 조서 위에는 소금과 캐러웨이 씨가 흩어져 있었다.

　"그럼, 좋은 밤 보내세요." K가 말했다. "나는 모든 형태의 심문을 혐오합니다." 이 말을 남기고 그는 출입문을 향해 걸음을 옮겼다. "저 사람은 정말 갈 모양이야." 모무스는 거의 겁먹은 음성으로 여주인에게 물었다. "감히 그러지 못할 거예요." 여주인이 말했다. 그러나 K는 더이상 듣지 않았다. 그는 이미 복도에 나와 있었다. 날이 추웠고, 밖에는 바람이 세차게 불었다. 엿보기 구멍으로 복도를 감시하고 있었던 모양인지 헤렌호프 여관 주인이 맞은편 문에서 나왔다. 여기 복도에서도 옷자락이 마구 나부낄 정도로 바람이 세차게 불어 주인은 옷자락을 꼭 거머잡아야 했다. "벌써 돌아가려는 건가요, 측량사님?" 그가 말했다. "놀랐나요?" K가 물었다. "그럼요." 주인이 말했다. "심문을 받지 않으셨소?" "그렇소." K가 말했다. "나는 누구의 심문도 허용하지 않았어요." "왜요?" 주인이 물었다. "모르겠어요." K가 말했다. "내가 왜 심문을 받아야 하는지, 왜 장난이나 관청의 변덕스러운 기분에 응해야 하는지 모르겠군요. 어쩌면 다음에는 내가 마찬가지로 장난이나 변덕스러운 기분이 들어 응할지 모르겠지만, 오늘은 아니에요." "그럴 수도 있겠군요." 주인이 말했다. 그러나 주인의 말은 예의상 뱉은 말이지, 확신에서 나온 동의는 아니었다. "나는 이제 하인들을 주점에 들여보내야겠어요." 그가 덧붙였다. "벌써 손님 접대를 시작해야 할 시간이 한참 지났지만, 심문을 방해하고 싶지 않았어요." "심문이 그렇게 중요하다고 생각해요?" K가 물었다. "그럼요." 주인이 말했다. "그렇다면 당신은 내가 심문을 거부하지 말았어야 했다는 거요?" K가 물었다. "물론이죠." 주인이 말했다. "거부하지 말았어야 했어요." K가 잠자코 있자, 주인은 그를 위로하려고 그러는지 아니면 주점 일을 얼른 진척시키고 싶어 그러는지 덧붙여 말했다. "뭐 그렇다고 해서 바로 하늘에서 유황불[13]이 쏟아지지는 않을 거요." "그러지는 않겠죠." K가 말했다. "날씨가 전혀 그럴 것 같지 않네요." 그리고 두 사람은 웃으면서 헤어졌다.

---

[13] 유황불에 대해서는 소돔과 고모라의 심판에 대해 기록한 「창세기」 19장 24절 참조.

10장
길거리에서

K는 바람이 세차게 몰아치는 바깥 계단으로 나와서 어둠 속을 응시했다. 정말 험악한 날씨였다. 이런 날씨를 마주하자, 그를 심문에 응하게 해 조서를 받아내려고 다리목 여관 여주인이 무척이나 애를 썼음에도 그것에 저항하며 견뎌낸 사실이 새삼 떠올랐다. 물론 여주인은 정직한 마음에서 애를 쓴 것은 아니었다. 사실 여주인의 은밀한 속셈은 그렇게 하면서 동시에 그를 조서에서 멀어지게하는 것이었다. 결과적으로 그가 제대로 견뎌낸 것인지, 아니면 굴복한 것인지 알 수 없었다. 여주인의 천성은, 비유하자면 바람과도 같아서 겉으로는 어떤 목적도 없이 부는 듯하지만, 실은 아무도 헤아릴 수 없는 먼 곳에서 오는 낯선 지시들을 이행하는 그런 간교함이 있었다.

큰길로 나서서 몇걸음을 걷자, 저 멀리 흔들리는 불빛 두개가 보였다. 인적이 반가운 탓에 그는 서둘러 불빛을 향해 다가갔고, 불빛도 그를 향해 다가왔다. 그는 상대가 조수들인 것을 알아차리고는 참으로 실망감이 들었는데, 그 이유는 자신도 알 수 없었다. 조수들은 아마도 프리다가 시켜서 그를 마중 나온 듯했다. 바람이 마구 휘몰아치는 어둠 속에서 그에게 구원이 된 등불은 그의 소유물임이 분명했다. 그런데도 그가 실망한 까닭은, 그가 기대했던 것이 무엇인가 낯선 것이었지 그에게 성가신 존재인 이 낯익은 자들이 아니었기 때문이다. 그런데 조수들뿐만 아니라, 그들 사이의 어둠 속에서 바르나바스가 모습을 드러냈다. "바르나바스." K는 소리치면서 손을 내밀었다. "나를 찾아온 거야?" 이 뜻밖의 재회에 K는 일단 얼마 전에 바르나바스 때문에 화나 있던 것을 모두 잊었다. "예, 측량사님께요." 바르나바스는 변함없이 다정하게 대답했다. "클람이 보낸 편지를 한통 갖고 왔어요." "클람이 보낸 편지라!" K는 이렇게 말하고는 고개를 들어 바르나바스의 손에서 얼른 편지를 낚아챘다. "불을 좀 비춰!" 그가 조수들에게 말하자, 두 조수가 양옆으로 바싹 다가와 등불을 높이 쳐들었다. K는 불어오는 바람으로부터 큰 편지지를 지키기 위해 작게 접고는 그것을 읽었다. "다리목 여관에 있는 토지 측량사에게! 당신이 그동안 수행한 토지 측량 업무를 높이 평가하는 바입니다. 당신 조수들이 한 일도 칭찬받을 만합니다. 당신은 그들이 부지런히 일하도록 독려할 줄 알더군요. 계속 열성적으로 일해주시기 바랍니다! 일을 잘 완수하여 유종의 미를 거두기를 바랍니다! 일이 중단된다면 내가 격분하게 될 겁니다. 더군다나 당신의 보수 문제도 곧 결정될 것이니 안심하시기 바랍니다. 나는 당신을 계속 주목하고 있습니다." K는 자신보다 읽는 속도가 훨씬 느린 조수들이 이 희소식을 축하하려고 큰 소리로 만세삼창을 하고 등불을 흔들었을 때에야 비로소 편지에서 눈을 들었다. "조용히들 해." K는 이렇게 주의를 주고는 바르나바스를 향해 말했다. "이건 오해야." 바르나바스는 그의 말을 이해하지 못했다. "이건 오해야." K는 한번 더 말해주었다. 이날 오후에 겪었던 피로가 다시 몰려왔다. 학교까지의 길은 아직 멀어 보였고, 바르나바스의 등 뒤로는 그의 온 가족들 모습이 선하게 떠올랐다. 또 조수들이 계속 그에게 달라붙는 통에 K는 팔꿈치로 그들을 밀쳤다. 그는 조수들에게 프리다 곁에 있으라고 지시했는데, 프리다는 어째서 그들을 그에게로 보냈단 말인가? 숙소로 돌아가는 길은 그 혼자서도 찾아갈 수 있고, 이들과 동행하느니 혼자서 찾아가는 편이 더 나았을 것이다. 더군다나 조수 하나는 목에 스카프를 둘렀는데, 그 끝자락이 바람에 제멋대로 나부끼며 K의 얼굴을 몇번이나 쳤다. 그때마다 다른 조수가 길고 뾰족하고 날렵한 손가락으로 얼른 K의 얼굴에서 스카프를 치웠지만, 그것만으로는 상황이 전혀 나아지지 않았다. 두 조수는 왔다 갔다 하는 것이 재미난 듯했고, 또 바람과 밤의 거친 날씨에 흥분한 것 같았다. "저리 가!" K가 소리쳤다. "너희는 나를 마중 나오면서 왜 내 지팡이는 가져오지 않은 거야? 이제 뭘로 너희를 집으로 쫓아버릴 수 있을까?" 그들은 바르나바스의 뒤로 가서 몸을 숙였으나 그다지 겁을 먹지는 않았고, 우선은 그들 보호자의 양어깨에 등불을 올려놓았다. 물론 바르나바스는 곧장 몸을 흔들어 등불을 떨어뜨렸다. "바르나바스." K가 말했다. 그는 바르나바스가 분명 자신을 이해하지 못한 것 같아, 또 평온할 때는 그의 겉옷이 그렇게 아름답게 빛나지만 상황이 심각할 때는 그에게서 어떤 도움도 찾을 수 없고 다만 침묵으로 저항하는 듯해 마음이 무거웠다. 하지만 바르나바스 자체가 무방비 상태였으므로 그가 그런 식으로 저항한다고 해서 어떻게 해볼 수도 없는 노릇이었다. 그의 미소만은 환하게 빛나고 있었다. 하지만 저 위의 별이 이 아래의 폭풍에 관여할 수 없듯이 아무 소용이 없는 것이었다. "그 신사 나리가 내게 뭐라고 썼는지를 보라고." K는 이렇게 말하면서 바르나바스의 면전에 편지를 내밀었다. "그 사람은 잘못 전달받았어. 나는 측량 일은 한 적도 없고, 내 조수들의 가치야 자네도 잘 알 거야. 나는 하지도 않은 일을 중단할 수 없고, 그 신사 나리를 격분케 할 수도 없는 형편이야. 그런데 내가 어떻게 그 사람의 인정을 받을 만하다는 거야! 이러니 도통 마음 편히 있을 수가 없잖아." "내가 가서 그 말을 전하겠습니다." 내내 편지를 쳐다보고 있던 바르나바스가 말했다. 사실 K가 편지를 얼굴 앞에 바싹 들이민 탓에 그는 내용을 제대로 읽을 수가 없었다. "아, 그렇게 하겠다고?" K가 말했다. "자네는 내가 하는 말을 전해주겠다고 약속하지만, 그 말을 진짜 믿을 수 있을까? 나에게는 신뢰할 만한 심부름꾼이 절실히 필요해. 그 어느 때보다 더!" K는 초조한 나머지 입술을 깨물었다. "측량사님." 바르나바스는 이렇게 말하면서 고개를 살짝 숙였고, K는 하마터면 다시 그런 동작에 유혹당해 그의 말을 믿을 뻔했다. "그 말을 반드시 전하겠습니다. 저번에 제게 하신 말씀도 반드시 전하겠습니다." "뭐라고?" K가 소리쳤다. "자네는 아직도 그 말을 전하지 않았다는 거야? 그렇다면 바로 다음 날 성에 가지 않았던 거야?" "가지 못했어요." 바르나바스가 말했다. "아버지가 연로하셔서요. 당신도 우리 아버지를 보셨지요. 하필이면 그때 집에 할 일이 많아 내가 도와드려야 했어요. 하지만 이제 곧 성으로 다시 가도록 하겠습니다." "아니, 자네는 도대체 뭘 하고 있는 거야, 이 악다구도 모를 사람아?" K는 이렇게 말하면서 손으로 자신의 이마를 쳤다. "클람의 일이 다른 어떤 일보다 우선 아닌가? 자네는 심부름꾼이라는 소중한 직분을 맡았는데, 그렇게 파렴치하게 일하는 건가? 자네 아버지의 일에 누가 신경이나 쓰겠어! 클람은 보고를 기다리는데, 자네는 달리다가 넘어져 구르지는 못할망정 마구간에서 분뇨나 치우는 일을 우선하다니." "아버지는 제화공입니다." 바르나바스가 아랑곳하지 않고 말했다. "브룬스비크에게서 주문받고 있어요. 그리고 나는 아버지의 견습공이고요." "제화공―주문―브룬스비크." K는 이 단어들을 영원히 폐기하려는 듯 심술궂게 말했다. "길이 늘 이렇게 텅텅 비어 있던데 도대체 누가 부츠를 필요로 한다는 거야? 그리고 그 제화공 일이 도대체 나와 무슨 상관이 있지? 내가 자네한테 전갈을 맡긴 건 구둣방에서 그것을 잊고 뭉개버리라는 것이 아니라 곧장 성의 나리에게 전해달라는 거였어." 그러면서 K는 클람이 그동안 성이 아니라 헤렌호프에 내내 있었다는 생각이 들자 마음이 좀 진정되었다. 그런데 바르나바스가 K의 첫 전갈을 잘 간직하고 있음을 증명하려고 그것을 외우기 시작하자 K는 다시 화가 났다. "그만해, 더이상 알고 싶지도 않아." K가 말했다. "그렇게 화내지 마세요, 측량사님." 바르나바스는 이렇게 말하면서 무의식적으로 K에게 형벌을 가하려는 듯 그에게 시선을 거두어 아래로 떨어뜨렸다. 그러나 오히려 K가 소리치는 통에 당황한 듯했다. "자네한테 화난 게 아니야." K가 말했다. 그는 실은 지금 자신에 대해 불안해하고 있었다. "자네한테 화난 게 아니고, 그렇게 중요한 용건을 전하는 데 있어 내게 이런 심부름꾼밖에 없다는 사실이 아주 한심해서 그런 거야." "내 말을 좀 들어보세요." 바르나바스가 말했다. 그는 심부름꾼으로서 자신의 명예를 지켜야겠다는 생각에서 필요 이상으로 말이 많았다. "클람은 전갈을 기다리지도 않고, 더군다나 내가 가면 화를 내는걸요. 한번은 '또 새로운 전갈을 가져온 거야' 하고 말했어요. 그는 멀리서 내가 다가가는 모습이 보이면, 자리에서 일어나 옆방으로 가서는 만나주질 않아요. 그리고 매번 전갈이 있을 때마다 내가 당장 전해주어야 한다는 법도 정해져 있지 않고요. 그렇게 정해진 것이라면 당장 전해야겠죠. 하지만 그렇지 않으니 내가 한번도 가지 않는다고 해서 그 때문에 경고를 받지는 않을 거예요. 전갈을 전하는 일은 내가 자발적으로 하는 것이거든요." "좋아." K는 일부러 조수들에게서 눈길을 거두고 바르나바스를 쳐다보며 말했다. 두사람이 이야기하는 동안 조수들은 바르나바스의 어깨 뒤에 숨어 몸을 낮추고 있다가 위로 솟아나는 식으로 교대로 천천히 모습을 드러내다가, K를 보고서 깜짝 놀란 듯 바람 소리 같은 휘파람 소리를 내며 다시 모습을 감추었다. 그들은 이런 장난을 상당히 오래 즐기고 있었다. "그래, 클람의 사정이 어떤지는 나야 모르지. 그리고 자네가 그곳의 모든 사정을 정확히 알고 있다는 생각도 안 들어. 설령 자네가 알 수 있다고 해도 상황이 나아질 리도 없고. 하지만 전갈을 전하는 일은 자네가 할 수 있으니 부탁을 하는 거야. 아주 간단한 전갈이야. 내일 당장 전갈을 갖고 가서, 내일 바로 답변을 받아올 수 있을까? 아니면 적어도 자네를 어떻게 맞이했는지 알려줄 수 있겠어? 자네가 할 수 있고, 또 그렇게 할 생각이 있어? 내게는 아주 소중한 일이야. 그렇게 되면 나는 자네에게 그에 걸맞은 감사를 표시할 기회를 얻게 되겠지. 아니면 자네는 혹시 지금 내가 들어줄 수 있을 만한 소원이 있어?" "그 임무를 꼭 수행하도록 할게요." 바르나바스가 말했다. "그렇다면 자네는 가능한 임무를 잘 수행하고자 노력하며, 내 전갈을 클람에게 직접 전하고, 클람에게서 직접 회답을 받아오겠다, 그것도 즉시, 그 모든 것을 즉시, 내일, 내일 오전에라도 하겠다는 거지?" "최선을 다할게요." 바르나바스가 말했다. "늘 그렇게 하고 있는걸요." "좋아, 이제 그 문제로 다투는 일은 그만하지." K가 말했다. "내 전갈은 이거야. 토지 측량사 K는 국장님을 직접 찾아뵙고 말씀드릴 수 있도록 허락해줄 것을 요청한다. 그는 그 허락과 관련해 생겨날 수 있는 모든 조건을 처음부터 받아들인다. 그가 부득이 이런 청원을 하게 된 것은, 지금까지 모든 중재자들이 완전히 실패했기 때문이다. 지금까지 토지 측량 업무를 전혀 수행하지 않았다는 점과 촌장의 통지에 따르면 앞으로도 그런 일은 결코 없으리라는 점을 그 증거로 들 수 있다. 따라서 그는 국장님이 최근 보낸 편지를 읽으면서 절망적인 수치심에 사로잡혔고, 이 문제에서는 국장님과의 면담만이 소용이 있다고 본다. 토지 측량사는 자신의 요구가 지나치다는 점을 알지만, 가능하면 국장님께 폐가 되지 않도록 모든 노력을 경주할 것이며, 면담 시간을 제한하는 일에 동의하고 또 필요하다면 정해진 수의 말만 하는 것에도 동의한다. 그는 열 마디 정도면 충분하다고 생각한다. 그는 깊은 존경심과 아주 초조한 심정으로 결정을 기다린다." K는 자신을 완전히 잊은 채 마치 클람의 방문 앞에 서서 문지기와 대화하듯 말했다. "원래 생각한 것보다 말이 훨씬 길어졌군." 그러면서 그는 이렇게 덧붙였다. "하지만 자네는 이것을 구두로 전해야 해. 서류 속에서 무한히 방황하게 될 편지는 쓰지 않을 셈이야." 그래서 K는 다만 바르나바스를 위해 한 조수의 등에 종이를 대고 끼적거렸고, 그동안 다른 조수는 등불을 비추어주었다. 그런데 바르나바스는 옆에서 조수들이 틀린 내용을 소곤거리는데도 아랑곳하지 않고 모든 것을 다 기억하고 나서 학생처럼 정확히 암송해 K는 그가 불러주는 대로 받아 적을 수 있었다. "자네는 기억력이 아주 탁월하군." K가 종이를 바르나바스에게 건네면서 말했다. "그런데 다른 면에서도 탁월한 면모를 좀 보여주었으면 해. 그리고 자네 소원은 뭐지? 아무 소원도 없는 거야? 솔직히 말해 나로서는 자네가 뭔가 원하는 게 있어야 이 전언의 운명에 대해 좀 안심할 수가 있겠는데 말이야." 바르나바스는 처음에는 잠자코 있다가 마침내 입을 열었다. "내 누이들이 안부를 전합니다." "자네 누이들." K가 말했다. "그래, 그 튼튼한 장신의 처녀들 말이군." "둘 다 안부를 전했어요. 특히 아말리아가." 바르나바스가 말했다. "아말리아는 오늘도 당신을 위해 이 편지를 성에서 가져왔어요." K는 다른 것들보다 이 소식에 관심을 보이면서 물었다. "그렇다면 아말리아는 내 전갈을 성에 전할 수도 있지 않을까? 아니면 자네 둘 다 가서 각자의 행운을 시험해볼 수 있지 않을까?" "아말리아는 사무국에 들어갈 수 없어요." 바르나바스가 말했다. "할 수만 있다면 여동생은 분명히 아주 기꺼이 그렇게 할걸요." "내가 내일 자네들을 방문할지도 몰라." K가 말했다. "하지만 자네는 먼저 회신을 갖고 나를 찾아오게. 학교에서 기다리고 있겠어. 누이들한테 내 안부도 부탁하네." 바르나바스는 K가 약속한 말이 무척 기뻤는지 악수를 하고 헤어질 때 K의 어깨를 살짝 건드리기까지 했다. 이로써 모든 것이 바르나바스가 처음 다리목 여관 식당의 농부들 사이에서 빛나는 모습으로 나타났을 때 그대로 재현되는 것 같았다. K는 물론 미소를 지으면서 바르나바스의 손길이 특별한 우대의 표시라고 여겼다. 그는 마음이 한결 부드러워졌고, 돌아가는 길에 조수들이 하고 싶은 대로 하도록 내버려두었다.

11장
학교에서

K는 온몸이 꽁꽁 언 채로 숙소에 도착했다. 사방이 아주 컴컴했고 등불의 초도 다 타버려, 그는 그곳 상황을 잘 아는 조수들에 이끌려 더듬적거리며 교실을 찾아갔다. "너희는 처음으로 칭찬받을 만한 일을 했어." 그는 클람의 편지를 떠올리며 이렇게 말했다. 한쪽 구석에서 프리다가 잠결에 외쳤다. "K를 자도록 뒤요! 그를 방해하지 마요!" 그녀는 밀려오는 졸음을 이기지 못해 K가 돌아오는 것을 기다릴 수는 없었지만 마음속으로 온통 K만 생각하고 있었던 것이다. 그때 석유램프가 하나 켜졌다. 물론 석유가 얼마 없어 불꽃을 크게 키울 수는 없었다. 갓 시작한 살림살이는 아직 여러모로 부족한 것이 많았다. 난방을 했으나 체육관으로도 쓰는 큰 교실이라 — 체조 기구가 여기저기 널려 있고 또 천장에도 매달려 있었다 — 여분의 장작까지 모두 태우게 되었다. K가 듣기로는 교실이 그동안은 계속 훈훈한 상태였으나 지금은 유감스럽게도 완전히 식

었다고 했다. 창고에는 장작이 충분히 비축되어 있지만 지금은 자물쇠가 채워져 있고 창고 열쇠는 선생이 갖고 있었다. 선생은 수업 시간에만 장작을 꺼내 난방을 하게 했다. 도피처가 될 만한 침대라도 있다면 참아낼 수 있었을 것이다. 하지만 침구라고는 프리다가 양모 숄로 깔끔하게 덮어놓은 짚 매트리스 하나뿐이었다. 깃털이불 한 채 없이 별로 따뜻하지 않은 거친 담요만 두장 있었다. 조수들은 그 형편없는 짚 매트리스나마 탐을 내며 바라보았지만, 그들이 거기에 누울 수 있는 희망은 당연히 없었다. 프리다는 걱정스레 K를 쳐다보았다. 그녀는 다리목 여관에서 아무리 형편없는 방이라도 살 만하게 꾸미는 솜씨가 있음을 보여주었지만, 여기서는 아무것도 가진 것이 없어 그렇게 할 수 없었다. "우리 방을 꾸밀 만한 거라고는 체조 기구뿐이네요." 그녀는 눈물을 감추고 억지로 미소를 지어보이며 말했다. 하지만 가장 절실한 잠자리와 난방에 대해서는 다음 날까지 어떻게든 준비해두겠다고 약속하면서 K에게 그때까지만 좀 참아달라고 부탁했다. 그런데 가만히 생각해보면 그녀를 헤렌호프에서뿐 아니라 지금은 다리목 여관에서도 빼내온 사람이 K 자신인데도, 그녀의 말이나 눈치, 표정 그 어디에도 K를 조금이라도 원망하는 마음은 찾아볼 수 없었다. 그래서 K는 자신이 이 모든 것을 참을 만하다고 생각하고 있음을 보여주려고 애썼다. 그리 어려운 일은 아니었다. 왜냐하면 그는 머릿속으로 바르나바스와 함께 걸음을 옮기면서 클람에게 전할 말을 한마디씩 되풀이하는 장면을 그려보았기 때문이었다. 물론 그가 바르나바스에게 전해준 대로가 아니라, 클람 앞에서 전해질 때의 말을 떠올리며 되풀이했다. 동시에 그는 프리다가 버너로 끓여주는 커피를 진심으로 기대했다. 그는 점점 식어가는 난로에 몸을 기대고, 그녀가 날렵

하고 능숙한 솜씨를 발휘해 언제나 꼭 챙기는 하얀 식탁보를 교탁
에 펴고는 꽃무늬가 그려진 커피잔 옆에 빵과 베이컨 그리고 정어
리 통조림까지 차리는 모습을 지켜보았다. 이제 모든 준비가 끝났
다. 프리다 역시 식사를 하지 않은 상태로 K가 돌아오기만을 기다
리고 있었다. 의자가 두개 있어 K와 프리다가 식탁에 앉고, 두 조수
는 그들 발치의 교단에 자리를 잡았다. 그런데 조수들은 한시도 가
만있지 못하고 식사 중에도 귀찮게 굴었다. 음식을 넉넉히 받았고,
또 접시에 있는 것을 다 먹으려면 아직 멀었는데도 이따금씩 일어
나서 식탁에 음식이 충분히 남아 있는지, 또 자기들 몫이 있는지
확인했다. K는 그들에게 신경 쓰지 않았고, 다만 프리다가 웃음을
터뜨릴 때만 그들에게 주목했다. 그는 식탁 위에 놓인 그녀의 손을
정답게 어루만지면서 조용한 목소리로 왜 저들의 행동을 너그럽게
봐주고 심지어 나쁜 버릇까지 친절하게 참는지 물었다. 그는 그렇
게 해서는 저들을 절대 떼어버릴 수 없음을 지적하면서, 저들의 행
동에 걸맞게 좀더 엄격하게 대해야 제대로 통제할 수 있고, 더 그
럴듯하고 나은 방법은 저들이 조수 일에 염증을 느껴 마침내 빵소
니치게 만드는 것이라고 했다. 또 여기 학교는 지내기가 그리 유쾌
한 곳도 아니고 그리 오래 머물지도 않겠지만, 조수들이 얼쩡거리
지 않고 조용한 건물에 단둘이 있게 된다면 부족한 점이 있더라도
별로 신경 쓰이지 않을 것이라고 했다. 그는 프리다에게 조수들이
나날이 뻔뻔스러워지는 것을 모르겠느냐면서, 저들은 그녀가 있으
면 K도 다른 때와는 달리 호되게 야단치지 않는다고 생각해 더욱
대담해지는 것 같다고 했다. 그밖에도 큰 소동을 안 피우고도 저들
에게서 당장 벗어날 수 있는 아주 간단한 방법이 있을 것이라면서,
이곳 사정에 정통한 프리다에게는 아마 묘안이 있으리라고 했다.

그리고 이곳 생활이 그리 안락하지도 않을 뿐더러 이제는 저들도 일을 해야 하기 때문에 지금까지 누렸던 빈둥거리는 생활도 적어도 여기서는 어느정도 포기해야 할 것이므로 어떻게든 저들을 쫓아버리는 것이 실은 저들에게 호의를 베풀어주는 것이라고 했다. 한편 프리다로서도 지난 며칠 동안 여러 흥분되는 일을 겪어 휴식을 취해야 할 것이고, K 자신도 현재 처해 있는 곤경에서 벗어나는 방도를 찾는 데 매달려야겠다는 것이다. 그런데 이제 저 조수들이 떠나게 되면 그의 마음이 정말 홀가분해져 학교 관리인의 업무와 그밖의 다른 일들도 손쉽게 해낼 수 있다는 것이다.

프리다는 주의 깊게 귀를 기울여 듣다가 천천히 그의 팔을 어루만지면서 말했다. 그녀도 같은 생각이지만, 조수들의 버릇없는 행동을 그가 침소봉대하는 것 같단다. 저들은 유쾌하고 조금은 우직한 젊은이들이고, 성의 엄격한 규율에서 벗어나 처음으로 낯선 사람 밑에서 일하게 되어 계속 살짝 흥분하고 어리둥절한 상태에 있으며, 그래서 이따금씩 어리석은 일도 저지른다는 것이다. 물론 그런 행동에 대해 화를 내는 것은 당연하지만, 웃어넘기는 편이 더 현명하다는 것이다. 가끔은 그녀도 저들 때문에 웃음을 참지 못할 때가 있단다. 그렇지만 K의 의견에 완전히 동감하며, 저들을 내보내고 단둘이서 지내는 것이 좋겠다고 했다. 그러면서 그녀는 K 곁으로 다가와 그의 어깨에 얼굴을 파묻었다. 그런 자세에서 알아듣기 힘든 목소리로 이야기하는 통에 그는 그녀 쪽으로 몸을 숙여야 했다. 프리다는 조수들을 어떻게 떼어버릴 수 있을지 모르겠고, K가 제안한 그 어떤 수법도 안 통할 것 같아 염려된다고 말했다. 그녀는 자신이 알기로는 K가 그들을 요청해 지금 저들을 데리고 있는 것이고 앞으로도 그럴 것 같다고 했다. 저들을 있는 그대로 가볍게 어울릴 만한 무리로 보면 좋을 것 같고, 그것이 저들을 참고 견디는 최상의 방법이라는 것이다.

K로서는 만족스러운 대답이 아니었다. 그는 농담 반 진담 반으로 프리다가 저들과 한통속이거나 적어도 저들에게 대단히 애착을 느끼는 모양이라고 말했다. 그는 사실 저들이 귀여운 젊은이들이기는 하지만, 정말 신경을 좀 쓴다면 떼어버리지 못할 사람은 없으니 저 조수들을 상대로 그녀에게 입증해보이겠다고 했다.

프리다는 만약 그가 성공한다면 그에게 무척 고마움을 느낄 것이라고 했다. 그러면서 앞으로 다시는 저들을 보고 웃거나 저들과 실없는 이야기를 하지 않겠다고 했다. 그녀는 저들에게서는 이제 웃을 일도 없고, 두 남자에게 늘 관찰당하는 것도 사실 웃어넘길 일이 아니며, K의 눈으로 저 둘을 보는 법을 배웠다고 했다. 그리고 이제 조수들이 다시 몸을 일으켜 먹을 것이 얼마나 남았는지 살펴보기도 하고 두사람이 계속 속삭이는 이유를 알아보려고 하자, 프리다는 정말로 살짝 몸을 움찔했다.

K는 프리다가 조수들을 싫어하게 만들고자 이 기회를 이용했다. 그는 프리다를 자신에게 끌어당겼고, 두사람은 서로 꼭 붙은 자세로 식사를 마쳤다. 이제는 정말 자야 할 시간이었고, 몹시 지쳐 있었다. 조수 한명은 실제로 밥을 먹다가 잠들어버렸고, 다른 조수는 이 모습을 보고 무척 재미있어하면서 자신이 봉사하는 분들이 자고 있는 동료 녀석의 멍청한 얼굴을 보게 하려고 애썼다. 하지만 그의 의도는 성공을 거두지 못했다. K와 프리다는 위쪽에 그대로 앉아 아무 반응도 보이지 않았다. 교실 안은 이제 견딜 수 없을 정도로 추워져서 그들은 잠자리에 들기가 주저되었다. 결국 K는 난방을 좀 해야지 그러지 않으면 잠들 수 없을 것이라고 말했다. 그

는 도끼 같은 것이 없을까 하고 찾아보았다. 도끼가 어디 있는지 아는 조수들이 그것을 가져왔고, 이제 그들은 장작 창고로 나갔다. 가벼운 문이라 금방 부서졌고, 조수들은 이런 신나는 일은 난생처음이라는 듯 정신없이 서로 쫓고 밀치며 장작을 교실로 나르기 시작했다. 교실에는 이내 커다란 장작더미가 생겨났고, 불을 지피고 나서는 모두들 난로 주위에 드러누웠다. 조수들은 몸을 감쌀 수 있는 모포 한장만 받았다. 그들로서는 그것 하나만 해도 충분했는데, 두사람 중 한명은 계속 깨어 있으면서 불을 지키기로 했다. 시간이 조금 흐르자 난로 옆이 따뜻해져 모포는 더이상 필요 없었다. 석유 램프의 불도 꺼졌다. K와 프리다는 따스하고 조용한 분위기에 행복해하면서 누워 잠을 청했다.

그러다 K는 밤중에 무슨 소리를 듣고 잠에서 깨어났다. 처음에는 비몽사몽간에 프리다 쪽을 더듬다가 프리다 대신 조수 하나가 자기 옆에 누워 있는 것을 알아차렸다. 이곳 마을에 도착한 이후 이처럼 깜짝 놀란 적은 없었는데, 아마 갑자기 잠에서 깨어나 신경이 곤두선 탓이기도 했을 것이다. 그가 고함을 지르며 몸을 반쯤 일으킨 상태에서 주먹을 세차게 냅다 내지르자 조수가 울기 시작했다. 일의 자초지종이 곧 밝혀졌다. 프리다는 뭔가 큰 동물—적어도 그녀에게는 그렇게 생각되었다—고양이 같은 동물 하나가 그녀 가슴팍에 뛰어올랐다가 달아나는 바람에 잠에서 깨어났다. 그녀는 자리에서 일어나 촛불을 들고 온 방을 뒤지면서 그 동물을 찾았다. 조수 한명이 이때다 싶어 잠시나마 짚 매트리스에서 편안하게 잠을 자려다가 톡톡히 댓가를 치른 것이다. 하지만 프리다는 아무것도 찾을 수 없었다. 어쩌면 단순히 그녀가 착각한 것일 수도 있었다. 그녀는 K에게로 되돌아왔다. 그러면서 마치 K와 어제저녁에 나눈 대화는 잊은 듯이 쭈그려 앉아 흐느끼는 조수를 위로하면서 머리를 어루만져주었다. K는 이에 대해 아무 말도 하지 않았고, 다만 조수들에게 난로에 불을 그만 피우라고 지시했다. 쌓아둔 장작을 거의 다 써서 방이 너무 더웠다.

아침이 되어 모두 눈을 떴을 때는 일찍 등교한 아이들이 벌써 교실에 들어와 호기심 어린 시선으로 그들의 잠자리를 둘러싸고 있었다. 참으로 곤혹스러운 상황이었다. 새벽녘이 되어 공기가 다시 썰렁해지기는 했지만 지난밤에는 방이 너무 더워 모두가 내의만 입고 있었다. 그들이 이제 막 옷을 입기 시작했을 때 보조 교사인 기자가 교실 문에 모습을 드러냈다. 그녀는 키가 크고 금발에 예쁘장했지만 약간 무뚝뚝해 보였다. 학교에 새로이 관리인이 온다는 사실을 알고 있고, 남선생에게서 그들을 대하는 행동 지침도 받은 것 같았다. 왜냐하면 그녀는 벌써 교실 문턱에서부터 이렇게 말했던 것이다. "정말 참을 수 없군요. 이렇게 훌륭할 수가! 당신들은 교실에서 잠만 자도록 허락받았어요. 내가 당신들의 침실에서 아이들을 가르칠 의무는 없다고요. 학교 관리인의 가족이 아침 늦게까지 이렇게 잠자리에서 꾸물거리다니, 정말 꼴불견이야!" K는 그 문제에 대해서, 특히 가족과 잠자리에 대해서는 한두 마디 할 말이 있다고 생각하면서, 프리다와 함께—마룻바닥에 누워 여선생과 아이들을 멍하니 쳐다보고 있는 조수들은 아무 쓸모가 없었다—얼른 평행봉과 뜀틀을 밀고 와서 양쪽에 담요를 덮어씌우고 작은 공간을 마련해, 그 뒤에서 적어도 아이들의 눈에 띄지 않게 몸을 가린 상태에서 옷을 입었다. 그러나 그들은 잠시도 평온할 틈이 없었다. 우선 여선생은 세숫대야에 깨끗한 물이 없다고 야단법석을 떨었다. 마침 K는 자신과 프리다가 사용할 세숫대야를 가져오려던 참이었으나, 여선생의 심기를 너무 자극하지 않고자 일단은 그 생각을 접었다. 하지만 별 소용이 없었는데, 곧바로 와르르 하고 뭔가 무너지는 소리가 났던 것이다. 불행히도 그들은 어제저녁에 먹고 남은 것을 제대로 치우지 않고 교탁에 그대로 두었고, 여선생은 지금 자를 들고서 교탁을 치우고 있었다. 모든 것이 날아가 바닥에 떨어졌다. 정어리 기름과 커피 찌꺼기가 쏟아졌고, 커피포트가 부서졌다. 그래도 여선생은 아랑곳하지 않았다. 어차피 치우는 일은 관리인의 몫이었다. K와 프리다는 아직 옷을 다 입지 못한 채 평행봉에 기대서서 그들의 얼마 안되는 가재도구들이 망가지는 것을 지켜보았다. 조수들은 옷 입을 생각도 않고, 담요 아래에서 그런 광경을 엿보면서 아이들의 구경거리가 되었다. 프리다를 가장 속상하게 만든 것은 물론 커피포트가 부서진 일이었다. K는 그녀를 위로하는 마음에서 당장 촌장에게 가서 새것으로 교체해줄 것을 요청해 받아내겠다고 장담했다. 그러자 프리다는 겨우 마음을 진정시키고는 식탁보만이라도 더이상 더럽혀지지 않도록 건져내야겠다면서 셔츠와 속치마 바람으로 은신처에서 뛰쳐나가서는 여선생이 프리다에게 겁을 주며 못 오게 하려고 계속 자를 가지고 신경이 거슬리게 교탁을 두드려댔지만, 식탁보를 집어 오는 데 성공했다. 이제 옷을 다 입은 K와 프리다는 벌어진 사건들로 정신을 못 차리는 조수들에게 명령을 내리고 떠밀기도 하면서 옷을 입으라고 다그쳐야 했고, 직접 두 조수의 옷을 입혀주기까지 해야 했다. 모두가 옷을 입고 나자, K는 각자에게 할 일을 분배했다. 조수들은 장작을 가져와 난로를 지피기로 했는데, 이미 남선생이 와 있어 더 큰 위험이 도사리고 있을 것으로 예견되는 다른 교실부터 먼저 불을 지펴야 했다. 프리다는 교실 바닥을 청소하고, K는 물을 길어 오고 여타 정리 작업을 맡기로 했다. 아침식사는 당분간은 생각해볼 수도 없었다. K는 가장 먼저 은신처에서 나가서 여선생의 기분이 대충 어떤지를 알아보기로 했고, 다른 사람들은 그가 나오라고 부르면 따라나서기로 했다. K가 이런 조치를 취한 까닭은, 한편으로 조수들의 어리석은 행동으로 사태가 바로 더 악화되는 것을 피하기 위해서였고, 다른 한편으로 프리다를 정말 아끼는 마음에서였다. 그녀는 명예욕이 있지만 자신은 그렇지 않았고, 그녀는 예민하지만 자신은 그렇지 않았으며, 그녀는 당장의 사소한 불편들에 대해서만 생각했지만 자신은 바르나바스와 장래의 일을 생각했다. 프리다는 그가 어떤 지시를 내려도 정확히 따랐고, 그에게서 거의 눈을 떼지 않았다. K가 나가자마자, 깔깔대며 그칠 줄 모르고 웃는 아이들 사이에서 여선생이 소리쳤다. "그래, 잠은 푹 잤겠지?" 이것은 사실 질문이라고도 할 수 없어 K가 무시하고 곧장 세면대 쪽으로 걸어가자, 여선생이 다시 물었다. "나의 미체에게는 무슨 짓을 한 거죠?" 몸집이 크고 늙고 살진 고양이 한마리가 탁자 위에 축 늘어져 있었고, 여선생은 약간 다친 것이 분명한 고양이의 앞발을 살펴보고 있었다. 그러고 보니 프리다의 짐작이 맞았다. 보아하니 이 고양이가 더는 뛰어오를 형편은 아닌 듯하니 프리다의 몸에 뛰어올랐을 리는 없고, 다만 기어오르고 보니 평소에 텅 비어 있던 학교 건물에 인적이 있어 기겁을 하고 얼른 몸을 숨긴 것인데, 너무 서둘러 숨다가 다친 모양이었다. K는 이 모든 상황을 여선생에게 차분히 설명하려 했으나, 여선생은 사건의 결과만 파악하고서 말했다. "그러니까 당신들이 내 고양이를 다치게 했군요. 그러니까 당신들은 여기 일을 이런 식으로 시작하는군요. 이것 좀 보라고요!" 그녀는 K를 교단 위로 불러 고양이의 앞발을 보여주더니 K가 미처 살펴보기도 전에 고양이의 발톱으로 그의 손등을 할퀴었다. 고양이의 발톱은 그다지 날카롭지 않았으나, 여선생이 고양이는 신경 쓰지 않고 발톱을 꾹 눌러서 세차게 할퀸 바람에 상처가 부풀어 길다란 핏자국이 생겼다. "자, 이제 일을 시작하세요." 그녀는 조바심을 내며 말하고, 고양이 쪽으로 다시 몸을 구부렸다. 프리다는 조수들과 함께 평행봉 뒤에서 지켜보다가 피를 보고는 비명을 질렀다. K는 아이들에게 손을 내보이며 말했다. "이것 좀 봐, 저놈의 심술궂고 비열한 고양이가 이렇게 한 거야." 물론 아이들이 들으라고 한 말은 아니었다. 왁자지껄하게 웃고 떠드는 아이들의 소리는 새로운 계기나 자극이 필요 없을 만큼 이미 하나의 흐름이 되어 있었고, 어떤 말도 그 소음을 뚫고 들어가거나 영향력을 끼칠 수 없었다. 하지만 여선생도 이 통렬한 반박에 단지 힐끗 곁눈질로 응수하면서 계속 고양이를 살펴보았다. 다시 말해 여선생의 첫 분노는 피를 보이는 처벌을 가함으로써 일단은 가라앉은 것 같아 K는 프리다와 조수들을 불러 일을 시작했다.

K가 더러운 물이 든 물통을 들고 나가 새 물을 길어온 후 천천히 교실 바닥을 닦기 시작하는데, 열두 살쯤 되는 소년 하나가 교실의 자에서 걸어나와 K의 손을 잡고 말을 걸었다. 하지만 아이들의 소리가 너무 시끄러워서 도저히 소년의 말을 알아들을 수 없었다. 그러다가 갑자기 모든 소음이 그쳤다. K는 몸을 돌렸다. 그가 아침 내내 우려하던 일이 일어난 것이다. 키 작은 남선생이 출입문에 서서 두 조수의 멱살을 양손에 각각 잡고 서 있었다. 두 조수는 장작을 운반해오다가 붙잡힌 모양이었다. 선생은 우렁찬 목소리로, 한 마디씩 뚝뚝 들이면서 고함질렀다. "감히 창고 문을 부수고 들어간 게 누구야? 그놈 어디 있어? 내가 박살내고 말 거야." 그때 여선생

의 발치에서 열심히 교실 바닥을 닦던 프리다가 몸을 일으키고는 마치 힘을 얻으려는 듯 K를 쳐다보면서 입을 열었는데, 그녀의 시선과 태도에는 예전의 우월감이 배어 있었다. "내가 그랬어요, 선생님. 어쩔 수가 없었어요. 아침 일찍 교실의 난방이 되어 있으려면 창고 문을 열어야 했어요. 밤중에 감히 열쇠를 가지러 선생님께 찾아갈 수는 없었어요. 내 약혼자는 헤렌호프에 가 있었고 거기서 밤을 보낼 가능성도 있어서, 나 혼자서 결정을 내려야 했어요. 내가 잘못을 저질렀다면 경험이 미숙하여 그런 것이니 용서해주세요. 내가 저지른 일을 보고 약혼자는 나를 호되게 야단쳤어요. 사실 약혼자는 내가 일찍 불을 피우지도 못하게 했어요. 선생님이 창고 문을 잠근 것은 선생님이 직접 오시기 전에 불을 피우지 말라는 뜻이라고 했어요. 그러니까 난방이 되어 있지 않은 것은 저 사람 책임이지만, 창고 문을 부순 것은 내 책임이에요." "문을 부순 자가 누구야?" 선생은 자신의 손아귀에서 벗어나려고 버둥거리지만 여전히 잡혀 있는 조수들에게 물었다. "저분이 그렇게 했어요." 두 조수는 이렇게 말하면서, 전혀 의심의 여지가 남지 않도록 K를 지목했다. 프리다는 웃음을 터뜨렸는데, 이러한 웃음은 그녀의 말보다 더욱 진실을 입증해주는 것 같았다. 이어 그녀는 자신의 설명으로 이 사건은 종료된 것이고, 조수들의 진술은 단지 농담에 불과하다는 듯이 마룻바닥을 닦은 걸레를 물통 속에서 짜기 시작했다. 그녀는 다시 일을 하려고 바닥에 무릎을 꿇고 나서 변명했다. "우리 조수들은 순진한 아이들, 나이를 먹었는데도 여전히 저런 학교 의자에 앉아야 할 아이들인 거죠. 그러니까 어제저녁에 나는 혼자서 도끼로 창고 문을 열었어요. 아주 간단한 일이어서 조수들 도움을 빌릴 필요도 없었어요. 오히려 방해만 되었을 거예요. 그러고 나서 밤중에 내 약혼자가 돌아와서 망가진 문을 살펴보고 어떻게든 고치려고 밖으로 나갔고, 조수들도 여기 남아 있기가 두려웠던 모양인지 밖으로 따라 나갔어요. 조수들은 내 약혼자가 부서진 문을 손질하는 모습을 보고는 지금 저런 말을 하는 거지요——그러니까 저들은 정말 아이들이라니까요." 조수들은 프리다가 설명을 하는 동안 줄곧 고개를 흔들며 계속 K를 가리켰고 또 무언의 표정 연기를 통해 프리다가 견해를 바꾸도록 애를 썼지만, 뜻대로 되지 않자 결국 단념하고 프리다의 말을 명령으로 받아들이고는 선생의 새로운 질문에도 더이상 대답하지 않았다. "사정이 그렇다면," 선생이 말했다. "너희가 거짓말을 한 건가? 아니면 적어도 경솔하게 학교 관리인을 비난한 거야?" 그들은 여전히 말이 없었지만, 불안한 듯 흔들리는 눈초리는 죄책감을 보여주는 것 같았다. "그렇다면 너희는 당장 두들겨 맞아야겠군." 선생은 이렇게 말하고는 아이 하나를 다른 교실로 보내 회초리를 가져오게 했다. 선생이 회초리를 들자, 프리다가 말했다. "아니, 조수들은 진실을 말한 거예요." 그러면서 그녀는 낙담하여 물이 튈 정도로 걸레를 물통에 처박고는 평행봉 뒤로 달려가 숨었다. "전부 거짓말쟁이들이야!" 여선생 기자는 고양이 앞발에 붕대 감는 일을 이제 막 마치고 고양이를 무릎에 올려놓으며 말했다. 그녀의 무릎에 앉히기에는 고양이 덩치가 너무 컸다.

"그러니까 관리인이 한 짓이군." 남선생은 이렇게 말하면서 조수들을 밀쳐내고는, 아까부터 내내 빗자루에 몸을 기대고 경청하고 있던 K 쪽으로 몸을 돌렸다. "야비한 짓을 저질러놓고도 다른 사람이 대신 비난받는 걸 그저 보고만 있다니 정말 비겁한 양반이군." "그런데 말이오." 남선생이 처음 보였던 걷잡을 수 없는 분노가 프리다의 개입으로 다소 누그러진 것을 눈치챈 K가 입을 열었다. "조수들이 매를 좀 맞았다고 해도 나로서는 유감스럽지 않았을 거요. 저들은 열번은 맞아 마땅한데도 혼난 적이 없으니 한번쯤은 부당하게 처벌받아도 괜찮다는 말이오. 그밖에도 선생과의 정면충돌을 피할 수 있어서 나로서는 천만다행이라 할 수 있고, 당신한테도 그게 나을 거요. 그런데 프리다가 조수들을 위해 나를 희생시켰으니—" 이 대목에서 K는 잠시 말을 멈추었다. 조용한 가운데 담요 뒤쪽에서 프리다의 흐느끼는 소리가 들렸다. "이제 이 모든 일을 깔끔히 정리해야겠어요." "정말 뻔뻔하군요." 여선생이 말했다. "전적으로 동감입니다, 기자 선생." 남선생이 말했다. "그리고 당신은 관리인의 의무를 수치스럽게 위반했으므로 물론 당장 해고입니다. 추가적인 처벌은 나로서는 보류하겠어요. 하지만 지금은 모든 물건들을 챙겨서 당장 학교에서 나가요. 그러면 우리는 마음 놓고 마침내 수업을 시작할 수 있을 거요. 그러니까 어서 나가요!" "나는 여기서 꼼짝도 하지 않을 거요." K가 말했다. "당신은 내 상관이기는 하지만 나한테 이 지위를 부여한 당사자는 아니오. 이 지위를 부여한 사람은 촌장님이므로 그분의 해고 통고만 받아들일 거요. 그리고 촌장님이 나한테 이 자리를 준 것은 내가 여기서 내 일행과 함께 얼어 죽으라고 준 것이 아니고, 당신이 직접 말했듯이 내가 절망적인 상태에서 어떤 무모한 행동을 벌이지 않도록 하기 위해서요. 그러니 지금 당장 나를 해고하는 것은 촌장님 뜻을 바로 거스르는 행동이 되고, 나로서는 촌장님에게서 직접 어떤 말을 듣기 전에는 믿지도 않을 거요. 내가 당신의 경솔한 해고 통지에 따르지 않는 쪽이 당신에게도 아마 매우 이로울 거요." "그러니까 따르지 않겠다는 거요?" 선생이 물었다. K는 고개를 가로저었다. "잘 생각해봐요." 선생이 말했다. "당신의 결정이 언제나 가장 현명한 것은 아닙니다. 일례로 어제 오후에 심문 받기를 거부한 일을 생각해봐요."“지금 그 이야기를 왜 꺼내는 거요?” K가 물었다. "그거야 내마음이지." 선생이 말했다. "자, 마지막으로 다시 한번 말하는데, 여기서 나가요!" 하지만 이 말도 아무 효과를 보이지 않자, 선생은 교단으로 가서 여선생과 나지막하게 상의했다. 여선생은 경찰 이야기를 꺼냈으나, 남선생은 그 제안을 거부했다. 마침내 두사람은 의견 일치를 보았다. 남선생은 거기 있는 아이들에게 자신이 맡은 교실로 가서 다른 아이들과 함께 합반 수업을 받도록 지시했다. 아이들은 이러한 변화에 모두 기뻐하며 웃고 떠들면서 교실에서 몰려나갔다. 그리고 두 선생이 마지막으로 나갔다. 여선생은 통통하고도 뚱한 고양이를 출석부 위에 얹어 데리고 갔다. 남선생은 고양이는 이곳에 두고 갔으면 했지만, 여선생은 K가 잔인하다는 점을 넌지시 언급하면서 단호하게 제안을 거부했다. 그래서 K는 결국 남선생에게 모든 화딱지 나는 일에 거추장스러운 고양이까지 추가로 떠넘기는 셈이 되었다. 남선생이 문을 나서면서 K에게 마지막으로 남긴 다음의 말도 이에 영향을 받은 것 같았다. "당신이 고집불통으로 나의 해고 통보를 따르지 않았고, 또 그 누구도 저렇게 젊은 여선생에게 당신네 구질구질한 살림살이 사이에서 수업을 하도록 강요할 수는 없기 때문에, 기자 선생은 어쩔 수 없이 아이들과 함께 이 교실에서 나가는 거요. 그러니까 당신들은 이곳에서 혼자 남아 고상한 구경꾼들의 반감을 사는 일도 없이, 당신들 마음대로 할 수 있을 거요. 하지만 그리 오래가지는 못할 거요. 그것은 내가 장담하겠소." 선생은 이렇게 말하고는 교실 문을 쾅 닫았다.

12장
조수들

그들이 모조리 교실에서 나가자마자, K는 조수들에게 소리쳤다. "너희도 여기서 나가!" 조수들은 예상치 못한 명령에 당황하여 일단 그대로 따랐다. 하지만 그들이 나간 후에 K가 문을 잠가버리자, 그들은 다시 교실로 들어오려고 밖에서 징징대면서 문을 두드렸다. "너희는 해고된 거야!" K가 소리쳤다. "너희를 다시는 내 업무에 받아들이지 않을 거야." 두 조수에게는 이러한 조치가 달가울 리 없었고, 손과 발로 교실 문을 마구 두드렸다. "제발 당신한테로 돌아가게 해줘요!" 그들은 마치 K는 마른 땅에 서 있고 자신들은 홍수에 휩쓸려 익사라도 하는 듯 소리쳤다. 하지만 K는 동정심을 보이지 않았고, 조수들이 벌이는 참을 수 없는 소동으로 선생이 개입하게 되기를 초조하게 기다렸다. 일은 곧 예상대로 되었다. "저 빌어먹을 조수들을 들여보내요!" 선생이 소리쳤다. "나는 그 녀석들을 해고했소." K가 맞받아 소리쳤다. 이 일은 선생에게 다만 해고를 통고하는 게 아니라 확실히 자를 수 있는 권한을 마땅히 지닌 자라면 어떤 결과를 이루어낼 수 있는지를 의도치 않게 보여주는 부수적인 효과도 있었다. 선생은 이제 조수들을 좋은 말로 달랬다. 그들이 여기서 얌전히 기다리고 있으면 K가 결국 들여보내줄 수밖에 없다고 했다. 그러고는 가버렸다. 다만 K가 조수들을 향해서 그들은 최종적으로 해고되었고 다시 채용될 희망은 조금도 없다고 재차 소리치지만 않았어도, 모두가 잠잠해졌을 것이다. K가 이렇게 소리치자, 조수들은 조금 전처럼 다시 소란을 피우기 시작했다. 선생이 다시 모습을 드러냈다. 그러나 이번에는 더이상 조수들을 설득하려 하지 않고 그들을 건물 밖으로 쫓아냈는데, 분명 그 무서운 회초리를 휘둘렀을 것이다.

조수들은 잠시 후 체육실 창문 앞에 다시 나타나 유리창을 두드리며 뭔가를 소리쳤다. 하지만 무슨 소리인지 더이상 알아들을 수 없었다. 그런데 조수들은 거기에도 오래 머물 수는 없었다. 눈이 깊이 쌓인 통에 너무도 불안한 자신들의 마음이 표현될 만큼 이리저리 뛰어오를 수도 없었다. 그래서 교정 담장의 격자 울타리로 달려가 멀리서나마 교실을 더 잘 볼 수 있는 돌 축대 위로 기어올랐다. 그들은 울타리에 매달려 축대를 따라 왔다 갔다 하더니, 다시 걸음을 멈추고는 두 손을 모아 K 쪽으로 내뻗으면서 애원하는 모습을 보였다. 그들은 자신들의 노력이 어떤 성과도 거둘 수 없는데도 아랑곳하지 않고 한참을 그러고 있었다. 제정신이 아닌 듯했고, K가 그들을 보지 않으려고 창문의 커튼을 내렸는데도, 그 행동을 계속할 모양이었다.

K는 이제 어둑어둑해진 교실 안에서 프리다를 살펴보려고 평행봉 쪽으로 다가갔다. 그가 내려다보자 프리다는 자리에서 일어나

머리를 매만지고 젖은 얼굴을 닦은 다음, 말없이 커피를 끓이기 시작했다. 그녀는 이미 다 알고 있었지만, K는 자신이 조수들을 해고했음을 공식적으로 알려주었다. 그녀는 고개만 끄덕일 뿐이었다. K는 교실 의자에 앉아 그녀의 지친 몸동작을 바라보았다. 그녀의 빈약한 육체에 그나마 아름다움을 부여했던 것은 활기와 단호함이었는데, 이제는 그 아름다움이 사라진 상태였다. K와 며칠을 함께 보낸 것이 이러한 효과를 가져오기에 충분했던 모양이다. 여관 주점의 일은 수월하지는 않지만, 그녀에게는 더 적합했던 것 같았다. 아니면 클람의 영역에서 멀어진 것이 쇠락의 진정한 원인일까? 클람 가까이에 있다는 점이 그녀를 더없이 매혹적으로 만들었고 또 그 매혹에 사로잡혀 K는 그녀를 낚아챘던 것인데, 이제 그녀는 K의 팔에서 시들어가고 있었다.

"프리다." K가 입을 열었다. 그녀는 즉시 커피 가는 기구를 내려놓고는 교실 의자에 앉아 있는 K에게 다가왔다. "당신, 나한테 화난 거야?" 그녀가 물었다. "아니야." K가 말했다. "내가 보기에 당신으로서는 어쩔 도리가 없는 것 같아. 당신은 헤렌호프에서 만족하며 지냈어. 나는 당신을 거기 뒀어야 했어." "응." 프리다가 슬픈 표정으로 멍하니 앞을 바라보며 말했다. "당신은 나를 거기 내버려뒀어야 했어. 나는 당신과 함께 살 자격이 없어. 당신은 내게서 자유로워지면 아마도 원하는 모든 것을 이룰 수 있을 거야. 그런데 나를 배려하느라고 폭군 같은 선생에게 굴복하고, 이런 형편없는 자리를 받아들이고, 또 온갖 고생을 하면서 클람과의 면담을 얻어내려 하고 있어. 모두가 나를 위한 것인데, 내 보답이 형편없네." "아니, 아니야." K는 이렇게 말하면서 그녀를 위로하고자 팔로 감싸 안았다. "그 모든 건 사소한 것들이라 난 아무렇지도 않은걸. 클람과 면담을 하려는 것도 당신 때문만은 아니야. 그리고 당신은 나를 위해 모든 걸 해주었어! 내가 당신을 알기 전에는 여기서 완전히 헤매고 있었지. 그 누구도 나를 받아주지 않았고, 내가 다가가면 사람들은 내게서 성급히 달아났지. 그리고 편하게 지낼 만한 상대를 찾았더라도 내 쪽에서 피해서 달아나야 할 사람들이었어, 바르나바스네 가족처럼 말이야—"당신이 그들을 피해 달아났다고? 정말? 오, 내 사랑!" 프리다는 생기 있게 외치며 끼어들었다가 K가 머뭇거리면서 "그래"라고 말하자 다시 무기력해졌다. 그러나 K로서도 프리다와 결합함으로써 어떤 점에서 모든 일이 그에게 유리하게 전개되었는지에 대해서는 분명하게 설명할 수 없었다. 그는 천천히 껴안은 팔을 풀었고, 그들은 잠시 말없이 그대로 앉아 있었다. 그러다가 프리다는 K의 팔에 안겼을 때 받았던 온기가 이제 그녀에게는 없어서는 안되는 소중한 것인 양 말했다. "이곳에서 지금처럼 사는 건 더이상 못하겠어. 나를 당신 곁에 두고 싶다면, 우리는 어디로든 이주해야 해. 프랑스 남부나 에스빠냐로 말이야." "나는 다른 곳으로 이주할 수 없어." K가 말했다. "내가 여기에 온 이유는 이곳에 머물기 위해서야. 나는 이곳에 정착할 거야." 그러면서 그는 스스로의 모순을 해명할 노력은 하지 않고 혼잣말처럼 덧붙였다. "이곳에 정착하려는 뜻이 없었다면 그 무엇이 나를 이 황량한 땅으로 이끌었겠어?" 그는 말을 이었다. "하지만 당신도 여기에 머물고 싶겠지, 여기는 당신의 땅이니까. 당신에게는 다만 클람이 없을 뿐이고, 그래서 절망에 빠지는 것일 테니까." "내게 클람이 없다고?" 프리다가 말했다. "이곳에는 클람은 지나칠 정도로 많아, 클람이 너무 많다고. 클람에게서 벗어나기 위해 나는 이곳을 떠나려는 거야. 내게 필요한 사람은 클람이 아니라 당신이라고. 이곳에서 떠나려는 이유는 모두가 나를 다른 방향으로 잡아당기고 있어 당신을 충분히 차지할 수가 없어서야. 당신 곁에서 평화롭게 살 수만 있다면, 차라리 내 예쁜 얼굴이 시들고 내 몸이 비참해져도 좋아." 이 말에서 K가 들은 것은 한가지뿐이었다. "클람과 여전히 연락이 닿아?" 그가 즉시 물었다. "그가 다시 불러?" "클람에 대해서는 아는 바가 없어." 프리다가 말했다. "나는 지금 다른 사람들, 예를 들어 조수들에 관해 이야기하는 거야." "아, 저 조수들." K가 깜짝 놀라면서 말했다. "조수들이 당신을 따라다니며 괴롭히는 거야?" "눈치 못 챘어?" 프리다가 물었다. "응." K는 이렇게 대답하고는 자세한 일을 기억해보려 했으나 허사였다. "저 녀석들이 성가시고 욕정에 사로잡힌 젊은이들인 건 분명해. 하지만 저들이 당신에게 치근대는지는 몰랐어." "몰랐다고?" 프리다가 말했다. "다리목 여관의 우리 방에서 저들을 내쫓을 수가 없었던 것, 저들이 우리의 사이를 질투하며 감시한 것, 급기야는 한명이 매트리스의 내 자리에 드러눕기까지 한 것, 당신에게 불리한 진술을 해서 당신을 쫓아내고 망가뜨리고 나서 나와 단둘이 있고자 한 것, 당신은 이 모든 것을 전혀 눈치채지 못했다고?" K는 대답하지 않고 프리다를 물끄러미 바라보았다. 조수들에 대한 이러한 비난은 의심할 여지없이 정당했다. 그러나 우스꽝스럽고 유치하고 덤벙거리고 무절제한 저 두사람의 기질을 감안한다면, 저들의 모든 행위는 훨씬 악의 없는 것으로 해석될 여지도 있었다. 또 저들이 K가 어디로 가든지 늘 뒤쫓으려 하고 프리다와 함께 남으려 하지 않았다는 점도 프리다의 비난을 반박하는 것이 아닌가? K는 이 같은 점을 언급했다. "가식이야." 프리다가 말했다. "당신은 그것을 간파하지 못한 거야? 그런 이유가 아니라면 왜 저들을 쫓아낸 거야?" 그러면서 그녀는 창가로 가서 커튼을 살짝 젖히고 창밖을 내다보고는 K를 자기 쪽으로 불렀다. 조수들은 여전히 교정 울타리에 매달려 버티고 있었다. 그들은 이미 확연히 지친 모습이었으나, 그래도 이따금씩 있는 힘을 다해 애원하듯 팔을 학교 쪽으로 뻗었다. 한명은 줄곧 울타리에 매달리고 있지 않아도 되도록 아예 겉옷을 뒤쪽의 울타리 기둥에 걸어 고정시켰다.

"저 불쌍한 것들! 저 불쌍한 것들!" 프리다가 말했다. "내가 왜 저들을 쫓아냈느냐고?" K가 물었다. "바로 당신 때문이지." "나 때문이라고?" 프리다가 여전히 밖을 바라보면서 말했다. "당신은 조수들을 너무 다정하게 대해." K가 말했다. "그들의 버릇없는 행동을 용서해주고, 그런 행동에 웃어주고, 그들의 머리를 어루만져주고, 그들을 끊임없이 동정하고 있어. 당신은 늘 '불쌍한 것들, 불쌍한 것들'이라고 말하지. 그리고 조금 전만 해도 내가 당신에게 그렇게 귀한 몸은 아닌 모양인지 조수들이 매를 맞지 않도록 나를 희생시키는 일까지 있었어." "바로 그거야." 프리다가 말했다. "내가 하려는 말이 바로 그거야. 그것이 바로 나를 불행하게 만들고, 당신을 멀리하도록 만든다고. 나야 물론 언제까지나 아무 방해도 받지 않고, 한없이 당신 곁에 있는 게 가장 행복한데 말이야. 하지만 이 지상에서는, 이 마을이든 다른 어느 곳이든지, 우리가 평화롭게 사랑을 나눌 수 있는 장소가 없다는 생각이 꿈속에서마저 들어. 그래서 나는 우리가 집게로 집어놓은 듯 껴안고 누워 당신은 내게 얼굴을 파묻고 나는 당신에게 얼굴을 파묻을 수 있는 곳, 그래도 아무도 우리를 알아보지 못하는 깊고 좁은 장소로 무덤을 상상하기도 해. 그러나 여기서는─저 조수들을 좀 보라고! 저들이 두 손을 모으고 애원하는 상대는 당신이 아니라 나야." "그리고 그 모습을 보고 있는 것도," K가 말했다. "내가 아니라 당신이지." "그래, 나야." 프리다는 거의 화를 내듯 말했다. "내가 줄곧 그렇게 말했잖아. 그게 아니라면 뭣 때문에 조수들이 계속 내 뒤를 쫓겠어? 물론 클람이 그들을 파견했을 수도 있지만—" "클람이 파견한 자들이라고?" K가 말했다. 그 이름은 금방 아주 당연한 것으로 여겨졌지만 우선은 K를 깜짝 놀라게 했다. "클람이 파견한 자들이 분명해." 프리다가 말했다. "그렇다고 해도 저들은 역시 매를 들어 가르쳐야만 하는 철없는 아이들에 불과해. 얼마나 못생기고 지저분한 녀석들인지! 얼굴은 어른, 거의 대학생 얼굴을 하고 있으면서도 하는 짓은 유치하고 어리석어, 정말 역겨울 정도야! 당신은 내가 그런 것도 못 보는 줄 알아? 나는 저들이 창피해. 그런데 바로 그거야. 저들이 실은 역겹게 하는 것도 아닌데, 나는 저들을 창피하게 여기고 있어. 그래서 저들을 계속 쳐다보게 되더라고. 보통 사람이라면 저들에게 화를 낼 텐데, 나는 웃을 수밖에 없어. 저들이 매질을 당한다면, 나는 저들의 머리를 쓰다듬어주게 될 거야. 그리고 밤에 당신 곁에 누울 때도 나는 잠을 이룰 수가 없고, 당신 너머로 저들을 지켜보지 않을 수가 없어. 한명은 이불을 둘둘 말고서 자고, 다른 한명은 난로 앞에 무릎을 꿇고 앉아 불을 피우는 모습을 말이야. 나는 그런 광경을 보기 위해 몸을 앞으로 굽히다가 하마터면 당신을 깨울 뻔하기도 하지. 그리고 나를 놀라게 한 것은 고양이가 아니야—그래, 고양이는 내가 알지—그리고 여관 주점에서도 불안하게 선잠을 자면서 늘 방해를 받았고. 나를 놀라게 한 것은 고양이가 아니고, 제풀에 깜짝 놀라서 깨어나는 거야. 그리고 저런 흉물스러운 고양이가 아니어도 나는 아주 작은 소리에도 놀라 깬다고. 어떤 때는 당신이 깨어나고 또 우리 사이가 끝장나지 않을까 걱정되면서도 당신이 얼른 깨어나서 나를 지켜줄 수 있도록 벌떡 일어나 촛불을 켜는 거야." "그런 줄은 전혀 몰랐어." K가 말했다. "다만 어렴풋이 그런 예감이 들어 저들을 내쫓은 거야. 그런데 이제 저들이 떠났으니, 다 잘됐어." "그래, 저들이 마침내 떠났어." 프리다는 이렇게 말했으나, 얼굴은 기뻐하기보다는 괴로워하는 기색이었다. "다만 우리는 저들의 정체를 모르고 있어. 마음속으로 클람이 파견한 자들이라고 불러볼까 하는데, 어쩌면 정말 그럴 수도 있어. 순박하면서도 번득이는 저들의 눈은 하여튼 클람의 눈을 떠올리게 해. 그래, 나를 응시하는 저들의 눈에서 난 가끔 클람의 시선을 느껴. 그러니까 내가 저들을 부끄럽게 여긴다는 말은 옳지 않아. 다만 내가 그랬으면 하고 바랄 뿐이지. 사실 다른 곳에서 다른 사람들이 저런 행동을 하면 어리석고 볼썽사나워 보이겠지만, 저들은 그렇지 않아. 나는 저들의 행동을 오히려 존경과 감탄의 눈으로 지켜보고 있어. 그런데 클람이 저들을 파견했다면, 누가 우리를 저들에게서 벗어나게 하지, 그리고 저들에게서 해방되는 것이 과연 좋은 일일까? 오히려 당신은 저들을 서둘러 불러들여야 하고, 또 저들이 돌아온다면 기뻐해야 하는 게 아닐까?" "당신은 내가 저들을 다시 받아들이기를 원하는 거야?" K가 물었다. "아니, 그렇지 않아." 프리다가 말했다. "전혀. 달려드는 저들의 모습, 나를 다시 보고 기뻐하는 모습, 애들처럼 껑충껑충 뛰어다니지만 남자처럼 팔을 내뻗는 모습, 그 어떤 것도 못 참겠어. 하지만 다른 한편으로 당신이 저들을 계속 매정하게 대해서 클람이 당신에게 접근 못하도록 막는 건 아닌가, 하는 우려도 있어. 그 때문에 나는 모든 수단을 다해 당신에게 그런 결과가 미치지 않게 하려는 거야. 그런 생각을 하다보면 당신이 저들을 받아주기를 바라게 돼. 그런 경우라면 얼른 저들을 다시 받아줘! 나를 배려할 필요는 없어, 내가 무슨 상관이야? 나는 할 수 있는 한은 나 자신을 지킬 테지만 실패한다고 해도 당신을 위한 실패라고 생각할 거야." "당신은 조수들에 대한 나의 판단을 더욱 확인시켜 주는군." K가 말했다. "저들이 내 동의를 얻어 여기에 다시 들어오는 일은 결코 없을 거야. 내가 저들을 내쫓았다는 사실은, 상황에 따라서는 저들을 지배하는 것이 가능하다는 점, 따라서 저들이 클람과는 본질적으로는 아무 관계가 없다는 점을 입증해주지. 나는 어제저녁에야 클람의 편지를 한통 받았어. 편지를 보면 클람은 조수들에 대해 완전히 잘못된 정보를 받고 있어. 그것으로 미루어봐도 조수들은 클람에게는 아무래도 상관없는 존재들이야. 그렇지 않다면, 클람은 분명 조수들에 관해 보다 정확한 정보를 얻었을 테니까. 당신이 저들의 모습에서 클람을 본다고 여겨도 그것은 아무것도 입증해주지 못해. 유감스럽게도 당신은 다리목 여관 여주인의 영향을 받아 어디에서든지 클람을 떠올리고 있어. 당신은 여전히 내 아내라기보다는 클람의 애인인 거야. 그 점이 때때로 나를 울적하게 만들고, 그럴 때면 마치 모든 걸 잃은 기분이 들어. 내가 이 마을에 처음 도착했을 때도 그런 기분이었어. 그때 나는 사실 희망에 부풀어 있었던 게 아니라, 나를 기다리는 것은 실망뿐이며 그런 실망을 하나씩 마지막까지 맛보게 될 것을 예감하고 있었어." K는 그의 말에 맥이 풀려버린 듯한 프리다의 모습에 미소를 지으며 덧붙였다. "그래도 그런 생각은 가끔씩만 들었어. 그리고 근본적으로 그것은 뭔가 좋은 것, 다시 말해 당신이 나한테 어떤 의미가 있는가를 입증해주는 거야. 그래서 당신이 이제 나한테 당신과 조수들 중 선택을 하라고 요구한다면, 조수들은 이미 진 거야. 당신과 저들 사이에 선택을 하라니 정말 말도 안되지.

나는 이제 저들을 완전히 떼어낼 거야. 그리고 나약함이 우리 두사람을 엄습한 건 단지 우리가 아직까지 아침식사를 하지 않아서 그럴지, 누가 알겠어?" "그럴지도 몰라." 프리다는 피곤해 보이는 미소를 지으며 이렇게 말하고는 일을 시작했다. K도 다시 빗자루를 집어들었다.

13장
한스

얼마 지나지 않아 나지막하게 교실 문을 두드리는 소리가 들렸
다. "바르나바스!" K는 이렇게 외치면서 빗자루를 내던지고 성큼
성큼 문으로 다가갔다. 프리다는 다른 모든 무엇보다 그 이름에 깜
짝 놀라 K를 쳐다보았다. K는 손이 떨리는지 문에 달린 낡은 자물
쇠를 바로 열지 못했다. "곧 열게." 그는 누구인지도 묻지 않고 같
은 말만 계속 되풀이했다. 하지만 활짝 열린 문으로 들어온 사람
은 바르나바스가 아니라 조금 전에 K에게 말을 붙이려고 했던 소
년이었다. 사실 K는 이 소년에 대한 기억은 떠올리고 싶지 않았다.
"도대체 네가 여기 무슨 일이야?" 그가 말했다. "수업은 옆 교실에
서 하고 있어." "바로 거기서 오는걸요." 소년은 이렇게 말하면서
커다란 갈색 눈으로 K를 조용히 쳐다보고는 두 팔을 옆구리에 바
싹 붙이고 반듯한 자세로 섰다. "그러니까 도대체 무슨 일이야? 어
서 말해봐!" 그러면서 K는 아주 나지막하게 말을 하는 아이 쪽으

로 몸을 살짝 굽혔다. "내가 도움을 드릴 수 있을까요?" 소년이 물었다. "이 녀석이 우리를 도와주겠다고 하네." K는 프리다를 향해 이렇게 말하고, 다시 소년에게 물었다. "네 이름이 뭐야?" "한스 브룬스비크요." 소년이 대답했다. "지금 사학년이고, 마델라이네 골목의 제화 장인 오토 브룬스비크의 아들입니다." "뭐, 네 성이 브룬스비크라고!" K는 이렇게 말하면서 소년에게 보다 정답게 대했다. 소년 한스는 보조 교사인 여선생이 K의 손을 할퀴어 생겨난 핏자국을 보고 몹시 흥분해 K의 편을 들기로 결심했다고 했다. 지금 소년은 크게 혼날 위험을 무릅쓰고 탈영병처럼 옆 교실에서 몰래 빠져나온 것이었다. 그가 이런 행동을 벌인 것은 그런 소년다운 상상 탓일 수도 있다. 하지만 소년의 행동에서는 그런 상상에 부합하는 진지함도 엿보였다. 소년은 처음에는 수줍어하며 머뭇거렸으나 금방 K, 프리다와 친해졌고, 또 따뜻하고 맛 좋은 커피를 대접받자 생기가 돌면서 붙임성 있게 굴었다. 그리고 소년은 마치 K와 프리다에게 무엇이 최선인지를 직접 판단하기 위해 가장 중요한 사실을 가급적 빨리 알아내야겠다는 듯 열성적으로 핵심에 다가가는 질문들을 던졌다. 소년의 태도에는 물론 다소 고압적인 분위기도 없지 않았는데, 거기에는 어린애다운 천진난만함도 섞여 있어 소년의 말은 진심 반 장난 반으로 들어줄 만했다. 하여튼 소년은 두사람 모두의 주목을 끌었다. 그들은 하던 일을 모두 중단했고, 아침식사는 기약할 수 없게 되었다. 소년은 교실 의자에 자리를 잡고, K는 위쪽 교단에 그리고 프리다는 그 옆에 있는 안락의자에 앉았다. 그럼에도 마치 소년이 대답을 심사하고 평가하는 선생처럼 보였다. 소년의 부드러운 입언저리에 감도는 가벼운 미소로 미루어보아 소년은 이 상황이 유희에 불과함을 알고 있는 눈치였지만, 사뭇 진지하기도 했다. 어쩌면 소년의 입가에 감도는 것도 단순한 미소가 아니라 유년시절의 행복감일지도 몰랐다. 한참 후에야 소년은 K가 라제만의 집에 들렀을 때부터 이미 그를 알고 있었다고 털어놓았다. 그 말에 K는 기분이 좋아져서 물었다. "그때 너는 그 부인의 발치에서 놀고 있었구나?" "네." 소년이 말했다. "제 어머니인걸요." 그리고 소년은 이제 자기 어머니에 대해 이야기하지 않을 수 없었는데, 머뭇거리면서 몇번 독촉을 받고서야 겨우 이야기를 꺼냈다. 사실 그 아이는 아직 소년이었지만 가끔은, 특히 질문을 할 때면, 자신의 미래를 예감해서였는지 아니면 다만 듣는 사람이 불안하고 긴장한 상태에 있어 든 착각인지 불분명했지만, 거의 생기 넘치고 똑똑하며 선견지명이 있는 어른인 양 말했다. 그렇지만 소년은 이내 초등학생으로 돌아가서는 이런저런 질문도 제대로 알아듣지 못하고 어떤 질문들은 잘못 이해하기도 했다. 또 그러지 말라는 지적을 종종 받으면서도 어린아이처럼 별생각 없이 너무 낮은 목소리로 웅얼거렸고, 대답이 절실한 몇가지 질문에 대해서는 반항이라도 하듯이 입을 그만 꼭 다물어버리기도 했다. 어른이라면 도저히 그렇게 하지 못할 텐데 소년은 당황하는 기색조차 없었다. 또 질문은 자신에게만 허용되고 다른 사람이 자기에게 질문하는 것은 일종의 규정 위반이자 시간 낭비라는 투의 의견도 보였다. 그럴 때면 소년은 머리를 숙이고 아랫입술을 내민 채 꼿꼿한 자세로 앉아 오랫동안 조용히 버텼다. 프리다는 그 모습이 마음에 들었는지, 소년이 그런 식으로 입을 다물기를 바라며 자꾸 질문을 던졌다. 가끔은 그녀의 시도가 성공했고, K는 이에 화가 났다. 대체로 그들은 소년에게서 얻어낸 것이 별로 없었다. 소년의 어머니는 건강이 안 좋다고 하는데 어떤 병인지는 알 수 없었다. K가 찾아갔을 때 브룬스비크 부인이 품에 안고 있던 아이는 한스의 여동생으로 이름은 프리다였다(한스는 자기에게 자꾸 질문을 던지는 여자가 여동생과 이름이 같다는 점에 못마땅해했다). 그들은 모두 마을에 살고 있지만, 라제만의 집에 사는 것은 아니었다. 그날은 목욕을 하기 위해 커다란 통이 있는 라제만의 집에 들렀던 것이고, 아이들은 그 안에서 목욕하고 노는 것을 특히나 즐거워하지만 한스는 거기에는 끼지 않았다. 한스는 자기 아버지에 대해서는 존경심, 아니 심지어 외경심을 보이며 이야기했지만, 어머니가 함께 화제에 오르지 않을 때만 그러했다. 어머니에 비해 아버지는 그리 중요하지 않은 인물인 듯 보였고, 그밖의 가정생활에 대해서는 캐물어도 대답을 들을 수 없었다. 그의 아버지는 이 고장에서 그 누구와도 상대가 안되는 커다란 구둣방을 운영하고 있다고 했다. 한스는 이와는 상관없는 질문에도 이 대답을 여러번 되풀이했다. 심지어 한스의 아버지는 이를테면 바르나바스의 아버지와 같은 다른 제화공에게도 일거리를 주고 있었다. 물론 바르나바스의 아버지에게 일거리를 준 것은 브룬스비크의 특별한 호의였던 모양으로, 한스가 자랑스럽게 고갯짓을 하는 걸 보니 적어도 그랬을 것이라고 짐작해볼 수 있었다. 이 모습에 프리다는 냉큼 내려 앉아 소년에게 키스를 하고 말았다. 성에 가본 적이 있느냐는 질문에는 몇번을 되물어본 후에야 "아니요" 하고 겨우 한마디 대답을 들을 수 있었다. 그러나 어머니와 관련된 같은 질문에는 아예 대답하지 않았다. 마침내 K는 질문하는 것에 싫증이 났고, 쓸모없는 일처럼 느껴졌다. 그런 점에서 K는 소년의 태도가 옳게 여겨졌다. 순진한 아이에게서 우회적인 방법으로 가정의 비밀을 탐지해내려 하다니 부끄러웠고, 더군다나 그렇게 하면서도 아무것도 알아내지 못한 탓에 갑절로 수치스러웠다. 그래서 K는 마지막으로 소년에게 어떤 도움을 줄 수 있느냐고 물었을 때, 두 선생이 더이상 K에게 화를 내지 않도록 이곳에서 일하는 것을 도와줄 수 있다는 소년의 말을 듣고서도 더이상 놀라지 않았다. K는 한스에게 그러한 도움은 필요 없다고 설명하면서, 성마름은 선생의 천성이어서 아무리 꼼꼼하게 일을 처리해도 선생의 잔소리를 피할 수 없다고 했다. 일 자체는 그리 어렵지 않고 오늘은 단지 우연히 벌어진 상황으로 인해 일이 밀렸을 뿐이다. 또 선생과의 다툼도 학생에게 영향을 주는 것만큼 K 자신에게 영향을 주는 것은 아니고 훌훌 털어버려 지금은 거의 아무렇지도 않다. 또한 K 자신은 선생에게서 조속히 완전히 벗어나길 희망한다는 점 또한 말했다. 그렇지만 그는 한스가 선생에게 맞서 도움을 주려한 것에 대해서는 참으로 고맙게 생각한다면서, 한스가 다시 제자리로 돌아갈 수 있고, 지금 돌아간다면 벌을 받지 않을 거라고 했다. 그러면서 K는 선생에 대해 맞서는 도움 같은 것은 자신에게 필요하지 않다는 점을 굳이 강조하지는 않고 다만 은연중에 내비쳤고, 다른 도움에 대해서는 여지를 남겨두었다. 그런데도 한스는 K의 이러한 암시를 제대로 알아들었고, 혹 다른 도움이 필요한지를 물었다. 그러면서 소년은 자신이 도울 용의가 있고, 자기 힘으로 안되면 어머니에게 부탁해볼 셈인데, 그렇게 하면 틀림없이 성공할 것이라고 했다. 소년의 아버지도 어떤 걱정거리가 있으면 언제나 어머니한테 도움을 청한다. 게다가 소년의 어머니는 K에 대해 물어본 적이 있다고 했다. 소년의 어머니는 사실 거의 외출을 하지 않지만, 그때 이례적으로 라제만의 집을 방문했고, 한스 자신은 라제만네 아이들과 놀려고 자주 그곳에 가는데 어머니가 한번은 토지 측량사가 혹시 그곳에 다시 오지는 않았는지를 물었다고 한다. 몹시 쇠약하고 지친 어머니에게 쓸데없이 그 이유를 캐묻기도 곤란해서 한스는 그냥 측량사를 다시 못 봤다고 대답했고 그 이야기는 더이상 하지 않았다. 그러던 중에 이제 이곳 학교에서 K를 발견하고, 어머니에게 뭔가를 말해주기 위해 K에게 말을 걸지 않을 수 없었단다. 소년의 어머니는 드러내놓고 요청하지 않아도 누군가가 자신의 소원을 들어주는 것을 가장 좋아하기 때문이라는 것이다. K는 소년의 말을 듣고는 잠시 생각한 후에 도움은 필요 없고 필요한 것도 모두 갖고 있지만 한스가 도와주려고 하니 무척 기특하고 착한 마음씨가 고맙다고 말했다. 그러면서 언젠가는 도움이 필요할지도 모르는데, 그의 주소를 알고 있으니 그때는 부탁을 하겠다고 했다. 더불어 K는 이번에는 자신이 한스를 도울 수 있을 것 같다고 말했다. 그는 한스의 어머니가 아픈 상태인데 이 마을에는 그녀의 문제를 알 만한 이가 없어 마음이 아프고, 이 같은 상황에서 문제를 소홀히 하면 가벼운 질환도 심각해질 수 있다고 했다. 그런데 K 자신은 약간의 의학 지식이 있고, 보다 중요한 사실은 환자를 치료해본 경험도 있으며, 어떤 경우는 의사들도 성공하지 못한 바를 해내기도 했다. 이러한 치유 능력 때문에 그의 고향에서는 그를 늘 '쓴 약초'[14]라고 불렀다고 이야기해주었다. 하여튼 그는 한스의 어머니를 만나서 말해볼 수 있다면 좋겠고, 아마도 유익한 조언을 해줄 수 있을 것이며 한스를 위해 기꺼이 그렇게 하고 싶다고 했다. 이런 제안에 한스는 처음에는 눈을 반짝거렸고, 이에 힘입어 K는 더

---

[14] 「민수기」 9장 11절에는 이스라엘 민족이 이집트에서 해방된 '유월절'을 기념할 때 무교병과 쓴 나물을 먹으라고 기록되어 있다. K가 "모든 사람을 능가하리라" 는 소년 한스의 예언과 연결해본다면, 카프카는 K를 모세 같은 해방자로 구상했을 가능성도 있다.

욱 간청하는 자세를 보였지만 결과는 별로 만족스럽지 못했다. 이렇게도 저렇게도 질문해봐도 한스의 대답은 낯선 사람은 어머니를 방문해서는 안된다는 것이었고, 이런 대답을 하면서도 전혀 유감스럽지 않다는 투였다. 소년의 어머니는 세심한 보살핌이 필요하기 때문이고, 그때도 K는 한스 어머니와 거의 이야기를 나누지 못했는데도 이후 어머니는 며칠 동안 침대에 누워 있어야만 했단다. 소년은 물론 그런 일은 종종 있는 일이라고 했다. 하지만 당시 한스의 아버지는 K에 대해 무척 화를 냈고, 그랬기 때문에 K의 문병을 허락하지 않을 것이 뻔했다. 더욱이 아버지는 K를 찾아내 그런 행동을 한 것에 대해 벌을 주려고 했는데, 어머니가 겨우 말렸다고 한다. 그렇지만 가장 중요한 점은, 어머니 자신이 대체로 그 누구와도 이야기하기를 원치 않고, 어머니가 K에 대해 물었다고 해도 예외가 아니라는 것이다. 오히려 그 반대로 K의 이야기가 나왔을 때 어머니는 그를 만나고 싶다는 소망을 말할 수 있었을 텐데 그렇게 하지 않았고, 이로써 자기 의사를 분명히 밝힌 셈이었다. 즉 소년의 어머니는 단지 K에 대해 듣길 원하지, 그와 이야기를 나누고 싶은 생각은 없다. 게다가 어떤 분명한 병을 앓고 있는 것은 아니고, 그 원인을 잘 아는 듯 이따금 넌지시 내비치기도 하는데, 이곳 공기가 견디기 힘들다는 점이 그 이유인 듯했다. 하지만 남편과 자식들 때문에 이곳을 떠나려 하지 않으며, 병세도 이전보다는 훨씬 나아졌다고 한다. 이것이 K가 대강 알아낸 내용이었다. 한스는 K를 돕겠다고 하면서도 K에게서 어머니를 지키는 문제에 이르면 사고력이 뚜렷이 향상되는 모습을 보였다. 게다가 한스는 K가 어머니에게 접근하는 것을 막아야 한다는 착한 의도로, 예를 들어 병에 관한 이야기를 포함해 자신이 앞서 이야기한 많은 내용과 모순되는 말을 하기도 했다. 그럼에도 K는 한스가 여전히 자신에게 호감을 갖고 있음을 알아차렸다. 그러나 한스는 어머니를 생각할 때면 다른 모든 것은 잊어버렸다. 누구든지 어머니와 맞서려는 자는 안 좋게 평가되었는데, 이번에는 K가 그러했고 다음번에는 예컨대 한스의 아버지가 그럴 수도 있었다. 이 문제를 시험해볼 셈으로 K는 어머니가 어떤 방해도 받지 않도록 아버지가 신경을 쓰는 것은 정말 현명한 일이고, K도 어머니를 만났을 당시에 그런 사정을 대충 짐작이라도 했더라면 말을 거는 일을 감행하지 않았을 거라고 했다. 그러면서 늦게나마 집에 있는 가족들에게 용서를 구하고 있음을 전해달라고 했다. 다른 한편으로 그는 한스의 말대로 병의 원인이 그렇게 분명하다면, 어머니가 공기가 좋은 다른 곳에서 요양하는 것을 한스 아버지가 왜 말리는지 도저히 납득할 수 없다고 말했다. 어머니가 남편과 아이들 때문에 떠나지 못한다면, 이는 즉 요양을 못 가도록 막은 것이라고밖에 말할 수 없다는 것이다. 아이들이야 한스 어머니가 데리고 갈 수도 있고, 그렇게 오래 그리고 멀리 떠날 필요도 없으며, 저 위, 성이 있는 언덕만 해도 공기가 다를 테고 그 정도 요양에 필요한 비용은 한스 아버지에게 걱정거리는 아닐 테니 말이다. 그는 이 고장에서 제일 큰 구둣방을 운영하며, 성에는 어머니를 반갑게 맞아줄 아버지 쪽, 또는 어머니 쪽의 친척과 지인들도 분명히 있을 테니 말이다. 그렇다면 한스의 아버지는 왜 어머니를 보내지 않는 것일까? K는 한스의 아버지가 그런 질환을 얕보지 않기를 바란다면서, 한스의 어머니를 얼핏 봤지만 너무 핼쑥하고 쇠약해 보여 말을 걸고 싶었다고 했다. 그리고 벌써 그때 소년의 아버지가 공동 목욕탕 겸 세탁실의 퀴퀴한 공기 속에 아픈 아내를 내버려두고 자신은 큰 소리로 마구 떠드는 모습이 의아했다. 한스의 아버지가 무엇이 문제인지를 모르는 듯하고, 어머니의 병세가 최근에 다소 호전되었을 수도 있지만 그런 질환은 변덕스럽기 마련이라 힘을 다해 제대로 치료하지 않고 내버려둘 경우 더욱 강력해져서 되돌아올 수 있으며, 그러면 더이상 손을 쓸 수 없으리라고 말했다. 따라서 K는 자신이 소년의 어머니와 이야기할 수 없다고 할지라도 소년의 아버지와 만나 이 모든 점을 지적해줄 수 있다면 좋을 것이라고 말했다.

한스는 K의 말에 긴장해서 귀를 기울였다. 대부분은 알아들었고, 더불어 잘 이해하지 못한 부분에 잠재된 위협을 강하게 느꼈다. 그럼에도 소년은 K가 아버지와 이야기를 할 수 없을 것이고, 아버지는 K를 싫어하니 아마도 선생처럼 굴 거라고 했다. 소년은 이런 말을 하면서 K에 관해 이야기할 때는 미소를 띠고 수줍어했으나, 아버지에 관해 언급할 때는 언짢고 슬픈 표정이 되었다. 그렇지만 소년은 K가 어쩌면 어머니와는 이야기해볼 수 있을 텐데, 다만 아버지 몰래 해야 한다고 덧붙여 말했다. 그런 다음 한스 소년은 마치 어떤 여자가 금지된 일을 행하려 하면서 벌 받지 않고 실행하는 방도를 찾듯이 앞을 응시하면서 잠시 생각에 잠겨 있다가 입을 열었다. 소년은 모레 저녁에 아버지가 협의할 일이 있어 헤렌호프로 갈 예정이니 그날 자신이 와서 K를 어머니한테 데려갈 수 있을지도 모른다고 했다. 물론 어머니의 동의를 전제로 하는데, 그 가능성은 무척 희박해 보인단다. 어머니는 아버지의 뜻을 거스르는 일은 결코 하지 않으며, 한스 자신이 볼 때 명백히 부당한 일에도 아버지의 뜻이라면 무엇이든 따른단다. 그렇게 보면 한스는 사실 K에게 아버지에 대한 대책을 강구해주기를 바라고 있어 스스로를 기만하는 셈이었다. 소년은 자신이 K에게 도움을 준다고 생각했으나, 실은 오래된 이웃들 중에는 어머니에게 도움을 줄 수 있는 사람이 하나도 없으므로 이렇게 갑자기 출현해 이제 어머니의 입에 오르내리기까지 하는 이 낯선 이방인이 혹시 뭔가를 할 수 있을지 알아보고 싶었다. 이제까지의 소년의 모습에서나 말에서는 얼마나 소년이 본능적으로 속을 터놓지 않고 또 교활하기까지 한지 제대로 알아차리기가 어려웠다. 다만 어쩌다가 우연하게 털어놓거나 의도적으로 얻어낸 나중의 고백을 통해서나 알아차릴 수 있었다. 소년은 K와 오래 이야기를 하면서 이제 어떤 난관을 극복해야 하는지를 깊이 생각해보았지만, 그가 아무리 바란다고 해도 극복하기 어려울 듯 보였다. 소년은 생각에 깊이 잠겨 도움을 청하듯 불안하게 눈을 깜빡이며 K를 쳐다보았다. 소년은 아버지가 집을 나서기 전에는 어머니에게 아무 말도 할 수 없었다. 아버지가 그 사실을 알게 될 경우 모든 게 허사로 돌아갈 것이었다. 소년은 또 나중에 말을 하게 되더라도 어머니를 배려해 느닷없이 말해서는 안되고 천천히 적당한 기회를 틈타 말해야 했다. 그때서야 소년은 어머니의 동의를 구해야 하고, 그럴 경우에만 K를 데려올 수 있다. 그러나 그러면 너무 늦지 않을까? 아버지가 금방 돌아올 위험은 없나? 그러니까 결국 불가능한 일이었다. 반면에 K는 아주 불가능한 일은 아니라는 점을 입증했다. 시간이 충분하지 않은 점에 대해서는 우려할 필요는 없고, 잠깐 대화를 나누는 것, 짧게 만나는 것으로 충분하며, 한스가 굳이 K를 부르러 올 필요도 없었다. K는 집 근처 어딘가에 숨어 기다리고 있다가 한스가 신호를 보내면 바로 가겠다고 했다. 한스는 집 근처에서 기다리는 건 안된다고 했다──소년은 어머니 때문에 다시 예민해져 있었다──K는 어머니 모르게 출발해서는 안되고, 소년 자신도 어머니 모르게 K와 비밀협정을 맺을 수는 없다고 했다. 한스는 K를 학교에서 데려가야 하고, 이마저도 어머니가 알고 허락하기 전에는 안된다고 했다. K는 "좋아"라고 말하면서, 그렇게 되면 정말 위험해질 것이라고 했다. K가 한스의 집에서 그의 아버지에게 발각될 위험이 있고, 설령 그런 일이 일어나지 않는다고 해도 한스의 어머니는 그 점이 두려워 K를 절대 못 오게 할 것이니, 즉 아버지 때문에 모든 일이 어그러지고 말리라. 그러나 이번에는 한스가 K의 말을 반박했고, 이런 식으로 언쟁이 오갔다. 벌써 진작부터 K는 교실 의자에 앉아 있던 한스를 교단으로 오게 해서 무릎 사이에 앉히고는 가끔씩 아이를 살살 달래면서 쓰다듬었다. 한스는 잠시 이의를 제기하기는 했지만, 두사람은 이렇게 신체적으로 가까워진 덕분에 의견 일치를 보게 되었다. 두사람은 마침내 다음의 내용에 합의했다. 한스는 우선 어머니에게 모든 진실을 털어놓기로 하되, 어머니의 동의를 보다 쉽게 이끌어내기 위해 K가 브룬스비크와도 직접——물론 어머니에 대해서가 아니라 자신의 용무에 대해——이야기하고 싶어한다고 덧붙이기로 했다. 진실에 부합하기도 했다. 왜냐하면 대화를 하는 동안 K는 브룬스비크가 다른 면에서는 비록 위험하고 불쾌한 사람이기는 하지만 사실 자신의 적은 아니라는 생각이 들었다. 적어도 촌장이 말해준 바에 따르면, 브룬스비크는 자신들의 정치적 이유에서라고는 해도 토지 측량사 초빙을 요구한 쪽의 지도자였다. 그러므로 K가 마을에 도착한 것은 브룬스비크로서는 반가운 일임에 틀림없었다. 물론 그렇다면 K가 도착한 첫날에 그가 무뚝뚝하게 인사한 것과 한스가 말하는 반감 등은 이해하기 어려웠다. 그러나 브룬스비크는 어쩌면 K가 자신에게 가장 먼저 도움을 청하지 않은 것에 마음이 상했을 수도 있다. 아니면 몇 마디 말이면 풀릴 오해가 있었을 수도 있다. 일단 오해가 풀린다면 K는 선생에게 맞설 때, 그리고 심지어 촌장에게 맞설 때, 브룬스비크의 지지를 얻을 수 있으리라. 또한 촌장과 선생이 K에게 성의 관청과 접촉을 못하게 하고 학교 관리인 일을 떠맡긴 그 모든 기만행위 ─ 그것이 기만행위가 아니라면 무엇이겠는가? ─ 를 밝혀내는 일도 가능할 것이다. 그리고 만약 K를 둘러싸고 브룬스비크와 촌장 사이에 다시 싸움이 벌어진다면, 브룬스비크는 K를 자기편으로 끌어들여야 할 것이다. 그러면 K는 브룬스비크의 집에서 손님 대접을 받고, 촌장에게 맞설때 브룬스비크가 가진 권력을 마음대로 쓸 수 있게 될 것이다. 그로 인해 K가 어떤 성과를 거두게 될지 누가 알겠는가? 하여튼 K는 브룬스비크 부인 가까이에 자주 있게 될 텐데 ─ 이런 식으로 K가 몽상을 즐기고 또 몽상이 K와 어울리는 동안, 한스는 어머니만을 생각하면서 K의 침묵을 걱정스러운 눈으로 지켜보았다. 꼭 심각한 증상을 어떻게 다루어야 할지 수단을 강구하느라 생각에 깊이 잠긴 의사를 보는 기분이었다. 한스는 토지 측량사 자리 문제를 갖고 브룬스비크와 이야기하겠다는 K의 제안에 동의했다. 물론 그렇게 한 것은 다만 아버지로부터 어머니를 지켜주고 싶었기 때문이고, 또한 절대로 일어나지 말아야겠지만 혹시 일어날 수 있는 비상상황에 대비하기 위해서였다. 한스는 다만 K가 늦은 시간에 방문하는 것을 아버지에게 어떻게 설명할지에 대해 물었다. K는 학교 관리인 자리가 정말 견디기 어렵고 선생의 모멸적인 대우가 갑자기 그를 절망으로 몰아넣어 그 어떤 것도 고려할 형편이 아니었다고 설명할 셈이라고 했다. K의 대답에 소년은 약간 어두운 표정을 지었지만 결국은 만족했다.

이제 예견되는 모든 상황을 이런 식으로 미리 예상해보고 또 성공 가능성이 적어도 아주 없는 것은 아니라고 전망할 수 있게 되자, 한스는 심사숙고하던 일에서 벗어나 자못 쾌활한 모습을 보였고, 처음에는 K를 상대로 이어 프리다를 상대로 잠시 동안 어린애답게 이야기를 나누었다. 프리다는 한참이나 딴생각을 하며 그곳에 앉아 있다가 다시 이야기에 끼어들기 시작했다. 여러 이야기 중에 그녀는 한스에게 커서 어떤 사람이 되고 싶으냐고 물었다. 소년은 단박에 K 같은 사람이 되고 싶다고 했다. 그 이유에 대해서는 물어도 제대로 대답하지 못했으나, 혹시 학교 관리인이 되고 싶으냐는 질문에는 단호하게 부정했다. 질문이 계속 이어지자 소년은 결국 어떤 경로로 그런 소망을 품게 되었는지를 털어놓았다. 현재 K의 처지는 결코 부럽지 않고 경멸의 대상임을 한스 자신도 잘 알고 있었고, 그 점을 깨닫기 위해 다른 사람들을 관찰할 필요도 없었다. 한스 자신은 K의 모든 시선과 그리고 K의 모든 말로부터 어머니를 지켜드리고 싶은 생각이 간절했다. 그럼에도 불구하고 K에게 찾아와 도움을 청했고, K가 도와주겠다고 하자 기뻐했다. 소년은 다른 사람들도 이런 상황에 처하면 다르지 않을 거라고 생각했다. 그리고 무엇보다 소년의 어머니가 직접 K를 언급했다. 이렇게 생각이 엇갈리는 중에 소년의 마음속에는 하나의 믿음이 생겨났다. 사실 K가 아직은 비천하고 경멸받는 위치에 있지만, 까마득히면 장래에는 틀림없이 모든 사람을 능가하리라는 믿음이었다. 그리고 터무니없어 보이는 그런 미래가, 그리고 그러한 미래로 나아갈 K의 자랑스러운 부상이 한스의 마음을 유혹한 듯했다. 그에 대한 댓가로 소년은 현재 모습의 K도 감수할 수 있었다. 소년의 소망이 유난히 순진하면서도 조숙하다는 점은 한스가 K를 바라보는 시선에서 잘 드러났다. 한스는 소년 자신의 미래보다 훨씬 더 전도유

망한 미래를 가진 더 어린 아이를 대하는 눈길로 K를 내려다보았다. 한스는 프리다의 거듭되는 질문에 몰려 대답할 수밖에 없자 대답을 하면서도 안쓰러울 만큼 심각해지기도 했다. 하지만 K가 무엇 때문에 한스가 자기를 부러워하는지를 안다고 말해 소년의 기분을 다시 유쾌하게 만들었다. K는 대화를 나누는 동안 한스가 무심코 만지작거리며 갖고 놀던, 탁자 위에 놓인 멋진 옹이 지팡이 때문에 그런 것 아니냐고 했다. K는 이제 자신이 그런 지팡이를 만들 줄 알며, 그들의 계획이 성공하면 한스에게 더 멋진 지팡이를 만들어주겠다고 약속했다. 다만 한스가 정말 지팡이에만 계속 마음을 두고 있었는지는 더이상 분명하지 않았다. 하지만 한스는 K의 약속을 듣고 무척이나 기뻐했고, 또 흥겹게 작별인사를 하면서 K의 손을 꼭 잡고 말했다. "그럼 모레 뵙도록 해요."

14장
프리다의 비난

한스는 아슬아슬한 순간에 교실을 빠져나갔다. 소년이 막 나가자마자 남선생이 교실 문을 열어젖혔고, K와 프리다가 조용히 앉아 식사하는 모습을 보고는 소리를 질렀다. "아, 이렇게 방해해 정말 미안하군! 하지만 이 교실은 대체 언제쯤 청소가 되어 있을지 말해주겠소? 우리는 저쪽에서 다닥다닥 붙어앉아 힘겹게 수업을 하고 있는데, 당신들은 이 넓은 체육관에서 빈둥거리면서도 더 많은 공간을 차지하려고 조수들까지 내쫓았군. 자, 이제 얼른 일어나 움직여요!" 그리고 선생은 이번에는 K를 향해 덧붙였다. "그리고 당신은 지금 당장 다리목 여관에 가서 아침 새참을 좀 가져오지!" 선생은 이 모든 말을 길길이 날뛰며 소리치면서도, 그 자체로 좀 거친 표현이라고 할 수 있는 '당신'을 포함해 말씨는 비교적 부드러운 편이었다. K는 즉각 따를 준비가 되어 있었지만, 선생의 속셈을 떠보고자 이렇게 말했다. "하지만 나는 해고되었어요." "해고

되었건 말건 아침 새참을 가져오란 말이오." 선생이 말했다. "해고된 것인지 아닌지, 난 그 점이 알고 싶소." K가 말했다. "무슨 헛소리를 하는 거야?" 선생이 말했다. "당신은 해고를 받아들이지 않았잖아." "그것이 해고를 무효로 만드는 데 충분하다는 거요?" K가 물었다. "내 생각을 말한다면, 그렇지 않아." 선생이 말했다. "나는 그렇게 생각하지 않는다고. 하지만 촌장님께는 충분한 모양이야, 나로서는 도무지 이해가 가지 않지만. 자, 얼른 움직이라고. 그러지 않으면 당신은 정말 쫓겨날 거야." K는 만족스러웠다. 그러니까 선생은 그사이에 촌장과 이야기를 나누었거나, 또는 이야기는 나누지 않았더라도 촌장의 의견이 어떨지를 짐작한 듯했고, 그것은 K에게 유리한 방향이었다. 이제 K가 서둘러 아침 새참을 가져오려고 나서는데, 선생이 복도에서 다시 그를 불러 세웠다. 하지만 이런 유별난 명령을 내려 K의 근무 의욕을 시험해보고 그것을 참고해 앞으로의 방향을 잡으려는 것인지, 아니면 명령을 내리는 것이 재미있어 일단 K를 뛰어가게 하고 나서 다시 명령을 내려 음식점 웨이터처럼 서둘러 방향을 바꾸는 모습을 즐기려는 것인지 그 의도는 알 수 없었다. K로서는 너무 많은 양보를 하면 선생의 노예나 야단받이가 될 수 있다는 점을 알고 있었지만, 어느 한도까지는 선생의 변덕을 참고 받아줄 생각이었다. 왜냐하면 이미 드러난 것처럼 선생도 K를 해고할 정당한 권리는 없었지만, K의 일자리를 도저히 견딜 수 없을 정도로 고통스럽게 만들 수는 있었기 때문이었다. 그리고 K로서는 이제는 그 일자리를 유지하는 것이 이전보다 중요해졌다. 한스 소년과의 대화는 K에게, 그 자신이 어느정도 인정했듯 실현 가능성이 낮고 전혀 근거도 없지만, 그래도 결코 잊을 수 없는 새로운 희망을 가져다주었다. 바르나바스조차 거의 잊게 만드는 그런 희망이었다. 이러한 희망에 부응해 행동하려면, 또 달리 어떻게 할 수도 없는 상황에서, 그는 다른 일에는 신경을 쓰지 않도록 온 힘을 집중해야 했다. 식사, 숙소, 마을의 관청 그리고 프리다의 일까지도 신경 쓰지 말아야 했다. 하지만 근본적으로 문제가 되는 것은 사실 프리다뿐이었다. 그밖의 다른 모든 일은 프리다와 관계되는 경우에만 그의 관심을 끌었다. 그래서 그는 프리다에게 어느 정도 안정을 가져다주는 관리인 자리를 유지하기 위해 노력해야 했고, 이를 위해 다른 때 같으면 도저히 감수할 수 없을 테지만, 선생의 더 심한 짓도 참고 견뎌야 했다. 그 모든 것은 극심한 고통을 주는 정도는 아니었다. 그것은 삶에 늘 있는 사소한 고통에 속했고, 또 K가 추구하는 것에 비하면 아무것도 아니었다. 그리고 그는 영예롭고 평화로운 삶을 누리기 위해 이곳에 온 것이 아니었다.

그래서 K는 당장 여관으로 달려갈 준비가 되어 있었지만, 여선생이 다시 반 아이들을 데려올 수 있도록 먼저 교실부터 정리해야 한다는 새로운 명령이 떨어지자 이에 따를 태세를 취했다. 교실 정리를 재빨리 마쳐야 했다. 선생이 배도 몹시 고프고 목도 마르다고 했기 때문에 얼른 아침 새참을 가져와야만 했다. K는 선생이 원하는 대로 다 하겠다고 약속했다. 선생은 K가 서둘러 잠자리를 치우고, 체조 기구를 제자리에 옮기고 재빠르게 빗질하는 모습을 잠시 지켜보았다. 그사이에 프리다는 교단을 걸레질하고 윤을 냈다. 두 사람의 열성이 선생을 만족시킨 것 같았다. 선생은 문밖에 난방용 장작이 한더미 준비되어 있다고 말하고는—그는 이제 K가 창고에 들어가는 걸 막을 셈이었다—곧 되돌아와 다시 둘러보겠다고 위협을 가하면서 아이들이 있는 곳으로 갔다.

프리다는 한동안 묵묵히 일을 하다가 K에게 도대체 지금은 왜

선생의 말을 그렇게 고분고분하게 따르는지 물었다. 연민과 염려가 담긴 질문 같았다. 하지만 K는 프리다가 선생의 명령과 횡포로부터 자신을 지켜주겠다고 한 당초의 약속을 거의 이행하지 못했음을 생각하면서, 다만 지금은 학교 관리인이 되었으니 그 직무를 잘 수행해야 한다라고만 말했다. 두사람은 다시 조용해졌다. 그러다가 K는 이 짧은 대화를 통해 프리다가 한참 동안, 무엇보다 한스와 대화를 나누는 동안 거의 내내 근심에 깊이 잠겨 있던 것을 떠올리고는 장작을 교실 안으로 나르면서 그녀에게 무슨 생각을 하고 있었는지 솔직하게 물어보았다. 그녀는 천천히 그를 쳐다보면서 특별한 것은 아니고 다만 여주인에 대해, 그리고 여주인이 말한 몇가지 진실에 대해 생각했을 뿐이라고 말했다. K가 계속 다그쳐 묻자, 그녀는 몇번 대답을 피하다가 비로소 보다 자세하게 말했다. 그러나 하던 일은 멈추지 않았는데, 그렇다고 열심히 일에 몰두한 것도 아니었다. 일은 전혀 진척되지 않았는데, 그녀는 다만 K를 쳐다보는 것을 피하고자 그러고 있었다. 이제 그녀는 말문을 열었다. K가 한스와 이야기할 때 우선은 차분히 듣고 있었는데, K가 말한 몇가지 일에 깜짝 놀라 말뜻을 보다 예리하게 살피기 시작했더니 그때부터는 K의 말에 여주인이 자신에게 해준 경고의 말을 계속 확인하게 되었다는 것이다. 물론 그녀는 여주인의 경고가 결코 정당하다고 여겨지지는 않았단다. K는 이렇게 대충 둘러대는 말투에 화가 났고, 프리다의 애처로운 목소리에 감동을 받기보다는 오히려 자극을 받았다. 그리고 무엇보다 여주인은 자신이 직접 K에게 영향을 끼치는 데는 별 성과를 거두지 못했으나 적어도 기억을 통해 이제 다시 그의 삶에 개입하게 되었다. 그래서 그는 팔에 안고 있던 장작을 바닥에 내동댕이치고 그 위에 털썩 주저앉아 프리다에게 제대로 설명해줄 것을 진지하게 요구했다. "벌써 몇번이나 그랬어." 프리다가 다시 입을 열었다. "주인아주머니는 처음부터 내게 당신의 말을 의심하라고 하셨어. 아주머니가 당신의 말이 거짓말이라고 하신 건 아니야, 그 반대지. 아주머니는 당신이 어린아이처럼 솔직하다고 하셨어. 하지만 우리와는 본성이 달라서 당신이 솔직하게 말한다고 해도 우리가 의구심을 떨치고 당신 말을 쉽사리 믿게 되지는 않을 거라고 했어. 그리고 좋은 친구 하나가 나서서 도와주지 않는다면, 우리는 쓰라린 경험을 하고 나서야 비로소 믿을 수 있게 된다는 거야. 사람 보는 눈이 예리한 자신도 별수 없다고 하셨지. 그러나 아주머니는 다리목 여관에서 당신과 마지막으로 대화하고는—나는 지금 다만 아주머니의 악의적인 말을 그대로 반복하는 거야—당신을 꿰뚫어보게 되었고, 지금은 당신이 아무리 의도를 숨기려 해도 더이상 그녀를 속일 수 없다는 거야. '그 사람 실제로 감추는 것이 아무것도 없어.' 아주머니는 늘 이렇게 말씀하셨어. 그러고는 이렇게 덧붙였어. '적당한 기회가 있을 때마다 정말로 그의 말에 귀를 기울여봐, 건성으로가 아니라 정말로 귀를 기울여보라고.' 아주머니는 다만 그렇게만 말씀하셨지만, 나는 이렇게 알아들었어. 당신이 나한테 접근해 집적댄 것은—아주머니가 이런 상스러운 말을 썼어—내가 우연히 당신의 눈에 띄었고, 내가 그리 싫지도 않았으며, 또 주점 여급은 어떤 손님이 손을 내밀든 넘어갈 거라고 당신이 잘못 생각해서라는 거야. 게다가 주인아주머니가 헤렌호프 여관 주인에게서 듣자니 당신은 어떤 이유에서인지 몰라도 당시 헤렌호프에 묵으려 했고 당신의 그런 목적을 달성하는 데 다름 아니라 내가 유일한 수단이었다는 거야. 그 모든 것은 그날 밤에 나를 당신의 애인으로 삼을 충분한 계기가 되었고, 동시에 당신은 더 많은 것을 얻고자 했는데, 그건 바로 클람이었지. 아주머니는 당신이 클람에게 원하는 게 뭔지 안다고는 하지 않으셨어. 다만 당신이 나를 알기 전에도 클람을 몹시 만나고 싶어했고, 알고 난 후에도 그렇다는 거지. 유일한 차이가 있다면, 당신은 전에는 희망이 없었지만 지금은 나를 통해 정말로 그리고 머지않아, 게다가 어느정도 우월감을 갖고, 클람에게 나아갈 수 있는 확실한 수단을 얻게 되었다는 거야. 아까 당신이 나를 알기 전에 이곳에서 헤매고 다녔다고 말했을 때, 내가 얼마나 깜짝 놀랐는지 몰라. 하지만 우선은 어떤 심각한 이유가 있어서 놀란 것은 아니고, 다만 잠깐 그랬을 뿐이야. 그러고 보니, 아주머니도 같은 말을 했던 것 같아. 아주머니 말에 따르면 당신은 또 나를 알고 나서야 당신의 목적을 뚜렷하게 의식하게 되었다는 거야. 즉 당신이 클람의 애인인 나를 차지했고, 이로써 최고 가격을 치러야 할 담보물을 갖게 되었다고 믿었기 때문이라는 거지. 그리고 그 가격을 놓고 클람과 흥정을 벌이는 것이 당신의 유일한 목적이라는 거야. 당신에게 나라는 존재는 아무것도 아니고 다만 가격만 중요하므로, 당신은 나와 관련해서는 어떤 양보도 할 수 있지만 가격에 대해서만은 옹고집을 부린다는 거야. 그래서 내가 헤렌호프에서 일자리를 잃을 때도, 또 다리목 여관에서 나와야 할 때도 당신은 아랑곳하지 않았고, 또 내가 여기서 힘든 학교 관리인 일을 해야 하는데도 대수롭지 않게 여겼고, 나를 위해 시간을 내주기는 고사하고 전혀 다정하지 않잖아. 당신은 나를 조수들에게 내맡기고는 질투도 전혀 안해. 당신에게 내 유일한 가치란, 다만 내가 클람의 애인이었다는 겸뿐이야. 당신은 또 부지불식간에 내가 클람을 잊지 말도록 애를 쓰는데, 결정적인 순간을 맞았을 때 내가 너무 격렬하게 반항하지 않도록 하기 위함이지. 그러면서도 당신한테서 나를 빼앗아갈 수 있는 사람은 주인아주머니가 유일하다고 생각해서 당신은 아주머니하고도 싸움을 벌이는데, 결국 나를 데리고 다리목 여관을 떠나야 하는 상황을 만들고자 싸움을 최고조로 몰아갔어. 나에 관해서라면 당신은 내가 어떤 상황에서도 당신의 소유라는 사실을 의심치 않는 모양이야. 당신은 클람과의 면담을 현금을 주고받는 거래 정도로 여기고 모든 가능한 경우를 계산에 넣고 있어. 원하는 가격만 얻어낼 수 있다면 뭐든지 할 준비가 되어 있는 거야. 클람이 나를 원한다면 넘겨줄 것이고, 그가 당신보고 내 곁에 있으라고 하면 내 곁에 있을 거야. 또 당신더러 나를 버리라고 하면, 당신은 나를 버릴 거야. 하지만 당신에게 유리하다면 희극 연기를 해서라도 나를 사랑하는 척할 거야. 만약 그 사람의 무관심에 대해서는 당신은 자신이 하찮은 사람임을 강조하고 이런 당신이 그의 자리를 이어받은 사람임을 드러내 그를 부끄럽게 만드는 방식으로 대응하려고 할 거야. 또는 내가 실제로 그 사람에게 했던 사랑의 고백을 전하면서 그 사람에게 나를 다시 데려가라고 요청하겠지, 물론 그 값을 치르게 하면서 말이야. 그리고 그런 것이 다 소용이 없으면 당신은 K 부부의 이름으로 구걸하겠지. 주인아주머니의 결론은 이거야. 당신이 모든 점에서 착각했다는 것, 당신의 가정이나 희망, 그리고 클람에 대한 당신의 생각 또는 나와 그 사람의 관계에 대한 당신의 상상이 착각이었음을 깨닫게 되면, 그때는 정말 나의 지옥이 시작된다는 거야. 그렇게 되면 정말로 나는 당신이 의지하는 유일한 소유물이 되겠지만, 동시에 내가 아무런 가치가 없는 소유물임이 드러나 당신에게는 나에 대해 소유주로서의 느낌밖에 없을 것이므로 그에 걸맞게 나를 대할 것이라는 거야."

K는 긴장하여 입을 꼭 다문 채 귀를 기울여 들었다. 깔고 앉은 장작이 굴러 하마터면 바닥으로 미끄러질 뻔했는데도 전혀 개의치 않았다. 그러다가 그는 겨우 일어나서 교단에 앉아, 살며시 빼내려고 하는 프리다의 손을 잡고서 말했다. "나로서는 당신이 말한 내용에서 당신 의견과 주인아주머니의 의견이 여전히 구분이 되지 않는군." "모두 주인아주머니의 의견일 뿐이야." 프리다가 말했다. "나는 주인아주머니를 존경하기 때문에 모든 말을 귀담아들었어. 하지만 생전 처음으로 나는 아주머니의 의견을 묵살해버렸어. 아주머니가 하는 말은 참으로 다 한심해 보였고, 우리 두사람 사이를 전혀 이해하지 못하는 것 같았어. 진실은 아주머니가 말한 것과는 정반대인 듯했어. 나는 우리가 첫날밤을 보낸 다음 날의 우울한 아침이 생각났어. 그때 당신은 내 곁에서 무릎을 꿇고 있었는데, 이제는 모든 것이 다 끝났다는 표정이었어. 그리고 실제로 나는 아무리 애를 써도 당신에게 도움이 되지 못하고 방해만 되는 것으로 드러났어. 나 때문에 주인아주머니는 당신의 적, 당신은 여전히 녹록하게 보고 있지만 아주 강력한 적이 되었어. 당신은 나를 돌보기 위해 일자리를 얻으려고 싸워야 했고, 촌장 앞에서 불리해졌고, 학교 선생에게 굴복해야 했고, 조수들에게 농락당하기까지 했는데, 다 나를 위해서였지. 하지만 가장 고약한 점은 당신이 나 때문에 클람의 기분을 상하게 했을 수 있다는 거야. 당신은 지금도 여전히 클람에게 이르고자 하는데, 그것은 클람과 어떻게든 화해하려는 가망 없는 시도에 지나지 않아. 그래서 나는 스스로에게 이렇게 말하지. 그 모든 일을 나보다 더 잘 알고 있는 주인아주머니는 내가 너무 심한 자책에 사로잡히지 않도록 나에게 슬쩍 알려주고 있구나. 호의가 담겨 있지만, 쓸데없는 수고를 하는 셈이지. 이 마을에서 아

니라 다른 곳이었다면 당신에 대한 나의 사랑은 이 모든 난관을 극복하게 했을 것이고, 그 사랑은 당신도 앞으로 나아가도록 했을 거야. 당신에 대한 나의 사랑은 바르나바스와 그 가족에게서 당신을 구해냄으로써 이미 그 힘을 입증해보였어." "그러니까 한때 당신은 아주머니와는 반대 의견이었군." K가 말했다. "그런데 그후 뭐가 변한 거야?" "모르겠어." 프리다는 자신의 손을 잡고 있는 K의 손을 바라보면서 말을 이었다. "어쩌면 아무것도 변하지 않았을 거야. 당신이 이처럼 내게 가까이 있고 또 이렇게 조용히 묻고 있을 때는, 하나도 변한 것이 없다는 생각이 들어. 그러나 사실은—" 그녀는 잠시 손을 뿌리치고 그의 맞은편에 반듯하게 앉은 자세로 얼굴도 가리지 않고 울음을 터뜨렸고, 또 눈물로 범벅이 된 얼굴을 그대로 그에게 내밀었다. 그 모습은 마치 그녀 자신 때문에 우는 게 아니어서 숨길 것도 없고, K에게 배신을 당해 울고 있으므로 이런 참담한 몰골을 그에게 보이는 것은 당연하다는 태도였다. "그러나 사실은 당신이 그 소년과 이야기하는 걸 듣고 나니까 모든 것이 달리 보였어. 당신은 아주 순진한 태도로 시작해 가정 사정을 이것저것 물었어. 마치 여관 주점에 막 들어와서 믿음직하고 솔직한 태도로 천진난만하게 열심히 내 눈길을 찾던 그 모습 같았지. 그때와 조금도 다를 바가 없었어. 나는 다만 주인아주머니가 이곳에 있어 당신의 말을 듣고 또 그러고 나서도 여전히 자신의 의견을 고수하면 좋겠다는 생각이 들었어. 하지만 그다음에, 어떻게 해서 그렇게 된 것인지는 모르지만, 갑자기 나는 당신이 어떤 속셈으로 소년과 이야기를 나누는지 깨닫게 된 거야. 당신은 관심 어린 말을 하면서 쉽사리 얻을 수 없는 소년의 마음을 얻었는데, 그것은 아무런 방해도 받지 않고 목표를 향해 돌진하기 위해서였어. 나는 그 사실을 점차 분명하게 깨달은 거야. 당신의 목표는 바로 그 여자였어. 마치 그녀를 염려하는 듯한 당신의 말에서 실은 당신이 온통 당신 일만 생각하고 있다는 점이 아주 노골적으로 드러났거든. 당신은 그 여자를 손에 넣기도 전에 벌써 속이고 있었어. 나는 당신의 말에서 내 과거뿐만 아니라 나의 미래까지 들을 수 있었어. 마치 주인아주머니가 내 옆에 앉아 모든 사정을 설명해주는 것 같았지. 나는 있는 힘을 다해 아주머니를 떨쳐버리려 했지만, 그런 노력이 가망 없다는 사실을 분명하게 깨달은 거야. 그런데 사실은 속은 사람은 더이상 내가 아니었어. 나는 이전에도 속은 게 아니었어. 실제로 속은 사람은 그 낯선 여자였어. 그래서 나는 정신을 다시 차리고 한스에게 무엇이 되고 싶은지 물어보았어. 소년은 당신 같은 사람이 되겠다고 했어. 그 정도로 당신한테 완전히 자신을 내어준 거야. 그렇다면 지금 이곳에서 신뢰를 배신당하고 이용당한 착한 소년과 당시 여관 주점에 있던 나 사이에 도대체 무슨 큰 차이가 있을까?"

"당신의 모든 말은," 그녀의 비난에 익숙해진 K는 마음을 다잡으면서 입을 열었다. "어떤 의미에서는 맞아. 진실이 아니라고 할 수는 없고, 다만 적의가 있을 뿐이야. 당신은 그것이 당신 의견이라고 생각할지 모르겠지만, 그것은 나의 적인 여주인의 의견이고, 그래서 나는 안심이 돼. 물론 그 의견에는 교훈이 담겨 있고, 여주인에게서는 배울 점이 많아. 여주인은 평소에 나를 배려해주는 마음이 없는데도 내게 직접 그런 말을 하지는 않았어. 여주인이 당신에게 그 무기를 맡긴 이유는 내게 특별히 곤란하거나 결정적인 순간이 닥쳤을 때 당신이 그 무기를 사용하기를 바라고 한 것이 분명해. 만약 내가 당신을 악용하고 있다면, 그녀 또한 같은 방식으로 당신을 악용하고 있어. 그런데 프리다, 생각을 좀 해보라고. 모든 것이 여주인이 말하는 꼭 그대로라고 하더라도 다만 한가지 경우에만 나쁘다고 할 수 있어. 그러니까 당신이 나를 사랑하지 않는 경우에만 그런 거야. 그런 경우, 그리고 그런 경우에만, 정말 내가 당신을 차지해 이득을 보려고 계책과 술수를 동원해 당신을 수중에 넣은 것이라고 할 수 있어. 그렇다면 당신의 동정심을 얻어내려 한 것도 내 계획의 일부였고, 그래서 나는 올가의 팔짱을 끼고 당신 앞에 나타난 거라고 할 수 있겠지. 여주인은 다만 그것을 내 악행의 목록에 포함시키는 것을 잊어버린 모양이야. 그런데 만약 사실이 그렇지 않다면, 실은 어떤 교활한 맹수가 당신을 낚아챈 것이 아니라 내가 당신에게로 갔고 당신이 내게로 다가와 서로를 발견하고 또 서로에게 몰입한 경우라면, 프리다, 그런 경우라면 어떻게 되는 걸까? 그런 경우라면 나는 당신의 일을 내 일처럼 처리하는 것이고, 이 문제에서는 아무런 차이도 없으며, 다만 여주인 같은 적만이 우리를 갈라놓을 수 있겠지. 이것은 다른 모든 일에도 해당되는 사실이고, 한스의 경우도 마찬가지야. 나와 한스의 대화를 평가하는 데서도 감수성이 예민한 당신이라 상당히 과장하게 된 면이 있어. 왜냐하면 한스와 나의 의도가 완전히 일치하지는 않는다고 해도 대립적인 관계까지 생겨날 정도는 아니거든. 그밖에도 한스 소년에게는 우리의 견해가 일치하지 않음을 숨길 이유도 없었어. 혹시 그 아이가 눈치채지 못했을 거라고 생각한다면 당신은 그 신중한 꼬마를 너무 얕잡아보는 거야. 설령 한스가 모든 일을 눈치채지 못했더라도, 그 때문에 괴로움을 당하는 사람은 아무도 없을 거야. 그것이 내 희망 사항이기도 해."

"정말 갈피를 잡기 어려운 것 같아, K." 프리다가 한숨을 지으며 말했다. "당신이 미심쩍었던 적은 한번도 없었어. 혹시 그런 비슷

224

한 것이 주인아주머니에게서 내게로 옮겨왔다면, 나는 그런 마음은 기꺼이 털어버리고 무릎을 꿇고 당신의 용서를 빌겠어. 지금도 이렇게 당신이 기분 나빠할 만한 말을 퍼붓고는 있지만, 실은 계속 당신의 용서를 구하고 있는 거야. 하지만 당신이 내게 상당히 많은 일을 숨기고 있다는 것도 사실이야. 당신은 들어왔다 나갔다 하는데, 어디서 오고 어디로 가는지 나는 모르잖아. 한스가 교실 문을 두드렸을 때, 당신은 심지어 바르나바스의 이름까지 불렀어. 나야 그 이유를 알 수 없지만, 당신은 그 미운 이름을 애정을 담아 불렀는데, 내 이름을 한번이라도 그렇게 불러주었으면 좋겠어! 당신이 나를 완전히 믿지 않는데 어떻게 내가 불신감을 갖지 않을 수 있겠어? 당신이 나를 신뢰하지 않으면 나는 아주머니에게 완전히 내맡겨진 셈인데, 당신의 행동을 보면 주인아주머니 말이 맞는 것 같아. 모든 점에서 그런 건 아니야. 아주머니의 말이 전적으로 입증되고 있다는 말을 하려는 게 아니야. 사실 당신이 조수들을 내쫓은 것은 나를 위해서가 아니겠어? 아, 나로서는 당신의 모든 행동과 말에서 설령 그것이 나를 괴롭히는 것일지라도 내 자신을 위해 좋은 속내를 찾아내려고 얼마나 애쓰는지를 당신이 알아주면 좋겠어.""무엇보다도 이것을 명심해, 프리다." K가 말했다. "나는 당신에게 어떤 하찮은 것도 숨기는 게 없어. 그러나 여주인은 나를 미워하고, 내게서 당신을 앗아가려고 온갖 수를 쓰고 있어. 게다가 정말 비열한 술수를 쓰고 있다고! 그런데 당신은 그 여자에게 휘둘리고 있어, 프리다. 휘둘리고 있다고. 말해봐, 내가 당신에게 정말 뭘 숨기고 있다는 거야? 당신은 내가 클람에게 이르고자 하는 걸 알고, 그렇지만 나를 도울 수 없고, 따라서 내가 혼자 시도해야 한다는 것도 알고 있어. 또한 내가 아직까지 제대로 성공하지 못한 것도 알고 있어. 헛된 시도를 하고 있다는 점만 해도 충분히 굴욕적인데, 내가 그런 실패들을 당신한테 이야기해서 나 자신에게 두배의 굴욕을 안겨줘야 할까? 내가 클람의 썰매 문가에서 추위에 떨면서 오후 내내 헛되이 기다린 사실을 자랑이라도 해야 할까? 결국에는 그런 생각들을 다 물리치고 기뻐하면서 당신에게 달려왔는데, 당신은 지금 내게 이 모든 비난을 가하고 있어. 그리고 바르나바스라고? 그래, 나는 그를 기다리고 있어. 그는 클람의 심부름꾼이지, 내가 그를 심부름꾼으로 삼은 게 아니야." "또 바르나바스!" 프리다가 외쳤다. "나는 그 사람이 좋은 심부름꾼이라고 생각하지 않아." "어쩌면 당신 말이 맞을지 몰라." K가 말했다. "그러나 그는 내게 보내지는 유일한 심부름꾼이야." "그래서 더욱 좋지 않다고." 프리다가 말했다. "그런 만큼 당신은 그 사람을 더 조심해야 해." "유감스럽게도 아직까지는 그 친구가 내게 그럴 빌미를 주지 않았어." K는 빙그레 미소를 지으며 말했다. "그는 드물게 찾아오고, 그가 가져오는 소식은 신통치 않아. 다만 클람에게서 직접 오는 것이기 때문에 소중할 뿐." "자, 그것 봐." 프리다가 말했다. "클람도 더이상 당신의 목표가 아니고, 나로서는 그 부분을 가장 염려해야 하는지도 몰라. 당신이 줄곧 나를 거쳐서 클람에게 다가가려고 했던 것만 해도 충분히 고약한 시도였어. 이제는 클람에게서 점차 멀어지려는 모양인데, 그것은 더 고약한 일이야. 아주머니조차 미처 예상하지 못했던 일이야. 아주머니의 말에 따르면, 나의 행복, 의심스럽기는 하지만 실제로 누리고 있는 이 행복조차도 클람에 대한 당신의 희망이 헛된 것이었음을 당신이 마침내 깨닫게 되는 날 끝나버린다는 거야. 그런데 당신은 그런 날도 더이상 기다리지 않고 있어. 갑자기 소년 하나가 나타나자, 당신은 그의 어머니를 두고 소년과 다투기 시작했어. 마치 생명에 필요한 공기를 얻으려는 사람처럼 말이야." "내가 한스와 나눈 대화를 제대로 알아들었군." K가 말했다. "맞아, 그건 사실이야. 그런데 당신은 이전의 모든 삶과는 아주 동떨어진 상태에 있어(물론 떨어져나가지 않으려는 여주인은 제외하고 말이야) 앞으로 나아가려면 싸울 수밖에 없다는 사실, 저 아래에서부터 올라오는 경우라면 특히 그렇다는 사실을 이제는 잊기라도 한 거야? 조금이라도 가망 있다면 그 어떤 일이라도 시도해야 하지 않겠어? 그런데 그 여인은 성에서 온 사람이야. 내가 여기 도착한 첫날 길을 잃고 헤매다가 라제만의 집에 들어갔을 때, 그 여인이 직접 말해주었어. 그런 여자에게 조언이나 도움을 요청하는 것보다 더 당연한 일이 뭐가 있을까? 다리목 여관 여주인이 클람에게 이르지 못하게 하는 모든 장애물을 알고 있다면, 그 여인은 아마도 클람에게 이르는 길을 알고 있을 거야. 그녀 자신이 그 길을 직접 내려왔으니까." "클람에게 이르는 길이라고?" 프리다가 말했다. "그래, 클람에게 이르는 길 말이야. 그것 말고 어디로 가는 길이겠어?" K가 말했다. 그러면서 그는 자리에서 벌떡 일어났다. "자, 이제 나는 아침 새참을 가지러 가야 해." 프리다는 이상할 정도로 간절한 태도를 보이며 K에게 이곳에 있어달라고 간청했다. 마치 여기에 남아 있어야만 지금까지 그가 한 모든 위로의 말이 입증된다는 투였다. 그러나 K는 선생을 상기시키면서 당장이라도 요란한 천둥소리를 내며 활짝 열릴지 모르는 문 쪽을 가리키고는 금방 돌아오겠다고 약속했다. 그리고 난로의 불은 자신이 직접 피울 테니 불을 지피지 않아도 된다고 말했다. 결국 프리다는 잠자코 그의 말에 따랐다. K는 밖으로 나와 눈길을 터벅터벅 걸어가다가——길 위의 눈은 진작 치웠어야 했는데, 이상하게도 일은 무척 더디게 진행되었다——조수 하나가 녹초가 되어 울타리에 매달려 있는 것을 보았다. 한명밖에 보이지 않는군, 다른 녀석은 어디에 있지? 그렇다면 K는 적어도 한명의 끈기는 꺾은 셈인가? 물론 남아 있는 조수는 여전히 끈질기게 자기 일에 열성을 보였다. 조수는 K의 모습을 보자 다시 기운을 되찾고 당장 힘차게 팔을 내밀고는 동경이 가득한 두 눈을 굴리기 시작했다. '귀감이 될 만한 고집인걸.' K는 속으로 중얼거리면서 이렇게 덧붙이지 않을 수 없었다. '저렇게 고집을 피우다가는 울타리에서 얼어 죽을 수도 있겠어.' 하지만 겉으로는 조수에게 주먹을 내밀며 가까이 오지 말라고 위협할 수밖에 없었다. 조수는 겁에 질려 뒤로 성큼 물러났다. 그때 마침 프리다가 K와 이야기한 대로 불을 지피기 전에 환기를 하려고 창문을 열었다. 그러자 조수는 바로 K를 단념하고는 끌리는 마음을 억누를 수 없다는 듯 창가로 슬금슬금 다가갔다. 프리다는 조수를 향해서는 정다운 표정으로, 그리고 K를 보고는 어쩔 수 없다는 듯 애원하는 표정으로 얼굴을 찡그리면서 창밖으로 손을 살짝 흔들었다. 그것이 조수를 거부하는 행동인지, 인사를 하는 것인지는 분명치 않았다. 조수 역시 개의치 않고 좀더 가까이 다가갔다. 그러자 프리다는 서둘러 바깥 창문을 닫았다. 하지만 그녀는 창 안쪽에서 걸쇠를 잡고 고개를 한쪽으로 갸우뚱 기울인 채 눈을 크게 뜨고서 입가에 굳은 미소를 지으며 서 있었다. 그녀는 그러한 행동이 조수를 단념하게 하기보다는 오히려 유혹하는 것임을 알고 있었을까? 그러나 K는 더이상 뒤돌아보지 않았다. 그는 차라리 가능한 한 서둘러 갔다가 얼른 돌아올 생각이었다.

15장
아말리아의 집에서

마침내—때는 벌써 어둑어둑한 늦은 오후였다—K는 교정 길에 쌓인 눈을 치우며 치운 눈을 양쪽으로 높이 쌓아올린 후 두드려 다졌고, 이로써 이제 하루 일과를 마쳤다. 그는 교정 문가에 서 있었는데, 사방에 아무도 없었다. 조수는 이미 몇시간 전에 몰아내 꽤 멀리까지 쫓아버렸는데, 조그만 교정과 오두막 사이 어딘가에 숨어버렸는지 보이지 않았고, 그후로는 다시 모습을 드러내지 않았다. 프리다는 숙소에 머물면서 벌써 빨래를 하거나, 아니면 아직도 여선생 기자의 고양이를 씻기고 있을 터였다. 기자로서는 프리다에게 이 일을 맡긴 것이 깊은 신뢰의 표시였을 테지만 그것은 두말할 것 없이 역겹고 온당치 못한 일이었다. K로서는 여러모로 직무를 소홀히 한 마당에 여선생 기자의 은총을 받을 수 있는 기회는 모조리 이용하는 것이 바람직하다고 여기지 않았더라면, 프리다가 이런 일을 떠맡는 것을 분명 참지 않았을 것이다. 기자는 K가 다락

방에서 조그만 아기 욕조를 가져와 물을 데우고, 마침내 조심스럽게 고양이를 욕조에 집어넣는 모습을 흐뭇하게 지켜보았다. 그러고 나서 기자는 고양이를 프리다에게 아예 내맡겼다. K가 마을에 도착한 첫날 밤에 만나 알게 된 슈바르처가 학교를 방문했기 때문이다. 슈바르처는 그날 밤의 일이 마음에 걸렸는지 소심함과 또 학교 관리인을 대할 때의 심한 경멸감이 뒤섞인 표정으로 K에게 인사를 던지고는 여선생 기자와 함께 다른 교실로 가버렸다. 두사람은 그 시간까지도 거기에 머물러 있었다. K가 다리목 여관에서 들은 바로는 슈바르처는 성 관리인의 아들이면서도 기자를 사랑해서 오래전부터 마을에 거주하고 있었고, 자신의 연줄을 동원해 마을에서 보조 교사로 임명되었다. 그런데 그가 이 직책을 맡아 주로 하는 일이라고는 기자 선생의 수업 시간마다 거의 빠지지 않고 아이들 틈에 끼어 교실 의자에 앉아 있거나 또는 더 바라는 바대로 교단 옆 기자의 발치에 죽치고 앉아 있는 것뿐이었다. 이제 그는 더이상 방해도 되지 않았다. 아이들은 이미 오래전부터 거기에 익숙해져 있었다. 슈바르처가 아이들에 대한 애정은 물론 이해심도 부족해 아이들과는 거의 이야기를 나누는 법이 없었으므로 상황이 보다 쉽사리 그리된 듯했다. 슈바르처는 다만 기자의 체육 수업만 떠맡았다. 그밖에는 기자의 곁에서 같은 공기를 마시고 그녀의 온기 속에서 사는 것만으로도 만족했다. 그의 가장 큰 기쁨은 기자 곁에 앉아 아이들의 노트에서 틀린 곳을 함께 고쳐주는 일이었다. 오늘 두사람은 이 일로 바빴다. 슈바르처는 한무더기의 노트를 가져왔는데, 남선생은 언제나 자기 몫까지 그들에게 맡겼다. 그래서 아직 밝은 동안에는 K도 두사람이 창가의 작은 책상에 앉아 꼼짝도 하지 않고 머리를 맞대고 있는 모습을 볼 수 있었다. 지금은 나

풀거리는 촛불 두개밖에 보이지 않았다. 그들 두사람을 결합시켜 주는 것은 진지하면서도 과묵한 사랑이었다. 분위기를 주도한 쪽은 기자였다. 그녀의 둔감한 천성은 그럼에도 불구하고 가끔은 폭발해 모든 한계를 뛰어넘을 정도로 사나워지기도 했다. 물론 다른 사람이 다른 때에 그런 행동을 보이면 그녀 자신은 결코 참지 않았을 것이다. 그래서 활발한 슈바르처도 그녀에게 맞춰 천천히 걷고, 천천히 말하고, 많이 침묵해야 했다. 그러나 보다시피 기자가 잠자코 함께 있다는 사실만으로도 그는 이 모든 일에 대해 충분한 보상을 받았다. 하지만 기자는 그를 정말 사랑하는 것 같지는 않았다. 하여튼 눈동자를 굴리는 듯하지만 거의 깜빡이지 않는 그녀의 둥그스름한 회색 눈은 그러한 질문에 대해서는 어떤 답변도 하지 않는 듯했다. 다만 그녀가 별다른 이의 없이 슈바르처를 참아주고 있는 것은 알 수 있었지만, 그녀는 성 관리인 아들의 사랑을 받는 것이 얼마나 영예로운지는 분명 이해하지 못하는 듯했다. 그녀는 슈바르처의 눈길이 자신의 모습을 따라다니든지 말든지 아랑곳하지 않고 언제나 풍만하고 육감적인 몸매를 하고 유유히 돌아다녔다. 그에 비하면 슈바르처는 그녀를 위해 마을에 머무는 희생을 지속적으로 감수했다. 아버지가 그를 데려가고자 여러번 심부름꾼을 보냈지만, 그는 그들 때문에 잠시나마 성과 자식으로서의 의무를 떠올리는 것이 자기 행복에 치명적이고 심한 방해가 된다는 듯 단단히 화가 나서 그들을 쫓아 보냈다. 그러나 사실 그에게는 여유 시간이 많았다. 기자는 대개 수업을 할 때나 아이들의 노트를 검사하는 시간에만 그에게 모습을 보였다. 이것은 물론 그녀의 타산적인 행동은 아니었고, 아마도 그녀 자신이 편안한 것, 따라서 혼자 있는 것을 다른 무엇보다 좋아해 집에서 긴 안락의자에 완전히 자유롭게 몸을 뻗을 때가 가장 행복했기 때문이었다. 옆에는 고양이가 있었지만 거의 움직일 수가 없는 존재여서 방해가 되지는 않았다. 그래서 슈바르처는 하루의 대부분을 거의 하는 일 없이 빈둥거리며 지냈는데, 이것 또한 그에게는 좋은 일이었다. 그런 경우 그는 기회를 자주 포착하여 기자가 사는 뢰벤 거리를 찾아갔고, 그녀의 조그만 다락방으로 올라가 늘 잠겨 있는 문에 귀를 기울여볼 수 있었다. 물론 그는 방 안에 언제나 완전하고 이상한 정적만 감도는 것을 확인하고는 다시 그곳을 떠났다. 이러한 생활의 결과는 그에게 있어서도 이따금씩, 기자가 함께 있을 때는 결코 그러지 않지만, 관료로서의 자존심이 상처를 입는 순간에는 아주 우스꽝스럽게 폭발되는 방식으로 표출되었다. 물론 지금 그의 상황에는 전혀 어울리지 않는 자존심이었다. 그리고 그런 사태가 발생하면, K 자신도 직접 겪었듯이 대체로 별로 좋지 않은 결과를 가져왔다.

다만 한가지 놀라운 점은, 적어도 다리목 여관에서는 사람들이 주목할 가치가 있다기보다는 오히려 우스꽝스럽다고 할 수 있는 사안에 있어서도 슈바르처에 대해서는 어느정도 존경심을 보이며 말한다는 것이었다. 이러한 존경심의 대상에는 여선생 기자도 포함되었다. 그렇다고 슈바르처가 보조 교사의 신분으로 K에 대해 특별히 우월하다고 생각하는 것도 오산이었다. 그런 우월함은 사실 존재하지 않았다. 학교 관리인은 교원, 특히 슈바르처 같은 보조 교사에게는 매우 중요한 인물이어서, 그를 경멸하다가는 불이익을 당하기 십상이고, 혹시 신분상의 이유에서 어쩔 수 없이 경멸하는 태도를 보여야 하는 경우에도 최소한 그에 상응하는 답례를 해서 달래줘야 한다. K는 기회가 날 때 그 문제를 따져볼 셈이었다. 슈바르처는 첫날 저녁부터 그에게 빚을 진 상태였다. 이어 며칠 동안의 경과를 보면 슈바르처의 대접이 사실 옳았다고 할 수 있지만, 그렇다고 그의 빛이 줄어든 것은 아니었다. 첫날에 있었던 슈바르처의 대접이 그다음에 일어난 모든 것의 방향을 결정했을 가능성이 높다는 점을 간과할 수는 없었다. K는 바로 슈바르처 때문에 어처구니없게도 마을에 도착한 첫 시간에 관청의 주목을 온통 끌게 되었다. 당시 K는 아직 마을의 사정도 전혀 모르고 아는 사람도, 은신처도 없는 외지인이었고, 먼 길을 걸어와 녹초가 되어 속수무책으로 거기 짚 매트리스 위에 누워 있었으며, 관청의 모든 개입에 그대로 노출되어 있었다. 하룻밤만 더 늦게 도착했더라도 모든 일이 이와는 다르게, 어느정도 눈에 띄지 않고 조용하게 흘러갈 수도 있었을 것이다. 하여튼 K라는 사람을 아는 이도 없었을 것이고, 어떤 의심도 품지 않았을 것이며, 적어도 그를 떠돌이 직공으로 여겨 아무렇지도 않게 하루쯤 머물게 해주었을 것이다. 사람들은 그가 쓸모 있고 신뢰할 만한 인물임을 알아보고는 그런 소문이 주변에 퍼져서 그는 금방 어딘가에서 하인으로 일자리를 얻었을 것이다. 물론 그는 관청에서 벗어날 수는 없었을 것이다. 하지만 한밤중에 K 때문에 중앙사무국이나 전화기 옆에 있던 누군가를 흔들어 깨워 당장 결정을 내려달라고 요청하면서 더군다나 겸손한 체하며 성가실 정도로 끈질기게, 특히나 위에서 인기가 없을 것이 분명한 슈바르처가 그런 요구를 하는 것과 그렇게 하지 않고 K가 다음 날 집무 시간에 촌장을 찾아가 문을 두드리는 것 사이에는 근본적인 차이가 있었다. 후자의 경우, K는 상황에 맞게 예의를 갖추고 자신을 이곳에 처음 온 떠돌이 일꾼으로 소개한 후, 마을의 어떤 사람 집에 벌써 잠자리를 얻게 되었음을 알리고, 전혀 뜻밖의 사태가 벌어져서 그가 이곳에서 일자리를 찾게 되는 경우가 아니라면 아마 다음 날 다시 떠나게 될 것이며, 행여 일자리를 찾는다고 해도 당연히 며칠 동안만 머물고 그 이상은 결코 머물지 않을 계획이라고 말했을 것이다. 슈바르처가 없었다면 일은 아마 그렇게 또는 그와 비슷하게 흘러갔을 것이다. 관청도 계속 그의 사안을 주시했겠지만, 그들이 달가워하지 않을 게 뻔한 인물이 답변을 해달라며 안달복달해도 방해받지 않고 조용히, 공적인 경로를 통해 일을 처리했을 것이다. 그러니까 이 모든 일에 있어 K에게는 잘못이 없었다. 잘못은 슈바르처에게 있었다. 하지만 그는 성 관리인의 아들이었고, 또 겉으로 보면 그의 행동은 정당했기에 애꿎게 K가 죄를 뒤집어쓰게 된 것이다. 그렇다면 그 모든 일이 벌어지게 된 어처구니없는 계기는 무엇이었을까? 어쩌면 슈바르처는 그날 기자의 심기가 불편한 탓에 밤에 잠을 못 이루고 이리저리 쏘다니다가 K에게 자신의 괴로움을 화풀이했을 가능성이 다분히 있다. 물론 다른 관점에서 보면 슈바르처의 행동으로 인해 K는 상당한 덕을 보았다고도 할 수 있다. K가 혼자서는 도저히 달성할 수 없었을 것이고 감히 그런 마음조차 먹지 못했을 일, 또 관청에서도 좀처럼 허용하지 않았을 일이 오로지 그 때문에 가능했으니 말이다. 다시 말해 K는 처음부터, 관청을 상대로 가능한 범위 내에서이기는 하지만, 아무 거리낌 없이 솔직하게 관청과 맞상대할 수 있게 된 것이다. 하지만 좋은 선물은 아니었다. 사실 K는 그 덕분에 거짓말을 많이 하거나 비밀이 많은 척할 필요는 없었지만, 무방비 상태나 다름없어진 통에 싸움에 있어 불리한 입장이 되고 말았다. 이 점에 있어서 K는 관청과 자신 사이에는 힘의 차이가 현격하다는 사실을 어쩔 수 없이 받아들여야 했는데, 그러지 않고서는 절망에 빠졌을 것이다. 그가 동원할 수 있는 온갖 거짓말과 술수 등은 그러한 격차를 자신에게 유리할 정도로 크게 줄일 수는 없었고, 상대적으로 미미한 요소로 남았을 것이기 때문이다. 물론 이 모든 것은 K가 스스로를 위로하는 생각에 지나지 않았다. 슈바르처는 여전히 그에게 빚을 지고 있었다. 그리고 그는 처음에 K에게 손해를 입혔다면 이제는 K를 도와줄 수 있을 것이다. K는 앞으로도 아주 사소한 일, 가장 기본적인 선결 조건에서 도움이 필요할 텐데, 예를 들어 바르나바스 같은 사람은 이러한 도움을 주는 데 또다시 실패한 것 같았다. K는 바르나바스의 집에 가서 물어보고 싶었지만 프리다를 배려해서 온종일 망설였다. 그는 프리다 앞에서 바르나바스를 맞는 상황을 피하고자 바깥에서 일을 했고, 또 일이 끝나고도 바깥에 머물면서 바르나바스를 기다렸다. 하지만 바르나바스는 오지 않았다. 이제는 그의 누이들에게 가서 물어보는 수밖에 없었다. K는 잠시 동안만 문지방에 서서 얼른 물어보고 되돌아올 생각이었다. 그래서 그는 삽을 눈 속에 꽂아두고는 달리기 시작했다. 숨을 헐떡이면서 바르나바스네 집에 도착해서는 짧게 문을 두드린 후 열어젖히고는 방 안의 형편을 제대로 살펴보지 않고 물었다. "바르나바스는 아직 돌아오지 않은 거야?" 그다음에야 그는 올가가 집에 없다는 것을 알아차렸다. 노부부는 이전처럼 출입문에서 멀리 떨어진 탁자 곁에 앉아 꾸벅꾸벅 졸고 있었고, 입구에서 무슨 일이 일어났는지 아직 분명히 알아차리지 못한 채 천천히 얼굴을 돌렸다. 그리고 마지막으로 아말리아가 난로 옆 의자에 담요를 덮고 누워 있다가 K의 등장에 깜짝 놀라 일어나 마음을 진정시키고자 손을 이마에 대는 모습이 눈에 들어왔다. 만약 올가가 집에 있었다면 바로 대답을 해주었을 것이고, 그러면 K는 곧 되돌아갈 수 있었을 것이다. 하지만 사정이 그렇지 않아 K는 아말리아에게로 몇걸음 다가가 손을 내밀

어야 했다. 아말리아는 K가 내민 손을 말없이 잡았다. K는 겁을 먹
은 그녀의 양친이 자리를 옮기지 않도록 해달라고 그녀에게 부
탁을 했고, 그녀는 몇 마디 말로 그렇게 했다. K가 알아낸 바로는,
올가는 지금 마당에서 장작을 패고 있고, 아말리아는—그 이유는
말하지 않았지만—몹시 지쳐서 조금 전부터 드러누워 있을 수밖
에 없었고, 바르나바스는 아직은 집에 돌아오지 않았지만 성에서
밤을 보내는 일은 결코 없으니 곧 돌아올 거라고 했다. K는 소식을
알려줘서 고맙다고 말했다. 그는 이제 다시 돌아갈 수 있었는데, 아
말리아가 혹시 올가가 돌아올 때까지 기다리지 않겠느냐고 물었다.
그러나 K는 유감스럽게도 더이상 시간이 없었다. 그러자 아말리
아는 그에게 오늘 혹시 올가와 이야기를 나눈 적이 있는지를 물었
다. K는 놀라며 아니라고 대답했고, 혹시 올가가 그에게 특별히 전
할 말이 있는 것이냐고 물었다. 아말리아는 약간 화가 난 듯 입을
삐죽이다가, 분명히 작별인사조로 말없이 K에게 고개를 끄덕이고
는 다시 드러누웠다. 그녀는 드러누운 자세로 그가 아직 떠나지 않
은 것이 의아하다는 듯 그를 찬찬히 살펴보았다. 그녀의 시선은 차
갑고 맑았으며 늘 그랬듯 흔들림이 없었다. 그 시선은 쳐다보는 대
상에게 똑바로 향해 있는 것이 아니라 거의 알아차리기 힘든 정도
지만 분명히 슬쩍 스쳐 지나가서 보는 이를 다소 불편하게 만들었
다. 그 시선은 심약하다거나 당황해서라거나 솔직하지 못해서라
기보다, 다른 모든 감정을 뛰어넘는 고독에 대한 갈망 때문인 듯했
고 그녀로서는 아마도 그런 식으로만 그러한 갈망이 의식되는 것
같았다. K는 자신이 벌써 첫날 저녁에 이 시선에 마음을 빼앗겼다
는 사실이 기억났다. 또 그가 이 가족으로부터 받은 모든 꺼림칙한
인상도 바로 이 시선에서 비롯되었으리라는 생각이 들었다. 그녀

의 시선은 그 자체로는 추하지 않았고, 뭔가 자부심이 넘치고 폐쇄적이면서 솔직함을 보여주었다. "당신은 늘 슬퍼 보여, 아말리아." K가 말했다. "무슨 고민이라도 있는 거야? 나한테 말해줄 수 없어? 나는 당신 같은 시골 처녀를 본 적이 없어. 오늘에야, 지금에야, 그런 생각이 드는군. 당신은 이 마을 출신이야? 이곳에서 태어났어?" 아말리아는 마치 K가 마지막 질문만 던진 양 그렇다고 대답하면서 덧붙였다. "그럼 올가 언니를 기다릴 건가요?" "왜 같은 질문을 계속하는지 모르겠군." K가 말했다. "여기 더 머물 수는 없어. 내 신부가 집에서 나를 기다리고 있다고." 아말리아는 팔꿈치에 체중을 실어 몸을 기댔고 어떤 신부에 대해서도 알지 못했다. K는 프리다의 이름을 말했지만, 아말리아는 그녀를 모른다고 했다. 아말리아는 올가가 그의 약혼에 대해 아는지 물었다. K는 자신이 프리다와 함께 있는 것을 올가가 보았을 것이고 그런 소문은 마을에서는 금방 퍼진다고 말했다. 하지만 아말리아는 올가는 모르고 있을 것이고, 또 K를 사랑하는 듯한데 그 소식을 들으면 매우 불행해할 거라고 단언했다. 올가는 수줍음이 많은 성격이어서 솔직하게 무슨 말을 한 것은 아니지만, 사랑은 저절로 드러나는 법이라고 했다. K는 아말리아가 뭔가 오해하고 있는 것이 확실하다고 말했다. 아말리아는 미소를 지었다. 어쩐지 슬픔이 배어 있기는 했지만 우울하게 찌푸린 얼굴을 환하게 만들고, 침묵 상태를 깨고 말문을 열게 하는 미소, 또 서먹서먹함을 친밀함으로 만드는 미소였다. 마치 어떤 비밀, 지금까지는 고이 간직해온 어떤 소유물, 다시 찾는 것이 가능하기는 하겠지만 완전하게 되찾기는 불가능한 그런 소유물을 내놓는 듯했다. 아말리아는 자신이 잘못 알고 있는 것이 절대 아니라고 말했다. 사실 자신은 더 많은 것을 알고 있는데, K도 올가에 대해 호감이 있고 또 그가 이곳을 방문한 것도 바르나바스에게 새 소식을 얻기 위해서라고 평계를 대고 있지만 사실은 올가 때문이란다. 아말리아는 이제 자신이 모든 것을 알고 있으니 너무 조심할 필요가 없고 자주 찾아와도 좋다고 했다. 그러면서 K에게 하려던 말은 이게 다라고 덧붙였다. K는 고개를 저으면서 자신이 약혼한 사실을 상기시켰다. 아말리아는 그 약혼을 대수롭지 않게 여겼다. 그녀의 눈앞에 지금 혼자 서 있는 K의 직접적인 인상만이 문제가 되는 모양이었다. 그녀는 다만 K에게 마을에 온 지 며칠 되지 않았는데 언제 프리다라는 아가씨를 알게 되었는지 물었다. K는 헤렌호프에서 그날 저녁에 있었던 일을 들려주었다. 그러자 아말리아는 다만 K를 헤렌호프로 데려가는 것에 대해 자신은 무척 반대했다고 간단하게 말했다. 이에 대한 증인으로 그녀는 언니 올가도 끌어들였다. 마침 올가가 팔에 장작을 잔뜩 안고 들어왔다. 차가운 바깥바람을 쐬어서 그런지 신선하고 발랄하고 팔팔한 모습이었다. 그리고 바깥에서 일을 한 탓인지 평소 방 안에서의 울적한 모습과는 사뭇 달라 보였다. 그녀는 장작을 내던지고, 그다지 당황한 기색도 없이 K에게 인사를 하더니 바로 프리다에 대해 물었다. K는 아말리아에게 의미심장한 눈길을 던졌으나, 아말리아는 자신의 말이 여전히 반박되지 않았다고 생각하는 듯했다. 그 모습에 약이 오른 K는 평소보다 더 자세하게 프리다 이야기를 하면서, 그녀가 학교에서 얼마나 어려운 상황에서 살림살이를 겨우 꾸려가고 있는지 들려주었다. 그런데 그는 빨리 집에 가고 싶은 마음에 성급하게 이야기를 하다가 평정심을 잃고는, 작별인사를 하면서 그만 두 자매에게 자신을 한번 방문해달라고 초청을 하고야 말았다. 물론 그 순간에 그는 깜짝 놀라 말문을 닫았지만, 아말리아는 달리 말을 덧붙일 여유도 주지 않고 당장 초대를 받아들이겠다고 했다. 그러자 올가도 할 수 없이 동조하며 초대에 응했다. K는 줄곧 서둘러 헤어져야겠다는 생각에 사로잡히고 또 아말리아의 시선에 안절부절못하다가 더는 주저하지 않고 솔직하게 자백했다. 사실 이 초대는 제대로 생각하지도 않고 개인적인 감정에서 무심코 나온 말로, 프리다와 바르나바스 집안 사이에는 K 자신은 전혀 이해할 수 없는 적대감이 상당한 까닭에 유감스럽지만 초대를 철회해야만 한다고 했다. "적대감이 아니에요." 아말리아는 이렇게 말하고는 의자에서 일어나 담요를 뒤쪽으로 던졌다. "대수로운 문제는 아니고, 그저 사람들의 일반적인 의견을 따르는 것에 불과해요. 자, 어서 가세요, 당신의 신부한테요. 보아하니 급한 모양이군요. 우리가 혹시 당신을 찾아갈까봐 걱정할 필요 없어요. 나는 처음부터 단지 농담 삼아서 심통을 부려본 거예요. 하지만 당신은 가끔 우리를 방문할 수 있어요. 어떤 장애물도 없으니까요. 언제나 바르나바스의 전갈 때문이라는 핑계를 댈 수도 있고요. 바르나바스가 성에서 전갈을 가져온다고 해도 내가 그것을 당신이 있는 학교까지 가져다줄 수는 없는 노릇이라고 말하면 당신의 부담이 줄어들 거예요. 오빠는 그렇게 많이 돌아다닐 수 없어요, 불쌍한 오빠. 오빠는 성의 업무로 몸이 수척해져서 전갈을 받으려면 당신이 직접 오셔야 해요." K는 아말리아가 요령 있게 이처럼 많은 이야기를 하는 것을 들어본 적이 없었다. 그녀의 말은 여느 때와는 달랐고, 어떤 기품이 느껴졌다. K뿐만 아니라 아말리아를 잘 아는 올가도 그렇게 느낀 것이 분명했다. 올가는 조금 떨어진 곳에 두 손을 앞으로 모아 쥐고 또 늘 하던 대로 두 발을 벌리고 몸을 약간 굽힌 자세로 서 있었다. 그녀의 시선은 아말리아를 향했는데, 정작 아말리아는 K만 쳐다보고 있었다. "그것은 착각이야." K가 말했다. "내가 진심으로 바르나바스를 기다리는 게 아니라고 생각한다면, 크게 착각한 거야. 관청과의 문제를 해결하는 것은 나의 가장 큰 소원, 사실 나의 유일한 소원이야. 그리고 바르나바스는 내 소원이 이루어지도록 날 도와야 하고, 나는 그에게 많은 희망을 걸고 있어. 사실 그는 벌써 나를 한번 크게 실망시키기는 했어. 하지만 그것은 그의 탓이라기보다는 오히려 내 탓이라고 할 수 있어. 내가 이곳에 갓 도착해 경황이 없을 때 일어난 일이었거든. 나는 그때 짧은 저녁 산책만으로도 모든 것을 이룰 수 있을 거라고 생각했어. 그런데 애당초 불가능한 일이 실제로 불가능한 것으로 드러났을 뿐인데, 그 때문에 나는 그를 원망했던 거야. 이런 마음이 내가 당신들 가족과 당신들을 판단하는 데도 영향을 끼쳤어. 하지만 다 지난 일이고, 지금은 내가 당신들을 보다 잘 이해하고 있다고 생각해. 당신들은 심지어 ──"이 대목에서 K는 적당한 표현을 찾으려 했지만 머릿속에 금방 떠오르지 않아 임시변통으로 이렇게 말하는 것으로 만족했다. "당신들은 내가 지금까지 알게 된 마을의 그 누구보다도 마음씨가 고운 것 같아. 그렇지만 아말리아, 당신은 오빠의 업무를 경시하는 것은 아니지만 내게 바르나바스가 얼마나 소중한 존재인지를 무시함으로써 나를 또 당혹스럽게 하는군. 아마도 바르나바스의 일에 대해 잘 몰라서 그럴 거야. 그렇다면 됐어, 그 문제는 그대로 내버려두지. 하지만 그렇지 않다면──사실 잘 알고 있다는 인상을 받고 있어서 말야──만약 잘 알면서도 그런다면 좋지 않아. 당신 오빠가 나를 속이고 있다는 뜻일 수도 있으니까 말이야." "진정해요." 아말리아가 말했다. "나는 잘 몰라요. 내가 오빠의 일에 파고들 까닭이 없지요. 그 점은 당신을 배려한다고 해도 마찬가지고요. 물론 나는 당신을 위해 몇가지는 할 생각이에요. 당신이 말했듯이 우리는 마음씨가 고우니까요. 하지만 오빠의 일은 어디까지나 오빠의 일이고, 나는 가끔씩 내 의지에 반해 우연하게 듣는 것 말고는 아는 게 없어요. 반면에 올가 언니는 당신에게 모든 걸 알려줄 수 있어요. 오빠가 신뢰하는 사람이거든요." 그러고는 아말리아는 자리에서 일어나 먼저 부모에게로 가서 뭐라고 속삭이더니 부엌으로 자취를 감추었다. 그녀는 마치 K가 이곳에 더 오랫동안 머물 것이므로 굳이 작별인사 따위는 필요 없다는 듯 인사도 없이 가버렸다.

16장

K는 다소 놀란 얼굴을 하고서 거기에 남았다. 올가는 그를 보고 웃으면서 난로 옆 의자로 끌고 갔다. 그녀는 이제 K와 단둘이 그곳에 앉게 되어 정말 행복한 듯했는데, 평화롭고 질투심이 배어 있지 않은 행복이었다. 그녀가 이처럼 질투심도 보이지 않고 질투심에서 비롯될 법한 쌀쌀맞은 태도도 보이지 않자, K는 기분이 좋아졌다. 그녀의 푸른 눈, 유혹적이거나 고압적이지 않고 또 수줍어하면서 그에게 와서 머물고 그의 시선에 응대하는 그녀의 눈을 바라보는 것도 즐거웠다. 프리다와 여주인의 경고는 마치 이곳에 있는 그 모든 것에 대해 그를 더 민감하게 만든 것이 아니라 보다 주의를 기울이게 되고 더 기민하게 만든 것 같았다. 그리고 올가가 그에게 왜 아말리아의 마음씨를 곱다고 한 것인지 의아하다고 하자, 그는 그녀와 함께 웃음을 터뜨렸다. 아말리아의 성격에 여러 면이 있지만 사실 마음씨가 곱다고는 할 수 없다고 했다. 그러자 K는 자신의

찬사는 당연히 올가를 염두에 둔 것이었다고 설명했다. 다만 아말리아가 너무 고압적이어서 그녀 면전에서 하는 이야기를 모두 자기 것으로 삼을 뿐만 아니라 사람들이 자발적으로 그녀에게 그 모든 이야기를 하도록 만든다고 했다. "정말 그래요." 올가는 보다 진지한 모습을 보이며 말했다. "당신이 짐작한 것보다 더 그래요. 아말리아는 나보다 어리고 또 바르나바스보다도 어려요. 하지만 좋은 일이든 나쁜 일이든 집안 문제는 모두 녀석이 결정해요. 그리고 실제로도 좋은 일이든 나쁜 일이든 다른 누구보다 많은 짐을 지고 있어요." K는 올가가 좀 과장한다는 생각이 들었다. 앞서 아말리아는 예를 들어 오빠의 일에 대해서는 자신은 전혀 신경을 쓰지 않고 있지만, 올가는 모든 것을 알고 있다고 말했다. "내가 어떻게 설명해야 좋을까요?" 올가가 말했다. "아말리아는 바르나바스에 대해서나 나에 대해서나 신경 쓰지 않아요. 사실 부모님 말고는 아무에게도 신경 쓰지 않죠. 아말리아는 밤낮으로 부모님을 돌보고, 지금도 부모님이 원하는 것을 물어보고 음식을 만들러 부엌으로 갔어요. 낮부터 몸이 아파 이 의자에 누워 있었지만 부모님 때문에 억지로 일어난 거죠. 저 녀석은 우리에게 신경도 쓰지 않지만, 우리는 저 녀석이 맏이인 양 의존하고 있어요. 만일 저 녀석이 우리 일에 대해 무슨 조언이라도 한다면 우리는 틀림없이 그대로 따르겠지만, 저 녀석은 그러지 않아요. 우리는 저 녀석에게 가까운 사이가 아니니까요. 사람에 대한 경험이 많고, 타지 출신인 당신이 보기에도 저애가 유달리 똑똑해 보이지 않나요?" "내가 보기에는 유달리 불행해 보여." K가 말했다. "하지만 그녀에게 존경심을 갖고 있다면서 한편으로는, 예를 들어 바르나바스는 그녀가 싫어하고 심지어 경멸하기까지 하는 심부름꾼 일을 하고 있으니 이런 일들이 어떻게 함께 일어날 수 있지?" "바르나바스는 달리 무슨 일을 해야 좋을지를 안다면, 보람도 없는 심부름꾼 일을 당장 그만둘 거예요." "바르나바스는 제화 숙련공이 아닌가?" K가 물었다. "맞아요." 올가가 말했다. "그 녀석은 종종 브룬스비크에게 일을 받기도 해요. 그리고 원한다면 밤낮으로 일하며 수입도 제법 올릴 수 있어요." "그렇다면," K가 말했다. "심부름꾼 일을 대체할 다른 일이 있는 것이군." "심부름꾼 일을 대체한다고요?" 올가가 놀라면서 물었다. "녀석이 벌이 때문에 그 일을 떠맡았다고 생각해요?" "그럴 수도 있지." K가 말했다. "당신은 그가 심부름꾼 일에 보람을 못 느낀다고 했잖아." "네, 여러 이유에서요." 올가가 말했다. "하지만 그 일은 성에 대한 봉사, 하여튼 일종의 성에 대한 업무인 거죠, 적어도 그렇게 믿어야 해요." "뭐라고?" K가 말했다. "당신들은 그 점마저 확신할 수 없는 거야?" "글쎄요." 올가가 말했다. "꼭 그렇지는 않아요. 바르나바스는 사무국으로 가서 하인들과 뒤섞여 마치 그들 중 하나인 듯 어울리고, 가끔은 멀찍이서 어떤 관리를 보기도 하며, 정기적으로 중요한 편지를 받기도 하고, 심지어는 구두로 전해야 하는 전갈도 떠맡고 있어요. 그것은 대단한 일이고, 그가 어린 나이에 벌써 상당히 많은 것을 달성한 점에 대해서는 우리가 자부심을 가져도 좋을 정도죠." K는 고개를 끄덕였고, 이제 집으로 돌아갈 생각은 접었다. "바르나바스는 자기 근무복이 있지?" 그가 물었다. "그 상의 말인가요?" 올가가 말했다. "아니요, 그것은 그애가 심부름꾼이 되기 전에 아말리아가 만들어준 거예요. 당신은 아픈 곳을 건드리는군요. 성에서는 그 따위 제복은 입지 않아요. 그 녀석은 제복이 아니라 진작 당당한 관복을 받았어야 해요, 그런 약속까지 받았거든요. 하지만 성에서는 그런 일이 아주 더디게 처리되죠.

더욱이 가장 나쁜 것은, 성에서 일이 그렇게 지연된다는 것이 무엇을 의미하는지 알 수 없다는 거죠. 공식적인 경로를 거치면서 일이 진행 중이라는 뜻일 수도 있고, 공식적으로 일이 아직 시작되지 않았으며, 예를 들어 바르나바스를 여전히 시험해보려는 것일 수도 있어요. 또 마지막 경우로는 공식적인 과정은 이미 끝났으나, 어떤 이유인지는 모르겠지만 약속이 취소되어 바르나바스는 관복을 결코 받지 못하게 된 것일 수도 있어요. 보다 자세한 내용은 전혀 알 수가 없고, 알게 된다고 해도 다만 한참 후에나 가능하죠. 이곳에서는 다음의 속담이 있는데 어쩌면 당신도 알고 있을 거예요. '관청의 결정은 어린 처녀만큼이나 수줍음을 탄다.'" "훌륭한 관찰이군." K는 올가보다 더 진지하게 그 말을 받아들이면서 말했다. "훌륭한 관찰이야. 관청의 결정은 처녀와 공통되는 또다른 특성들을 갖고 있을지도 몰라." "아마도요." 올가가 말했다. "물론 나는 당신이 어떤 뜻으로 그런 말을 하는지는 모르겠어요. 어쩌면 칭찬의 뜻으로 말하는 거겠죠. 관복 문제는 사실 바르나바스의 여러 걱정 중 하나이기도 해요. 우리는 걱정을 함께 나누는 사이니까 내 걱정 중 하나이기도 하고요. 우리는 그 녀석이 왜 관복을 받지 못하는가 서로에게 물어보지만 부질없는 일이죠. 그 어느 것도 간단하지 않으니까요. 예를 들어 관리들에게 관복 같은 건 없는 듯해요. 우리가 이곳에서 아는 범위에서 또 바르나바스에게서 들은 바에 따르면, 관리들은 우아하기는 하지만 평상복을 입고 돌아다닌다고 해요. 당신도 클람을 보았죠. 바르나바스는 물론 관리 신분이 아니에요, 최하급 관리도 아니죠. 관리가 될 생각도 없고요. 그런데 이 마을에서는 그 모습을 볼 수 없지만 비교적 높은 직급의 하인들도 바르나바스의 말에 따르면 관복 같은 건 없다고 해요. 그러면 조금 위로가 되지 않겠느냐고 얼핏 생각할지 모르겠지만, 그런 위로는 사실 기만적인 것이죠. 도대체 바르나바스가 높은 직급의 하인이라도 되나요? 아니죠. 아무리 그 녀석을 좋아하는 사람이라고 해도 그렇게 말할 수는 없어요. 그애는 높은 직급의 하인이 아니고, 그가 마을에 내려와 여기 살고 있다는 점이 오히려 그 반대임을 입증해주죠. 직급이 높은 하인들은 관리들보다 더 몸을 사리는 편인데, 그렇게 하는 것이 당연할 수 있어요. 그들은 사실 일부 관리들보다 지위가 더 높은지도 몰라요. 몇가지 정황을 보면 그래요. 그런 하인들은 일도 적게 하고, 또 바르나바스의 말로는 몹시 장대하고 튼실한 그 인간들이 복도를 천천히 걸어다니는 광경은 정말 장관이라고 해요. 바르나바스는 늘 살금살금 그들 주위를 돌아다니거든요. 간단히 말해 바르나바스가 높은 직급의 하인이라는 건 말도 안돼요. 그렇다면 그애가 직급이 낮은 하인일 수도 있겠지요. 하지만 낮은 직급의 하인들은 적어도 마을에 내려올 때는 관복을 입어요. 정확히 말하면 제복이라고 하기는 어렵고, 그것들 사이에는 여러 차이점도 있어요. 그래도 옷을 보면 그들이 성에서 온 하인이라는 사실은 알 수 있어요. 당신도 헤렌호프에서 그런 사람들을 보았죠. 가장 두드러지는 점은 대체로 옷이 몸에 착 달라붙는다는 것인데, 농부나 직공 같으면 그런 옷은 입을 수 없을 거예요. 그러니까 바르나바스에게는 그런 옷이 없어요. 그것은 그저 좀 창피하거나 체면을 구기는 정도가 아닌 거죠. 단지 그 정도라면 참을 수도 있어요. 하지만 특히 우울할 때는—바르나바스와 나는 가끔 우울할 때가 있어요—모든 것을 의심하게 해요. 그럴 때면 우리는 바르나바스가 하는 일이 과연 성에 대한 봉사일까 하는 의문을 갖게 되죠. 그 녀석이 사무국으로 가는 것은 분명한데, 그 사무국이 엄격히 말해 성일까요? 그리고 사무국이 성에 속해 있다고 해도, 바르나바스가 출입을 허락받는 그 사무실이 성의 사무국일까요? 그애가 사무실에 들어가기는 하지만, 그것은 전체 사무국의 일부에 지나지 않아요. 그다음에 장벽들이 있고, 그뒤에 또다른 사무실들이 있거든요. 그애가 더이상 나아가는 것이 엄격히 금지되어 있지는 않지만, 일단 상관들을 만나고 그들이 그에게 용무를 맡기고 내보내면 더이상 나아갈 수가 없지요. 더군다나 그곳에서는 늘 감시가 이루어지고 있어요. 아니 최소한 사람들은 그렇게 믿고 있어요. 그리고 그 녀석이 계속 나아간다고 해도 더이상 공적인 업무가 없고 단순한 침입자에 불과하다면 무슨 소용이 있겠어요? 그 장벽들을 분명한 경계선 같은 걸로 생각해서는 곤란해요. 바르나바스도 나에게 그 점에 대해 늘 주의를 환기시켰어요. 장벽들은 그가 드나드는 사무실 안에도 있다고 해요. 그러니 그가 통과하는 그 장벽들 역시 그가 아직 한번도 넘어가보지 못한 장벽들과 다르지도 않다고 해요. 그러므로 혹시 그 마지막 장벽들을 통과하면 그가 이미 가보았던 사무국과는 다른 사무국이 있을 거라는 가정은 애당초 할 수가 없는 거죠. 우리는 다만 마음이 울적할 때 그런 생각을 해요. 그럴 때는 자꾸 의심이 일고, 그 의심을 도무지 떨쳐버릴 수가 없어요. 바르나바스는 관리들과 이야기를 하기도 하고, 또 전갈을 받기도 해요. 그런데 도대체 어떤 관리들이고, 또 어떤 전갈일까요? 아니, 그 녀석 말로는 이제 자신은 클람에게 배속되어 그에게서 직접 업무를 받는다고 해요. 그렇다면 그것은 대단한 성취라고 할 수 있어요. 높은 직급의 하인들도 그 정도까지는 이르지 못하거든요. 사실 너무 대단한 일이고, 그래서 은근히 걱정이 되는 거죠. 직접 클람에게 배속되어 그와 대면하며 이야기를 나눈다고 생각해보세요! 그런데 정말로 그럴까요? 뭐 글쎄, 그렇다고 해요. 하지만 사실이 그렇다면 바르나바스는 왜 그곳에서 클람이라고 지칭되는 관리가 정말 클람일까 하고 의심하는 걸까요?" "올가." K가 말했다. "농담을 하는 건 아니겠지. 어떻게 클람의 생김새를 의심할 수 있지? 그 사람의 생김새는 잘 알려져 있고, 나도 그를 직접 본 적이 있어." "그렇지 않아요, K." 올가가 말했다. "농담이 아니라 나의 가장 심각한 고민거리인걸요. 내 마음을 홀가분하게 하고 당신 마음을 무겁게 하려고 이런 말을 하는 게 아니에요. 당신이 바르나바스에 대해 물었고 또 아말리아가 내게 그 이야기를 해주라고 부탁했기 때문이기도 하고, 내가 보기에도 보다 자세한 내막을 아는 것이 당신에게 유익할 듯해서 말하는 거예요. 바르나바스를 위한 일이기도 하고요. 당신이 그애한테 너무 큰 기대를 걸지 않도록, 또 그 녀석이 당신을 실망시키고 또 그 때문에 스스로 괴로워하지 않도록 하기 위해서죠. 그 녀석은 무척 예민하거든요. 이를테면 지난밤에도 잠을 못 잤어요. 당신이 어제저녁에 그 녀석에게 불만을 표했기 때문에요. 당신은 바르나바스 같은 '이런 심부름꾼밖에' 없어서 아주 힘들다고 했다면서요. 당신의 그 말에 그 녀석은 잠을 이루지 못했어요. 당신으로서는 아마 그 녀석이 흥분했을 거라고는 짐작도 못했을 텐데요, 성의 심부름꾼들은 사실 상당한 자제력을 갖추고 있어야 하니까요. 그러나 그로서는 그러한 자제력을 갖기가 쉽지 않고, 상대가 당신일지라도 마찬가지일 거예요. 물론 당신 스스로는 그에게 그렇게 과도한 요구는 하지 않는다고 생각하겠죠. 심부름꾼의 일에 대해 당신 나름대로 생각하는 바가 있고, 그것을 기준으로 당신의 요구 사항들을 평가할 테니까요. 하지만 심부름꾼 일에 대한 성의 생각은 당신과 다를 거예요. 바르나바스가 자기 업무에 전적으로 헌신한다고 해도 당신이 생각하는 바와 일치하지 않을 수 있어요. 보기에 안타깝지만, 그 녀석은 가끔 전적으로 헌신하고 싶어하는 것 같아요. 그리고 그 녀석이 하는 일이 정말로 심부름꾼의 일인가 하는 그런 질문만 아니라면, 순응해야 하고 이러쿵저러쿵 이의를 제기해서는 안되겠죠. 물론 그 녀석은 당신 앞에서는 어떤 의심의 말도 입밖에 낼 수 없어요. 그건 그 녀석의 실존을 허물어뜨리는 일이자 여전히 자신을 지배한다고 생각하는 규범들을 대거 위반하는 셈이니까요. 그 녀석은 나한테조차도 솔직하게 털어놓지 않아요. 그래서 나는 기분을 맞춰주기도 하고 키스도 해주면서 겨우 그 녀석이 의심하는 부분을 알아낼 수밖에 없어요. 그럴 때조차도 그 녀석은 경계하면서 의심하고 있다는 사실조차 인정하지 않으려고 발버둥을 치죠. 그 녀석의 핏속에는 뭔가 아말리아적인 것이 있어요. 그 녀석에게는 내가 유일하게 속을 털어놓는 상대지만, 그럼에도 불구하고 나한테도 모든 것을 털어놓지는 않아요. 하지만 우리는 가끔 클람에 대해 이야기를 해요. 당신도 알다시피 나는 아직 클람을 본 적이 없어요. 프리다는 나를 별로 좋아하지 않아 그의 모습을 볼 수 있는 기회를 한번도 주지 않았어요. 물론 그가 어떻게 생겼는지는 마을에 잘 알려져 있고, 몇몇은 그를 봤다고 해요. 또 모두가 그에 대해서는 들어 알고 있죠. 눈으로 본 것, 소문으로 들은 것 그리고 왜곡을 가하는 몇가지 부수적인 의도가 겹쳐져서 클람의 이미지가 만들어졌는데, 그 윤곽은 대략 맞을 거예요. 그러나 윤곽만 맞는 거죠. 그밖의 클람의 이미지란 가변적인데, 물론 그것도 클람의 실제 생김새만큼은 아니지만요. 그는 마을에 올 때와 떠날 때의 모습이 다르며, 맥주를 마시기 전과 마시고 난 후의 모습이 다르고, 깨어 있을 때와 잘 때의 모습이 다르며, 혼자 있을 때와 대화할 때의 모습이 다르다고 해요. 그렇게 보면 저 위 성에 있을 때의 모습이 거의 완전히 다르다는 점도 이해가 되죠. 그리고 마을 안에서 떠도는 이야기들 사이에도 상당히 큰 차이가 있어요. 몸집, 태도, 모습, 수염에 대한 보고가 차이가 있지만 복장에 대해서만은 다행히도 일치하죠. 그는 늘 똑같은 옷, 옷자락이 긴 검은 외투를 걸치고 다녀요. 물론 이 모든 차이는 무슨 마법 같은 것 때문에 생긴 일이 아니라, 대체로 잠깐 동안 클람을 보는 것이 허용되었던 사람들이 처했던 순간적인 기분, 흥분 정도, 수많은 차이를 지닌 희망과 절망의 분량에 따른 것임을 쉽게 이해할 수 있지요. 내가 당신에게 들려주는 이 모든 이야기는 바르나바스가 자주 나에게 설명해준 내용 그대로예요. 그러니까 이런 일에 개인적으로 직접 관여되어 있지 않은 사람이라면 그런 점에 신경 쓸 턱이 없지요. 하지만 우리는 그럴 수가 없어요. 실제로 바르나바스에게 클람과의 면담 여부는 삶이 걸린 문제거든요." "그에 못지않게 내게도 그래." K가 말했다. 그리고 두사람은 난로 옆 의자에서 더욱 가까이 다가 앉았다. K는 사실 올가에게서 이토록 불리하기만 한 새 소식을 듣고 상당히 당황했지만, 적어도 겉으로 보기에는 이곳에서 자신과 처지가 아주 비슷하여 함께할 수 있고, 또 프리다와 달리 몇가지 점에서만이 아니라 많은 점에서 서로 통하는 그런 사람들을 발견한 것은 상당한 보상이 되었다. 그는 비록 바르나바스가 심부름꾼으로서 성공할 가능성에 대한 희망은 희박해졌지만, 저 위에서 바르나바스의 사정이 나빠질수록 여기 아래에서는 K와 더 가까워질 듯했다. K는 이 마을에서 바르나바스와 그의 누이들이 하듯 그렇게 불행한 노력을 하는 이들이 있으리라고는 전혀 생각하지 못했다. 물론 아직 충분하게 설명된 것은 아니었고, 나중에 반전될 가능성도 있었다. 올가의 예의 순진한 면모에 현혹되어 바르나바스의 성실성까지 믿어버리는 잘못을 범해서는 안되었다. "클람의 생김새에 관한 보고 말인데요." 올가가 말을 이었다. "바르나바스는 그에 관한 보고들을 잘 알고 있고, 많은 보고를 수집해(너무 많이 모았을 수도 있어요) 비교도 해보았어요. 한번은 그 녀석이 마을에서 마차 창문을 통해 클람을 직접 본 적이 있어요. 아니면 보았다고 믿었거나요. 아무튼 클람을 식별할 수 있는 준비가 충분한 사람이죠. 그런데—당신은 이 점을 어떻게 설명하겠어요?—바르나바스가 성의 한 사무국에 들어갔는데, 어떤 사람이 여러 관리 중 하나를 가리키며 그 사람이 클람이라고 했대요. 그런데 정작 바르나바스는 클람을 알아보지도 못했을 뿐만 아니라 이후에도 한동안 그가 클람이라는 사실이 낯설었다고 해요. 그러나 당신이 이제 바르나바스에게 마을 사람들이 지닌 통상적인 클람의 이미지와 그 사람이 어떤 점에서 다르냐고 묻는다면, 그 녀석은 대답을 못하거나 아니면 대답을 한답시고 성에서 본 관리의 모습을 묘사할 거예요. 그런데 녀석이 묘사하는 클람의 모습은 우리가 알고 있는 것과 정확히 일치해요. 그러면 나는 이렇게 말하죠. '자, 바르나바스. 너는 왜 의심하니, 왜 자신을 괴롭히는 거야?' 그러면 내 동생은 눈에 띄게 난처해하면서 성에서 본 관리의 특징을 일일이 열거하기 시작할 거예요. 그것도 보고라기보다는 오히려 꾸며낸 듯한 특징들이죠. 게다가 그 특징들은 하찮은 점들, 예를 들어 특이하게 고개를 끄덕이는 모습이나 단추를 푼 조끼 등 진지하게 받아들이기 어려운 것들이죠. 내가 보기에 더 중요한 것은, 클람이 바르바나스를 대하는 방식이에요. 바르나바스는 종종 내게 설명도 해주고, 그려서 보여주기도 했어요. 보통 바르나바스는 큰 사무실로 안내되어 들어간다고 해요. 클람의 사무실도 아니고 누군가의 사무실도 아닌 공간으로요. 그 방에는 서서 사용하는 책상 하나가 한쪽 벽에서 다른 쪽 벽까지 길게 이어지며 방을 두 부분으로 나누고 있다고 해요. 한쪽은 두사람이 겨우 스쳐지나갈 정도로 비좁은데 관리들이 쓰는 공간이고, 좀더 넓은 다른 쪽은 민원인, 방청객, 하인들, 심부름꾼들이 쓰는 공간이래요. 책상 위에는 큰 책들이 나란히 펼쳐져 있고, 대부분의 책마다 관리들이 서서 책을 읽고 있어요. 다만 늘 같은 책에 매달려 있지는 않아요. 하지만 책을 바꾸는 게 아니고 서 있는 자리를 바꾼다고 해요. 바르나바스가 보기에 가장 놀라운 점은, 공간이 정말 비좁은데 관리들이 자리를 바꿀 때 어떻게 서로 밀치면서 지나갈 수 있는가 하는 거래요. 높은 책상 바로 앞쪽에는 높이가 낮은 소형 책상들이 있는데, 서기들이 앉아 관리들이 구술하는 내용을 받아적는 자리인 거죠. 바르나바스는 그런 일이 어떻게 제대로 이루어지는지 늘 놀라워해요. 관리는 분명하게 명령하는 것도 아니고 또 큰 소리로 구술해주는 것도 아니며, 구술이 이루어지고 있음을 거의 알아차리지 못할 정도라고 해요. 오히려 관리는 여전히 책을 읽는 듯 보이고 그러면서 몇 마디를 중얼거릴 뿐인데, 서기는 그것을 알아듣는다는 거죠. 종종 관리가 너무 작은 소리로 말해 서기가 앉은 채로는 전혀 알아듣지 못할 때도 있대요. 그러면 서기는 벌떡 일어나 구술되는 내용을 포착하고 얼른 자리에 앉아 적은 다음, 다시 벌떡 일어나서 같은 동작을 반복한다고 해요. 얼마나 기묘한 광경인지 도무지 이해가 되지 않는다고 해요. 바르나바스는 물론 이 모든 것을 관찰할 시간이 충분히 있어요. 클람의 시선이 그에게 올 때까지 그는 그곳 방청석에 몇시간, 때로는 며칠을 서 있기도 해야 하니까요. 그리고 클람이 동생의 모습을 알아보고 또 동생이 차렷자세를 취한다고 해서 어떤 결정이 내려졌다고는 할 수 없어요. 대개 클람은 다시 책으로 눈을 돌리고는 제 동생을 잊어버려요. 무슨 심부름꾼의 일이 이렇게도 하잖죠? 그래서 바르나바스가 아침에 성으로 간다고 하면, 나는 마음이 우울해져요. 아무리 봐도 무익한 성으로의 여행, 아무리 봐도 헛수고인 하루, 아무리 봐도 허망한 희망인 거죠. 이게 다 무슨 소용이 있을까요? 게다가 집에서는 일손이 없어 구둣방 일은 쌓이고 브룬스비크는 자꾸 일처리를 재촉하죠." "그렇군." K가 말했다. "그러니까 바르나바스는 무슨 일을 받을 때까지 오래 기다려야 하는군. 이해가가는 일이야. 그곳에는 일하는 사람들이 엄청나게 많은 모양이더라고, 모든 사람이 매일 할 일을 받을 수는 없을 거야. 그 점에 대해서는 불평할 수 없겠지. 그런 일은 누구에나 일어나니까. 그런데 바르나바스는 결국에는 임무를 받고 있어. 내게도 벌써 편지 두 통을 전해주었거든." "그럴지도 모르죠." 올가가 말했다. "우리가 불평을 하는 게 잘못일 수 있어요. 특히 나는 모든 것을 들어서 알 뿐이고, 여자여서 바르나바스만큼 잘 이해하지 못할 수도 있어요. 그 녀석은 또 어떤 것은 다 이야기해주지도 않아요. 하지만 이제 그 편지들, 예를 들어 당신에게 전달되었다는 그 편지들에 관해 얘기해드리죠. 동생은 그 편지들을 직접 클람에게서 받은 게 아니고, 서기한테서 받았어요. 임의의 날, 임의의 시간에—그래서 그 일은 아무리 쉬워 보여도 힘든 거죠. 바르나바스는 늘 주의를 기울이고 있어야 하니까요—서기가 동생을 기억하고는 와보라는 신호를 보내요. 클람이 그렇게 하도록 지시한 것 같지는 않아요. 그는 조용히 책을 읽고 있거나, 때로는 바르나바스가 다가갈 때 코안경을 닦거든요. 평소에도 종종 그러지만요. 그러면서 클람은 동생을 바라보고 있을 수도 있어요. 코안경 없이도 무엇을 볼 수 있다고 가정한다면요. 하지만 바르나바스는 그렇지는 않을 거래요. 클람은 두 눈을 감고 잠을 자면서 다만 꿈속에서 안경을 닦고 있는 것처럼 보인다고 해요. 그러는 동안 서기는 책상 아래에 있는 여러 문서와 편지 들 속에서 당신과 관련된 편지 한통을 찾아내는데, 서기가 방금쓴 편지는 아니고 봉투의 모양새로 보아 아주 오래전부터 거기 잠자고 있던 편지인 거죠. 그런데 그것이 오래된 편지라면, 왜 바르나바스를 그렇게 오랫동안 기다리게 한 걸까요? 그리고 어쩌면 당신까지도요? 그리고 결국 그 편지도 기다리게 했던 거죠. 지금은 한참 지난 편지가 되었으니까요. 그리고 그 덕분에 바르나바스는 결국 형편없고 느려터진 심부름꾼이라는 평판을 얻는 거죠. 그러나서기는 그런 사실을 가볍게 여기면서 '클람이 K에게 보내는 거야'라는 말과 함께 그 편지를 내주고는 바르나바스를 보낸대요. 그러면 바르나바스는 마침내 얻게 된 편지를 셔츠 속 맨살에 지니고 숨을 헐떡이며 집으로 달려와요. 그러면 우리는 지금처럼 이 의자에 앉게 되고, 동생은 이야기를 시작하죠. 우리는 모든 사안을 하나하나 검토하고 동생이 성취한 일에 대한 평가를 내리는데, 그러다보면 별것 아니고 그 하찮은 것마저도 의심스럽다는 결론을 내리는거죠. 그러면 바르나바스는 편지를 배달할 마음도, 그렇다고 잠을자러 갈 마음도 없어 편지는 내버려두고 제화 일에 착수해 저기 등받이도 없는 의자에 앉아 밤을 지새는걸요. 사정이 그래요, K. 그게나의 비밀이에요. 이제 당신은 아말리아가 이런 비밀들에 관여하지 않는다고 해도 놀라지는 않겠죠." "그렇다면 편지는?" K가 물었다. "편지요?" 올가가 말했다. "그러다가 얼마 후, 아니 며칠 또는몇주가 지날 수도 있는데 내가 바르나바스를 집요하게 다그치면,

그는 편지를 집어들고 전달하려고 나가요. 이처럼 동생은 외적인 일에서는 내게 많이 의존하는 편이죠. 말하자면 나는 동생이 말해 주는 이야기의 첫인상을 이겨내고 나면, 다시 정신을 차릴 수 있지 만 동생은 아마도 더 많은 것을 알고 있어서 그렇게 하지 못하나봐 요. 그래서 나는 이렇게 계속 묻지요. '도대체 원하는 게 뭐야, 바르 나바스? 너는 어떤 경력을 꿈꾸는 거야, 너의 야망이 뭐야? 너는 혹 시 우리를, 나를 완전히 떠나려는 거야? 그게 너의 목표야? 나로서 는 그렇게 생각할 수밖에 없지 않겠어? 그렇지 않다면 네가 지금까 지 성취한 일에 대해 왜 그렇게 불만스러워하는지 이해할 수가 없 어. 우리 이웃 중에서 너만큼 해낸 사람이 있는지 한번 둘러보라고. 물론 그들은 우리와는 상황이 다르지. 그들이야 현재 자신들의 형 편을 굳이 넘어서고자 애쓸 이유가 없으니까. 하지만 그런 비교를 하지 않더라도 네 경우 만사가 잘 풀리고 있다는 것은 누구나 알 수 있어. 장애물들이 있고, 미심쩍은 일들, 실망스러운 일들이 있기 야 하지. 하지만 그것은 다만 우리가 이미 알고 있는 바, 즉 네게는 그저 공짜로 주어지는 것은 아무것도 없다는 점, 아무리 사소한 일 이라도 네 스스로 쟁취해야 한다는 점을 뜻할 뿐이야. 그런데 그것 은 네가 자랑스러워해야 할 또 하나의 이유지, 의기소침해할 이유 는 아니야. 그리고 너는 우리를 위해 싸우는 것이기도 하잖아? 네 게는 그 사실이 아무 의미도 없는 거야? 새로운 힘이 되지는 않니? 이런 동생을 둔 나는 자랑스러워 우쭐해질 정도인데, 그런 사실이 네게는 어떤 확신도 주지 않아? 그리고 나는 네가 성에서 이루어낸 점에 실망하는 게 아니라 다만 내가 네게서 얻어낸 것이 적어 실망 하는 거야. 너는 성에 들어가는 것을 허가받고, 사무국을 언제나 들 락거리며, 클람이 있는 방에서 하루 종일 지낼 수 있어. 너는 공인

된 심부름꾼이고, 관복을 청구할 수도 있으며, 배달해야 할 중요한 서신들을 받고 있어. 너는 그 모든 일을 해내고, 또 그런 일들을 하도록 허가를 받았지. 그런데 네가 성에서 마을로 내려올 때면 우리가 행복에 겨워 울며 서로 얼싸안아도 좋을 텐데, 너는 나를 보는 순간 벌써 모든 용기가 달아나는 모양이야. 너는 모든 것에 의심을 품고, 구두 골에만 마음이 끌리나봐. 우리의 미래를 보장해주는 편지는 내팽개치고 말이야.' 이런 식으로 그를 타이르고 또 며칠 동안 같은 말을 하면, 그는 결국 한숨을 쉬면서 편지를 들고 나가요. 하지만 내 말에서 영향을 받았다고는 할 수 없어요. 녀석은 다시 성으로 가고 싶은 충동을 느꼈고, 주어진 임무를 수행하지 않고는 감히 그렇게 할 수 없는 노릇인 거죠." "당신이 바르나바스에게 하는 말은 다 옳은 말이야." K가 말했다. "당신은 모든 상황을 간추려 말하는 솜씨가 대단해. 놀라울 정도로 명료한 사고를 하고 있어!" "아니에요." 올가가 말했다. "당신이 속고 있고, 나는 동생도 속이는 것일 수 있어요. 그 녀석이 도대체 뭘 성취했다는 거죠? 그는 사무국 출입을 허락받았지만, 그것은 진짜 사무국이라기보다는 오히려 사무국으로 들어가는 대기실, 아니 그것도 아니고 어쩌면 사무국에 들어가는 것을 허락받지 못한 모든 사람을 잡아두는 공간일 수도 있어요. 그는 클람과 이야기한다고 하는데, 그게 정말 클람일까요? 그저 클람과 닮은 그 누구는 아닐까요? 기껏해야 클람과 약간 닮았고 더욱 닮으려고 애를 쓰면서 클람처럼 잠이 덜 깬 상태에서 꿈꾸듯이 거드름을 피우는 비서일 가능성이 높아요. 클람의 그런 특성은 쉽게 따라할 수 있고 실제로 이를 시험해보는 사람이 더러 있어요. 물론 다른 특성에 대해서는 신중한 태도를 보이며 손대지 않지만요. 그리고 클람 같은 사람, 다시 말해 모두가 열렬히 동경하는데도 만나보기 힘든 그런 사람은 사람들의 머릿속에서 쉽게 다양한 모습으로 나타나는 법이죠. 예를 들어 클람은 이곳 마을에 모무스라는 이름의 마을 비서를 두고 있어요. 안 그런가요? 당신도 그 사람을 아시죠? 그 사람도 클람처럼 모습을 잘 드러내지 않지만, 나는 이미 몇번 그를 본 적이 있어요. 튼튼하고 젊은 신사분이죠, 안 그래요? 그는 아마 클람과 닮은 데가 전혀 없을 거예요. 그런데 마을 사람들 중에는 모무스가 클람이라고, 클람 바로 그 사람이라고 우기는 이들도 있어요. 사람들은 이런 식으로 혼동하게 되나봐요. 그런데 성안이라고 사정이 다를까요? 누군가가 바르나바스에게 저 관리가 클람이라고 말한 적이 있고, 두사람 사이에는 실제로 닮은 점이 있는데, 바르나바스는 그런 닮은 점을 늘 의심스러워하는 거죠. 그리고 모든 것이 그의 의심을 뒷받침해줘요. 클람이 휴게실 같은 공간에서 귀 뒤에 연필을 꽂고 다른 관리들 틈에 섞여 밀치고 들어설 이유가 있겠어요? 그럴 리 없겠죠. 바르나바스는 조금 순진하게 가끔은, 물론 아주 낙관적인 기분일 때이기는 하지만, 이렇게 말할 때가 있어요. '그 관리는 정말 클람과 꼭 닮았어. 그 사람이 자기 집무실의 자기 책상에 앉아 있고 또 그 방문에 클람의 이름이 붙어 있다면, 나는 전혀 의심하지 않을 거야.' 이것은 순진하지만, 분별력 있는 말이기도 해요. 그런데 바르나바스가 저 위의 성에 갔을 때 여러 사람들에게 사정을 좀더 제대로 알아본다면, 그것이 보다 분별력 있는 행동이 되겠죠. 하여튼 동생 말로는 방 안에 돌아다니는 사람들이 아주 많다고 해요. 그리고 묻지도 않았는데 클람이라고 알려준 사람의 말보다는 그 사람들이 들려주는 이야기들이 더 신뢰할 만하지 않을까요? 적어도 그들의 다양한 의견들을 들어보면 어떤 참조하거나 비교할 만한 점들이 나타날 수도 있잖아요. 이런 생각도 내 발상은 아니고 바르나바스가 생각한 거예요. 그런데 녀석은 이를 감히 실행에 옮기지는 못하고 있어요. 혹시나 알려지지 않은 법규를 원치 않게 어기게 되어 일자리를 잃게 될까봐 감히 누구에게도 말을 걸어볼 엄두를 내지 못하는 거죠. 그 정도로 동생은 불안해해요. 그런데 참으로 딱해 보이는 그의 불안감은 그 어떤 설명보다도 동생의 지위를 예리하게 보여주죠. 동생이 감히 입을 열어 이런 순진무구한 질문조차 던지지 못하는 걸 보면 동생에게는 그곳에 있는 모든 것이 참으로 의심스럽고 위협적으로 보이는 게 분명해요. 이런 생각을 하다보면 나는 그 미지의 공간에, 겁쟁이라기보다는 그래도 대담한 편인 동생조차도 두려움에 벌벌 떠는 그런 곳에, 동생 혼자 내버려두는 것을 자책하게 돼요."

"내 생각에 당신은 이제야 결정적인 지점에 이른 것 같군." K가 말했다. "바로 그거야. 당신이 모든 이야기를 해준 덕분에 이제야 나는 사태를 또렷이 보는 것 같아. 바르나바스는 그러한 과제를 떠맡기에는 너무 어려. 그의 말을 곧이곧대로 진지하게 받아들여서는 안될 것 같아. 저기 성에서는 겁에 질려 아무것도 알아챌 수가 없었는데, 여기 아래에서 자신에게 매번 보고를 강요하니 동화 같은 이야기만 털어놓을 수밖에 없겠지. 나로서는 조금도 놀라운 일이 아니야. 관청에 대한 경외심은 이곳에 사는 당신들에게는 타고난 것이고, 이후에도 평생에 걸쳐 모든 방면에서 아주 다양한 방법으로 당신들에게 주입되고 있어. 또 당신들 자신도 가능한 최선을 다해 거기에 가세하고. 나는 원칙적으로는 그런 것에 반대하지 않아. 좋은 관청이라면 그러한 관청에 경외심을 갖지 않을 이유가 없잖아? 하지만 마을 주위를 한번도 벗어난 적이 없는 바르나바스 같은 청소년을 갑자기 성에 보내서는 진실에 부합하는 보고를 갖고 돌아올 것을 요구하고, 또 그의 한마디 한마디를 무슨 계시인 양 분석하며 그러한 해석에 자기 삶의 행복을 의존해서는 안 된다는 거야. 그보다 잘못된 일은 없어. 물론 나도 당신과 마찬가지로 그에게 현혹되어 희망을 품었다가 실망을 겪기도 했는데, 그러한 희망과 실망은 모두 다만 그의 말에 의존한, 그러니까 거의 근거가 없는 일이었지." 올가는 잠자코 있었다. "나로서도 쉬운 일이 아니야." K가 말했다. "동생에 대한 당신의 신뢰를 흔드는 것 말이야. 당신이 얼마나 동생을 사랑하고 또 무엇을 기대하는지 알기 때문이지. 하지만 적어도 동생에 대한 당신의 애정과 기대를 생각해서 이런 말을 할 수밖에 없어. 이것 보라고, 뭔지는 알 수 없지만 뭔가가 계속 당신을 방해하고 있어. 그래서 당신은 바르나바스가 실은 성취해낸 게 아니라 선물처럼 얻어냈다는 걸 제대로 인정하지 못하는 거야. 그는 사무실, 아니 당신이 대기실이라고 부르는 그 공간에 출입하는 걸 허락받았어. 자, 그곳이 대기실이라면 앞으로 더 나아가야 할 문들이 연이어 나타날 것이고, 장벽들이야 재주만 있다면 뛰어넘을 수 있겠지. 예를 들어 나의 경우는 그 대기실에도 절대 접근하지 못해, 적어도 당장은 그래. 그곳에서 바르나바스가 누구와 이야기를 하는지는 모르겠어. 어쩌면 그 서기는 가장 낮은 직급의 하인일 수도 있지. 하지만 그 사람은 바르나바스를 바로 다음 상급자에게 데려갈 수 있을 것이고, 아니 데려다줄 수 없다 하더라도 상급자의 이름을 말해줄 수 있을 거야, 아니 이름은 말해줄 수 없어도 그렇게 해줄 수 있는 사람을 알려줄 수 있을 거야. 클람이라는 자는 진짜 클람과 아무런 공통점도 없을지 몰라. 너무 흥분해서 눈이 멀어버린 바르나바스에게만 비슷하게 보였을 수도 있어. 그 사람은 최하급 관리이거나 관리가 결코 아닐 수도 있어. 그런데 그 사람은 책상에 앉아 뭔가 임무를 수행하고 있어. 큰 책을 펼쳐놓고 뭔가를 읽으며, 서기에게 뭔가를 속삭이기도 하고, 어쩌다가 한참 후에 바르나바스에게 눈길이 닿으면 뭔가를 생각하기도 하지. 그리고 그 모든 것이 사실이 아니고, 또 그 사람이나 그의 행위가 아무런 의미가 없다고 하더라도, 누군가가 그 사람을 그곳에 배치했고, 아무런 의도 없이 그런 일이 일어날 리 없어. 이 모든 사실을 통해 내가 말하려는 바는, 그곳에서는 뭔가가 있고, 바르나바스에게는 뭔가, 적어도 이런저런 것이 제공되고 있다는 거야. 그런데 바르나바스가 그곳에서 의심, 불안, 절망밖에 얻지 못한다면 그것은 전적으로 바르나바스의 책임이라고 할 수 있어. 나는 가장 불리한 경우를, 심지어 가능성이 아주 희박한 경우를 가정해서 이런 말을 하는 거야. 왜냐하면 우리는 수중에 편지들을 갖고 있으니 말이야. 나는 물론 이 편지들도 그다지 신뢰하지는 않지만, 바르나바스의 말보다는 훨씬 신뢰하지. 설사 그 편지들이 아무 가치도 없는 편지 더미에서 아무렇게나 집어낸 낡고 무가치한 것이라고 해도, 비유컨대 대목장에서 카나리아가 어떤 사람의 점괘를 부리로 골라내는 정도의 분별력으로 대충 집어낸 것이라고 해도, 그 편지들은 적어도 나의 일과 어떤 관계가 있는 거야. 그 편지들은 어쩌면 내게는 아무 이익을 가져다주지 못한다고 해도 분명 나를 수신인으로 삼아, 더욱이 촌장과 촌장 부인도 증언했듯이 클람이 직접 작성한 거야. 또 촌장의 말에 따르면 그것이 비록 사적인 편지에 불과하고 내용이 모호하다고는 해도 대단히 중요한 의미가 있지." "촌장님이 정말 그런 말을 했어요?" 올가가 물었다. "그래, 그렇게 말했어." K가 대답했다. "바르나바스에게 그 이야기를 해줘야겠어요." 올가가 재빨리 말했다. "무척 격려가 될 거예요." "하지만 그에게 필요한 것은 격려가 아니야." K가 말했다. "그를 격려한다는 것은, 그의 말이 옳고 지금까지 하던 방식대로 계속 밀고 나가라는 뜻이야. 그런데 그런 식으로는 정말 아무것도 성취하지 못할 거야. 천으로 두 눈을 가린 사람은 아무리 격려해주어도 아무것도 보지 못하는 법이지. 천을 벗어야만 볼 수 있어. 바르나바스에게 필요한 것은 격려가 아니라 도움이야. 생각을 좀 해보라고. 저 위에는 상상도 못할 만큼 거대한 관청이 있어—내가 여기 오기 전에는 그 관청이 어떠할지 대략 그려볼 수 있을 것 같았는데, 참으로 순진한 생각이었지—다시 말해 저기에 관청에 있고 바르나바스는 관청을 향해 전진하고 있는데, 가엾게도 그 자신 말고는 아무도 없이 혼자야. 그가 실종 상태가 되어 사무국의 한구석에 웅크리고 평생을 보내지 않는다면, 그것만 해도 그에게 과분한 영광이라고 할 수 있지." "오해하지는 마요, K." 올가가 말했다. "바르나바스가 맡은 임무의 중대함을 우리가 과소평가한다고 오해하지 않았으면 해요. 우리에게 관청에 대한 경외심이 부족하지 않아요, 당신 스스로도 말했잖아요." "그러나 잘못된 경외심이야." K가 말했다. "보이지 않아도 되는 장소에서 경외심을 보이는 셈인데, 그런 경외심은 대상의 명예를 떨어뜨리지. 바르나바스가 그 공간에 입장할 수 있는 선물을 오용해서 그곳에서 허송세월을 보낸다면, 또는 그가 마을에 내려와 자신이 두려워했던 이들을 의심하고 경시하는 태도를 보이거나, 또는 그가 절망하거나 피곤하다는 이유로 편지들을 즉각 배달하지 않고, 자신에게 맡겨진 전언을 바로 전하지 않는다면, 그것을 경외심이라고 할 수 있을까? 그것은 더이상 경외심이라 할 수 없어. 하지만 비난은 거기서 그치지 않고, 당신에게까지 미치게 되지, 올가. 나는 당신을 비난할 수밖에 없어. 당신은 관청에 대해 경외심을 품고 있다면서도, 청소년에 불과한 연약하고 의지할 데 없는 바르나바스를 혼자 성으로 보냈어. 아니 적어도 당신은 가지 못하게 말리지 않았어."

"당신이 내게 가하는 비난은," 올가가 말했다. "나 역시 오래전부터 스스로에게 해온 비난인걸요. 하지만 내가 바르나바스를 성으로 보냈다는 비난은 온당치 못해요. 내가 그를 보낸 게 아니라 그 녀석은 제 발로 갔어요. 하지만 모든 수단을 다하고, 설득을 하고, 꾀를 내고, 완력을 동원해서라도 내가 그 녀석을 막아야 했던 것 같아요. 그런데 오늘이 그날, 그 결정적인 날이라고 해도, 또 내가 그때처럼 이번에도 바르나바스의 곤경, 우리 가족의 곤경을 느낀다면, 그리고 바르나바스가 모든 책임과 위험을 다 알면서도 또다시 부드럽게 미소를 지으며 내게서 떠나 성으로 가려 한다면, 나는 그동안의 모든 경험에도 불구하고 그 녀석을 말리지 않을 거예요. 당신도 내 입장이라면 어쩔 수 없을 거예요. 당신은 우리가 겪고 있는 곤경을 몰라요. 그래서 우리를, 특히 바르나바스를 부당하게 대하는 거예요. 그때 우리가 지금보다 더 큰 희망을 갖고 있었다고는 해도 그다지 큰 희망은 아니었어요. 우리의 곤경만 컸고 지금도 여전히 그런 상태죠. 프리다가 우리에 대해 아무 말도 않던가요?" "슬쩍 암시만 했어." K가 말했다. "분명한 이야기는 해주지 않았어. 하지만 당신 가족의 이름만 말해도 그녀는 흥분을 하더군." "여관 여주인도 아무 말 않던가요?" "응, 아무 말도." "다른 어느 누구도?" "아무도 안했어." "물론 그럴 거예요, 누가 무슨 얘기를 할 수 있겠어요? 누구나 우리에 관해 뭔가를 알고 있어요. 그것은 그들이 접할 수 있었던 정도의 진실이거나, 아니면 적어도 다른 사람들에게서 들은 것이거나 또는 대부분 스스로 꾸며낸 소문이죠. 사람들은 누구나 우리에 대해 필요 이상으로 생각하지만, 그것을 솔직하게 입 밖에 내는 사람은 없어요. 이런 일을 입에 올리길 꺼리는 거죠. 그 점에서는 그들이 옳기도 해요. K, 당신한테도 그 이야기를 해주는 것은 어려운 일이거든요. 그리고 그 이야기가 아무리 당신과 관계없어 보일지라도, 그 이야기를 듣고는 이곳을 떠나 다시는 우리에 관해 아무것도 알려고 들지 않을 수도 있잖아요? 그러면 우리는 당신을 잃는 거죠. 하지만 고백하자면, 내게는 이제 성에 대한 바르나바스의 봉사보다도 당신이 더 중요해요. 나는 이런 모순으로 이미 저녁 내내 괴로워하고 있지만, 그래도 당신은 사실을 알아야 해요. 그렇지 않으면 우리가 어떤 처지에 있는지 전혀 파악하지 못하고 또 바르나바스를 계속 부당하게 대할 테니까요. 내게는 그것이 특히 가슴 아파요. 우리끼리는 의견이 완전히 일치해야 하지만 그럴 리 없을 테고, 당신은 우리를 도와주지도 않고, 또 관청 바깥에 있는 우리의 도움도 받지 않겠죠. 그런데 한가지 문제가 남아 있어요. 궁금하신가요?" "왜 그런 질문을 하지?" K가 말했다. "그게 만약 꼭 필요한 것이라면 나야 당연히 알고 싶지. 그런데 왜 그런 식으로 묻는 거야?" "미신적인 생각에서요." 올가가 말했다. "당신은 아무 잘못도 없는 상태에서, 바르나바스보다 비난받을 것이 별로 많지 않은 상태에서 우리 일에 말려드는 것이라고요." "어서 말해봐." K가 말했다. "나는 두렵지 않아. 당신은 여자 특유의 염려증으로 상황을 더 고약하게 만들고 있어."

17장
아말리아의 비밀

"스스로 판단해보세요." 올가가 말했다. "사실 이 문제는 아주 단순한 듯해서 도대체 여기에 무슨 큰 의미가 있다는 것인지 바로 이해되지 않을 수도 있어요. 성에는 소르티니[15]라는 관리가 있어요." "나도 그 사람에 대해 들은 적이 있어." K가 말했다. "그가 나를 초빙하는 문제에 관여했거든." "아닐걸요." 올가가 말했다. "소르티니는 공개적으로 모습을 드러내는 경우가 거의 없어요. 혹시 'ㄷ' 철자를 쓰는 소르디니와 혼동한 거 아닌가요?" "그렇네." K가 말했다. "그 사람은 소르디니였어." "그래요." 올가가 말했다. "소르디니는 아주 유명한 인물이죠. 정말 가장 성실한 관리 중 하나로, 그 사람에 대해서는 많은 이야기가 있어요. 반면에 소르티니는 자신을 거의 드러내지 않아 대부분의 사람들이 알지 못해요. 내가 그 사람

---

15 '소르티니'(Sortini)는 '운명'을 뜻하는 라틴어 'sors'와 여기서 파생된 프랑스어 'sort'를 연상시킨다.

을 처음이자 마지막으로 본 지도 벌써 삼년이 넘었군요. 7월 3일 소방대 축제에서였어요. 성에서도 축제에 참가해 새 소방차를 한 대 기증했어요. 소르티니는 부분적으로는 소방대 업무도 맡고 있다고 해요. 아니면 그냥 대표로 참석한 것일 수도 있고요. 관리들은 서로 업무를 대신해주는 경우가 다반사여서 이 관리 또는 저 관리가 어느 영역을 관할하는지 확실히 알기는 어렵거든요. 하여튼 소르티니는 소방차를 전달하는 행사에 참석했어요. 그때 성에서는 관리들이며 하인들이며 여러 인사들도 많이 왔는데, 소르티니는 자신의 성격대로 아주 뒷전에 물러나 있었어요. 그는 왜소한 체구에 약골이었고 사색적인 남자였죠. 그의 모습을 본 사람이면 다들 그가 이맛살을 찌푸리는 방식이 특이하다고 여겼어요. 그는 분명 마흔이 넘지 않았는데 주름살이 많았고, 그 주름살은 부채꼴 형태로 이마에서 콧잔등으로 똑바로 뻗어 있었거든요. 나는 그런 모양의 주름을 본 적이 없어요. 그건 그렇고 바로 그 축제였어요. 우리, 즉 아말리아와 나는 몇주 전부터 그 축제를 손꼽아 기다렸어요. 일요일 나들이 때 입는 옷도 새로 손질해두었고요. 특히 아말리아의 옷은 정말 예뻤어요. 아말리아는 흰 블라우스의 레이스 층을 몇겹으로 포개 앞을 불룩하게 했는데, 어머니가 갖고 있던 레이스가 모조리 동원되었죠. 나는 당시에 시샘이 나서 행사 전날 밤의 거의 절반을 울면서 보냈어요. 아침에 다리목 여관의 여주인이 우리 모습을 구경하러 왔을 때—"다리목 여관 여주인이?" K가 물었다. "네." 올가가 말했다. "주인아주머니는 우리와 무척 친했고, 그래서 우리 집에 들렀어요. 아주머니는 아말리아가 나보다 낫다고 인정할 수밖에 없어서 나를 달래기 위해 자신의 보헤미아산產 석류석 목걸이를 빌려주셨죠. 외출 준비를 마치고 아말리아가 내 앞에 섰을 때, 우리는 모두 그 모습에 감탄했어요. 아버지는 이렇게 말했어요. '아말리아는 오늘 신랑을 얻게 될 거야, 내가 한 말을 잘 기억해두라고.' 그때 나는 왜 그랬는지는 몰라도 내 자랑거리인 목걸이를 풀어 아말리아의 목에 걸어주었고, 더이상 시샘 같은 건 하지 않았어요. 나는 아말리아의 승리 앞에 고개를 숙였고, 다들 그럴 거라고 생각했어요. 그런데 그때 아말리아가 평소와는 전혀 다른 모습을 보여 우리가 깜짝 놀랐던 것 같아요. 아말리아는 사실 아름답지는 않았거든요. 하지만 그녀의 침울한 시선, 그날 이후 변함없는 그 시선이 바로 우리 위로 스쳐갔고, 우리는 거의 본능적으로 그리고 정말로 그 앞에서 고개를 숙였던 거죠. 누구나 그 사실을 알아차렸는데, 우리를 데리러 온 라제만과 그의 부인도 그랬어요." "라제만이라고?" K가 물었다. "그래요, 라제만요." 올가가 말했다. "우리는 그때만 해도 상당히 존경을 받았어요. 그리고 사실 축제는 우리가 없다면 초라하게 시작되었을 거예요. 아버지는 소방대에서 세번째 지휘관이었거든요." "아버지가 당시에는 그렇게 강골이셨어?" "아버지요?" 올가가 그의 질문을 온전히 이해할 수 없다는 듯 되물었다. "삼년 전만 해도 아버지는 젊은이나 다름없었어요. 예를 들어 성 사람들이 머무는 헤렌호프에 불이 난 적이 있는데, 아버지는 갈라터[16]라는 이름의 몸이 육중한 관리를 등에 업고 뛰쳐나오기도 했어요. 그 자리에 나도 있었어요. 사실 화재로 번질 위험은 없었고 난로 옆의 마른 장작에서 연기가 피어올랐을 뿐인데 갈라터는 겁을 먹고서 창문으로 사람 살리라고 소리쳤어요. 소방대가 달려왔

---

16 '갈라터'(Galater)는 성경에서 사도 바울의 편지를 받았던 갈라디아 지방 사람들을 가리킨다. 편지를 통해 사도 바울은 정통 유대인과 이방인 중에 기독교인이 된 신자들 사이를 구분하는 데 반대하는 입장을 밝혔다.

고 벌써 불이 꺼진 때였지만, 아버지는 그를 업고 나와야 했어요. 하여튼 갈라터는 옮기기가 쉬운 인물이 아니어서 그런 경우 조심해야 하는 거죠. 내가 이 이야기를 하는 이유는 단지 아버지 때문이에요. 그날 이후 삼년밖에 안 지났는데, 저기 앉아 계시는 모습을 좀 보세요." 그때서야 K는 아말리아가 어느새 다시 방 안에 돌아와 있는 것을 보았다. 그녀는 멀찍이 떨어진 식탁에 부모님과 함께 앉아 류머티즘으로 팔을 움직이지 못하는 어머니에게 음식을 떠먹여주고, 또 아버지에게도 말을 걸었다. 아버지가 조금만 더 참고 있으면 금방 가서 음식을 드리겠다는 내용이었다. 하지만 그녀의 경고는 아무 소용이 없었다. 아버지는 수프를 먹고 싶은 생각이 간절했는지 허약한 몸으로 수프가 놓인 곳으로 가서 숟가락으로 수프를 떠먹거나 아예 접시에 입을 대고 마시려 했다. 그런데 어느 쪽도 뜻대로 되지 않자 화를 내며 투덜거렸다. 실제로 숟가락은 입에 미처 닿기도 전에 비어버렸고, 접시에는 입이 닿는 것이 아니라 늘어진 수염만 자꾸 들어가는 바람에 수프가 사방으로 흐르고 튀었으며 정작 입으로 들어가는 것은 거의 없었다. "삼년의 세월이 아버지를 저렇게 만든 거야?" K가 물었다. 하지만 그는 여전히 두 노인과 가족의 식탁이 위치한 구석의 광경에 동정심은 들지 않고 다만 역겨움만 느꼈다. "삼년 만에요." 올가가 천천히 말했다. "아니, 보다 정확히 말하면 축제가 벌어진 지 몇시간 만에요. 축제는 저기 마을 입구의 시냇가 풀밭에서 있었죠. 우리가 도착했을 때는 벌써 엄청난 인파가 모여 있었는데, 인근 마을에서도 많은 사람들이 와 있었고, 시끄러운 소리에 정말 정신이 하나도 없었어요. 물론 우리는 먼저 아버지의 안내를 받아 소방차를 보러 갔어요. 아버지는 새 소방차를 보고는 기쁨에 겨워 웃었어요. 새 소방차는 아버지에게 행복감을 선사했어요. 아버지는 소방차를 손수 만지면서 우리에게 설명을 시작했는데 어느 누구도 이의를 제기하거나 말릴 수 없었죠. 소방차 아래에 뭔가 봐야 할 것이 있으면, 우리는 모두 허리를 굽히고 소방차 아래로 기어들어 가다시피 해야 했어요. 바르나바스는 그러지 않겠다고 버티다가 한대 맞기도 했어요. 다만 아말리아만은 소방차에 전혀 신경 쓰지 않고 아름다운 옷차림으로 거기에 꼿꼿이 서 있었고, 어느 누구도 감히 그애한테 뭐라 하지 못했어요. 나는 가끔 그애한테로 가서 팔짱을 꼈지만, 그애는 아무 말도 하지 않았어요. 그때 일이 어떻게 된 것인지는 지금도 이해할 수가 없지만, 하여튼 우리는 소방차 앞에 오랫동안 서 있었고, 아버지가 소방차에서 벗어나려고 했을 때에야 비로소 우리는 소르티니의 존재를 알아차렸어요. 그 사람은 소방차 뒤쪽에서 내내 차량 레버에 몸을 기대고 있었던 것이 분명해요. 물론 그때는 여느 축제에서는 들을 수 없을 만큼 엄청나게 시끄럽고 분위기가 요란했지요. 그러니까 성에서 소방대에 트럼펫도 몇개 기증했는데, 별 힘 없이도 아주 요란한 소리를 내는 특수한 악기로 어린아이도 불 수 있었어요. 그 소리를 들으면 마치 터키인들이 습격해왔다고 여길 정도여서 어느 누구도 그 소리에 잘 적응할 수 없었어요. 트럼펫 소리가 날 때마다 다들 화들짝 놀라곤 했어요. 그리고 새것들인지라 모두들 불어보고 싶어했고, 대중이 즐기는 민속축제이니 그렇게 하는 것이 허용되었어요. 때마침 우리 주변에는 트럼펫을 부는 사람들이 모여들었는데, 아말리아의 모습에 이끌려온 것 같았어요. 그런 상태에서 침착하게 정신을 가다듬기란 쉬운 일이 아니었고, 더군다나 우리는 아버지의 명령에 따라 소방차에 온 정신을 집중해야 했는데, 우리들로서는 그 정도가 사람이 할 수 있는 한계였어요. 그러니 전에 전혀 알지 못했던 소르티니가 거기 있다는 것을 이상스러울 정도로 한참 동안이나 알아차리지 못한 거죠. '저기 소르티니가 있어.' 마침내 라제만이 아버지에게 속삭였는데, 나도 그때 바로 옆에 있었어요. 아버지는 깊이 허리를 굽혀 인사를 하고는 들뜬 모습으로 우리에게도 인사를 하도록 눈짓을 했어요. 아버지는 이전에 소르티니를 만나본 적은 없지만 늘 그를 소방 업무의 전문가로 존경해왔고 집에서도 종종 그에 대해 이야기했어요. 따라서 당시 그 사람을 실제로 보는 것은 우리에게도 매우 놀랍고 뜻깊은 일이었죠. 하지만 소르티니는 우리를 무시했죠. 그것은 소르티니만의 버릇은 아니었고, 관리들은 사실 공적으로 사람들을 보는 경우 대개 무심하게 굴죠. 그 사람은 또한 피곤한 상태였고, 다만 직무에 대한 책임감 때문에 여기 마을에 내려온 것이었죠. 그리고 성을 대표해 이러한 행사에 참가하는 의무를 거북하게 여긴다고 해서 가장 나쁜 부류의 관리라고는 할 수 없어요. 하여튼 다른 관리들과 하인들은 이왕 왔으니 사람들 사이에 섞여 있었으나, 소르티니는 소방차 옆에서 떠나지 않았고, 또 뭔가를 탄원하기도 하고 알랑거리기도 하면서 접근하려는 자들을 침묵으로 모조리 물리쳤어요. 그래서 그는 우리가 그를 알아본 것보다도 늦게 우리를 알아봤어요. 우리가 공손히 인사를 하고 아버지가 변명을 시작했을 때에야 비로소 그는 우리에게 시선을 돌렸고, 차례로 늘어선 우리를 피곤한 눈길로 한사람씩 살펴보았어요. 그는 한사람 옆에 다른 사람이 연달아 있는 모습을 보고 한숨을 짓는 것 같았어요. 그러다가 그의 눈길이 마침내 아말리아에게 와서 멈추었어요. 아말리아가 그 사람보다 키가 더 커서 그는 위로 올려다봐야 했어요. 그는 순간 흠칫하더니 아말리아에게 가까이 오려고 소방차 연결 축을 뛰어넘었지요. 우리는 처음에는 오해를 하고 아버지에게 이끌려 그에게 다가가려고 했으나, 그는 손을 들어 우리를 제지하면서 물러나라고 손짓했어요. 그게 전부였어요. 그렇게 해서 우리는 이제 정말로 신랑감을 구했다고 아말리아를 놀려댔고, 현명하지 못하게도 그날 오후 내내 무척 들뜬 기분으로 지냈어요. 그런데 아말리아는 전보다 더 말이 없었어요. '저 아이는 소르티니에게 홀딱 반한 모양이야.' 언제나 좀 상스럽고 또 아말리아 같은 성격을 잘 모르는 브룬스비크가 이렇게 말했고, 이번에는 우리도 대체로 그의 의견에 동의했어요. 우리는 그날 정말 너무 기뻐 정신을 차리지 못할 정도였고, 자정이 지나 집에 돌아왔을 때는 아말리아를 제외하고는 모두 성에서 내준 달콤한 포도주에 얼큰히 취해 있었어요.""소르티니는 어떻게 되었어?"K가 물었다. "그래요, 소르티니." 올가가 말했다. "나는 축제가 진행되는 동안에 소르티니를 여러번 보았어요. 그는 소방차의 연결 축에 팔짱을 낀 자세로 걸터앉아 그를 데리러 성에서 마차가 올 때까지 기다렸어요. 그때 아버지는 소르티니가 지켜볼 거라는 기대감에 소방 훈련에 참여해 동년배의 남자들보다 뛰어난 기량을 선보였으나, 소르티니는 보러 오지 않았어요.""그렇다면 당신들은 그에 대해 더이상 아무것도 듣지 못한 거야?"K가 물었다. "그런데 당신은 소르티니를 무척이나 존경하는 모양이군.""그럼요, 존경해요." 올가가 말했다. "우리는 그에 대해 더 많은 이야기를 들었어요. 다음 날 아침에 우리는 포도주에 취해 잠들어 있다가 아말리아가 내지른 비명 소리에 깨어났어요. 다른 사람들은 곧 다시 곯아떨어졌지만, 나는 잠이 완전히 달아나서 아말리아에게 달려갔죠. 아말리아는 창가에서 한 남자가 방금 건네준 편지 한통을 들고 서 있었고, 남자는 아말리아의 대답을 기다리고 있었어요. 아말리아는 아주 짧은 내용의 편지를 금방 읽고는 그것을 쥔 손을 축 늘어뜨렸어요. 나는 그애가 그처럼 지쳐 있는 모습이 늘 너무 사랑스럽더라고요. 나는 아말리아 옆에 무릎을 꿇고 편지를 읽어보았어요. 내가 편지를 다 읽자마자 아말리아는 나를 잠깐 쳐다보더니 편지를 도로 가져갔어요. 그러나 차마 다시 읽어보지는 못하고, 갈기갈기 찢더니 찢어진 조각들을 밖에서 기다리는 남자의 얼굴을 향해 내던지고는 창문을 닫아버렸어요. 이 결정적인 아침이 바로 전환점이 되었죠. 나는 그날 아침을 결정적이라고 부르지만, 전날 오후의 매순간도 마찬가지로 결정적이었어요." "편지에는 뭐라고 써 있었어?" K가 물었다. "아, 내가 아직 그 얘기는 하지 않았네요." 올가가 말했다. "그 편지는 소르티니가 보낸 것으로 석류석 목걸이를 한 처녀가 수신인으로 되어 있었어요. 편지의 내용을 다시 그대로 되풀이할 수는 없지만요, 헤렌호프로 그를 찾아오라는 요구였고, 그것도 당장 오라는 것이었어요. 소르티니는 반시간 후에는 여관을 떠나야 한다고 했어요. 그 편지는 내가 지금까지 들어본 적 없는 아주 상스러운 표현들이 써 있던 터라 전체적인 문맥에서 절반 정도 그 뜻을 추측한 바 그래요. 분명 아말리아를 모르는 어떤 사람이 편지만 읽었다면, 이런 형편없는 편지나 받는 처녀라면 능욕을 당한 처녀일 거라고 여겼을 거예요. 그 처녀는 정작 누구에게 능욕당한 적이 없는데도요. 그러니까 그것은 연애 편지가 아니었고, 환심을 사려는 달콤한 말은 전혀 없었어요. 소르티니는 오히려 아말리아의 모습에 너무 마음을 빼앗기는 바람에 자신의 일을 제대로 하지 못했고, 그 때문에 화가 나 있었던 것이 분명해요. 우리가 나중에 곰곰이 생각해보니, 소르티니는 원래 축제일 저녁에 바로 성으로 돌아갈 생각이었으나 단지 아말리아 때문에 마을에 머물렀던 모양이고, 밤새 그녀를 잊을 수 없었던 것에 단단히 화가 나서 아침에 편지를 쓴 듯해요. 그런 편지를 받는 사람은, 아무리 냉정한 사람이라고 해도 우선은 분개하지 않을 수 없을 거예요. 아말리아가 아닌 다른 여자였다면 그다음에는 그 위협조의 말투에 겁이 덜컥 났을 거예요. 그런데 아말리아는 계속 분개한 상태로 있었어요. 그애는 자신이나 다른 사람에 대해 두려움 같은 것은 모르거든요. 나는 다시 내 침대 속으로 기어들어가면서 끝맺지 못한 마지막 문장을 중얼거렸어요. '그러니까 지금 당장 오는 것이 좋을 거야, 그러지 않으면—!' 아말리아는 창가 의자에 앉아 창밖을 내다보고 있었는데, 마치 다른 심부름꾼들이 오기를 기다리면서 누구든지 오면 첫번째 심부름꾼처럼 다루겠다고 벼르고 있는 모습이었어요." "관리들은 그런 법이지." K가 우물쭈물하는 목소리로 말했다. "관리들 중에는 그런 사람들도 있어. 당신 아버지는 어떻게 하셨어? 나는 당신 아버지가 가장 빠르고 확실한 방법인 헤렌호프로 곧장 달려가는 길을 택하지 않았다면, 성의 해당 부서를 찾아가 소르티니에 대해 강력하게 항의했기를 바라는 거야. 이 이야기에서 가장 가증스러운 부분은 아말리아가 모욕당한 게 아니야, 그런 모욕이야 쉽게 보상받을 수 있어. 나는 당신이 그 문제에 왜 그렇게 지나친 비중을 두는지 모르겠어. 어떻게 소르티니가 그런 편지 한통으로 아말리아를 정말 영원한 웃음거리로 만들었다고 할 수 있겠어? 당신 이야기를 들어보면 그렇게 생각할 수도 있겠지만, 불가능한 이야기야. 아말리아는 쉽게 명예를 회복할 수 있고, 며칠 지나면 그 사건은 잊히고, 소르티니는 아말리아가 아니라 자기 자신을 웃음거리로 만든 거야. 내가 소르티니에 대해 질려버린 건 그런 식으로 권력을 남용할 수 있는 가능성 때문이야. 물론 이 경우에는 그 의도가 아주 노골적으로 표현되었고 속이 다 들여다 보였으며, 또 아말리아라는 우월한 상대를 만났기 때문에 실패했지만, 다른 수많은 경우에서는 당하는 사람이 조금만 불리한 위치에 있어도 그의 시도는 완전히 성공을 거둘 테고, 모든 사람의 시선, 심지어는 당하는 사람의 시선에서도 벗어날 수 있을 거야."조용히 해요."올가가 말했다. "아말리아가 이쪽을 보고 있어요."아말리아는 양친의 식사 시중을 끝내고 이제는 어머니의 옷을 벗겨주려고 했다. 그녀는 어머니의 치마끈을 풀고 어머니가 팔로 자기 목을 휘감게 한 후, 어머니를 살짝 들어 치마를 벗기고 나서 살며시 내려놓았다. 어머니가 아버지보다는 몸이 더 불편해 아말리아로서는 당연히 어머니의 시중을 먼저 든 것이지만, 그것이 늘 불만인 아버지는 딸의 동작이 느리다고 여겨 타박하려는 듯 스스로 옷을 벗으려 했다. 그래서 아버지는 가장 불필요하면서도 가장 쉬운 일, 즉 너무 헐거워 발에서 자꾸 벗겨지는 슬리퍼를 벗는 것부터 시작했으나 아무리 해도 벗을 수가 없었다. 아버지는 숨이 가빠져 그르렁거리는 소리를 내며 결국 포기했고, 다시 뻣뻣한 자세로 의자에 몸을 기댔다. "당신은 결정적인 것을 이해하지 못하고 있어요."올가가 말했다. "당신 말이 다 맞을 수도 있어요. 하지만 결정적인 것은 아말리아가 헤렌호프에 가지 않았다는 거죠. 그애가 심부름꾼을 어떻게 다루었는가는 그냥 눈감고 덮어줄 수 있는 문제일 수 있어요. 그런데 그애가 가지 않았기 때문에 우리 가족에게는 저주가 떨어졌어요. 그러자 심부름꾼을 그렇게 다룬 것도 이제 용서할 수 없는 일이 되었고, 더구나 그 일은 세상 사람들에게도 공공연히 알려졌던 거죠."뭐라고?"K는 이렇게 소리쳤으나, 올가가 애원하듯 손을 들어 올리자 얼른 다시 목소리를 낮추었다. "아니,

당신은 언니로서 아말리아가 소르티니의 말에 순종해 헤렌호프로 달려갔어야 했다고 말하는 건 아니겠지?" "아니에요." 올가가 말했다. "당치 않아요. 어떻게 그런 생각을 하죠? 나는 자신이 하는 모든 일에서 아말리아처럼 확고하게 자신의 정당함을 주장하는 사람을 보지 못했어요. 만약에 그애가 헤렌호프에 갔다고 하더라도 나는 그애의 행동이 옳다고 여겼을 거예요. 그애가 가지 않은 것은 정말 영웅적인 행동이었어요. 솔직히 말해, 내가 그런 편지를 받았다면 그대로 갔을 거예요. 그러지 않으면 후환이 두려워 견딜 수 없었을 거예요. 그런 행동은 아말리아만이 할 수 있어요. 빠져나갈 방도도 제법 있었어요. 예컨대 다른 여자 같으면 예쁘게 치장을 했을 것이고, 그러면서 시간이 잠시 흘러갔을 것이며, 그러다보면 헤렌호프에 도착했을 때는 소르티니가 이미 떠났다는 사실, 아마 전갈을 보내놓고 곧바로 떠났다는 사실을 알게 되는 거죠. 성의 신사분들은 변덕이 심해서 충분히 그럴 가능성이 있어요. 그런데 아말리아는 그렇게 하지 않았고, 그 비슷한 일도 하지 않았어요. 너무 심한 모욕을 받았으므로 이것저것 따지지 않고 즉각 대꾸해버렸던 거죠. 그애가 어떻게든 따르는 척이라도 했더라면, 적어도 그날 헤렌호프의 문지방을 살짝 넘어가기만 했더라도, 재앙을 피할 수 있었을 거예요. 이 마을에는 거의 아무것도 없는 상태에서도 뭔가를 만들어낼 수 있는 아주 똑똑한 변호사들이 있어요. 하지만 이 경우에는 유리한 것은 아무것도 없었고, 오히려 소르티니의 편지를 모독한 것과 심부름꾼에 대한 모욕만이 있었죠." "그런데 어떤 재앙을 말하는 거야?" K가 말했다. "그리고 무슨 그런 변호사들이 다 있어! 도대체 소르티니의 범죄적 행동 때문에 아말리아가 기소되거나 처벌받을 수는 없지 않아?" "그렇지 않아요." 올가가 말했다.

"물론 정식 재판을 통해서는 처벌할 수가 없었고, 또 직접적으로 처벌한 것은 아니지만, 다른 방식으로 처벌이 가해졌어요. 그애와 우리 가족 모두가 벌을 받았어요. 얼마나 가혹한 처벌인지는 당신도 깨닫게 될 거예요. 당신이 보기에는 그 처벌이 부당하고 끔찍스럽게 보일지 모르지만, 마을에서 그런 의견을 가진 사람은 당신밖에 없어요. 당신의 의견은 우리에게 무척 호의적인 것으로 사실 우리는 그런 의견으로 위로를 받아야 하겠죠. 실제로 위로가 될 수도 있어요. 만약 당신 의견이 명백한 오류에서 비롯된 것이 아니라면 말이죠. 그 점은 내가 당신에게 쉽게 증명할 수 있어요. 여기서 프리다를 언급하더라도 용서해주세요. 왜냐하면 최종적인 결과를 제외한다면, 프리다와 클람 사이에 일어난 일은 아말리아와 소르티니 사이에 일어난 일과 아주 비슷하거든요. 당신은 이 말에 처음에는 깜짝 놀랄지 몰라도, 이제는 옳다고 생각할 거예요. 습관의 문제라고는 할 수 없어요. 간단한 판단을 내리는 문제에서는 사람의 감정이 습관에 의해 그렇게 무뎌지지는 않으니까요. 다만 잘못 생각한 오류들을 버림으로써 그렇게 되는 거죠." "그렇지 않아, 올가." K가 말했다. "나는 무엇 때문에 당신이 이 일에 프리다를 끌어들이려 하는지 모르겠어. 이건 그녀의 경우와는 전혀 다른 문제야. 그러니까 근본적으로 다른 두 문제를 서로 섞지 말고 얘기해보라고." "제발." 올가가 말했다. "내가 비교를 고집한다고 해서 나쁘게 생각하지는 마요. 만일 당신이 프리다와의 비교는 막아야 한다고 생각한다면, 당신은 프리다와 관련해 여전히 잘못 생각하는 것이 있어요. 그녀를 두둔해줄 필요는 없어요. 그저 칭찬받을 일이죠. 내가 두 경우를 비교한다고 해도 두 경우가 똑같다는 것은 아니거든요. 두 사람의 관계는 흑과 백의 경우라 할 수 있는데, 프리다는 백인 거죠. 프리다의 경우는 기껏해야, 내가 여관 주점에서 그런 잘못을 저질렀듯이—나중에 내 행동을 무척 후회했어요—비웃음을 살 뿐이죠. 이 경우 비웃는 사람들은 악의나 시샘에서 그러겠지만, 하여튼 비웃을 수는 있는 거죠. 하지만 아말리아의 경우는 혈연이 아니라면 단지 그녀를 경멸할 뿐이에요. 그러니까 이 점에서 두 경우는 당신 말대로 근본적으로 다르다고 할 수 있지만 그럼에도 유사하기도 해요." "유사하지도 않아." K는 못마땅해하면서 고개를 가로저었다. "프리다 얘기는 그만하지. 프리다는 아말리아가 소르티니에게서 받은 그 같은 추잡한 편지는 받아본 적이 없어. 그리고 프리다는 클람을 정말로 사랑한 거야. 의심스럽다면 그녀에게 물어봐도 좋아. 그녀는 지금도 클람을 사랑해." "그게 그렇게 큰 차이인가요?" 올가가 물었다. "클람은 그런 식의 편지를 프리다에게 보낸 적이 없었을 거라고 생각해요? 그분들은 책상에서 벗어나기만 하면 다들 그런 식으로 행동해요. 말하자면 막상 세상에서는 어떻게 행동해야 할지 갈피를 못 잡아요. 그렇게 방심한 상태가 되어 상스러운 말을 마구 내뱉는데, 모두 그런 것은 아니지만 많은 분들이 그래요. 소르티니가 아말리아에게 보낸 편지도 실제로 종이 위에 쓰인 내용 따위에는 주의를 기울이지도 않고 마음에 떠오르는 대로 휘갈긴 것일 수 있어요. 그 양반들이 무슨 생각을 하는지 우리가 어떻게 알겠어요! 당신은 클람이 프리다와 어떤 태도로 교제했는지에 대해 직접 들었거나 다른 사람들이 하는 이야기를 들은 적이 없나요? 클람이 무척 조야하다는 것은 누구나 아는 사실이죠. 그는 몇 시간이나 아무 말 않다가 갑자기 그런 조야한 말을 해서 듣는 사람을 몸서리치게 만든다고 해요. 소르티니에 대해서는 그런 것이 알려져 있지 않아요. 사실 그에 대해서는 알려진 바가 별로 없어요. 사람들이 아는 것이라고는 그의 이름이 소르디니와 비슷하다는 것뿐이죠. 이름이 이렇게 비슷하지 않았다면 그에 대해서는 아는 바가 아무것도 없었을 거예요. 소방대 전문가라는 점에서도 그는 소르디니와 혼동되고 있어요. 사실 진짜 전문가는 소르디니인데, 소르디니는 이름이 비슷하다는 사실을 이용해 특히 소르티니에게 참석 의무를 내맡기고는 정작 자신은 방해받지 않고 자기 일에 전념한다는 거죠. 하여튼 소르티니처럼 세상 물정에 어두운 남자가 갑자기 마을 처녀에게 마음을 뺏기게 되면, 그것은 당연히 이웃집 목수의 조수가 사랑에 빠질 때와는 다른 방식으로 나타나겠죠. 특히 관리와 제화공의 딸 사이에는 어떻게든 메워야 할 엄청난 간극이 존재한다는 사실도 우리는 기억해야 할 거예요. 다른 사람은 다르게 행동했겠지만, 소르티니는 그런 식이었던 거죠. 사실 우리는 모두 성에 속해 있어 그런 간격, 메워야 할 간극 같은 건 없다고들 하는데, 보통의 경우에는 그것이 타당한 견해일지도 몰라요. 하지만 우리에게는 유감스럽게도 정말 문제가 되는 경우에는 그렇지 않음을 경험할 기회가 있었어요. 하여튼 이 모든 사실을 알면 당신은 소르티니의 행동이 보다 잘 이해될 것이고, 또 덜 끔찍하게 여겨질 거예요. 사실 클람의 경우와 비교하면 그의 행동은 정말로 훨씬 이해하기 쉽고, 또 긴밀하게 관여되어 있는 당사자에게도 훨씬 견디기 쉽다고 할 수 있어요. 만약에 클람이 애정이 담긴 편지를 쓴다면 소르티니의 가장 상스러운 편지보다 더 곤혹스러울 거예요. 내 말을 오해하지는 마요. 감히 클람을 평가하려는 것은 아니고, 당신이 비교를 거부하고 있어 비교해봤을 뿐이에요. 클람은 사실 여자들에게는 사령관처럼 이번에는 이 여자, 다음번에는 저 여자더러 자기에게 오라고 하고, 그 여자들 중 어떤 여자도 자기 곁에 오래 두는 법 없이 오라고 했을 때와 똑같은 방법으로 가라고 명령해요. 아, 클람은 편지를 쓰는 수고조차 하지 않을걸요. 이런 점을 비교해볼 때, 혼자 틀어박혀 살면서 적어도 여자 관계는 거의 알려진 바가 없는 소르티니가 어느날 의자에 앉아 유려한 관료의 필체로 비록 역겨운 내용의 편지라 할지라도 편지 한통 쓰는 것이 여전히 끔찍한 일일까요? 그러니까 클람에게 유리하다고 할 만한 차이는 없고 그 반대의 경우라면, 프리다의 사랑이 유리한 차이를 만들어낸다고 할 수 있을까요? 관리들의 여자 관계를 판단하기란, 내 말을 믿어주세요, 매우 어렵거나 매우 쉬운 일일 수 있어요. 그 관계에서 사랑이 부족한 경우는 결코 없어요. 여자들에 대한 관리의 사랑이 보답받지 못하는 경우도 없어요. 이런 점에서 본다면 한 처녀에 대해 말할 때—물론 프리다만을 두고 하는 말은 아니에요—그 처녀가 다만 사랑한다는 이유로 관리에게 자신을 바쳤다고 해도, 그것은 칭송거리가 아니죠. 그녀는 그 관리를 사랑해서 자신을 바쳤을 뿐이니 그것이 칭송받을 일은 아니라는 거죠. 하지만 당신은 아말리아는 소르티니를 사랑한 것이 아니라고 말하겠죠. 글쎄요, 그애는 그 사람을 사랑하지 않았어요. 하지만 사랑했을 수도 있죠, 누가 그것을 판단할 수 있죠? 아말리아 자신도 못할 거예요. 그애는 그 사람을 그렇게 매몰차게 거절했는데, 어떻게 사랑했다고 믿을 수 있겠어요? 그런 식으로 퇴짜를 맞은 관리는 아마 아무도 없을 거예요. 바르나바스의 말에 따르면, 아말리아는 삼년 전에 창문을 쾅 닫을 때의 기분이 드는지 지금도 가끔씩 몸서리치는 일이 있다고 해요. 이것은 사실이기도 하고, 따라서 그녀한테 물어볼 필요도 없어요. 그녀는 소르티니와의 관계를 끝냈고, 또 다만 그뿐 더이상 아는 것이 없어요. 그녀 자신이 그를 사랑하는지 아닌

278

지도 알지 못해요. 그런데 우리가 알다시피 여자들은 관리들이 자신들을 향하게 되면 그들을 사랑하지 않을 수 없어요. 그래요, 여자들은 많은 경우 스스로는 부인할지 모르지만 이미 그런 일이 있기 전에 관리들을 사랑하고 있어요. 그런데 소르티니는 아말리아 쪽으로 몸을 돌렸을 뿐만 아니라, 그녀를 보고는 소방차의 연결 축을 훌쩍 뛰어넘었어요. 더군다나 책상에 앉아 업무를 보느라 뻣뻣하게 굳어버린 다리로 말이죠. 하지만 당신은 아말리아는 예외라고 하겠지요. 그래요, 그애는 예외예요. 그애는 소르티니에게 가는 걸 거부함으로써 그 점을 입증해보였고, 바로 그러한 이유로 충분히 예외라고 할 수 있어요. 그런데 이제 와서 거기에 덧붙여 그애가 소르티니를 사랑한 적이 없었다고 주장한다면, 그것은 몹시도 예외적인 일이 되고 그러면 더이상 이해할 수 없는 일이 되어버리죠. 그날 오후 우리는 분명히 눈이 멀어 있었지만, 그렇게 눈이 흐려진 상태에서도 아말리아가 사랑에 빠졌다는 어떤 징조를 어렴풋이 보았다고 생각했으니 정신이 아주 없었던 것만은 아니었죠. 이 모든 점을 고려해본다면, 프리다와 아말리아 사이에 어떤 차이점이 있을까요? 아말리아가 거부한 것을 프리다는 따랐다는 그 차이뿐이죠." "그럴지도 모르지." K가 말했다. "그런데 내가 보기에 중요한 차이점은, 프리다는 내 약혼녀인 반면에 아말리아는 사실상 성의 심부름꾼인 바르나바스의 여동생일 뿐이고 다만 그녀의 운명이 바르나바스의 봉사와 얽혀 있다는 정도에서만 내게 중요하다는 거야. 만약 어떤 관리가 아말리아에게, 당신의 말을 듣고 내가 처음에 생각했던 것처럼 그 정도로 심하게 부당한 모욕을 가했다면, 그것은 내 마음을 상당히 사로잡았을 수도 있어. 하지만 그 경우에도 아말리아의 개인적인 고통 때문이라기보다는 그것이 공적인 문제이기 때문에 그런 거야. 그런데 이제 당신의 이야기를 듣고 보니 사건에 대한 인상이 매우 달라져버렸어. 나로서는 전혀 이해할 수 없는 양상으로 바뀌었지만, 이야기를 들려주는 사람이 당신이니 충분히 설득력이 있기도 해. 그래서 나는 이 문제에 더이상 신경을 쓰지 않으려고. 나야 소방수도 아닌데 소르티니 같은 사람에게 신경 쓸 까닭이 뭐가 있겠어? 하지만 프리다는 내가 신경이 쓰여. 그리고 이상한 점은, 나는 당신을 완전히 그리고 앞으로도 계속 신뢰할 생각인데 당신은 아말리아 문제를 동원해 줄곧 프리다를 에둘러 공격함으로써 내가 프리다를 미심쩍게 여기도록 만든다는 거야. 나는 당신이 의도적으로, 또는 심지어 어떤 악의를 갖고 그렇게 한다고는 생각하지 않아. 만약 그렇다면 나는 진작 이곳을 떠났어야 했겠지. 그러니까 당신은 의도를 갖고 그러는 게 아니라 상황에 내몰려 그런 거야. 아말리아를 사랑해서 그녀를 다른 여자들보다 높이고자 하는데, 정작 아말리아에게서 여기에 부합하는 훌륭한 점을 충분히 찾을 수 없으니까 할 수 없이 다른 여자들을 깎아내리는 거야. 아말리아의 행위는 주목할 만하기는 하지만 당신의 이야기를 들으면 들을수록 그것이 위대한 것인지 하찮은 것이었는지, 현명한 것인지 어리석은 행동이었는지, 영웅적인 행동인지 비겁한 행동이었는지 더욱 분간할 수가 없어. 아말리아는 그 동기를 가슴 속에 감춰두고 있고, 아무도 그것을 그녀에게서 빼낼 수가 없어. 반면에 프리다는 어떤 주목할 만한 행동을 한 것이 아니라 자신의 마음을 따랐던 거야. 호의를 갖고 보는 사람이라면 그것을 분명히 볼 수 있고 누구든지 확인할 수 있어. 험담할 여지가 없는 일이야. 하지만 나는 아말리아를 깎아내리려는 것도 아니고, 프리다를 두둔하려는 것도 아니야. 다만 프리다에 대한 내 입장을 당신에게 분명히 밝히고, 프리다에 대한 공격은 곧 나에 대한 공격임을 지적하고 싶은 거야. 나는 이곳에 자발적으로 왔고, 내 자신의 의지대로 이곳에 정착했어. 하지만 그때 이후 일어난 모든 일, 그리고 무엇보다 아주 흐릿한 것일지는 모르지만 존재하는 미래에 대한 전망, 그 모든 게 다 프리다 덕분이야. 이것은 대충 얼버무리고 넘어갈 문제가 아니야. 나는 이곳에서 토지 측량사로 받아들여졌지만, 단지 겉으로 보기에나 그럴 뿐이야. 사람들은 나를 갖고 놀았고, 집집마다 나를 내쫓았어. 사람들은 지금도 나를 갖고 놀고 있어. 그런데 지금은 더 많은 것이 관여되어 있어. 말하자면 어느정도 삶의 규모가 커져 버렸고, 이것 자체만 해도 의미가 상당하지. 이 모든 게 별것 아닐 수도 있지만, 나는 벌써 가정이 있고, 하나의 지위가 있으며, 실질적인 일이 있어. 또 내게는 약혼녀가 있어 내가 다른 일들을 처리해야 할 때는 내 업무를 덜어주지. 나는 그녀와 결혼할 것이고, 마을 공동체의 일원이 될 거야. 그리고 클람과는 공적인 관계 외에도, 아직은 물론 활용할 수는 없지만 사적인 관계도 갖고 있어. 이것이 뭔가 사소한 것은 아니겠지? 내가 당신 집에 찾아오면, 당신들은 누구에게 인사를 하지? 당신들은 누구에게 집안 이야기를 털어놓지? 물론 그 가능성은 미미하지만 당신이 어떤 도움을 기대하는 상대가 누구지? 혹 일주일 전에 라제만의 집에서 집주인과 브룬스비크에 의해 강제로 쫓겨난 그런 토지 측량사에게서 도움을 바라는 건 아니겠지. 그게 아니라면 당신은 어느새 다소 권력을 확보한 그런 남자에게 희망을 걸고 있겠지. 그런데 나의 이런 권력이 실은 프리다 덕분이야. 프리다는 물론 아주 겸손해서 당신이 그런 걸 물어도 분명히 조금도 아는 바가 없다고 할 거야. 이 모든 사실을 볼 때, 프리다가 순진하게 성취한 것이 아말리아가 거만하게 성취한 것보다 더 많아 보여. 왜냐하면 내가 보기에 당신은 아말리아를 위해 도움을 요청하고 있는 것 같거든. 그런데 누구의 도움을 구하는 거지? 그것은 실은 다름 아닌 프리다의 도움이라고 할 수 있어."

"내가 정말 프리다에 대해 그렇게 나쁘게 말했나요?" 올가가 말했다. "나는 분명히 그런 의도가 없었고 또 실제로 그렇게 했다고는 생각하지 않지만, 어쩌면 그랬을지도 몰라요. 우리의 처지에서 본다면 온 세상 사람들과의 관계가 어그러져버렸고, 일단 우리의 운명에 대해 불평하기 시작하면 어디로 흘러갈지 알 수 없어요. 당신 말이 맞아요. 우리와 프리다는 지금은 아주 다르다고 할 수 있고, 한번쯤은 이런 차이를 강조하는 것도 좋아요. 삼년 전만 해도 우리는 어엿한 시민가정의 딸이었고, 고아인 프리다는 다리목 여관의 하녀에 불과했어요. 우리는 그녀 곁을 지나가면서 거들떠보지도 않았고, 거만하게 굴었던 것도 사실인데, 그렇게 교육을 받았어요. 그런데 어쩌면 당신은 그날 저녁 헤렌호프에서 현재의 상황을 알아차렸을 거예요. 그때 프리다는 손에 채찍을 들고 있었고, 나는 하인들 중에 끼어 있었어요. 그런데 더욱 나쁜 게 있어요. 프리다가 우리를 업신여길지도 모른다는 점인데, 그것은 그녀의 지위에 걸맞기도 하고 실제의 상황을 감안하면 불가피한 일이기도 해요. 어느 누가 우리를 업신여기지 않겠어요! 우리를 경멸하기로 작정하는 사람은 바로 가장 거대한 패거리에 합류하게 되는걸요. 프리다의 후임자가 누구인지 알아요? 페피라는 여자예요. 나는 그저께 저녁에야 그녀를 만났는데, 객실 담당 하녀로 있던 아가씨죠. 나를 경멸한다는 점에서는 프리다를 능가해요. 그녀는 창밖을 내다보다가 내가 맥주를 가지러 오는 걸 보고는 달려와 문을 잠가버려요. 내가 문을 열어달라고 오랫동안 애원하거나 머리에 매고 있던 머리띠를

282

주겠다고 약속하면 그제야 문을 열어주죠. 그러나 머리띠를 넘겨주면 구석으로 내던져버려요. 하기야 그녀가 나를 경멸할 만해요. 내가 어떤 면에서는 그녀의 호의에 의존하고 있고 또 그녀는 헤렌호프 주점의 여급이니까요. 물론 임시로 일하는 것이고, 그곳에서 지속적으로 일할 수 있는 자질이 없는 여자임은 분명해요. 여관 주인이 페피와 어떤 식으로 이야기하는지 들어보고 또 그가 프리다와는 어떤 식으로 이야기했는지 비교해보면 알 수 있어요. 그런데 페피는 그런 것은 아랑곳하지 않고 아말리아까지 경멸하고 있어요. 아무리 머리를 땋고 리본을 맨다고 해도 똥짤막한 페피쯤은 아말리아가 쳐다보기만 해도 단번에 방에서 물러나게 할 거예요. 그녀는 짧고 통통한 다리만으로는 도저히 내기 힘들 정도의 속도로 잽싸게 물러가겠죠. 어제도 나는 그녀가 또다시 아말리아에 대해 괘씸한 이야기를 하는 걸 들어야 했어요. 그러다가 손님들을 상대하게 되었고, 당신이 이미 보았던 식의 대접을 받았어요."당신은 많이 불안해하는군." K가 말했다. "나는 다만 프리다를 그녀에게 알맞은 자리에 세웠을 뿐이야. 당신이 지금 생각하는 것처럼 당신들을 깔보려는 게 아니고. 당신 가족은 내가 보기에도 특별한 점이 있고 난 그 점에 대해 솔직히 말했어. 하지만 그러한 특별함이 어떻게 경멸의 계기가 될 수 있는지는 정말 이해가 안 가." "아, K." 올가가 말했다. "나로서는 우려되는 바지만, 당신도 이해하게 될 거예요. 소르티니에 대한 아말리아의 태도가 이러한 경멸을 받게 된 최초의 계기였다는 점이 이해되지 않나요?" "참으로 이상한 일이잖아." K가 말했다. "그 때문에 아말리아를 경탄할 수는 있어도, 어떻게 멸시할 수 있다는 거야? 그리고 내가 이해할 수 없는 감정 때문에 사람들이 정말로 아말리아를 멸시하는 거라면, 왜 그런 감정을 당신들, 즉 아무 죄도 없는 가족에게까지 확대시키는 거야? 이를테면 페피가 당신을 멸시하는 것은 정말 너무한 거야. 다음에 내가 헤렌호프에 가게 되면 제대로 되갚아주겠어." "하지만 K." 올가가 말했다. "당신이 우리를 멸시하는 자들의 생각을 모두 바꾸어 볼 생각이라면, 어려울 거예요. 모든 것이 성에서 비롯되니까요. 나는 그날 아침부터 낮까지의 일을 지금도 또렷이 기억해요. 여느 때처럼 당시 우리 집 조수였던 브룬스비크가 왔고, 아버지는 그에게 일거리를 할당한 다음 돌려보냈어요. 그러고 나서 우리는 식탁에 앉아 아침식사를 했어요. 아말리아와 나를 제외하고는 모두 활기에 넘쳐 있었고, 아버지는 내내 축제 이야기를 했어요. 소방대와 관련해 아버지는 여러 계획을 갖고 있었거든요. 다시 말해 성은 자체적으로 소방대를 갖고 있는데, 마을 축제에 파견대를 보내서는 몇 가지 사안을 논의했어요. 성에서 온 대원들은 마을 소방대의 활동을 보고 매우 호평했는데, 성의 소방대가 벌이는 활동과 비교하면서 우리에게 유리한 평가를 내렸던 거죠. 그래서 성의 소방대 조직을 개편할 필요성이 제기되었고, 그 일을 위해 교관 역할을 할 마을 사람이 필요했어요. 사실 몇사람이 대상자로 고려되었지만, 아버지는 그래도 자신이 뽑힐 것으로 기대했어요. 아버지는 식탁에서 그 문제에 관해 이야기하셨고, 자신이 늘 즐기시던 대로 몸을 쭉 펴고 식탁을 절반쯤 차지한 자세로 앉아 열린 창문으로 하늘을 쳐다보시는데 참으로 젊고 생기 있는 얼굴에 희망이 가득했어요. 나는 그런 아버지의 모습을 그때 이후로는 다시 보지 못했어요. 그때 아말리아는 우리가 여태껏 본 적이 없던 거만한 태도로 성의 신사분들의 말은 별로 신뢰할 것이 못된다고 했어요. 그분들은 그런 기회를 맞으면 뭔가 듣기 좋은 말을 하는 경향이 있지만, 특별한 의미가 없거나 아무런 의미도 없다는 거죠. 그러니까 그분들은 그런 말을 꺼내자마자 벌써 잊어버리고 기억하지 못하는데, 다음번에도 사람들은 또 그들 속임수에 다시 당한다는 거였어요. 어머니는 아말리아에게 그게 무슨 말버릇이냐고 책망했지만, 아버지는 다만 딸이 조숙하고 세상 물정에 밝은 것에 대해 웃기만 하실 뿐 잠깐 놀라는 표정을 짓다가 그제야 뭔가 놓쳤다는 걸 깨닫고는 그것을 찾는 듯했어요. 하지만 놓친 것은 아무것도 없었죠. 그러자 아버지는 브룬스비크가 어떤 심부름꾼에 대해, 그리고 찢어진 편지에 대해 이야기를 했다면서 우리더러 좀 아는 것이 있는지, 도대체 누구와 관계가 있는 일인지, 그리고 무슨 일이 있었는지를 물으셨죠. 우리 여자아이들은 입을 다물었어요. 그런데 그때만 해도 새끼 양처럼 어렸던 바르나바스가 몹시 바보스러운 혹은 당돌한 이야기를 하나 꺼냈고, 우리는 다른 문제들에 대해 이야기하면서 편지 문제는 일단 잊어버렸어요."

18장
아말리아의 벌

"그러나 얼마 지나지 않아 우리는 편지 문제와 관련해 사방에서 질문 공세를 받게 되었어요. 친구들과 적들이 우리를 보러 왔고, 지인들과 또 모르는 사람들이 우리를 찾아왔어요. 그러나 그 누구도 오래 머물지는 않았는데, 가장 친했던 친구들이 가장 서둘러 떠났죠. 평소 느긋하고 점잖던 라제만은 마치 방 크기를 살펴보려는 듯 들어와 방 안을 한번 둘러보았는데, 그게 전부였어요. 라제만이 우리에게서 달아나자, 아버지는 다른 방문객은 그대로 두고 얼른 그를 대문까지 쫓아나갔다가 포기했는데, 그 모습은 무슨 끔찍한 어린애들 장난처럼 보였어요. 브룬스비크는 아버지에게 다가오더니 이제는 자립해서 일하겠다고 말했어요. 솔직하게 말한 거죠. 그는 순간순간의 기회를 포착할 줄 아는 영리한 인간이에요. 단골손님들은 아버지의 창고로 가서 수선을 맡겼던 자신들의 부츠를 찾아갔어요. 아버지는 처음에는 손님들의 마음을 돌려보려 했고, 우리도 모두 있는 힘을 다해 아버지를 거들었지만, 나중에는 아버지도 포기하고 손님들이 부츠 찾는 일을 말없이 도와주셨어요. 주문 장부에는 하나씩 줄이 그어지며 주문이 취소되었고, 우리 집에 맡겨 둔 가죽 재고품은 원래 주인에게 되돌아갔으며, 부채도 청산되었는데, 모든 일이 다툼도 없이 진행되었어요. 사람들은 우리와의 관계를 빨리, 완전하게 끊을 수 있게 되어 만족스러워했고, 그러면서 약간의 손해가 발생해도 개의치 않았어요. 그리고 마지막에는 예상했던 대로 소방대장 제만이 나타났어요. 나는 지금도 그 광경이 눈에 선해요. 제만은 장신에 강골이지만 허리가 약간 구부정하고 폐병을 앓고 있으며 언제나 심각하고 도무지 웃을 줄 모르는 사람인데, 그 사람이 아버지 앞에 섰어요. 평소에 아버지를 우러러봤고, 사적으로 터놓고 이야기할 때는 아버지에게 부소방장 자리를 약속하기도 했던 그는 이제 소방협회에서 아버지를 해고했고 자격증의 반납을 요청한다는 사실을 통고하러 온 거죠. 때마침 우리 집에 와 있던 사람들은 하던 일을 멈추고 두사람 주위에 몰려와 빙 둘러섰어요. 제만은 아무 말도 못하고 계속 아버지의 어깨만 두드렸는데, 마치 무슨 말을 해야 하는데 떠오르지 않아 아버지의 몸에서 털어내려는 것 같았어요. 그러면서 그는 계속 웃었는데, 그렇게 함으로써 아마 자신과 모든 사람들의 마음을 조금 진정시키려는 듯했죠. 그러나 그는 원래 웃을 줄 모르는 사람이고 또 사람들은 그가 웃는 걸 들어본 적이 없어서 그 모습을 웃는 모습이라고 생각하는 사람은 없었어요. 하지만 아버지 역시 그날의 일 때문에 너무 지치고 절망한 상태여서 제만에게 별 도움을 줄 수 있는 형편이 아니었지요. 아버지는 정말 너무 지쳐서 도대체 일이 어떻게 돌아가는지 생각해볼 수도 없었던 것 같아요. 우리도 모두 똑같이 절망했지만, 우리 자신은 젊으니 그 정도로 완전히 파산했다고는 믿을 수 없었고, 수많은 방문객이 줄지어 찾아오는 동안 마침내 누군가가 등장해 중지 명령을 내리고 모든 일을 원상복구해줄 거라고 줄곧 생각했어요. 아직도 사태를 제대로 파악하지 못한 우리에게는 제만이 그런 역할을 하는 데 특별히 적격으로 보였어요. 우리는 그 사람이 계속 웃다가 마침내 분명한 말을 내뱉을 거라고 초조하게 기다렸어요. 우리의 신변에 가해진 그 빌어먹을 부당한 일에 대해서나 웃지 그것 말고 웃을 일이 도대체 뭐가 있겠어요? 오, 대장님, 대장님, 어서 저 사람들에게 말해주세요. 우리는 이렇게 생각하면서 그에게 몰려갔지만, 고작 그에게 이상한 회전 운동을 하게 만들 뿐이었죠. 그러다가 마침내 그는 입을 열었어요. 하지만 그것은 우리의 비밀스러운 소원을 들어주기 위한 것이 아니라 사람들이 내지르는 격려 소리 또는 화가 나 외치는 소리에 반응하는 말이었어요. 우리는 그때까지도 희망을 버리지 않았어요. 그는 아버지를 크게 칭찬하는 말부터 꺼냈는데, 아버지를 소방협회의 자랑거리, 후진이 달성하기 어려운 모범, 없어서는 안될 회원이라면서 아버지가 떠나면 협회에 큰 타격이 있을 거라고 했어요. 그 정도에서 끝맺었다면 모든 것이 아주 좋았을 텐데! 하지만 그의 말은 계속되었어요. 그럼에도 불구하고 협회는 물론 당분간이기는 하지만 아버지의 사직을 결의했는데, 협회에서 그런 조치를 취할 수밖에 없는 심각한 이유는 이미 알 거라고 했어요. 전날의 축제도 아버지의 뛰어난 공로가 없었다면 그 정도의 성과를 거두지 못했겠지만, 바로 그러한 공로 때문에 협회는 관청의 특별한 주목을 받게 되었고 이제 더욱 집중적인 관찰 대상이 되어 전보다 더 오점이 없도록 유의해야 하는 상황이라고 했어요. 그런데 심부름꾼을 모욕하는 일이 발생했고,

협회로서 다른 방도가 없는 상황에서 제만 자신은 그 사실을 전달하는 거북한 임무를 맡았다는 거였어요. 그러면서 그는 아버지가 사태를 더 어렵게 만들지 않았으면 좋겠다고 했어요. 제만은 이제 그 말을 하고 나니 홀가분해졌는지 이제는 지나칠 정도의 조심성은 보이지 않았어요. 그는 벽에 걸린 자격증을 가리키면서 떼어 오도록 손짓을 했어요. 아버지는 고개를 끄덕이고는 그것을 떼러 가셨지만, 손이 너무 떨려서 고리에서 빼낼 수가 없었어요. 그래서 내가 의자에 올라가서 아버지를 도와드렸어요. 그리고 그 순간 모든 것이 끝나버렸죠. 아버지는 자격증을 액자에서 꺼내지도 않고 고스란히 제만에게 건네주고 나서 한쪽 구석에 앉아 꼼짝도 하지 않고 더이상 누구와도 이야기하지 않았어요. 그래서 우리들만이라도 사람들과 남은 용무를 적절히 마치지 않을 수 없었어요.""그런데 당신은 어디에 성의 영향이 있다고 보는 거야?"K가 물었다. "아직은 성에서 개입하지 않은 것으로 보이거든. 당신이 지금까지 말해준 것은 사람들의 근거 없는 불안, 이웃의 불행에 대해 고소해하는 마음, 믿을 수 없는 우정 등 우리가 어디서나 경험할 수 있는 일이야. 당신 아버지의 입장에서 본다고 해도 별것 아닌 사소한 일인 것 같아(적어도 내게는 그렇게 보여). 도대체 자격증이 뭐라고 그러는 거야? 자격증은 그 사람의 능력을 입증해주는 것이야. 그런데 당신 아버지는 그런 능력을 갖추고 있고, 그렇기 때문에 더욱 없어서는 안되는 인물이야. 아버지는 그 대장이라는 위인이 두번째로 입을 열었을 때 자격증을 그의 발 앞에 던져버리기만 했어도 정말 그 사람을 곤경에 빠트릴 수 있었을 거야. 그런데 내 입장에서 특이한 점은 당신이 아말리아에 대해서는 한마디도 언급하지 않았다는 거야. 사실 모든 것이 다 자기 탓인데도 아말리아는 그 모든 유린의 현장을 뒷전에서 조용히 지켜보고만 있었던 모양이지.”“아니, 그렇지 않아요.” 올가가 말했다. “그 누구의 탓도 아니었어요. 그 누구라도 달리 행동할 수 없었어요. 모든 것이 성의 영향이었어요.”“성의 영향이라.” 아말리아가 아무도 알아차리지 못하는 사이에 벌써 뜰에서 안으로 들어와 있다가 언니의 말을 반복했다. 양친은 일찌감치 잠자리에 들었다. “성에 대한 얘기를 하나보죠? 두 사람, 지금까지 함께 앉아 있었어요? 그런데 K, 당신은 바로 떠나려 하지 않았나요? 벌써 열시가 다 되었어요. 그런 이야기가 도대체 당신과 무슨 상관이 있죠? 이 마을에는 그런 이야기를 양식으로 삼는 사람들이 있어, 여기 당신들처럼 모여 앉아 서로 시비를 벌이기도 해요. 하지만 당신이 그런 부류의 사람일 줄은 몰랐네요.”“무슨 소리야.” K가 말했다. “나도 그런 부류의 사람이야. 오히려 나는 그런 이야기는 외면하면서 다른 사람들에게 내맡기는 사람들이 별 볼 일 없어 보이던데.”“글쎄요.” 아말리아가 말했다. “사람들의 관심은 각양각색이니까요. 나는 밤낮으로 온통 성만 생각하는 한 젊은이에 관한 이야기를 들은 적이 있어요. 그는 다른 일은 다 소홀히 하면서 마음이 온통 저 위의 성에 가 있어서 사람들은 그가 정신이 좀 이상한 것이 아닌가, 우려할 정도였어요. 하지만 나중에는 사실 그가 성에 관심이 있었던 것이 아니라, 사무국에서 일하는 접시 닦는 어떤 하녀의 딸을 연모했던 거라고 밝혀졌어요. 그가 그 처녀를 손에 넣고 나서는 만사가 다시 정상으로 돌아갔어요.”“어쩐지 그 남자에게 호감이 가는군.” K가 말했다. “그 남자에게 호감이 간다는 당신 말은 믿기 어렵지만,” 아말리아가 말했다. “어쩌면 그의 아내에게는 당신이 호감을 가질 수 있을 것 같네요. 자, 이제 나는 방해는 그만하고 자러 가야겠어요. 그리고 부모님을 위해 불을 꺼야겠어요. 금방 잠드시기는 해도 한시간 정도밖에 못 주무시고 아주 희미한 빛에도 잘 주무시지 못해서요. 잘 자요.” 그리고 정말로 방 안은 바로 어두워졌다. 아말리아는 부모 침대 옆 바닥에 잠자리를 마련한 모양이었다. “아말리아가 말한 그 젊은이가 대체 누구야?” K가 물었다. “모르겠어요.” 올가가 말했다. “딱 들어맞는 것 같지는 않지만, 브룬스비크일 것 같아요. 다른 사람일 수도 있고요. 아말리아의 말은 정확히 이해하기가 어려워요. 비꼬는 투로 하는 말인지, 진지하게 하는 말인지 알 수 없는 때가 많거든요. 대체로 진지하게 하는 말인데, 반어적으로도 들리거든요.” “해석은 관두지!” K가 말했다. “어쩌다가 동생에게 이토록 심하게 매여버린 거야? 그런 대재앙이 있기 전에도 그랬어? 아니면 그때부터 그런 거야? 벗어나려고는 해봤어? 그리고 그렇게 의존하는 데 무슨 그럴 만한 이유라도 있는 거야? 당신 여동생은 집에서 가장 어리고, 따라서 순종적이어야 하지. 저애는 죄가 있든 없든 간에 집안에 재앙을 불러왔어. 새날을 맞을 때마다 당신들 가족 모두에게 새롭게 용서를 빌어야 마땅한 것 같은데, 다른 사람보다 머리를 더 높이 쳐들고 지내며, 부모님을 돌보는 것 말고는 자기 입으로 말했듯 아무것도 알려고도 하지 않잖아. 그러다가 당신들과 이야기라도 할라치면 ‘대체로 진지하게 하는 말인데, 반어적으로도 들리는’ 말이나 하고. 혹 동생은 당신이 여러번 언급한 미모 덕분에 집안에서 군림하는 거야? 당신들 세 남매는 무척 닮았어. 하지만 아말리아는 다른 두 남매와는 구별되는 아주 불리한 점이 있어. 나는 아말리아를 처음 봤을 때 그녀의 둔탁하고 무뚝뚝한 시선에 깜짝 놀랐거든. 그리고 아말리아는 세 남매 중 가장 어리다고 하는데, 외모만 보면 전혀 알 수 없어. 당신 동생은 나이를 알 수 없는 여자들, 다시 말해 나이를 거의 먹지 않는 것 같으면서도 한번도 젊었을 때가 없었던 것 같은 여자의 모습이야. 당신은 동생을 매일 보니까 그녀가 얼마나 냉혹한 표정을 하고 있는지 제대로 알아채지 못할 거야. 따라서 나로서는 이런 점에 대해 생각해보면 아말리아에 대해 소르티니가 보인 애정도 결코 매우 진지한 것이었다고 받아들일 수 없어. 아마 그는 그 편지로 그녀를 불러들이려 했던 것이 아니라, 다만 벌을 주려 한 것일 수도 있어." "소르티니 이야기는 하고 싶지 않아요." 올가가 말했다. "성의 신사분들이야 가장 예쁜 처녀든 가장 못생긴 처녀든 상관없이 모든 짓을 할 수 있죠. 하지만 그것 말고는 당신은 아말리아에 관해 완전히 착각하고 있어요. 이봐요, 나로서는 특히 당신이 아말리아에 대해 호감을 갖도록 해야 할 이유는 없지만, 그래도 그렇게 해보려는 것은 순전히 당신을 위해서예요. 어쨌든 간에 아말리아가 우리의 불행을 야기한 장본인이라는 것, 그것은 확실해요. 하지만 이번 불행으로 가장 심한 타격을 받은 아버지, 특히 집에서는 언제나 하고 싶은 말은 모두 하시는 아버지조차 가장 견디기 힘든 순간에도 아말리아를 비난하는 말은 한마디도 하지 않으셨어요. 아버지가 아말리아의 행동에 동의했기 때문이라고는 할 수 없어요. 소르티니를 숭배하던 아버지가 어떻게 그것에 동의할 수 있겠어요? 아버지로서는 도저히 이해하기 힘든 일이었어요. 아버지는 자기 자신과 자신이 가진 모든 것을 기꺼이 소르티니를 위해 바쳤을 거예요. 물론 지금 우리에게 닥친 것처럼 소르티니가 분노할까봐 그러시는 건 아닐 거예요. 내가 분노했을 가능성이라고 한 것은, 우리는 이후에 그 사람에 대해 더이상 들은 바가 없기 때문이에요. 그때까지만 해도 그가 틀어박혀 지낸 인물이었다면, 그때 이후로는 더이상 존재하지 않는 듯했어요. 그리고 당신은 그

때 아말리아의 모습을 봤어야 해요. 우리는 어떤 실질적인 처벌은 없으리라는 걸 알고 있었어요. 다만 사람들이 우리에게서 떠나갔던 거죠. 여기 마을에서도 그리고 성에서도요. 그런데 우리는 여기 사람들이 떠나간 것은 알았지만, 성에 관해서는 아무것도 알 수 없었죠. 그전에도 성의 보살핌에 대해 알지 못했는데, 이제 어떤 변화가 있는지를 어떻게 알 수 있겠어요? 그토록 고요한 상황이 가장 나쁜 것이었어요. 거기에 비하면 마을 사람들이 우리에게 등을 돌린 것은 아무 일도 아니었어요. 사실 그들은 무슨 확신이 있어 그랬던 것도 아니고, 우리에 대해 진정한 적의 같은 것도 없었을 거예요. 그때까지만 해도 지금과 같은 멸시는 없었어요. 마을 사람들은 불안감 때문에 그랬던 것이고, 그러고 나서 우리 일이 어떻게 될지 지켜보고 있었던 거죠. 그리고 우리는 당분간은 생활이 어렵지도 않았어요. 우리에게 빚을 진 사람은 빚을 다 갚았고, 수지타산도 따져보면 우리에게 유리했어요. 그리고 부족한 생필품은 친지들이 몰래 도와주었고요. 마침 추수철이어서 어려운 일은 아니었어요. 물론 우리에게는 경작할 땅도 없었고, 일거리를 주는 곳도 없었지만요. 우리는 난생처음 아무것도 하지 말고 지내라는 선고를 받은 거죠. 그래서 우리는 칠팔월의 무더위에 창문을 닫고 모두가 집 안에 들어앉아 있었어요. 아무 일도 일어나지 않았어요. 소환도, 통보도, 방문도, 아무것도 없었어요." "그렇다면 말이야." K가 말했다. "아무 일도 일어나지 않았고 어떤 명시적인 처벌이 내려질 것 같지도 않았는데, 당신들은 도대체 뭘 두려워한 거야? 당신들은 도대체 어떤 사람들인 거야!" "어떻게 설명할 수 있을까요?" 올가가 말했다. "우리는 닥쳐올 일을 두려워한 것이 아니라, 다만 지금 벌써 닥친 일로 고통을 받았어요. 우리는 처벌을 받는 중이었던 거죠.

마을 사람들은 다만 우리가 다시 자기들을 찾아오기를 기다렸어요. 저들은 아버지가 다시 작업장을 열기를 기다렸고, 아주 멋진 옷을 만들 줄 아는 아말리아가, 물론 아주 지체 높은 분들의 옷만 만들었지만, 다시 주문을 받으러 오길 기다렸어요. 사실상 마을 사람들은 모두 자신들이 저지른 행위로 난처해하고 있었어요. 마을에서는 명망이 높은 집안이 갑자기 완전히 배제되는 경우, 누구나 이런저런 손해를 보는 법이죠. 마을 사람들은 우리와 절교를 선언했을 때, 그렇게 하는 것이 자신들의 의무라고 여겼을 테고, 우리가 저들 입장이었다고 해도 똑같이 행동했을 거예요. 저들은 정작 사태가 어떻게 된 것인지 정확히 알지 못했어요. 단지 심부름꾼이 손에 종잇조각들을 잔뜩 움켜쥐고 헤렌호프로 돌아왔고, 그가 나갔다가 다시 돌아오는 모습을 프리다가 목격하고서는 그와 몇 마디 이야기를 주고받았으며, 이어 그녀가 알게 된 이야기가 금방 마을에 퍼졌던 거죠. 하지만 프리다가 그렇게 한 것은 우리에 대한 적대감 때문이 아니라 다만 그것이 그녀의 의무였기 때문이고, 똑같은 일이 닥치면 누구나 그렇게 해야만 한다고 여겼을 거예요. 따라서 마을 사람들로서는 내가 이미 말했듯이 모든 일이 잘 해결되는 것이 가장 반가운 일이었을 거예요. 만약 모든 일이 정상이라는 소식, 예를 들어 상호 간에 오해가 있었을 뿐인데 지금은 완전히 풀렸다는 소식, 또는 잘못이 있기는 했지만 그것은 이미 행동으로 보상되었다는 소식, 또는—이런 소식만으로도 마을 사람들은 모두 만족했겠지만—우리가 성에 있는 연줄을 통해 사건을 기각하는 데 성공했다는 소식, 그러니까 만약 우리가 그런 소식을 갖고 돌연히 나섰다면, 사람들은 두 팔을 벌려 우리를 다시 받아주었을 거예요. 입맞춤과 포옹을 해주고, 잔치가 벌어졌을 거예요. 다른 사람들이 그런 일을 겪는 걸 몇번 보았거든요. 어쩌면 그런 소식들조차 필요하지 않았을 수 있어요. 만약 우리가 스스로 나서서 저들에게 다가가고, 또 편지 얘기는 더이상 꺼내지 않고 이전의 좋은 관계로 되돌아갔더라면 그것으로 충분했을 거예요. 그러면 모두가 그 사건에 대해 기꺼이 입을 다물었을 거예요. 저들은 사실 불안하기도 했지만 무엇보다 사안 전체가 곤혹스러운 통에 우리와의 관계를 끊어버렸던 것이고, 그 문제에 대해서는 다만 아무 소리도 듣고 싶지 않고, 아무 말도 하고 싶지 않고, 아무 생각도 하고 싶지 않았으며, 어떤 방식으로든 그 사건의 영향을 받고 싶지 않았던 거죠. 만일 프리다가 그 사건을 다른 사람에게 전했다면, 사건을 즐기려고 그런 것이 아니라 자신과 주변 사람들을 보호하고, 또 마을 공동체로 하여금 여기에 극도로 신중을 기해야 하고 거리를 유지해야 할 어떤 일이 발생했음을 경고하려고 그랬을 거예요. 거기서는 가족으로서의 우리가 문제의 핵심이었다기보다 단지 사건만이 문제가 되었고, 우리는 다만 그 사건에 연루되었기 때문에 관련이 있었을 뿐이었죠. 그러니까 우리가 다시 모습을 나타내면서 과거 일은 그대로 내버려두고, 어떤 식으로든 우리의 태도를 통해 이 사건을 극복했음을 보여주었더라면, 그리고 그것이 어떤 성격의 사건이었든지 간에 이제 그 사건이 더이상 논의되지 않으리라는 확신을 사람들이 얻게 되었더라면, 모든 일이 잘되었을 거예요. 우리가 비록 그일을 완전히 잊지는 못한다고 해도 사람들은 이해심을 보이고, 우리가 그 일을 완전히 잊도록 도와주었을 거예요. 하지만 우리는 그렇게 하지 않고 집 안에 머물러 있었어요. 나로서는 우리가 뭘 기다리는지 알 수 없었지만, 아마 아말리아의 결심을 기다렸던 것 같아요. 아말리아는 재앙이 있던 그날 아침에 집안의 지배권을 확보하고는 계속 지니고 있었어요. 동생은 특별한 권력을 행사하지도 않았고, 어떤 명령을 내리거나 어떤 요청을 하지도 않으면서 대부분 침묵으로 우리를 지배했어요. 물론 나머지 가족은 의논할 일이 많아 아침부터 저녁까지 끊임없이 속닥거렸고, 아버지는 갑자기 불안한 생각이 드는지 가끔 나를 불렀으며, 나는 밤의 절반을 아버지의 침대 곁에서 보냈어요. 또는 우리, 즉 바르나바스와 나는 함께 웅크리고 앉아 있었는데, 사건의 전모를 이제야 겨우 조금 이해하게 된 바르나바스는 열을 내며 똑같은 것을 설명해달라고 계속 요구했어요. 그 녀석은 자기 또래들이 기대하는 근심 걱정 없는 세월이 자기에게는 더이상 없다는 사실을 이미 알고 있었어요. 바르나바스와 나는, K, 지금 우리 두사람이 이렇게 앉아 있는 것처럼 함께 앉아 해가 지고 또 날이 새는 것도 잊곤 했어요. 식구 중에서는 어머니가 몸이 가장 약했어요. 아마도 어머니는 가족 공통의 고통만이 아니라 식구들 한사람 한사람의 고통에도 함께 괴로워했기 때문일 거예요. 그래서 우리는 어머니에게 일어나는 변화를 보면서, 그것이 우리 가족 모두에게 닥쳐올 변화임을 예감하고 퍼뜩 놀랐어요. 그때 어머니는 긴 안락의자의 구석자리에 즐겨 앉곤 하셨어요. 그 안락의자는 벌써 오래전에 없어져서 지금은 브룬스비크의 큰 방에 가 있어요. 어머니는 그곳에 앉아, 정확히 분간하기는 어려웠지만, 꾸벅꾸벅 졸거나 아니면 입술이 움직이는 걸로 보아 오랫동안 혼자 중얼거리기도 했어요. 편지 일과 관련해 우리가 모든 확실한 세부 사항과 모든 불확실한 가능성을 두고서 계속 이런저런 의논을 하면서 만족스러운 해결에 이르기 위한 온갖 묘안을 짜내려고 한 것은 아주 당연한 일이었어요. 그래요, 당연하고 그럴 수밖에 없는 일이었어요. 하지만 좋은 생각은 아니었어요. 그렇게 함으로써 빠져나와야 하는 구렁텅이 속으로 더욱 빠져드는 결과가 나타났으니까요. 우리의 계획이 아무리 뛰어났다고 한들 무슨 소용이 있겠어요? 그런 계획들은 아말리아 없이는 실행될 수 없었고, 모든 것이 사전 준비에 불과할 뿐 그 결과가 아말리아에게까지 이르지 않았으므로 아무 의미도 없었지요. 그리고 그런 착상들이 아말리아에게 이르렀다고 하더라도 침묵 외에는 어떤 반응도 얻어내지 못했을 거예요. 그런데 다행히도 나는 이제 그때보다는 아말리아를 더 잘 이해해요. 그 녀석은 우리 중 누구보다도 많은 부담을 안았어요. 그 녀석이 어떻게 그런 부담을 견뎌냈는지 그리고 또 여전히 우리와 함께 살아가고 있는지, 정말 불가사의해요. 어머니는 아마 우리 모두의 고통을 짊어지셨던 것 같아요. 어머니는 그 고통이 자신을 완전히 덮쳤기 때문에 그것을 온몸으로 견뎠지만 오래 견디지는 못했어요. 어머니가 지금도 그것을 어떻게든 견뎌내고 있다고는 말하기 어려워요. 어머니는 그때 이미 정신이 온전하지 못했거든요. 그런데 아말리아는 고통을 견디고 있었을 뿐만 아니라 그것을 꿰뚫어보는 분별력도 있었어요. 우리는 단지 결과만을 보았지만 그 녀석은 원인까지 통찰하고 있었고, 우리가 사태의 호전을 바라며 보잘것없는 수단들에 기대를 걸고 있을 때 그 녀석은 모든 것이 결정되었음을 알고 있었으며, 우리가 귓속말을 주고받을 때 그 녀석은 단지 침묵을 지킬 수밖에 없었어요. 아말리아는 진실과 똑바로 대면하며 살았고, 지금과 다름없이 그 당시에도 자신의 삶을 견뎠어요. 정말로 그 녀석에 비한다면 우리가 겪은 고난은 아무것도 아니었어요. 우리는 그사이 살던 집에서 나와야 했고, 우리 집에는 브룬스비크가 이사를 왔어요. 우리는 이 오두막집을 배정받았고, 손수레를 이용해 여러번에 걸쳐 이곳으로 세간을 옮

겨 와야 했어요. 바르나바스와 나는 앞에서 수레를 끌었고, 아버지
와 아말리아는 뒤에서 밀었어요. 우리는 어머니를 가장 먼저 여기
로 모셔왔는데, 궤짝 위에 걸터앉아 계속 나지막하게 흐느끼면서
우리를 맞아주셨죠. 그런데 지금도 기억나는 건 그렇게 힘겹게 짐
을 나르는 동안에도—참 창피한 일이었는데, 여러번이나 추수한
곡식을 실은 수레와 마주쳤지만 그 일행은 우리가 지나갈 때까지
입을 다물고 얼굴을 돌리고 있었거든요—우리, 즉 바르나바스와
나는 손수레를 끌고 가는 중에도 걱정거리와 여러 계획에 대해 쉴
새 없이 의논했어요. 그렇게 이야기에 열중하다가 가끔 멈춰 서 있
으면 아버지는 큰 소리로 독촉하시면서 우리의 할 일을 다시 상기
시켜주기도 했어요. 하지만 우리의 온갖 의논들도 이사한 후의 우
리 삶을 바꿔주지는 못했어요. 다만 우리는 차츰 궁핍해졌어요. 친
지들의 보조가 끊기고 우리 재산도 거의 바닥이 났어요. 바로 그
무렵부터 당신이 아는 것처럼 우리를 향한 마을 사람들의 멸시가
싹트기 시작했어요. 사람들은 우리가 편지 사건에서 도저히 벗어
날 힘이 없다는 걸 알아차렸고, 그래서 우리에 대한 감정이 더욱
악화되었어요. 사람들은 우리에게 닥친 가혹한 운명을 과소평가하
지 않았어요. 정작 우리에게 닥친 운명이 어떤지는 제대로 알지 못
하면서도요. 만약 우리가 그 운명을 이겨냈더라면 사람들은 그에
걸맞게 우리를 존경했을 테지만, 우리가 그러지 못했으므로 지금
까지는 다만 잠정적으로 우리에게서 등을 돌렸다면 이제는 어디서
든지 우리를 배척하는 최종적인 행동으로 나아간 거죠. 저들은 모
두 자신들도 우리처럼 시련을 극복하지 못하리라는 걸 알았겠지
만, 그렇기 때문에 우리와 완전히 결별하는 것이 더욱 절실했다고
할 수 있어요. 이제 저들은 우리를 사람 취급도 하지 않았고, 더이

상 성餜을 불러주지도 않았어요. 어쩔 수 없이 우리에 대해 무슨 이야기를 해야 하는 경우에는 우리 중에서 가장 순진무구한 바르나바스의 이름을 따서 불렀어요. 이 오두막집까지도 나쁜 평판을 받게 되었어요. 당신도 솔직하게 생각해보면 이 집에 첫발을 들이면서 그런 멸시가 정당했다는 느낌을 받았다고 고백할 거예요. 나중에 마을 사람들은 어쩌다가 우리 집에 찾아오는 경우 아주 하찮은 일에도 코를 찡그렸어요. 예를 들어 조그만 석유램프가 저기 식탁 위에 걸려 있는 것에 대해서까지 말이죠. 도대체 석유램프를 저기 식탁 위가 아니고 어디에 걸어야 하는 거죠? 하지만 저들은 그런 것도 참을 수 없었나봐요. 그런데 우리가 저 석유램프를 다른 곳에 걸어둔다고 해도 저들의 역겨움은 여전했을 거예요. 우리는 어떤 존재냐, 무엇을 가졌느냐를 막론하고 그저 경멸의 대상이 된 거죠."

19장
탄원

"그러면 그사이에 우리는 무슨 일을 했을까요? 우리는 아마도 할 수 있었던 최악의 것, 우리가 실제로 당한 것보다 더 심한 멸시를 받아 마땅할 수도 있는 일을 하고 있었어요. 다시 말해 우리는 아말리아를 배신했고, 그녀가 침묵으로 내리는 명령을 따르지 않았죠. 우리는 더이상 그런 식으로, 아무런 희망도 없이 살아갈 수는 없었으므로 우리 각자의 방식으로 성에 용서를 구하면서 애원하거나 졸라대기 시작한 거죠. 우리는 물론 무엇을 만회할 수 있는 위치에 있지 않음을 알고 있었고, 또한 성과 연결된 유일한 희망이라고 할 수 있는 연줄, 즉 아버지에게 호감을 갖고 있던 관리인 소르티니라는 연줄에도 문제의 사건으로 인해 더이상 접근할 수 없음을 알고 있었어요. 그래도 우리는 작업에 착수했어요. 아버지는 촌장과 비서, 변호사, 서기 들을 대상으로 부질없는 탄원을 시작했어요. 그들은 대체로 아버지를 만나주지도 않았고, 혹은 아버지의 수

완이든 우연이든 그들과 만나게 되는 경우에도—우리는 그런 소식을 듣고 얼마나 기뻐하고 환호하며 서로 손을 맞잡고 비볐는지 몰라요—바로 퇴짜를 맞았고, 두번 다시 받아들여지지 않았어요. 아버지에게 대답하는 것 또한 아주 쉬운 일이었어요. 성에서야 사실 모든 일이 언제나 쉬운 법이죠. 도대체 그 작자는 원하는 게 뭐야? 무슨 일이래? 뭘 용서해달라는 거야? 성에서 언제, 그리고 누군가 그에게 손가락 하나라도 댄 적이 있어? 그가 물론 가난해졌고 또 고객을 잃은 것 등은 사실이야. 하지만 그런 일은 일상의 삶에서, 수공업을 하거나 장사를 하다보면 있는 일인데, 아니 도대체 성에서 그런 것까지 다 신경을 써야 하는 건가? 사실 성에서는 모든 것에 신경을 쓰기는 하지만, 한 개인의 이익에 봉사하기 위해 그런 식으로 사태에 함부로 개입할 수는 없는 노릇이잖아. 성에서 관리라도 파견해 고객들의 뒤를 쫓아가 완력을 사용해서라도 그에게 다시 돌아오게 해야 한다는 거야? 그럴 때면 아버지는 이의를 제기했어요—우리는 당시 이 문제를 아버지가 집을 나서기 전에 또 나가시고 난 후에 아말리아의 눈을 피해 한쪽 구석에 숨어서 의논했어요. 아말리아는 물론 모든 것을 알면서도 방관했어요—아버지는 가난해졌다고 불평하는 게 아니고 또 여기서 잃은 것은 신속하게 만회할 것이며, 용서만 받게 된다면 모든 것이 별문제가 되지 않을 거라고 말했어요. '하지만 도대체 무슨 일을 용서해야 한다는 거야?' 이런 대답이 돌아왔어요. 지금까지는 어떤 고소 내용도 접수된 것이 없고, 적어도 조서에, 변호사가 공식적으로 접근해볼 수 있는 조서에도 그런 보고는 없다고요. 따라서 확인해본 바로는 아버지를 상대로 어떤 조치가 착수되었거나 또는 진행되고 있는 것이 없다는 거죠. 혹시 관청에서 그에 대해 어떤 처분을 내린 것이 있는지 말해주겠는가? 아버지는 그렇게 할 수 없었어요. 혹시 관청의 어떤 기구가 개입이라도 했는가? 아버지는 그에 대해 전혀 아는 바가 없었어요. 자, 아무것도 아는 것이 없고 또 아무 일도 일어나지 않았다면, 도대체 원하는 게 뭔가? 도대체 그의 무엇을 용서해야 한단 말인가? 기껏해야 그는 지금 아무 목적도 없이 관청을 괴롭히고 있는데, 이러한 행동이야말로 용서할 수 없다는 거였어요. 아버지는 물러서지 않았어요. 그때만 해도 무척 정정했고 또 어쩔 수 없이 무위도식하는 신세여서 시간이 많았으니까요. '나는 아말리아의 명예를 회복시켜줄 거야. 이제 그리 오래 걸리지 않을 거야.' 아버지는 이런 말을 바르나바스와 내게 하루에도 몇번이나 하셨어요. 아말리아는 듣지 못하게 나지막한 목소리로 말씀하셨는데, 실은 단지 아말리아 때문에 한 이야기였죠. 아버지는 사실 명예 회복 등은 바라지 않았고, 다만 용서받을 생각만 하고 있었거든요. 그런데 용서받기 위해서는 우선 죄를 확인해야 하는데, 관청에서는 바로 그것을 부인하고 있었어요. 아버지는 자신이 돈을 충분히 지불하지 않아 사람들이 자신의 죄를 숨긴다고 생각했어요. 이런 사실로 미루어보면, 아버지는 이미 정신적으로 쇠약해진 상태였지요. 아버지는 그동안 정해진 비용만 지불했는데 적어도 우리 형편에서는 그것도 꽤 부담스러운 금액이었어요. 그런데 아버지는 이제 더 많이 지불해야 한다고 생각했어요. 분명 잘못된 생각이었죠. 왜냐하면 이곳 관청에서는 사실 불필요한 말을 피하기 위해 편의상 뇌물을 받고는 있었지만, 그런 방식으로는 정작 아무것도 달성하지 못하거든요. 하지만 아버지의 희망이 그렇다면 말리고 싶지 않았어요. 우리는 조사에 필요한 비용을 마련하기 위해 우리에게 남아 있던 것들, 없어서는 안될 법한 그런 것들을 죄다 팔았어요. 우리는 상당히 오랫동안 매일 아침마다 아버지가 길을 나설 때 호주머니 속에 동전 몇푼이라도 쩔렁거릴 수 있다는 데 만족했어요. 우리는 물론 하루 종일 굶주리며 지냈죠. 다른 한편으로 돈을 조달하면서 우리가 유일하게 얻은 것이라고는 아버지가 다소나마 희망에 차서 기쁘게 지내신다는 점이었어요. 그러나 그것은 그다지 득이 되는 일은 아니었어요. 아버지는 매일 나다니시느라 고생이 말이 아니었고, 돈이 없었더라면 선뜻 끝났을 일이 그 때문에 지연되었으니까요. 돈을 더 지불한다고 해서 실제로 별다른 일을 해줄 수도 없었지만 어떤 서기는 가끔 겉으로나마 뭔가를 해주는 척했고, 추가 조사를 약속하기도 했어요. 그러면서 서기는 사실 어떤 단서들이 발견되었는데, 의무감 때문이 아니라 오로지 아버지를 위해 끝까지 추적해볼 거라고 슬쩍 내비치기도 했어요. 그러면 아버지는 그 말을 의심하기는커녕 점점 더 믿게 되었어요. 아버지는 분명히 무의미한 그런 약속들을 듣고서 마치 집안에 다시 모든 축복을 되찾아오기라도 한듯 의기양양하게 돌아왔어요. 그러면서 아버지는 언제나 아말리아의 뒤쪽에서 미소를 일그러뜨리고 눈을 크게 뜨고는 아말리아를 가리키면서, 누구보다도 저 녀석이 깜짝 놀랄 일이겠지만 자신이 애를 쓴 덕분에 이제 곧 저 녀석이 구원을 받을 텐데 아직은 모든 것이 비밀이니 우리가 비밀을 꼭 지켜야 한다는 점에 대해 이해를 구하셨는데, 보기가 참 괴로웠어요. 결국 우리가 아버지께 도저히 더는 돈을 드릴 수 없는 상황이 오지 않았다면, 아주 오랫동안 그렇게 흘러갔을 거예요. 그사이에 바르나바스는 여러차례 간청 끝에 브룬스비크의 조수로 채용되었어요. 그것도 물론 어두워진 저녁에 일감을 받으러 가고, 또 어두울 때 일한 것을 갖다준다는 식으로만 가능했어요. 브룬스비크가 우리 때문에 사업상 어느정도 위험을 감수한 것은 인정해야겠지만, 바르나바스에게 너무 형편없는 급료를 지불했어요. 내 동생의 솜씨는 흠잡을 데 없는데 말이죠. 동생이 받는 돈은 우리 가족이 겨우 굶어 죽지 않을 정도로 빠듯했거든요. 우리는 아버지를 정말로 배려하는 마음에서, 또 단단히 각오를 하고서 더이상 돈을 보조해드릴 수 없음을 알렸고, 아버지는 우리의 통고를 아주 차분히 받아들였어요. 아버지는 이제 자신의 노력이 얼마나 가망 없는 것인가를 통찰할 능력은 없었지만, 그럼에도 불구하고 실망이 계속되자 지쳐 있었던 거죠. 사실 아버지는──전에는 지나치다 싶을 정도로 또렷하게 말했으나, 이제는 예전만큼 또렷하게 말하지 못했는데──돈이 조금만 더 있었으면 오늘, 아니 내일이면 모든 것을 알아낼 수 있을 텐데 이제 모든 것이 헛수고가 되었고, 다만 돈 때문에 일이 어그러졌다는 등의 말씀을 하셨어요. 하지만 말투로 보면 아버지 자신도 그 모든 것을 믿지는 않는 눈치였어요. 그런가 하면 느닷없이 새로운 계획을 밝히기도 했는데, 죄를 입증해내지 못했고 따라서 관청이라는 공적인 경로로는 아무것도 달성하지 못했으니 앞으로는 오로지 탄원에 전념하고 관리들에게 개인적으로 접근해야겠다는 것이었죠. 관리들 중에는 분명히 선량하고 동정심이 있는 관리들도 있을 것이고, 사실 그런 관리들은 관청에서는 인정에 넘어갈 수 없겠지만 관청 바깥에서 적절한 때에 급습한다면 다른 태도를 보여줄 수도 있다는 거였어요."

이제까지 올가의 말에 완전히 몰두해 귀를 기울이던 K는 이 대목에서 갑자기 끼어들며 질문을 했다. "그런데 당신은 그 방법이 옳지 않다는 거야?" 물론 올가의 이야기를 계속 들어보면 대답이 나오겠지만, 그는 즉시 알고 싶었다.

"네." 올가가 말했다. "동정이니 뭐니 하는 것은 말도 안돼요. 우리가 아무리 어리고 경험이 없다고 해도 그쯤은 알고 있었어요. 아버지도 물론 알고 있었지만, 모든 다른 일들을 잊어버렸듯 그것도 잊어버리고 만 거죠. 아버지의 계획은 관리들의 마차가 지나다니는 성 근처의 대로에 서 있다가 가능한 기회가 오기만 하면 어떻게든 용서를 구하는 탄원을 하는 것이었어요. 그런 불가능한 일이 정말로 일어나 아버지의 탄원이 관리들의 귀에까지 이른다고 하더라도 그것은 솔직히 말도 안되는 계획이죠. 도대체 관리가 독단적으로 누구를 용서한다는 것이 가능하겠어요? 그런 일은 기껏해야 관청 전체의 사안이 될 수 있겠지만, 관청 전체도 아마 용서는 할 수 없고 다만 판결을 내릴 수 있을 뿐이죠. 설령 어떤 관리가 마차에서 내려서 그 사안을 다루려고 해도 아버지, 즉 가난하고 지친 늙은이가 중얼거리는 소리를 듣고 도대체 무슨 사건인지 파악할 수 있겠어요? 관리들은 교육을 잘 받기는 했지만, 아주 한쪽에 치우쳐 있어요. 자신의 전문 분야에서는 한마디만 들어도 일련의 생각들을 바로 꿰뚫어볼 수 있지만, 다른 부서의 일은 몇시간을 설명해줘도 예의 바르게 고개는 끄덕일지 모르나 실제로는 한마디도 알아듣지 못해요. 너무도 당연한 일이지요. 우리 같은 사람에게 나와 관련된 아주 사소한 관청의 일, 관리라면 어깨 한번 으쓱하면 처리할 수 있는 그런 사소한 사안이 있다고 가정해봐요. 정작 우리 같은 사람은 그 일을 철저히 이해하려면 평생 몰두해야 할 거고 끝내 이해하지 못할 거예요. 그런데 혹시 아버지가 다행스럽게도 우리 사안을 담당하는 관리를 만난다고 해도 그 관리는 사전에 준비된 서류 없이는 아무것도 처리하지 못할 것이고, 더군다나 길거리에서는 말할 나위가 없죠. 그 관리는 사실상 용서를 해줄 수 없고, 다만 행정적으로만 일을 처리할 수 있을 뿐이며, 따라서 이런 목적을 위해 다시 공적인 절차를 일러주는 게 고작이겠죠. 그런데 아버지는 이런 공적 절차를 통해 뭔가를 달성하는 데는 벌써 완전히 실패했어요. 이 새로운 계획으로 목적을 이룰 수 있다고 생각했다니 아버지는 정말 얼마나 어처구니없는 상태까지 온 것일까요? 만일 그럴 가능성이 조금이라도 있다면 저기 성으로 가는 대로에는 탄원하는 사람들이 우글거릴 거예요. 하지만 불가능한 일이라는 건 초등학교만 나와도 알 수 있어서 대로에는 아무도 나와 있지 않는 거죠. 그런데 그런 사실조차도 아버지에게는 희망을 주는 것이었어요. 아버지는 어디서든 희망을 키울 자양분을 취했고, 여기서도 그렇게 해야만 했어요. 건강한 판단력을 가진 사람이라면 그런 거창한 생각은 하지 않았을 테고, 피상적으로 판단해봐도 불가능하다는 걸 분명히 알아차릴 수 있었을 거예요. 관리들은 마을에 내려오거나 성으로 돌아가는 경우 무슨 유람을 다니는 것이 아니라 마을에서나 성에서나 일이 그들을 기다리고 있고, 그래서 저렇게 빠른 속도로 달리는 거죠. 그들은 또 차창 밖을 내다보거나 바깥에 탄원인이 있는지 살펴볼 생각도 하지 못해요. 마차에는 관리들이 살펴봐야 할 서류들이 가득하거든요."

"그런데 내가 말이야." K가 말했다. "어떤 관리의 마차를 본 적이 있는데, 그 안에 서류 같은 건 하나도 없었어." 올가의 이야기는 K에게 너무나 거대하고 믿기 어려운 세계를 열어주었다. 그래서 K는 자신의 사소한 체험을 근거로 그 세계를 건드려보고, 그렇게 해서 그 세계의 존재뿐만 아니라 자신의 존재도 더욱 분명하게 확인해보고 싶은 충동을 억제할 수 없었다.

"그럴 수도 있어요." 올가가 말했다. "하지만 그런 경우라면 사정이 더욱 나쁘다고 할 수 있어요. 해당 서류를 마차에 싣고 다니기에는 너무 귀중하다거나 너무 부피가 큰 경우일 테니 이토록 중요한 사안을 맡은 관리라면 전속력으로 마차를 몰게 하겠죠. 어떤 경우든 아버지를 위해 시간을 내줄 수 있는 관리는 없어요. 그뿐만 아니라 성에 이르는 길은 몇개나 있어요. 어떤 때는 이 길이 유행이어서 대부분의 관리들이 그 길로 달려가고, 어떤 때는 다른 길이 유행이어서 모두들 그 길로 몰려가요. 어떤 규칙에 따라 이런 식으로 길이 바뀌는지 아직 알아내지 못했어요. 이를테면 아침 여덟시에 모두가 어떤 길로 가다가 삼십분이 지나면 다른 길로 가고, 또 십분 뒤에는 세번째 길로, 또 반시간 뒤에는 아마도 다시 첫번째 길로 돌아가 그날 내내 그 길로 달리는 거죠. 하지만 매 순간 길이 바뀔 수도 있어요. 성에서 나오는 그 모든 길은 마을 가까이에서는 하나로 합쳐지는데, 그곳에서는 모든 마차가 미친 듯이 달리지만, 성 가까이에서는 다소 속도를 줄이게 되죠. 그런데 마차가 어떤 길을 이용할지 그 순서가 불규칙해서 파악하기 어려울 뿐만 아니라 마차의 숫자도 마찬가지예요. 한대도 보이지 않는 날이 자주 있다가도, 그다음에는 또 줄지어 달리기도 해요. 이 모든 상황을 감안하고서 저희 아버지의 모습을 상상해보세요. 아버지는 매일 아침 제일 좋은 옷, 얼마 뒤에는 유일하게 하나 남은 좋은 옷을 입고 또 잘 다녀오시라는 우리의 축복 인사를 받으며 집을 나서죠. 그러면서 아버지는 원래 소지하면 안되는 작은 소방대 배지를 갖고 나가는데, 달고 다니다가 마을 사람들에게 들킬 것을 우려해 마을 밖으로 나가서 부착하죠. 두걸음만 떨어져도 안 보일 만큼 작은 크기지만, 아버지는 그 배지가 마차를 타고 지나가는 관리의 주목을 끄는 데 안성맞춤이라고 생각하는 거예요. 성의 입구에서 멀지 않은 곳에 시장 출하용 야채 재배지가 하나 있는데, 베르투흐라는 사람의 경작지로 성에 야채를 공급하지요. 아버지는 거기 농장 울타리의 좁은 받침돌 위에 자리를 잡았어요. 베르투흐는 아버지와 친한 사이였고 단골이었기도 해서 눈감아주었어요. 그는 한쪽 발이 약간 기형이었는데, 자기 발에 꼭 맞는 부츠를 만들어주는 사람은 아버지밖에 없다고 생각했거든요. 아버지는 날마다 거기 앉아 계셨어요. 비가 오는 음산한 가을날이었지만, 날씨 따위는 전혀 개의치 않으셨죠. 아침마다 일정한 시간이 되면 아버지는 문고리를 잡고 우리에게 손짓하며 작별의 인사를 건넸고 저녁이면 흠뻑 젖은 모습으로 돌아와 한쪽 구석에 몸을 던졌는데, 나날이 허리가 굽어가는 듯했어요. 처음에 아버지는 베르투흐가 동정심에서 또 옛 우정을 생각해 울타리 너머로 담요를 던져주었다든가, 지나가는 마차 속에 탄 이런저런 관리들을 알아본 것 같다든가, 또는 어떤 마부가 가끔 자신을 알아보고 채찍으로 살짝 건드리면서 장난을 치고 지나갔다든가 하는 등 자신이 겪은 자질구레한 일들을 들려주셨어요. 그러나 나중에는 그런 이야기조차 그만두었어요. 거기에서 뭔가를 이루어낼 수 있다는 희망을 포기하신 것이 분명했어요. 하지만 아버지는 거기에 가서 하루를 보내는 것을 자신의 의무, 자신이 감당해야 할 따분한 소명이라고 생각했어요. 아버지가 류머티즘 통증을 앓기 시작한 게 바로 그 무렵이었어요. 겨울이 가까워졌고 예년보다 눈이 일찍 내렸는데, 이곳에서는 겨울이 일찍 시작되거든요. 그래서 아버지는 때로는 비에 젖은 돌 위에 앉아 기다렸고, 때로는 눈을 맞으며 기다렸어요. 밤이면 고통에 겨워 신음 소리를 냈고 아침이 되면 가끔은 나가야 할지 말지를 망설이셨지만, 결국은 자신을 이겨내고 나가셨지요. 어머니가 아버지의 팔에 매달리며 나가지 못하도록 말리자, 아버지는 아마도 자신의 사지가 더이상 말을 듣지 않는 사태가 벌어질까 염려해 어머니가 동행하는 걸 허락하셨고, 그 바람에 어머니까지도 앓게 되셨어요. 우리는 가끔 부모님이 계신 곳에 가봤어요. 음식을 들고 가기도 하고 그냥 찾아간 적도 있고, 때로는 집으로 돌아오도록 두분을 설득하러 간 적도 있어요. 우리는 부모님이 거기 좁은 자리에 쓰러져 둘이 쓰기에는 빠듯한 담요를 두른 채 서로 몸을 기대고 웅크려 있는 광경을 여러번 목격했어요. 주위에는 온통 희뿌연 눈과 안개뿐이었고, 며칠을 두고 사방 어디를 둘러봐도 인적이나 마차 하나 보이지 않는 광경, K, 정말 삭막한 광경이었어요! 그러다가 아버지는 결국 어느날은 뻣뻣이 굳은 다리를 더이상 침대 밖으로 내밀 수 없게 되었어요. 아버지는 절망에 빠지셨고 고열 때문에 약간의 환각 증세까지 보이셨어요. 저 위 베르투흐의 야채 재배지에 마차가 멈추고 관리가 내려 울타리에서 아버지를 찾아보다가 고개를 저으면서 언짢은 기분으로 다시 마차에 올라타는 광경이 눈앞에 보이는 모양이었어요. 그러면 아버지는 저 위에 있는 관리가 자신을 발견할 수 있도록, 또 자신이 거기 없는 것이 자신의 잘못이 아님을 설명하려는 듯 큰소리로 고함을 지르셨어요. 아버지가 그 자리로 나가지 못하는 상태가 오래 지속되었어요. 아버지는 더이상 나가지 못하고, 몇주 동안이나 침대에 누워 지내야 했거든요. 아버지를 수발하고 돌보고 치료하는 일 등 모든 일은 아말리아가 떠맡았어요. 아말리아는 물론 중간에 좀 쉰 적도 있지만, 지금까지도 그 일을 계속하고 있어요. 아말리아는 아버지의 통증을 줄여줄 여러 약초들을 알고 있고, 거의 잠을 자지 않고 지낼 수 있으며, 또 결코 놀라는 법이 없고, 무서워하는 것이 없으며, 결코 조바심도 내지 않고 부모님을 위해 모든 일을 해내고 있어요. 우리는 아무것도 도울 수가 없어 안절부절 못하고 허둥대는 동안, 아말리아는 어떤 상황에서도 냉정하고 침착한 태도를 잃지 않았어요. 그러다가 최악의 시기가 지나고 아버지가 다시 조심스럽게, 양쪽에서 부축을 받으며 침대에서 일어날 수 있게 되자, 아말리아는 즉시 뒤로 빠지면서 아버지를 우리에게 맡겼어요."

20장
올가의 계획

"이제 우리는 아버지가 몰두할 수 있는 일거리, 아버지가 보시기에 적어도 가족을 죄책에서 벗어나게 하는 데 도움이 된다고 여길 수 있는 그런 일을 다시 찾아드려야 했어요. 그런 일을 찾아내는 건 어렵지 않았어요. 어떤 일이더라도 베르투흐의 농장 앞에 앉아 있는 것만큼은 유익했으니까요. 하지만 나는 내 자신에게도 다소 희망이 되는 일을 찾아냈어요. 관청에서 또는 서기들이 있는 곳에서 또는 그밖의 다른 곳에서 우리의 죄책이 언급되는 경우 언제나 소르티니의 심부름꾼을 모욕했다는 사실만 이야기되었고, 어느 누구도 그 이상은 파고들려 하지 않았어요. 그래서 나는 스스로에게 말했어요. 그래, 단지 겉보기에나 그렇다고 해도 만약에 사람들의 의견이 심부름꾼을 모욕한 것에 대한 의견일 뿐이라면, 이 역시 겉보기에나 그럴 뿐이라고 해도 우리가 심부름꾼과 화해할 수만 있다면 모든 일은 원상 복구될 거라고요. 하여튼 사람들 말로는 접수

된 고발이 없으니 관청도 조사할 리 없고, 그렇다면 심부름꾼으로서는 용서할지 여부가 그의 자유의사에 달려 있을 뿐 그 이상의 문제는 없는 거죠. 이 일에 결정적인 의미란 있을 수 없고, 단지 보여주기일 뿐 다른 어떤 결과를 가져올 수도 없어요. 하지만 아버지께 기쁨을 주고, 또 여러 소식을 전하면서 아버지를 괴롭혔던 사람들을 궁지로 몰아넣을 수도 있어서 아버지의 기분을 풀어드릴 수도 있었죠. 물론 우선은 심부름꾼을 찾아내야 했어요. 내 계획을 말씀드리자, 아버지는 처음에는 몹시 화를 내셨어요(아버지는 독불장군이 되어버리셨죠). 일단 아버지는 몸져누운 상황에서 든 생각이, 우리가 처음에는 자금 지원을 중단하더니 이번에는 침대에 붙잡아두는 방식으로 성공을 목전에 둔 마지막 상황에서 자신을 계속 방해했다고 여기셨고, 더불어 더이상 다른 사람의 의견을 온전히 받아들일 수 있는 상태도 아니었어요. 내 이야기가 다 끝나지도 않았는데, 나의 계획은 벌써 퇴짜를 맞은 거죠. 아버지 생각에는 자신이 앞으로도 베르투흐 농장에서 계속 기다려야 하는데, 스스로는 이제 매일 그곳에 올라갈 수 없으니 우리가 아버지를 손수레에 태워 데려가야 한다는 거였어요. 하지만 내가 계속 내 생각을 고집하자, 아버지도 점차 타협하는 태도를 보이셨어요. 아버지는 다만 그때 심부름꾼을 본 사람은 나뿐이고, 자신은 그 사람을 알지 못하는 탓에 그 문제에서는 나한테 완전히 의존해야 한다는 사실이 떨떠름한 모양이셨죠. 물론 성의 하인들은 서로 비슷해 보여서, 나 또한 그 사람을 다시 알아볼 수 있으리라고는 확실히 장담할 수 없었어요. 그래서 우리는 우선 헤렌호프로 가서 그곳 하인들 중에서 찾아보기로 했어요. 사실 그 사람은 소르티니의 하인이었고, 또 소르티니는 이후 다시는 마을에 오지 않았어요. 하지만 성의 신사 나리들은 하인들을 자주 바꾸는 편이어서 그 사람이 다른 주인을 모시는 무리에 끼여 있을 수도 있고, 비록 그 사람을 찾지 못한다고 해도 적어도 다른 하인들에게서 그에 관한 소식을 들을 가능성이 있었으니까요. 물론 그러려면 매일 저녁마다 헤렌호프에 가봐야 했는데 우리는 어디에서도 환영받지 못하는 존재였고, 헤렌호프 같은 곳에서는 특히 그랬죠. 돈을 내는 당당한 손님의 자격으로 그곳에 들어간 게 아니었으니까요. 그러나 우리가 사람들에게 유용한 존재가 될 수 있다는 점도 드러났어요. 하인들이 프리다에게 얼마나 골칫거리였는지는 당신도 알죠. 하인들은 대부분 조용한 사람들이지만 맡은 일이 소소한 탓에 버릇이 나빠졌고 동작이 굼뜨죠. '하인처럼 잘 지내기를 바랍니다'라는 말은 관리들 사이에서 오가는 축복의 인사말이기도 해요. 그리고 편안한 삶이라는 점만 따진다면 실제로 성의 진정한 주인은 하인들이라고 할 수 있어요. 그들도 그 사실을 인정하고, 또 내가 여러모로 확인한 바로는 자체의 규율이 지배하는 성에서는 조용하고 품위 있게 행동한다고 해요. 여기 마을에 와 있을 때에도 그런 면모를 엿볼 수 있어요. 하지만 다만 흔적 정도로만 남아 있을 뿐이고, 그밖에는 성의 규율이 여기 마을에서는 더이상 전적으로 적용되지 않으니 하인들은 다른 모습을 보이는 거죠. 더이상 성의 규율에 지배받지 않고, 만족을 모르고 충동에 지배받는, 거칠고 반항적인 무리로 변해버리죠. 그들의 수치스러운 행동은 끝이 없는데, 마을을 위해 그나마 다행스러운 점은 명령 없이는 그들이 헤렌호프를 벗어날 수 없다는 거예요. 하지만 저들이 헤렌호프에 있는 한은 우리는 저들과 잘 지내려는 노력을 기울여야 해요. 프리다로서는 무척 힘든 일이라서 나를 활용해 하인들을 진정시킬 수 있게 되어 아주 좋아했어요. 나는 벌써 두해가 넘게 일주일에 적어도 두번은 마구간에서 하인들과 함께 밤을 보내고 있어요. 예전에 아버지가 헤렌호프에 나하고 같이 갈 수 있었을 때는, 아버지는 주점 한구석에서 주무시면서 아침 일찍 내가 소식을 가져오길 기다렸어요. 하지만 별 새로운 소식이 없었어요. 우리는 그 심부름꾼을 지금까지도 찾아내지 못했어요. 그 사람은 여전히 자신을 높이 평가하는 소르티니에게 봉사를 하고 있는데, 소르티니가 좀 멀리 떨어진 관청으로 물러가자 그를 따라갔다고 하더군요. 우리와 마찬가지로 하인들도 대부분 그를 못 본 지 오래되었고, 혹시 어떤 하인이 그를 보았다고 주장한다면 아마 착각한 것일 수 있어요. 따라서 내 계획은 사실상 실패한 것이라고 할 수 있겠지만, 완전히 실패했다고는 할 수 없었죠. 물론 우리는 심부름꾼을 찾아내지 못했고, 아버지께는 헤렌호프에 가고 또 거기서 밤을 지새운 일, 그리고 그나마도 기력이 남아 있는 동안 나에 대해 마음 아파하신 것이 유감스럽게도 마지막 치명상이 되었어요. 그 결과 아버지는 두해 가까이 당신이 보듯 저런 상태로 지내고 계세요. 그나마 아버지는 언제 돌아가실지 모르는 상태에 있는 어머니보다는 나은 셈이죠. 어머니는 아말리아의 초인적인 노력 덕분에 겨우 목숨을 연명하고 계시거든요. 그럼에도 내가 헤렌호프에서 얻어낸 것이 있다면, 그것은 성과 통하는 어떤 연줄을 만든 거예요. 내가 한 일에 대해 후회하지 않는다고 말하더라도 나를 멸시하지는 마세요. 당신은 아마 그것이 무슨 대단한 연줄이냐고 하겠죠. 당신 생각도 일리가 있어요. 그리 대단한 연줄은 아니니까요. 하지만 이제 나는 많은 하인들, 최근 수년간 마을에 내려온 거의 모든 나리의 하인들을 알게 되었고, 앞으로 성에 가게 될 경우 그곳이 그리 생소하지는 않을 거예요. 물론 그들이 마을에서나 하인일 뿐이고 성에서는 전혀 다른 사람이 되어 더는 어느 누구도, 특히 마을에서 사귄 사람조차도 알아보지 못할 테지만요. 성에서 다시 만나면 좋겠다고 여관 마구간에서 백번 맹세한 사이라도 마찬가지예요. 게다가 나는 그런 약속들이 별 의미 없다는 것도 충분히 경험했거든요. 하지만 정말 중요한 것은 그게 아니에요. 나는 하인들을 통해서만 성에 연줄이 닿아 있는 것은 아니에요. 어쩌면 누군가가 저 위에서 나와 내가 하는 일을 지켜볼지도 모르고— 관청에서는 수많은 하인들을 관리하는 일은 대단히 중요하고 신경이 많이 쓰이는 업무에 속할 테니까요— 그 사람이 어쩌면 나에 대해 다른 사람들보다는 관대한 평가를 내릴 수 있다는 거죠. 정말 그랬으면 좋겠어요. 어쩌면 그 사람은 보기에 참으로 딱한 방법이기는 하지만 내가 가족을 위해 고군분투하며 아버지의 노력을 이어가고 있다는 사실을 알아줄 거예요. 그런 사정을 들여다볼 수 있는 사람이라면, 내가 하인들에게서 돈을 받아서 가족을 위해 쓰는 것도 용서해줄 거고요. 그밖에 나는 다른 것도 얻어냈는데, 당신은 물론 그것도 나의 잘못이라고 하겠죠. 나는 하인들로부터 어렵고 또 여러 해가 걸리는 공개 채용 절차를 거치지 않고도 성에서 근무할 수 있는 우회적인 방법을 몇가지 알아냈어요. 그 경우 공식적으로 채용된 것이 아니니 은밀하게 일하는 반쯤 승인된 일꾼에 지나지 않아 권리나 의무 등이 없어요. 의무가 없다는 것은 더욱 좋지 않은 일이지만, 그래도 한가지 장점은 어떤 것에든 접근할 수 있어 좋은 기회를 발견하고 이용할 수 있다는 거죠. 정식 직원은 아니지만, 우연하게 어떤 일을 얻어내기도 해요. 때마침 대기 중인 직원이 없고 누군가가 부르는 소리가 나서 얼른 달려 나가면, 조금 전만 해도 정식 직원이 아니었으나 그런 존재가 되어 있는 거죠. 그런데 언제 그런 기회가 생기는 걸까요? 때로는 그런 기회가 빨리 오기도 하는데, 이제 막 들어가 주위를 둘러보려던 참에 벌써 그런 기회가 생기기도 해요. 하지만 새로 들어온 신참인 경우 누구라도 그런 기회를 바로 포착할 수 있을 정도로 마음의 평정을 유지하기가 어렵죠. 그리고 그런 기회를 포착하지 못하면 다음번에는 공식적으로 채용되는 경우보다 더 여러해가 걸리기도 해요. 또한 그렇게 대충 승인된 사람은 결코 정식 채용되는 법이 없어요. 그렇기 때문에 고민해봐야 할 점이 많은 거죠. 하지만 공식 채용의 경우 매우 곤혹스러운 선발 절차가 있고, 또 평판이 나쁜 집안 출신은 애당초 제외된다는 사실은 아무도 말해주지 않아요. 그런 사람은 예를 들어 공식적인 선발 절차를 밟게 되면 결과를 예감할 수 없어 여러해 동안 떨며 지내야하죠. 세상 사람들은 놀라워하며 어떻게 그토록 무모한 시도를 하느냐고 첫날부터 사방에서 그에게 질문을 퍼붓겠지만, 당사자로서는 그렇게 하지 않고서는 살아갈 도리가 없는 상황이므로 여전히 희망을 품을 수밖에 없는 거죠. 그러다가 여러해가 지나 아마도 나이를 먹고서야 그는 자신이 거부되었음을 알게 되고, 이제 모든 것을 잃었으며 자신의 삶마저 허탕이 되었음을 깨닫는 거죠. 물론 여기서도 예외는 있고, 그래서 쉽게 유혹에 빠지기도 해요. 평판이 나쁜 사람들이 마침내 채용되는 사례도 있으니까요. 관리들 중에는 본의 아니게 그런 사냥감의 냄새를 좋아하는 사람도 있어서 채용 시험이 있는 동안 코를 킁킁거리며 냄새를 맡기도 하고, 입을 비죽이거나 눈을 부릅뜨기도 하죠. 이런 관리들은 그런 사람에게 무척구미가 당기는 모양이고, 따라서 그런 사람에게 넘어가지 않으려면 법전을 굳세게 붙들고 있어야 해요. 물론 때로는 그것이 그 사람의 채용에는 도움이 되지 못하고 다만 채용 절차를 끝없이 연장

316

시킬 뿐이어서, 그러한 절차는 계속되다가 결국 그 남자가 죽은 후에야 중단되기도 해요. 따라서 적법한 채용이든 아니든 어디에나 드러나 있거나 숨겨진 난관들이 가득해 그러한 일에 뛰어들기 전에 모든 장단점을 면밀하게 검토해보는 것이 바람직해요. 그리고 우리는, 즉 바르나바스와 나는 그런 점을 소홀히 하지 않았어요. 내가 헤렌호프에서 돌아오면, 우리는 늘 함께 앉아 의논을 했어요. 나는 동생에게 최근에 얻은 소식을 들려주고, 며칠 동안 함께 이를 검토했어요. 그 때문에 바르나바스는 일을 제때 못하는 경우가 많았어요. 혹 이런 점에서는 내게 당신이 말하는 죄가 있을 수 있어요. 왜냐하면 나는 하인들이 들려주는 이야기가 그다지 신뢰할 수 없는 것임을 알고 있었으니까요. 하인들은 내게 성에 대한 이야기는 절대 해주지 않았고 화제를 자꾸 다른 데로 돌리며 애걸해야만 겨우 한마디를 해주는 식이었죠. 물론 그마저도 기분이 바뀌면 욕지거리를 하고, 의미 없는 말을 지껄이며, 허풍을 떨고, 이야기를 꾸며냈어요. 그래서 저 어두운 마구간 속에서 번갈아 들려오는 끝없는 고함 소리에는 기껏해야 진실을 암시하는 몇 마디 보잘것없는 말이나 들어 있을 뿐이었죠. 그러나 내가 그곳에서 머릿속에 담아온 모든 이야기를 바르나바스에게 들려주면, 그 녀석은 아직은 거짓과 진실을 분간할 능력이 없고 또 우리 집안이 처한 상황 탓에 그런 것들을 알고자 하는 갈망에 거의 사로잡힌 상태에서, 그 모든 것을 받아들였고 더 많은 것을 얻으려는 열망으로 타올랐어요. 그리고 사실상 나의 새로운 계획은 바르나바스에게 의존하고 있었어요. 하인들에게는 더이상 얻어낼 것이 없었거든요. 소르티니의 심부름꾼은 찾아낼 수도 없었고, 또 결코 찾아내지 못할 것 같았어요. 소르티니는 점차로 더 깊이 은둔한 듯했고, 따라서 그의 심부름꾼도 종적을 감추었어요. 이제 나는 그들의 용모와 이름조차 종종 기억나지 않았고, 때로는 그들의 모습을 오래 묘사해야 했지만 그것으로는 아무것도 얻어낼 수 없었어요. 사람들은 다만 가까스로 그들을 기억해내더라도 그들에 대해 그 이상은 말해줄 것이 없었죠. 그리고 하인들과 관련된 나의 삶에 대해 말하자면, 나는 사람들이 나를 어떻게 판단하는지에 아무런 영향도 미칠 수 없어요. 나로서는 다만 내가 행동한 그대로 받아들여지고 그로 인해 우리 가족의 죄가 조금이라도 경감되기를 바랄 뿐이지만, 그런 희망이 실현되었다는 징후는 찾아볼 수 없었어요. 그래도 나는 가족을 위해 달리 성에 영향을 끼칠 수 있는 가능성이 없어서 계속해볼 수밖에 없었어요. 하지만 바르나바스를 위한 가능성은 보였죠. 하인들의 이야기라도 뭔가를 알아내려는 마음을 먹는다면—게다가 실제로 나는 그런 마음이었으니까요—알아낼 수 있는 것이 있었는데, 즉 성에 채용되어 일하게 되면 자신과 가족을 위해 많은 것을 달성할 수 있다는 거였어요. 물론 그런 이야기들 중에서 신뢰할 만한 것이 얼마나 되겠어요? 확인해볼 수는 없어도 믿기 어렵다는 점만은 분명했지요. 예를 들어 어느 하인 하나가—분명 내가 다시 만날 수 없거나 다시 만난다 한들 얼굴을 알아보지 못할 거예요—내 동생이 성에 자리를 얻도록 도와주겠다고 약속하는 경우, 또는 바르나바스가 어떤 연줄로 성에 오게 되면 최소한 격려라도 하는 등 도움을 주겠다고 약속하는 경우를 가정해보세요. 하인들의 이야기를 들어보면, 일자리를 얻으려는 지원자들은 기다리는 시간이 너무 길어 돌봐주는 사람이 없다면 기진해버리거나 당황한 상태로 있다가 신세를 완전히 망친다는 거예요. 이런저런 하인들의 이야기를 듣다보면, 그런 이야기들은 경고로서는 정당할지 몰라도 거기에 수반되는 약속은 아주 공허하게 여겨져요. 하지만 바르나바스는 그렇게 생각하지 않았어요. 나는 동생에게 그런 말들을 믿어서는 안된다고 경고했으나, 동생으로서는 내가 들려준 이야기만 해도 내 계획에 동조하는 데 충분했어요. 내가 직접 나의 계획을 옹호하며 들려주는 이야기들은 그에게 별 영향을 주지 못한 반면, 하인들의 이야기는 그에게 강한 인상을 주었어요. 그러다보니 내가 의지할 대상은 나 자신밖에 없었어요. 부모님과 의사소통을 할 수 있는 사람은 아말리아뿐이었고, 내가 아버지의 옛 계획을 내 나름의 방식으로 추진하려 할수록 아말리아는 점차 내게서 멀어졌어요. 아말리아는 당신이나 다른 사람이 있을 때는 나하고 이야기를 하지만, 둘만 있을 때는 절대 그러지 않아요. 헤렌호프에 있는 하인들에게 나는 화풀이하는 장난감에 불과했어요. 지난 두해 동안 나는 그들 중 어느 누구와도 친밀한 이야기는 한번도 나눈 적이 없고, 모두 비열한 이야기이거나 날조된 이야기, 또는 허무맹랑한 이야기뿐이었어요. 그래서 내게는 바르나바스밖에 남지 않았는데, 바르나바스는 여전히 너무 어렸죠. 나는 이야기를 들려주면서 그 녀석의 눈이 빛나는 것을 보았고—그 녀석의 눈은 지금도 여전히 그렇게 빛나죠—그 모습에 깜짝 놀랐지만 이야기를 그만두지는 않았어요. 너무나 큰 문제가 걸려 있다는 생각이 들어서요. 물론 나는 아버지처럼 거창하면서도 내용은 공허하기 짝이 없는 그런 계획은 세우지 않았어요. 내게는 사내다운 결단력은 없어요. 나는 다만 심부름꾼의 손상된 명예만 보상해주면 된다는 생각에 여전히 사로잡혀 있었고, 더군다나 나의 이런 겸손한 태도가 칭찬받을 것으로 기대했어요. 이제 나는 혼자서는 성공하지 못한 일을 바르나바스의 힘을 빌려 다른 방식으로, 또 보다 확실하게 달성하고자 했어요. 그러니까 우리는 심부름꾼 하나를 모욕했고, 이로써 그 심부름꾼을 성의 앞쪽 사무실에서 내쫓아버린 상황이었어요. 따라서 바르나바스를 새로운 심부름꾼으로 제공하여 모욕당한 심부름꾼의 일을 맡기고, 모욕당한 심부름꾼은 자신이 원하는 기간만큼, 모욕당한 사실을 잊는 데 필요한 기간만큼 편안한 마음으로 멀리 떠나 있게끔 하는 것보다 더 타당한 일이 있을까요? 나는 물론 그 계획이 아무리 겸손하다고 해도 불손한 구석도 있음을 잘 알았어요. 그 계획은 마치 우리가 관청을 상대로 그들의 인사 문제를 어떻게 처리해야 하는지 지시하는 것 같은 인상을 줄 수도 있었으니까요. 또는 그 계획은, 관청에서 자발적으로 최선의 조치를 취할 수 있고 또 우리가 미처 그런 생각을 하기도 전에 벌써 그런 조치를 취했으며, 무슨 일이 이미 진행되었을 수도 있는데, 우리가 그 점을 의심하는 듯 보일 수도 있었어요. 그러나 다른 한편으로 나는 관청이 나를 그런 식으로 오해할 리 없고, 설령 그렇다면 관청은 어떤 의도를 갖고 오해하는 것으로, 다시 말해 그런 경우라면 관청이 모든 일에 대해 보다 자세히 조사해보지도 않고 애당초부터 배척하는 태도를 보였을 거라고 생각했어요. 그래서 나는 계획을 중단하지 않았고, 여기에는 바르나바스의 공명심도 한몫했어요. 준비 기간에 바르나바스는 매우 교만해져서 구두 수선일은 앞으로 관청에 근무할 자신에게는 너무 초라한 일이라고 여길 정도였어요. 그뿐만 아니라 그는 아말리아가 정말 어쩌다가 한마디라도 하면 감히 반박하기도 했는데, 그것도 대놓고 반박했어요. 나는 그가 그런 즐거움을 잠시나마 누리도록 허용해주었어요. 왜냐하면 쉽게 예상할 수 있는 일이지만, 녀석이 성으로 들어간 첫날부터 그런 즐거움과 오만함도 바로 끝장나버렸으니까요. 그리고 그때부터 내가 당신에게 이미 이야기한 겉모습만 그럴듯한 근무가 시작되었어요. 그런데 바르나바스가 처음에 성에, 보다 정확히 말하면 이른바 그의 일터가 된 그 사무실에 어떻게 아무런 어려움도 없이 들어갈 수 있었는지는 놀라울 따름이에요. 그때 나는 그의 성공에 너무 기뻐 거의 미칠 지경이었고, 바르나바스가 저녁에 귀가하면서 그 소식을 내 귓전에 속삭였을 때 나는 아말리아한테 달려가 그 아이를 붙잡아 구석으로 밀치고는 입술과 이빨로 격렬하게 입맞춤을 했어요. 아말리아는 아프고 놀란 나머지 눈물까지 보였지요. 나는 흥분되어 제대로 말을 꺼낼 수 없었고, 또 서로 말을 않고 지낸 지 오래되었으므로, 며칠 뒤에 이야기하려고 미루었어요. 하지만 그다음 며칠 동안 이야깃거리가 더는 없었죠. 첫날 그렇게 재빨리 성취한 지점에서 한걸음도 더 나아가지 못했으니까요. 바르나바스는 벌써 두해나 그렇게 단조롭고 답답할 정도로 가혹한 삶을 살았어요. 하인들은 전혀 도움이 되지 않았어요. 나는 하인들에게 동생을 잘 돌봐달라고 부탁하는 동시에 그들이 한 약속을 상기시키는 짧막한 편지를 동생 손에 들려 보냈고, 바르나바스는 하인들을 만날 때마다 그 편지를 꺼내 보여주었어요. 그런데 바르나바스가 만난 하인들 중에는 가끔 나를 모르는 하인들도 있었고, 또 성에서는 그가 감히 말을 할 수도 없는 처지라 하인들은 아무 말 없이 편지를 내미는 그의 방식에 대해 화를 내기도 했어요. 그래도 어떤 하인도 그를 도와주지 않았다니 정말 안타까운 일이었어요. 그러니 이미 여러번 편지를 마주한 적이 있는 하인 하나가 그것을 구겨서 휴지통에 던져버렸을 때는 오히려 구원받은 기분이 들었죠. 물론 우리 스스로도 벌써 오래전에 생각해낼 수 있었을 그런 구원이기는 했지만요. 나로서는 그 하인이 편지를 내던지면서 이렇게까지 말했을 수도 있겠다는 생각이 들었어요. '이것은 너희들이 편지를 다루는 방식이기도 하지.' 두해 동안 다른 점에서는 소득이 없었다고 해도, 일찍 나이가 드는 것, 일찍 어른이 되는 것을 유익한 것이라고 말할 수 있다면, 그 기간은 바르나바스에게는 유익한 기간이었어요. 사실 동생은 여러 면에서 보통 어른 이상으로 진지하고 현명해졌거든요. 나는 가끔 동생의 얼굴을 쳐다보면서 두해 전의 소년다운 모습과 비교해보고는 무척 슬퍼질 때가 있어요. 그렇지만 그 녀석이 아직까지는 남자답게 나를 위로하거나 격려해준 적은 없어요. 내가 없었더라면 성에 들어가는 일도 없었을 테지만, 일단 그곳에 들어가고 나서는 더이상 내게 의존하지 않더라고요. 그 녀석한테는 내가 유일하게 마음을 털어놓는 친한 상대지만, 나한테도 속마음을 모두 털어놓지는 않아요. 성에 관한 이야기를 많이 들려주지만, 그의 이야기, 그가 내게 들려주는 사소한 사실들만 듣고서는 도대체 그런 것이 어떻게 그를 그렇게 변하게 할 수 있는지 도무지 이해되지 않아요. 더욱이 소년 시절에는 우리 모두를 절망으로 몰고 갈 정도로 기세 좋던 녀석이 어째서 지금은 저기 위에서 성인 남자가 되어서는 완전히 풀이 죽어버린 것인지 알 수 없었어요. 물론 날마다 아무 의미도 없이 서서 기다리기만 하고 또 어떤 변화에 대한 전망도 없이 늘 처음부터 새로이 시작하다가는 힘이 빠지고 의심을 품다가 급기야는 절망에 빠져 우두커니 서 있을 수밖에 없을 거예요. 그런데 동생은 왜 애초에 어떤 저항도 하지 않았던 걸까요? 특히 동생은 내 말이 옳았다는 것, 성에는 우리 가족의 처지를 개선시켜줄지는 몰라도 자신의 공명심을 채워줄 것은 아무것도 없다는 걸 금방 깨달았을 텐데 말이죠. 그곳에서는 하인들의 변덕을 제외하고는 모든 일이 소박하게 진행되거든요. 그곳에서는 공명심

322

이 업무에서 충족되는 터라 보다 중요한 것은 일 자체이며, 공명심은 완전히 사라지게 되고, 거기에는 어린애 같은 소망이 들어설 여지가 없거든요. 하지만 동생의 말을 들어보면, 그 녀석은 자신의 출입이 허가된 방에서 만나는 상당히 수상한 관리들조차도 얼마나 대단한 권력과 지식을 지니고 있는지를 분명히 봤다고 생각하나봐요. 그들은 눈을 반쯤 감고 단순한 손동작을 취하면서 빠르게 구술을 한다고 해요. 또 투덜거리는 하인들을 말 한마디 않고 단지 집게손가락만으로 다루는데, 그럴 때면 하인들은 힘겹게 숨을 몰아쉬며 행복한 미소를 짓게 된다고 해요. 또 그들은 자신들의 책에서 중요한 부분을 찾아 펼치기도 하는데, 그러면 그 비좁은 공간에서 가능한 한 다른 관리들도 우르르 몰려와 목을 쭉 빼고서 들여다본다고 해요. 이런 광경이나 유사한 광경을 보면서 바르나바스는 그 관리들이 대단하다는 생각을 하게 되었고, 또 자신이 저들의 눈에 띄게 되어 낯선 존재가 아니라 가장 말단이기는 하지만 관청의 동료로서 저들과 몇 마디 대화라도 하는 처지가 될 수 있다면 우리 가족을 위해 뜻밖의 성과를 얻어낼 수 있지 않을까, 하는 인상을 받았다고 해요. 그러나 아직 그 정도에는 이르지 못했고, 바르나바스는 그것에 닿을 수 있을 법한 어떤 일도 감행하지 않았어요. 집안이 불행한 처지에 빠졌으니 나이는 어리더라도 자신이 가장이라는 무거운 중책을 떠맡게 되었음을 잘 알고 있으면서도 말이죠. 그리고 이제 마지막 고백을 해야겠어요. 당신은 일주일 전에 이곳에 왔어요. 나는 헤렌호프에서 누군가 그 이야기를 하는 걸 들었으나 신경 쓰지 않았어요. 토지 측량사가 하나 도착했다고 하는데, 토지 측량사가 뭔지도 몰랐어요. 그런데 다음 날 저녁 바르나바스는— 나는 정해진 시간이면 그를 마중 나가곤 했어요—보통 때보다 일

찍 집에 돌아왔고 아말리아가 방 안에 있는 걸 보고는 나를 길거리
로 데리고 나가 내 어깨에 얼굴을 대고는 몇분 동안이나 울었어요.
동생은 다시 예전처럼 소년이 되어 있었어요. 그가 감당할 수 없는
무슨 일이 일어났던 거죠. 완전히 새로운 세계가 그의 눈앞에 펼쳐
진 듯했고, 그는 이 새로운 모든 것이 가져다주는 행복과 불안을
감당하기 힘든 듯했어요. 그런데 사실 그는 당신에게 전하라는 편
지 한통을 위탁받았던 것뿐이고, 다른 일은 아무것도 없었어요. 하
지만 그것은 첫번째 편지, 그에게 맡겨진 첫번째 일이었어요."

올가는 이야기를 잠시 중단했다. 주위는 조용했고, 다만 그녀의
양친이 때때로 그르렁거리며 내는 가쁜 숨소리만 들릴 뿐이었다.
K는 올가의 이야기에 덧붙여 가볍게 말했다. "그러니까 당신들은
모두 내게 위선적인 행동을 했군. 바르나바스는 마치 일이 많고 경
험이 있는 심부름꾼처럼 내게 편지를 전달했고, 당신은 물론 이번
에는 분명히 당신들과 한통속이 된 아말리아는 마치 심부름꾼 일
과 편지 따위는 하찮다는 듯 행동했어." "당신은 우리 둘을 구분해
서 봐야 해요." 올가가 말했다. "바르나바스는 비록 자신의 활동에
대해 온갖 의심을 품고 있기는 하지만, 그 두통의 편지로 다시 행
복한 아이가 되었어요. 동생의 의심은 다만 자기 자신과 나와 관련
된 것이고, 당신에 대해서 동생은 자신이 생각하는 진정한 심부름
꾼에 부합하는 그런 심부름꾼으로서 활동하는 것을 명예로 여기
고 있어요. 그래서 예를 들면 동생이 관복을 얻을 희망이 높아졌음
에도 나는 두시간 안에 동생의 바지를 관청 직원들이 입는, 몸에
꼭 맞는 관복과 적어도 비슷해지도록 고쳐줘야 했어요. 그렇게 하
면 그 아이가 아직은 당신을 쉽게 속일 수 있고, 당신 앞에서 심부
름꾼처럼 행동할 수 있으니까요. 바르나바스는 그래요. 하지만 아

말리아는 심부름꾼 일을 정말 경멸해요. 지금은 바르나바스가 다소 성과를 거두고 있는 듯 보이고, 또 그와 내가 함께 앉아 몰래 속닥거리는 모습을 보면 그 사실을 쉽게 알 수 있는데도 이전보다 더 바르나바스를 경멸하고 있어요. 즉 아말리아는 진실을 말하고 있어요. 당신은 그 점을 의심하고 착각하면 안돼요. 그런데 K, 만약 내가 때때로 심부름꾼의 일을 얕잡아본 적이 있다면, 그것은 결코 당신을 속이려는 의도에서가 아니라 두려워서 그랬을 거예요. 바르나바스의 손을 거쳐 전달된 두 통의 편지는, 물론 미심쩍은 구석이 상당하지만, 우리 가족이 삼 년 만에 얻은 첫 은총의 표시였어요. 만약 그것이 정말 또 하나의 착각이 아니라 우리의 운명에 있어 일종의 전환이라고 한다면 — 왜냐하면 사태가 그렇게 다행스럽게 바뀌기보다는 착각하는 경우가 다반사니까요 — 그러한 전환은 당신이 이곳에 온 것과 관련이 있고, 우리의 운명은 이제 어느정도 당신에게 달려 있다고 할 수 있죠. 이 두 통의 편지는 아마 시작에 불과하고, 또 바르나바스의 활동은 당신에게 전하는 편지 심부름 이상으로 확대될 거예요. 우리는 아무쪼록 그렇게 되리라는 희망을 갖고 있어요. 하지만 당분간은 모든 것이 당신을 향해 있어요. 하여튼 저 위 성에서 보면 우리는 우리에게 주어지는 일에 만족해야 하지만, 이곳 마을에서는 우리 스스로의 힘으로 뭔가를 할 수도 있을 거예요. 즉 당신의 호의를 확보해두는 것, 적어도 당신이 우리에 대해 반감을 갖지 않게 하는 것은 물론 가장 중요한 일이며 또 우리에게도 생명선이 될지도 모를 성과 당신과의 연결이 끊어지지 않도록 우리의 힘과 경험을 다해 당신을 보호하는 거죠. 그렇다면 이제 이 모든 일을 어떻게 잘 해낼 수 있을까요? 우리가 당신에게 접근해도 당신의 의심을 사지 않으려면 어떻게 해야 하나요? 이곳에서는 이방인 신세이니 당신은 분명 모든 것에 대해 의심할 테고, 그것은 정당한 의심이니까요. 더군다나 우리는 대체로 멸시를 받고 있고, 당신은 일반 여론, 특히 당신 약혼녀에 의해 영향을 받고 있는데, 우리가 어떻게 하면, 이를테면 부지불식간에 당신 약혼녀와 대립하는 통에 당신의 기분을 상하게 하는 일 없이 당신에게 접근할 수 있을까요? 그런데 당신에게 전달되기 전에 내가 꼼꼼히 읽어본 전갈들은—바르나바스는 읽지 않았는데, 심부름꾼으로서 감히 읽어볼 수 없는 모양이었어요—척 보기에도 대수롭지 않아 보였고, 오래되어 보였으며, 당신더러 촌장에게 가보라고 지시했다는 점에서 전갈 자체의 중요성이 떨어졌지요. 이제 우리가 이 일과 관련해 당신에 대해 어떤 태도를 취해야 할까요? 만약 우리가 그 전갈의 중요성을 강조한다면, 우리는 별로 중요하지 않은 것을 과대평가하고, 그런 소식을 전해주는 자로서 당신에게 우리 자신을 내세우며 결국 당신의 목표가 아니라 우리의 목표를 추구한다는 의심을 살 거예요. 그뿐만 아니라 그런 식으로 우리는 전갈 자체를 당신이 보기에도 형편없게 만들어버릴 수 있고 그렇게 되면 정말 원치 않게 당신을 속이게 되는지도 몰라요. 하지만 우리가 편지 자체를 그리 높이 평가하지 않는다고 해도 마찬가지로 당신의 의심을 살 거예요. 그 경우 우리는 왜 중요하지도 않은 이 편지들을 배달하는 데 열성을 보이는지, 왜 우리의 말과 행동이 서로 모순되는지, 왜 우리는 편지의 수신자인 당신뿐만 아니라 편지를 부탁한 사람까지 속이려 하는지가 문제가 되겠죠. 분명 우리에게 편지를 위탁한 당사자는 우리가 수신자에게 쓸데없는 설명을 해 편지의 가치를 떨어뜨리라고 맡긴 것은 아닐 테니까요. 그렇기 때문에 이 두 극단적인 태도 사이에서 중도를 지키는 것, 다시 말해 편지에 대해 올바른 평가를 내리기란 정말 불가능해요. 그 편지들은 끊임없이 자기 가치를 바꾸며 여러 생각이 한없이 들게 하니까요. 그러한 생각이 계속되다가 멈추게 되는 지점도 우연에 의해 결정되는 통에 그 의견이라는 것도 결국 우연한 것에 불과해요. 게다가 당신을 두려워하는 마음까지 끼어들면 모든 것이 혼란스러워지죠. 내가 하는 말을 너무 엄격하게 평가하지 말았으면 해요. 예를 들어 언젠가 그랬듯이 바르나바스가 당신이 그의 심부름꾼 일에 만족하지 않았다는 소식을 갖고 집으로 돌아와서는 스스로도 놀란 나머지 심부름꾼이라는 데 신경과민을 보이면서 그 일을 그만두겠다고 하면, 나로서는 당연히 실수를 만회하는 데 도움만 된다면 속이는 일도 하고, 거짓말도 하며, 배신도 하고, 어떤 나쁜 짓이라도 다 할 거예요. 하지만 내가 그 일을 한다면 적어도 내 생각으로는 우리뿐만 아니라 당신을 위한 것이기도 해요."

문을 두드리는 소리가 났다. 올가는 달려가 문을 열었다. 손에 든 등불에서 흘러나온 한줄기 불빛이 어둠 속을 비추었다. 밤늦게 찾아온 방문객은 속삭이는 목소리로 물었고 또 이쪽에서 속삭이는 대답을 들었지만, 그 대답에 만족하지 못하고 방으로 들어오려고 했다. 올가는 그 사람을 막아낼 수 없었는지 아말리아를 불렀고, 양친이 잠에서 깨지 않도록 아말리아가 모든 수단을 다해 방문객을 물리쳐주기를 바랐다. 아닌 게 아니라 아말리아는 급히 달려와 올가를 옆으로 밀치고는, 바깥 길거리로 나서더니 문을 닫아버렸다. 잠시 후 그녀는 되돌아왔다. 올가로서는 도저히 할 수 없었던 일을 그녀는 순식간에 해치워버렸다.

이어 K는 올가에게서 방문객이 바로 자신을 찾아왔다는 말을 들었다. 조수 중 하나가 프리다의 부탁을 받고 그를 찾아 나선 것이었다. 올가는 K를 조수로부터 지키고자 했다. 만약 K가 나중에 자신이 이곳을 방문했었다는 걸 프리다에게 고백하고 싶으면 그거야 어떻게 할 수 없지만, 조수에게 발각되어서는 곤란하다는 것이다. K는 그 말에 수긍했다. 하지만 여기서 밤을 보내며 바르나바스를 기다리는 것이 어떻겠느냐는 올가의 제안은 거절했다. 그 자체만으로 보면 받아들일 만한 제안이었다. 벌써 밤도 깊었고, 그로서는 이제 원하든 원치 않든 이 가족과 밀접하게 연결되어버린 듯한 느낌이 들었다. 다른 이유에서 따진다면 여기에 묵는 것은 난처한 일이겠지만, 이런 밀접한 관계를 고려한다면 마을 전체에서 가장 자연스러운 일로 여겨졌기 때문이다. 하지만 K는 제안을 거절했다. 그는 조수가 찾아온 것에 깜짝 놀랐다. 그로서는 자신의 뜻을 아는 프리다와 그를 두려워하게 된 조수들이 어떻게 다시 만나게 되었고, 또 프리다가 어떻게 K를 부르러 조수를 거리낌 없이 보냈는지 이해할 수 없었다. 그것도 조수 한명만 보내다니. 다른 한명은 프리다 곁에 있는 것이 분명했다. K는 올가에게 집에 채찍이 있는지 물어보았다. 채찍은 없고 버드나무 가지가 하나 있어서 그는 그것을 받아들었다. 이어 그는 집에서 나가는 다른 출구가 있는지를 물었다. 안뜰을 통해 거리로 나가는 출구가 하나 있었는데, 다만 거리로 나서려면 이웃집 정원 울타리를 넘은 후 정원을 지나야만 했다. K는 그렇게 할 작정이었다. K는 올가의 안내를 받아 안뜰을 지나 울타리로 가는 동안 서둘러 그녀를 안심시키려 애썼다. 그는 그녀가 이야기를 하면서 꼼수를 부린 점에 대해 화나지 않았고, 오히려 그녀의 그런 행동이 충분히 이해된다고 말했다. 그는 그녀가 보여준 신뢰, 그녀가 이야기를 들려주며 보여준 신뢰에 대해 고마운 마음을 표시하면서, 밤이라도 상관없으니 바르나바스가 돌아오면 바로 학교로 보내달라고 부탁했다. 사실 바르나바스가 가져다주는 전갈들이 그의 유일한 희망은 아니었고 또 만약 그렇다면 그로서는 고약한 상황에 놓인 것일 테지만, 자신은 어떤 일이 있더라도 그 전갈들을 단념하지 않고 단단히 매달릴 거라고 했다. 하지만 동시에 그는 올가를 잊지 않을 텐데, 그녀의 용기, 사려 깊음, 현명함, 가족을 위한 헌신으로 그녀가 전갈들보다 더 중요해졌기 때문이라 했다. 만약에 올가와 아말리아 사이에 선택을 해야 한다면, 그리 많이 생각할 필요가 없다고 말했다. 그는 이웃집 정원의 울타리 위로 뛰어오르면서 그녀의 손을 다정하게 잡아주었다.

거리에 나서고 보니 어두침침한 밤이라 저 위 바르나바스네 집 앞에서 계속 왔다 갔다 하는 조수의 모습이 겨우 눈에 들어왔다. 조수는 가끔 걸음을 멈추고, 커튼이 내려진 창 너머 방 안을 등불로 비춰보려고 했다. K가 그를 불렀다. 조수는 그다지 놀라는 기색 없이 집 안의 동정을 살피는 것을 중단하고 K 쪽으로 다가왔다. "누굴 찾나?" K는 자신의 넓적다리에 버드나무 가지의 탄력성을 시험해보며 물었다. "당신을 찾고 있었어요." 조수가 가까이 오면서 말했다. "그런데 도대체 자네는 누구야?" K는 상대방이 자신의 조수가 아닌 듯한 기분이 들어 불쑥 물었다. 그는 나이가 더 많고 지쳐 보였고, 얼굴은 포동포동했으나 주름은 더 많았으며, 또 걸음걸이도 전류를 통해 관절에 자극을 받는 듯한 조수들의 경쾌한 걸음걸이와 달랐다. 동작이 느렸고, 약간 절룩거리기도 했으며, 좀 스럽고 상당히 병약해 보였다. "나를 모르시겠어요?" 그가 물었다. "당신의 옛 조수, 예레미아스잖아요." "그래?" K가 어느새 등 뒤에 감추고 있던 버드나무 가지를 다시 조금 끄집어내며 말했다. "그런데 자네는 아주 달라 보여." "내가 혼자 있어서 그런 거죠." 예레미아스가 말했다. "나 혼자 있으면 활기 넘치는 젊음도 사라지거든요." "아르투어는 도대체 어디에 있어?" K가 물었다. "아르투어요?" 예레미아스가 되물었다. "그 사랑스러운 녀석 말인가요? 그녀석은 근무를 그만두었어요. 당신이 우리에게 좀 거칠게 굴었잖아요. 그 녀석은 마음이 여려 그걸 견디지 못했어요. 녀석은 지금 성으로 돌아가서 당신에 대해 불평을 늘어놓고 있어요." "그럼 자네는?" K가 물었다. "나는 남을 수 있었어요." 예레미아스가 말했다. "아르투어가 내 몫까지 불평하고 있거든요." "도대체 자네들은 무엇을 불평하는 거야?" K가 물었다. "우리의 불평은—" 예레미아스가 말했다. "당신이 장난을 이해하지 못한다는 거죠. 우리가 도대체 뭘 했나요? 장난을 좀 치고, 좀 웃기도 하고, 당신의 약혼녀를 좀 놀렸을 뿐이죠. 그밖에는 모든 걸 당신 지시대로 따랐어요. 갈라터가 우리를 당신한테 보낼 때는—" "갈라터?" K가 물었다. "그래요, 갈라터가 보냈어요." 예레미아스가 말했다. "그는 그때 마침 클람을 대신해 일을 처리하고 있었어요. 그가 우리를 당신에게 파견하면서 한 말이 있어서, 나는 그 말을 잘 명심해두었어요. 우리가 불평의 근거로 삼은 말이기도 해요. 그가 '너희 둘은 토지 측량사의 조수 일을 하러 가라' 하고 말했죠. 그래서 우리는 '뭐라고요, 우리는 그런 일에 대해 전혀 몰라요'라고 했어요. 그러자 그가 말했어요. '가장 중요한 것은 그게 아니야. 일이야 필요하다면 측량사가 너희에게 가르쳐주겠지. 자네들이 그의 기분을 좀 흥겹게 해주는 게 중요해. 내게 들어온 보고에 따르면 그는 모든 일을 너무 심각하게 받아들인다는 거야. 그는 마을에 갓 들어왔는데, 그에게는 그것이 큰 사건이었나봐. 실제로는 별일 아닌데 말이야. 자네들은 그에게 그 점을 가르쳐줘야 해.'" "그런 것이군." K가 말했다.

"그러니까 갈라터의 말이 옳았고, 자네들은 그 임무를 수행했다는 거야?" "그건 모르겠어요." 예레미아스가 말했다. "시간이 너무 짧아서 아마 가능하지도 않았을 거예요. 내가 아는 것은 다만 당신이 아주 거칠고, 그 점이 우리에게는 불평거리라는 거죠. 이곳의 고용인에 불과하고 성이 채용하지도 않은 당신이 그런 식의 업무가 가혹하다는 점을 어떻게 간파하지 못하는지 이해할 수가 없고요. 당신이 하듯 그렇게 짓궂고도 유치한 방법으로 일하는 사람을 힘들게 만드는 것은 정말 부당해요. 당신은 냉담하게도 우리를 바깥 울타리에서 거의 얼어 죽게 버려두었어요. 아르투어는 나쁜 소리를 한마디만 들어도 며칠 동안 끙끙 앓는 사람인데, 당신은 하마터면 그를 매트리스 위에서 주먹으로 때려죽일 뻔했어요. 또한 오늘 오후에는 나를 눈 속에서 이리저리 몰아대서 그 고통에서 회복되는 데 한시간이나 걸렸어요. 나도 더이상 그렇게 젊지 않다고요!" "사랑하는 예레미아스." K가 말했다. "자네가 한 말은 다 맞아. 다만 그런 말은 갈라터 앞에서 해야지. 자네들을 나한테 보낸 것은 그 사람이야. 내가 자네들을 보내달라고 부탁한 게 아니라고. 그리고 나는 자네들을 요청하지 않았으니, 자네들을 돌려보내도 정당한 거야. 나야 폭력을 동원하지 않고 평화롭게 일을 처리하고 싶었지만, 자네들은 분명히 그런 방식을 원치 않았던 거야. 그건 그렇고 왜 자네들은 나에게 왔을 때 지금처럼 솔직하지 않았던 거야?" "그야 당연히 근무 중이었기 때문이죠." 예레미아스가 말했다. "당연한 거죠." "그럼 지금은 더이상 그렇지 않다는 거야?" K가 물었다. "이제는 더이상 아니죠." 예레미아스가 말했다. "아르투어가 성에 가서 근무하지 않겠다고 통고했거나, 적어도 우리를 근무에서 최종적으로 해방시켜줄 절차가 진행 중이거든요." "그런데도 자네는 마치 여전히 근무를 하는 양 나를 찾아왔어." K가 말했다. "아니요." 예레미아스가 말했다. "나는 다만 프리다를 진정시키기 위해 당신을 찾았을 뿐이에요. 당신이 바르나바스네 처녀들 때문에 프리다를 버리자 그녀는 무척 슬퍼했어요. 당신을 잃어버려서 그렇다기보다는 당신의 배신 때문이죠. 그런데 프리다는 사실 벌써 오래전부터 그런 일이 닥칠 것을 예상했고, 그 때문에 무척 고통스러워했어요. 나는 당신이 혹시 분별력을 되찾았는지 살펴보려고 교실 창가에 다시 한번 가봤어요. 그런데 당신은 없고, 프리다 혼자서 의자에 앉아 울고 있더군요. 그래서 나는 프리다에게 다가갔고, 우리는 서로 합의에 이르렀어요. 또한 모든 일이 이미 실행에 옮겨졌어요. 적어도 성에서 나의 일이 처리될 때까지 나는 헤렌호프에서 객실 담당으로 일하고, 프리다는 다시 그곳 주점에서 일할 겁니다. 프리다로서는 그 편이 더 낫죠. 당신의 아내가 되려고 하다니 아주 현명치 못한 처신이었죠. 더군다나 당신은 프리다가 당신을 위해 치르려던 희생을 제대로 볼 생각도 없었죠. 그런데도 마음씨 착한 프리다는 지금도 불쑥불쑥 당신에게 부당한 일을 한 것은 아닐까, 혹시 당신이 바르나바스네 가족에게 가지 않았던 것은 아닐까, 하고 걱정해요. 사실 당신이 어디에 있었는지는 조금도 의심할 여지가 없는 일이었지만, 그럼에도 불구하고 나는 최종적으로 그 사실을 확인해보려고 왔죠. 왜냐하면 프리다는 여러 흥분되는 일을 겪었으니 이제는 편히 자야 하거든요. 나도 마찬가지고요. 그래서 찾아온 것인데, 당신을 찾아냈을 뿐만 아니라 바로 그 처녀들이 꼭두각시처럼 당신을 따르는 것까지 보았어요. 특히 살결이 가무잡잡한 처녀, 진짜 살쾡이 같은 처녀는 당신에게 헌신적이더군요. 하기야 저마다 자기만의 취향이 있으니까요. 하여튼 당신은 이웃집 정

원으로 이어진 우회로로 나올 필요가 없었어요. 그 길은 나도 아는
길이니까요."

21장

그래서 이제 예상은 할 수 있었지만 막을 수는 없었던 일이 일어 났다. 프리다가 그를 떠났다. 물론 아직 끝났다고 할 수는 없었다. 상황이 그렇게 나쁜 것도 아니었고, 프리다는 되찾아올 수도 있었 다. 그녀는 낯선 자들의 영향을 쉽게 받았고, 심지어 조수들에게서 도 영향을 받았다. 조수들은 프리다의 지위를 자신들의 지위와 비 슷하다고 생각하고는, 이제 일을 그만두면서 프리다에게도 그렇게 하도록 부추겼다. 하지만 K가 직접 그녀 앞에 나타나 그가 지닌 모 든 이점을 상기시켜주고 또 그가 처녀들을 찾아간 덕분에 성과가 있 었음을 밝혀 자신의 방문을 정당화할 수만 있다면, 그녀는 뉘우치 고 다시 그에게 돌아올 것이다. 그러나 K는 프리다 일로 이런저런 궁리를 하면서 평정심을 되찾으려고 했지만 마음이 진정되지 않았 다. 그는 조금 전까지만 해도 올가에게 프리다가 자신의 유일한 버 팀목이라고 자랑했는데, 확실한 버팀목은 아닌 것 같았다. K에게서 프리다를 빼앗는 데는 어떤 힘센 자의 개입이 필요했던 것이 아니라, 다만 별로 구미가 당기지 않는 그런 조수, 때로는 더이상 싱싱하지 않은 것 같은 그런 살덩어리만으로도 충분했던 것이다.

예레미아스가 벌써 물러가려고 해 K가 그를 다시 불러 세웠다. "예레미아스." K가 말했다. "내가 자네에게 아주 솔직하게 말할 테니, 자네도 내 질문에 솔직하게 대답해줘. 우리는 더이상 주인과 하인 관계가 아니며, 그렇게 되어 자네도 기쁘겠지만 나도 기뻐. 그러니까 우리는 서로를 기만할 이유가 없지. 자네가 보는 앞에서 원래 자네한테 쓰려던 이 회초리를 꺾어버릴게. 내가 정원을 통해 나온 것은 자네를 두려워해서가 아니라 자네를 기습해서 회초리로 몇대 갈겨주려고 했던 거야. 그러나 다 지난 일이니 나를 나쁘게 생각하지 말게. 만일 자네가 관청에 의해 내게 강제로 할당된 하인이 아니었다면, 그저 내가 아는 사람의 하나였다면, 자네 외모가 때로는 약간 역겹기는 하지만 우리는 서로 사이좋게 지냈을 거라고 확신해. 우리가 지금까지 이런 점을 소홀히 했지만, 이제라도 제대로 해볼 수 있을 거야." "그렇게 생각해요?" 조수는 하품을 하고 피곤한 두 눈을 비비면서 입을 열었다. "당신한테 모든 사정을 더 자세히 설명해줄 수도 있지만, 지금은 시간이 없어요. 프리다에게 가봐야 해요. 그 아이가 나를 기다리고 있거든요. 그녀는 아직 일을 시작하지 않았어요. 당신을 잊으려고 그렇게 말한 것 같은데, 당장 일을 시작하고 싶다고 했으나, 내가 여관 주인을 설득해 약간의 휴식 기간을 받아냈고, 우리는 그 시간만은 함께 지낼 거예요. 당신의 제안에 대해서라면, 나는 당신을 속여야 할 이유도 없고 그렇다고 당신한테 뭔가를 털어놓아야 할 이유도 없어요. 당신과는 사정이 다르죠. 업무상 주종 관계에 있었을 때 당신은 물론 내게 중요한 인물이었는데, 당신의 자질 때문이 아니라 내게 맡겨진 업무 때문에 그랬죠. 그때는 당신이 원하면 무슨 일이든 당신을 위해 했지만, 이제 나한테 당신은 아무래도 상관없는 사람이죠. 회초리를 꺾는다 해도 아무런 감동이 없군요. 그것은 한때 내가 얼마나 거친 주인 아래 있었는가를 상기시켜줄 뿐 내 마음을 돌리지는 못해요."

"자네는 이제 나와 그런 식으로 이야기하는군." K가 말했다. "다시는 나를 두려워할 일이 없다는 식이야. 그러나 사정은 그렇지 않을걸. 자네는 아직 내게서 벗어난 자유의 상태가 아닐걸세. 이곳에서는 일이 그렇게 신속하게 처리되지 않거든──" "때로는 더 빨리 처리되기도 하죠." 예레미아스는 이의를 제기했다. "때로는 그럴지도 모르지." K가 말했다. "그런데 이번이 그런 경우임을 암시해주는 게 전혀 없잖아. 적어도 자네나 나는 문서로 된 처리 결과를 수중에 갖고 있지 않아. 그러니까 이제 막 절차가 시작되었을 테고, 나는 아직 연줄을 통해 어떤 개입도 하지 않았지만 그럴 작정이야. 그 결과가 자네에게 불리하게 나올 경우, 자네는 미리 자네 주인의 호감을 살 준비를 하지 않은 셈이고, 어쩌면 나는 이 버드나무 회초리를 너무 성급하게 꺾어버린 것인지도 모를 일이지. 그런데 자네는 프리다를 데려갔고, 그 점에 대해 꽤나 우쭐한 모양이군. 하지만 내가 자네를 존중한다고 해도, 또 자네가 나를 더이상 존중하지 않는다고 해도, 자네가 프리다를 낚아채려고 써먹은 거짓말을 까발리는 데는 나의 몇 마디 말이면 충분할 거야. 그 정도는 알고 있지. 프리다가 내게서 등을 돌리게 된 것은 단지 거짓말 때문에 가능했던 거야." "그런 위협에 겁먹지 않아요." 예레미아스가 말했다. "당신은 나를 조수로 삼고 싶은 마음이 전혀 없고, 조수인 나를 두려워하고 있어요. 당신은 조수 그 자체를 두려워하고, 단지 그 두

려움 때문에 착한 아르투어를 때렸죠.""그래서 혹시 덜 아팠다는
거야?"K가 말했다. "아마도 나는 자네에 대한 두려움을 앞으로도
종종 그런 방식으로 드러내겠지. 내가 보니 자네는 조수 노릇이 마
뜩잖은 모양이야. 그러니 있을지도 모르는 그 모든 두려움을 이겨
내고 자네에게 조수 일을 억지로 시켜보는 것도 정말 재미있겠는
데. 이번에는 아르투어 없이 자네만 조수로 삼는 일에 신경을 쓰도
록 하지. 그러면 자네에게 좀더 주의를 기울일 수 있을 거야.""당
신 혹시 내가 그런 것을 조금이라도 겁낼 거라고 생각해요?"예레
미아스가 말했다. "아마 그럴걸."K가 말했다. "분명히 조금은 겁낼
거야. 자네가 좀더 분별력이 있다면 더 많이 두려워하겠지. 그렇지
않다면 왜 진작 프리다에게 가지 않았겠어? 말해보라고, 자네는 도
대체 그녀를 좋아하기는 하는 거야?""좋아하느냐고?"예레미아스
가 말했다. "그녀는 착하고 영리한 처녀이고, 또 클람의 옛 애인이
니 하여튼 존중받을 만해요. 그리고 그녀가 당신에게서 벗어나고
싶다고 계속 나한테 부탁하는데, 어떻게 내가 그녀의 부탁을 들어
주지 않을 수 있겠소? 더군다나 당신은 그 저주받은 바르나바스네
가족에게서 위안을 얻고 있으니 내가 당신에게 해를 끼치는 것도
아니죠.""이제 자네의 두려움을 알겠어."K가 말했다. "정말 보기
딱할 정도군. 자네는 거짓말로 나를 속일 셈인가. 프리다는 나한테
한가지를 부탁했는데, 즉 난폭해지고 개처럼 음탕한 조수들에게서
자신을 해방시켜달라는 것이었어. 유감스럽게도 내가 그녀의 부탁
을 들어줄 시간이 없었는데, 그것을 소홀히 한 결과가 지금 나타나
고 있군."

"측량사님, 측량사님!"골목에서 누군가가 외치는 소리가 났다.
목소리의 주인공은 바르나바스였다. 그는 숨을 헐떡이면서 달려왔

으나 K에게 허리 굽혀 인사하는 것을 잊지 않았다. "드디어 성공했어요." 그가 말했다. "무엇이 성공했다는 거야?" K가 물었다. "자네는 나의 요청을 클람에게 전한 거야?" "그것은 못했어요." 바르나바스가 말했다. "열심히 해봤지만, 불가능했어요. 나는 곧장 밀고 들어갔고, 또 요청을 받은 것은 아니지만 하루 종일 책상 옆에 서 있었는데, 한번은 책상에 너무 바싹 붙어 있어서 불빛을 가린다고 서기에게 떠밀린 적도 있어요. 그러다가 클람이 고개를 들기에 금지된 일이었지만 손을 들어 나의 존재를 알리기도 했어요. 나는 어느 누구보다도 오랫동안 사무실에 머물렀어요. 결국 하인들과 나만 그곳에 남게 되었는데, 그때 클람이 다시 돌아오는 것을 보는 기쁨도 또 한번 맛보았어요. 물론 클람은 나 때문에 돌아온 것은 아니었고, 단지 책에서 뭔가를 찾아보려고 왔다가 바로 다시 가버렸어요. 내가 여전히 꼼짝 않고 있으니까 결국 하인 하나가 빗자루로 쓸어내다시피 나를 문밖으로 쫓아냈어요. 내가 이 모든 걸 고백하는 이유는, 당신이 나의 성과에 대해 또다시 불만을 갖지 않았으면 해서요." "너의 그 모든 노력이 무슨 소용이야, 바르나바스?" K가 말했다. "아무 성과를 거두지 못한다면 말이야." "하지만 나는 성과를 거두었어요." 바르나바스가 말했다. "내 사무실에서─나는 그 사무실을 내 사무실이라고 불러요─나오는데, 건물 안쪽의 복도에서 어떤 신사분이 천천히 걸어나오는 거예요. 다른 사람의 모습은 전혀 찾아볼 수 없었어요. 아주 늦은 시간이었거든요. 나는 그 사람을 기다리기로 했어요. 거기에 머물러 있을 좋은 기회였고, 사실 나는 당신한테 나쁜 소식을 전하는 것보다는 차라리 거기 머물러 있고 싶었어요. 그런데 그 사람을 기다리기로 한 것은 하여튼 가치 있는 일이었어요. 그는 바로 에어랑어[17]였거든요. 당신은 그 사람이 누군지 모르시죠? 클람의 수석 비서 중 하나로 작고 여윈 체구에 다리를 약간 절어요. 에어랑어는 바로 나를 알아보았어요. 기억력이 뛰어나고 사람에 대한 이해가 깊기로 유명한 분이죠. 그저 눈살을 한번 찌푸리고 보기만 해도 상대가 어떤 사람인지를 다 알아보고, 때로는 한번도 본 적 없고 다만 어디서 들었거나 읽어본 사람도 알아본다고 해요. 이를테면 그는 아마 나를 본 적이 없을 거예요. 그런데 그는 어떤 사람이든 금방 알아보면서도, 우선은 마치 확신하지 못한 듯 질문을 던지기 시작해요. '자네는 바르나바스가 아닌가?' 그는 내게 이렇게 말하고는 다시 물었어요. '자네는 토지 측량사를 알고 있지, 안 그래?' 이어 그가 말했어요. '마침 잘됐어. 나는 지금 헤렌호프로 가는 길이야. 토지 측량사더러 그곳으로 나를 찾아오라고 전해줘. 나는 십오호실에 묵을 거야. 그런데 그는 지금 당장 와야 할 거야. 그곳 면담 일정은 두서너건뿐이고, 내일 새벽 다섯시에는 다시 성으로 돌아와야 해. 나로서는 그 사람과 대화를 나누는 일이 무척 중요하다고 전해줘.'"

그때 예레미아스가 갑자기 달음박질치기 시작했다. 그때까지 흥분한 상태에서 예레미아스에게 별로 주의를 기울이지 않고 있던 바르나바스가 물었다. "예레미아스가 왜 저러는 거죠?" "나보다 먼저 에어랑어에게 가려는 거야." K는 말을 하면서 벌써 예레미아스를 뒤쫓아갔다. K는 곧 그를 따라잡았고, 그의 팔을 바짝 붙잡고는 말했다. "자네는 갑자기 프리다에 대한 그리움에 사로잡히기라도 한 거야? 나의 그리움도 자네 그리움에 못지않으니, 우리 같이 보조를 맞춰 걷도록 하지."

17 '에어랑어'(Erlanger)는 '토질쾨디' '얻디'키는 뜻이 독일어 'erlangen'에서 온 것으로 보인다.

어두운 헤렌호프 앞에는 남자들이 작은 무리를 이루며 서 있었는데, 두서넛이 손에 등불을 들고 있어서 몇몇 얼굴을 알아볼 수 있었다. K가 아는 얼굴은 마부 게르스태커 하나뿐이었다. 게르스태커가 그에게 인사조로 물었다. "아직 마을에 있는 거요?" "그래요." K가 말했다. "나는 이곳에 장기간 머물려고 온 거요." "나야 아무래도 상관없소." 게르스태커는 이렇게 말하고는 기침을 심하게 하면서 다른 사람들이 있는 쪽으로 돌아섰다.

알고 보니 모두들 에어랑어를 기다리고 있었다. 에어랑어는 벌써 도착해 있었으나 민원인들과의 면담에 앞서 아직 모무스와 협의하는 중이었다. 사람들 사이에서는 민원인들이 건물 안에서 기다릴 수가 없고 여기 바깥의 눈 속에 서 있어야 하는 문제를 두고 통상적인 대화가 오갔다. 바깥이 그렇게 추운 것은 아니었지만, 그래도 민원인들을 밤에 몇시간 동안이나 건물 밖에 세워두다니 무심했다. 물론 에어랑어의 잘못은 아니었다. 그는 오히려 민원인에게 매우 호의적인 사람이었다. 그는 아마 이런 사정을 거의 모르는 듯했고, 만일 이에 대해 보고를 받았다면 분명히 화를 냈을 것이었다. 이는 모두 헤렌호프의 여주인 탓이었다. 여주인은 가히 병적일 정도로 세련됨을 추구하는 여자로 많은 민원인이 한꺼번에 헤렌호프에 밀려드는 것을 원하지 않았다. "정말 어쩔 수 없이 그들이 꼭 들어와야 한다면," 그녀는 이런 식으로 말하곤 했다. "제발 한사람씩 차례로 들어오게 해요." 그러면서 그녀가 자신의 뜻을 관철시킨 결과, 민원인들은 처음에는 그냥 실내 복도에서 기다렸으나 나중에는 계단에서, 그다음에는 현관 쪽에서, 결국에는 주점에서 기다리게 되었고, 마지막에는 바깥 거리로 내몰리게 되었다. 그녀는 이 상황마저 탐탁지 않았다. 그녀의 표현대로 자기 집에서 계속 '포위

당한 상태'로 있는 게 참기 힘들었던 것이다. 그녀는 도대체 무엇 때문에 민원인들이 그곳에 드나드는지 이해할 수 없었다. "바깥 계단을 더럽히려나보지." 한번은 어떤 관리가 그녀의 질문에 이렇게 대답했다. 관리는 아마도 화가 나서 그렇게 말한 것 같은데, 그녀는 관리의 그 말에서 뭔가를 깨달았는지 그 표현을 즐겨 인용했다. 그래서 그녀는 헤렌호프의 맞은편에 민원인들이 대기할 수 있는 건물이 들어서도록 노력을 기울였고, 이는 민원인들의 바람과도 일치하는 것이었다. 그녀는 민원 상담이나 심문도 헤렌호프에서 완전히 벗어난 곳에서 이루어지기를 내심 바랐지만, 관리들이 반대했다. 여주인은 지엽적인 문제에 있어서는 집요하고도 여자 특유의 자상한 열성으로 다소 독단적으로 굴기도 했지만, 관리들이 심하게 반대하는 경우에는 그녀로서도 어쩔 수가 없었다. 그런데 여주인은 앞으로도 상담과 심문이 헤렌호프에서 이루어지는 상황을 참아야 할 것으로 보였다. 성에서 온 나리들은 마을에서 공무를 처리할 때 헤렌호프에 머물기를 고집했다. 그들은 늘 바빴고, 마을에는 정말 마지못해 와 있을 뿐이었다. 그들은 필요한 범위를 넘어 이곳에서 체류하는 기간을 연장하려는 마음은 추호도 없었고, 따라서 다만 헤렌호프에서의 평화롭고 조용한 분위기를 위해 관리들에게 잠시 동안 모든 서류를 갖고 길 건너의 어떤 다른 건물로 옮겨가는 식으로 시간을 낭비하는 일을 요구할 수는 없었다. 사실 관리들은 주점에서, 또는 자기 방에서, 가능하면 식사를 하면서, 또는 일어나기가 너무 힘들 정도로 지쳐 있어 침대에서 그냥 좀 쉬고 싶을 때는 잠자리에 들기 전에, 또는 아침에 침대에서 공무를 처리하는 것을 가장 좋아했다. 그에 반해 대기실 건물을 짓는 문제에서는 유리한 해결책이 있는 듯도 했지만, 대기실 신축 자체가 수많은 협의를 필요로 하는 일이었고, 따라서 여관 복도가 빌 틈이 없었으므로 여주인에게는 정말 가혹한 벌이었다. 사람들은 이러한 점을 생각하면서 약간 비웃기도 했다.

사람들은 기다리는 동안 이런 이야기를 서로 소곤소곤 주고받았다. 그런데 K로서는 에어랑어가 민원인들을 한밤중에 소환한 점에 대해서도 불만이 만만치 않을 것 같은데, 아무도 불만을 제기하지 않는 것이 오히려 이상했다. 그래서 그 이유를 물으니, 그 일에 대해서는 에어랑어에게 무척 고마워해야 한다는 대답이 있었다. 에어랑어가 직접 마을에 행차하는 것은 오로지 그의 호의와 자신의 직무에 대한 고귀한 견해 때문이라는 설명이었다. 마음만 먹는다면 그는 하급 비서를 보내 대신 조서를 받게 할 수도 있고, 또 그렇게 하는 편이 아마 규정에 더 맞을 수 있다는 것이다. 하지만 그는 대체로 그렇게 하지 않고 모든 것을 직접 보고 또 듣고자 하는데, 그의 관청 업무에는 마을 출장을 위한 시간이 따로 배정되어 있지 않아 그는 이러한 목적을 위해 자신의 밤 시간을 희생해야 한다는 것이다. 이에 대해 K는 클람도 낮에 마을로 내려와 심지어는 여러 날을 여기서 보내는데, 그의 비서에 불과한 에어랑어가 성에서 없어서는 안되는 그런 존재란 말이냐고 이의를 제기했다. 그러자 몇몇은 마음씨 좋게 웃었지만, 다른 사람들은 당황한 나머지 입을 다물었다. 입을 다문 사람들이 대다수라 K는 대답을 기대하기가 어려웠다. 다만 한사람만 머뭇거리며 클람은 성에서는 물론이고 마을에서도 없어서는 안되는 인물이라고 말했다.

그때 현관문이 열렸고, 등불을 든 두 하인 사이로 모무스가 모습을 나타냈다. "에어랑어 비서님과 먼저 면담할 사람은—" 그가 말했다. "게르스테커와 K. 두사람 모두 출두했나요?" 두사람은 자신들이 와 있음을 알렸다. 그런데 그들보다 먼저 예레미아스가 슬쩍 안으로 들어가면서 말했다. "나는 이곳 객실 담당 하인입니다." 모무스는 빙그레 웃고 그의 어깨를 두드리면서 안으로 들여보냈다. "예레미아스 녀석에게 주의를 더 기울여야겠어." K는 성에서 자신에게 불리한 활동을 하고 있는 아르투어보다는 예레미아스가 훨씬 덜 위험하다고 여겼지만, 혼잣말로 이렇게 중얼거렸다. 그러면서 그는 차라리 저들을 조수로 묶어두어 괴로움을 당하는 것이, 저들이 저렇게 마구 쏘다니면서 저들 마음대로 계략을 꾸미게 하는 것보다 현명한 처사가 아니었을까 하는 생각이 들었다. 저들은 음모에는 일가견이 있어 보였다.

K가 모무스의 곁을 지나갈 때에야 모무스는 K가 토지 측량사라는 것을 알아본 듯 행동했다. "아, 측량사 양반!" 그가 말했다. "그렇게도 심문받는 걸 싫어하던 사람이 심문을 받겠다고 들어오는군요. 그때 나한테 심문을 받는 편이 더 간단했을 거요. 어쨌건 올바른 심문을 선택하기란 쉽지 않죠." 이렇게 말을 붙이는 것을 듣고 K가 잠시 걸음을 멈추려고 하자, 모무스는 말했다. "어서 가요, 어서요! 그때는 내가 당신 대답이 필요했지만, 지금은 그렇지 않아요." 하지만 K는 모무스의 태도에 울컥해서는 이렇게 말했다. "당신들은 오직 당신들 생각만 하는군요. 그때나 지금이나 당신이 관직을 가졌다는 이유로 그러는 거라면, 나는 대답하지 않을 거요." 그러자 모무스가 말했다. "그렇다면 우리가 도대체 누구를 생각해야 한다는 거요? 그밖에 도대체 여기 누가 있단 말이오? 어서 들어가요!"

통로 쪽에서 하인 하나가 그들을 맞이했다. 하인은 K가 이미 알고 있는 길을 따라 안뜰을 지나 문을 통과해 천장이 낮고 약간 내리막인 복도로 그들을 이끌었다. 위층에는 으레 고위 관리들만 숙박하는 듯했고, 반면에 수석 비서에 속하는 에어랑어를 포함해 비서들이 머무는 방들은 이 복도에 있는 모양이었다. 복도에는 전등이 밝게 빛나고 있어 하인은 들고 있던 등불을 껐다. 이곳은 모든 것이 작지만 아기자기하게 지어져 있었다. 공간 활용도 최대한 효율적으로 이루어졌다. 복도는 사람이 똑바로 서면 겨우 지나갈 정도였다. 복도 양쪽에는 거의 잇달아 문들이 달려 있었다. 양쪽 벽은 환기를 고려한 탓인지 천장까지 닿지는 않았다. 왜냐하면 지하실처럼 깊이 자리 잡은 이곳 복도의 작은 방들에는 창문이 달리 없었다. 그런데 꼭대기 부분이 뚫린 이런 벽의 단점은 복도에서도 소란스럽고, 필연적으로 방까지도 시끄럽다는 것이었다. 많은 객실에 사람들이 들어찬 듯했고, 대부분의 방에서는 사람들이 아직 깨어 있는지 목소리, 망치질 소리, 유리잔 부딪치는 소리가 들렸다. 그러나 특별히 흥겹다는 인상은 들지 않았다. 사람들은 소리를 죽여 말했고, 여기저기서 더러 말소리가 날 뿐이었다. 담소를 나누는 것 같지는 않았고, 누군가가 어떤 내용을 구술 또는 낭독을 하는 듯했다. 특히 유리잔과 접시가 쨍그랑대는 소리가 들리는 방에서는 말소리가 거의 들리지 않았고, 방에서 들려오는 망치질 소리는 K가 언젠가 들었던 이야기를 생각나게 했는데, 어떤 관리들은 계속되는 정신적 긴장에서 휴식을 취하기 위해 때로는 목공이나 정밀한 수작업 등 취미 활동을 한다는 것이었다. 정작 복도는 텅 비어 있었다. 다만 한 방문 앞에 키가 크고 호리호리한 몸집에 창백한 얼굴을 한 성에서 온 남자 하나가 모피 옷을 입고 앉아 있었는데, 아래로 잠옷이 삐져나와 있었다. 남자는 방의 공기가 너무 답답했는지 복도에 나와 신문을 읽고 있었다. 하지만 그는 신문에 크게 주의를 기울이지는 않았고, 가끔 읽기를 멈추고 입을 벌려 하품을 하고는 몸을 앞으로 내밀어 복도를 죽 훑어보기도 했다. 아마도 자신이 소환한 민원인이 제시간에 나타나지 않아 기다리는 모양이었다. K 일행이 그의 옆을 지나치자 하인이 그 신사분에 관해 게르스태커에게 말했다. "저분은 핀츠가우어요!" 게르스태커가 고개를 끄덕이며 말했다. "저분은 오랫동안 마을에 내려오지 않았어요." "무척 오랫동안 내려오지 않았죠." 하인이 그의 말에 맞장구쳤다.

드디어 그들은 어느 문 앞에 이르렀다. 하인 말로는 에어랑어가 묵는 방이라고 했으나, 여느 문과 크게 다른 점은 없었다. 하인은 K의 어깨에 올라타고 벽 위쪽의 틈새로 방 안을 들여다보았다. "비서님은 침대에 누워 있어요." 하인이 어깨에서 내려오며 말했다. "옷은 입고 있지만, 내가 보기에 졸고 있는 것 같아요. 비서님은 여기 마을에 오면 삶의 방식이 달라져서 그런지 저렇게 가끔 피곤을 느끼는 모양이더라고요. 우리가 기다려야겠어요. 잠에서 깨어나면 아마 종을 울릴 거예요. 비서님은 물론 마을에 있는 동안 내내 잠만 자다가 깨어나서는 곧바로 다시 성으로 돌아가야 했던 적도 있어요. 하여튼 비서님이 여기서 하는 일은 자발적인 봉사니까요." "그렇다면 비서님이 지금은 충분히 자는 게 좋겠군요." 게르스태커가 말했다. "깨어나서 일을 볼 시간이 얼마 남지 않았음을 알게 되면 자신이 잠들었던 걸 매우 언짢게 여기고 모든 일을 급히 처리하려고 들 테니까요. 그러면 우리는 거의 말할 기회도 얻지 못해요." "건축 현장 내 운반 작업에 대한 허가를 받으려고 온 거죠?" 하인이 게르스태커에게 물었다. 게르스태커는 고개를 끄덕이며 하인을 옆으로 데리고 가더니 나지막하게 속삭였다. 그러나 하인은 거의 귀를 기울이지 않는 모습이었다. 하인은 자기보다 머리통 하나 정도 작은 게르스태커의 머리 너머로 눈길을 주면서 진지한 태도로 천천히 자신의 머리카락을 쓸어내렸다.

22장

그때 K는 별다른 목적 없이 주위를 둘러보다가 저 멀리 복도 모퉁이에 서 있는 프리다를 발견했다. 그녀는 K를 알아보지 못한 듯 행동했고, 그가 있는 쪽을 물끄러미 바라보고만 있었다. 손에는 빈 접시들이 담긴 쟁반을 들고 있었다. K는 자신에게 전혀 신경을 쓰지 않는 하인에게—하인은 말을 걸면 걸수록 정신이 더욱 다른 데 팔려 있는 듯했다—금방 돌아오겠다고 말하고는 프리다에게 달려갔다. 프리다에게 이르자 K는 마치 그녀를 다시 소유하려는 듯 그녀의 양어깨를 붙잡고 몇 마디 사소한 질문을 던지면서 그녀의 눈을 찬찬히 들여다보았다. 하지만 그녀는 경직된 태도를 조금도 누그러뜨리지 않은 채 멍하니 쟁반에 놓인 그릇들의 위치를 몇 번 바꾸어보면서 말했다. "당신은 도대체 나한테서 뭘 원하는 거야? 그들한테나 가봐요—그들이 누군지는 당신도 알지. 당신은 지금도 그들한테서 왔어. 그 정도야 딱 보면 알 수 있어." K는 재빨리 화제를 돌렸다. 그러한 주제는 그렇게 갑작스럽게, 그리고 가장 좋지 않을 때, 그에게 가장 불리한 때에 튀어나와서는 곤란했다. "나는 당신이 주점에 있을 거라고 생각했어." 그가 말했다. 프리다 는 놀란 표정으로 그를 바라보았고, 빈손으로 그의 이마와 뺨을 부드럽게 쓰다듬었다. 마치 그의 모습을 잊어버려서 다시 기억을 되살리려는 것 같았다. 그녀의 눈빛도 기억에서 뭔가를 힘겹게 다시 떠올리려는 듯 흐릿했다. "그래, 다시 주점에서 일하도록 나를 받아주셨지." 그녀는 자신이 말한 내용은 별로 중요하지 않지만, 그런 말을 하면서 사실은 K와 대화를 이어가는 것이 보다 중요하다는 듯 천천히 말했다. "지금 여기 일은 나한테 적합하지 않아. 누구라도 할 수 있어. 잠자리를 정돈할 수 있고 친절한 얼굴로 손님들이 치근덕거리는 것을 귀찮아하지 않고 오히려 더 부추기는 아가씨, 그런 아가씨라면 누구라도 객실 담당 하녀가 될 수 있지. 하지만 주점에서는 사정이 달라. 나는 당시에 그렇게 영예롭게 주점을 떠난 것이 아니었지만, 바로 주점에 받아들여졌어. 물론 지금은 내가 후원까지 받고 있어. 여관 주인은 후원이 있어 나를 다시 채용하는 일이 수월했다고 다행스러워했어. 심지어 사람들은 나한테 그 자리를 받아들이라고 강권해야만 할 정도였지. 이 여관의 주점이 내게 어떤 추억을 떠올리게 하는지 생각해보면, 당신도 그 이유를 이해할 거야. 결국 나는 주점 여급의 자리를 받아들였어. 여기 객실에는 다만 임시로 보조 일을 하고 있는 거야. 페피는 당장 주점을 떠나야 하는 치욕만은 면하게 해달라고 간청했어. 그래서 우리는 그녀가 그래도 부지런했고 모든 일을 능력껏 다해낸 점을 고려해 그녀에게 스물네시간의 말미를 주기로 했어." "모든 것이 아주 잘 정리되었군." K가 말했다. "당신은 다만 나 때문에 주점을 그

만두었는데, 결혼식을 목전에 둔 시점에 다시 주점에 복귀하겠다
는 거야?" "결혼 따위는 없을 거야." 프리다가 말했다. "내가 당신
한테 충실하지 못해서?" K가 물었다. 프리다는 고개를 끄덕였다.
"이것 봐, 프리다." K가 말했다. "우리는 나의 부정不貞이라는 것에
대해 종종 이야기를 나누었지. 그리고 당신은 결국은 언제나 그것
이 근거 없는 의심이었다는 점을 인정해야 했어. 그런데 그후로도
나는 변한 게 없어. 모든 것이 여전히 결백하고 그 사실은 변함없
어. 그러니까 변한 건 분명 당신 쪽이야. 다른 사람의 사주를 받았
거나 다른 이유가 있었던 거야. 하여튼 부당해. 도대체 내가 그 두
처녀와 어쨌다는 거야? 그중 살결이 가무잡잡한 처녀 ─ 이렇게 구
구하게 변명하자니 창피한 노릇이지만, 당신이 그렇게 만드네 ─
그 처녀는 당신에게 못지않게 내게도 곤혹스러운 존재야. 나는 어
떻게든 그녀를 멀리할 수만 있다면 그렇게 할 것이고, 그러면 그녀
마음도 홀가분해질 거야. 그 누구보다도 수줍음이 많은 처녀니까."
"그래요." 프리다가 소리쳤다. 이 말은 그녀의 의지에 반해 엉겁결
에 튀어나온 외침이었다. 그녀의 생각이 다른 곳으로 향한 것을 보
고, K는 기뻤다. 프리다는 그녀 자신이 원래 의도했던 것과는 다른
상태가 되어 있었다. "당신은 그녀가 수줍어한다고 여길지 몰라.
누구보다도 뻔뻔스러운 여자를 수줍어하는 여자라고 하다니. 도무
지 믿기지 않지만 당신은 솔직히 그렇게 생각하고 있어. 당신이 그
런 척할 사람이 아니라는 건 내가 알지. 다리목 여관 여주인은 당
신에 대해 이렇게 말했어. '나는 그 사람을 참을 수가 없어. 하지만
그렇다고 그를 내버려둘 수도 없지. 아직 잘 걷지 못하는 어린애가
무턱대고 멀리 나가려는 걸 보면, 가만히 참고 있을 수만은 없어.
개입할 수밖에 없는 거야.'" "그렇다면 이번에는 여주인의 충고를

잘 받아들이도록 해." K가 미소를 지으며 말했다. "하지만 그 처녀
에 대해서는 수줍어하는 처녀인지 뻔뻔한 처녀인지 무관하게, 우
리는 상관 말자고. 나는 그녀에 대해 아무것도 알고 싶지 않아."
"그러면 왜 수줍어한다고 해?" 프리다는 집요하게 물었다. K는 그
녀의 이러한 관심이 자신에게는 유리한 징조라고 여겼다. "그런 사
실을 직접 시험해본 거야, 아니면 그런 식으로 말해서 다른 여자들
을 깎아내리려는 거야?" "이것도 저것도 아니야." K가 말했다. "내
가 그녀를 두고 그렇게 말하는 건 고마운 마음에서야. 왜냐하면 내
가 그녀를 무시해도 그녀는 이를 문제 삼지 않을 테고, 또 그녀가
이따금씩 내게 말을 걸어온다고 해도 내가 다시 다가갈 수 있는 처
지가 아니니까. 그런데 그렇게 하는 것은 내게 큰 손해라고도 할
수 있어. 왜냐하면 당신도 알다시피 나는 우리 두사람의 장래를 생
각해서 꼭 그 집에 가야만 하거든. 내가 다른 처녀와도 이야기를
나눠야 하는 이유가 바로 그 때문이지. 나는 그녀의 유능함, 신중
함, 헌신적인 태도를 높이 평가하는데 어느 누구도 그녀가 유혹적
이라고 주장할 수는 없을걸." "하인들의 의견은 달라." 프리다가
말했다. "그들이야 그것뿐만 아니라 다른 많은 점에서도 다르지."
K가 말했다. "당신은 하인들의 욕정을 근거로 내가 정절을 지키지
못했다고 결론을 내는 거야?" 프리다는 아무 대답도 하지 않았고,
K가 그녀의 손에서 쟁반을 빼앗아 바닥에 놓고 그녀의 팔을 잡고
그 좁은 공간을 천천히 이리저리 걷기 시작하는데도 가만히 있었
다. "당신은 정절이라는 것이 무엇인지 몰라." 그녀는 그가 가까워
지는 데 다소 저항하며 말했다. "가장 중요한 문제는 당신이 그 처
녀들에게 어떻게 행동했는가가 아니야. 당신이 그들 집에 가고 또
그들의 방 냄새가 옷에 배어 돌아오는 것만 해도 내게는 참기 어려

운 치욕이야. 그런데 당신은 한마디 말도 없이 학교를 떠났지. 밤늦도록 그들 집에 가 있고, 누군가가 당신을 찾으러 가면 그 처녀들보고 당신이 거기 없다고 딱 잡아떼게 하지. 특히 누구보다도 수줍음을 탄다는 그 처녀더러 그렇게 하도록 말야. 그 집에서 나올 때는 비밀스러운 길로 살짝 빠져나오는데, 아마도 그 처녀들의 평판을 보호해주기 위해서겠지, 그 처녀들의 평판을 말이야! 그래, 그이야기는 이제 그만하자고!" "좋아, 그 이야기는 그만하지." K가말했다. "다른 문제에 대해 이야기를 좀 해야겠어, 프리다. 그 문제는 더이상 이야기할 것도 없어. 내가 왜 그곳에 가야 하는지는 당신도 알고 있어. 나로서도 쉽지 않은 일이지만, 감정을 추스리면서겨우겨우 해내고 있어. 나로서는 지금도 힘든 상황인데 당신이 더어렵게 해서는 곤란하지. 오늘은 다만 잠깐 그곳에 들러 바르나바스가 이제는 돌아왔는지 알아보려 했어. 그는 중요한 소식을 진작가져왔어야 했거든. 그는 돌아와 있지 않았지만 곧 돌아올 것이 틀림없다는 거야. 그렇게 분명히 이야기했고, 그럴 법했어. 그가 나를만나러 학교로 오지 않도록 한 것은, 그가 나타나 당신이 괴로워하는 걸 막기 위해서였어. 그런데 유감스럽게도 몇시간이 지나도록그는 돌아오지 않았어. 그 대신 내가 싫어하는 다른 인간이 찾아왔어. 나는 그 인간에게 정탐당하고 싶지 않아 옆집 정원을 통해 집을 나왔어. 하지만 나를 숨기고 싶지도 않았어. 그래서 거리에 나온후 거리낌 없이, 물론 잘 휘어지는 버드나무 가지를 손에 들고서그 인간에게 다가갔던 거야. 그게 전부야, 더이상 털어놓을 게 없어. 그런데 다른 일에 대해서는 할 말이 있어. 당신이 바르나바스네가족 이야기를 싫어하듯이 나도 조수들 이야기를 하는 게 싫은데,당신은 도대체 조수들하고 어떤 관계야? 내가 그 가족을 대하는 섯과 당신과 조수들과의 관계를 비교해보라고! 나는 그 집에 대한 당신의 혐오감을 이해하고, 공감할 수 있어. 내가 그들을 찾아가는 이유는 다만 우리의 일 때문이고, 때로는 내가 그들을 이용만 하며 그들에게 몹쓸 짓을 하는 게 아닌가 하는 생각도 들어. 그런데 당신과 조수들은? 당신은 조수들이 당신을 쫓아다니는 걸 부인하지 않고, 또 그들에게 끌린다는 고백까지 했어. 그랬지만 나는 당신에게 화를 내지도 않았어. 나는 이 문제에 당신이 감당할 수 없는 어떤 힘들이 작용하고 있음을 깨달았고, 당신이 최소한 저항이라도 해서 기뻤고, 당신이 스스로를 방어하도록 도와주었어. 그런데 내가 당신의 정절을 믿고 또 당신이 있는 곳이 틀림없이 잠겨 있으며 마침내 조수들을 물리쳤다고 희망을 품은 상태에서—나는 아직도 내가 그들을 과소평가하는 건 아닌지 싶어—몇시간 방심했다고, 그리고 자세히 들여다보면 별로 건강하지도 않고 늙수그레한 예레미아스 녀석이 창가로 다가서는 뻔뻔함을 보였고, 바로 그랬다는 이유로 내가 프리다, 당신을 잃어야 하고 또 '결혼 따위는 없을 거야'라는 인사말을 들어야 해? 정작 원망할 사람은 내가 아닐까? 그런데 나는 그러지 않아, 아니 아직은 당신을 원망하지 않아."
그러면서 K는 다시 한번 프리다의 관심을 다른 곳으로 좀 돌리는 것이 좋겠다는 생각이 들었다. 그래서 그는 프리다에게 점심 이후 아무것도 먹지 못했다면서, 먹을 것을 좀 달라고 부탁했다. 프리다는 그의 부탁에 마음이 홀가분해진 듯 고개를 끄덕이고는 먹을 것을 가지러 달려갔다. 그런데 그녀는 K가 추측한 주방 쪽 복도를 따라가지 않고, 옆쪽으로 서너 계단을 내려갔다. 잠시 후 그녀는 얇게 썬 고기 조각을 담은 접시와 포도주 한병을 가져왔는데 누가 먹다가 남긴 것에 표 나지 않게 몇점을 더 얹어 대충 새로 차린 듯 보였다. 심지어 쏘시지 껍질은 치우는 것도 잊었는지 접시에 그대로 놓여 있었고, 포도주 병은 사분의 삼 정도가 비어 있었다. 그러나 K는 이에 대해 아무 말도 하지 않고, 진심으로 입맛을 다시며 음식에 손을 뻗었다. "부엌에 갔다 온 거야?" K가 물었다. "아니, 내 방에. 아래쪽에 내 방이 있거든." "그럼, 나를 그리로 데려갈 수도 있었겠군." K가 말했다. "거기로 가서 좀 앉아서 식사하고 싶어." "안락의 자를 하나 가져다줄게." 프리다는 이 말을 하면서 벌써 가려고 했다. "아니야, 괜찮아." K는 그녀를 가지 못하게 말렸다. "나는 내려가지 않을 거야. 안락의자도 필요 없고." 프리다는 그가 붙잡는 것을 꾹 참으면서 고개를 깊이 떨구고 입술을 깨물었다. "그래, 그 사람이 아래에 있어." 그녀가 말했다. "당신은 뭘 기대한 거야? 그 사람은 지금 내 침대에 누워 있어. 바깥에 있다가 감기에 걸렸고, 오들오들 떨면서 거의 먹지도 못한 상태야. 모든 게 당신 탓이야. 당신이 조수들을 그렇게 내몰지 않았다면, 또 당신이 그 따위 사람들을 쫓아다니지만 않았다면, 우리는 지금쯤 학교에 평온하게 앉아 있을걸. 우리 행복을 파괴한 사람은 오로지 당신이야. 당신은 예레미아스가 조수 일을 하는 동안 감히 나를 꼬드겨 도망치려 했다고 생각해? 그렇다면 당신은 이곳의 질서를 정말 오해한 거야. 그는 내게 가까이 오고자 했고, 스스로 괴로워했으며, 애타게 나를 노리기도 했어. 하지만 그것은 마치 배고픈 개가 식탁 주위를 맴돌면서도 감히 식탁 위로 뛰어오르지 못하는 놀이 같은 거야. 나도 마찬가지야. 내가 그에게 끌린 것은 사실이야. 그는 내 어린 시절의 소꿉친구였고, 우리는 성이 있는 산비탈에서 함께 놀았어. 참 아름다운 시절이었지! 당신은 한번도 내 과거에 대해 물어본 적이 없어. 하지만 그 모든 것은 예레미아스가 당신을 섬기는 일에 얽매여 있는 한은 전혀 문제가 되지 않았어. 왜냐하면 나는 장차 당신의 아내가 될 여자로서 의무를 알고 있었거든. 그런데 당신은 조수들을 몰아내고는 마치 나를 위해 그렇게 한 것처럼 뽐냈지. 어떤 점에서 보면 사실이기도 해. 아르투어의 경우에는 당신의 의도가 성공했어, 물론 일시적인 성공이었지만. 하지만 그는 섬세한 사람이고, 또 예레미아스와 달리 어떤 난관도 두려워하지 않는 열정 같은 것은 없는 사람이야. 또 당신은 한밤중에 주먹으로 그를 거의 때려죽일 뻔했어. 당신의 그 주먹질은 우리의 행복을 내리치는 주먹이기도 한 거야. 그는 고소하겠다고 성으로 도망쳤고, 곧 돌아올지 모르겠지만 하여튼 지금은 이곳에 없어. 하지만 예레미아스는 여기 남았어. 그는 근무 중에는 주인이 눈만 깜빡해도 무서워하지만, 근무 중이 아니면 무서울 게 없지. 그가 와서 나를 취한 거야. 나는 당신에게 버림받은 상태에서 옛날 친구인 그 사람의 영향을 받았고, 별도리가 없었어. 내가 학교 문을 열어준 게 아니라, 그가 창문을 깨고 나를 끌어냈어. 우리는 이곳으로 도망쳤는데, 여관 주인은 그를 높이 평가하고, 손님들로서도 그런 친구를 객실 담당 하인으로 두는 것은 더할 나위 없이 좋은 일이지. 그래서 우리는 이곳에 받아들여졌어. 이제 그는 내 방에 얹혀사는 게 아니고, 같이 방을 쓰는 사이가 되었어." "아무리 그렇다고 해도 말이야." K가 말했다. "나는 조수들을 내쫓은 걸 후회하지 않아. 사정이 당신이 말한 대로라면, 만약 당신의 정절이라는 것도 조수들이 직무상 구속을 받느냐 아니냐에 달린 거라면, 모든 게 끝장난 건 잘된 일이야. 채찍을 들어야 납작하게 엎드리는 그런 두마리 야수에 둘러싸여 지내는 결혼에 큰 행복은 없었을 테니까. 그렇다면 뜻하지 않게 우리가 헤어지는 데 한몫을 한 그 가족에게도 고마운 마음이 드는군." 이제 두사람은 입을 다물고는 다시 그곳을 나란히 왔다 갔다 했다. 두사람은 바싹 붙어서 걸었는데, 누가 먼저 그렇게 했는지는 알 수 없었다. 프리다는 K가 팔짱을 껴주지 않은 것에 토라진 듯했다. "그러니까 모든 게 잘 정리된 셈이야." K가 말했다. "우리는 이제 작별할 수 있겠어. 당신은 당신의 새로운 주인인 예레미아스에게 갈 수 있어. 그는 교정에서 감기에 걸린 모양인데, 너무 오래 혼자 있도록 무심하게 방치한 것 같네. 나는 혼자서 학교로 가든가, 아니면 당신이 없으면 거기서 아무 할 일이 없으니 나를 받아줄 곳으로 가야겠지. 그런데도 내가 머뭇거리는 이유는 당신이 나한테 해준 말을 다소 의심해봐야 할 충분한 근거가 여전히 남아 있어서야. 나는 예레미아스에 대해 정반대의 인상을 받았어. 그는 내 조수로 근무하는 동안 늘 당신의 꽁무니만 쫓아다녔어. 그리고 그가 조수 일을 하고 있어 당신을 한번 제대로 덮치고 싶은 마음을 계속 참았다고는 생각되지 않아. 하지만 이제 나에 대한 봉사가 끝났다고 생각한다면, 사정은 달라지지. 나의 이런 설명을 용서했으면 해. 그러니까 당신은 그에게 이제 자기 주인의 약혼녀가 아니므로 더이상 이전처럼 유혹적이지 않은 거야. 당신이 어린 시절에 그의 여자친구였을지는 몰라도, 그 사람은—내가 비록 오늘 밤의 짧은 대화를 통해 그를 알 뿐이지만—그런 감정적인 요소에 별로 가치를 두지는 않는 것 같아. 당신 눈에 그가 왜 그렇게 열정적인 사람으로 보이는지 모르겠어. 내게는 그의 사고방식이 오히려 몹시 냉정해 보이던데. 나와 관련해 그 사람은 갈라터에게서 모종의 임무, 내게는 아마도 상당히 불리한 그런 임무를 받았고, 그것을 수행하려고 애쓰고 있어. 자신이 받은 임무에 대해 어느정도 열정을 갖고 말이야. 이곳에서는 그런 열정을 아주 드물지 않게 만날 수 있지만, 그의 열정은 나도 인정해. 그런데 그의 임무에는 우리 관계를 망가뜨리는 것도 포함되어 있어. 그는 아마도 여러 방법을 시도해봤을 거야. 하나는 자신의 욕정을 드러내 보이는 행동으로 당신을 유혹하려 한 것이고, 다른 하나는 나의 부정에 대한 거짓 이야기를 꾸며내는 것이었는데, 여기에는 다리목 여관 여주인의 지원도 있었을 거야. 하여튼 그의 시도는 성공했어. 어쩐지 클람을 연상시키는 그의 분위기가 그에게 도움이 되었을 가능성도 있어. 그가 사실 조수의 지위를 잃기는 했지만, 아마도 그런 지위가 더이상 필요하지 않은 시점에 그렇게 된 것 같아. 이제 그는 자기 일의 열매를 거두고, 당신을 교실 창밖으로 끌어냈어. 하지만 그것으로 그의 일은 끝난 거야. 그는 더이상 자기 일에 열의가 없으며 지쳤지. 그는 오히려 아르투어의 처지를 부러워하고 있어. 아르투어는 전혀 불평도 하지 않고, 칭찬을 받으면서 새 일거리를 받아오고 있거든. 하지만 앞으로 일이 어떻게 굴러갈지 지켜보려면 누군가는 남아 있어야 하지. 당신을 돌보는 일은 그에게는 오히려 성가신 의무가 되었어. 그는 더이상 당신에게 애정 같은 것은 조금도 느끼지 않아. 그가 나한테 솔직하게 털어놓은 바로는, 당신은 물론 클람의 애인으로서 존경할 만하다고 했어. 그리고 그가 당신 방에 눌러앉아 한번쯤 '작은 클람'으로 행세하는 것은 분명히 아주 기분 좋은 일이지만, 그게 전부야. 당신 자체는 이제 그에게 아무 의미가 없고, 그가 당신을 이곳에 데려온 것은 자신의 주된 임무를 보완하는 일에 불과해. 당신이 불안해하지 않도록 지금은 그 자신이 여기 남아 있지만, 다만 성에서 새로운 통지를 받고 또 당신 간호로 감기가 완전히 나을 때까지 잠정적으로 그렇게 할 뿐이야." "당신은 그 사람을 정말 헐뜯고 있어!" 프리다는 이렇게 말하며 자신의 작은 두 주먹을 서로 부딪쳤다. "헐뜯는다고?" K가 말했다. "아니, 나는 그를 헐뜯을 마음이 없어. 어쩌면 내가 그를 부당하게 대하는지도 몰라. 내가 그에 관해 말한 내용은 겉으로 분명히 드러나는 것이 아니니 다르게 해석될 여지도 있어. 하지만 헐뜯는다고? 헐뜯는다면 그 사람에 대한 당신의 사랑에 맞서려고 그러는 것이겠지. 만약 그래야만 하고 또 헐뜯는 게 적합한 수단이라면, 나는 주저 없이 그를 헐뜯을 거야. 그렇게 한다고 아무도 나를 비난할 수는 없을걸. 그는 임무를 부여한 사람이 있어 나를 상대하는 데 유리한 입장이니 자신밖에 의지할 데가 없는 내가 좀 헐뜯어도 되겠지. 비교적 그렇게 잘못된 것도 아니고, 따져보면 결국 무기력한 방어 수단일 뿐이니. 그러니까 당신 주먹은 내버려둬." 그러면서 K는 프리다의 손을 잡았다. 프리다는 손을 빼내려 했으나 미소를 지으며 힘을 세게 주지는 않았다. "하지만 나는 그를 헐뜯을 필요가 없어." K가 말했다. "왜냐하면 당신은 그를 사랑하는 게 아니라 단지 그렇게 생각할 뿐이고, 이러한 착각을 직시하게 된 것에 대해 내게 고마운 마음이 들 거야. 이것 보라고, 만약 누군가가 당신을 강제로가 아니라 가능한 치밀하게 계산을 해서 내게서 떼어놓을 생각이라면, 그는 두 조수의 도움이 필요했을 거야. 저들은 저 위 성에서 내려온 젊은이들로 겉보기에는 착하고, 유치하며, 유쾌하고, 책임감이 없고, 또 어린 시절의 추억도 좀 간직하고 있는 친구들로서 모든 것이 아주 사랑스럽다고 할 수 있어. 이와는 반대로 나라는 인간은 당신이 보기에 도통 이해할 수도 없고 당신을 화나게 하는 일, 당신이 미워할 만한 사람들과 연루되는 일로 늘 나다니고 있으니, 더 그럴 거야. 또한 나 스스로야 아무 잘못이 없다고 해도 그런 사람들로 인해 당신이 가진 미움의 일부는 내게로 옮겨올 수밖에 없어. 그 모든 게 우리 관계의 약점을 아주 교묘하면서도 악의적으로 활용한 거라고. 모든 관계에는 약점이 있고, 우리 관계도 마찬가지야. 우리는 각자 서로 완전히 다른 세계에서 와서 만났고, 서로를 알고 난 이후부터 우리 각자의 삶은 완전히 새로운 길로 접어들었어. 우리는 아직도 우리 자신에 대해 불안해하는데, 모든 것이 너무 새로운 거야. 지금 내가 하는 이야기는 내 자신에 관한 게 아니야, 그건 별로 중요하지 않아. 당신이 처음 내게 눈길을 준 이후로 나는 줄곧 선물을 받아온 셈이고, 선물에 익숙해지는 건 그리 어려운 일이 아니지. 그러나 당신은, 다른 모든 것은 차치하고라도, 클람에게서 떨어져나왔어. 나로서는 그것이 무엇을 의미하는지 헤아릴 수 없지만, 그래도 점차로 알게 되었어. 현기증이 나서 비틀거리기도 하고, 어떻게 해야 할지 갈피도 못 잡게 되지. 내가 언제나 당신을 받아들일 자세가 되어 있다고는 해도 항상 그 자리에 있었던 것은 아니고, 또 내가 자리에 있을 때는 당신이 때때로 몽상이나 또는 여주인 같은 보다 생명력 있는 존재에 사로잡혀 있었어. 요컨대 당신은 나를 외면하고 어딘가 막연한 곳을 동경하던 때가 있었어, 이 가련한 사람아. 그리고 그런 과도기에는 적합한 사람을 당신 눈앞에 데려다놓기만 해도 당신은 그들에게 마음을 빼앗겼고, 또한 당신은 단지 짧은 순간들, 환영, 당신 삶에서 옛 추억에 불과한 것, 원칙적으로 이미 지나갔고 또 점차 사라져가는 과거의 삶, 바로 그것이 지금 당신의 진정한 삶이라는 착각에 사로잡혔어. 착각이야, 프리다. 그것은 우리의 최종적인 결합에 있어 마지막 장애물, 제대로 살펴보면 한심하기 짝이 없는 그런 장애물에 불과해. 제발 정신을 차리고, 마음을 다잡아봐. 당신은 클람이 조수들을 보낸 거라고 생각할 수도 있고——사실은 아니야, 갈라터가 보낸 자들이야——또 당신의 그러한 착각에 힘입어 그들은 당신에게 마법을 걸어 그들의 더럽고 부도덕한 모습에 서조차 당신이 클람의 흔적을 찾을 수 있다고 여기도록 꾀어낼 수 있어. 그것은 마치 어떤 사람이 잃어버린 보석을 두엄 더미에서 찾을 수 있다고 여기는 것과 같은 거야. 보석이 실제로 거기에 있다 하더라도 찾을 수 없는데 말야. 조수라는 자들은 사실은 마구간의 하인들과 같은 부류에 지나지 않아. 다만 차이점이 있다면 조수 녀석들은 하인들만큼 튼튼하지도 못해서 찬바람을 조금만 쐬도 병들어 드러누울 정도로 허약하다는 거야. 물론 마구간 하인들처럼 교활해서 드러누울 자리를 찾아내는 데는 끝내주지." 프리다는 K의 어깨에 머리를 기댔고, 두사람은 서로 팔짱을 끼고 말없이 왔다 갔다 했다. "만약에 우리가," 프리다는 K의 어깨에 조용히 기댈 수 있는 시간이 얼마 남지 않았음을 알았지만 마지막까지 그 순간을 즐기려는 듯 천천히, 차분하게 그리고 거의 느긋한 태도로 말했다. "만약에 우리가 바로 그날 밤에 다른 곳으로 이주했더라면, 지금 우리는 어딘가에서 안전하게 있을 것이고, 항상 함께 지내면서, 언제든지 가까이 있는 당신 손을 잡을 수 있겠지. 나는 당신이 곁에 있어주길 얼마나 바랐는데, 당신을 알고부터 나는 당신이 곁에 없으면 정말 버림받은 심정이었어. 당신 곁에 있는 것, 내 말을 믿어 줘, 그게 나의 유일한 꿈이야, 다른 소원은 없어."

그때 옆 복도에서 누군가가 부르는 소리가 들렸다. 예레미아스 였다. 그는 가장 아래쪽 계단에 서 있었는데, 셔츠 바람으로 어깨에 프리다의 숄을 두르고 있었다. 거기 서 있는 그의 꼬락서니는 마구 헝클어진 머리카락에 듬성듬성한 수염은 비에 젖은 듯했고, 두 눈은 애원하고 원망하는 듯 힘겹게 부릅뜬 모습이었다. 움푹 파여 그늘진 뺨은 홍조를 띠었으나, 살덩이가 축 늘어져 있었다. 또 맨다리는 추위에 오들오들 떨고 있었고, 그 바람에 숄의 기다란 술까지 함께 흔들렸다. 홉사 병원에서 도망친 환자, 누군가가 그를 보면 침대로 다시 돌려보내는 수밖에 다른 도리가 없는 환자의 모습이었다. 프리다도 그렇게 생각했는지 K에게서 벗어나서 곧바로 그의 곁으로 다가갔다. 그녀가 곁에 서서 숄로 정성껏 감싸주고 서둘러 다시 방으로 데려가려 하자 예레미아스는 조금 기운이 나는 모양이었다. 그제야 그는 K를 알아본 것 같았다. "아, 측량사님." 그가 말을 이었고, 그러면서 더이상 대화를 원치 않는 프리다를 진정시키려는 듯 그녀의 빰을 어루만졌다. "방해해서 미안하군요. 하지만 내 상태가 아주 안 좋으니 변명이 되겠죠. 고열이 있는 것 같아요. 차를 마시고 땀을 좀 내야겠어요. 그 빌어먹을 교정의 담장, 두고두고 생각나겠죠. 그러고 나서 감기에 걸린 상태로 밤새 돌아다녔거든요. 사람들은 사실 별 가치도 없는 일을 하느라 자기 건강을 축내면서도 그 점을 제때 알아차리지 못해요. 하지만 측량사님, 나 때문에 그만두지는 마요. 우리 방에 와서 문병도 하고 또 프리다에게 할 말이 남았으면 마저 하세요. 서로 친해진 두사람이 헤어지면 마지막 순간에는 당연히 할 말이 참으로 많은 법이죠. 비록 침대에 누워 약속한 차를 기다리는 제삼자의 입장에서는 양해하기 어려운 일이지만요. 하지만 들어오세요. 나는 조용히 있을 테니까요." "됐어요, 그만해요." 프리다는 이렇게 말하며 그의 팔을 잡아당겼다. "이 사람은 열이 있고, 자신이 무슨 말을 하는지도 몰라. 그러니까 따라오지 마, K, 부탁이야. 그 방은 나와 예레미아스가 함께 쓰는 방이기도 하지만, 오히려 내 방이라고 할 수 있어. 그리고 나는 당신이 내 방에 들어오는 걸 허락하지 않을 거야. 당신은 나를 따라다니며 괴롭히고 있어. 아, K, 왜 나를 따라다니며 괴롭히는 거야?

나는 결코, 결단코 당신한테 돌아가지 않을 거야. 그런 가능성은 생각만 해도 몸서리가 날 지경이야. 당신은 당신의 그 처녀들에게 가도록 해. 내가 들은 바로는, 그 처녀들은 난로 옆에 속옷 바람으로 당신 곁에 앉아 있고, 누군가가 당신을 데리러 가면 딱딱거린다고 하더군. 당신 마음이 그렇게 그곳에 끌린다면, 아마 거기 있으면 집에 온 것처럼 편안할 거야. 나는 늘 당신이 그곳에 가지 못하도록 말렸어. 별로 성공하지는 못했지만 그래도 계속 애를 썼어. 하지만 그것도 다 지나간 이야기야. 당신은 자유의 몸이야. 당신 앞에는 멋진 삶이 기다리고 있어. 당신은 한 처녀를 두고서는 하인들하고 좀 다투어야 할지도 몰라. 하지만 다른 처녀의 경우는 당신 차지가 된다고 해서 섭섭하게 여길 사람은 천상에도, 이 지상에도 하나도 없을 거야. 그 처녀와의 결합은 처음부터 축복받은 결합인 거야. 아무 말도 하지 마. 당신은 분명히 모든 것을 반박할 수 있지만, 결국에는 어떤 것도 반박된 것이 없어. 놀랍지 않아, 예레미아스. 저 사람은 그 모든 것을 반박했다고!" 그러면서 두사람은 서로를 향해 고개를 끄덕이고 미소를 지으며 속내를 주고받았다. "하지만 말이야." 프리다는 이번에는 예레미아스를 향해 말을 이었다. "토지 측량사 같은 사람이 설령 모든 것을 반박했다고 한들 그것으로 무엇을 달성했을 것이며, 또 그것이 나와 무슨 상관이겠어? 저런 자들에게 무슨 일이 일어나든 그것은 전적으로 그들의 문제, 저 사람의 문제일 뿐 내 일은 아니야. 내가 할 일은 예레미아스 당신을 간호하는 거야. 나 때문에 당신이 K에게서 괴롭힘을 받기 이전의 건강을 되찾을 때까지." "정말 우리와 함께 가지 않을 거요, 측량사님?" 예레미아스가 물었다. 하지만 프리다는 더이상 K를 돌아보지도 않고 예레미아스를 데리고 사라졌다. 저기 아래쪽에 조그만 문이 하나 눈에 띄었는데, 여기 복도에 있는 문들보다 높이가 낮았다. 예레미아스뿐만 아니라 프리다도 허리를 굽히고 들어가야 했다. 방 안은 밝고 따뜻해 보였다. 프리다가 예레미아스를 침대로 데려가려고 다정하게 설득하는 듯 속삭이는 소리가 잠시 들렸고, 이내 방문이 닫혔다.

23장

    그제야 K는 복도가 정말 조용해졌음을 깨달았다. 그가 프리다와 함께 서 있던, 여관 관리실에 속해 보이는 이쪽 복도뿐만 아니라 조금 전만 해도 그렇게 활기 넘치던 방들이 늘어선 긴 복도도 조용했다. 그러니까 성에서 온 신사분들이 마침내 잠든 것이었다. K도 매우 피곤했다. 그는 너무 피곤했던 탓에 예레미아스에게 당연히 했어야 하는 만큼 맞서지 못한 것도 같았다. K로서는 어쩌면 감기에 걸렸다는 핑계로 유난히 호들갑을 떠는—그 녀석의 한심한 상태는 감기의 결과라기보다는 타고난 것이어서 어떤 약초를 달여 마신다고 해서 떨쳐버릴 수 있는 것이 아니었다—예레미아스처럼 행동하는 편이 더 현명했을 것이다. 그러니까 예레미아스처럼 정말 심하게 지쳐 있음을 보여주고, 여기 복도에 쓰러져버리는 것이다. 그렇게만 해도 분명히 효과가 있을 것이다. 그러면서 잠시 선잠도 자고, 또 어쩌면 간호도 받을지 모른다. 물론 그런다고 해서 예레미아스의 경우처럼 상황이 K에게도 유리하게 전개되리라는 보장은 없었다. 예레미아스는 동정심을 유발하는 이런 경쟁에서뿐만 아니라 다른 어떤 경쟁에서도 이길 게 뻔했다. K는 너무 지쳐서 분명히 몇개는 비어 있을 방들 중 한곳에 들어가 멋진 침대에서 잠을 푹 잘 수는 없을까, 하고 생각해보았다. 그렇게만 해도 많은 것에 대한 보상이 되리라. 잠자리에서 마실 술도 이미 확보한 셈이었다. 프리다가 복도 바닥에 두고 간 쟁반에는 작은 럼주 한병이 남아 있었다. K는 돌아갈 때 감당해야 할 수고는 개의치 않고 술병을 비웠다.

그러자 K는 적어도 이제는 에어랑어 비서 앞에 나설 기력이 나는 것 같았다. 그는 에어랑어가 머무는 방의 문을 찾아보았지만, 하인도 게르스태커도 더이상 보이지 않았고 또 방문들이 모두 똑같아 보여 도저히 찾을 수가 없었다. 하지만 그는 복도의 어디쯤에 문이 있었는지 기억나는 것 같아 자신이 찾고 있는 문으로 짐작되는 문을 하나 열어보기로 마음먹었다. 그러한 시도가 크게 위험하다고는 할 수 없었다. 만약 에어랑어의 방이면 그가 K를 맞아줄 것이고, 다른 사람의 방이면 사과하고 나오면 그만이다. 가장 있을 법한 경우로 손님이 자고 있다면 K가 방에 들어온 것을 전혀 알아차리지 못할 것이다. 다만 가장 곤혹스러운 경우는 방이 비어 있는 경우로, K는 침대에 누워 자고 싶은 유혹을 스스로 떨쳐버리기가 어려울 것이다. 그는 복도를 걸어가면서 누군가가 나타나 사정을 알려주어 그가 부담스러운 모험을 하지 않아도 되기를 바라는 마음으로 다시 한번 좌우를 살펴보았다. 하지만 긴 복도는 조용했고, 텅 비어 있었다. 그래서 K는 문에 귀를 기울여보았다. 하지만 아무런 기척이 없었다. 그는 안에서 자고 있는 사람이 깨지 않도록 나지막하게 문을 두드리고는 아무 반응이 없자 아주 조심스럽게 문을 열어보았다. 그러자 나지막한 비명이 그를 맞이했다. 작은 방이었고, 넓은 침대가 방의 절반을 차지하고 있었는데, 침대 곁 조그만 탁자에는 전등이 켜 있고 전등 옆에 여행용 손가방이 하나 보였다. 침대에서 누군가가 이불을 완전히 뒤집어쓴 채로 불안하게 몸을 움직이면서 침대 시트와 이불 사이 틈새로 속삭이듯 물었다. "거기 누구요?" 이제 K는 방을 그냥 나올 수가 없었다. 그는 호사스럽지만 아쉽게도 비어 있지 않은 침대를 불만스럽게 바라보다가, 질문받은 것을 기억하고는 자신의 이름을 말했다. 좋은 효과를 끼친 모양이었다. 침대에 누운 남자는 얼굴까지 덮은 이불을 살짝 끌어내렸다. 하지만 여전히 불안해하는 모습이었고, 무슨 심상치 않은 사태가 벌어질 경우 당장 이불을 뒤집어쓸 태세였다. 그러다가 그는 마음을 정하고는 이불을 완전히 젖히더니 몸을 일으켜 똑바로 앉았다. 분명히 에어랑어는 아니었다. 단신이면서도 건강해 보이는 체구의 신사였다. 그런데 어린아이 같은 포동포동한 두 볼과 어린아이 같은 명랑한 두 눈을 하고 있으면서도 훤한 이마, 뾰족한 코, 얇은 입술이 살짝 벌어진 입, 여차하면 사라져버릴 것 같은 턱은 전혀 어린아이답지 않고 오히려 사고력이 뛰어남을 보여주는 용모여서, 얼굴 그 자체가 어딘지 모순적인 인상을 풍겼다. 그에게 어린아이다운 건강한 면모가 남아 있는 것은 아마도 자기 자신에 대한 만족감 때문인 듯했다. "프리드리히를 알아요?" 그가 물었다. K는 알지 못한다고 대답했다. "하지만 그 사람은 당신을 알고 있어요." 신사는 미소를 지으며 말했다. K는 고개를 끄덕였다. K를 아는 사람은 어디에나 있었고, 사실 그것은 그의 행보에 있어 주요 장애요인 중 하나였다. "나는 그 사람의 비서요." 신사가 말했다. "내 이름은 뷔르겔[18]이오." "제가 실례했군요." K는 이렇게 말하면서 문의 손잡이를 향해 손을 뻗었다. "유감스럽게도 당신 방의 문을 다른 사람의 방문과 혼동한 것 같군요. 저는 에어랑어 비서의 소환을 받았거든요." "그것 참 유감이군요!" 뷔르겔이 말했다. "당신이 다른 사람의 소환을 받아 그렇다는 것이 아니라 문을 혼동한 것 말이오. 나는 잠을 자던 중인데 한번 잠이 깨면 도저히 다시 잠들지 못하거든요. 뭐, 그렇다고 당신이 그렇게 상심할 필요는 없어요. 내 개인적인 불행이니까요. 어째서 이곳의 문들은 잠글 수 없는 걸까요, 안 그래요? 거기에는 분명히 이유가 있어요. 오래전부터 내려오는 격언에 따르면 비서들의 문은 항상 열려 있어야 한다고 해요. 하지만 그것도 액면 그대로 받아들일 필요는 없죠." 뷔르겔은 의아해하면서도 들뜬 듯 K를 쳐다보았다. 그는 자신의 푸념과는 달리 충분한 휴식을 취한 것 같았고, 지금의 K처럼 그렇게 피곤했던 적은 한번도 없어 보였다. "당신은 지금 도대체 어디를 가겠다는 거요?" 뷔르겔이 물었다. "새벽 네시가 되었어요. 당신은 지금 들여다보려는 곳마다 가서 사람들을 깨우게 될 텐데, 누구나 나처럼 방해를 받는 데 익숙한 것도 아니고 모두가 다 너그럽게 참아주지도 않을 거요. 비서들은 신경이 예민한 족속이니까요. 그러니 여기에 잠시 머물러 있어요. 여기서는 사람들이 다섯시쯤이면 일어나기 시작해요. 당신은 그때 소환에 응하는 것이 최선일 거요. 그러니까 문손잡이는 그만 놓으시고, 어디든 좀 앉아요. 보다시피 여기는 공간이 협소하니 이쪽 침대 모서리에 앉는 게 좋겠군요. 방에 안락의자도 없고 제대로 된 책상도 없는 게 이상한가요? 그래요, 나는 좁은 호텔 침

---

18 '뷔르겔'(Bürgel)은 '보증인'이라는 뜻의 독일어 'Bürge'에서 온 것으로 보인다. 그는 후에 "누가 모든 걸 보증할 수 있겠어요?"라는 수사적 질문을 던진다.

366

대가 있고 가구 일체가 구비된 방을 배정받든지, 아니면 이 넓은 침대가 있고 그밖에는 세면대만 갖춘 방을 배정받든지 선택을 해야 했어요. 그리고 넓은 침대를 선택한 거요. 잠자는 방에서 결국 가장 중요한 것은 침대니까요. 아, 사지를 쭉 뻗고 잠을 제대로 잘 수 있는 사람, 잠을 좋아하는 사람에게는 이 침대가 정말 안락할 거요. 하지만 잠을 제대로 이루지 못하고 늘 피곤에 시달리는 내게도 이 침대는 편안해요. 나는 하루의 대부분을 침대에서 보내요. 여기서 모든 편지를 처리하고, 민원인을 심문하는 일도 하죠. 꽤나 괜찮지요. 민원인들은 물론 앉을 자리가 없지만, 그런 고통쯤은 잘 이겨내요. 민원인들로서는 자기들이 서 있고 조서 작성자가 기분 좋게 있는 것이, 편히 앉아 호된 꾸지람을 듣는 것보다는 마음이 편하니까요. 그래서 지금 나는 침대 모서리 공간밖에 내어줄 게 없지만, 그곳은 업무를 처리하는 공식적인 자리가 아니고 다만 밤에 담소를 나누는 자리로만 사용해요. 그런데 당신은 무척 조용하군요, 토지 측량사님." "너무 피곤해서요." K는 이렇게 말하면서 상대방이 권하는 대로 체면도 차리지 않고 대뜸 침대에 앉아 침대 기둥에 몸을 기댔다. "물론 그렇겠지요." 뷔르겔이 웃으며 말했다. "이곳에서는 누구나 피곤해하니까. 예를 들어 내가 어제와 오늘 수행한 일이 결코 적지 않거든요. 나는 이제 도저히 못 잘 거예요. 그러나 도무지 있을 것 같지 않은 일이 일어나는 경우, 그러니까 당신이 여기 있는 동안 내가 잠들게 되면, 정말 조용히 있어주고 문도 열지 마요. 하지만 걱정 마요. 내가 잠드는 일은 절대 없을 것이고, 잠이 든다고 해도 기껏해야 몇분 정도에 불과할 거요. 그러니까 나로 말하자면 민원인들이 드나드는 데 너무 익숙해져서 하여튼 누가 함께 있는 경우 가장 쉽게 잠이 든다는 거죠." "그럼 어서 주무세요,

비서님!" K는 비서의 말을 듣고 기뻐 말했다. "비서님이 허락한다면 나도 좀 잘까 해서요." "아니, 아니요." 뷔르겔은 다시 웃었다. "유감스럽게도 나는 그냥 잠을 권한다고 잠드는 게 아니고, 다만 이야기를 나누는 중에 그런 기회가 온다는 거요. 그래요, 대화를 나눌 때 가장 쉽게 잠이 들어요. 우리 업무는 신경을 참 피곤하게 하거든요. 예를 들어 나는 연락 비서입니다. 당신은 그게 뭔지 모르세요? 이를테면 나는 프리드리히와 마을 사이에서 가장 중요한 연락 통로인 거죠." 그러면서 그는 자신도 모르게 기분이 좋아져 얼른 두 손을 맞비볐다. "나는 그의 성 비서와 마을 비서를 연결시켜주죠. 나는 대체로 마을에 머물지만 그렇다고 상주하지는 않고, 언제든지 성으로 올라갈 준비를 하고 있어야 해요. 저기 여행 가방이 있잖아요. 이런 삶은 불안정해서 누구에게나 적합하지는 않아요. 다른 한편으로 이런 종류의 일이 없으면 이제 나는 견딜 수 없을 것 같기도 해요. 다른 일들은 다 재미없어 보이거든요. 토지 측량 업무는 어떤가요?" "나는 그런 일을 하고 있지 않습니다. 나는 이곳에서 토지 측량사로 고용되어 있지 않아요." K는 이렇게 말했는데, 그의 생각은 더이상 거기에 있지 않았다. 그는 뷔르겔이 잠들기만을 간절히 기다렸는데, 그것도 사실은 자기 자신에 대한 일종의 의무감에서였다. 그의 마음 깊은 곳에서는 뷔르겔이 잠들기까지는 아직 까마득하게 멀었다는 것을 알고 있었다. "참 놀라운 일이군요." 뷔르겔은 활기차게 고개를 가로저으며 뭔가를 기록하려고 이불 밑에서 메모지를 하나 꺼냈다. "당신은 토지 측량사인데, 어떤 측량 일도 없다는 거군요." K는 기계적으로 고개를 끄덕였다. 그러면서 그는 왼팔을 침대 기둥 위로 뻗고는 그 위에 머리를 기댔다. 그는 이미 여러모로 편한 자세를 취해보았는데, 이 자세가 가장 편한 것 같았다. 이제 그는 뷔르겔이 하는 말에 좀더 주의를 기울일 수 있었다. "나는 이 문제를 계속 추적해볼 생각이오." 뷔르겔이 말했다. "이곳에서는 전문 인력을 활용하지 않고 썩히는 일은 절대 없어요. 당신에게도 틀림없이 속상한 일이겠군요. 상황이 그렇다니 괴롭겠네요?" "괴롭지요." K는 천천히 말하면서 혼자 빙그레 웃었다. 지금은 그 문제로 괴로울 일은 없었기 때문이다. 더군다나 뷔르겔의 제안은 그에게 별다른 인상을 주지 못했다. 그것은 아주 어설픈 제안이었다. 그는 K를 초빙하게 된 구체적인 경위, 그의 초빙을 계기로 마을 공동체나 성이 당면한 어려움, K가 이곳에 머무는 동안 이미 일어났거나 또는 일어날 조짐을 보였던 여러 분쟁에 대해 아는 바가 없었다. 그 모든 것에 대해 제대로 알지도 못하면서, 아니 비서라면 으레 알고 있으리라는 태도도 보이지 않으면서 뷔르겔은 작은 메모지를 활용해 즉흥적으로 그 일을 해결해주겠다고 나섰다. "당신은 벌써 여러차례 실망해본 모양이군요." 뷔르겔은 이렇게 말하며 다시 한번 사람 보는 안목이 있음을 입증해보였다. K가 이 방에 들어설 때부터 뷔르겔을 과소평가해서는 안된다고 틈틈이 자신에게 다짐한 것에도 부합하는 바였다. 그러나 지금 상태에서 K로서는 자신이 피곤하다는 것 외에는 아무것도 제대로 판단하기가 어려웠다. "그렇지 않아요." 뷔르겔은 마치 K의 어떤 생각에 대답하면서 그를 배려해 이야기하는 수고를 덜어주려는 듯 말했다. "실망했다고 풀이 죽어 단념해서는 안돼요. 이곳에서는 여러 일들이 사람을 기죽이는 식으로 이루어지는 것 같아요. 그리고 새로 들어온 사람에게는 그 장애물들이 도저히 뚫고 나갈 수 없는 것처럼 보이겠죠. 사정이 정말 어떠한지 조사해볼 생각은 없어요. 어쩌면 겉으로 드러난 모습이 현실에도 제대로 부합하는 것일 수 있으니까요. 나의 위치에서는 그 점을 확인하는 데 필요한 적당한 거리가 확보되어 있지 않아요. 하지만 이 점은 잘 알아두세요. 가끔은 전체 상황과는 무관한 그런 기회도 생겨난다는 것을요. 그러한 기회가 오면, 한마디의 말, 한순간의 눈길, 한번의 신뢰 표시만으로도 기력을 소진하면서 평생의 노력을 기울인 것보다 더 많은 걸 성취할 수도 있지요. 정말 그래요. 물론 이런 기회들은 결코 활용되지 않는다는 점에서 다시 전체 상황에 부합하지만요. 그런 기회들이 왜 활용되지 않는지는 나로서는 늘 놀라울 뿐이죠." K는 그 이유를 몰랐다. 그는 뷔르겔이 말한 내용이 자신과 아주 밀접한 연관이 있다는 걸 알아차렸지만, 지금은 자신과 관련된 모든 것에 심한 반감이 들었다. 그는 마치 뷔르겔이 던지는 질문에 길을 내주어 그 질문들이 더이상 자신을 건드리지 않고 지나가게 하려는 듯 고개를 약간 기울였다. "그러니까 말이오." 뷔르겔은 말을 이으면서 팔을 뻗고 하품을 했는데, 그러한 동작은 그의 진지한 말과 모순되는 것이어서 좀 혼란스러웠다. "비서들은 마을에서의 심문을 대개 밤에 해야 한다는 것에 대해 늘 불평해요. 그런데 왜 불평할까요? 너무 힘든 일이어서 그럴까요? 밤에는 차라리 잠을 자고 싶어서 그럴까요? 아니, 그런 이유에서 불평한다고 볼 수는 없어요. 어디서나 그렇듯이 비서들 중에서도 당연히 부지런한 사람도 있고 덜 부지런한 사람도 있죠. 하지만 너무 힘들다고 불평하는 비서는 없어요. 공식적으로는 분명히 그래요. 그것은 간단히 말해 우리 방식이 아닌 거죠. 그 문제와 관련해서 우리는 평상시와 일하는 시간을 구분하지 않아요. 우리에게는 그런 구분이 생소해요. 그렇다면 비서들은 무엇 때문에 야간심문에 반대할까요? 혹시 민원인을 배려해서일까요? 아니, 그렇지도 않아요. 비서들은 민원인들에게 아주 가혹하거든요. 물론 비서들은 자기 자신에 대해서보다 민원인들에게 더 가혹한 것은 아니고 단지 같은 정도로 그래요. 그런데 가혹하다는 것은 말하자면 직무를 철저하게 준수하고 수행한다는 뜻이고, 실은 민원인들이 소망할 수 있는 최대한의 배려인 거죠. 이런 사실은 실제로도—물론 피상적으로 보는 사람은 이를 눈치채지 못하겠지만—충분히 진가를 인정받고 있어요. 그래요, 예를 들어 야간심문이 바로 그런 거죠. 야간심문은 민원인들 입장에서는 환영할 만하고, 이에 대해 원칙적으로 불만이 제기된 적은 없어요. 그런데도 비서들은 왜 거부감을 갖고 있을까요?" K는 그것도 알 수 없었다. 그는 그 문제에 대해서도 아는 것이 거의 없었고, 뷔르겔이 정말 답변을 원하는 것인지 아니면 건성으로 질문한 것인지조차 헤아릴 수 없었다. '당신 침대에 나를 눕게 해준다면 내일 낮에, 아니면 더 좋게는 저녁에 어떤 질문에라도 보다 잘 대답해줄 수 있어' 하고 그는 생각했다. 그러나 뷔르겔은 K에게 주의를 기울이지 않는 것 같았고, 스스로 제기한 질문에 너무 몰두해 있었다. "내가 알고 또 경험한 바로는 비서들은 야간심문에 대해 대략 이런 우려를 갖고 있어요. 밤에는 협상의 공적인 성격을 온전히 유지하기가 어렵거나 아예 불가능하므로 밤은 민원인들과의 협상에 적절하지 않다는 거죠. 외적인 이유 때문에 그런 것은 아니라고 봐요. 형식 같은 거야 밤에도 마음먹기에 따라 낮때와 마찬가지로 엄격하게 지킬 수 있는 것이니까요. 그러므로 그것이 이유는 아닌 거죠. 하지만 밤에는 공적인 판단을 내리는 데 고전할 수 있어요. 밤에는 자신도 모르게 사적인 관점에서 판단하기 쉽고, 민원인들의 주장이 적절한 수준을 넘어서 비중 있게 다루어지기도 하며, 또 판단을 내리는 데 전혀 필요치 않은 민원인들의 여타 사정, 그들의 고충, 걱정거리 등

이 함께 고려되죠. 민원인과 관리 사이에 필요한 차단벽이 겉으로
는 멀쩡해 보일지 몰라도 허물어져요. 그밖에도 당연히 질문과 답
변만 오가야 하는데 때로는 엉뚱하게도 서로 배역이 뒤바뀐 듯 보
이기도 하고요. 적어도 비서들은 그렇게 말해요. 비서들은 물론 직
무상 그런 일에 대해 특별히 예민한 감각을 가진 사람들이기는 해
요. 하지만 비서들조차도——우리들끼리는 벌써 이에 대해 자주 논
의를 했는데——밤에 심문하는 동안에는 그런 불리한 영향을 잘 깨
닫지 못해요. 오히려 비서들은 처음부터 그런 것에 대처하고자 애
를 쓰며, 결국에는 아주 대단한 일을 성취했다고 생각하는 거죠. 그
러나 나중에 조서를 읽어보면서 확연히 드러나는 약점들에 놀라게
되죠. 비서들의 실수로, 민원인들의 입장에서는 절반은 부당하게
이득을 취하게 된 셈이나 적어도 우리의 규정에 따르면 통상적인
방법으로는 더이상 간단하게 만회할 수가 없답니다. 그러한 실수
들은 언젠가 감독관청에 의해 틀림없이 시정될 테지만, 법에나 유
용할 뿐 민원인들에게는 더이상 손해를 끼치지 못해요. 이런 상황
에서는 비서들이 불평하는 것이 매우 당연하지 않겠어요?" 그사이
에 K는 잠시 반쯤 졸고 있다가 다시 깨어났다. '왜 다 이 모양이지?
왜 다 이 모양일까?' 그는 스스로에게 이렇게 물어보면서 축 처진
눈꺼풀 아래로 뷔르겔을 바라보았다. 그 순간 뷔르겔은 그에게 어
려운 질문을 갖고 논의하는 관리가 아니라 단지 그의 수면을 방해
한, 그밖에 다른 의미는 찾아낼 수 없는 그런 존재로 여겨졌다. 그
러나 뷔르겔은 자신의 생각에 완전히 몰두한 채 K를 옆길로 약간
새게 하는 데 성공했다는 듯 빙그레 미소를 지었다. 그렇지만 그는
K를 바로 다시 올바른 길로 인도할 준비가 되어 있었다. "이런 식
의 불평이 물론 완전히 정당하다고는 할 수 없지만요." 그가 말했

다. "야간심문은 그 어디에도 정확히 규정되어 있지 않아서 그것을 회피한다고 해서 규정에 어긋나는 일은 아니거든요. 하지만 이런 저런 사정들, 과도한 업무량, 성 관리들의 업무 형태, 관리들이 자리를 비우기 어렵다는 점, 민원인 심문은 다른 조사를 완료하고 나서 실시하되 즉각 실시하라는 규정, 이 모든 것과 다른 여러 사정으로 인해 어쩔 수 없이 야간심문이 꼭 필요하게 된 거죠. 그런데 야간심문이 일단 필요해졌다면—내 말은 그렇습니다—그것은 어느정도는, 적어도 간접적으로는 규정의 결과이기도 해요. 따라서 야간심문의 본질에 대해 트집을 잡는 것은—물론 나는 좀 과장하는 편이고, 과장하면 이렇게 말할 수도 있어요—흡사 규정에 대해 트집을 잡는 것과 같지요. 다른 한편으로 비서들이 규정 내에서 야간심문에 대해, 그리고 그로 인해 초래될지 모르는 손해들에 대해(그것이 단지 외견상의 손해라고 하더라도요) 자신을 최대한 방어하는 것은 여전히 그들에게 허용되어 있어요. 사실 그들은 또한 최대한 그렇게 하고 있죠. 그런 의미에서 그들은 가능하면 별로 두렵지 않은 의제만 허용하고, 협상에 들어가기 전에 스스로를 철저하게 검토하며, 검토한 결과 필요하다면 마지막 순간에 모든 심문을 취소하기도 해요. 실제로 그들은 민원인을 심문하기 전에 종종 열번씩이나 소환해 자신의 권위를 강화하고, 해당 사건을 담당하지 않아 보다 홀가분한 마음으로 처리할 수 있는 동료를 대신 내보내기도 해요. 또 협상은 밤이 시작되거나 끝날 무렵에 하고 중간 시간은 피하죠. 이러한 조치들은 얼마든지 들 수 있어요. 비서들은 쉽게 다룰 수 있는 만만한 존재들이 아니고, 예민한 것 못지않게 강인한 면모도 있어요." K는 잠들었다. 그러나 정말 잠든 것은 아니었다. 그는 어쩌면 뷔르겔의 말을 조금 전 녹초 상태로 깨어 있을 때보다 더 잘 듣고 있는 것 같았다. 뷔르겔의 말 한 마디 한 마디가 그의 귓전을 두드렸지만, 이제는 성가시지 않았다. 그는 자유로움을 느꼈다. 뷔르겔은 더이상 그를 붙잡고 있지 않았으며, 다만 이따금씩 그가 뷔르겔 쪽을 더듬어볼 뿐이었다. 그는 아직 깊이 잠들지는 않았지만 잠에 빠져든 상태였고, 지금은 그 누구도 그에게서 잠을 빼앗을 수는 없었다. 이로써 그는 자신이 마치 대단한 승리라도 거둔 것 같았고, 이를 축하하려고 벌써 사람들이 모여들었으며 그 자신 또는 다른 누군가가 그 승리를 기념하여 샴페인 잔을 치켜드는 것 같았다. 그리고 무엇에 관한 것인지 모두가 알 수 있도록 싸움과 승리가 다시 한번 반복되었다. 아니 어쩌면 되풀이되는 것이 아니라 이제야 처음으로 일어났고, 축하연이 미리 열린 것이라고 할 수도 있는데, 다행히 결말이 확실했기에 계속 그의 승리를 축하하고 있었던 것이다. K는 그리스 신상을 빼닮은 알몸의 비서와 싸우는데, 비서가 K에게 몰리고 있었다. 아주 우스꽝스러운 광경이었다. 비서는 뻐기는 자세로 서 있다가 K가 달려들면 그때마다 놀라 벌떡 일어섰고, 높이 치켜든 팔과 불끈 쥔 주먹은 자신의 알몸을 가리는 데 사용해야 했는데 언제나 동작이 너무 느렸다. 그 광경을 보면서 K는 잠결에 살며시 미소를 지었다. 싸움은 오래 계속되지 않았다. 한걸음 한걸음씩 K는 성큼성큼 앞으로 나아갔다. 무슨 싸움이 이렇단 말인가? 별다른 저항 없이 비서는 다만 가끔씩 꽥꽥 비명 소리를 낼 뿐이었다. 그리스 신의 형상은 간지럼을 타는 소녀처럼 새된 소리를 냈다. 그러다가 그는 마침내 떠나갔다. 커다란 공간에는 K 홀로 남았다. 그는 싸울 태세를 하고 주위를 둘러보며 적을 찾았지만, 그 자리에는 아무도 없었고 모인 사람들도 흩어진 상황이었다. 깨진 샴페인 잔만이 바닥에 남아 있기에 K는 그것을 완전히 밟아 으깨버렸다. 그러다가 부서진 유리 조각에 찔려 움찔 놀라 다시 눈을 떴는데, 자다가 깨어난 아이처럼 기분이 좋지 않았다. 그러면서도 그는 뷔르겔의 벗은 가슴을 보자, 꿈에서 비롯된 다음 생각이 떠올랐다. '저기 너의 그리스 신이 있어! 그를 침대에서 끌어내!' "그런데 말이오." 뷔르겔은 기억 속에서 사례들을 찾으려는데 발견하지 못하겠다는 듯 골똘히 생각에 잠긴 얼굴로 천장을 쳐다보며 입을 열었다. "비서들이 밤 시간에 취약하다는 점을 약점이라고 전제한다면 온갖 예방적 조치가 있다고 해도 민원인들은 이러한 약점을 자신들의 목적을 위해 이용할 수 있어요. 물론 그것은 아주 드문, 보다 제대로 말한다면 거의 찾아보기 어려운 가능성이기는 해요. 민원인이 밤에 아무런 예고 없이 불쑥 찾아오는 경우에나 생겨나는 가능성이죠. 그런 일이 분명 있을 법하지만 거의 일어나지 않는다는 사실에 대해 당신은 아마 의아해하겠죠. 다만 당신은 우리의 사정을 잘 모르죠. 그럼에도 우리 관청 조직이 빈틈이 없다는 점은 알아차렸을 거요. 하지만 이처럼 빈틈이 없기 때문에 청원할 일이 있거나 또는 그밖의 이유로 심문받을 일이 있는 사람은, 대개 당사자 자신은 그 일에 대해 미처 마음의 준비를 하기도 전에, 사실 그 일에 대해 알기도 전에 지체 없이 바로 소환되죠. 그 사람은 이번에는 조사를 받지 않을 것이고 대체로 아직은 조사가 이루어진 것도 아니며, 또 일반적으로 그 사안은 다룰 때가 되지 않았음에도 벌써 소환되는 거죠. 그것은 다시 말해 당사자가 아무런 사전 예고도 없이 갑작스럽게 찾아올 수는 없음을 의미해요. 기껏해야 그 사람은 적절하지 않은 때 찾아오게 되고, 그런 경우 다만 소환 날짜와 시간을 지키라는 주의를 받아요. 그러다가 그 사람이 다시 적절한 시간에 찾아오면 대부분은 다시 돌려보내져요. 별로 어려운 일은 아니죠. 민원인의 손에 들린 소환장, 그리고 서류에 기입해둔 메모는 비서들에게 완전하지는 않아도 강력한 방어 무기가 되니까요. 그런데 이것은 그 사안을 담당하는 비서에게만 해당되고, 다른 비서들을 밤중에 기습적으로 찾아가는 일은 누구에게나 열려 있다고 볼 수 있어요. 다만 대부분 그렇게 하지 않을 뿐이죠. 부질없는 시도니까요. 그렇게 하는 사람은 우선은 그 사안을 담당하는 비서의 분노를 살 수 있어요. 우리 비서들은 아마 업무와 관련해서는 서로 질투하는 법이 없고 또 누구나 일을 지나치게 많이 맡고 있어 과도한 업무 부담에 시달리지만, 민원인들이 관할권을 교란하는 것만은 도저히 묵과할 수 없죠. 관할 부서에서 일이 잘 진척되지 않는다고 여겨서 다른 부서를 통해 슬쩍 빠져나가려다가 낭패를 본 사람들도 있어요. 그런 시도들이 대체로 실패할 수밖에 없는 까닭은 그 사안을 담당하지 않는 비서가 밤중에 기습을 당해 어떻게든 도와주고 싶다고 해도 사실 권한이 없기 때문에 여느 임의의 변호사 정도밖에 개입할 수가 없거나, 근본적으로는 여느 변호사의 개입보다도 못 미치기 마련이니까요. 왜냐하면 그런 비서는 실제로 그 어떤 변호사보다도 법을 다루는 은밀한 방법을 잘 알고 있어 무슨 방도를 취할 가능성이 높지만, 자기 담당이 아닌 사안에 할애할 시간이 없거든요, 한순간도요. 그러니까 이정도의 전망밖에 없는데 누가 밤 시간을 허비하면서 담당도 아닌 비서들을 찾아다니겠어요? 아울러 민원인들의 경우 자신들의 생업에 종사하면서 자기 사건을 담당하는 부서의 소환장과 호출 신호에 응하려면 정신없이 바쁘거든요. 물론 민원인들이 '정신없이 바쁘다'는 것과 비서들이 '정신없이 바쁘다'는 말은 사뭇 다르지만요." K는 미소를 지으며 고개를 끄덕였다. 이제 그는 모든 상황을 정확히 이해할 수 있을 것 같았다. 뷔르겔의 말에 신경이 쓰여서 그런 것이 아니라, 그 자신이 이제는 곧 꿈을 꾸거나 방해도 받지 않고 완전히 잠들어버릴 것이라는 확신이 들었기 때문이다. 한쪽에는 담당 비서들 그리고 다른 쪽에는 담당이 아닌 비서들의 사이에서, 또 정신없이 바쁜 민원인의 무리를 앞에 두고서 그는 깊은 잠에 빠져들 것이고 이로써 그들 모두에게서 벗어날 것이다. 뷔르겔은 그 스스로 잠드는 데는 전혀 도움이 안되는 목소리를 조용하게, 흐뭇해하면서 내고 있었는데, K는 이제 그 목소리에 익숙해져서 방해를 받기보다는 잠이 더 잘 오는 듯했다. '덜커덕덜커덕 물레방아, 덜커덕덜커덕.' K는 생각했다. '너는 오직 나를 위해 덜커덕거리는구나.' "자, 그렇다면 말이오." 뷔르겔은 두 손가락으로 아랫입술을 만지작거리며, 마치 고생스럽게 산보 여행을 하다가 이제 전망 좋은 지점에 다다른 듯 눈을 크게 뜨고 목을 쑥 빼며 말했다. "자, 그렇다면 앞에서 말한, 드물고 거의 나타나기 희박한 가능성은 어디에 있을까요? 그 비밀은 관할과 관련된 규정에 있어요. 각 사안에 대해 특정 비서 한명이 그 사안을 담당하는 것이 아니고, 또 규모가 크고 살아 있는 조직에서는 그럴 수도 없거든요. 다만 한 비서가 주임으로서의 권한을 갖고 있을 뿐이며, 다른 여러 비서들도 비록 보다 작은 권한이기는 하지만 어느정도 권한을 갖고 있어요. 아무리 업무 능력이 뛰어난 사람이라고 해도 아주 하찮은 사건에서조차 어떻게 혼자 힘으로 모든 관계 서류를 자기 책상에 다 모을 수 있겠어요? 주임이라는 내 표현도 지나친 것일 수 있어요. 아무리 적은 권한이라도 벌써 전체 사안에 관여하고 있는 것은 아닐까요? 여기서 결정적인 것은 그 일을 대하는 열정이 아닐까요? 그리고 그러한 열정은 언제나 변함이 없고 또 가장 강하게 발휘되는 것 아닐까요? 말하자면 비서들 사이에서는 모든 면에서 차이가 있을 수 있고 또 그러한 차이가 어마어마하게 많지만, 열정에서만은 그렇지 않아요. 비서들 중에는 자신에게 조금이라도 권한이 있다면 해당 사건을 맡아달라는 요청을 받고 가만히 있을 사람은 아무도 없을 거요. 물론 대외적으로는 협상이 질서정연하게 이루어지도록 해야 하고, 따라서 특정 비서가 전면에 나서는 것이며, 민원인들은 공적으로 그 비서와 상대해야 하죠. 하지만 이때도 그 사건에 가장 큰 권한을 가진 비서가 반드시 그 일을 맡는 것은 아니고, 조직이 그때그때 필요한 상황에 따라 결정을 내려요. 이것이 실상입니다. 그러니 이제 측량사님, 내가 당신에게 앞서 서술한, 대체로는 만만치 않은 장애물들이 있음에도 불구하고 민원인에게는 그 어떤 사정에 의해 해당 사건에 어느정도 권한이 있는 비서를 한밤중에 느닷없이 기습할 가능성이 주어져 있다는 점을 한번 생각해보세요. 당신은 그런 가능성에 대해서는 아직 생각해보지 않았겠죠? 나는 그렇다고 믿고 싶네요. 그런 일은 좀처럼 일어나지 않으니 그런 가능성은 생각할 필요도 없겠지요. 민원인을 곡식알에 비유한다면, 더할 나위 없이 탁월한 체를 통과하려면 별나고 특이한 형태의 작고 능숙한 낟알이 되어야 하지 않겠어요? 그런 일은 일어날 수 없다고 생각하는 거죠? 네, 그런 일은 일어날 수 없어요. 하지만 어느날 밤에 —누가 모든 걸 보증할 수 있겠어요?— 그런 일이 정말로 일어나거든요. 물론 내가 아는 사람들 중에 그런 일을 겪은 이는 없어요. 하지만 그 사실이 무엇을 제대로 증명해주는 것은 아니죠. 여기에서 고려될 수 있는 숫자에 비한다면, 내가 아는 사람은 제한되어 있고, 또 그런 일을 당한 비서가 있다고 해도 그 사실을 털어놓지 않을 수도 있으니까요. 그것은 아주 개인적인 일이면서도 어느정도는 공적인 치부와 긴밀하게 연결된 사안이거든요. 그럼에도 불구하고 내 경험이 입증해주는 것은, 어쩌면 소문으로만 떠돌 뿐 그밖의 다른 어떤 것으로도 확인되지 않은 아주 드문 일이라서 그런 상황을 우려하는 것은 너무 지나치다는 거요. 설령 그런 일이 정말 일어난다고 해도 이 세상에는 그런 일이 생겨날 소지가 없다는 점을 입증함으로써 완전히 무해한 것으로 만들 수가 있어요. 그렇다고 믿어야 해요. 그리고 입증하기도 아주 쉽죠. 하여튼 그런 일이 일어날까 두려워서 이불 밑에 숨어 내다볼 엄두를 내지 못한다면 그것은 병적인 거죠. 그리고 전혀 있음직하지 않은 일이 갑자기 그 모습을 드러낸다고 해서 모든 것이 끝장나버릴까요? 그 반대입니다. 만사가 끝장날 가능성은 가장 있음직하지 않은 일보다도 개연성이 낮아요. 물론 민원인이 방에 들어와 있다면 상황이 벌써 매우 좋지 않다고 할 수 있어요. 마음 졸이게 하는 상황이죠. '너는 과연 얼마나 저항할 수 있을까?' 하고 스스로에게 묻게 됩니다. 그런데 어떤 저항도 없을 것임을 알고 있어요. 단지 상황을 한번 제대로 떠올려보세요. 당신이 한번도 본 적이 없고, 또 당신이 늘 기다렸고 정말 만나보기를 열망했으나 당연히 도저히 만날 수 없으리라고 여겼던 민원인이 거기 앉아 있는 거죠. 민원인은 잠자코 앉아 있는 것만으로 벌써 그의 가엾은 삶 속으로 들어와달라고, 그 삶이 당신의 것인 양 여기고 노력하고 그의 쓸데없는 요구에 공감해달라고 요청하는 거죠. 고요한 밤에 이러한 초대는 이미 매혹적입니다. 그러한 초대에 따르게 되고, 그렇게 되면 사실상 관리이기를 포기하는 거죠. 그때는 벌써 요청을 거부할 수 없는 상황이니까요. 엄밀히 말한다면 자포자기의 상태, 더욱 엄밀히 말한다면 무척 행복한 상태라고 할 수 있어요. 자포자기라고 하는 이유는, 우리가 무방비 상태에서 이곳 민원인의 청원을 기다리고 민원인이 일단 입 밖에 낸 요청은 들어줘야 한다는 점에서 그래요. 적어도 우리 스스로 전망해보면 그러한 요청으로 관청 조직이 와해될지라도 그렇게 해야 하거든요. 그것은 실제로 일어날 수 있는 최악의 경우라고 할 수 있어요. 무엇보다—다른 것은 차치하고라도—그런 순간에 우리는 모든 상상을 넘어서는 지위 상승을 감행하도록 강요받기 때문입니다. 지위를 따진다면 우리는 여기서 문제가 되는 그런 간청을 들어줄 권한이 전혀 없지만, 밤에는 이러한 민원인이 가까이 있음으로써 우리의 업무 권한도 증대되고 따라서 우리는 관할 범위 밖에 있는 사건들에 대해서도 의무감을 느끼고 실제로 실행에 옮기게 되는 거죠. 민원인은 마치 숲 속의 강도처럼 보통 때라면 우리가 도저히 감당할 수 없는 희생을 밤 시간을 틈타 우리에게 강요하는 셈이죠. 민원인이 여전히 남아 우리를 격려하고, 그렇게 하도록 강요하고 고무하는 경우 그리고 모든 일이 반쯤 정신없이 진행되는 경우 그렇게 되는 거죠. 하지만 나중에 모든 일이 끝나고 민원인은 흡족해하며 홀가분한 기분으로 떠나고, 우리만 덩그러니 우리의 직권을 남용한 상황 앞에 무방비 상태로 남게 된다면, 어떻게 될까요?—차마 상상할 일이 못되죠. 그럼에도 우리는 행복합니다. 행복이라는 것이 얼마나 자기파괴적일 수 있는지! 우리는 민원인들이 진짜 상황을 알지 못하도록 노력을 기울일 수도 있어요. 민원인은 스스로의 힘으로는 거의 아무것도 알아채지 못하니까요. 민원인은 그러니까 스스로 생각하기에는 어쩌면 그저 우연한 이유에서, 기진맥진하고 실망한 나머지 별생각 없이 아무래도 상관없다는 식으로 원래 들어가려 했던 방과는 다른 방에 들어가서는, 아무것도 모르는 채 거기 앉아 있는 거죠. 혹 뭔가에 몰두해 있다면 자기 잘못이나 피곤함에 대해서겠죠. 그를 그대로 내버려둘 수 있을까요? 그럴 수는 없어요. 우리는 행복한 자의 수다스러움으로 그에게 모든 걸 설명해줘야 해요. 우리는 조금도 수고를 아끼지 않고 그에게 무슨 일이 일어났는지, 어떤 이유에서 그런 일이 일어났는지, 그런 기회가 얼마나 드물고 유례없이 대단한 것인지를 상세히 알려줘야 하죠. 우리는 민원인만이 만들어낼 수 있는 그런 속수무책의 상태에서 그가 마침 그런 기회를 잡게 되었으니 이제 그는 마음만 먹으면 모든 일을 뜻대로 할 수 있고, 이를 위해서는 어떻게든 자신의 요청을 말하기만 하면 된다는 사실과 그가 바라는 요청은 실현될 준비가 되어 있다는 점, 측량사님, 우리는 그 사실을 그에게 설명해줘야 해요. 모조리 알려줘야 하니 관리에게는 힘든 시간일 수밖에 없어요. 하지만 그것까지 했다고 하더라도, 측량사님, 꼭 필요한 조치만 취한 셈이고, 우리는 겸허한 자세로 기다려야 해요."

K는 더이상 귀를 기울이지 않았다. 그는 일어나는 모든 일에 아랑곳 않고 잠들어버렸다. 처음에 그는 왼팔로 침대 기둥을 붙잡고 그 위에 머리를 얹어놓았는데, 잠결에 머리가 자꾸 아래로 축 늘어져 팔로만 버티기가 힘겨웠다. K는 자신도 모르게 오른손을 이불을 대고 새 버팀목으로 삼다가 그만 공교롭게도 이불 밑으로 빠져나온 뷔르겔의 발을 잡아버렸다. 뷔르겔은 그쪽을 건너다보고는 성가신 기분이 들기는 했지만 발을 그에게 내맡겼다.

그때 옆의 벽에서 두서너번 강하게 두드리는 소리가 났다. K는 깜짝 놀라 눈을 뜨고 벽을 바라보았다. "거기 토지 측량사가 있지 않나요?" 누군가가 묻는 소리가 들렸다. "있어요." 뷔르겔은 이렇게 대답하며 K에게서 발을 빼더니 갑자기 어린 소년처럼 서칠고 자유분방하게 몸을 쭉 뻗었다. "그러면 그 사람을 이제 이리로 보내주세요." 다시 목소리가 들렸다. 뷔르겔에 대해서나 뷔르겔이 혹시 K를 더 필요로 할지도 모른다는 점에 대해서는 배려하지 않는 말투였다. "에어랑어네요." 뷔르겔이 속삭이듯 말했다. 그러면서 그는 에어랑어가 옆방에 있다는 사실에 놀라는 기색도 보이지 않았다. "저 사람에게 바로 가보세요. 벌써 화가 난 것 같으니 그를 달래주세요. 그가 단잠을 자는데, 우리가 너무 큰 소리로 이야기했어요. 사람이 어떤 주제에 대해 이야기할 때는 자신의 목소리를 억제할 수 없나봅니다. 이제 가보세요. 당신은 도저히 잠을 떨칠 수 없나보군요. 가보세요. 여기에 더 볼일이 있나요? 아니, 졸았다고 사과할 필요는 없어요. 그럴 이유가 뭐 있겠어요? 육체의 힘은 어느 한도까지만 이르는 법이고, 바로 그 한계 지점이 보통은 의미심장하다고 해도 우리로서는 어쩔 수 없는 일이잖아요? 아니, 그 점에 있어서는 그 누구도 어쩔 수 없어요. 세상은 그런 식으로 스스로를 교정하고 균형을 유지하면서 돌아가고 있어요. 다른 점에서는 암울할지 몰라도 탁월한 장치, 언제나 다시 봐도 믿을 수 없을 정도로 훌륭한 장치인 것이죠. 어서 가보세요. 왜 그렇게 나를 바라보는지 모르겠군요. 당신이 더이상 주저하면, 에어랑어가 나를 습격할 거요. 나로서는 그런 상황은 정말 피하고 싶어요. 어서 가보세요. 저편에서 어떤 일이 당신을 기다리고 있을지 누가 알겠어요? 여기서는 모든 것이 기회로 가득하니까요. 물론 어떤 기회들은 이용하기에는 너무 크기도 하고, 어떤 경우는 다른 이유가 아니라 바로 자기 자신에게서 좌절을 맛보기도 해요. 그래요, 정말 놀라운 일이죠. 그건 그렇고 나는 이제 잠을 좀 잤으면 좋겠어요. 벌써 다섯시가 되었고, 이제 곧 소란스러워지겠지만요. 하여튼 당신만이라도 이제는 나가주었으면 해요!"

K는 갑자기 깊은 잠에서 깨어났기 때문에 아직 정신이 멍하고 한없이 졸음이 쏟아졌고, 또 불편한 자세로 있었던 탓인지 온몸이 욱신거려서 한동안 일어날 결심을 못했다. 그는 손으로 이마를 짚으면서 무릎을 내려다보았다. 그는 뷔르겔이 아무리 어서 가라고 다그친다 해도 일어나지 않았을 것이다. 하지만 이 방에 계속 머물러봐야 아무 소용이 없다는 생각이 들어 서서히 나가보려 했다. 이 방이 말할 수 없이 황량하게 느껴졌다. 방이 그렇게 변한 것인지, 아니면 원래 그랬던 것인지는 알 수 없었다. 여기서는 다시 잠들지 못할 것 같았다. 이러한 확신이 실은 결정적인 요인이었기에 K는 살짝 미소를 지으며 자리에서 일어났고, 침대, 벽, 문 할 것 없이 기댈 수 있는 곳이면 어디든 몸을 기대면서, 뷔르겔과는 진작 작별을 했다는 듯 한마디 인사도 없이 방에서 걸어나갔다.

24장

  만약 에어랑어가 방문을 열고 서서 집게손가락으로 짧게 한번 손짓하지 않았더라면, 십중팔구 K는 에어랑어의 방을 그냥 지나쳐버렸을 것이다. 에어랑어는 벌써 떠날 준비를 모두 마친 채 단추를 목까지 채운 옷깃이 꼭 끼는 검은 모피 외투 차림이었다. 하인 하나가 막 그에게 장갑을 건네준 참이었고, 털모자는 아직 하인 손에 들려 있었다. "당신은 진작 왔어야 했어요." 에어랑어가 말했다. K는 사과의 말을 하려고 했으나, 에어랑어는 피곤한 듯 두 눈을 감으면서 사과는 받지 않겠다는 표시를 했다. "다음 사안에 관한 일입니다." 그가 말했다. "전에 이 여관 주점에 프리다라는 여자가 근무했어요. 나는 이름만 알 뿐 그녀를 직접 아는 건 아니고, 관심도 없어요. 프리다라는 여자는 종종 클람의 맥주 시중을 들었어요. 지금은 거기에 다른 처녀가 있는 것 같더군요. 그런 변화는 물론 대수롭지 않죠. 누구에게나 그럴 것이고 클람의 경우에도 분명히 그럴 거요. 하지만 맡은 일이 크면 클수록, 그리고 클람의 일은 당연히 가장 크다고 할 수 있는데, 그런 경우일수록 외부세계에 대해 자신을 방어할 수 있는 힘은 줄어들게 되고, 그 결과 대수롭지 않은 일에서 대수롭지 않은 변화가 있어도 심각한 방해가 될 수 있어요. 책상 위의 아주 사소한 변화, 거기 있던 오래된 얼룩을 하나 제거해도 방해가 될 수 있고, 시중드는 아가씨가 새로 오는 경우도 그래요. 그런데 그런 것이 다른 모든 사람들에게, 그리고 어떤 일을 하는 경우에는 방해가 될 수 있을지라도, 클람에게는 방해가 되지 않아요. 그 점은 더 말할 나위가 없어요. 그럼에도 불구하고 우리는 클람에게 방해가 되지 않는 것이라고 해도, 또 도대체 그를 방해할 수 있는 게 무엇이 있으려나마는 우리가 보기에 방해가 된다고 여겨지는 것이 있을 경우, 그것을 제거해 그의 기분을 좋게 해줄 의무가 있어요. 그를 위해, 또는 그의 일을 위해 그런 방해물을 제거하는 것이 아니라 우리들을 위해, 우리의 양심과 평화를 위해서요. 그러므로 프리다는 당장 여관 주점으로 돌아와야 해요. 그녀의 복귀 자체가 다시 방해가 될 수도 있겠지만, 혹시 그렇다면 다시 내보내면 되니까 우선은 돌아와야 해요. 내가 들은 바로는 당신이 그녀와 함께 지낸다던데, 당장 복귀하도록 해주세요. 이 경우에 사사로운 감정은 배제되어야 마땅하고 너무 명백한 사안이므로 더이상의 논쟁은 하지 않을 겁니다. 이런 작은 일에서 당신이 진가를 발휘하면 당신이 앞으로 나아가는 데 도움이 될 수도 있다는 점은 더 말할 나위가 없겠죠. 내가 당신에게 하려던 말은 이게 전부요." 그는 K에게 고개를 끄덕이며 작별인사를 한 후 털모자를 건네받아 쓰고는 하인이 뒤따르는 가운데 약간 절뚝거리며 재빨리 복도를 걸어내려갔다.

이곳에서 간혹 수행하기 매우 쉬운 명령이 내려졌는데, K는 이러한 수월함이 반갑지 않았다. 그 명령이 프리다와 관련된 것이고, 또 사실 명령이라고는 하지만 K에게는 마치 비웃음처럼 들렸기 때문만은 아니었다. 무엇보다 그 명령은 K의 모든 노력이 전혀 소용이 없음을 보여주기 때문이었다. 그의 머리 위로 불리한 명령이든 유리한 명령이든 간에 명령들이 내려졌는데, 유리한 명령조차도 궁극적으로는 불리한 핵심을 갖고 있을 터였다. 하여튼 모든 명령이 그의 머리 위를 넘어 지나갔고, 그 자신은 명령에 개입하거나 명령을 묵살하고 그의 목소리에 귀 기울이게 하기에는 너무 낮은 지위에 있었다. 에어랑어가 저리 가라고 손짓하면 너는 무엇을 할 것이고, 그가 손짓하지 않는다고 해서 너는 그에게 무슨 말을 할 수 있을 것인가? K는 오늘 이토록 많은 손실을 초래한 까닭이 전적으로 상황이 불리해서라기보다 자신이 피곤한 탓임을 분명히 알고 있었다. 그는 자기 육체의 힘을 자신했고 또 그런 확신 없이는 결코 길을 나서지도 않았을 텐데, 그런 그가 어째서 며칠 동안의 힘겨운 밤과 불면의 하룻밤을 참아내지 못한 것일까? 그는 왜 하필 이곳에서, 피곤해하는 사람이 아무도 없는 이곳, 아니, 사람들이 늘 피곤한 상태이기는 하지만 그것이 일을 방해하기보다는 오히려 일을 촉진시키는 듯한 이곳에서, 그렇게 주체 못할 정도로 지쳐 있었던 것일까? 이로써 내릴 수 있는 결론은, 저들이 피곤한 상태는 K의 피곤함과는 종류가 전혀 다르다는 점이었다. 이곳에서의 피곤함이란 행복한 일 가운데 느낄 법한 피곤 같았고, 외부에서 보기에는 피로감처럼 보이지만 사실은 파괴할 수 없는 평온, 파괴할 수 없는 평화였다. 사람이 낮에 살짝 피곤함을 느끼는 것은 행복하고 자연스러운 일과에 속한다. K는 혼잣말로, 이곳 신사분들에게는 언제나 대낮인 모양이라고 중얼거렸다.

　그리고 이 말은 새벽 다섯시에 벌써 복도 양쪽 모든 곳에서 활기를 띠는 상황과도 잘 맞았다. 각 방에서 울리는 웅성거리는 소리에는 우선 알 수 없는 유쾌함이 꽤나 담겨 있었다. 그 소리는 소풍 나설 준비를 하는 어린아이들의 환호성처럼 들렸고, 또 어떤 때는 닭장에서 닭들이 깨어나는 소리, 날이 밝아오는 것에 때맞춰 울리는 기쁨의 탄성처럼 들렸다. 어디에선가는 심지어 한 신사가 닭 울음소리를 흉내 내기도 했다. 복도는 아직 텅 비어 있었으나, 문들이 벌써 움직이기 시작했다. 문들은 반복해서 가끔씩 잠깐 열렸다가 재빨리 다시 닫혔고, 복도는 이렇게 문을 여닫는 소리로 유쾌하게 떠들썩했다. 그리고 K는 천장까지는 이르지 않는 벽 틈새로 여기저기에서 아침나절의 헝클어진 머리가 불쑥 나타났다가 사라지는 것을 보았다. 멀리서 하인 하나가 서류를 실은 작은 수레를 끌고 천천히 다가왔다. 옆에는 또다른 하인이 손에 목록을 들고 걸어왔는데, 방문 번호와 서류 번호를 대조하는 것이 분명했다. 수레는 대부분의 문 앞에서 멈추었고, 그러면 대체로 방문이 열렸고 해당 서류가 방 안으로 건네졌다. 가끔은 서류가 달랑 한장인 경우도 있었다. 그런 경우 방에서 복도를 향해 간단한 대화가 시작되었는데, 하인들을 야단치는 소리 같았다. 문이 닫혀 있는 경우에는 문지방에 서류가 조심스럽게 쌓였다. 그럴 때는 K의 주변에 있는 문들의 움직임은, 이미 서류가 배달되었음에도 잠잠해지는 게 아니라 더욱 심해지는 듯했다. 그들은 뭔가 납득할 수 없는 이유로 아직까지 문지방에 그대로 쌓여 있는 서류들을 탐내며 엿보고 있는 듯했다. 그들은 방 안에 있는 누군가가 문을 열기만 하면 자기 서류를 손에 넣을 수 있는데도 그렇게 하지 않는 것을 이해할 수 없는 노릇이었다. 마지막까지도 전달되지 않고 남은 서류들은 나중에 다른 신사들, 그러니까 서류가 여전히 문지방에 남아 있는지 또 여전히 자기들에게도 희망이 있는지를 몇번이나 살펴보며 확신을 얻으려 하는 신사들에게 분배될 가능성도 있는 모양이었다. 게다가 그렇게 방치된 서류들은 대개 유별나게 큰 묶음이었다. K는 그것이 일종의 과시 내지 악의에서, 또는 한방 동료들의 의욕을 북돋우려는 떳떳한 자부심에서 잠시 거기에 놓아둔 것이라는 생각이 들었다. 가끔, 그가 처다보지 않을 때 충분히 오래 전시되고 있던 서류 묶음이 갑자기 방 안으로 끌려들어가고 또 그러고 나서 방문이 다시 닫힌 채로 움직이지 않자, K는 그런 생각이 더욱 강하게 들었다. 그러면 그의 주위에 있던 문들도 계속 그들을 자극하던 대상이 마침내 사라진 것에 실망한 탓인지 아니면 만족한 탓인지 한순간 잠잠해졌다. 그러다가 문들은 다시 천천히 움직이기 시작했다.

K는 이 모든 광경을 그저 호기심에서뿐만 아니라 관심을 갖고 지켜보았다. 그는 자신이 이러한 분주한 움직임의 한복판에 있다는 데 행복감마저 느끼며 이쪽저쪽을 살펴보고, 또 적절한 거리를 유지한 채 하인들의 뒤를 따라가면서 서류 분배 작업을 지켜보았다. 그러자 하인들은 물론 자주 매서운 눈길로 또 고개를 숙인 채 입을 삐죽 내밀면서 그를 돌아보았다. 서류 분배 작업은 시간이 갈수록 진행이 순조롭지 못했다. 목록이 완벽하게 들어맞지 않는 경우도 있고, 더러는 하인들이 서류를 잘 구분할 수 없는 경우, 또 신사들이 다른 이유에서 이의를 제기하는 경우도 있었다. 하여튼 분배된 것 중 어떤 것들은 다시 회수되어야 했는데, 그런 경우에는 수레가 되돌아와서 서류를 돌려받는 문제를 두고 문틈으로 협의가 이루어졌다. 이러한 협의는 그 자체로 많은 어려움을 안고 있었

다. 그런데 무엇인가를 돌려줘야 하는 경우에는 앞서 무척 활발하게 움직이던 문들이 이제는 마치 그 일에 대해서는 더이상 아무것도 알고 싶지 않다는 듯 가차 없이 닫혀버리는 일이 자주 일어났다. 그러고 나면 진짜 어려움이 시작되었다. 서류를 요구할 권리가 있다고 생각하는 비서는 아주 초조해하면서 자기 방에서 큰 소란을 피웠는데, 손뼉을 치고 발을 구르면서 문틈으로 복도에 대고 특정 서류 번호를 몇번이나 외쳤다. 그러면 수레는 자주 완전히 방치되곤 했다. 하인 하나는 성마른 신사를 달래느라 여념이 없고, 다른 하인은 닫힌 문 앞에 서서 서류 반환 문제를 두고 옥신각신했다. 두 하인 모두에게 힘든 시간이었다. 성마른 신사는 달래려고 하면 더욱 성마르게 굴면서 하인의 공허한 말을 더이상 귀담아듣지 않았다. 그는 위로가 아니라 서류를 원했다. 그런 신사 중 하나가 세숫대야에 물을 가득 담아 문 위쪽의 틈새로 하인에게 들이붓기도 했다. 하지만 직급이 더 높은 것이 분명한 또다른 하인은 이보다 더 힘든 상황을 맞기도 했다. 해당 신사가 도대체 협의에 응해야만 구체적인 논의가 가능했고, 그 논의에서 하인은 자신의 목록을 증거로 제시하고 또 신사는 자신의 메모나 자신이 반환해야 할 실제 서류를 제시할 수 있었다. 하지만 신사가 한동안 서류를 손에 꽉 쥐고 있어, 그것을 노리는 하인의 눈에는 서류의 귀퉁이마저 제대로 보이지 않았다. 그러면 하인도 새로운 증거를 확보하러 이미 약간 경사진 복도에서 저절로 아래쪽으로 굴러가고 있는 수레로 달려가거나 서류를 요구하는 신사에게로 가서 지금까지 서류를 쥐고 있던 신사의 항의에 맞서 새로운 반박 의견을 교환해야 했다. 그런 협의는 시간이 무척 오래 걸렸고 때로는 합의가 이루어져서 신사가 서류의 일부를 내놓거나 단지 서류가 뒤바뀌기만 한 경우에는 보상으로 다른 서류를 받기도 했다. 그러나 하인이 제시한 증거로 인해 신사가 궁지에 몰리거나 또는 계속되는 협상에 지친 경우에는 요구받은 모든 서류를 하릴없이 포기해야 하는 일도 간혹 있었다. 그럴 때면 신사는 서류를 하인에게 순순히 내어주지 않고, 돌연 마음을 바꾸어 서류를 멀리 복도로 내동댕이쳤다. 그러면 서류를 동여맨 끈이 풀어지고 종잇장이 날아가 하인들은 그것을 다시 정리하느라 무척 애를 먹었다. 그러나 이러니저러니 해도 하인의 반환 요청에 도통 응답이 없는 경우에 비하면 비교적 간단한 상황이었다. 이 경우, 하인은 닫힌 문 앞에서 서서 부탁도 하고 애원도 하고 목록을 인용하고 규정도 제시해보지만, 아무 소용도 없었다. 방에서는 어떤 소리도 들리지 않고, 하인은 허락 없이는 방 안으로 들어갈 권리가 없었다. 그럴 때면 이 훌륭한 하인조차도 가끔은 자제력을 잃고, 수레 있는 곳에 가서 서류 위에 앉아 이마의 땀을 닦으며, 잠시 손을 놓고 달리 도리가 없이 두 다리만 허공에 흔들 뿐이었다. 주변에서는 그런 일에 관심이 상당해서 사방에서 수군거리는 소리가 들렸고, 조용한 문은 거의 하나도 없었으며, 벽 위쪽의 난간에서는 기묘하게 천으로 얼굴 대부분을 가린 사람들이 잠시도 제자리에 가만히 있지 못하고 일이 진행되는 모든 과정을 지켜보았다. 이런 소란 속에서 K는 뷔르겔이 머무는 방의 문이 내내 닫혀 있고 하인들이 벌써 그쪽 복도를 지나갔는데도 뷔르겔에게 어떤 서류도 배달되지 않았음을 깨달았다. 그는 아직 자고 있는 모양이었다. 이 모든 소란에도 잠을 자는 것을 보면 그의 잠이 아주 건강함을 말해주지만, 그는 어째서 서류를 받지 못한 것일까? 이처럼 서류를 받지 못한 방은 극소수에 불과했고, 그 방들은 비어 있는 것이 거의 확실한 방들이었다. 한편 에어랑어가 머물던 방에는 벌써 특히나 안절부절못하는 손님이 하나 새로 와 있었다. 에어랑어는 밤에 그 손님에게 밀려난 것이 분명했다. 냉철하고 세상 물정에 밝은 에어랑어에게는 어울리지 않는 일이었지만, 그가 문에서 K를 기다려야만 했다는 사실은 사정이 그러했음을 암시했다.

K는 이 모든 일을 좀 멀찍이 지켜보면서도 자꾸 수레의 하인 쪽으로 눈길이 갔다. 이 하인의 경우에는 K가 평소 하인들에 관해 들었던 일반적인 이야기, 즉 태만, 안락한 삶, 오만함이 해당되지 않았다. 하인들 중에도 아마 예외가 있거나, 아니면 여러 부류가 있다고 보는 것이 맞을 듯했다. 다시 말해 하인들 사이에는 K가 그동안 거의 짐작조차 못했던 차이가 있었던 것이다. K는 이 하인의 굴복할 줄 모르는 고집스러움이 특히 마음에 들었다. 하인은 이 작고 완고한 방들과 싸움을 벌이면서 조금도 물러서는 법이 없었다. K로서는 방 안에 있는 사람들이 보이지 않았으므로 하인의 싸움은 종종 방들과의 싸움처럼 여겨졌다. 하인은 사실 녹초가 되었지만—누군들 녹초가 되지 않으랴?—금방 기력을 회복하고 수레에서 미끄러져 내려와서는 몸을 곧추세우고 이를 악물고 정복해야 할 문을 향해 다시 걸어갔다. 그는 두세번 정도 아주 간단한 수단, 다시 말해 방 안의 끔찍한 침묵에 의해 격퇴당하기는 했지만, 결코 그것에 정복당하지는 않았다. 그는 노골적인 공격으로는 아무것도 얻을 수 없음을 알고는 뭔가 다른 방식을 동원하기도 했는데, 예를 들어 K가 이해한 바로는 계략을 동원한 공격이 그것이었다. 하인은 짐짓 그 문에서 떠나는 척하면서 그 문이 침묵의 힘을 다 써버리도록 다른 문으로 갔다가, 잠시 후에 되돌아와 유난히 큰 소리로 다른 하인을 향해 소리쳤다. 그러면서 마치 마음이 바뀌었고 방 안의 신사에게는 정말로 빼앗아올 것이 아무것도 없으며 오히려 분

배해줄 것이 있다는 듯 굳게 닫힌 문 앞에 서류를 쌓아올리기 시작했다. 그러고 나서는 계속 걸음을 옮기면서 그 문에 시선을 고정시켰다. 그러면 대개 방 안의 신사가 서류를 집어가려고 곧 살그머니 문을 열게 되고, 그럴 때 하인은 잽싸게 껑충 문 쪽으로 몇걸음을 뛰어가 문과 문설주 사이에 발을 집어넣고 적어도 얼굴을 맞대고 협의에 나서도록 강권했다. 그러면 대체로 그럭저럭 만족스러운 성과가 있었다. 일이 잘 되지 않거나, 또는 어떤 문에서는 그런 방법이 통하지 않는다고 생각되면 다른 방법을 시도했다. 예를 들어 그는 서류를 요구하는 신사에게로 다가갔다. 그러고 나서 늘 기계적으로만 일하는 통에 별 쓸모가 없는 조수격의 다른 하인을 옆으로 밀치고는, 머리를 방 안으로 집어넣고서 소곤소곤 은밀한 목소리로 직접 그 신사 나리를 집요하게 설득하기 시작했다. 아마도 하인은 그 신사 나리에게 이런저런 약속을 하면서 다음 분배 때는 다른 나리에게 적절한 대갚음을 하겠다고 확약했을 것이다. 그렇게 하면서 하인은 이 신사 나리와 적대 관계에 있는 신사의 문을 몇번이나 가리켰고, 피곤했지만 되도록 미소를 지어보였다. 그러다가 하인이 모든 시도를 포기하는 경우도 한두번 있었다. 하지만 그런 경우에도 K는 그가 다만 포기하는 척하거나, 또는 뭔가 정당한 이유가 있어 포기했으리라는 생각이 들었다. 왜냐하면 하인은 불이익을 당한 신사 나리가 계속 소란을 피워도 돌아보지 않고 참으면서 차분히 계속 걸어갔던 것이다. 다만 어떤 때는 분명 소란 때문에 괴로운지 한참이나 눈을 감고 있기도 했다. 그러면 신사 나리의 마음도 차츰 진정되었다. 마치 끊임없이 계속되던 어린아이 울음 소리가 점차로 이따금 칭얼대는 소리로 바뀌듯이 신사 나리의 항의도 줄어들었다. 그러나 신사 나리가 완전히 조용해진 후에도 또

다시 그의 방에서 간혹 고함 소리가 들리거나 문이 갑자기 열렸다가 닫히는 일도 있었다. 하여튼 이 경우에도 하인이 아주 올바르게 처신한 것으로 드러났다. 마침내 한명의 신사 나리만 남고 모두가 진정되었다. 이 신사는 오랫동안 입을 다물고 있다가 기운을 차리고는 다시 야단법석을 피우기 시작했는데, 그 정도가 전보다 약하지 않았다. 그가 왜 그렇게 소리치고 불만을 터뜨리는지는 분명하지 않았으나, 서류의 분배 때문은 아닌 것 같았다. 그사이에 하인은 자신의 일을 끝마쳤고, 수레에는 한장의 서류, 실은 단 한장의 종잇조각, 메모지에서 떨어져나온 한장의 쪽지만 남았다. 아마 다른 조수 하인의 실수로 그렇게 된 것 같은데, 이제 누구에게 그것을 분배해야 할지 알 수 없었다. '혹시 내 서류일 수도 있어.' 이런 생각이 K의 머리를 스쳐 지나갔다. 촌장은 그의 사안이 아주 하찮은 경우라고 말했다. 그래서 K는 이러한 추측이 자신이 보기에도 제멋대로이고 우스꽝스럽다고 여겨졌지만, 그 쪽지를 신중하게 들여다보고 있는 하인에게 접근해보기로 했다. 쉬운 일은 아니었다. 그 하인은 K의 관심에 별로 호의적인 반응을 보이지 않았다. 그는 무척 힘든 작업 중에도 줄곧 틈을 내 화가 나서인지 아니면 초조해서인지 고개를 신경질적으로 살짝 쳐들면서 K 쪽을 바라보곤 했다. 서류의 분배가 끝난 지금에야 하인은 K를 잠시 잊은 듯 보였고, 그밖에 다른 일에도 무심해진 모습이었다. 그의 심한 피로를 생각하면 이해가 가는 일이었다. 하인은 남은 종이에도 크게 신경 쓰지 않았는데, 어쩌면 쪽지를 읽어보는 척만 하고 있을 뿐인지도 몰랐다. 그가 이곳 복도에서 어떤 방의 신사 나리에게 그 쪽지를 분배하더라도 쪽지를 받는 신사는 기뻐할 테지만, 그는 마음을 달리 먹었다. 그는 이미 서류를 분배하는 일에 지쳐 있었다. 그는 십세손가락을 입술에 대고 동행에게 조용히 하라는 신호를 보내고는—K는 아직 전혀 하인의 곁에 다가가지 못한 상태였다—그 쪽지를 갈기갈기 찢더니 주머니에 쑤셔넣었다. 이것은 K가 그곳의 업무 처리에서 본 최초의 규칙 위반이었다. 물론 그가 오해했을 가능성도 있었다. 그리고 규칙 위반이라고 하더라도 용서받을 수 있는 일이었다. 이곳의 상황을 감안한다면 매사를 완벽하게 처리한다는 것은 불가능했다. 그동안 쌓인 분노와 불안이 한번은 터져나올 수밖에 없고, 그것이 작은 쪽지 한장을 찢는 것으로 나타났다면 그래도 충분히 죄가 없는 행동이었다. 복도에서는 그 무엇으로도 진정되지 않을 신사 나리의 목소리가 여전히 날카롭게 울려퍼졌다. 그리고 다른 사안에서는 서로 사이가 별로 좋지 않던 동료들도 이 소란과 관련해서는 의견이 완전히 일치하는 듯했다. 상황은 점차로 마치 그 신사 나리가 모든 동료를 대신해 소란을 피우는 과제를 떠맡은 양 돌아갔고, 동료들은 소리를 지르고 고개를 끄덕이면서 계속 그렇게 하라고 그를 격려했다. 그러나 하인은 더이상 이에 개의치 않았다. 하인은 자신의 일을 다 마치고 다른 하인에게 수레의 손잡이를 가리켜 붙잡게 하고는, 복도에 들어올 때처럼 다시 수레를 끌고 나갔다. 다만 기분이 더욱 흡족해져서 성급히 수레를 미는 바람에 수레가 그들 앞에서 껑충 튀어 올랐다. 그리고 하인들은 단 한번 몸을 움찔하며 뒤를 돌아보았다. 그때 K는 끊임없이 고함을 지르는 신사 나리가 정말로 원하는 것이 무엇인지 알고 싶어 그의 방문 앞을 맴돌고 있었다. 신사 나리는 고함만으로는 도저히 아무것도 달성할 수 없음을 알아차리고 초인종의 누름단추를 발견하더니 그런 방식으로 부담을 덜게 된 것을 무척 기뻐하면서 이제는 고함 대신 쉴 새 없이 벨을 울려대기 시작했다. 신사 나리가 벨을 울리자 다른 방에서도 투덜거리는 소리가 크게 들리기 시작했는데, 동의를 표하는 듯 보였다. 신사 나리는 모든 동료가 벌써 한참 전부터 꼭 하고 싶었으나 단지 어떤 알 수 없는 이유에서 하지 못한 일을 대신하는 것 같았다. 그런데 신사 나리가 벨을 울리며 부르려 한 것은 종업원들이었을까? 혹시 프리다를 부른 것이었을까? 그렇다면 그는 벨을 울리며 한참을 기다려야 할 것이다. 프리다는 아마도 예레미아스를 젖은 수건으로 싸매주느라 바쁠 것이고, 예레미아스가 벌써 회복되었다고 하더라도 그녀는 그의 팔에 안겨 있느라 이곳에 올 시간이 없을 것이다. 그런데 벨을 누른 효과는 금방 나타났다. 벌써 헤렌호프 여관 주인이 검은 옷에 여느 때처럼 단추를 채운 차림으로 서둘러 달려오고 있었는데, 허겁지겁 뛰어오는 모양새로 보아 자신의 체통을 잊은 듯했다. 여관 주인은 마치 무슨 커다란 재앙의 현장에 불려 나온 양 재앙을 붙잡아 자기 가슴으로 눌러 바로 질식시켜 죽이려는 듯 두 팔을 절반쯤 벌린 상태였다. 그리고 벨 소리가 조금이라도 불규칙하게 울릴 때면, 그는 펄쩍 뛰면서 더욱 바삐 서둘렀다. 이어 여관 주인의 뒤쪽에서 멀찌감치 그의 아내도 모습을 나타냈다. 그녀 역시 팔을 벌리고 달려왔지만 맞지 않게 종종걸음이었다. K는 그녀가 늦게, 그러니까 여관 주인이 모든 일을 다 처리하고 나서야 다가올 것이라는 생각이 들었다. K는 여관 주인이 지나갈 수 있도록 자리를 만들어주고자 벽에 바싹 붙어 섰다. 그런데 여관 주인은 마치 K를 목표로 달려온 것처럼 바로 그의 앞에서 멈춰 섰다. 이어 여주인도 바로 뒤따라오더니 두 사람이 마구 비난을 퍼붓는 통에 K는 당황하고 놀란 나머지 그들이 무슨 말을 하는지 알아들을 수가 없었다. 특히 그때는 그 신사 나리의 벨 소리까지 끼어들었고, 또 이제는 꼭 비상 상황이어서라기보다는 그냥 장난삼아 그리고 흥에 겨운 나머지 다른 벨들도 가세해 일제히 울리기 시작했던 것이다. K로서는 자신의 잘못을 정확히 이해하는 것이 중요했으므로 주인이 자신의 팔을 붙잡고 점점 소란이 거세지는 복도에서 함께 빠져나가는 것에 흔쾌히 동의했다. 왜냐하면 그들 뒤에서는—주인은 물론이고 여주인도 다른 쪽에서 더 집요하게 훈계하는 바람에 K는 고개를 돌리지 못했다—이제 문들이 활짝 열렸고, 복도는 활기를 띠기 시작했으며 마치 붐비는 좁은 골목길에서처럼 사람들의 왕래가 시작되었기 때문이었다. 아울러 앞쪽에 있는 문들은 이제 신사 나리들을 내보낼 수 있도록 K가 얼른 지나가기를 초조하게 기다리는 것 같았다. 그리고 이 와중에 마치 승리를 축하하려는 듯 신사 나리들이 눌러대는 벨 소리가 계속 울려퍼졌다. K 일행은 마침내 썰매 몇대가 대기 중인, 하얀 눈에 덮인 조용한 안뜰에 나왔다. 그때에서야 K는 무엇이 문제였는지 서서히 깨닫기 시작했다. 여관 주인이나 여주인은 K가 어떻게 감히 그런 일을 할 수 있었는지 도무지 이해할 수 없었다. 그런데 그가 도대체 무슨 일을 저질렀단 말인가? K는 몇번이나 거듭 질문을 해보았지만, 한동안 아무 대답도 들을 수가 없었다. 그들에게는 K의 잘못이 너무나 자명한 터라 그가 정말 몰라서 묻는 것이라고는 도무지 생각할 수 없었던 것이다. K는 다만 아주 서서히 모든 것을 깨닫게 되었다. 그가 복도에까지 들어가 있었던 것이 잘못이었다. 그는 기껏해야, 그것도 언제든지 취소될 수 있는 그런 호의를 얻은 경우에나 겨우 여관 주점에 드나들 수 있었던 것이다. 어떤 신사 나리가 K를 소환하는 경우에는 당연히 소환 받은 장소로 출두해야 하지만, 그런 경우 늘 유념해야 할 점이 있는데—사람들은 그래도 K가 보통 사람의 상식 정도는 갖추지 않았을까라고 생각할 수도 있으리라—그 장소가 원래는 그의 접근이 허용되지 않는 곳으로, 신사 나리가 그를 그곳으로 부른 것은 다만 공무상 어쩔 수 없이 용인되어야 하는 일 때문이었다는 점이다. 따라서 K는 잽싸게 출두하여 심문에 응한 뒤 가능한 한 빨리 사라져야 했다. 그런데도 그는 자신이 그곳 복도에 머문 것이 무례한 행동이었음을 느끼지 못했단 말인가? 만일 그런 느낌을 받았다면 어떻게 거기서 들판에 풀어놓은 가축처럼 어슬렁거리며 돌아다닐 수 있었단 말인가? 그는 야간심문에 소환되었는데, 야간심문이 왜 도입되었는지 모른단 말인가? 야간심문의 유일한 목적은—K는 여기서 그 의미에 대해 다시 설명을 들었다—신사 나리들이 낮에 민원인들을 보는 것을 도저히 견디질 못해 밤에, 인공조명 아래서 얼른 민원인을 심문하고 심문이 끝나자마자 잠을 자면서 온갖 불쾌한 것을 즉시 잊어버리는 데 있었다. 그런데 K의 행동은 이 모든 예방책을 조롱한 것이다. 유령도 아침이 밝아오면 사라지는데, K는 그곳을 떠나지 않고 두 손을 주머니에 넣은 채 마치 자신이 사라지지 않으면 모든 방과 신사 나리들과 더불어 복도 전체가 대신 사라져 이를 기다리기도 하는 듯 그렇게 버티고 있었다는 것이다. 그리고 그런 일은 또한 어떻게든 일어날 수만 있다면—K도 확신할 수 있을 테지만—분명히 일어날 수도 있었다는 것이다. 신사 나리들의 감정은 그만큼 극도로 섬세하다는 것이다. 신사 나리 중 누구도, 예를 들어 K를 내쫓거나 그가 이제는 떠나야 한다는 지극히 당연한 말조차 꺼내지 않을 것이고, 또 K가 그곳에 있는 동안에는 흥분한 나머지 부들부들 떨면서 자신들이 가장 좋아하는 아침 시간을 망치게 되더라도 어느 누구도 그렇게 하지는 않을 거라고 했다. K에게 맞서 조치를 취하는 대신 신사 나리들은 고통을 당하는 쪽을 선택한다는 것이다. 물론 신사 나리들이 그런 태도를 보인 것은 아마 K도 결국에는 이 명명백백한 사태를 점차 알아차릴 수 있으리라는 희망, 새벽에 모든 사람의 시선을 받는 복도에 서 있는, 엄청난 잘못을 저지른 터라 그들이 느끼는 고통에 못지않게 K 자신도 참기 어려울 만큼의 고통을 겪으리라는 희망도 작용했을 거란다. 부질없는 희망이었다. 신사 나리들은 어떤 존경심에 의해서도 누그러지지 않는, 둔감하고 냉혹한 마음도 있다는 사실을 알지 못했거나, 자신들의 친절함과 공손함 때문에 이러한 사실을 인정하지 않는 것이다. 불쌍한 생물인 밤나방조차도 날이 밝아오면 조용한 구석을 찾아가 몸을 납작 엎드린 채 사라지려 하고, 그러지 못하는 경우 슬퍼하는 법이다. 반면에 K는 가장 눈에 잘 띄는 곳에 자리를 잡고서, 만약 그런 식으로 날이 밝아오는 것을 막을 수만 있다면 그렇게 했을 것이다. 그는 그것을 막을 수는 없지만, 유감스럽게도 지연시키고 어렵게 만들 수는 있었다. 그는 서류가 분배되는 것을 함께 지켜보지 않았던가? 상당히 밀접한 관계가 없는 이라면 그 누구도 지켜봐서는 안되는 일이었다. 자기 집에서 일어나는 일이지만 여관 주인이나 여주인도 지켜봐서는 안되는 일이었다. 그런 일에 대해서는 이들도 예를 들어 오늘처럼 하인을 통해 단지 암시적으로만 들었을 뿐이다. K는 도대체 서류 분배가 얼마나 어려운 상황에서 이루어지는지를 알아차리지 못했단 말인가? 근본적으로 이해할 수 없는 일이었는지도 모른다. 왜냐하면 신사 나리라면 누구나 일에만 헌신하면서 사사로운 이익은 전혀 생각하지 않고, 따라서 실은 중요하고 기본적인 서류 배달이 순조롭고 완벽하게 이루어지도록 전력을 다해야 하는 입장이기 때문이다. 그리고 모든 어려움의 주된 원인은 신사 나리들 사이에 직접적인 소통의 가능성

없이 대부분의 문이 닫힌 상태에서 서류 분배 작업이 이루어져야
한다는 데 있음을 K는 정말 짐작조차 못했단 말인가? 만약 신사 나
리들이 서로 직접 왕래한다면 금방 의견 일치에 이를 수도 있을 것이
다. 반면에 하인들을 통해 이루어지는 소통은 시간이 다소 걸릴
수밖에 없고, 불평이 생길 수밖에 없으며, 나리들은 물론 하인들에
게도 계속 골칫거리가 되고 아마 후에 있을 업무에도 해로운 결과
를 초래할 것이다. 그런데 신사 나리들은 어째서 서로 직접 소통을
할 수 없는 것일까? 그래, K는 도대체 아직도 그것을 이해하지 못
했단 말인가? 여주인은 자신들이 지금까지 여러 고집불통들을 상
대해봤지만, 이와 비슷한 일은 아직까지 겪어보지 못했다고 했고,
여관 주인도 이를 직접 확인해주었다. 그러면서 보통 때 같으면 감
히 입 밖에 낼 수 없는 일을 K에게 솔직하게 말할 수밖에 없다면서,
그러지 않으면 그가 가장 본질적인 사안도 이해하지 못할 것이라
고 했다. 그러니까 말을 하지 않을 수 없는데, 그것은 바로 K 때문
에, 그리고 오로지 K 때문에, 신사 나리들이 방에서 나올 수 없었다
는 것이다. 왜냐하면 신사 나리들은 아침에 눈을 뜨고 난 직후에
낯선 사람의 시선에 자신의 모습이 노출되는 것을 몹시 부끄러워
하고 예민하게 느끼니 말이다. 옷을 아무리 완벽하게 갖춰 입어도
자신들의 모습을 보여주기에는 너무 벌거벗었다고 느낀다고 했다.
그들이 무엇 때문에 부끄러워하는지 말하기는 어렵지만, 아마도
영원히 일하는 자신들이 잠을 잤다는 사실 때문에 부끄러워하는
것 같다고 했다. 그런데 어쩌면 그들은 자신들의 모습을 보이는 것
보다 낯선 사람들을 보는 것을 더 부끄러워하는지도 모른다. 그들
은 다행히도 야간심문 덕분에 자신들이 그렇게 힘들어하는 민원인
들을 보는 일을 잘 넘겨냈는데, 이제 아침 시간에, 느닷없이, 있는

그대로의 모습을 모두 노출한 상태에서, 또다시 민원인을 맞고 싶지는 않은 것이란다. 그들은 그 정도까지 감당할 수는 없었다. 그러니 저들의 그런 사정을 존중하지 않는 인간은 도대체 어떤 인간이란 말인가! 그렇다, K 같은 인간이 있는 것이다. 그런 인간은 법률뿐만 아니라 아주 마땅하게 가져야 할 타인에 대한 인간적인 배려도 이렇게 무심하고 몽롱한 태도로 무시해버리는 인간으로, 서류의 분배를 거의 불가능하게 만들고 여관의 명예를 손상시키며 여태껏 한번도 일어난 적이 없는 일을 야기하고도 아랑곳하지 않는다. 절망으로 내몰린 신사 나리들이 직접 자신을 방어하기 시작했고, 보통 사람들 같으면 상상하기도 어려울 정도의 의지력을 발휘해 다른 방법으로는 요지부동인 K를 몰아내기 위해 초인종에 손을 뻗어 도움을 청한 것이었다. 신사 나리들, 그들이 도움을 청하는 사태가 벌어진 것이다! 여관 주인과 여주인 그리고 전 종업원들의 경우, 만약 아침 시간에 부르지도 않은 상황에서 신사 나리들 앞에 나서는 일을 감행할 수만 있었다면, 그것도 단지 도움만 주고 곧 사라지기 위해서라고 해도 진작 달려왔을 것이다. 그들은 K에 대한 분노로 전율하고 또 자신들의 무기력에 절망하면서 그곳 복도의 입구에서 기다렸던 것이고, 사실은 기대하지 않았던 벨 소리가 그들에게 구원을 선사했던 것이다. 자, 최악의 순간은 지나간 셈이다! 그들은 신사 나리들이 마침내 K에게서 해방되어 기뻐하는 모습을 한번 볼 수 있으면 좋았을 텐데! K로서는 물론 일이 끝난 것이 아니었다. 그는 여기서 자신이 저지른 일에 대해 분명히 책임을 져야 한다.

그러는 사이에 그들은 여관 주점에 이르렀다. 주인은 그렇게 화가 났으면서도 K를 왜 이곳으로 데려왔는지 분명치 않았다. 아마도 K가 너무 피곤한 상태여서 당장 여관을 떠나라고 하는 것은 무리라고 여긴 듯했다. K는 앉으라는 권유를 기다리지 않고 술통 위에 그대로 주저앉았다. K는 어두컴컴한 실내가 마음에 들었다. 그 넓은 공간에 지금은 맥주통 꼭지 위쪽으로 희미한 전등이 하나 켜 있을 뿐이었다. 바깥은 아직 깊은 어둠에 잠겨 있었고, 또 눈보라가 치는 것 같았다. 여기 이렇게 따스한 곳에 있는 자는 고맙게 여기고, 밖으로 쫓겨나지 않도록 조심해야 했다. 여관 주인과 여주인은 아직도 K가 위험한 인물이라는 듯, 마치 완전히 믿을 수 없는 상태의 그가 갑자기 일어나 다시 복도로 들어갈 수 있다는 듯 여전히 그의 앞에 버티고 있었다. 그들 자신도 한밤중에 놀라고 또 일찍 일어난 탓에 피곤한 상태였고, 특히 비단처럼 바스락거리고 폭이 넓은, 단추와 끈을 채우고 묶은 모양새가 약간 엉성한 갈색 치마를 입은 여주인은 ─ 경황이 없는 중에 그녀는 어디서 그런 옷을 찾아낸 것일까? ─ 고개를 남편의 어깨에 축 늘어뜨리고는 부드러운 손수건으로 두 눈을 가볍게 두드리며 간간이 어린아이처럼 화난 눈길로 K를 쳐다보았다. K는 주인 부부를 안심시키고자 그들이 방금 들려준 이야기는 자신에게 전혀 새로운 내용이고, 또 그런 사실을 몰랐다고 해도 자신은 실제로 아무 할 일도 없었던 그 복도에 그리 오래 머물지는 않았을 것이며, 정말 어느 누구를 괴롭히려 했던 게 아니라 다만 너무 피곤해 거기 있었던 거라고 말했다. 그러면서 그는 곤혹스러운 상황을 끝내준 것에 감사했다. 그는 또 자신의 행동이 일반적으로 오해받는 것을 막기 위해서는 달리 도리가 없으므로 책임져야 할 일이 있으면 기꺼이 감수하겠다고 말했다. 일이 그렇게 된 것은 오로지 피로 때문이고, 다른 이유는 전혀 없다고 했나. 그리고 이러한 피로는 자신이 이 긴 힘든 심문에 익숙하지 못한 탓이라고 말했다. 그는 사실 이곳에 온 지 오래되지 않았다. 그는 자신이 그런 일을 몇번 경험하다보면 유사한 일은 두번 다시 일어나지 않을 것이라고 했다. 어쩌면 자신이 심문을 너무 심각하게 생각하고 있는데, 그것 자체가 나쁜 것은 아니지 않은가. 그는 심문을 연이어 두번이나 받아야 했는데, 한번은 뷔르겔의 심문이었고, 다른 한번은 에어랑어의 심문으로, 특히 첫번째 심문이 그를 녹초가 되게 했고, 두번째 심문은 그리 오래 걸리는 심문은 아니고 에어랑어가 단지 그에게 한가지 호의를 부탁한 것이었지만, K로서는 한꺼번에 두번 심문받는 것이 너무 벅찬 일이었는데, 그런 일은 아마도 다른 사람, 예를 들어 여관 주인에게도 무척 힘든 일일 거라고 했다. 두번째 심문을 받고 나서는 그야말로 비틀거리며 나왔다고 했다. 술 취한 상태에 버금갈 만큼이나. 그는 생전 처음으로 두 신사 나리를 보고, 그들의 목소리를 들었으며, 답변까지 해야 했으니 말이다. 그가 알기로는 모든 일이 제법 잘 끝났으나, 그다음에 그만 그런 불행한 사태가 벌어졌던 것이고, 먼저 있었던 일을 고려한다면 자신의 탓으로만 돌리기는 힘들 것이라고 했다. 유감스럽게도 그가 처한 상태를 아는 사람은 다만 에어랑어와 뷔르겔뿐일 텐데, 그들이라면 당연히 그를 보살펴주며 모든 다른 일을 미연에 막아주었을지 모른다. 하지만 에어랑어는 심문이 끝난 후 성으로 가기 위해 바로 출발해야 했던 것 같고, 뷔르겔은 심문 일에 지쳤는지—그러니 K가 어떻게 지치지 않고 오랫동안 견딜 수 있었겠는가?—잠이 들어버려서 심지어 서류를 분배하는 중에도 내내 자고 있었다. 아마 K 자신에게도 그런 기회가 주어졌다면 기꺼이 그런 기회를 활용했을 것이고, 허락되지 않은 모든 관찰을 기꺼이 단념했을 것이다. 더욱이 K는 사실 그 무엇도 볼 수 있었던 상황이 아니고, 따라서 신사 나리들이 아무리 예민하다고 해도 K 앞에 아무 거리낌 없이 자신들의 모습을 드러낼 수 있었을 테니 K로서는 더욱 쉽게 단념했을 것이라고 했다.

두번의 심문에 대한 언급, 특히 에어랑어의 심문을 들먹이고 K가 신사 나리들을 언급하며 경의를 보이자 여관 주인은 마음을 풀었다. 여관 주인은 벌써 술통 위에 널빤지를 하나 깔고 거기서 적어도 날이 밝을 때까지만 자게 해달라는 K의 부탁을 들어주려 했다. 그러나 여주인은 분명하게 반대 입장을 보였다. 여주인은 자신의 옷매무새가 단정치 못함을 이제야 깨달았는지 자신의 옷을 쓸데없이 여기저기 잡아당기면서 연방 고개를 가로저었다. 여관의 청결과 관해 분명히 오래전부터 있어온 말다툼이 바야흐로 다시 불거질 참이었다. 피곤한 상태인 K에게는 주인 부부 사이의 대화가 엄청나게 중요해졌다. 지금 여기서 쫓겨나는 일은 그가 그동안 겪은 모든 불행을 뛰어넘는 것으로 여겨졌다. 설령 여관 주인과 여주인이 한마음이 되어 그에게 반감을 품고 있다고 하더라도 그런 일이 일어나서는 곤란했다. 그는 술통 위에 웅크린 자세로 몰래 두사람을 계속 엿보았다. 그때 여주인은 K가 이미 이전에 봤던 유별나게 민감한 상태를 보이더니, 갑자기 옆으로 나서면서 소리를 질렀다. 여주인은 남편과는 벌써 다른 문제를 두고 이야기를 나누고 있던 듯했다. "저 사람이 나를 쳐다보는 꼴을 좀 봐요! 저 사람을 어서 내보내라고요!" 그러나 K는 그 기회를 놓치지 않았고, 또 이제는 자신이 이곳에 머물게 되리라는 점에 대해 냉담할 정도로 확신을 보이면서 말했다. "나는 당신이 아니라, 다만 당신 옷을 보고 있어요." "왜 내 옷을 보는 거죠?" 여주인이 흥분해서 물었다. K는 다만 어깨를 으쓱했다. "여기서 어서 나갑시다." 여주인이 남편에게 말했다. "저 사람은 술에 취했어요, 무례한 인간 같으니. 술이 깰 때까지 실컷 자도록 내버려둬요!" 그러면서 여주인은 그녀가 부르는 소리를 듣고 헝클어진 머리에 피곤한 모습으로 대충 손에 빗자루를 들고 어둠 속에 나타난 페피를 향해 아무것이나 베개가 될 만한 것을 K에게 하나 던져주라고 지시했다.

25장

K는 잠에서 깨어나면서 처음에는 거의 잠을 자지 못했다고 생각했다. 방은 변한 것이 없었다. 텅 비어 있었고, 따뜻했다. 사방 벽은 어둠에 잠겨 있었고, 다만 맥주통 꼭지 위쪽에 매달린 전등 하나가 불빛을 던지고 있었다. 창밖도 아직 밤이었다. 그런데 그가 몸을 쭉 뻗는 바람에 베개가 굴러떨어지고 널빤지와 술통이 삐걱거리는 소리가 나자, 페피가 바로 달려왔다. K는 벌써 저녁때가 되었고 자신이 열두시간 넘게 잠을 잤다는 사실을 알게 되었다. 낮 동안에 여관 여주인이 찾아와 그에 대해 몇번이나 물어본 모양이었다. 또 K가 여주인과 대화하던 그 새벽에 이곳 어둠 속에 앉아 맥주를 마시면서 감히 K를 방해하지 못했던 게르스태커도 그의 상태를 알아보려고 중간에 한번 다녀간 모양이었다. 프리다도 찾아와 K 옆에 잠시 서 있었다고 하는데, 그녀는 사실 K 때문에 온 것은 아니고 여기서 여러가지 준비할 일이 있어서 왔다고 했다. 왜냐히

면 그녀는 저녁때부터 예전의 일로 복귀해야 했던 것이다. "그 여자는 더이상 당신을 좋아하지 않나봐요?" 페피가 커피와 케이크를 내오면서 물었다. 하지만 얼마 전처럼 그렇게 심술궂게 묻지는 않았고, 그사이 세상의 온갖 심술을 경험하면서 자신의 심술은 그에 비하면 어쭙잖다는 것을 깨달은 듯 슬픈 목소리였다. 그녀는 함께 고난을 겪는 동지를 대하듯 K에게 말을 건넸고, 그가 커피를 맛보면서 별로 달지 않다는 표정을 짓자 얼른 달려가 설탕통을 아예 가져다주었다. 그러나 그녀의 우울한 기분도 지난번 봤을 때보다 오늘 더 화려하게 치장하려는 그녀를 막지는 못한 모양이었다. 머리는 리본과 띠로 여러곳을 묶고 이마선과 관자놀이 부근에는 머리칼을 곱슬곱슬하게 해 멋을 냈다. 목에는 작은 목걸이가 블라우스가 깊이 파인 곳까지 드리워져 있었다. 잠도 푹 자고 좋은 커피까지 마시게 되어 기분이 흡족해진 K가 몰래 손을 뻗어 리본을 풀려고 하자, 페피가 지친 목소리로 말했다. "날 좀 내버려둬요!" 그러면서 그녀는 그의 곁에 있는 술통 위에 앉았다. K는 그녀가 왜 힘들어하는지 물어볼 필요가 없었다. 곧 그녀가 이야기를 술술 털어놓았다. 하소연을 늘어놓으며 그녀는 생각을 다른 곳으로 돌릴 필요가 있다는 듯, 또 자신의 고통에 대해 생각은 하지만 그것은 자기 능력을 넘어서는 사안이어서 그 문제에 전적으로 몰입할 수 없다는 듯 멍하니 K의 커피잔을 바라보았다. 우선 K는 페피의 불행에 그 자신이 책임이 있지만 그녀가 그를 원망하지 않는다는 걸 알았다. 그녀는 이야기 도중에 K가 어떤 이의도 제기하지 못하도록 열심히 고개를 끄덕였다. 페피는 우선 K가 프리다를 여관 주점에서 데리고 나갔고, 그 덕분에 자신이 승진할 수 있었다고 했다. 그러지 않았다면 프리다가 그 자리를 포기하는 상황은 꿈도 꿀 수 없었다는 것이다. 프리다는 여관 주점에 거미집의 거미처럼 도사리고 앉아 여기저기에 자신만 아는 거미줄을 쳐놓고 있었다. 그런 상태에서는 그녀의 의지에 반하여 그녀를 주점에서 몰아내기란 도저히 불가능했고, 다만 신분이 낮은 사람에 대한 사랑, 다시 말해 그녀의 지위에 걸맞지 않은 그 무엇만이 그녀를 그 자리에서 몰아낼 수 있었다. 그렇다면 페피는 어떤가? 그녀는 스스로 그 자리를 차지하겠다는 생각을 한 적이 있었던가? 그녀는 객실 담당 하녀였고, 하찮고 별 전망이 없는 자리에 있으면서 다른 여느 처녀들처럼 장밋빛 미래를 꿈꾸고 있었다. 그런 꿈을 꾸는 거야 말릴 수 없는 법이지만, 그녀는 더 전진할 수 있으리라고는 기대하지 않고 이미 성취한 것에 그럭저럭 만족했다. 그런데 갑자기 프리다가 주점을 떠났다. 너무 급작스럽게 일어난 일이라 주인은 프리다를 대신할 적임자를 바로 구할 수 없었고, 적임자를 물색하는 중에 페피에게 눈길이 갔으며, 그녀 또한 상응하는 행동을 보여 주인의 주목을 끌었다. 그러면서 페피는 여태껏 그 누구와의 관계에서도 느껴본 적 없을 만큼 K를 사랑하게 되었다. 그녀는 몇달 동안 아래층의 작고 어두컴컴한 방에 앉아 거기서 몇년 동안, 최악의 경우 평생 동안, 어느 누구의 주목도 받지 못하며 지낼 각오를 하고 있었는데, 갑자기 K가 영웅이자 구원의 기사로 나타나서 위로 올라가는 길을 터준 것이다. 물론 그는 그녀에 대해 잘 몰랐고 그녀 때문에 그런 일을 한 것도 아니었지만, 그렇다고 고마운 마음이 줄어들 일은 아니었다. 그녀가 주점 여급으로 채용될 전날 밤에 ─ 아직 확정된 것은 아니었지만 채용의 가능성이 아주 뚜렷해졌을 때 ─ 그녀는 몇시간이나 그와 이야기를 나누며 그의 귀에 고맙다는 말을 속삭였다. 그리고 K가 떠맡은 짐이 다름 아닌 프리다였으므로 그녀의 눈에는 그의 행위가 더욱 돋보였다. 그가 페피의 신분 상승을 위해 예쁘지도 않고, 나이도 꽤 먹었으며, 숱이 적은 단발머리의 깡마른 처녀 프리다를 애인으로 삼다니 석연치는 않지만 자기희생적인 행동이었다. 프리다는 어쩌면 그녀의 외모와도 연관이 있어 보이는 어떤 비밀을 항상 감추고 있는, 속을 알 수 없는 아가씨였다. 그녀의 얼굴과 몸은 의심할 여지없이 애처로운 모습이지만, 그녀는 클람과의 관계에서도 볼 수 있듯이 누구도 확인할 수 없는 다른 비밀쯤은 갖고 있는 것이 분명했다. 당시에 페피는 이런 생각까지 들었다고 한다. K가 정말 프리다를 사랑하는 것이 가능할까, 그가 자신을 속이고 있거나 어쩌면 프리다만 속이고 있는 것은 아닐까, 그리고 아마도 이 모든 일의 유일한 결과는 페피 자신의 신분 상승이 아닐까? 그렇다면 K는 잘못을 깨닫게 되거나 또는 더이상 숨기려 하지 않을 테고, 이제 프리다가 아니라 페피를 주목하게 되지 않을까? 페피의 정신 나간 공상일 리 없었다. 페피 자신이 처녀 대 처녀로서는 프리다와 충분히 겨룰 수 있고, 그 점은 누구도 부인하지 못할 사실이었기 때문이다. K가 프리다를 만났을 때 순간적으로 눈이 멀어버린 까닭은, 무엇보다도 프리다의 경우 지위가 있었고 거기에 광채를 더하는 법을 터득하고 있었기 때문일 것이다. 그래서 페피는 자신이 그 지위에 오르게 되면 K가 자기에게 부탁을 하러 올 것이고, 그러면 K의 요청을 들어주고 일자리를 잃게 되든가 그에게 퇴짜를 놓고 계속 승진하든가 둘 중에 하나를 선택하게 되는 상황을 꿈꾸었다. 그러면서 그녀는 모든 것을 포기하고 그를 향해 자신을 낮추며 그가 프리다에게서는 결코 경험하지 못한 진정한 사랑, 세상의 어떤 영예로운 지위에도 연연하지 않는 그런 사랑을 가르쳐주리라 마음먹었던 것이다. 그런데 일은 다른 방향으로 흘러갔다. 무엇 때문에 그렇게 된 것일까? 무엇보다 K 때문이고, 그 다음은 당연히 프리다의 교활함 때문이었다. 우선 K에 관해 말하자면, 이 사람은 도대체 무엇을 원하는가, 또 얼마나 별종인가? 그는 무엇을 추구하는가, 그의 마음을 사로잡아 그의 가장 가까이 있는 것, 가장 좋은 것, 가장 아름다운 것을 잊게 만드는 중요한 일이라는 게 도대체 무엇인가? 페피는 그 희생제물이 되었고, 모든 것이 부질없는 짓이 되었으며, 모든 것이 다 망가져버렸다. 만약 어떤 사람이 헤렌호프 전체에 불을 질러 난로에 던져진 종이처럼 아무 흔적도 남김없이 모조리 태워버릴 수 있는 힘을 갖고 있다면, 그 사람은 이제 페피의 선택을 받는 자가 될 것이다. 그렇다, 페피가 이곳 주점으로 옮겨온 때는 나흘 전, 점심시간 직전이었다. 이곳의 일은 결코 쉽지 않았고 거의 살인적이라고 할 수 있지만, 이곳에서 달성할 수 있는 것도 적지 않다. 페피는 예전에도 하루하루 살아가는 인간은 아니었다. 그래도 그녀는 주점 여급의 자리가 자신의 자리라고 주장하는 대담한 생각은 하지 않았지만, 충분히 지켜보면서 그 자리가 자신에게 어떤 의미를 갖고 있는지를 알고 있었다. 그러니까 그녀는 아무 준비 없이 그 자리를 떠맡은 것은 아니었다. 그런 자리는 그 누구도 아무 준비 없이 떠맡을 수 있는 자리가 아니었다. 그랬다가는 몇시간도 버티지 못하고 그 자리를 잃게 될 것이다. 특히 이곳에서 객실 담당 하녀처럼 일을 처리하다가는 그렇게 되고 만다. 객실 담당 하녀의 일이란 시간이 지나면 완전히 실종되고 버림받았다는 느낌이 들고, 마치 갱도에서 일하는 것 같다. 적어도 비서들이 머무는 복도에서는 그런 기분이 든다. 그곳에서는 며칠 동안 있어도, 이리저리 스쳐지나가며 감히 쳐다볼 엄두도 내지 못하는 몇명의 민원인을 제외하고는 객실 담당 하녀 두 셋밖에 볼 수 없는데, 하녀들은 모두 자신들의 운명에 언짢은 표정이다. 아침 시간에는 객실 담당 하녀들은 방에서 나와서도 안된다. 그 시간에는 비서들이 자기들끼리만 있고 싶어하고, 또 음식은 남자 하인들이 주방에서 직접 날라다주기 때문에 객실 담당 하녀들은 할 일이 없고, 식사 중에도 하녀들은 복도에 모습을 드러내서는 안된다. 하녀들은 신사 나리들이 일을 하고 있을 때만 방청소를 할 수 있는데, 그것도 물론 사람이 있는 방에서는 안되고 비어 있는 방에서만 가능하다. 그리고 청소일은 나리들의 일에 방해가 되지 않게 아주 조용하게 해내야 한다. 하지만 어떻게 조용하게 청소를 할 수 있단 말인가? 신사 나리들이 며칠 동안 묵은 곳이고 게다가 지저분한 하인들이 들락거린 후여서 결국 하녀들에게 청소를 맡길 무렵에는 대홍수로도 깨끗이 씻어내기 어려운 상태인데 말이다. 정말이지 이곳에 오는 신사 나리들은 고상한 분들이기는 하지만, 그들이 머문 자리를 청소하려면 역겨움을 극복하느라 힘든 시간을 보내야 한다. 객실 담당 하녀들은 일이 많지는 않지만, 노동 강도가 센 편이다. 그리고 칭찬을 들을 일은 전혀 없고, 언제나 질책만 듣는다. 가장 곤혹스럽고 가장 자주 듣는 질책은 청소하는 시간에 서류들이 없어졌다는 것이다. 그러나 실제로 없어지는 것은 아무것도 없다. 어떤 쪽지라도 여관 주인에게 모두 전해지기 때문이다. 물론 서류가 정말로 없어지는 일이 일어나기도 하지만, 사실 하녀들 때문에 생기는 문제는 아니다. 그런 경우 위원회에서 사람들이 파견되고, 하녀들은 자신들의 방에서 나와 있어야 하며, 위원회 사람들은 침대들을 뒤진다. 하녀들은 사실 자기 소유물이라고 할 수 있는 것은 하나도 없고 또 몇가지 소지품도 등에 지는 짐바구니에 담아두지만, 위원회 인사들은 몇시간이고 수색 작업을 한다. 물론 그들은 아무것도 찾아내지 못한다. 서류들이 어떻게 하녀들의 방에 와 있겠는가? 하녀들이 그 서류들을 갖고 뭘 하겠는가? 그런데도 하녀들은 결국 실망한 위원회에서 가하는 욕설과 협박 등을 주인 의 입을 통해 늘 듣게 된다. 그리고 그곳에는 낮이고 밤이고 평온 할 틈이 없다. 한밤중까지 소란스럽고, 꼭두새벽부터 시끄럽다. 적 어도 생활만은 다른 곳에서 하고 싶어도 그럴 수 없다. 틈이 날 때 마다 그리고 특히 밤에는, 주문에 따라 주방에서 자질구레한 음식 들을 나르는 일이 하녀들 몫이다. 누군가의 주먹이 하녀들 방문을 느닷없이 두드리는 소리가 내리 들리고, 주문을 받아 적고, 얼른 주 방으로 내려가서 자고 있는 주방 종업원들을 흔들어 깨우고, 또 주 문받은 음식을 쟁반에 담아 하녀들 방문 앞까지 가져오면, 거기서 부터는 신사 나리들의 하인들이 음식을 나른다. 이 모든 게 얼마나 우울한 광경인가. 그런데 가장 고약한 일은 그게 아니다. 가장 고약 한 일은 주문이 들어오지 않을 때, 다시 말해 모두가 잠들어 있어 야 할 한밤중이고 실제로 대부분의 사람들이 잠든 시간에, 이따금 누군가가 하녀들 방문 앞을 살금살금 돌아다니기 시작할 때다. 그 럴 때면 하녀들은 침대에서 내려와—침대는 층층이 포개져 있어 어디든지 공간이 매우 비좁고, 하녀들 방 전체는 사실 서랍이 세개 달린 대형 장롱과 다를 바 없다—문에 귀를 대고 엿듣다가 무릎 을 꿇고는 불안한 마음에 서로 얼싸안는다. 문밖에서는 살금살금 걷는 소리가 계속 들려온다. 그 사람이 차라리 방 안으로 들어오기 라도 한다면 모두가 반가워할 텐데 그런 일은 일어나지 않고 아무 도 들어오지 않는다. 이 경우 반드시 위험이 임박한 것은 아니고, 아마 누군가가 주문을 넣을까 말까 고심하면서 마음을 정하지 못 해 문 앞을 오가는 것일 수 있다. 어쩌면 단지 그럴 수도 있고, 이쩌면 전혀 다른 사정일 수도 있다. 객실 담당 하녀들은 사실 신사 나리들을 알지 못하고, 그들을 본 적도 거의 없다. 하여튼 하녀들은 방 안에서 불안해 죽을 지경이고, 마침내 바깥이 조용해져도 다시 침대로 올라갈 기운조차 없어 벽에 몸을 기댄다. 이런 삶이 페피를 기다리고 있고, 오늘 저녁에 그녀는 객실 하녀 방의 옛 자리로 돌아가야 한다. 왜 그래야 하는가? K와 프리다 때문이다. 그녀는 겨우 벗어났던 예전의 삶으로 돌아가야 한다. 그 삶에서 벗어나는 데 K의 도움을 받기도 했지만, 그녀 스스로도 많은 노력을 기울였다. 저기 아래쪽에 있는 하녀들은 아무리 세심한 하녀라 해도 자신을 꾸미는 데 소홀하다. 하녀들이 누구를 위해 자신을 단장한단 말인가? 그곳에서는 아무도 그들을 거들떠보지 않고 기껏해야 주방 종업원들이나 봐줄 텐데. 혹 그들에게 만족하는 하녀가 있다면 자신을 꾸밀지 모른다. 하지만 평소에 하녀들은 자신들의 좁은 골방에 머물거나 신사 나리들의 방에 가 있는데, 깨끗하게 차려입고서 그런 방에 드나드는 것은 경박한 일이자 낭비라 할 수 있다. 아울러 항상 인공조명이 켜 있고 또 계속되는 난방으로 탁해진 공기에 노출된 탓인지 사실 늘 피곤한 법이다. 일주일에 한번 쉬는 오후 시간에는 부엌 옆 칸막이 방에서 조용히 마음 편하게 잠이나 실컷 자는 것이 최고다. 그런 상황이니 하녀들이 무엇을 위해 자신을 꾸민단 말인가? 옷도 제대로 갖춰 입지 않고 지낸다. 그렇게 지내던 중에 페피는 자신의 입지를 제대로 다지려면 정반대의 면모가 필요한 곳, 늘 사람들의 시선을 받고 그들 중에는 무척 까다롭고 주의 깊은 신사 나리들도 있어 되도록 늘 우아하고 유쾌하게 보여야 하는 구역인 여관 주점으로 갑자기 자리를 옮기게 되었던 것이다. 엄청난 변화였다. 그리고 페피는 자신이 어떤 것도 소홀히 하지 않았다고 자부심을 가질 만했다. 그녀는 나중에 일이 어떻게 될 것인가는 걱정하지 않았다. 그녀는 자신이 그 자리에 필요한 자질을 갖추고 있음을 알았고, 그 부분에서는 확신을 갖고 있었다. 그 확신은 지금도 여전하며, 패배를 경험한 지금도 그녀에게서 그런 확신을 빼앗을 자는 아무도 없다. 다만 바로 일을 시작하는 때부터 그런 면모를 어떻게 입증할 것인가 하는 것은 그녀에게 어려운 일이었다. 그녀는 변변한 옷가지도 장신구도 없는 불쌍한 객실 담당 하녀였고, 신사 나리들은 그녀가 어떻게 발전하는지를 기다리며 지켜볼 인내심을 갖추지 못한 채 과도기 없이 완벽하게 준비된 아가씨를 바랐으며, 그렇지 않을 경우 외면할 터였다. 프리다도 그런 요구를 충족시킬 수 있었으니, 대단치 않은 요구라고 생각하는 사람도 있을 것이다. 하지만 그렇지 않다. 페피는 그 점에 대해 자주 숙고해보았고, 프리다를 자주 만나기도 했으며, 한동안은 함께 잠을 자기도 했단다. 하지만 프리다의 행적을 추적하기란 쉽지 않고, 주의 깊은 사람이 아니라면—그런데 어느 신사 나리가 주점에 근무하는 아가씨에게 그렇게 주의를 기울이겠는가?—그녀에게 속아 넘어가기 십상이다. 프리다가 얼마나 볼품없이 생겼는지는 그 누구보다도 그녀 자신이 정확히 알고 있다. 예를 들어 그녀가 머리를 풀어헤치는 모습을 처음 보는 사람은 가엾은 생각이 들어 두 손 들게 된다. 저런 아가씨는 끽해야 객실 담당 하녀가 되기도 어려울 테니 말이다. 프리다 자신도 알고 있고, 그 때문에 며칠 밤을 울면서 페피에게 기대고 페피의 머리칼로 자신의 머리를 감싸기도 했단다. 하지만 그녀가 주점에서 근무할 때는 온갖 의구심은 사라지고 자신을 가장 아름다운 여자로 여기며, 모든 사람에게 그런 생각을 주입시키는 요령이 있다. 그녀는 사람을 살 아는데, 그녀만의 독

특한 기술이다. 그러면서 그녀는 사람들이 그녀를 더 자세히 볼 시
간이 없도록 재빨리 거짓말을 하고 속임수를 쓴다. 물론 사람들은
보는 눈이 있으므로 이러한 술수는 오래 통하지는 않는다. 그러나
그런 위험을 감지하는 순간에 그녀는 이미 다른 수단을 준비해두
었다. 예를 들어 최근에는 클람과의 관계가 그랬다. 그녀와 클람과
의 관계! 내 말을 못 믿겠다면 클람에게 가서 물어보면 확인할 수
있을 것이다. 아, 얼마나 영리하고 또 교활한지. 당신은 클람에게
그런 문제를 들고 물으러 갈 엄두를 내지 못할 것이다. 아마 그것
보다 훨씬 더 중요한 질문이 있어도 클람과의 면회는 허용되지 않
을 것이고, 클람은 당신에게 접근 불가능한 존재로 남을 것이다. 하
지만 그렇다고 해도——그것은 K 당신 같은 사람에게나 해당될 뿐
프리다의 경우는 원하면 얼마든지 깡충 뛰어들어가 그를 볼 수 있
다——K 당신이 그 점을 확인해볼 수 있는데, 그저 기다리기만 하
면 된단다. 클람도 그런 잘못된 소문이 오래 떠도는 것을 참지 못
할 테고, 주점에서나 객실에서 자신에 대해 뭐라고 하는지 정말 알
고 싶어하며, 그 모든 이야기는 그에게 매우 중요한 터라 만약 잘
못된 소문이 떠돈다면 소문을 바로잡으려 할 것이다. 혹시 그가 바
로잡는 일을 하지 않는다면, 바로잡아야 할 것은 아무것도 없는 셈
이니 사람들은 순전한 진실이라고 믿게 된다. 그런데 사람들이 보
는 것은 다만 프리다가 클람의 방에 맥주를 나르고 돈을 받아 다시
나오는 모습뿐이고, 자신들이 보지 못한 것을 프리다가 이야기하
면 그대로 믿을 수밖에 없다. 그녀는 사실 그런 이야기를 하지 않
고, 그런 비밀을 입 밖에 내지 않을 것이다. 그게 아니라 그녀를 둘
러싸고 그런 비밀들이 자연스럽게 사람들 입에 오르내리는 것이
다. 그리고 일단 비밀들이 회자되면, 그녀 자신도 물론 그것에 대해

414

스스럼없이 이야기하는데, 무엇을 주장하는 자세는 아니고 겸손하게 이미 다 알려진 이야기를 끄집어낼 뿐이다. 그렇다고 그녀가 모든 걸 다 이야기하는 것도 아니다. 예를 들어 자신이 주점에 근무하면서부터는 클람이 맥주를 전보다 적게 마신다는 것, 훨씬 적은 양은 아니지만 분명히 적게 마신다는 등의 이야기는 하지 않는다. 여기에는 여러 이유가 있을 수 있다. 클람에게 맥주 맛이 떨어지는 시기가 왔을 수도 있고, 프리다에게 정신이 팔려 맥주 마시는 것을 잊어버렸을 수도 있다. 그러니까 무척 놀라운 사실이기는 해도, 하여튼 프리다는 클람의 애인인 것이다. 그런데 누군가 클람이 흡족해하는 존재라면, 다른 사람들도 당연히 그 사람에게 감탄하지 않을 수 없다. 그래서 프리다는 순식간에 엄청난 미인, 주점에서 딱 필요로 하는 자질을 갖춘 처녀로 부상했는데, 너무 아름답고 너무 대단하여 어느덧 주점이 그녀에게 부족해 보일 정도였다. 그리고 사실 그녀가 여전히 주점에 머물러 있는 상황은 다른 사람들의 눈에 이상하게 보일 법했다. 주점 여급이 되는 것은 대단한 일이고, 그런 점에서 보면 클람과의 관계는 아주 신빙성이 있어 보인다. 하지만 주점 여급이 정말 클람의 애인이라면, 어째서 클람은 그녀를 그렇게 오랫동안 주점에 내버려두는 것일까? 어째서 그는 그녀를 더 높은 자리로 이끌어주지 않는 것일까? 어떤 사람은 거기에 아무 모순이 없고, 클람이 그렇게 행동하는 데는 분명한 이유가 있거나 또는 갑자기, 어쩌면 아주 가까운 시기에 프리다의 승진이 있으리라고 천번이라도 말할 수 있을 것이다. 그러나 그러한 설명은 별 효과가 없다. 사람들은 특정한 생각에 사로잡혀 있고, 어떤 수법을 동원해도 장기적으로는 달리 설득당하지 않으려고 한다. 프리다가 클람의 애인이라는 사실을 의심하는 사람은 너이상 없고, 보다 사정에 정통한 것이 분명한 사람들조차도 의심을 하는 데 너무 지쳐 이렇게 생각하는 것이다. '그래, 제기랄, 클람의 애인이라고 해. 정말 그렇다면 네가 승진하는 것을 보면 알 수 있겠지.' 그러나 어떤 조짐도 보이지 않았고, 프리다는 이전과 마찬가지로 계속 주점에 남아 있었으며 또 거기에 남아 있는 것을 속으로는 매우 기뻐했다. 그러나 그녀는 사람들에게서 명망을 잃었고, 스스로도 당연히 그 점을 눈치채지 않을 수 없었는데, 그녀는 대체로 일이 일어나기 전에 그 낌새를 알아채곤 했다. 정말 아름답고 사랑스러운 처녀라면 일단 주점에 적응한 후에는 더이상 꼼수를 부리지 않아도 된다. 그런 처녀라면 아름다움을 유지하는 한, 그리고 어떤 특별히 불행한 사건이 일어나지 않는 한은 주점 여급으로 계속 남을 것이다. 하지만 프리다 같은 처녀는 언제나 자기 자리를 걱정할 수밖에 없다. 물론 그녀는 분별력이 있어 그런 내색은 하지 않고, 오히려 자기 일에 대해 불평하며 자신의 지위를 저주한다. 그러나 은밀하게 계속 분위기를 살피는 법이다. 그래서 그녀는 사람들이 점차 자신에게 얼마나 무관심해졌는지를 알게 되었다. 프리다의 등장은 더이상 아무것도 아닌 일, 더이상 거들떠볼 가치도 없는 일이 되었고, 하인들조차 그녀에게 더이상 신경을 쓰지 않았다. 하인들은 약삭빠르게 올가나 그녀 같은 부류의 아가씨들에게 눈길을 주었다. 프리다는 또한 여관 주인의 태도에서도 자신이 꼭 필요한 존재가 아님을 알아차렸다. 그렇다고 클람에 대한 새로운 이야기를 늘 꾸며낼 수도 없고 모든 일은 한도가 있는 법─그래서 프리다는 마침내 뭔가 새로운 것을 시도하기로 마음먹은 것이다. 누가 과연 그 모든 것을 바로 꿰뚫어볼 수 있었을까! 페피는 대략 짐작은 했지만, 유감스럽게도 꿰뚫어보지는 못했다. 프리다는 스캔들을 일으키기로 마음먹었다. 클람의 애인이라는 그녀가 처음 보는 어떤 남자, 어쩌면 가장 하찮은 남자에게 자신을 내던진다. 그 행동은 주목을 끌 것이고, 사람들은 오랫동안 그 사건을 화제에 올릴 것이며, 결국 클람의 애인이 된다는 것이 무엇을 의미하는지, 새로운 사랑에 도취되어 그러한 명예를 내던진다는 것이 무슨 의미가 있는지를 되새기게 될 것이다. 유일한 난관은 함께 그 영리한 연기를 해낼 적임자를 찾는 일이었다. 프리다가 이미 알고 있는 사람이어서는 안되고, 하인들 중의 한명도 곤란했다. 그런 자는 아마 눈이 휘둥그레져서는 그녀를 바라보고 그냥 지나쳐버릴 테니 말이다. 그런 사람은 무엇보다 충분히 진지하게 역할을 수행하지 못할 것이고, 또 아무리 말재간이 좋다고 해도 프리다가 자신에게 급습을 당해 저항할 수 없었으며 순간적으로 제정신이 아닌 상태에서 그에게 당했다는 소문을 퍼뜨릴 수도 없었다. 아무리 하찮은 자일지라도 그녀의 상대는 사람들로 하여금 그 자신이 둔감하고 세련되지는 못해도 오직 프리다만을 동경하며 프리다와 결혼하는 것 — 오, 하느님 맙소사! — 이상의 욕망은 없다고 믿게 할 만한 그런 사람이어야 했다. 그리고 미천한 남자라고 해도, 혹시 하인보다도 낮은 신분, 아니 하인보다 훨씬 낮은 신분의 남자라고 해도, 그런 사람을 사귈 때 뭇 처녀들의 웃음거리가 되는 그런 남자가 아니라, 훌륭한 판단력을 가진 처녀라면 간혹 뭔가 매력을 느낄 수도 있는 그런 남자여야 했다. 그런데 어디서 그런 남자를 찾겠는가? 다른 처녀 같으면 그런 남자를 평생 찾아봐도 허사겠지만, 프리다의 행운은 그녀에게 그런 계획이 처음으로 떠오른 바로 그날 저녁에 토지 측량사를 그녀가 일하는 주점으로 인도해왔다. 토지 측량사! 그래, K는 도대체 무슨 생각을 하고 있는 것일까? 그는 머릿속에 무슨 이상한 착상을 갖고 있는 것일까? 그는 무슨 특별한 일을 성취하고자 하는 것일까? 좋은 일자리, 특별한 명예? 그는 그런 것들을 원하는가? 자, 그렇다면 그는 처음부터 다른 방식으로 시도해야 할 것이다. 하여튼 그는 아무것도 아니고, 그의 처지는 보기에 딱하다. 그는 토지 측량사다. 어쩌면 그것은 뭔가 대단한 지위일 수 있고, 그는 좀 배운 사람일 수 있다. 하지만 그것으로는 아무것도 시작할 수 없는 상황이라면, 그 역시 무용지물인 것이다. 그런데도 그는 어떤 지원도 받지 못하는 상황에서 뭔가를 요구하고 있다. 드러내놓고 요구하지는 않아도 사람들은 그가 어떤 요구를 하고 있음을 알아차리니 뻔뻔스러운 행동인 것이다. 그는 심지어 객실 담당 하녀조차도 그와 제법 이야기를 오래 나눌 경우 체면이 깎인다는 사실을 모른다는 말인가? 그런데 그는 그 모든 특별한 요구를 하면서 바로 첫날 저녁에 명백한 함정에 떨어진다. 그는 부끄러운 줄도 모르는가? 그는 프리다의 무엇에 낚였던 것일까? 그도 이제는 인정할 수 있을 것이다. 야위고 누렇게 병색이 든 저런 여자가 정말 마음에 들었던 것일까? 아니, 그는 그녀를 제대로 보지도 못했고, 그녀가 그에게 다만 클람의 애인이라고 한마디 했을 뿐인데, 그 말은 그에게 새롭게 다가왔고, 그때 그는 끝장나버렸다. 그녀는 물론 이제 헤렌호프에서는 더이상 자리가 없어 이사를 나가야 했다. 페피는 이사하는 날 아침에 그녀를 다시 보았고, 종업원들도 그 광경을 보려고 모두 모여들었다. 프리다의 영향력은 아직은 대단해서 그녀의 적들을 포함해 모두가 그녀의 일을 유감스러워했다. 그녀의 계산은 처음부터 이렇게 잘 들어맞았다. 그런 남자에게 자신을 내던지다니 그 누구도 이해하지 못할 법했다. 아, 가혹한 운명. 주점 여급에 대해 마땅히 경탄의 마음을 갖고 있는 시시한 주방 처녀들도 낙담했다.

페피조차도 마음이 흔들렸다. 그녀의 마음은 사실 다른 것을 주목하고 있었지만, 그래도 동정심이 생기는 것은 어쩔 수가 없었다. 그런데 그녀에게 충격을 준 것은, 프리다는 정작 슬픈 기색을 거의 보이지 않았다는 점이다. 프리다는 사실 끔찍한 불행을 당한 셈이었다. 프리다 역시 아주 슬픈 듯 행동하기는 했으나, 페피를 속일 수 있을 정도로 충분한 연기는 아니었다. 그렇다면 무엇이 그녀로 하여금 계속 그렇게 하도록 했던 것일까? 새로운 사랑의 행복 같은 것? 가당찮았다. 그렇다면 무엇이었을까? 그때 벌써 그녀가 자기 후임자로 여겨지던 페피에게조차 여느 때처럼 쌀쌀맞으면서도 친절하게 굴던 힘은 어디서 나온 것일까? 당시 페피는 그 문제를 생각할 시간이 충분하지 않았고, 새로 얻은 일자리를 위해 준비할 일이 너무 많았다. 그녀는 몇시간 내로 그 자리를 떠맡아야 하는 상황이었지만, 아직 머리도 매만지지 못했고, 우아한 드레스, 멋진 속옷, 신을 만한 신발도 없었다. 그 모든 것을 몇시간 만에 준비해야 했고, 제대로 자신을 준비하지 못한다면 차라리 그 자리를 단념하는 편이 나았다. 왜냐하면 분명히 반시간도 되기 전에 자리를 잃게 될 테니 말이다. 자, 그녀는 부분적으로는 성공했다. 그녀는 머리를 매만지는 데 특별한 소질이 있었다. 한번은 여주인이 그녀를 불러 자신의 머리를 손질하게 한 적도 있었다. 따라서 머리 매만지는 일은 식은 죽 먹듯 쉬웠고, 숱이 많은 그녀의 머리도 순순히 원하는 대로 따라주었다. 드레스 문제에서도 도움이 있었다. 동료 하녀 둘이 헌신적이었는데, 객실 담당 하녀가 주점 여급이 되는 것은 그들에게도 영예로운 일이었고, 또 이로써 페피가 힘을 얻게 되면 나중에 그들에게 이런저런 이득을 가져다줄 수도 있었다. 동료 중 하나가 오래전부터 값비싼 천을 갖고 있었다. 그녀의 보물이었고, 종종 다른 여자들에게 보여주며 감탄을 사기도 했다. 그녀는 언젠가 자신을 위해 그것을 멋지게 사용할 꿈을 꾸었을 것이다. 그런데 이제 페피가 그 천을 필요로 하자, 그녀는 정말 착하게도 선뜻 내주었다. 그리고 두 동료는 그녀의 바느질 작업도 기꺼이 도와주었는데, 자기들을 위해 하는 바느질이라고 해도 이보다 열심히 하지는 않았을 것이다. 정말 기쁘고 유쾌한 광경이었다. 그들은 각자 위아래의 자기 침대에 앉아 바느질을 하고, 노래도 부르며, 완성된 부분과 부속물을 서로 주고받았다. 페피는 이제 지난 일을 떠올리면서, 모든 것이 결국 허사가 되어 다시 빈손으로 친구들에게 돌아간다고 생각하니 마음이 더욱 먹먹했다. 이 얼마나 불행한 일인가, 그리고 얼마나 경솔하게 일어난 일인가! 특히 K 탓에 그렇게 된 것이다. 그때는 모두가 그녀의 드레스를 보고 얼마나 기뻐했던가! 그것은 성공의 보증처럼 보였고, 나중에 리본을 추가로 달아야 할 자리까지 만들어지자 마지막 의심마저 사라졌다. 그런데 정말로 아름다운 드레스가 아닌가? 이제 그 드레스는 벌써 구겨지고 얼룩도 조금 졌다. 페피는 다른 여벌의 옷이 없어 밤낮으로 그 드레스를 입고 다녔지만 여전히 고왔고 그 빌어먹을 바르나바스네 처녀도 이보다 나은 드레스는 만들지 못할 것이다. 그리고 그 드레스는 위아래로 마음대로 조이고 다시 늘일 수 있어서 한벌이라도 많은 변화를 줄 수 있는 특별한 장점을 지닌 그녀의 고안품이었다. 물론 그녀에게는 바느질이 그리 어려운 일도 아니고 자신이 그런 재능이 있음을 뽐내지 않았다. 젊고 건강한 처녀에게는 뭐라도 괜찮은 법이다. 훨씬 어려운 일은 속옷과 구두를 마련하는 것으로, 여기서 사실상 말썽이 시작된다. 이 문제에서도 그녀의 친구들은 힘닿는 데까지 열심히 거들었지만, 많은 도움이 되지는 못했다. 친구들이 마련해준 것은 대충 짜 맞춰 기운 조잡한 속옷, 그리고 굽 높은 발목 부츠 대신에 선뜻 내보이기보다 차라리 감추고 싶은 슬리퍼에 불과했다. 사람들은 페피를 위로했다. 프리다도 아주 멋지게 차려입지는 않았고, 때로는 너절한 차림으로 돌아다녀 손님들은 그녀 대신 차라리 남자 급사에게 시중을 들게 하기도 했단다. 사실이기는 했지만, 프리다는 이미 총애와 명망을 얻은 상태여서 그렇게 해도 괜찮았다. 귀부인이 한번쯤 좀 지저분하고 단정치 못한 옷차림을 하고 나타나더라도 그것은 그녀를 보다 매혹적으로 보이게 하겠지만, 페피 같은 신참의 경우는 어떨까? 하여튼 프리다는 정말 옷을 못 입었고, 전반적으로 미적 감각이 없는 여자였다. 피부가 원래 누르스름한 것이야 어떻게 할 수는 없겠지만, 굳이 깊이 파인 크림색 블라우스를 입어서 피부를 온통 누런색으로 만들어 사람들의 주목을 받을 필요는 없을 것이다. 그게 아니더라도 프리다는 너무 인색해서 옷을 제대로 갖추어 입지 않았다. 그녀는 번 것을 모두 차곡차곡 모아두었는데, 무엇을 위해 그러는지는 아무도 몰랐다. 프리다는 근무 중에는 돈이 필요하지 않았고, 거짓말을 하거나 요령을 부리며 그럭저럭 지냈다. 페피는 프리다의 이러한 선례를 따르고 싶지 않았고 또 따를 수도 없었다. 그래서 그녀로서는 아예 처음부터 자기를 돋보이게 하기 위해 곱게 꾸미는 것이 당연했다. 그녀에게 보다 더 많은 재원이 있었다면, 그녀는 프리다의 모든 간교함, K의 모든 어리석음에도 불구하고 승자로 남았을 것이다. 시작도 무척 좋았다. 그녀는 주점에서 일하는 데 필요한 기술과 지식을 이미 습득한 상태였다. 주점에서 일을 시작하자마자 이미 거기에 적응한 모습이었다. 그녀가 근무하는 동안 프리다를 아쉬워하며 찾는 사람은 없었다. 이틀째가 되어서야 손님들 중 일부가 프리다는 도대

체 어디 있느냐고 물었다. 어떤 실수도 일어나지 않았고, 여관 주인
도 만족했다. 주인은 첫날에는 걱정이 되어 줄곧 주점에 드나들었
지만, 나중에는 가끔씩만 주점에 들렀다. 또 계산대에 아무 이상이
없자──평균 수입은 심지어 프리다가 있을 때보다 더 많았다──
주인은 얼마 안 가서 페피에게 모든 것을 맡겨버렸다. 페피는 혁신
적인 것들을 도입했다. 프리다는 성실해서가 아니라 탐욕과 지배
욕, 그리고 다른 누군가에게 자기 권한이 넘어갈까봐 우려하면서
특히 누군가가 지켜보고 있을 때는 일부이기는 하지만 하인들까지
감시했다. 반면에 페피는 그런 일은 남자 급사들에게 더욱 적합하
다고 여겨 그들에게 맡겼다. 그렇게 함으로써 그녀는 신사 나리들
의 방에서 봉사하는 데 더 많은 시간을 낼 수 있었고, 손님들의 시
중을 드는 속도도 빨라졌다. 그러면서 클람에게만 자신을 내어준
다는 핑계로 다른 사람의 어떤 말이나 접근도 클람에 대한 모욕으
로 간주했던 프리다와는 달리, 손님들과 몇 마디 이야기를 주고받
기도 했다. 물론 프리다처럼 하는 것이 영리한 처신이기는 했다. 주
점 여급이 어쩌다가 한번쯤 누가 자신에게 접근하는 것을 허용해
준다면 이는 굉장한 호의였을 것이기 때문이다. 그런데 페피는 그
런 술책을 부리는 것을 싫어했고, 처음에는 그런 술책이 별로 유용
하지도 않았다. 페피는 누구에게나 친절했고, 그런 그녀에게 누구
나 친절로 보답했다. 모두가 주점에서 일어난 변화를 반기는 기색
이 역력했다. 일에 지친 신사 나리들이 마침내 잠시 짬을 내 맥주
를 마시는 경우, 말 한마디, 눈길 한번, 어깨를 으쓱해주는 몸짓 한
번으로 그들을 기분 좋게 해줄 수 있는 법이다. 모두가 페피의 곱
슬머리를 쓰다듬는 걸 좋아해서 그녀는 하루에도 열번은 머리를
새로 매만져야 했다. 그녀의 곱슬머리와 나비 리본의 유혹을 이겨

내는 사람은 아무도 없는데, 도통 이런 데 무관심한 K조차 마찬가지였다. 이런 식으로 흥분되는 날들, 일이 많기는 하지만 성공적인 날들이 흘러갔다. 그런 날들이 그토록 빨리 지나가지 않고, 며칠만 더 계속되었더라면! 기진맥진할 정도로 전력을 다한다고 해도 나흘은 너무 짧았다. 어쩌면 다섯번째 날만 주어졌어도 충분했을 텐데, 나흘은 너무 짧았다. 페피는 사실 그 나흘 동안에 벌써 친구와 후원자 들을 얻었고, 또 그녀가 모든 사람들의 눈길을 신뢰해도 좋다고 한다면 맥주잔들을 들고 걸어갈 때면 정말 우정의 바다를 헤엄치는 듯한 기분이 들었다. 브라트마이어라는 서기는 그녀에게 홀딱 반해서는 목걸이와 자기 사진이 담긴 장신구를 선물했다고 한다. 그것은 물론 대담한 행동이었다. 또 이런저런 일이 일어났는데, 그 모든 것이 불과 나흘 동안에 일어난 일이었다. 그 나흘 동안에 만약에 페피가 전력을 다하면 프리다는 완전히는 아닐지라도 거의 잊혀졌을 것이고, 또 용의주도하게 크게 스캔들을 일으켜 사람들의 입에 오르내리지 않았다면 더 일찍 잊혀졌을 것이다. 그 스캔들로 인해 프리다는 새로운 존재가 되었고, 사람들은 단지 호기심에서 그녀를 다시 보고 싶어했다. 프리다는 사람들에게 넌덜머리가 날 정도로 싫증이 난 인물이지만, K라는 존재, 평소 같으면 아무런 관심도 끌지 못할 그런 존재 덕분에 다시 매력을 발산하게 되었다. 그러나 그 때문에 사람들이 페피에 대한 관심을 잃지는 않았고, 페피가 그곳에 있으면서 영향을 미치는 한은 그랬을 것이다. 하지만 그곳에 드나드는 사람들은 대개 습관이 쉽게 바뀌지 않는 중년의 신사 나리들이어서 새로운 여급에 적응하기에는 시간이 좀 걸리는 법이다. 좋은 방향으로의 교체가 이루어졌다 해도 신사 나리 자신들의 의지와는 달리 며칠은 걸렸다. 아마 낮새 정도면 충분하겠지만, 하여튼 나흘로는 부족하고, 페피는 그 모든 노력에도 불구하고 여전히 임시 여급으로 간주될 뿐이었다. 그러다가 어쩌면 가장 큰 불행이라고 할 수 있는 일이 있었다. 그 나흘 중에 클람이 첫 이틀 동안은 마을에 내려와 있으면서 주점 객실에는 내려오지 않은 것이다. 만약 그가 내려왔더라면, 그것은 페피에게는 결정적인 시험, 그녀가 두려워하지 않고 오히려 기다려왔던 그러한 시험이 되었을 것이다. 그녀가 클람의 애인이 되는 일은 없었을 것이고—이런 일에 대해서는 입도 벙긋하지 않는 것이 좋다—그런 지위에 오르기 위한 거짓말도 결코 하지 않았을 것이다. 하지만 그녀는 적어도 프리다만큼 상냥하게 맥주잔을 탁자에 올려놓았을 테고, 또 프리다와 달리 외람된 태도를 보이지 않고 귀엽게 인사한 후 예의 바르게 물러갔을 것이다. 그리고 클람이 아가씨의 눈에서 찾으려는 게 그 무엇이라 할지라도 페피의 눈에서 만족할 만큼 얻어낼 수 있었을 것이다. 그런데 클람은 왜 오지 않았던 것일까? 우연이었을까? 페피도 그때는 그렇게 생각했다. 첫 이틀 동안은 클람이 언제 올지 몰라 매순간 기다렸고, 밤에도 그가 나타날까봐 기다렸다. '클람이 이제는 오겠지.' 그녀는 줄곧 이렇게 생각했고, 기다리는 것이 불안하고 또 그가 들어설 때 가장 먼저 그를 맞이하고 싶어 이리저리 돌아다녔다. 그러면서 그녀는 계속 실망하는 바람에 몹시 지쳐버렸고, 아마도 그 때문에 그녀가 할 수 있는 만큼 일을 해낼 수 없었을지도 모른다. 그녀는 짬이 나면 종업원의 출입이 엄격하게 금지된 복도로 살금살금 올라가 움푹 들어간 벽 쪽에 몸을 바싹 붙이고 기다렸다. '클람이 지금 온다면 좋겠어.' 그녀는 생각했다. '방에서 나오는 그 신사 나리를 낚아채 내 팔에 안고 주점 객실로 내려갈 수만 있다면 좋겠어. 아무리 무겁더라도 그 무게에 쓰러지지는 않을 거야.' 하지만 클람은 오지 않았다. 저기 위 복도는 정말 조용한데, 거기 가보지 않은 사람은 도저히 상상할 수가 없다고 한다. 어찌나 조용한지 오랫동안 버틸 수가 없고, 그 자리를 떠나게 할 정도로 정적이 감도는 곳이다. 하지만 페피는 늘 반복해서, 열번 쫓겨나도 열번 다시 그곳으로 올라갔다. 그것은 정말 무의미한 일이었다. 클람은 올 의지가 있다면 올 것이다. 하지만 그가 올 생각이 없다면, 페피는 벽의 움푹한 자리에서 심장박동이 올라가 반쯤 질식사하게 되더라도 그를 꾀어내지 못할 것이다. 즉 무의미한 일이었다. 그런데 그가 오지 않는다면, 흡사 모든 것이 무의미해질 터였다. 그리고 그는 오지 않았다. 그때 클람이 왜 오지 않았는지 페피는 이제 알고 있다. 만약 페피가 저 위 복도 벽의 움푹한 곳에서 두 손을 가슴에 대고 있는 모습을 프리다가 봤다면, 무척이나 재미있어했을 것이다. 클람이 내려오지 않은 것은 프리다가 그를 못 가게 했기 때문이다. 일이 그렇게 된 것은 그녀의 부탁 때문은 아니었는데, 그녀의 부탁은 클람에게 통할 정도는 아니다. 하지만 프리다라는 여자, 이 거미는 아무도 모르는 연줄을 갖고 있었다. 페피는 손님에게 무슨 말을 할 때면 옆 탁자에서도 들을 수 있도록 드러내놓고 말하지만, 프리다는 아무 말 없이 맥주를 탁자에 내려놓고 가버린다. 그녀가 유일하게 돈을 투자하는 물건인 비단 속치마만이 바스락거리는 소리를 낼 뿐이다. 그러면서 어쩌다 한번 말을 할 때는 드러내지 않고 손님에게 허리를 굽혀 귓속말을 하기 때문에 옆 탁자의 손님은 귀를 쫑긋 세우게 된다. 그녀가 하는 말은 아마 대수롭지 않은 것이겠지만 늘 그렇지는 않을 것이다. 그런데 그녀는 여러 연줄이 있고 하나의 연줄이 다른 연줄과 이어져 있는데, 대다수가 도움이 되지 못해도—누가 프리다를 지속적으로 들봐주겠는가?—가끔 하나는 단단히 남아 있다. 그녀는 이제 이러한 연줄들을 이용하기 시작했다. 그러한 가능성을 열어준 것은 K였다. 그는 옆에 앉아 그녀를 감시하는 대신 집에는 좀체 머물지 않고 이리저리 돌아다니며 이런저런 일을 의논했다. 그는 모든 일에 관심을 보이면서도 프리다만은 유의하지 않았고, 마침내 다리목 여관에서 텅 빈 학교 건물로 이사함으로써 그녀에게 더 많은 자유를 주었다. 그 모든 것이 아름다운 밀월의 시작이었다! 하지만 페피는 K가 프리다 곁에서 참고 견디지 않았다는 이유로 K를 비난할 여자는 결코 아니다. 프리다 곁에서는 그 누구도 참고 견디지 못할 것이다. 그런데 K는 왜 그녀를 완전히 떠나지 않고, 어째서 번번히 그녀 곁으로 되돌아갔으며, 또 왜 여기저기 돌아다니는 것이 그녀를 위한 싸움이라는 인상을 주었던 걸까? 그는 마치 프리다와 접촉하고서야 비로소 자기가 실은 아무것도 아님을 알게 된 것처럼 보였고, 마치 프리다에게 걸맞은 사람이 되고자 하고 또 어떻게든 위로 올라가려고 서두르는 것처럼 보였다. 그래서 그는 함께 지내지 못하는 불편에 대한 보상은 나중에 받겠다는 생각에서 당분간은 함께 지내는 것을 포기한 모양이었다. 그런데 프리다는 그사이에 시간을 허비하지 않고, 그녀 자신이 K를 유인해간 듯 보이는 그 학교에 앉아 헤렌호프를 지켜보고 또 K도 지켜보는 것이다. 그녀에게는 탁월한 심부름꾼 역할을 하는 K의 조수들이 있다. K는 그녀에게 조수들을 완전히 내맡겨두었는데, K를 안다고 해도 도무지 이해하기 힘든 결정이다. 프리다는 조수들을 자신이 이전에 친하게 지내던 사람들에게 보내 그들에게 지난 일을 상기시키며, 자신이 K 같은 남자에게 사로잡혀 있다고 한탄하고, 페피에 대해 반감을 갖도록 선동하며, 자신이 곧 복귀할 것임을 알리며 도움을 요청한다. 그러면서 그녀는 친구들에게 클람에게는 아무것도 누설하지 말 것을 부탁하는데, 마치 클람은 보호받아야 하며 따라서 어떤 일이 있어도 주점에 내려가게 해서는 안된다는 식으로 말하는 것이다. 프리다는 어떤 사람에게는 그렇게 하는 것이 클람을 보호하는 방법이라고 주장하고, 또 여관 주인에게는 클람이 더이상 내려오지 않는다는 점을 들어 자신의 성공을 내세운다. 아래 주점에서 페피 같은 여자가 시중을 드는데 어떻게 클람이 올 수 있겠느냐는 것이다. 그렇다고 주인에게 잘못이 있는 것은 아니다. 하여튼 주인으로서는 이 페피라는 여자가 찾아낼 수 있었던 최상의 대안이었으나, 다만 며칠을 써먹기에도 충분치 않다는 것이다. 프리다의 이 모든 활동을 K는 모른다. K는 바깥에 나다니지 않을 때는 물정 모르고 그녀의 발치에 누워 있고, 그사이에 프리다는 그녀 자신이 언제 다시 주점으로 되돌아갈 것인가를 헤아린다. 그런데 조수들은 심부름꾼 역할만이 아니라, K에게 질투심을 불러일으켜 그가 흥분 상태에 있도록 하는 데도 기여한다. 프리다는 조수들과 어린 시절부터 알고 지냈고 또 서로는 분명 비밀 같은 것이 없는 사이이기도 하지만, K의 체면을 고려해 그들은 서로 연모하는 행동을 보이기 시작하고, K에게는 그것이 위대한 사랑으로 발전할 수도 있는 위험으로 보이는 것이다. 그래서 K는 프리다의 마음에 드는 일이라면 무엇이든지, 아주 모순되는 일까지도 하는데, 조수들이 질투심을 유발하는데도 혼자서 나가 돌아다닐 때는 남은 세사람이 함께 있는 것을 꾹 참는다. 그는 마치 프리다의 세번째 조수인 양 행동한다. 그러자 프리다는 마침내 자신의 관찰을 토대로 결정적인 타격을 가하기로 마음먹고, 주점으로 돌아가기로 한다. 아울러 사실 때도 무르익었다. 간교한 프리다가 이를 알고 이용하는 것을 보면 감탄할 수밖에 없다. 이렇게 관찰하고 결단을 내리는 능력은 그 누구도 따라갈 수 없는 프리다의 재능이다. 만약 페피가 그런 재능을 가졌다면 그녀의 삶은 얼마나 달라질 것인가. 만약 프리다가 하루 이틀만 더 학교에 머물렀어도 페피는 쫓겨나지 않고, 모두의 사랑과 성원을 받는 어엿한 주점 여급으로 자리를 잡아 궁색한 차림을 버리고 훌륭한 옷가지들을 갖출 정도로 충분한 돈을 벌었을 것이다. 하루 이틀만 더 주어졌다면 어떤 간계를 부려도 클람이 객실에 드나드는 것을 막지 못했을 것이고, 클람은 찾아와서 맥주도 마시고 기분이 좋아져서 프리다가 없는 것을 알아차린다고 해도 일어난 변화에 몹시 만족할 수 있었다. 하루 이틀만 더 있었다면 프리다는 자신의 스캔들, 자신의 연줄들, 조수들, 그 모든 것과 더불어 완전히 잊혀져 다시는 모습을 드러내지 못했을 것이다. 그렇게 되면 프리다는 아마 K에게 더욱 집착할 테고, 만일 그녀에게 사랑하는 능력이 있다면 그를 정말로 사랑하게 되지 않았을까? 아니, 아닐 것이다. 왜냐하면 K로서도 그녀에게 싫증이 나고, 그녀가 이른바 아름다움, 정절, 그리고 무엇보다 클람의 애인이라는 것 등 모든 것을 동원해 얼마나 뻔뻔하게 그를 속이고 있는지를 알아차리는데는 하루 이상 걸리지 않을 것이기 때문이다. 또 그가 그 지저분한 조수 일당을 숙소에서 몰아내는 데는 단 하루, 더 많은 시간이 아닌 하루만 해도 충분했을 것이다. 그래, K의 경우에도 더이상의 시간은 필요 없다. 그런데 그 두가지 위험 사이에서, 문자 그대로 무덤이 마침내 그녀를 덮어버리려는 순간, K가 순진하게도 그녀에게 마지막 협로를 터주는 바람에 그녀는 몰래 빠져나가는 것이다. 프리다는 느닷없이 —어느 누구도 미처 예상치 못한 일, 부자연스러운 일이다— 여전히 자신을 사랑하고 아직도 자신을 쫓아다니는 K를 몰아내고는, 친구들과 두 조수의 후원을 받아 여관 주인의 구원자로 등장하는데, 스캔들을 통해 예전보다 훨씬 더 매력적인 모습으로 나타난 것이다. 그녀는 분명히 신분이 높은 자뿐만 아니라 신분이 아주 낮은 자도 욕망하는 대상이 되었다. 하지만 그녀는 잠시 동안만 신분이 낮은 자에게 자신을 내던지다가, 으레 곧 그 사람을 밀쳐내고 예전과 마찬가지로 그 사람이나 다른 모두에게 접근하기 어려운 존재가 되어버리는데, 사람들은 그 모든 것에 대해 이전에는 다만 정당한 의심만 품었으나 이제는 다시 확신을 갖게 된 것이다. 이렇게 그녀가 다시 돌아오고, 여관 주인은 페피를 힐끗 쳐다보며 망설이는 태도를 보이기는 하지만—자신의 가치를 입증해낸 그녀를 희생시켜야 한단 말인가?—금방 설득당하고 만다. 프리다에게는 이점이 너무 많고, 특히나 클람을 객실로 다시 모셔올 것이다. 이것이 바로 이날 저녁의 상황이란다. 페피는 프리다가 와서 그 자리를 인수하면서 승리를 구가하는 상황을 기다리지 않겠다고 한다. 그녀는 금전 업무를 벌써 여주인에게 넘겼고, 이제 떠날 수 있다. 아래층에 있는 객실 담당 하녀의 방에는 그녀를 위해 침대가 마련되어 있으며, 그녀가 그곳으로 돌아가면 친구들은 울면서 맞을 것이다. 그녀는 드레스를 벗고, 머리에서 리본들을 떼어낸 다음, 모든 것을 잘 보이지 않는 곳에 꼭꼭 숨기고, 차라리 잊는 편이 나은 시절을 쓸데없이 기억하지 않을 것이다. 그러고 나서 커다란 양동이와 빗자루를 집어들고, 이를 악물고 일을 시작할 것이다. 하지만 그녀는 우선은 다른 사람의 도움 없이는 아직까지도 이런 사정을 알아채지도 못했을 K에게, 그가 페피를 얼마나 부당하게 대했는지, 또 그녀를 얼마나 불행하게 만든 것인지 분명히 볼 수 있도록 모두 이야기해줘야 했다. 물론 사실은 그 역시 이용만 당한 꼴이었다.

페피는 말을 끝마쳤다. 그녀는 안도의 한숨을 내쉬고 눈과 뺨에서 눈물 몇방울을 닦아내고는 고개를 끄덕이며 K를 바라보았다. 그녀는 마치 문제가 되는 것은 사실 자기 불행이 아니라는 점을 말하려는 듯했다. 그녀 자신은 그런 불행을 참을 것이고, 거기에는 어느 누구의 위로나 도움, 적어도 K의 위로나 도움은 필요하지 않으며, 나이는 어리지만 삶에 대해 알고 있고 그녀의 불행은 자신이 알고 있는 바를 확인해준 것에 지나지 않는다는 식이었다. 문제가 되는 사람은 K이며, 그녀는 그가 자신의 모습을 제대로 볼 수 있게 해주고 싶었는데, 그녀 자신의 모든 희망이 무너진 후에도 그렇게 해야 할 필요가 있다고 생각했다는 것이다.

"정말 터무니없는 망상이야, 페피." K가 말했다. "이제야 그 전모를 알아냈다고 했는데 전혀 사실이 아니야. 그 모든 것은 저 아래 어두컴컴하고 비좁은 하녀들의 골방에서 꾸는 꿈에 지나지 않아. 그러한 꿈들은 그곳에서는 어울릴지 몰라도 이곳의 탁 트인 주점에서는 이상하게 여겨지는 것들이야. 그런 생각을 하고 있으니 여기서 버틸 수 없었던 거야, 당연한 일이야. 당신이 그렇게 자랑스러워하는 당신 드레스와 머리 모양도 당신들의 방에 깃든 어둠과 당신들 방 침대에서 나온 산물일 뿐이야. 그곳에서는 아주 멋있는 것일지 몰라도 여기서는 다들 속으로 또는 드러내놓고 비웃을걸. 그밖에 또 무슨 이야기를 하는 거야? 내가 이용당하고 속았다고? 아니야, 페피, 나나 당신이나 이용당하고 속았다고 하기 어려워. 프리다가 현재 나를 떠나 있다는 것, 또는 당신 말대로 조수 하나와 달아난 것은 맞아. 당신은 한가닥의 진실은 보고 있어. 그리고 그녀가 나의 아내가 된다는 것도 정말 개연성이 없는 이야기야. 하지만 내가 그녀에게 싫증이 났다거나, 또는 그녀를 바로 다음 날 쫓아냈다거나, 또는 그녀가 흔히 여자가 남자를 속이는 방식으로 나를 속인 것은 결코 사실이 아니야. 당신들 객실 담당 하녀들은 열쇳구멍으로 염탐하는 습관이 있고 그래서 당신들이 실제로 보는 사소한 것을 가지고 전체 사태에 대해 멋있어 보이기는 하지만 잘못된 추론을 하고 있어. 그 결과, 예를 들어 내가 이 문제에서 당신보다 훨씬 아는 것이 적다고 하는 거지. 프리다가 왜 나를 떠났는지에 대해 당신만큼 정확하게 설명할 수는 없어. 내가 보기에 가장 그럴듯한 설명은, 당신도 슬쩍 언급하기는 했지만 제대로 고려하지 않은 이유인데, 내가 그녀에게 소홀했다는 점이야. 유감스럽지만 사실이야. 나는 그녀에게 소홀했어. 하지만 거기에는 이 자리에서 언급하기에는 부적절한 특이한 이유들이 있었어. 만약 그녀가 내게 되돌아온다면 나는 행복하겠지만 또다시 소홀해지고 말 거야. 일이 그렇게 된 거야. 그녀가 내 곁에 있을 때, 나는 당신이 비웃는 것처럼 계속 나다닐 수가 있었어. 지금 그녀가 떠나버린 상태에서 나는 별로 할 일이 없고, 피곤하며, 일거리가 더욱 완전하게 없는 상황을 바라고 있어. 내게 해줄 수 있는 충고 없어, 페피?" "있어요." 페피는 갑자기 생기를 띠고 K의 어깨를 잡으며 말했다. "우리 두사람 모두 속은 자들이니 함께 지내도록 해요. 저 아래 여자애들이 있는 곳으로 가요." "당신이 계속 속았다고 불평한다면, 난 당신과 진정으로 마음을 터놓을 수가 없어." K가 말했다. "당신은 줄곧 속았다고 주장하는데, 그 이유는 그렇게 주장해야 기분도 좋고 감동도 받기 때문이지. 하지만 진실을 말한다면, 당신이 그 자리에 적합하지는 않아. 당신이 보기에 아무것도 모른다는 나도 알아볼 정도니, 당신이 부적격자라는 점은 명백한 거야. 당신은 훌륭한 아가씨야, 페피. 하지만 그것을 알아보기란 쉽지 않아. 이를테면 나도 처음에는 당신이 잔혹하고 오만하다고 생각했어. 하지만 당신은 그렇지 않아. 다만 적합하지 않은 자리에 있다보니 혼란스러워진 거야. 나는 그 자리가 당신에게 너무 높은 자리라고 말하는 게 아니야. 그 자리가 그리 특별한 자리도 아니고, 또 자세히 들여다보면 당신의 옛날 자리보다는 명예로울지 모르지만, 전체적으로 보면 그 차이는 별로 크지 않고 오히려 헷갈릴 정도로 서로 비슷한 편이야. 어쩌면 객실 담당 하녀가 주점 여급보다 더 낫다고 주장할 수도 있을걸. 객실 담당 하녀들은 늘 비서들 사이에서 일하는 반면, 이곳 주점에서는 객실에서 비서들의 상관에게 시중을 드는 경우도 없지 않으나 신분이 아주 낮은 사람들, 예를 들어 나 같은 사람도 상대해야 하거든. 나는 규정에 따르면 이곳 주점이 아닌 다른 구역에 머물러서는 안되는데, 그런 나와 교제할 수 있는 가능성이 뭐 그리 대단한 영예겠어? 물론 당신에게는 그런 모양인데, 그렇게 생각하는 데는 어떤 이유가 있겠지. 하지만 바로 그렇기 때문에 당신이 적임자가 아니라는 거야. 그 자리는 다른 자리와 마찬가지지만, 당신에게는 천국으로 보이는 거야. 그래서 당신은 모든 것을 너무 열성적으로 대하고, 나름대로 천사처럼 자신을 단장하려고 하며—사실 천사들은 그런 모습이 아니야—그 자리를 잃을까봐 벌벌 떠느라 늘 쫓기는 기분이 드는 거야. 또 당신을 지원해줄 것 같은 사람이면 누구든지 가리지 않고 환심을 사려고 과도한 친절을 베풀지만 오히려 그들을 성가시게 하고 반감만 불러일으키고 있어. 왜냐하면 사람들은 편안하게 있고 싶어서 주점에 오는 법이고, 자신들의 근심에 주점 여급의 걱정거리까지 더하고 싶어하지는 않으니까. 사실 프리다가 떠난 후에 고상한 손님들 중에서 아무도 그 사실을 눈치채지 못했을 가능성이 있어, 하지만 지금은 손님들이 알고 있고 또 프리다를 무척 동경하고 있지. 즉 프리다의 경우 모든 것을 아주 다른 식으로 운영했기 때문일 거야. 그녀가 평소에 어떠했는지, 또 자신의 자리를 어떻게 평가했는지를 떠나서 그녀는 손님 접대하는 일에서는 경험도 많고, 냉정하며, 자제력이 있어. 당신은 스스로 강조해서 그렇게 말했는데 그러한 사례를 보고도 교훈을 이끌어내지 못하다니. 당신은 그녀의 시선을 제대로 눈여겨본 적 있어? 그것은 더이상 주점 여급의 시선이 아니라, 거의 여주인의 시선에 버금가는 것이었어. 그녀는 모든 것, 모든 세세한 것을 살폈고 한사람 한사람에게 머무는 그녀의 시선은 상대를 제압하는 힘이 있었어. 그녀가 어쩌면 조금 야위고 나이가 들었다는 것, 머리숱이 적은 게 뭐가 문제가 되겠어? 그런 것은 실제로 그녀가 가진 것에 비한다면 하찮은 것이고, 그녀의 그런 결점에 언짢아하는 사람은 보다 위대한 것을 보는 안목이 부족함을 보여줄 뿐이야. 클람에 대해서는 그런 비난을 가할 수 없을 거야. 당신이 프리다에 대한 클람의 사랑을 믿지 못한다면, 그것은 젊고 미숙한 처녀의 잘못된 관점일 뿐이야. 당연한 생각이겠지만 당신에게는 클람이 접근할 수 없는 존재로 보이고, 그 때문에 당신은 프리다도 클람에게 다가갈 수 없었을 거라고 생각하는 거야. 당신은 잘못 생각하고 있어. 이 문제에서 나는 다만 프리다의 말만 믿을 거야. 내게 그것을 입증할 수 있는 확실한 증거가 없다고 해도 말이야. 당신에게는 그것이 믿기 어렵고 또 세상과 관리들의 삶, 여성적인 아름다움의 우수함과 영향에 대한 당신의 생각에 전혀 들어맞지 않는다고 해도, 그것은 사실이야. 우리가 여기 나란히 앉아 내가 당신 손을 잡고 있는 것이 사실이듯이. 클람과 프리다 역시 세상에서 가장 자연스러운 일이

듯 나란히 앉아 있었던 것이 분명해. 그리고 클람은 자신의 의지에 따라 내려왔어, 더군다나 서둘러 내려왔지. 복도에 숨어 기다리면서 자기 할 일을 소홀히 하는 사람은 없었어. 클람은 스스로 아래로 내려오는 수고를 마다하지 않았고, 당신이 보고 경악한 프리다의 옷차림에도 전혀 개의치 않았어. 당신은 그녀의 말을 믿으려 하지 않겠지! 그러면서 얼마나 스스로가 비웃음의 대상이 되는지는 모르고 있어. 그렇게 하는 것이 얼마나 당신의 미숙함을 드러내는지를 몰라. 그녀와 클람과의 관계를 전혀 모르는 사람이라 해도, 두 사람의 관계가 그 본질에 있어 당신과 나 그리고 모든 마을 사람보다 위에 있는 누군가에 의해 만들어진 것이고, 그들 사이의 대화는 손님과 여종업원이 대개 나눌 법한 농담, 당신 삶의 목적으로 보이는 농담의 수준을 훨씬 넘어선다는 점을 알아차릴 거야. 그런데 내가 당신에게 부당한 일을 하고 있군. 당신이야 스스로 프리다의 장점을 아주 잘 알고, 그녀의 관찰력과 결단력, 사람들에 대한 영향력도 인지하고 있어. 다만 당신은 모든 것을 잘못 해석하고 있어서 그녀가 모든 것을 이기적으로 오로지 자신의 이익을 위해서만 악용한다거나, 심지어 당신에게 맞서는 무기로 쓴다고 여기고 있어. 그렇지 않아, 페피. 그녀가 그런 화살을 수중에 갖고 있다고 해도 이토록 근거리에서는 쏠 수가 없어. 그리고 이기적이라고? 오히려 그녀는 자신이 소유하고 또 스스로 기대해도 좋은 것을 희생함으로써 우리 두사람에게 보다 높은 자리에서 실력을 발휘할 기회를 주었어. 그런 우리가 그녀를 실망시키고, 그녀가 다시 이곳으로 돌아오도록 강요한 것일 수도 있어. 사실이 정말 그런지는 모르겠어. 또 나로서는 내가 비난받을 일이 있는지도 분명치 않아. 다만 당신과 내 자신을 비교해보면 문득 그런 생각이 들거든. 예를 들어 프리다라면 차분하고 객관적인 태도로 쉽게, 조용하게 얻어낼 수 있는 그 무엇을 우리 두사람은 울고, 할퀴고, 잡아당기고 하면서 너무 힘겹게, 너무 소란스럽게, 너무 유치하게, 너무 미숙하게 아등바등 얻어내는 것 같아. 마치 식탁보를 잡아당기지만 아무것도 얻지 못하고 귀중한 물건만 떨어뜨려 그것을 영영 손에 넣지 못하는 철부지처럼 행동하고 있다고. 사실이 정말 그런지는 알 수 없지만, 나로서는 오히려 당신이 말한 것보다는 그럴 것이라는 확신이 들어."

"그렇군요." 페피가 말했다. "당신이 프리다에게 반한 것은 그녀가 당신에게서 달아났기 때문이죠. 떠난 여인을 사랑하게 되는 건 으레 있는 일이니까요. 그리고 만일 사태가 당신이 말한 바와 같다고 해도, 그러니까 모든 점에서, 심지어 당신이 나를 웃음거리로 만들고 있다는 점에서도, 당신 생각이 옳다고 해도, 이제 당신은 어떻게 할 셈이죠? 프리다는 당신을 떠났고, 당신 설명으로나 내 설명으로나 그녀가 당신에게 돌아올 희망은 없어요. 그녀가 돌아온다고 해도 그동안은 어디서든 지내야 해요. 날씨가 춥고, 당신은 일거리도 잠자리도 없는 형편이니 우리에게 오세요. 내 친구들도 당신 마음에 들 거예요. 편안하게 해줄게요. 당신은 여자들이 하기에는 정말 너무 힘든 일을 도와줄 수도 있고, 우리 여자들은 스스로에게만 의존하지 않아도 되고, 밤에 더이상 두려움에 시달리지 않게 되겠죠. 우리한테 오세요! 내 친구들도 프리다를 알고 있으니 당신이 싫증을 낼 때까지 그녀에 관한 이야기를 들려줄 수 있어요. 제발 오세요! 우리는 프리다의 사진들도 갖고 있어요. 보여드릴게요. 프리다는 그때 지금보다 더 얌전했어요. 벌써 그때부터 숨어 노려보던 그녀의 두 눈을 빼고는 잘 못 알아볼걸요. 자, 오시겠어요?" "허락되는 일이야? 어제만 해도 내가 당신네들 복도에서 붙잡히는 바람

에 큰 소동이 있었어." "그거야 당신이 붙잡혀서 그런 거죠. 우리한
테 와 있으면 붙잡히지 않을 거예요. 우리 세 하녀 말고는 아무도
모를 거예요. 아, 거참 재미있겠어요. 그곳에서의 내 삶은 벌써 조
금 전보다 훨씬 견디기 쉬워 보여요. 이제 여기 주점을 떠나야 한
다고 해도 나는 크게 잃을 것이 없어요. 우리 세 하녀만 해도 지루
하게 지내지는 않았어요. 사람이란 모름지기 삶의 쓰디쓴 맛을 보
다 달콤하게 만들줄 알아야 해요. 우리의 삶은 이미 청춘 시절부터
쓰디쓴 것이었고, 그래서 우리의 혀는 별로 호강을 누리지 못했어
요. 지금은 우리 셋이 함께 뭉쳐 있고, 그곳에서 가능하면 기분 좋
게 살고 있어요. 특히 헨리에테는 당신 마음에 들 것이고, 에밀리에
도 그럴 거예요. 나는 그들에게 벌써 당신 이야기를 했어요. 그런데
저 아래에서는 마치 우리 방을 떠나서는 정작 아무 일도 일어날 수
없다는 듯 이런 이야기를 듣고 놀라워하면서도 잘 믿지 않아요. 저
아래는 훈훈하고 비좁아요. 그리고 우리는 서로 붙어 지내요. 아니,
우리는 서로 의존하고 있지만 서로에게 싫증난 적은 없어요. 오히
려 친구들 생각만 한다면 내가 다시 돌아가는 게 옳은 것 같아요.
내가 그들보다 더 출세할 이유가 뭐가 있겠어요? 사실 우리가 뭉
쳐 지낸 것도 우리 셋의 미래가 똑같이 막혀 있었기 때문이죠. 그
런데 나는 그곳에서 뛰쳐나왔고 그들에게서 떨어져나왔어요. 물론
나는 그들을 잊지 않았고, 그들을 위해 무엇을 할 수 있을까, 하고
늘 궁리했어요. 내 자신의 지위가 불안정했지만—물론 얼마나 불
안정했는지는 전혀 몰랐어요—나는 벌써 여관 주인에게 헨리에
테와 에밀리에 이야기를 했어요. 주인은 헨리에테에 관해서는 전
적으로 경직된 자세를 보이지 않았지만, 우리보다 훨씬 연상이고
프리다의 나이쯤 되는 에밀리에 문제에서는 어떤 희망도 주지 않

앉어요. 하지만 한번 생각해봐요. 친구들은 절대 그곳을 떠나려 하지 않아요. 그곳에서의 자신들의 삶이 비참하다는 것은 알지만, 이미 거기에 순응했거든요. 참으로 착한 영혼들이죠. 나와 헤어질 때 그네들이 흘린 눈물에는 무엇보다 내가 같이 쓰던 방을 떠나 추운 곳으로 나가는 것—거기에 있으면 우리 방 밖의 모든 것이 냉혹하게만 여겨져요—그리고 크고 낯선 공간에서 단지 생계를 유지하기 위한 목적으로 크고 낯선 사람들과 맞붙어야 하는 것에 대한 슬픔이 배어 있었다고 생각해요. 그런데 생계 정도야 이미 우리 셋이 함께 살고 일하면서 달성했던 일이죠. 두 친구는 내가 지금 돌아간다고 해도 결코 놀라지 않을 테고, 다만 내 기분을 맞춰주기 위해 좀 울면서 내 신세를 한탄하겠죠. 그러나 당신을 보면 내가 저들을 떠났던 것이 잘한 일이었음을 알게 될 거예요. 저들은 이제 우리를 도와주고 보호해주는 남자가 생긴 것에 행복해할 테고, 또 이모든 것이 비밀에 부쳐져야 하며, 그 비밀로 인해 우리 사이가 전보다 더 돈독해지는 데 정말 기뻐할 거예요. 오세요, 제발, 우리에게 오세요! 그런다고 해서 당신이 무슨 의무를 지는 것도 아니고, 우리처럼 우리 방에 영원히 묶여 있지도 않을 거예요. 봄이 찾아오고 당신이 다른 곳에 숙소를 얻거나 우리하고 사는 게 더이상 마음에 들지 않으면 떠나요. 다만 당신은 비밀을 꼭 지켜야 하고, 우리를 배신해서는 안돼요. 안 그러면 헤렌호프에서 우리 신세는 끝장나게 되니까요. 그밖에도 당신은 우리들 곁에 있는 한은 당연히 조심해야 하고, 우리가 안전하지 않다고 여기는 곳에는 모습을 드러내지 말아야 하며, 우리의 충고를 따라야 해요. 당신을 구속하는 것은 그게 전부인데, 우리에게뿐만 아니라 당신에게도 중요한 거죠. 하지만 그밖에는 완전히 자유로워요. 우리가 당신에게 맡기려는 일은 힘든 일은 아니니까, 그 점은 걱정할 거 없어요. 그러니까 당신은 오실 거죠?" "봄이 오려면 얼마나 더 있어야 할까?" K가 물었다. "봄이 오려면요?" 페피가 되물었다. "이곳은 겨울이 길어요. 매우 길고 단조로운 겨울이죠. 그러나 저기 아래층에서는 불평할 이유가 없어요. 겨울에 잘 대비되어 있으니까요. 하여튼 언젠가는 봄도 오고 여름도 오겠죠. 때가 되면 계절은 찾아오는 법이니까요. 그러나 지금 내 기억에는 봄과 여름이 얼마나 짧은지 길어야 이틀밖에 되지 않는 것 같아요. 그런 날들 중에도, 가장 좋은 날에도 가끔 눈이 내리기도 해요."

그때 주점 문이 열렸다. 페피는 놀라 몸을 움찔했다. 그녀는 생각의 나래 속에서 주점을 너무 멀리 떠나 있었다. 그런데 막상 나타난 사람은 프리다가 아니라 여주인이었다. 여주인은 K가 아직도 거기에 있는 것에 놀라워했고, K는 여주인을 기다리고 있었다고 변명하면서 이곳에서 밤을 보내게 해준 것에 고마움을 표시했다. 여주인은 K가 왜 자신을 기다리고 있었는지 납득하지 못했다. K는 여주인이 자신과 아직 할 이야기가 남았다는 인상을 받았다면서, 그것이 착각이었다면 용서해달라고 했다. 그러면서 그는 자신이 관리인으로 있는 학교를 너무 오래 방치해두었으므로 이제 하여튼 가봐야겠다면서, 이 모든 것은 어제 소환을 당한 탓이라고 했다. 또한 그는 자신이 이런 일에는 아직 경험이 부족한데, 어제처럼 여주인에게 폐를 끼치는 일은 결코 다시 일어나지 않을 것이라고 했다. 그는 말을 끝내고 밖으로 나가려고 고개를 숙여 인사했다. 그런데 여주인은 마치 꿈을 꾸는 듯한 눈길로 그를 바라보았다. K는 여주인의 그 시선에 사로잡혀 뜻했던 것보다 더 오래 자리를 떠날 수 없었다. 그러자 여주인도 잠시 미소를 짓다가 K의 놀란 얼굴을 보고서야 어느정도 정신이 번쩍 드는 모양이었다. 그녀는 자신의 미소에 대한 응답을 기다리고 있었던 것 같았다. 그런데 아무 응답이 없자 이제 깨어나고 있었던 것이다. "당신은 어제 내 옷차림을 보고 뭐라 하는 불손함을 보였어요." K는 기억이 잘 나지 않았다. "기억이 나지 않는다고요? 불손함에 이어 이제 비겁함까지 보이는군요." K는 아마 어제 자신이 피곤해서 그랬을 거라고 변명했다. 그는 어제 뭔가를 지껄였을 가능성이 있지만, 하여튼 지금은 생각이 나지 않는다고 말했다. 그가 여주인의 옷에 대해 뭐라고 말할 수 있었겠는가? 여태껏 본 적이 없을 만큼 아름다운 옷이라고 했을 것이다. 적어도 그런 옷을 입고 일하는 여주인을 본 적이 없다고 했을 것이다. "그런 논평은 그만해요!" 여주인이 재빨리 말했다. "당신이 그 옷에 대해 말하는 것은 더이상 듣고 싶지 않아요. 당신은 내 옷에 대해 상관할 필요가 없어요. 내 옷에 대해 언급하는 건 영원히 안돼요." K는 다시 한번 인사를 하고는 문 쪽으로 걸어갔다. "그런데 도대체 무슨 뜻이죠?" 여주인이 뒤에서 K를 향해 외쳤다. "그런 옷을 입고 일하는 여주인을 본 적이 없다는 것이 무슨 뜻이죠? 도대체 그런 무의미한 말이 다 있죠? 정말 무의미한 말이에요. 당신은 무슨 의미로 그런 말을 한 거죠?" K는 몸을 돌리고 여주인에게 흥분하지 말라고 부탁했다. 그는 물론 자신이 한 말은 무의미한 것이라고 했다. 그는 옷에 대해 아는 바가 없다고 말했다. 그 자신의 입장에서 보면, 기운 옷이 아니고 깨끗한 옷이면 다 훌륭해 보인다고 했다. 그는 여주인이 밤에 거기 복도에, 거의 옷을 걸치지 않은 뭇 남자들 사이에 그렇게 아름다운 이브닝드레스를 입고 나타난 것에 그저 놀랐을 뿐이고 그게 전부라고 했다. "그렇군요." 여주인이 말했다. "그러니까 당신은 어제 한 말이 지금은 기억나는 모양이군요. 그리고 당신은 심지어 더욱 무의미한 말로 당신의 논평을 보완하는군요. 당신이 옷에 관해 아무것도 모른다는 말은 맞아요. 그렇다면 간곡하게 부탁하건대, 당신은 훌륭한 옷이라든가, 어울리지 않는 이브닝드레스라든가 또는 그 같은 것에 대해 평가하는 일은 삼가요. 그리고 제발 내 옷에 대해서는 신경을 꺼요. 아시겠어요?" 마지막 대목에서 그녀는 싸늘하게 몸서리를 치는 것 같았다. 그러다가 K가 말없이 다시 몸을 돌리려고 하자, 그녀가 물었다. "옷에 관한 지식은 어디서 얻었나요?" K는 양어깨를 으쓱하면서 아무 지식도 없다고 말했다. "아는 게 없군요." 여주인이 말했다. "그러면 아는 척해서는 안돼요. 저기 사무실로 따라와보세요, 보여줄 것이 있어요. 이제 그 뻔뻔스러운 행동은 영원히 하지 않았으면 해요." 여주인은 앞장서서 문밖으로 나갔다. 그때 페피가 K에게 달려왔다. K에게 돈을 받는다는 핑계를 대고 두사람은 얼른 이야기를 나누었다. K는 옆골목으로 통하는 대문이 달린 안뜰의 구조를 알고 있어 문제는 아주 간단했다. 그 대문 옆에 작은 쪽문이 하나 있는데, 페피는 약 한시간 후에 쪽문 뒤에 있다가 그가 세번 두드리면 열어주기로 했다.

헤렌호프 여관의 개인 사무실은 주점 맞은편에 있어 복도를 가로질러 가기만 하면 되었다. 여주인은 벌써 불을 밝힌 사무실에 서서 초조하게 K 쪽을 바라보고 있었다. 그런데 아직 방해물이 하나 있었다. 게르스태커가 복도에서 기다리다가 K와 이야기를 나누고 싶어했다. 그를 뿌리치기란 쉬운 일이 아니었다. 여주인도 K를 거들면서 게르스태커의 추근대는 행동을 나무랐다. "도대체 어디로 가는 거요? 도대체 어디로?" 문이 이미 닫혔는데 게르스태커가 외치는 소리가 들려왔다. 그의 말 속에 한숨과 기침 소리가 불쾌하게 뒤섞여 있었다.

사무실은 작고 과도하게 난방이 되어 있었다. 폭이 좁은 벽 쪽
에는 높은 책상과 철제 금고가 들어서 있고, 폭이 긴 벽 쪽에는 장
롱과 기다란 소파가 하나 놓여 있었다. 사무실 공간의 대부분은
장롱이 차지했는데, 긴 벽 쪽을 다 차지했을 뿐 아니라 폭도 넓어
서 사무실을 무척 비좁게 만들었다. 장롱을 완전히 열어젖히는 데
는 미닫이문이 세개 필요했다. 여주인은 터키식 긴 의자를 가리키
며 K에게 앉으라 하고는, 그녀 자신은 높은 책상 옆 회전의자에 가
서 앉았다. "당신은 재단일 재봉질을 배운 적도 없나요?" 여주인
이 물었다. "아니, 배운 적이 없습니다." K가 말했다. "그렇다면 도
대체 당신 직업이 뭐죠?" "토지 측량사입니다." "그게 도대체 뭐하
는 거죠?" K는 그것을 설명했으나 그 설명은 여주인의 하품을 자
아냈다. "당신은 진실을 말하지 않는군요. 왜 진실을 말하지 않는
거죠?" "당신도 진실을 말하고 있지 않잖아요." "내가요? 당신은
또 뻔뻔하게 나오는군요. 그리고 내가 진실을 말하지 않는다고 해
서 당신에게 해명할 책임이라도 있다는 건가요? 그리고 도대체 내
가 어떤 점에서 진실을 말하지 않는다는 거죠?" "당신은 스스로 내
세우는 것처럼 여관 여주인만은 아니라는 거요." "이것 봐요, 당신
은 관찰력이 아주 예리하군요. 내가 그밖에 도대체 무엇이란 말인
가요? 당신의 불손함은 이제 정말 도를 넘는군요!" "당신이 그밖에
어떤 사람인지는 나야 알 수 없죠. 내가 아는 거라고는 다만 당
신이 여주인의 모습을 하고 있고 또 여주인에게 적합하지 않은 옷
을 입고 다닌다는 거요. 그런 옷은 내가 아는 한 이 마을에서는 아
무도 입지 않아요." "자, 이제야 우리는 원래 하려던 말로 돌아오
게 되었군요. 당신은 그것을 숨기고 있을 수 없어요. 어쩌면 당신은

결코 불손한 것이 아니라, 뭔가 유치한 이야기를 하나 알면 내뱉지 않고는 도저히 못 배기는 어린아이 같군요. 그러니까 말해봐요. 내 옷에서 어떤 점이 특별하죠?"내가 그것을 말하면 당신은 화를 낼 겁니다.""아니, 웃어넘길 거예요. 보나마나 철부지 소리를 할 테니까요. 그래, 내 옷이 어떻다는 거죠?""궁금한 모양이군요. 그러니까 그 옷은 좋은 천으로, 상당히 값비싼 천으로 만들어졌지만, 구식이고, 장식이 너무 많고, 여러번 기운 데다 낡아서 당신의 나이, 당신의 몸매, 당신의 지위에 어울리지 않아요. 당신을 처음 보았을 때 그 점이 눈에 띄었어요. 약 일주일 전에, 여기 복도에서요.""그렇군요. 내 옷이 구식이고, 장식이 너무 많고 또 뭐라고요? 당신은 그 모든 것을 어디에서 알게 된 거죠?""내가 그 정도야 볼 수 있죠. 그런 것을 배울 필요는 없어요.""당신은 그 정도는 그냥 볼 수 있는 것이군요. 어디 가서 물어보지 않아도 유행이 어떤 것을 원하는지 안다는 거네요. 그렇다면 당신은 내게 없어서는 안될 존재군요. 나는 아름다운 옷에 약하거든요. 이 옷장이 옷들로 가득한 것을 보고 당신은 뭐라고 말할까요?"그러면서 그녀는 미닫이문을 옆으로 밀었다. 그러자 옷장의 폭과 깊이만큼 빼곡 들어찬 옷들이 눈에 들어오는데 대부분 어두운 색, 회색, 갈색, 검은색이었고, 모두가 세심하게 펼쳐져 가지런하게 걸려 있었다. "모두 내 옷들이죠. 당신 말에 따르면 모두 구식이고, 장식이 너무 많아요. 그런데 이 옷들은 위층의 내 방에 둘 자리가 없어 여기에 두었죠. 거기에는 옷들로 가득한 장롱이 두개나 더 있는데, 거의 이것만큼 큰 장롱들이죠. 놀랐나요?""아뇨, 나는 그와 비슷한 것을 예상했어요. 당신은 여관 여주인일 뿐만 아니라, 무엇인가 다른 것을 추구하고 있다고 내가 이미 말했죠.""내 목표는 다만 옷을 잘 차려입는 거요. 그러니 당신은 바보, 철부지이거나 아주 악하고 위험한 인물인 거요. 나가요, 어서 나가라고요!" K가 현관 홀로 나오자, 게르스태커가 다시 그의 소매를 붙잡았다. 그때 여주인이 K의 뒤에 대고 소리쳤다. "나는 내일 주문한 새 옷을 한벌 받아요. 어쩌면 당신을 부르러 사람을 보낼 거요."

게르스태커는 그를 방해하는 여주인이 아무 말도 못하게 하려는 듯 저 멀리서부터 화난 모습으로 손을 내저으면서, K에게 함께 가자고 재촉했다. 처음에 그는 보다 자세한 설명은 하지 않으려고 했다. 또 K가 지금 학교에 가야 한다고 이의를 제기하는데도 거의 아랑곳하지 않는 태도였다. 그러다가 K가 끌려가지 않으려고 저항하자, 비로소 게르스태커는 걱정할 것 없다며 자기 집에 가면 K가 필요로 하는 것은 무엇이든지 얻게 될 것이고, 학교 관리인 일은 그만둘 수 있으니 제발 따라오기만 하면 된다고 했다. 그는 벌써 온종일 K를 기다리고 있었고, 그의 어머니는 그가 어디에 있는지 전혀 모른다고 했다. K는 천천히 그의 요구에 응하면서, 도대체 무엇 때문에 자신에게 귀한 음식과 숙소를 마련해주려는지 물어보았다. 게르스태커는 다만 건성으로 대답했다. 그는 임시로 말을 돌볼 일꾼으로 K가 필요하며, 그 자신은 지금 다른 일이 있다고 했다. 그러니 K가 따라오지 않겠다고 버티며 공연한 어려움을 초래하지 않으면 좋겠단다. K가 보수를 원하는 경우, 보수도 지불하겠다고 했다. 그러나 K는 아무리 끌어당겨도 자리에서 꼼짝하지 않았다. 그는 말에 대해서는 아는 바가 전혀 없다고 했다. 게르스태커는 그 역시 필요 없다고 초조하게 말하면서, 화가 난 상태에서 K에게 같이 갈 것을 설득하고자 두 손을 모으며 애원하는 자세를 취했다. "당신이 나를 왜 데려가려는지 알 것도 같군요." 마침내 K가 말했다. 게르스태커로서는 K가 무엇을 알고 있는지는 상관없었다. "당신은 내가 당신을 위해 에어랑어를 상대로 뭔가를 관철할 수 있다고 생각하는 거죠?" "그래요." 게르스태커가 말했다. "그게 아니라면 나한테 당신이 뭐가 아쉽겠어요?" 그러자 K는 웃었고, 게르스태커의 팔에 매달려 어둠 속을 뚫고 그가 이끄는 대로 따라갔다.

게르스태커의 오두막집 거실은 화덕불과 짤막한 동강이 촛불만이 희미하게 비추고 있어 어두침침했다. 촛불 가까운 곳, 저기 비스듬히 튀어나온 들보 아래 우묵 들어간 곳에서 누군가가 구부정한 자세로 책을 읽고 있었다. 게르스태커의 어머니였다. 그녀는 떨리는 손을 K에게 내밀고는 자기 옆에 앉게 했다. 그녀는 힘겹게 입을 뗐는데, 무슨 말인지 알아듣기가 힘들었다. 그런데 그녀가 한 말은——[19]

---

19 소설은 이 대목에서 미완성으로 끝난다.

"낯선 타향" ── 혼돈과 미망의 불가해한 세계 경험

> "그동안 K는 방황하며 헤매고 있거나,
> 아니면 그보다 앞서 아무도 가본 적이 없는
> 머나먼 낯선 타향에 와 있는 기분이 줄곧 들었다."
> ──『성』중에서

지상의 마지막 경계선을 향한 돌진

『성』은 인간 존재의 부조리성을 초현실주의 수법으로 파헤쳐 현대 실존주의 문학의 선구자로 알려진 프란츠 카프카의 마지막 장편소설이다. 카프카는 생전에 세편의 장편소설을 남겼는데, '고독의 3부작'이라고 불리는 이들 작품은 『실종자』(초판의 제목은 '아메리카'),『소송』그리고 만년에 집필한『성』이다.

카프카가 작가로서 돌파구를 마련한 때는 1912년 9월 22일에서 23일 밤사이에 단편소설「선고」를 완성하고부터였다. 이후 카프카는 우리에게 잘 알려진「변신」「유형지에서」「법 앞에서」「시골의사」 등 주옥같은 작품들을 발표했다. 그러나 1920년부터 카프카는 1년 정도 창작의 휴식기를 갖게 되는데, 두번이나 파혼하게 된 연인 펠리체 바우어(Felice Bauer)에 대한 죄책감, 요양지에서 사귄 율리에 보리체크(Julie Wohryzek)와의 약혼 역시 아버지의 반대로 파혼하게 되면서 겪게 된 부자 갈등, 그리고 카프카 작품의 체코어 번역 작업을 계기로 가까워진 밀레나 예젠스카(Milena Jesenská)와의 관계 악화 등으로 인한 심리적인 이유와 더불어 부쩍 건강이 쇠약해졌기 때문이었다. 건강 문제로 카프카는 평생직장인 노동자산재보험공사에서 자주 휴가를 내야 했다.

1922년 초, 불면과 극심한 신경쇠약 증세에 시달리던 카프카는 1월 27일부터 3주간 고산지대 슈핀델뮐레로 가서 휴식을 취했다. 그해 1월부터 시작해 8월까지 약 6개월간 새 작품인『성』집필에 매진한 것도 이러한 신경쇠약에서 벗어나기 위한 방편이었다. 카프카는 당시 자신의 건강 상태 및 글쓰기와 관련해 "지상의 마지막 경계선을 향한 돌진"이라고 밝힌 바 있다. 이 시기의 일기와 편지들을 보면, 카프카는 결혼과 독신자의 삶, 사회 속 개인의 위치, 불안정한 자아, 문학과 글쓰기, 그리고 특히 유대교의 전통에 대해 집중적인 성찰을 했던 것으로 보인다. 하지만 오랜만에 재개한 작품 집필과 직장 업무에 대한 부담으로 폐결핵이 재발하게 된다. 카프카는 이미 1917년에 당시로서는 불치병인 폐결핵 진단을 받고 그로 인해 펠리체 바우어와 이별하게 되었는데, 결국 건강이 악화되면서 병이 다시 재발하고 만 것이었다. 휴가를 연장해주는 등 노동자산재보험공사 측의 배려에도 불구하고 1922년 7월 1일, 14년간 재직해온 직장에서 조기 퇴직하게 된다. 그리고 같은 해 6월 23일부터 9월 18일까지 막내 여동생 오틀라(Ottla)의 별장이 있는 서부

보헤미아 지방의 플라나에서 여름을 보내면서 『성』의 상당 분량을 완성했다. 하지만 불면과 불안 등 신경쇠약 증세가 지속되어 결국 이 소설은 미완성으로 남게 되었다(친구 막스 브로트에게 보낸 편지를 보면 8월 말에 집필 중단).

카프카 텍스트의 특성 및 『성』의 구성과 줄거리

『성』은 미완성임에도 카프카의 집필 의도와 구상이 훼손되지는 않은 작품으로 평가되며, 그의 대표작이자 가장 난해한 작품 중 하나로 언급된다. 카프카의 작품은 20세기 현대인의 정신적 상황을 묘사했다는 평가와 함께 그 특유의 난해함으로 잘 알려져 있는데, 이는 책과 글쓰기에 대한 작가의 독특한 생각과도 맞물려 있다. 카프카는 1904년 문인친구인 오스카 폴라크(Oskar Pollak)에게 보낸 편지에서 "한권의 책은 우리 안에 얼어붙은 바다를 부수는 도끼여야 한다"면서, 우리에게 필요한 책은 "큰 고통을 주는 불행처럼, 우리가 정말 사랑하는 사람의 죽음처럼, 우리가 모든 사람의 버림을 받고 숲 속으로 추방당한 것처럼, 자살처럼" 충격을 주는 것이어야 한다고 썼다. 그리고 이러한 생각은 20세기 현대인의 정신적 상황을 밀도 있게 담아내려는 그의 글쓰기로 연결되었다.

카프카의 소설은 시공간에 대한 엄격한 통제와 일관성을 지닌 시점을 바탕으로 이야기를 엮어나가는 근대적인 소설 작법에서 크게 벗어나 있다. 무엇보다 사실주의적 문체로 독자에게 친숙한 세계를 제시하는 듯하나 그것의 서술 내용은 그 자체로 충격적이거나 낯선 경우가 많다. 「변신」에서는 초자연적이고 환상적인 사건이 현실에 침투해 독자는 첫 문장부터 충격과 더불어 마치 꿈속을 헤매는 것 같은 착각에 빠지기도 한다. 그러나—"모든 문장이 나를 해석해보라고 하지만 어떤 문장도 그것을 허용하지 않는다"[1]라는 아도르노(Theodor W. Adorno)의 평가처럼—카프카의 텍스트에서는 기의(記意)의 세계가 확정적이지 않고 서술된 내용이 다층적으로 읽힐 수 있다는 점이 바로 이 작가의 현대성과 매력이기도 하다. 그의 작품이 후기구조주의 내지 해체주의적 텍스트의 모범적 사례로 거론되며 현대 문예이론의 주목을 받는 것도 이러한 이유에서일 것이다. 『성』을 읽는 독자도 계속 해석을 도발하는 기표(記標)들의 유희를 만나게 된다.

『성』 역시 카프카의 다른 작품들과 마찬가지로 전후 맥락이 분명하지 않은 갇힌 상황에서부터 이야기가 시작된다. 토지 측량사임을 자처하는 K라는 인물이 한 마을에 도착해 그 마을이 속한 성과 성의 관청으로부터 자신의 직업 활동과 개인적 삶을 인정받기 위해 절망적으로 벌이는 투쟁이 이 소설의 주된 줄거리를 이룬다. 개인이 어떤 대상을 두고 투쟁을 벌이는 구도는 카프카의 여러 작품에서 엿볼 수 있는데, 『성』에서는 개인의 투쟁이 생존 차원의 투쟁으로 보다 확장되는 형국이다. 하지만 K의 노력은 결실을 거두지 못한다. 성에 진입해보려는 한주 동안의 시도는 물론 마을에 정착하려는 시도 역시 실패하고 만다. K는 성에 들어가기 위해 마을 주민들의 도움을 기대하지만, 주민들은 특이하고 비극적인 존재들로서 통찰하기 어려운 사건들에 K를 연루시키며 또 그가 해독할 수 없는 모순적인 암시들만 제공할 뿐이다.

1 Theodor W. Adorno, "Aufzeichnungen zu Kafka," *Prismen, Kulturkritik und Gesellschaft*, München 1963, 249면.

소설을 개관하기 위해서는 우선 줄거리를 살펴볼 필요가 있다. 소설은 주인공 K가 눈이 내리는 어느 추운 날 밤에 성에 부속되어 있으며, 성의 관리에 의해 지배를 받는 어떤 마을에 도착하면서부터 시작된다. 마을은 온통 눈에 덮여 있고, 성은 어둠과 자욱한 안개에 싸여 있는 통에 일단 K는 '다리목 여관'에 들어 식당에 간신히 잠자리를 마련하게 된다. 하지만 얼마 지나지 않아 성 관리인의 아들이라는 슈바르처가 잠든 그를 깨워 숙박 허가증을 요구하면서, 성의 주인인 베스트베스트 백작의 허가 없이는 마을에 머물 수 없음을 통고한다. K가 자신은 토지 측량사로 성의 초빙을 받았다고 항변하자 슈바르처는 성의 사무국에 전화를 걸어 이를 확인해본다. 처음에는 K를 초청한 일이 없다던 사무국에서는 다시 전화를 걸어와 K의 주장에 거짓이 없음을 확인해준다. 이튿날 아침 K는 이제 맑게 갠 대기 속에서 또렷한 윤곽을 드러낸 성을 향해 나아간다. 가옥들이 여러채 늘어선 마을처럼 보이는 성에 들어가고자 그곳에 시선을 고정한 채 계속 걸어도 도무지 도달할 수 없다. 결국 K는 눈 속을 헤매다가 빨래와 목욕을 하느라 수증기가 자욱한 어느 농가에 들어가 잠시 휴식을 취하지만, 이내 외지인이라는 이유로 쫓겨난다. 이때 마부 게르스태커가 그를 다리목 여관으로 데려다주고, 여관에서 그는 두 조수를 만난다(1장).

서로 똑같이 생겨 제대로 구분하기조차 어려운 두 조수, 예레미아스와 아르투어는 그의 업무를 보조하도록 파견되었다지만, 측량일을 전혀 모르고 또 진지하지 못한 존재들이다. 그때 성의 심부름꾼이라는 바르나바스가 나타나 성의 관리인 클람의 서명이 담긴 편지를 전해준다. 편지에는 K가 성의 관청에 봉사하는 것을 허용한다는 내용이 들어 있다. K는 마르니비스가 성으로 되돌아갈 것을 기대하고 그를 따라나서지만, 그는 K를 누추한 자기 집으로 인도한다. 빈한한 집안 분위기를 감지한 K는 자신이 바르나바스에게 과도한 기대를 했다는 데 크게 실망하고 원망하며, 이들 가족의 호의를 거절하고 바르나바스의 누이 올가를 따라 성의 신사들이 머무는 여관인 '헤렌호프'로 향한다(2장).

헤렌호프에서 K는 주점 여급 프리다를 알게 되고, 엿보기 구멍을 통해 마을에 잠시 내려온 클람의 모습도 보게 된다. 이때부터 그는 자신의 모든 노력을 클람에게 집중하고, 프리다가 클람의 애인이라는 말에 그녀에게 관심을 보인다. 프리다가 여관 주인에게서 K를 숨겨준 일을 계기로 이 두사람은 연인 사이가 되어 다리목 여관으로 옮겨오게 된다(3장). 다리목 여관의 여주인 가르데나는 프리다의 양어머니처럼 굴면서, 클람과 직접 면담하겠다는 K의 계획을 만류한다. 하지만 K는 그녀의 말을 듣지 않는다(4장). K는 클람의 편지에 언급된 바대로 직속상관으로 배정된 마을의 촌장을 찾아가지만, 촌장은 이 마을에는 토지 측량사가 필요 없고, 혹시 토지 측량사를 초빙했다면 부서의 사무적 착오일 것이라고 말한다(5장). K가 여관으로 되돌아오자 여주인은 과거 자신이 클람의 애인이었음을 털어놓으며 클람을 만나려는 K를 한사코 막으려 한다(6장). 또한 학교 선생이 찾아와 그를 임시 학교 관리인으로 채용하겠다는 촌장의 뜻을 전달한다. K는 이를 단박에 거절하지만 프리다의 간청에 결국 학교 관리인 자리를 받아들이기로 한다(7장).

K는 클람을 직접 만나고자 서둘러 헤렌호프를 찾아가 그의 마차에 잠입해 기다리지만 만나지 못한다(8장). 이 문제로 클람의 마을 비서인 모무스가 그를 심문하려 하자, K는 이를 거부하고 헤렌호프를 떠난다(9장). 다리목 여관으로 돌아오는 중에 K는 마중 나

온 조수들과 바르나바스를 만나 측량 일에 대한 열성을 칭찬하는 클람의 두번째 편지를 전해받는다. K는 클람에게 면담을 요청하는 내용의 메시지를 바르나바스에게 불러준다(10장). 조수들과 함께 학교로 오게 된 K는 관리인 숙소가 따로 없는 탓에 프리다, 조수들과 교실 한켠에서 밤을 보내게 되었다. 저녁식사를 하며 K는 프리다에게 조수들의 문제를 털어놓지만, 그녀는 조수들을 오히려 편든다. 아침이 되어 들이닥친 교사 둘과 언쟁을 벌이게 된 K는 자신을 해고하겠다는 남선생의 협박에 불복한다(11장). 이어 K가 조수들을 해고하자, 프리다는 클람이 보낸 자들일 거라고 조수들을 옹호하면서 K에게 이곳을 떠나 먼 나라로 이주하자고 제안하지만, K는 이곳에 머물기 위해 왔다면서 자신의 뜻을 굽히지 않는다(12장). 그러면서 K는 그를 찾아온 한스 소년(제화공 브룬스비크의 아들)에게 여러 질문을 던지면서 성에서 온 소년의 어머니를 만날 방법을 모색한다(13장). 이에 프리다는 가르데나의 충고를 들어 자신을 포함한 모든 인간관계를 한낱 수단으로만 여기는 K의 태도를 비난한다(14장).

온종일 바르나바스의 소식을 기다리던 K는 결국 프리다의 만류도 뿌리치고 바르나바스네 집을 다시 찾는다(15장). 올가는 K에게 바르나바스가 수행하는 심부름꾼 일의 의미와 성의 사무국 그리고 클람에 대한 여러 의구심을 털어놓는다(16장). 이어 K는 올가의 가족이 마을에서 배척당하게 된 내력을 듣게 된다. 3년 전 마을 축제일에 막내 아말리아가 소르티니라는 성 관리의 추잡한 구애를 감히 거절했고(17장), 이러한 소식이 마을에 퍼지자 사람들은 바르나바스네 가족을 경멸하며 배척했다(18장). 이때부터 아버지는 탄원을 시작하나 아무런 성과를 거두지 못하고 결국 자리에 몸져눕게 되어(19장), 이제는 올가가 직접 성에 관한 정보를 얻고자 헤렌호프를 드나들며 하인들의 희롱까지 당하는 신세가 되었다는 것이다. 올가가 집안의 운명과 K의 운명 간의 연결성을 설명하는 와중에 조수 중 하나인 예레미아스가 K를 찾아온다(20장). 그에게서 프리다가 자신을 떠났음을 듣게 된 K는 이제야 클람의 비서인 에어랑어의 전언을 가져온 바르나바스와 함께 헤렌호프로 향한다(21장).

에어랑어의 심문을 기다리는 사이, K는 다시 헤렌호프 주점에서 일하기 위해 돌아온 프리다를 만나 언쟁을 벌인다(22장). K는 프리다의 마음을 돌리지 못하고 몹시 지친 채 에어랑어의 방을 찾다가 우연히 뷔르겔 비서의 방에 들어선다. 뷔르겔은 K의 예기치 않은 방문을 받은 상황에서 이런 경우 비서는 민원인의 어떤 요청이라도 들어줄 가능성이 있음을 언급하지만, 정작 중요할 수도 있는 그 순간에 K는 자신의 용건을 밝히지도 못하고 심히 지친 상태에서 잠에 빠져버린다(23장). 에어랑어는 잠에서 깨어난 K를 불러, 클람을 배려하는 차원에서 프리다를 포기할 것을 명령하고, K는 아침 시간에 성의 하인들이 분주하게 서류를 분배하는 기이한 광경을 목격한다. 하지만 불청객 K로 인해 헤렌호프에 소동이 벌어지고, 여관 주인의 비난에도 K는 주점 구석에서 곯아떨어지고 만다(24장). 저녁나절에나 깨어난 K는 프리다의 후임으로 단 나흘간 주점에 근무하다가 다시 객실 담당 하녀로 돌아가게 된 페피에게서 함께 지내자는 제안을 받지만 그 유혹에 굴복하지 않는다. 소설은 K가 헤렌호프의 여주인과 옷에 관한 이야기를 나누다가 마부 게르스태커의 요청으로 그의 집을 방문하면서 끝난다.

이 소설은 장편소설이나 등장인물이 많지 않고 시·공간적 배경이 협소하며 줄거리 자체도 단순하고 매혹적인 이미지들로 가득

차 있다. 하지만 K라는 인물이 성과 벌이는 싸움의 정체만은 제대로 파악할 수가 없다는 점에서 『성』은 카프카의 두 소설, 즉 『실종자』나 『소송』보다도 분명한 해석을 거부하는 작품이다. 『실종자』에서는 현대 미국을 무대로 여러 사건이 전개되고, 『소송』에서는 현대의 대도시를 배경으로 요제프 K라는 은행 간부가 말려든 기이한 소송을 다루며 '법' '재판' 혹은 '죄' 등의 구체적인 개념이 등장해 여러 연상의 여지를 제공해준다. 하지만 『성』은 다른 외부세계와는 고립된 고대적 분위기의 폐쇄적인 공간에서 사건이 전개된다. 카프카가 1917년 9월 어느날의 일기에 언급했듯 이 작품은 "세계를 더욱 순수한 것, 참된 것, 불변의 것으로 들어 올리려는" 작가의 창작 목표에 부응하는 듯 보인다. 다시 말해 경험적인 현실을 그대로 모방하는 작품이 아니라, 경험세계에 대한 모델로 기능하는 어떤 세계를 제시한다. 그것은 그 자체로 완결된 세계, 로만 야콥슨(Roman Jakobson)의 표현을 빌면, 경험적인 현실세계에 대해 환유의 관계가 아니라 비유의 관계에 있는 세계다.[2] 이런 경우에는 자율적인 이미지의 영역, 다시 말해 기표의 영역은 그것이 의미한다고 여겨지는 사물의 영역, 즉 기의의 영역으로 쉽게 옮겨지지 않는다.

소설의 이야기 전개에서 보이는 나선형 구조도 해석의 어려움

---

2 Roman Jakobson, "The Metaphoric and Metonymic Poles," eds. Roman Jakobson and Morris Halle, *Two Aspects of Language and Two Types of Aphasic Disturbances in Fundamentals of Language*, The Hague & Paris: Mouton 1956. 로만 야콥슨은 과거 사실주의 소설의 경우 언어의 환유적인 성향을 보이는 반면 현대소설에서는 지시적인 관계를 포기하고 오히려 비유적, 자율적인 이미지의 세계로 나아가는 경향이 강해진다고 보았는데, 카프카의 『성』에서 서술되는 세계는 이러한 현대소설의 방향성을 지시한다.

을 가중시킨다. 소설의 기본 틀은 미로와 원이다. 성에 진입하려는 K의 시도는 계속 무산되고, 그는 반복해서 출발점으로 되돌아온다. K는 마을에 도착했을 때 보이지 않는 성을 바라보면서 "아무것도 없어 보이는 허공"(1장)을 쳐다보는데, 이러한 상황이 끝까지 해소되지 않는다. K와 마을 사람들과의 대화 등 많은 이야기가 어떤 전망을 제시하듯 시작되지만, 그러한 대화들에서 K는 자신의 상황에 대한 올바른 해명을 얻지 못한다. K와 마을 주민들의 동경은 성을 중심으로 맴돌지만, 이러한 동경은 제대로 충족되지 않는다. 성은 강력한 자장의 중심에 있고 마치 모든 인간적인 동경의 목표가되는 양 권력을 행사하지만, 정작 K나 마을 주민들이 자신에게 접근하는 것을 거부한다. 소설에서는 성을 향해 여러 길이 나 있다고 한다. 그럼에도 K는 성에 이르지 못하고, 소설은 K가 마을에 체류하는 권리도 얻지 못한 상황에서 끝나버린다. 비유컨대 소설을 읽는 독자도 성에 이르는 길로 접어들고자 하지만, 막상 성의 중심에 이르기는 쉽지 않다.

이처럼 서술된 세계의 폐쇄성과 동시에 여러 해석을 가능하게 하는 개방성의 특징을 지닌 이 소설에 대해서도─카프카의 다른 텍스트들과 마찬가지로─신학적/종교적 해석에서부터 실존주의적 해석, 정신분석학적 해석, 전기적 해석, 사회적 해석에 이르기까지 여러 방향에서 해석이 시도되어왔다. 막스 브로트(Max Brod)에 의해서 촉발된 종교적 해석은 이 소설을 신의 '은총'에 대한 알레고리로 파악하는데, 신과의 실질적인 단절 상태에 있는 인간은 절대적인 영역에 이르지 못하고 그러한 영역에 대한 이해력도 부족한 존재다. 브로트의 신학적 해석에 대해 까뮈나 싸르트르는 현대인의 부조리한 세계와 위기를 표현했다는 실존주의적 해석을 내놓는다. 이러한 해석의 연장선상에서 엠리히(Wilhelm Emrich)와 같은 연구자는 이 소설이 자유롭게 자신의 운명을 결정하기 위해 이 세상 조직이 자신의 삶과 의식을 미리 결정하는 것에 저항하는 주인공의 성숙 과정을 비유하고 양식화한 것이라고 본다. 조켈(Walter H. Sokel)과 같은 연구자는 『성』의 핵심은 주체가 성에 대해 주관적인 요구를 내세우며 성과의 투쟁을 벌이는 것이 기본 구도인데, 투쟁의 성격은 가부장적 가족 내 가장의 권위에 대한 도전을 넘어서 정치적이고 사회적인 투쟁까지 포함하는 것이라고 정신분석학적 해석을 가미한다. 정신분석학적인 해석에서 성은 때로는 주인공 K가 노이로제적인 고통을 극복하기 위해 접촉하고자 하는 무의식의 영역으로, 때로는 친밀하면서 가족적인 삶이라는 욕망의 기표와는 대립되는 글, 서류, 기록 등의 기호체계로 점철된 남성적 세계로 규정되기도 한다. 전기적 입장에서 이 소설은 몇번의 약혼에 실패한 독신자이자 결핵을 앓고 있으며 어느 세계에도 속하지 못한 작가의 실패한 삶의 기술, 글쓰기에 몰두하면서 자신의 삶을 고립시킨 예외적 존재에 대한 성찰의 기록으로 읽힐 수 있다. 카프카라는 개인을 유대민족으로 확대하면, 이 소설은 비유대적인 주변세계에서 인정을 얻기 위해 헛되이 노력하는 유대민족의 상황을 묘사한 작품으로도 읽힌다. 사회학적인 해석에서는 아도르노와 같이 20세기에 나타난 전체주의 체제의 위계 내지 권력구조를 서술한 작품, 자의적인 권력, 관청이나 국가체제의 과도한 관료화에 대한 풍자로 보는 시각도 있다. 전체주의적 지배체제에 대항하는 K의 투쟁이 스딸린의 독재체제나 파시즘 같은 체제를 예시한다고 보는 것이다. 이러한 기괴한 관료주의는 합리적이고 경험적인 현실전유가 불가능한 상황에 대한 비유로 간주되기도 하는데, 이 경우 성의 관청은 부조리의 상징과 같다는 철학적 관점이 동원되기도 한다. 최근의 포스트모더니즘 내지 후기구조주의 담론에서는 데리다 식의 해체적 글 읽기나 욕망이론에도 영향을 받아, 뚜렷한 결론을 지향하지 않고 끝없는 부정의 연속을 거듭하는 소설의 줄거리 전개가 의미 응집을 부정하는 끝없는 의미해체를 보여주며, 또 K의 행로는 부단한 욕망의 전이과정이라는 해석도 나오고 있다.

이처럼 성이 무엇일까에 대해서 소설 『성』은 명확하게 대답하지 않는다. 다음에서는 특정한 해석 틀의 제약에서 벗어나 소설의 시대적·전기적 배경을 살펴보고 또 소설 내의 여러 기표들에 유의하면서 성의 세계에 조심스럽게 접근해보고자 한다.

시대적·전기적 배경과 소설 『성』

이 작품을 해석하는 데 있어 당대의 시대 배경이나 작가 카프카의 전기적 상황을 끌어오는 연구자들은 소설에서 K가 갖는 '예외적 위치'에 주목한다. 즉 이방인의 위치다. K는 성과 마을에서 받아들여지기를 원하지만 그러한 행운을 얻지 못한다. 그는 자신이 떠나온 고향을 자주 회상하면서 새로운 땅에 정착하려 하지만 고립된 상황에서 결국 벗어나지 못한다. 외지인으로서 그는 마을 사람들의 환대는 고사하고 배척과 경멸을 받고 노골적인 미움의 대상이 된다. 마을 공동체에서 그에게 허용하는 자리는 학교 관리인이라는 주변적인 위치에 불과하다. K의 이러한 상황은 곧바로 배타적인 유럽의 주류사회에서 정착하기 위해 간난신고의 노력을 벌여온 서구 지향의 유대인들이 처했던 상황을 연상케 한다.

1883년 프라하의 유대인 중산층 가정에서 태어난 카프카는 이러한 국외자의 상황을 오롯이 체험한 작가이기도 하다. 당시 프라하는 오스트리아-헝가리제국에 속한 보헤미아왕국의 수도로, 대다수가 체코어를 사용했다. 독일어 사용자는 소수였고, 독일어를 쓰는 유대인은 그야말로 극소수에 불과했는데, 카프카는 바로 이러한 환경에서 성장했다. 연구자 폴리처(Heinz Politzer)가 '삼중의 게토상황'으로 표현했듯[3] 카프카는 독일어 사용 작가로서 다수의 체코인들에게 속하지 못했고, 또 독일어를 사용하기는 하지만 혈통적으로는 유대인이어서 프라하의 소수 상층부를 형성한 독일인 특권층에도 속하지 못했다. 제국의 수도이자 정치적 중심인 빈에서 멀리 떨어진 프라하 지역에서 주로 활동한 문인이었고, 또 유대인이면서도 서구를 지향했던 까닭에 정작 동구 유대인들을 통해 전승되던 유대교의 전통에서도 뿌리가 뽑힌 삶이었다. 시민의 권리라는 면에서 본다면, 오스트리아-헝가리제국에서는 유대인들도 1849년부터 법적으로 제국의 다른 시민과 동등한 권리를 보장받았다. 이를 계기로 제국 내 많은 유대인들이 특히 경제 분야에 활발하게 진출하기 시작했고 또 유대 전통을 버리고 서구사회에 동화되려는 노력을 기울였다. 남부 보헤미아 시골 출신으로 프라하로 이주해 시내에서 잡화상을 경영했던 카프카의 아버지 헤르만 카프카(Hermann Kafka)는 자수성가한 인물이자 서구 동화의 길을 걸었던 유대인의 전형이라 할 수 있다. 그러나 당시에도 유대인들의 서구 동화 과정은 몹시 불안정할 수밖에 없었다. 민족적·종교적 전통과의 단절도 문제였거니와 자신들이 동화되고자 했던 서구사회

---

3 Heinz Politzer, *Franz Kafka. Der Künstler*, Frankfurt a. M. 1978(1. Aufl. 1965), 2/면.

로부터의 배척도 상존했기 때문이다. 더군다나 19세기 말부터 자유주의의 분위기가 퇴조하고 이를 대신해 민족주의, 반유대주의, 혁명적 사회주의의 물결이 형성되면서 유대인들은 여전히 국외자의 신세를 벗어나기 어려웠고, 사회적 희생양이 되는 상황에 처하기도 했다. 이에 유대인 국가를 독자적으로 건설하려는 운동인 시오니즘(Zionism)이 대두되었다. 이러한 맥락에서 본다면, 이 소설은 유럽의 주류사회, 서구사회에 동화하려고 시도했던 당대 유대인들이 안고 있던 문제를 묘사한 작품으로 읽힐 수 있다.

다른 한편으로 소설에서 K가 이방인으로서 갖는 소외감은 카프카가 소설을 집필할 당시, 그러니까 말년에 가졌던 개인적인 삶의 감정을 보여주는 것이기도 하다. 1922년 초 카프카는 삶에 닥친 여러 위기로 신경쇠약에 시달렸고 이 소설을 쓰기 시작할 무렵의 감정에 대해 일기에 이렇게 적었다: "나는 너무 멀리 와 있고, 추방을 당한 것이다." 이처럼 고향을 상실한 자가 겪는 삶의 고독에 대한 토로는 카프카의 일기 곳곳에서 엿볼 수 있다. 소설의 K 역시 프리다와 사랑을 나누는 장면에서 자신이 너무 먼 "낯선 타향"에 와 있다는 느낌을 갖는다. 이러한 삶의 감정은 크게 보면 작가로서 카프카가 처했던 실존적 상황에서 나왔다.

카프카는 18세가 되던 1901년, 프라하의 독일계 대학(카를-페르디난트 대학)에 입학해 법학을 전공하고, 1906년에 막스 베버의 동생인 알프레드 베버의 지도로 법학박사 학위를 받고 졸업한다. 다만 아버지의 소망과 가족의 기대에 부응하기 위해 법학을 선택했을 뿐, 이는 그 자신의 삶의 목표나 의미는 아니었다. 카프카의 주된 관심은 문학과 글쓰기였다. 대학 시절에 헤르만 헤세와 플로베르 등의 작품을 관심 있게 읽었다. 대학을 졸업하고 1907년 일반

보험회사에 들어가지만, 9개월 만에 회사를 그만둔다. 카프카는 자신의 직업을 자주 '밥벌이'에 비유했는데, 회사 업무로 글을 쓸 여유를 확보할 수 없었던 것이 주된 불만이었다. 그러다가 그는 1908년 친구 아버지의 도움을 받아 준국영기업인 프라하 소재 '보헤미아 왕국 노동자산재보험공사'에 입사하게 된다. 카프카는 1922년 건강이 악화되어 조기 퇴직할 때까지 이곳에서 14년을 재직하면서 오후 2시에 퇴근해 잠과 산책, 식사를 하며 저녁 시간을 보내고 이후 11시부터 새벽 때까지 글을 쓰는 생활을 했다. 그는 1914년 8월 6일자 일기에서 자신의 "꿈같은 내면세계를 서술하는 작업이 삶의 유일한 의미였고, 다른 모든 것들을 부수적인 것으로 만들었다"라고 고백한다.[4]

하지만 글쓰기 작업은 점차 카프카를 범상한 삶에서 더욱 멀어지게 했다. 특히 결혼을 통해 시민적 삶에 정착하는 문제를 고민하지만, 시민적 삶이 그의 본래적인 관심인 글쓰기를 위협할 것을 우려해 평생 주저하는 태도를 보였다. 이 때문에 그는 펠리체 바우어와 두번 약혼했다가 두번 파혼한다.[5] 1914년에 집필한『소송』에는 펠리체와의 첫 파혼을 계기로 카프카가 느낀 죄책감과 자신을 변호하고 정당화하려는 시도가 엿보인다.『성』을 쓰던 무렵에는 극심한 신경쇠약 증세에 시달렸는데, 이때의 편지나 일기를 보면 자기 삶의 종말을 생각하면서 삶을 결산하고 있었던 것으로 보인다.

---

4 Franz Kafka, *Tagebücher*. eds. Hans-Gerd Koch, Michael Müller and Malcolm Pasley, Frankfurt a. M. 1997, 546면.

5 펠리체 바우어는 카프카의 삶과 창작에 중요한 영향을 준 여인이다. 막스 브로트의 소개로, 1912년에 만나 1914년 초여름에 정식으로 약혼하지만 7월에 파혼한다. 1917년 여름에 두사람은 다시 약혼하나, 연말에 다시 파혼하고 카프카는 그녀와 최종 결별한다. 5년간 사귀며 이들은 300여통의 편지를 주고받았다.

1922년 1월 28일자 일기에서 그는 "나는 이제 비유를 들어 말한다면 경작이 이루어지는 땅과 같은 평범한 세계에 비하면 사막 같은 이 다른 세계의 시민으로 살면서——나는 40년 동안이나 가나안을 떠나 살고 있다——외국인으로서 뒤를 돌아보고 있다"[6]라고 토로하면서 작가로서의 자기 삶에 대해 비판적인 결산을 하고 있다. 특히나 시민사회에 제대로 뛰어들지 못한 자기 인생을 "삶 앞에서의 주저함"이라고 표현하면서, 스스로 고독과 병을 자초했다는 회한에 자주 빠진다. 작가는 대체로 글쓰기를 통해서 범상함을 넘어서려고 시도하는 족속이라 할 수 있는데, 카프카는 자신의 글쓰기와 관련해서 작가의 이러한 특별하고도 예외적인 지위가 소명('문학적 소명')일 수도 있지만 냉정하게 보면 자기만족 내지 나르시시즘에 불과한 것일 수도 있음을 지적했다.『성』에는 이처럼 예외적 위치의 추구가 어떤 결과를 가져오는지를 보여준다. 다시 말해 이 소설에는 주어진 삶에 만족하지 못하고 높은 목표를 설정해 자신을 특별한 소명을 받은 존재로 여기면서 다른 사람들과의 조화로운 삶을 영위할 능력이 없는 작가 자신의 모습이 투영되어 있다.

하지만 이 소설을 카프카의 다른 텍스트와 마찬가지로 작가의 예외적 위치에 대한 성찰이나 반유대적인 서구사회에서 인정과 통합을 추구한 유대인들의 힘겨운 동화 노력에 대한 서술로만 보는 것은 너무 협소한 해석일 것이다. 오히려 소설의 개방적 성격을 고려하면서도 적극적인 해석을 위해서는 소설에서 방대한 분량을 차지하는, K가 맞선 성의 정체와 성에 진입하려는 K의 의도와 성을 상대로 벌이는 투쟁의 성격을 살펴봐야 할 것이다.

---

6 Franz Kafka, 같은 책, 893면.

종교적 상징과 의미 부재의 기호라는 극단 사이에서

성은 이 소설에서 자장의 중심에 해당하면서도 '확정될 수 없는' 장소로 서술되고 있다. 성은 비밀스럽고도 매혹적인 장소, 주인공 K가 토지 측량사로 부름을 받았다고 하는 곳, 또 K가 꼭 도달하려고 하지만 결코 이르지 못하는 영역이다. K는 삶의 다른 대안들은 수단 정도로만 여기고 소설의 마지막에 이르기까지 성에 자신의 목표를 고정한다. 그는 자신의 삶과 일에 대해 성의 인정만이 자신의 유일한 정체성인 양 여기며, 그 목표를 이루기 위해 투쟁한다. 그런데 이야기 전개에서 핵심적인 위치를 차지하는 성은 명확한 모습으로 묘사되지 않고, 따라서 강렬한 이미지를 지니면서 보다 차원 높은 의미 내용을 지시해주는 기호의 역할을 하지 못하고 있다. 그렇지만──잉게보르크 헤넬(Ingeborg Henel)이 지적하듯이──성과 소설 세계 전체가 주인공 K의 상상력이 빚어낸 투사에 불과하다고 보기는 어렵다.[7] 소설을 정독해보면 성은 주로 K의 시각에서 서술되고 그의 내면 상태를 반영해주는 측면도 있지만, 소설 내에서 객관적인 현실로 엄연히 존재한다.

다른 한편으로 소설에서의 성은 현실에서의 성과는 차이가 있다. 보는 시간에 따라, 보는 사람의 심리 상태에 따라 그 모습이 변하기 때문이다. 소설 내에서 각 인물이 성에 대해 지닌 이미지와 문제의식은 마을에서 그들이 처한 상황과 마찬가지로 제각각이다. 각자는 자신의 소망 또는 불안을 성에 투사시키고 있다. 성은 K에

---

7 Ingeborg Henel, "Die Deutbarkeit von Kaflas Werken (1967)," in *Franz Kafka*. ed. Heinz Politzer, Darmstadt 1973, 259f면.

게, 프리다에게 또 마을 사람들에게 각기 다른 의미를 띤다. 대부분의 마을 사람들은 성에 대한 K의 태도가 순진하다고 여기고, 대화를 통해 일종의 '계몽 작업'을 하면서 그의 시각을 바꿔보려 한다. 또 성에 대한 인물들의 해석이 서로 갈등을 빚음으로써 각 인물의 관점이 보다 구체적인 윤곽을 드러내기도 한다. 이렇게 보면 성은 인물들이 취하는 관점을 통해 각 인물들 간의 상호 관계, 자신에 대한 관계, 삶에 대한 관계를 암호로 제시하는 듯 보이기도 한다. 따라서 성의 의미를 성급하게 확정해버리면 소설의 해석 작업은 지평이 제대로 열리지도 못한 상태에서 멈춰버릴 수 있다.

한가지 분명한 것은, 성의 이미지를 보면 이 소설이 여러 양상의 권위 내지 권력을 다루고 있다는 점이다. 성주는 베스트베스트 백작이라고 언급되지만 직접 모습을 드러내지는 않고, 성은 여러 관리가 활동하는 성의 관청에 의해 운영되며 성의 관리들은 성에 속한 마을의 일까지 지배하고 있다. K와 마을 촌장의 대화(5장)를 보면 성의 관청과 관련해 관료체제의 혼란과 비효율성에 대한 많은 풍자도 엿보인다. 다른 한편으로 성의 관리들은 분명 역사에서 사라진 귀족계층이 누렸던 그런 존경을 여전히 요구하고 있는 듯 보인다. 카프카가 이 소설을 쓰던 시기가 오스트리아-헝가리제국, 독일제국, 러시아제국 등 여러 제국이 붕괴한 직후였다는 점을 감안하면, 이러한 권위에 대한 풍자적 묘사는 어느정도 이해된다.

나아가 소설에서의 성의 이미지는 정치권력의 영역을 넘어 불가해한 종교적 영역을 의미한다고 해석할 수 있는 암시도 준다. 성과 마을 주민들의 관계를 보면, 성은 마을 주민들에게 거의 종교적 숭배의 대상이 되어 있다. 또 주인공 K의 모든 노력이 지향하는 곳이면서 도저히 접근할 수 없는 절대적 영역으로 설정되어 있다.

'베스트베스트'(Westwest)라는 성주의 이름도 이러한 해석을 지지해주는 듯하다.[8] 따라서 성을 '신의 은총'(의 영역)에 대한 알레고리로 보는 가장 오래된 종교적 해석이 여전히 지속적인 영향을 끼치는 것은 우연이 아니다. 『성』의 초판(1926)을 편집한 막스 브로트는 '초판 후기'에서 『소송』과 『성』을 비교하면서 두 소설이 신성(神性)의 두 현현 양식을 각각 구현하고 있다는 견해를 보였는데, 그가 제시하는 유대교의 두 신성은 '심판'과 '은총'이며 『소송』에는 심판이라는 신성이, 『성』에는 은총이라는 신성이 제시되어 있다는 것이다. 브로트의 해석에 따르면, 성은 인간의 삶에 영향을 미치는 초월적 힘의 중심부이고, K의 적극적인 추구는 이 영역에 진입하여 은총의 세계를 체험하려는 노력이다. 한스-요하임 쉡스(Hans-Joachim Schoeps)와 같은 해석자도 성의 관청은 인간의 이해력으로는 접근하기 어려운 절대적 영역의 측면을 보이며, K는 구원에 대한 해답을 구하는 인간, 나아가 기독교적인 신앙의 문턱에 서 있는 인물로서 신이 없는 세계에서의 인간의 비참함을 보여주는 존재라고 해석한다. 이러한 해석들은 모두 유대교의 부정적

8 '베스트베스트'에는 해가 지는 방향인 서쪽이 중첩되어 있다. 이것은 동구 유대인들의 서구 지향을 비롯해 해가 지는 방향인 서쪽의 의미가 강조되었으므로 '몰락' 내지 '죽음'의 영역은 물론 완전한 종말과 죽음의 영역에서 더 나아간, 죽음이 극복된 영역 내지 영원한 생명의 장소로 해석되기도 한다. 유대교의 맥락에서 본다면 서쪽은 과거 유대인 성전에서 성소(聖所)로 들어가고, 또 성소 안에서 지성소(至聖所)로 들어가는 방향이기도 하다. 십계명이 새겨진 석판이 보관된 지성소는 대제사장이 1년에 단 한번 속죄를 위해 들어갈 수 있었던 곳으로 신의 임재, 신과의 만남의 장소다. 따라서 신학적 측면에서 본다면 성이 그 본질상 신이 은총의 영역이나 인간의 이해력을 뛰어넘는 섭리로 해석되는 것도 무리가 아니다. 신의 영역은 인간에게는 범접할 수 없는 영역이며, 성에 도달하지 못하는 상황은 신과 인간 사이에 존재하는 극복될 수 없는 거리를 보여준다.

인 구속신학과 일맥상통한다.[9]

하지만 소설에서 성의 관청이 부조리의 상징이라고 여겨질 정도로 비합리적인 권력기구의 모습을 보인다는 점에서 일찍부터 신학적 내지 종교적 해석에 이의가 제기되기도 했다. 예를 들어 크라카우어(Siegfried Kracauer)와 같은 해석자는 성의 관청은 신의 섭리와는 거리가 멀고 기껏해야 지옥과 같은 곳이며, 이 소설은 진리로부터 배제당한 인간의 모습을 보여주는 해피앤드가 없는 반(反)동화에 해당한다는 견해를 보였다.[10] 다시 말해 만약에 성을 신의 은총의 영역으로 간주한다면, 작가인 카프카는 그러한 은총의 가능성을 배제하는 서술로 나아갔다고 본 것이다. 에리히 헬러(Erich Heller)와 같은 해석자도 성 관리들의 비행(非行)을 지적하면서 성은 오히려 고대 그노시스파에서 말하는 악마들이 주둔하는 영역이라고 본다.[11] 이러한 극단적인 입장과는 달리 불가해한 성의 권력을 쇼펜하우어가 『의지와 표상으로서의 세계』에서 제시한 이미지에 부응하는 것으로 보는 견해도 있다. 쇼펜하우어(Arthur Schopenhauer)는 "우리는 다만 이미지들과 이름들에만 이를 수 있으며, 성을 빙빙 돌며 입구를 찾는 데는 성공하지 못하고 가끔 전면을 스케치하고 있다"[12]면서, 이 세상은 아무리 탐구해봐도 사물의 진정한 내적 본질에는 이를 수 없다는 견해를 보인다. 그의 시

9 Hans-Joachim Schoeps, "Theologische Motive in der Dichtung Franz Kafkas," in *Die neue Rundschau* 62 (1951), 29면.

10 Siegfried Kracauer, "Das Schloß Zu Kafkas Nachlaßroman," in *Franz Kafka Kritik und Rezeption 1924-1938*, ed. Jürgen Born[u.a.], Frankfurt a. M. 1983, 104f면.

11 Erich Heller, *Franz Kafka*, München 1976, 10면.

12 Arthur Schopenhauer, *Die Welt als Wille und Vorstellung I*, Züricher Ausgabe, § 17, 141면.

각에서 본다면 성에 진입하고자 하는 시도는 세계의 본질을 파악하려는 시도에 다름 아니다.

어떤 해석자들은 성과 마을의 관계, 성 관청에 대한 묘사, 성의 관리들과 마을 주민들과의 관계를 근거로 성을 근대 이후의 관료제와 같은 권력기구로 파악하기도 한다. 벤야민은 더 나아가 모든 것을 기록하고 통제하는 관리들의 세계인 성이 가부장적인 권위의 실체, 부패한 "아버지들의 세계"를 상징하는 것으로 보았다.[13] 실제로 카프카는 부자 갈등을 심하게 겪었는데, 개인의 삶에서 체험한 이러한 원리가 『성』에서는 세계를 관통하는 원리로까지 고양되고 모든 것을 포괄하는 가부장적 지배체제, 즉 신의 위상에 버금가는 존경을 만끽하는 비합리적인 권력기구로까지 확대되었다고 보는 것이다. 전체주의적 지배체제는 K뿐만 아니라 마을 주민들까지도 내적·외적으로 종속되게 만들며 이들의 자유로운 삶을 방해한다. 그 속에서는 관리들조차 하나의 부속품 따위로 전락해 개성도 상실하고 스스로 소외되어 있다. 또 카프카의 작품을 보면 인간의 삶에서 실제로 상부를 형성하는 그런 집단은 법원이든 관료체제든 이 같은 가부장적인 봉건성을 지향하고, 개인의 실존을 위협하는 것, 대체로 부정적인 것으로 묘사된다. 실제로 현대 관료제를 보면 익명적일 뿐만 아니라 그 중심으로 향하는 길은 하나의 미로와 같다. 성은 실제적으로 존재하지만 그 중심부와 접촉하는 이는 없기에 성과 관련된 모든 것은 불명확한 상태로 남는다.

---

13 벤야민에 따르면 카프카의 소설에 나오는 법원의 세계나 관료들의 세계는 부패한 "아버지들의 세계"를 상징하며, 주인공들은 이러한 "아버지들의 세계"와의 투명한 대결을 벌이며 그 세계를 폭로한다. Walter Benjamin, *Benjamin über Kafka. Texte, Briefzeugnisse, Aufzeichnungen*, ed. Hermann Schweppenhäuser, Frankfurt a. M. 1981, 10면.

성에 대한 보다 현대적인 해석에서는 성을 어떤 다른 영역에 대한 비유로 파악하기보다는 세속적이고 탈종교적인 시대에 대한 전형적 우화 내지 영적인 권위에 대한 사람들의 욕망이 투사된 것으로 본다. 다시 말해 카프카는 이 소설에서 사람들로 하여금 영적인 권위가 있다고 믿도록 하며 그러한 요구에 굴복하게 만드는 심리적 메커니즘을 서술했다고 보는 것이다. 그러한 요구들은 실은 사람들의 욕망과 희망에 근거한다. 몇몇 예외를 제외하고 마을 사람들은 권위를 스스로 창출하고 그 권위에 예속된 모습을 보인다. 소설에서 K는 그러한 권위를 문제 삼는 인물로 설정되어 있다. 그는 토지 측량사이고 경계선을 측정하는 그의 작업은 합리적인 계산에 토대를 두고 있다. 이러한 점에서 그는 종교를 상실하는 동시에 환멸감에 시달리는 근대 세계의 대변자라고 할 수 있다.

소설 속에서 성은 실제로 전통적인 종교적 건축물, 예를 들어 교회와 상당히 대비되는 방식으로 묘사된다. K는 마을에 도착한 다음 날, 성을 바라보면서 마음속에서 고향의 교회 탑과 성의 탑을 비교해보는데 "고향의 탑은 분명 이 지상의 건축물"이면서도 "저 나지막한 여러채의 가옥보다도 높은 이상을 품은 채 여기서 만나는 우울한 평일의 표정보다는 더 명랑한 인상"을 준다. 다시 말해 고향 교회의 첨탑은 일상을 넘어서는 어떤 이상을 추구하고 일상을 넘어서는 명료한 인상을 주는 반면, 성은 그렇지 않았다. 성은 또한 "유서 깊은 기사의 성이나 새로 지은 화려한 건축물"이 아니었고 저층 건물들이 운집한 형태로 되어 있어, 그것이 성임을 몰랐다면 자그마한 도시쯤으로 여길 수도 있을 법하다. 다시 말해 그것이 성임을 알아보기 위해서는 우선 믿음의 눈이 필요하다는 것이다.

성은 여러모로 정체를 파악하기 어려운 대상이다. K가 마을에 도착한 첫날, 성은 어둠에 잠겨 있었고 큰 성이 있음을 암시해주는 희미한 불빛조차 보이지 않았다. 그래서 K는 "아무것도 없어 보이는 허공"을 한참이나 쳐다보았다. 다음 날 K는 걸어서 성에 이르고자 하지만, 성을 향해 걸어도 오히려 멀어질 뿐 도무지 성에 접근할 수가 없다. 마부 게르스태커는 성으로 데려가달라는 K의 요청을 간단히 거부한다. K는 성의 심부름꾼인 바르나바스가 자신을 성으로 데려갈 것이라 기대하고 그와 동행하지만, 바르나바스는 K를 자기 집으로 인도해간다. 바르나바스조차 자기가 드나드는 사무실이 정말 성의 사무국인지, 또 자신에게 전언을 전달하도록 한 관리가 정말 클람인지 확신하지 못한다.

성의 고위 관리이자 바르나바스를 통해 K에게 편지를 보낸 클람역시 혼동을 불러일으키는 존재다. 클람(Klamm)이라는 이름은 카프카에게도 친숙한 체코어의 'klam'에서 유래한 것으로 착각, 자기기만, 망상을 뜻한다. 철학적으로 보면 성은 분명 인간의 착각이나 미망을 의미하는 장소일 수 있다. K는 헤렌호프의 주점에서 프리다의 도움을 받아 엿보기 구멍을 통해 클람이 책상에 앉아 있는 모습을 목격한다. 그런데 클람은 어느 때, 어느 상황에서 보느냐에 따라 다른 모습을 하고 있음도 드러난다. 그리고 그 모든 차이는 대체로 잠깐 클람을 보는 것이 허용되었던 사람들이 처했던 순간적인 기분, 흥분 상태, 희망과 절망의 정도에 따른 것이다. 이처럼 성에 대한 K와 마을 사람들의 견해는 자신의 욕망이나 불안을 투영한 것에 지나지 않는 경우가 많다. 그러한 권력은 객관적으로 존재하는 것이기도 하지만, 동경과 공포의 산물이기도 하다. 마을 사람들은 어떤 방식으로 성에 종속되어 있고 또 자신들이 겪는 차별을 당연하게 받아들인다. 마을 도처에 권위에 대한 맹신이 존재한다.

성과 클람은 소설 속 인물들이 자신들의 감정을 집중적으로 투사하는 대상이기도 하다. K에게 성에서 들려오는 경쾌한 종소리는 고통을 주는 울림이기도 하지만 "마치 그가 막연히 동경하던 바가 실현될 것임을 암시라도 하는" 듯 울리며 그의 가슴을 떨리게 한다. K의 모든 동경은 실제로 성을 향한다. K는 번번이 헛수고를 하면서도 성에 이르려는 목표를 포기하지 않는다. 프리다와 가까워지려는 것도 클람이 성의 권력의 중심에 있기 때문이다. 클람을 만나고자 하는 소원, 성으로 들어가고자 하는 K의 욕망은 그것을 계속 거부하는 냉혹한 현실보다 더 강렬하다. 마을 사람들은 성에 대해, 성의 관리들에 대해 경외심을 갖고 있다. K는 학교 선생으로부터 어린아이들 앞에서 베스트베스트 백작의 이름을 언급하지 말도록 경고를 받는다. 한때 클람의 애인이었던 다리목 여관의 여주인 가르데나도 K에게 클람의 이름을 직접 부르지 말라고 부탁한다. 어떤 중요한 지시가 있는 경우에는 "클람의 이름으로"라는 구호가 등장한다. 촌장의 아내는 클람이 보낸 편지를 보고는 마치 기도하듯 두 손을 합장한다.

성과의 소통 역시 장애를 겪는다. 성에는 전화가 있어 내부적으로는 끊임없이 통화가 이루어지는 것으로 보이지만, 마을과 성의 직접적인 소통은 일어나지 않는다. K는 클람으로부터 두통의 편지를 받는데, 편지의 내용으로부터 어떤 분명한 해석도 끌어낼 수가 없다. 첫번째 편지에는 클람이 성의 관청에 봉사하는 K를 주시하겠다는 내용이 들어 있지만, 마을의 촌장은 그 편지가 어떤 공식적인 문서도 아님을 지적한다. 두번째 편지에는 K가 훌륭하게 업무를 수행하고 있고 업무를 계속하도록 격려하는 내용이 들어 있으나, K는 자신이 실제로 어떤 토지 측량 업무도 하지 않았으므로 이러한 내용에 오히려 실망한다.

성이 지닌 특이한 권위와 권력은 마을 주민들까지 내적·외적으로 종속되게 만들며 자유로운 삶을 방해한다. 마을 사람들은 기형적인 모습을 하고 있고, 마을은 물질적으로도 빈곤하고 감정 면에서도 궁핍한 상태에 있어 해방을 필요로 한다. K를 다리목 여관으로 데려다주는 게르스태커의 다소 학대를 당한 듯 구부정한 모습은 물론 K를 지켜보는 마을의 농부들도 "고통에 시달린 얼굴들"을 하고 있고, "머리통은 마치 얻어맞은 듯 정수리 쪽이 납작하게 찌부러져" 있다. 다리목 여관 여주인, 주점 여급 프리다, 프리다의 자리를 잠시 떠맡게 된 객실 담당 하녀 페피 등 소설 속 여자들은 힘겨운 노동으로 쇠약해 있다. 소설에서 여자들은 대부분 성에 매여 있고, 기능적으로 성의 위계에 편입되어 있다. 그럼에도 마을 사람들은 이해할 수 없는 경외심을 보이며 자신들이 성과 관리들에게 종속되어 있음을 인정한다. 성의 관리들은 고대 그리스의 신들처럼 자신들의 권위를 남용하여 마을 여자들과 성적인 관계를 맺기도 한다. 다리목 여관의 여주인 가르데나는 이십여 년 전에 클람과 겨우 세번 만난 적이 있는데, 그녀의 삶은 클람에 대한 추억에서 여전히 헤어나지 못하고 있다. 클람의 애인인 프리다는 K를 만나면서 클람을 일시적으로 떠나지만, 결국 K를 버리고 다시 헤렌호프 주점으로 돌아간다. 반면 바르나바스의 여동생 아말리아는 소르티니라는 성 관리의 무례한 성적 호출을 받지만 그것을 거부해온 가족이 마을 공동체에서 배척당하는 신세가 된다. 즉 성의 권위에 저항하는 소수는 성의 권위를 인정하는 기형적인 다수에 의해 부서지고 배척당한다.

토지 측량사 K?

소설에서 K는 이방인 내지 아웃사이더로서 마을 주민들의 성에 대한 맹신적인 태도와는 거리를 둔 인물이다. 처음 마을에 도착했을 때 그는 성에 대해 아무것도 모르는 채로 성의 초빙을 받은 토지 측량사라고 자처한다. 마을에서 K는 특히 자신을 담당하는 성의 관리인 클람과의 대면을 요구하면서 계속 이런저런 금기와 맞선다. 다리목 여관의 여주인 가르데나는 K에게 클람을 마주본다는 것은 도무지 불가능한 일이라 말하지만, K는 자신이 클람을 보는 일을 견뎌냈다고 자랑한다. K는 여주인이나 프리다가 특히 미워하는 바르나바스네 가족과 친교를 맺음으로써 마을 공동체의 금기를 깨트린다. 이러한 K의 태도는 마을을 지배하는 비이성적인 전통과 관습을 과감히 반박하는 합리주의자의 태도다. 그는 클람과의 만남이 불가능하다는 가르데나의 주장이 근거 없는 것임을 입증하고자 한다. 그는 또 마을의 대표인 촌장과 그의 조수인 학교 선생과도 입씨름을 벌인다. 그는 학교 관리인으로 임시로 고용되었을 때 학교 선생의 부당한 대우에 항거하고, 선생이 화가 나서 해고를 통고하자 고용 주체가 아니므로 해고할 수 없다는 점을 소상히 밝히기도 한다. 후에 그는 모두가 필요하다고 여기는 마을 비서 모무스의 심문에도 응하지 않으며, 아말리아가 당한 소르티니의 외설적인 공세에 대해 듣고는 처녀의 아버지가 즉각 성의 관청에 공식적으로 항의했어야 한다는 견해를 보인다.

K는 이상하게 전통에 사로잡혀 있는 마을 공동체에서 상식과 계몽의 힘을 보여주는 존재다. 토지 측량사라는 그의 업무는 측량 작

업과 더불어 필요한 경우 사람들이 소유한 땅의 경계선을 교정하는 것이다. 즉 그는 마을에서의 소유 관계를 바꿀 수도 있는 인물이다. 브룬스비크가 토지 측량사의 초빙을 원하는 세력이 된 까닭도 이와 무관하지 않을 것이다. K는 마을 사람들이 비참한 상황을 자초한 측면도 있음을 지적하는데, 소설에서는 두가지 극단적인 사례가 제시된다.

우선 가르데나는 클람에게 버림받고 심적으로 힘든 상태에서 남편 한스를 만나 결혼하면서 형편없는 상태였던 다리목 여관을 인수해 일으켜 세워놓았다. 그럼에도 불구하고 그녀는 클람이 신호만 하면 모든 것을 버려두고 클람에게로 돌아가겠다고 한다. K는 클람이 실은 그녀가 현재의 상태에 도달하도록 도와주었음을 짚어준다. 즉 그녀가 한스의 위로를 받으며 함께 시간을 보내게 된 것도 클람 덕분이고, 그녀의 결혼에도 그녀가 클람의 애인이었다는 점이 유리하게 작용했으니 결국 이 모두가 클람의 영향이었다는 논리다. 그럼에도 그녀가 스스로를 불행하다고 여기는 것은 꽤나 세월이 흘렀음에도 낭만적인 사랑의 파괴적 영향에 머물러 있기 때문이라는 지적이다. K의 논리에 따르면 가르데나는 클람에 대한 무용한 애착을 버리고 일상적인 삶을 살 때 행복을 추구할 수 있을 것이다.

다음으로 바르나바스네 가족은 아말리아가 소르티니의 호출을 거부하면서 자신들이 마을 공동체로부터 저주를 받았다고 여긴다. 마을 공동체 모두가 그들에게서 등을 돌리고 경멸하며 소외시킨 탓에 그들 가족은 가난해졌고, 성의 은총을 구하는 일에 맹목적으로 매달린 아버지는 병을 얻었고, 맏딸인 올가는 성에 대한 정보를 구하기 위해 헤렌호프의 주점을 드나들며 성 관리들의 김승 같은 하인들에게 시중드는 일을 하고 있다. 이러한 상황에서 오직 희망은 성의 심부름꾼 일을 맡은 바르나바스뿐이나, 이 역시도 정식으로 임명된 것은 아닌 아무것도 보장할 수 없는 임시적인 상황에 불과할 뿐이다.

K가 바르나바스네 집에서 듣게 되는 아말리아에 대한 이야기 (15~20장)는 이 소설에서 특별한 의미가 있어 보인다. 이들 가족의 운명은 K의 관심을 끌게 되는데, 즉 성에 대한 아말리아의 거부와 다른 가족 구성원들의 부단한 노력 속에서 K는 자신의 노력에 비견되는 무엇을 보게 된다. 물론 아말리아는 여러 면에서 K와는 대조적이다. K는 그녀를 처음 보았을 때 "진지하고도 직설적인 눈길, 확고하면서도 어쩌면 다소 우둔한 느낌도 주는 그런 시선" 때문에 마음이 살짝 심란했다. 그것은 차갑게 거리를 두는 시선이다. 성 관리의 구애를 아말리아가 거부한 것에 대해서도 해석이 분분하다. 관리들의 제안이 어떤 성격의 것인지는 불분명하지만, 가르데나나 프리다는 그것이 자신들을 충족시키는 것 내지 고양시키는 것이라고 본 반면, 아말리아는 충동적 사건 내지 폭력으로 파악한다. 성을 신의 은총의 영역이라고 본 막스 브로트에 따르면, 소르티니의 초대는 일상의 도덕성을 넘어서는 신의 명령에 해당한다. 이러한 명령은 구약에서 아브라함에게 아들 이삭을 번제(燔祭)로 바치라고 했던 명령처럼 도덕적인 차원을 초월하는 것이다. 로버트슨 (Ritchie Robertson) 같은 연구자는 축제 때 기증된 소방차에서 비롯된 성적 암시들(물과 불, 성적인 것을 모두 암시하는 소방차의 호스)을 토대로 올가는 성적 분방함을, 아말리아는 금욕주의를 표방한다고 해석한다.[14] 종교적인 해석을 따를 경우, 소방대의 축제란 결국 기독교적인 의미에서 성령의 세례를 의미할 수도 있고, 디오

니소스적인 축제를 의미한다고도 할 수 있다. 이 경우 아말리아는 기독교의 은총의 세례에 대해 금욕적이고 거부적인 유대교의 태도 또는 이교도의 축제에 저항하는 초기 기독교의 모습을 연상시킨다. 성 관리의 제안이 무엇이든 아말리아는 경직되고 확고한 태도를 보인다. 올가의 지적처럼, 이러한 아말리아의 태도는 오만한 성 관리들에 의해 행해지고 전통에 의해 관습화된 성적 착취를 거부했다는 점에서는 영웅적이다. 하지만 수동적인 거부에 머물 뿐, 성의 권위를 부정하기란 불가능하고 그 권위에 복종하지 않는 채로는 어디로도 갈 수 없는 상황이다. 그녀의 행동은 고결한 자기주장이지만, 권위에 대한 저항의 차원을 벗어나지 못하는 한은 무용할 뿐이다. 이러한 점에서 아말리아 에피소드는 소설에서 K의 노력을 비추는 거울로 기능한다.

K는 아말리아의 이야기를 제대로 듣기 전까지는 성에 사로잡혀 있었다. 그 과정에서 여러 실망스러운 경험을 했음에도 K는 어떤 교훈도 얻지 못한 듯 보인다. 그가 그토록 닿고자 하는 성은 밝은 대낮에 보면 평범하고 보잘것없다. 성의 심부름꾼인 바르나바스는 처음에는 비단옷을 입고 유쾌한 미소를 머금은 매력적인 인물로 보이지만, 성으로 향하리라는 기대에 그를 따라 마침내 도착한 곳이 누추한 그의 집이라는 사실에 정신을 차리고 보니 바르나바스는 생기를 잃은 초라한 존재였고, K를 현혹시켰던 겉옷 아래로 누덕누덕 기운 거칠고 더러운 셔츠가 드러난다.

K와 그의 약혼녀인 프리다의 관계 또한 양가적이다. 프리다는 헤렌호프 주점의 여급이자 클람의 애인으로 알려져 있었는데, 이

14 Ritchie Robertson, *Kafka: Judentum, Gesellschaft, Literatur*, Stuttgart 1988, 330면.

같은 그녀의 지위에 끌린 K는 그녀와 함께 밤을 보내고, 이튿날 그녀를 데리고 나와 다리목 여관에서부터 함께 지내며 결혼 계획까지 세우게 된다. 하지만 성 관리들의 세계에 강박적으로 매달리고 이 밖의 일은 모두 대수롭지 않게 여기는 K의 행동으로 이들 관계는 어그러지고 만다. 프리다는 K가 자신을 소홀히 대해왔다고 비난을 가하는데, 실제로 K는 그녀가 클람의 이름을 언급할 때만 귀를 기울였다. 결국에는 K가 아말리아 가족의 일에 관심을 갖고 아말리아의 집에서 성에 관한 이야기를 들으며 오랜 시간을 보내자, 프리다는 이를 배신으로 여기고 K를 떠나 여관 주점으로 되돌아간다. 두사람의 관계에 대해 소설에서는 두가지 해석이 제시된다. 프리다와 가르데나는 K가 다만 클람에게 접근하기 위해 프리다와 관계를 맺은 것으로 프리다를 이용하고 기만한 것이라고 보는 반면, 페피의 설명에 따르면 프리다는 단지 진전이 없는 클람과의 관계로 인해 위태로워진 자신의 명성을 유지하기 위해 K를 이용했다는 것이다.

하지만 이 모든 사건에도 불구하고 K가 왜 그렇게 성에 집착하는지, 또 클람과의 면담에 왜 그토록 필사적인지는 분명하지 않다. K는 자신이 정말 클람에게 무엇을 원하는지는 말하기 어렵다고 고백한다. 주인공 K에게서는 주어진 상황에 만족하지 못하고 무엇보다 목표를 좇아 돌진해가는 공격적인 기질이 엿보인다. 그 이유는 불분명하지만 그는 처음부터 성과 자신이 갈등 관계에 있다는 확신에 사로잡혀 있다. 그는 자신을 토지 측량사라고 소개하는데, 히브리어로 토지 측량사에 해당하는 'maschoach'는 '메시아'를 뜻하는 'maschiasch'를 바로 연상시킨다. 메시아는 '기름부음을 받은 자'로서 구약성서에서는 장차 올 유대인의 왕으로서 구세주의 의미를 갖고 있고, 세상을 변혁하는 혁명적인 인물이기도 하다. 소설에서 K는 마치 소명을 받은 메시아처럼 행동한다. 독일 문학의 전통에서 보자면 K는 20세기의 파우스트에 해당하는 인물이다. 인간에게 주어진 틀을 벗어나고자 노력하는 인물, 계속 멀어지는 목표를 끊임없이 추구하는 인물이다. 쇼펜하우어가 '의지'라고 규정한 형이상학적 힘에 의해 부단히 내몰리는 인물이다.

소설에서 K의 정체를 파악하기는 힘들다. 그의 출신 내력이나 지위는 물론 진짜 직업이 무엇인지 전혀 알 수 없다. 그의 성격을 규정하는 주요한 어린 시절의 경험 중 하나는 공동묘지의 담장에 기어올라 깃발을 꽂으며 승리감을 만끽한 일이다(2장). 그때 그는 담장 아래를 내려다보고 사방을 둘러보고 땅에 박힌 십자가들을 바라보면서 자신보다 더 위대한 사람은 없다고 여겼다. 그것은 의지의 승리이고, 죽음에 대한 상징적 승리였다. 하지만 지금의 그는 이러한 공격적인 기질로 얻어낸 것들에 실망한다. 그가 담장을 정복하면서 얻은 승리감은 마을에서 성과 대결하게 하는 추동력이지만, 클람의 눈썰매에서 헛되이 기다리고 난 후 K는 자신이 쟁취했다고 여기는 자유, "이러한 난공불락의 상태보다 더 무의미한 것, 더 절망적인 것도 없을 거라는" 생각을 갖게 된다(8장).

다른 한편으로 K는 동성애적인 성향도 보인다. 바르나바스를 처음 만났던 때의 묘사를 보면, 그는 특히 젊은 남자들에게 끌리는 듯 보인다. '뷔르겔 장면'(23장)에서는 K의 두가지 충동, 즉 공격적인 남성성과 부드러운 동성애적 충동이 동시에 엿보인다. 성과 마을 간 가장 중요한 연락책인 뷔르겔은 K의 문제를 다룰 수 있는 권한을 기긴 비서로 등장한다. 그는 비서들이 보통은 가능한 한 민원인을 피하거나 잘 준비된 상태에서 맞이하지만, 민원인이 한밤중에 비서의 방을 우연하게 습격하는 경우라면 방심한 나머지 민원인의 요청을 들어주게 된다고 말한다. K는 다른 비서의 소환을 받았지만 실수로 뷔르겔의 방에 들어선 차에 이러한 기회를 맞게 된 것이나 육체적으로 너무 지친 탓에 절호의 기회로 보이는 그 기회를 활용하지 못하고 뷔르겔의 침대에서 잠들어버린다. 그런데 "누가 모든 걸 보증할 수 있겠어요?"라는 뷔르겔의 수사적 질문을 보면, 그것이 과연 K에게 절호의 기회인지 불분명하고, 뷔르겔의 고백 역시 다른 관료들과 마찬가지로 K가 성에 이르지 못하도록 하는 일종의 미로 역할을 한다고도 볼 수 있다. 하여튼 K는 그동안 잘못된 장소에서 애를 쓴 바람에 정작 기회의 장소에서는 싸움을 벌일 여력이 없었다. 뷔르겔은 나중에 K가 처한 이 불운한 상황을 이렇게 묘사한다. "육체의 힘은 어느 한도까지만 이르는 법이고, 바로 그 한계 지점이 보통은 의미심장하다고 해도 우리로서는 어쩔 수 없는 것이 아니겠어요? 아니, 그 점에 있어서는 누구도 어쩔 수 없어요. 세상은 그런 식으로 스스로를 교정하고 균형을 유지하면서 돌아가고 있어요. 그것은 다른 점에서는 암울할지 몰라도 탁월한 장치, 언제나 다시 보아도 믿을 수 없을 정도로 훌륭한 장치인 것이죠."(23장)

다시 말해 성의 영역에 이르고자 하는 K의 노력은 지상의 인간으로서는 극복할 수 없는 한계를 넘으려는 시도였다는 것이다. K는 잠든 상태에서 성에 대한 승리를 암시하는 꿈을 꾸게 되지만, 그가 거둔 승리는 그리스 신상을 닮고 소녀처럼 새된 비명을 지르는 벌거숭이 남자 비서와의 씨름이었고, 이내 싸움의 상대마저 떠나고 덩그러니 혼자 남은 상황을 맞는다. 감각이나 언어로 더이상 경험할 수 없는 것이 미메시스(mimesis)적으로 수행되는 상황을 꿈이라 할 때, 동성애적 연상을 불러일으키는 이 꿈은 K가 성에 대해 적극적으로 벌이는 투쟁이 결국 어떤 의미 있는 승리도 가져다주지 못함을 보여준다.

무의식으로의 하강은 K에게 변화를 가져다준다. 그는 성의 관리들에 대한 공격적이고 강박적인 태도에서 해방되고, 의지의 한계 아래에 있는 원천에서 자신의 정체성을 끌어내면서 새로운 인간으로 깨어난다. 그는 성의 관리들이 아무도 원치 않는 서류 조각, 어쩌면 자신의 서류일지도 모를 그 조각을 하인이 찢는 것을 목도하면서도 이전에는 볼 수 없는 겸허한 태도를 보인다. 자신이 무엇인가를 할 수 있고 다른 사람들과는 달리 더 많은 것을 달성할 수 있다는 생각이 오류임을 깨달은 듯하다. 이후부터 그는 다른 사람들을 대할 때 부드러운 모습을 보인다. 다른 한편으로 그에게는 더 이상 투쟁의 대상이 되는, 다른 의미 있는 일이 거의 남아 있지 않다. 이 대목에 이르면 죽음에 대한 암시가 더욱 빈번하게 등장하는데, 특히나 페피가 겨울을 같이 보내자며 K를 초청하는 하녀들의 방은 불안스러울 정도로 무덤을 연상시킨다. K에게는 죽음 외에 다른 삶의 전망은 더는 보이지 않는다. 소설의 서사는 전체적으로 사랑, 상실, 적어도 무의식의 차원에서 자기인식의 지향이라는 궤도를 따라간다. 그러나 K의 자기인식은 너무 늦은 것이다. 브로트에 따르면, 카프카는 K가 투쟁을 멈추지는 않지만 너무 지쳐 죽어가는 순간에 성으로부터 합법적으로 마을에 살게 해달라는 그의 청구를 승인할 수는 없지만 그가 처한 특별한 상황을 고려해 임시로 마을에 거주하면서 일하는 것을 허락한다는 내용의 통지를 받는 결말을 구성했다고 하는데, 그것은 성공인 듯 보이나 실상은 실패를 의미하는 결말이다.[15]

그런데 소설에서는 K가 성을 상대로 벌이는 고독한 투쟁이 아닌 다른 대안들도 제시되었다. K가 마을에 도착한 다음 날 성으로 가는 길을 따라나서지만 너무 지쳐서 무두장이 라제만의 집에서 잠시 쉬게 되는데, 그날은 마침 브룬스비크네 가족도 함께 모여 세탁과 목욕을 하는 날이었다. 유대교의 전통에서 보면 특히 목욕 의례는 일종의 정결의식으로 가족과 공동체의 삶에서 중심이 되는 의례의 하나다. 특히 K와 프리다와의 사랑은 성에 이르고자 하는 삶의 구상과는 달리 K에게 긍정적인 삶의 대안으로 보인다. K는 프리다와의 사랑을 통해 마을 공동체에 통합되는 기회를 제공받지만, 프리다를 소홀하게 대함으로써 그 기회를 무산시킨다. 그 대신 K는 바르나바스네 집안에서 운명의 동지를 발견하고 아말리아처럼 권위에 맞서는 투쟁에만 매달린다. 결과적으로 보면, 그러한 싸움은 투쟁하는 인간을 실패와 고립으로 내몬다. 이처럼 K는 스스로 자신이 성으로 가는 여정에 있다고 여기지만, 이어지는 사건들은 결국 K가 가정과 공동체에서 자신을 발견하는 과정에 있음을 보여준다.

15 카프카 사후에 『성』의 초판을 편집, 출간한 막스 브로트는 '초판 후기'에서 카프카와의 대화를 근거로 미완성의 이 소설이 K의 죽음으로 끝나지만, K는 죽기 직전에 부분적인 보상을 받는다고 했다: "그는 성으로 들어가는 투쟁을 멈추지는 않았지만 결국 기력이 다해 죽고 만다. 마을 사람들이 지켜보는 가운데 그가 죽은 후, 합법적으로 마을에 살게 해달라는 그의 청구를 승인할 수 없지만 임시로 마을에 거주하면서 일하는 것은 허락한다는 내용의 통지가 성으로부터 도착한다." 즉 카프카는 K가 지쳐 죽는 순간에 성으로부터 체류 허가를 받는 결말을 구상했다는 것이다. 이는 소설에서 K가 뷔르겔 비서의 방에서 지쳐 잠든 것을 보면 개연성이 있는 진술이기도 하지만, 브로트가 보았듯이 그것이 K의 노력에 대한 부분적인 보상인지는 다른 작품들 내 주인공의 죽음과 비교해볼 때 의문이 든다. 카프카의 작품들은 상당수가 주인공의 죽음으로 끝난다. Max Brod, "Das Schloß. Nachwort zur ersten Ausgabe," in *Franz Kafka*, ed. Heinz Politzer. Darmstadt

소설에서 성은 보다 사회적인 구체성을 띤다. 성과 마을의 봉건적이고 가부장적인 지배관계는 카프카가 1차대전 직전에 경험한 여러 권위들을 묘사한 것으로도 보인다. 스딸린주의, 파시즘, 유대인 학살, 관료주의를 경험하면서 서구사회는 카프카의 소설을 새롭게 읽기도 한다. 카프카 작품에서 주인공들이 겪는 운명에는 개관하기도 어렵고 개인이 어떤 영향력도 끼치기 힘든 사회조직, 그리고 기능적이고 추상화된 공허한 사회에서의 개인의 무력감이 분명 담겨 있다. 그러나 성은 어쩌면 어떤 비밀이나 권력도 갖고 있지 않을 수도 있다. 성이 지닌 권력은 결국 성의 대표자들을 경외하는 마을 사람들이 부여한 권력, 자신들의 희망과 욕망을 투사하며 부여한 권력에 지나지 않을 수 있다. 그것이 무엇이든 간에 보다 영위할 만한 인간적인 삶이란 성을 향한 욕망을 중단하고 대신 일상의 임무와 가족관계로 그 욕망을 돌리는 것이다. K의 예에서 보듯이 주체가 갖는 환상이 이데올로기로 발전할 경우 자칫하면 사회적인 폭력을 야기할 수도 있으니 말이다.

잠언에 나타난 종교적 성찰과 『성』

그렇다면 인간은 왜 지상의 삶에 만족하지 못하고 K처럼 성의 영역을 찾아 진입하려 하는가? 이 질문에 대한 대답의 하나는 카프카의 잠언에서 찾아볼 수 있다. '잠언'은 철학이나 종교에 대해 단상(斷想)의 성격을 띠는 함축적인 글이다. 카프카는 1917년 8월 각

1973, 39면.

혈을 시작해 9월 폐결핵 진단을 받고 10월부터 이듬해 5월까지 약 8개월을 막내 동생 오틀라가 경영하는 북부 취라우의 작은 농가에 머물면서 선과 악의 문제, 고통의 근원과 죽음 등 근본적이고 종교적인 문제를 성찰하며 다수의 잠언을 쓴다. 카프카 스스로가 '잠언'이라는 명칭을 쓴 것은 아니지만, 브로트는 1931년에 카프카 유고집『만리장성의 축조』(*Beim Bau der chinesischen Mauer*)를 출판하면서, 카프카의 일기, 메모 및 그의 사상이 담긴 표현들을 모은 장에 '잠언들'(Aphorismen)이라는 제목을 붙였다. 해당 장에서 '죄, 고통, 희망 그리고 참된 길에 대한 고찰'(Betrachtungen über Sünde, Leid, Hoffnung und den wahren Weg)이라는 소제목 하에 모인 잠언들은 핵심적이라 할 수 있다. 이 짧은 잠언들은 체계적으로 종교적 진술을 논하기보다 단편적인 구성으로 카프카의 핵심 사상을 엿볼 수 있게 한다. 카프카는 이 잠언들에서 무엇보다 인간과 신, 죄와 고통의 관계, 창조, 낙원, 원죄, 악의 본성, 순수한 존재에 관해 사유하는데, 그가 사용한 일련의 종교적 개념들은 죄와 고통의 상황에서 벗어나 진리의 인식을 통해 구원에 이르는 길을 암시한다.[16]

카프카의 잠언에서 핵심 모티프의 하나는 유대인의 성경(구약)에서 묘사된 인류타락의 신화인데, 이는 카프카가 성서의 신화에

----

[16] 카프카의 잠언에 대해서는 상반되는 평가가 존재한다. 하나는 잠언을 편집, 출판한 브로트의 시각으로, 그는 카프카를 '종교적 인간'으로 규정하고 카프카의 핵심어는 절망이 아니라 긍정적인 것, 올바른 삶이라고 하면서 따라서 카프카의 잠언에서도 희망적인 종교적 메시지를 읽어낼 수 있다고 본다. 반대 입장의 연구자들은 잠언은 희망의 신학보다는 '회의' 내지 '부정'의 신학적 증언들을 담고 있고 따라서 잠언을 죄로 인한 타락의 상태에서 떨쳐 일어나 고통의 경험을 거쳐 참된 길에 대한 희망이라는 사고의 모형으로 해석하는 것은 카프카가 금했을 것임을 지적한다.

기대 인간의 실존적인 상황을 파악하고 있기 때문이다. 이와 관련한 성경 텍스트(「창세기」 2장과 3장)의 핵심적인 진술은, 첫 인간 아담과 이브가 야훼가 금지한 선악과(정확하게는 '선악을 인식하게 하는 나무')를 범하는 불순종으로 에덴이라는 낙원에서 추방되고 온인류가 동일한 운명을 겪고 있다는 것이다. 그러나 카프카는 잠언에서 인간에 대한 신의 징벌에 부당한 면이 있음을 지적하면서, 낙원 상실과 인간의 현재 상황을 죄의 결과로 보기보다는 다음과 같이 달리 해석한다: "우리는 인식의 나무 열매를 먹어서 유죄일 뿐만 아니라, 아직 생명나무의 열매를 먹지 못해서 유죄다. 잘못에 상관없이 우리가 처한 상황 자체가 유죄다." 카프카는 낙원에 남은 다른 나무인 '생명나무'에 주목하면서 인간이 처한 상황은 신의 계명을 범해 타락의 상태에 있으나, 아직 생명나무의 열매를 얻지 못해 신으로부터 분리된 상태라고 규정한다. 그러면서 카프카는 인간이 '선악을 인식하게 하는 나무'의 열매를 먹고는 인식에의 충동을 갖게 되었고, 이로써 생명나무 열매를 먹지 못한 현 존재를 극복하려는 의지로 나타난다고 보았다: "신의 말씀에 따르면 인식의 나무 열매를 먹고 난 순간적인 결과는 죽음이고, 뱀의 진술에 따르면 신과 같이 되는 것이다. 두 진술은 비슷한 이유에서 틀렸다. 인간은 바로 죽지 않고 죽을 운명이 되었고, 신과 같아지지는 않았지만 신처럼 되기 위해 꼭 필요한 능력을 얻게 된 것이다. 두 진술은 또한 비슷한 이유에서 옳다. 인간이 아니라 낙원의 인간이 죽은 것이고, 인간은 신이 되지 못하고 신적인 인식이 되었다." 다시 말해 인간은 선악과를 통해 '신적인 인식'을 얻게 되었는데, 여기서 신적인 인식이란 완전하다는 의미의 인식이 아니라, 인간의 유한성을 인식하고 현존재를 극복하며 영원한 삶에 도달하려는 의지를 뜻한다. 다시 말해 선악과를 통해 인간이 얻게 된 인식은 바로 영원한 삶에 이르고자 하는 의지의 바탕, 영원한 삶으로 이끄는 계단과 같은 것이다. 다른 한편으로 이러한 인식은 영원한 삶에 이르기 위한 조건이지만, 인식을 통해 영원한 삶에 이른다는 보장은 없다. 왜냐하면 인간의 인식은 이 지상의 영역에 매인 것이어서, 영원한 삶으로 이끄는 계단도 되지만 영원한 삶에 이르지 못하게 하는 장애물도 되기 때문이다. 카프카에 따르면 '참 진리'란 불가분(不可分)의 것으로 스스로를 인식하는 것이 불가능해 진리를 인식하려는 의지는 결국 '거짓'(허위)일 수밖에 없기 때문이다. 다시 말해 지상에서의 인식능력은 불완전하며, '생명나무'를 통해 묘사되는 낙원의 영역에 속하는 진리는 인간이 '예감'만 할 수 있을 뿐이며, 이것이 바로 인간이 처한 불행한 상황이라는 것이다.

　인간 존재에 대한 카프카의 이해에 따르면 우리가 접근 가능한 지상의 감각적인 세계는 '가상'에 불과하고, 카프카가 말하는 '정신적 세계'는 인간으로서는 접근할 수 없는 영역으로 남아 있다. 아울러 지상에서의 인간은 결국 두가지 삶의 방식 사이에서 갈등하는 존재로 지낼 수밖에 없다. 그 상황은 바로 실존적 요구와 도덕적 요구가 서로 제약하는 상황이다: "그는 자유롭고 안전한 지상의 시민이다. 왜냐하면 모든 지상적 공간을 자유롭게 제공받으면서 어떤 것에 의해서도 지상의 경계를 넘어서지 못하게 할 정도의 길이를 가진 쇠사슬에 묶여 있기 때문이다. 그런데 그는 동시에 자유롭고 안전한 천상의 시민이다. 왜냐하면 그는 비슷한 길이로 천상의 쇠사슬에 매여 있기 때문이다. 그가 지상을 향하면 목을 묶은 천상의 쇠사슬이 그를 죄고, 그가 천상을 향하면 지상의 쇠사슬이 그를 죈다." 인간은 다시 말해 지상에 매여 있으면서도 천상을 갈구하는 서로 갈등하는 두 정체성을 갖고 그 사이를 오가는 존재다. 천상의 시민으로서 인간은 내면에 '파괴할 수 없는 것'을 갖고 있지만, 지상의 시민이기 때문에 그 어떤 것에 의해서도 지상의 한계에서 벗어날 수 없다. 이는 『성』에서 주인공 K의 성을 향한 의지, 그가 처한 한계와 상황을 보여준다.

카프카는 성서의 인류타락이라는 신화적 계기를 빌려와 지상에서의 인간 존재에 대한 좌표 설정을 시도하고 있다.[17] 카프카가 볼 때 지상적이고 감각적 세계와 신의 영역('정신적 세계') 사이에는 결정적인 단절이 존재하고, 신의 영역과 인간을 잇는 중재의 길은 열려 있지 않다. 이러한 점에서 카프카는 기독교의 정신 속에서 인간의 실존을 해석한 키에르케고르와는 달리 신의 영역으로 나아가는 길을 지상의 삶에서 모색해야 한다고 본다. 카프카는 그 길이 어디에 있다고는 단정적으로 말하지 않는다. 카프카의 잠언은 인간이 소유의 세계에서 벗어나 존재의 영역으로 나아가야 함은 분명하게 말하지만, 그 방법에 대한 확신은 제시하지 못했다. "지고한 신성의 세계(성경의 '지성소')에 들어가기 전에 신을 벗어야 한다.

---

17 카프카에게 있어 낙원에서의 추방은 인간이 지상적 현존재로 추방되었음을 의미한다. 인간의 이러한 실존은 참기 힘든 상태, '감옥'처럼 여겨진다. 인간은 지상에서의 현존재에 대해 만족할 수가 없고, 그렇기 때문에 지상의 삶을 종식시키려는 소망, 즉 죽음의 충동을 지닌다. 문제는 자기파괴적인 행위나 육체적인 의미의 죽음조차 진정한 구원이나 해방을 담보해주지 못한다는 데 있다: "우리의 구원은 죽음이다. 그러나 이러한 죽음이 아니다." 아울러 인간은 지상에서의 현존재가 불완전함을 인식하지만, 이에 부응하여 행동할 힘은 타고나지 않았다. 『소송』에서 요제프 K는 자신의 실존이 고발당하는 특이한 소송에 말려드는데, 사건이 아니라 삶을 심판대에 올리는 소송은 승소 가능성이 없다. 결국 그는 소송에서 벗어날 수 없음을 깨닫고 수동적으로 죽음을 선택하지만, 그조차 해방적 계기를 지니지 못해 "개 같이" 죽는다는 의식(수치심)을 떨쳐버릴 수 없다.

신뿐만 아니라 여행 옷, 가방 등 모든 것을 벗어던져야 한다. 알몸과 알몸 밑에 있는 모든 것, 그리고 그 밑에 있는 모든 것, 그다음에는 속과 속의 속, 그다음에는 나머지 것들, 그리고 남은 것, 사멸하지 않는 불의 빛까지도 벗어야 한다. 그 불 자체가 지고한 신성의 세계에 의해 흡수되고 또 자신을 흡수하게 하는데, 두가지 중 그 어느 것도 그것을 거부할 수 없다." 그렇다면 인간은 신의 영역에 이르기 위해 신비주의자처럼 이 세상의 모든 것을 떨쳐버리는 적극적 행위로 나아가야 할 것인가? 그렇게 하는 경우, 신의 영역에 이르기 위한 열정 때문에 신이 인간에게 부여한 지상에서의 의무를 소홀히 할 위험은 없는가? 아니면 인간은 인내하며 다만 천상의 은총에 전적으로 의존해야 하는 것인가? 『성』은 세계의 상황과 인간의 실존에 대한 이러한 성찰을 맴돌고 있는 것으로 보인다.

이처럼 카프카의 소설 『성』은 여러 해석 시도에도 불구하고 여전히 기의는 확정되지 못하고 기표들의 연쇄만 남아 독자들의 적극적인 독법을 유도한다. 하지만 기이하게도 성과 관련된 기의에 집착하면 집착할수록 오히려 기의로부터 멀어지게 되는 듯하다. 바로 그 때문에 이 소설은 여전히 독자들에게 매혹을 불러일으키고, 명확한 해석을 허용하지 않는 개방적인 구조를 제시하여 현대 문학에 결정적인 영향을 끼치면서 계속 주목을 받고 있는 것이다.

번역 텍스트

이 번역본은 1982년에 카프카의 유고를 토대로 맬컴 패슬리 (Malcolm Pasley)가 편집한 비평판을 저본으로 삼았다.

『성』을 포함해 카프카가 유고로 남긴 세편의 장편소설이 세상에 빛을 보게 된 것은 전적으로 친구 막스 브로트 덕분이다. 브로트는 자신의 유고를 태우라는 카프카의 유언을 지키지 않음으로써 소중한 원고가 소멸되는 것을 막았고, 1925년『소송』의 원고부터 편집, 출판함으로써 카프카라는 작가를 널리 알리는 데 기여했다.『성』의 초판은 1926년 브로트에 의해 뮌헨의 쿠르트 볼프 출판사에서 간행되었다. 1927년에는 브로트에 의해『아메리카』(원제는 '실종자')가 출간되어 이른바 '고독의 3부작'이 모두 세상에 선보였다.

비평판은 브로트가 편집한『성』의 초판과는 차이가 있다. 초판은 헤렌호프에서 K가 예레미아스를 간호하는 프리다를 떠나는 지점에서 끝나는데, 브로트는 '초판 후기'에서 K와 뷔르겔의 만남 등 이어지는 사건들을 간략하게 언급하면서 이 에피소드들('비평판'의 23~25장)은 너무 개략적인 터라 소설에 포함시킬 수 없었다고 밝혔다. 아울러 브로트는 카프카가 마지막 장을 쓰지는 못했지만, 소설의 결말과 관련한 자신의 물음에 K가 기력이 다해 죽는 것으로 계획되었고, 영양실조로 죽어가는 K는 죽기 직전에 성의 관리로부터 이 마을에 살기를 원하는 K의 요청이 받아들여진 것은 아니지만, 주변의 정황을 고려해 그에게 여기 머물며 일하는 것을 허락했다는 소식을 듣게 된다고 밝혔다고 했다.

브로트는 1935년 쇼켄 출판사(베를린 소재)에서 '카프카 전집'의 하나로 출간된 두번째 판에서는 초판에서 남겨둔 장들을 보충하여 K와 헤렌호프 여주인이 그녀의 옷에 관해 대화를 나누는 장면으로 소설을 끝맺었다. 브로트는 1939년 프라하가 점령당하자『성』을 포함해 자신이 보관하던 필사본 원고를 모두 갖고 텔아비브로 이주했고, 이 원고를 토대로 전후 카프카 전집이 1946년 쇼켄 출판사

(뉴욕으로 이주)에서 출간된다. 이때 출간된 『성』은 1935년 두번째 판과 동일했다. 그러다가 1956년 중동이 전쟁으로 위협받게 되면서 『성』의 원고를 포함해 대부분의 필사본이 스위스로 옮겨지고, 다시 1961년 카프카 상속자의 뜻대로 옥스퍼드 대학으로 옮겨져 보드리안 도서관에 보관되었다.

카프카의 원고를 학술적으로 다시 검토하여 25개의 장으로 구성한 『성』의 비평판이 발간된 때는 1982년이다. 비평판은 보드리안 도서관에 보관된 필사본을 기초로 맬컴 패슬리가 편집하여 피셔 출판사에서 출간했다. 현재 권위를 인정받고 있는 이 판본은 가능한 한 카프카가 처음 썼던 원고에 충실했다. 아울러 비평판 텍스트에 부속된 '참고자료본'(Apparatband)에서는 작가가 집필 당시 수정한 부분을 포함해 집필과 관련된 자세한 설명을 담았는데, 카프카는 전체 계획이나 초안을 잡고 소설을 쓰는 대신 여러차례 수정을 가했다. 특히 명료한 의미나 해석을 허용하는 텍스트를 상당부분 삭제하는 방향으로 가필이 이루어졌다.[18] 아울러 카프카는 소

18 예를 들어 카프카는 9장 마지막에서 모무스 비서가 기록한 조서를 K에게 읽어보도록 했다가 최종 원고에서는 이 부분을 삭제해 문제의 조서를 K는 물론 독자도 볼 수 없게 했다. 카프카는 K에 대해 부정적인 판결이 분명하게 내려지는 것을 원치 않았던 듯하다. 삭제된 내용을 일부 인용하면 다음과 같다: "토지 측량사 K의 죄를 입증하는 것은 쉽지 않다. 그의 생각을 따라가보는 것은 좀 곤혹스럽기는 하지만 그렇게 해야만 그의 속임수를 간파할 수 있다. (…) 예를 들어 프리다의 경우를 보자. 토지 측량사가 프리다를 사랑하지 않는다는 것, 그리고 사랑 때문에 결혼하려는 것이 아님은 분명하다. 그는 프리다가 초라한 과거가 있고 위압적이면서 볼품없는 처녀임을 알고 있고, 그녀를 잘 돌보기보다는 여기저기 싸돌아다닌다. 이것은 사실이다. 이 사실은 다양하게 해석될 수 있어, K는 약한 인간, 또는 어리석은 인간, 또는 고상한 심성의 인간, 또는 야비한 인간으로 보일 수 있다. 하지만 모두 맞지 않다. 우리는 그가 도착할 때부터 여기서 제시한 것처럼 프리다와의 결합에 이르기까지의 그의 흔적들을 정확히 추적해야만 진실

486

설을 처음에는 1인칭으로 시작했으나, 3장, 즉 K와 프리다의 애정 장면이 묘사되기 직전에 3인칭으로 바꾸기로 결정하고 이미 쓴 부분을 1인칭에서 'K'라는 3인칭으로 모두 바꾸었다. 그 이유는 문제의 애정 장면의 묘사가 이 소설에서 K의 의식이 흐릿해지고 무의식적인 감정과 접촉하는 첫 에피소드여서 1인칭으로는 서술이 어려웠기 때문인 것으로 추정된다. 카프카의 작품 중에서 다른 두 장편소설은 물론, 중단편의 경우에도 「학술원에 드리는 보고」나 「시골의사」 같이 화자가 과거의 경험을 회상하는 경우를 제외하고는 대다수가 3인칭으로 되어 있다.

『성』은 이미 여러차례 우리말 번역이 이루어진 작품이어서 그동안 나온 번역본이 많은 도움이 되었다. 그럼에도 카프카의 텍스트 같은 고전을 번역하는 일은 번역자에게는 늘 새로운 도전이다. 이 번역본에서는 가능한 한 원래 텍스트의 의미에 유의하면서도 독자들에게 다가가는 번역을 시도해보았으나, 오역이나 원문을 제대로 살리지 못한 부분이 있다면 그것은 역자의 탓이다. 무엇보다 카프카 문학을 공부한 역자로서는 『성』을 새로운 번역으로 선보일 수 있게 해준 창비, 특히 꼼꼼하게 원고를 읽고 조언하면서 세심한 교

에 이를 수 있다. 이 소름 끼치는 진실을 발견하더라도 그것을 믿는 데는 여전히 익숙해져야 한다. 다른 방도는 없다. K는 오로지 가장 추잡한 계산에서 프리다에게 접근한 것이고, 자기 계산이 들어맞을 것이라는 희망이 있는 한은 그녀에게서 떨어지지 않을 것이다.”(Franz Kafka, *Das Schloß. Apparatband*, ed. Malcolm Pasley 1983, 272f면.) 이를 통해 K는 양가적인 인물로 남게 된다. 실제로 소설에서는 전지적 화자(서술자)가 직접 나서서 K의 내력이나 지위나 직업에 대해 어떤 정보도 제공하지 않으며, K는 여러 대화에서 자신에 대해 묘사하지만, 그의 진술이 반드시 정직하다고는 볼 수 없는 경우가 많다.

정 작업을 해준 김경은 님과 창비세계문학팀의 모든 분들에게 진심으로 감사드린다.

권혁준

1883년 7월 3일 당시 오스트리아-헝가리제국에 속한 보헤미아의 수도
        프라하에서 독일어를 쓰는 유대인 중산층 가정의 장남으로 출생.
        사회적 신분 상승과 주류사회 편입을 위해 프라하로 진출해 시내
        에서 잡화상을 경영하던 아버지 헤르만 카프카(Hermann Kafka)
        와 어머니 율리에(Julie Löwy) 사이에는 카프카 아래로 다섯명의
        동생이 태어나는데, 남동생 둘은 영아기에 사망하고, 그 아래로
        여동생 셋은 후에 나치 강제수용소로 끌려가 사망함. 카프카는 특
        히 막내 오틀라(Ottla)와 친하게 지냄.

1889년 프라하 상류층과의 친분을 쌓기 위한 부모님의 조치로 독일계 소
        년학교에 입학해 4년긴 수학함.

1893년	프라하 구시가지에 있는 독일계 김나지움에 진학함. 이곳에서 평생을 함께한 친구들──사회주의 지식을 전해준 루돌프 일로비(Rudolf Illowy), 시온주의자 후고 베르크만(Hugo Bergmann), 훗날 '노동자산재보험공사'에 카프카를 추천해준 에발트 펠릭스 프리브람(Ewald Felix Pribram), 문학적 감수성을 가진 오스카 폴라크(Oskar Pollak)──을 만남. 이 시기 카프카의 습작 작품과 일기는 모두 유실되었음.
1900년	체코 동부 모라비아 지방의 시골의사로 있던 외삼촌 지크프리트 뢰비(Siegfried Löwy)의 집에서 여름방학을 보내며 니체의 저작을 읽기 시작함. 외삼촌은 후에 「시골의사」(Ein Landarzt)를 집필하는 데 영감을 줌.
1901년	프라하의 독일계 대학 카를-페르디난트 대학에서 가을부터 학업을 시작함. 처음에 화학을 선택했다가 곧 법학으로 전과함.
1902년	여름학기에 독문학과 미술사 강의를 수강하고, 뮌헨을 여행하며 그곳에서 독문학을 공부할 계획을 세우나 결국 돌아와 가족의 기대에 따라 프라하 대학에서 법학을 전공함. 10월 23일 평생의 지기인 막스 브로트(Max Brod)를 만남.
1905년	노벨레 「어느 투쟁의 기록」(Beschreibung eines Kampfes) 집필(보존되어 있는 첫 작품). 아울러 막스 브로트, 오스카 바움(Oskar Baum), 펠릭스 벨취(Felix Weltsch)와 정기적으로 교유하는데, 이들은 후에 프라하의 유대계 문인 그룹 '프라하 서클'을 형성함.
1906년	법학박사 학위를 취득하고, 가을부터 프라하 민사법원과 형사법원에서 1년간 법률 시보로 실습함.
1907년	미완성 단편 「시골에서의 혼례준비」(Hochzeitsvorbereitungen auf dem Lande) 집필 시작(이 작품은 몇가지 형태의 텍스트가 전해지

고 있는데, A형태는 1906~07년, B와 C형태는 1908년에 집필된 것으로 추측됨). 10월 이딸리아계 민간 보험회사에 취직하여 9개월 정도 근무함.

1908년 3월 문예지 『히페리온』(Hyperion)에 '관찰'이라는 제목으로 8편의 산문 소품을 발표하고, 7월 30일 프라하 소재 보헤미아왕국 노동자산재보험공사로 이직함.

1909년 노벨레 「어느 투쟁의 기록」의 일부인 「기도하는 자와의 대화」(Gespräch mit dem Beter)와 「취한 자와의 대화」(Gespräch mit dem Betrunkenen)가 『히페리온』에 게재됨. 브로트 형제와 이딸리아로 여행을 떠나 브레시아에서 열린 항공전시회를 관람한 후 신문에 관련 글을 기고함.

1910년 본격적으로 일기를 쓰기 시작함. 선거 집회 및 사회주의 대중 집회에 참석하고, 동유럽 유대인 순회극단의 연극을 자주 관람함.

1911년 10월 프라하 시내 까페 '사보이'에서 동유럽 유대인 극단이 이디시어로 공연한 연극 「배교자」(Der Meshumed)를 관람함. 이후 배우 이츠하크 뢰비(Yitzhak Löwy)와 사귀며 유대교 전통에 관심을 갖기 시작함. 첫 장편소설 『실종자』(Der Verschollene, 브로트의 편집을 거쳐 1927년 '아메리카'라는 제목으로 첫 출간) 집필에 착수함.

1912년 2월 이츠하크 뢰비와 함께 프라하에서 개최된 강연회에서 '소수민족 문학론'을 설파함. 초여름, 막스 브로트와 바이마르 등지를 여행한 뒤 7월 3주간 하르츠 지방 융보른의 자연요법요양원에 체류하면서 『실종자』 집필을 계속함. 8월 13일 브로트의 소개로 프라하에서 베를린 출신의 펠리체 바우어(Felice Bauer)를 처음 만나 9월 20일부터 활발한 편지 왕래를 시작함. 9월 22일 하룻밤 만에 단편 「선고」(Das Urteil)를 집필하고, 『실종자』를 계속 이어나가며 11월부터 12월까지 대표작 「변신」(Die Verwandlung)을 집필함. 12월 카프카의 첫 작품집 『관찰』(Betrachtung)이 에른스트 로볼트 출판사에서 출간됨. 12월 4일 프라하 작가 모임에서 「선고」를 낭독하여 재능 있는 작가의 출현을 알림.

1913년   3월 펠리체의 집을 처음으로 방문함. 5월 『실종자』의 첫장에 해당하는 「화부」(Der Heizer)가 별도로 출간되고(쿠르트 볼프 출판사의 표현주의 문학 씨리즈 '최후 심판일' Der jüngste Tag에 포함됨), 막스 브로트가 발행하는 문학 연감 『아르카디아』(Arkadia)에 「선고」가 실림. 9월 빈으로 출장을 떠났다가 제11차 시오니스트회의에 관심을 갖게 됨. 11월 펠리체 바우어의 친구 그레테 블로흐(Grete Bloch)와 만나 서신 교환을 시작함.

1914년   6월 1일 베를린에서 펠리체 바우어와 약혼, 7월 12일 베를린의 호텔 '아스카니셔 호프'에서 파혼함. 8월 1일 독일의 대(對)러시아 선전포고로 제1차 세계대전이 발발하나 카프카는 노동자산재보험공사의 요청으로 징집에서 면제됨. 8월 장편소설 『소송』(Der Prozess)의 집필 시작. 10월 단편 「유형지에서」(In der Strafkolonie)와 『실종자』의 마지막 장을 집필함. 12월 추후 소설 『소송』에 삽입된 「법 앞에서」(Vor dem Gesetz)를 집필해 이듬해 별도로 출간함.

1915년   1월 『소송』 집필을 중단하고, 파혼 후 펠리체와 처음으로 재회함. 3월 프라하 시내에 방을 얻어 처음으로 독립함. 「변신」이 잡지 『디 바이센 블래터』(Die weißen Blätter) 10월호에 발표되고, 12월 '최후 심판일' 씨리즈로 출간됨. 카를 슈테른하임(Carl Sternheim)이 '폰타네 상'을 카프카에게 양보하면서 「화부」로 수상함.

1916년   4월 로베르트 무질(Robert Musil)이 프라하를 여행하면서 카프카를 방문함. 7월 펠리체와의 관계가 회복되어 체코의 휴양지 마리엔바트에서 열흘간 함께 휴가를 보냄. 10월 「선고」가 '최후 심판일' 씨리즈로 출간됨. 11월 펠리체와 뮌헨을 여행하면서 「유형지에서」로 두번째 공개 낭독회를 가짐. 11월부터 오틀라가 제공해준 프라하의 집에서 6개월쯤 머물며 작품집 『시골의사』에 수록될 단편들(「회랑에서」Auf der Galerie, 「이웃 마을」Das nächste Dorf, 「황제의 전언」Eine kaiserliche Botschaft 등)을 집필함.

1917년 3월 히브리어 공부를 시작함. 7월 펠리체와 함께 부다페스트를 여행하고 프라하로 돌아와 두번째 약혼을 함. 8월 9일과 10일 처음으로 각혈하며 폐결핵 증세를 보였고, 9월 4일 당시로서는 불치병인 폐결핵 진단을 받고 결국 펠리체와의 파혼을 결심함. 즉각 요양을 위해 오틀라의 농장이 있는 보헤미아 북부의 취라우에서 이듬해 5월까지 8개월쯤 머물며 「세이렌의 침묵」(Das Schweigen der Sirenen)과 다수의 '잠언'을 씀. 12월 25일 프라하에서 펠리체와 만나 두번째 파혼을 함. 같은 날 잡지 『유대인』(Der Jude)에 「학술원에 보내는 보고」(Ein Bericht für eine Akademie)가 게재됨.

1918년 5월에 복직하지만, 12월에 다시 프라하 북부의 쉘레젠에서 4개월간 요양함(그해 10월 종전 후 오스트리아-헝가리제국이 해체되면서 체코공화국이 탄생함).

1919년 5월 「유형지에서」가 쿠르트 볼프 출판사에서 출간됨. 9월 중순, 쉘레젠에서 만난 율리에 보리체크(Julie Wohryzek)와 약혼하나 결국 아버지의 반대로 이듬해 7월 파혼하게 됨. 이때의 갈등을 계기로 「아버지께 드리는 편지」(Brief an den Vater)를 집필함.

1920년 3월 직장 동료의 아들인 구스타프 야누흐(Gustav Janouch)가 자주 방문함. 그는 카프카 사후에 『카프카와의 대화』(*Gespräche mit*

Kafka, 1951)를 출간함. 체코 출신의 여기자로 카프카의 작품을 체코어로 번역한 밀레나 예젠스카(Milena Jesenská)와 서신을 교환하며 교유함. 5월 두번째 단편집『시골의사』가 쿠르트 볼프 출판사에서 출간됨. 12월 슬로바키아 타트라 산지의 마틀리아리 요양소에서 9개월간 지내며 우화적 단편「귀향」(Heimkehr),「작은 우화」(Kleine Fabel)를 집필함. 이곳에서 후일 자신의 임종을 지키는, 동료 환자이자 의대생이던 로베르트 클롭슈토크(Robert Klopstock)를 알게 됨.

1921년 8월 말, 회사에 복귀하지만 두달 정도 근무하다가 또다시 장기 휴가를 얻게 됨. 10월 초, 밀레나 예젠스카에게 10년간(1910~20)의 일기를 모두 건네주고, 일기를 새로 쓰기 시작함. 또한 막스 브로트에게 자신의 사후에 발견되는 모든 원고를 불태울 것을 부탁함 (1922년 11월에도 같은 사안을 재차 부탁).

1922년 1월 일기에 불면과 절망 등 신경쇠약 증세를 토로함. 1월 27일 체코 북부 리젠 산맥의 슈핀델뮐레에서 요양하며 마지막 장편소설『성』(*Das Schloß*)의 집필을 시작함. 2월 17일, 요양에서 돌아와 단편「첫 고통」(Erstes Leid),「단식 예술가」(Ein Hungerkünstler),「어느 개의 연구」(Forschungen eines Hundes) 등을 집필함. 7월 1일, 14년간 재직한 회사에서 조기 퇴직함. 8월 말, 다시 신경쇠약 증세가 나타나 프라하 서쪽 플라나에 위치한 오틀라의 여름별장에서 요양함.

1923년 병상생활이 잦아지고 시온주의와 히브리어 공부에 몰두함. 4월, 후고 베르크만의 방문을 받고 팔레스타인으로의 이주 계획을 세우기도 함. 7~8월, 여동생 엘리(Ellie)의 가족과 함께 발트해의 뮈리츠로 여행을 떠나는데, 이때 열다섯살 연하의 유대계 폴란드인도라 디아만트(Dora Diamant)를 만나 9월 24일 도라와의 동거를 위해 프라하를 떠나 베를린으로 이사함(카프카는 도라와 함께 텔아비브로 이주해 식당을 운영할 계획까지 세우지만 실행에 옮기지는 못함). 단편 「작은 여인」(Eine kleine Frau)과 「굴」(Der Bau)을 집필함.

1924년   3월 17일, 건강 상태가 더욱 악화되자 막스 브로트가 카프카를 프라하로 데려오고, 카프카는 마지막 작품 「여가수 요제피네」(Josefine, die Sängerin oder Das Volk der Mäuse)를 집필함. 4월, 폐결핵이 후두 부위까지 진전되면서 음식물 섭취와 대화가 어려워짐. 4월 19일, 빈 북쪽 키얼링 시의 호프만 요양소로 옮겨 생애 마지막 시간을 보냄. 요양소에서 마지막 작품집 『단식 예술가』의 원고를 교정함(「첫 고통」 「작은 여인」 「단식 예술가」 「여가수 요제피네」 네편을 수록한 이 작품집은 카프카가 막스 브로트에게 남긴 모든 유고를 불태워달라는 유언에서 제외되어 그해 8월 디 슈미데 출판사에서 출간됨). 6월 3일 호프만 요양소에서 마흔살의 나이로 사망, 6월 11일 프라하의 신유대인 공동묘지에 안장됨.

고전의 새로운 기준, 창비세계문학

오늘날 우리는 인간의 존엄과 개성이 매몰되어가는 시대를 살고 있다. 물질만능과 승자독식을 강요하는 자본주의가 전지구적으로 확산되면서 현대사회는 더 황폐해지고 삶의 질은 크게 훼손되었다. 경제성장만이 최고의 선으로 인정되고 상업주의에 물든 문화소비가 삶을 지배할수록 문학은 점점 더 변방으로 밀려나고 있다. 삶의 본질을 성찰하는 문학의 자리가 위축되는 세계에서는 가진 자와 못 가진 자 할 것 없이 모두가 불행할 수밖에 없다.

이 시대야말로 인간답게 산다는 것의 의미가 무엇인지 근본적인 화두를 다시 던지고 사유의 모험을 떠나야 할 때다. 우리는 그 여정에 반드시 필요한 벗과 스승이 다름 아닌 세계문학의 고전이라는 점을 강조한다. 고전에는 다양한 전통과 문화를 쌓아올린 공동체의 경험이 녹아들어 있고, 세계와 존재에 대한 탁월한 개인들의 치열한 탐색이 기록되어 있으며, 새로운 세상을 꿈꾸는 아름다운 도전과 눈물이 아로새겨 있기 때문이다. 이 무궁무진한 상상력의 보고이자 살아 있는 문화유산을 되새길 때만 개인의 일상에서 참다운 인간적 가치를 실현하고 근대적 삶의 의미와 한계를 성찰하는 지혜를 얻을 수 있을 것이다.

'창비세계문학'은 이러한 문제의식에서 출발한다. 세계문학의 참의미를 되새겨 '지금 여기'의 관점으로 우리의 정전을 재구성해야 할 필요성이 그 어느 때보다 절실하다. '정전'이란 본디 고정된 목록으로 존재하는 것이 아니라 그때그때 주어진 처소에서 새롭게 재구성됨으로써 생명을 이어가는 것이다. 우리는 먼저 전세계 문학들의 다양성과 차이를 존중하면서 국가와 민족, 언어의 경계를 넘어 보편적 가치에 기여할 수 있는 가능성에 주목하고자 한다. 근대를 깊이 성찰한 서양문학뿐 아니라 아시아와 라틴아메리카, 중동과 아프리카 등 비서구권 문학의 성취를 발굴하고 재평가하는 것 역시 세계문학의 지형도를 다시 그리려는 창비의 필수적인 작업이 될 것이다.

여러 전집들이 나와 있는 세계문학 시장에서 '창비세계문학'은 세계문학 독서의 새로운 기준이 되고자 한다. 참신하고 폭넓으면서도 엄정한 기획, 원작의 의도와 문체를 살려내는 적확하고 충실한 번역, 그리고 완성도 높은 책의 품질이 그 기초이다. 독서시장을 왜곡하는 값싼 유행과 상업주의에 맞서 문학정신을 굳건히 세우며, 안팎의 조언과 비판에 귀 기울이고 독자들과 꾸준히 소통하면서 진정 이 시대가 요구하는 세계문학이 무엇인지 되묻고 갱신해나갈 것이다.

1966년 계간『창작과비평』을 창간한 이래 한국문학을 풍성하게 하고 민족문학과 세계문학 담론을 주도해온 창비가 오직 좋은 책으로 독자와 함께해왔듯, '창비세계문학' 역시 그러한 항심을 지켜나갈 것이다. '창비세계문학'이 다른 시공간에서 우리와 닮은 삶을 만나게 해주고, 가보지 못한 길을 걷게 하며, 그 길 끝에서 새로운 길을 열어주기를 소망한다. 또한 무한경쟁에 내몰린 젊은이와 청소년 들에게 삶의 소중함과 기쁨을 일깨워주기를 바란다. 목록을 쌓아갈수록 '창비세계문학'이 독자들의 사랑으로 무르익고 그 감동이 세대를 넘나들며 이어진다면 더없는 보람이겠다.

2012년 가을
창비세계문학 기획위원회
김현균 서은혜 석영중 이욱연 임홍배 정혜용 한기욱

창비세계문학 42

성

초판 1쇄 발행 / 2015년 5월 8일
초판 7쇄 발행 / 2021년 8월 20일

지은이 / 프란츠 카프카
옮긴이 / 권혁준
펴낸이 / 강일우
책임편집 / 김경은
펴낸곳 / (주)창비
등록 / 1986년 8월 5일 제85호
주소 / 10881 경기도 파주시 회동길 184
전화 / 031-955-3333
팩시밀리 / 영업 031-955-3399 편집 031-955-3400
홈페이지 / www.changbi.com
전자우편 / lit@changbi.com

한국어판 ⓒ (주)창비 2015
ISBN 978-89-364-6442-4 03850